学乖

完结篇

幸闻◎著

湖南文艺出版社
HUNAN LITERATURE & ART PUBLISHING HOUSE

博集天卷
CS-BOOKY

礼敬吾王，

我的梦想还在，

我的热血未凉。

别认命，

继续往更高处爬，

往你前途最光明的地方跑，

永远别停，

就算摔下来也没关系，

你自己能好起来。

实在好不了也没关系，

还有我，我能治。

目录

CONTENTS

卷六　生日 / OO1

卷七　向吾王献上权杖 / 113

卷八　一起去考 / 195

卷九　北京＆上海 / 259

卷十　往前走 / 321

番外　后来 / 369

逆流而上
迎光同行

卷六

生日

你喜欢北京还是上海？……

我喜欢有什么用，我喜欢就一定能去啊？……

不一定，但至少有个目标……

我想考的学校都在那儿，以后跟我一起去。

第 69 章

轰鸣的摩托声到了学校外面，及时止住了，校门口那儿站着几位老师，眼睛一双双的，就跟探照灯似的，在来回地扫进校的学生。

"今天有检查。"林迁西双脚撑地，提醒道。

宗城松开箍着他腰的手臂，跨下车，一手摘了头盔。

迎面一道声音在喊："你们俩！"

林迁西心里"咯噔"一声："干吗？"

宗城在旁边说："是吴川。"

果然是吴川，正站在校门里朝俩人招手："快过来！有事儿找你们！"

"喊，吓我一跳，还以为要干吗呢……"林迁西低低地吐槽一句，摘了头盔，喊回去，"马上来！"一边推着车先找地儿停好。

等他跟宗城一起进了校门，就见校门口站着一对男女学生，不知道是高一还是高二的，低着头，正在挨一位老师的批："……谁允许你们手拉手来学校的？难怪学习成绩一落千丈！叫你们的家长来！"

林迁西两只手插到外套口袋里，若无其事地走过去。检查的老师不是高三的也照样认识他，他过去时个个都要多看他两眼，大概是因为他一直都"声名远扬"。他就当没看见，歪着头，悄悄说："城爷，看到他俩没？小心点儿，你可别哪天成绩下降啊！"

"担心你自己吧。"宗城低声回，"要不然今天你就多背五十个单词，再记三十个词组，外加一张数学试卷。"

"……"林迁西扭头看他。

"林迁西！"吴川还在前头等着呢，"快点儿啊！还看人家热闹，你也想谈恋爱啊！"

姜皓也在，看起来一样是被吴川半路叫住的。

林迁西收敛了，加快脚步过去，一本正经地说："没有啊，这不是来了吗？我知道要训练呢！"

吴川往边上站点儿，朝三个人招招手。他手里拿着每天给林迁西记跑步成绩的本子，从里面抽出张纸，翻过来给三个人看："不急着训练，我先说个事儿，这个是新出的台球赛事章程，我来通知你们一下。"

林迁西看了一眼："又有比赛了？"是高中台球联赛的章程和报名表。

"可不是。"吴川收起那张纸，"这次是几个城市的联赛，个人排名累积的赛制，如果名次打得好，下学期就能代表赛区去打全国性质的比赛。叫你们仨一起，就是想说明一下，我就不给宗城报了，他那成绩还是专心在文化课上比较好。"

宗城一点儿也不意外："嗯，我自己也不打算报。"

林迁西看他一眼，这是意料之中的，他早就说过对台球这方面没需求，参加比赛只会占用他的学习时间。

姜皓在旁边嘀咕："可惜了。"

"行，那就这么定了，姜皓和林迁西参加。"吴川指着林迁西，"你必须参加，这回别跟我叽歪，这是对你有好处的。"

林迁西说："哦。"

"哦什么哦，你还挺不乐意啊？"

"谁说的，"林迁西咧一下嘴，"我这不挺乐意的吗？"是有那么点儿失落吧，毕竟第一次打比赛是跟宗城两个人一起，忽然就要他一个人去打个人赛了，多少有点儿不习惯。

吴川朝宗城和姜皓点点头："都清楚了就行，你们先回教室上课吧。"说着又叫林迁西："走啊，训练去！"

宗城没急着走，朝林迁西伸手。

林迁西把书包拿下来，递给他，才跟着吴川去操场了。

姜皓看宗城拿了林迁西的书包上教学楼去了，真是要多自然有多自然，跟上去问："你真不打啊？我觉得你那水平不打比赛可惜了。"

"不打了。"

"上次比赛你不是打得很积极吗？平常也一直在跟林迁西练球。"

宗城拎着两只书包，边爬楼边说："我只打双人赛。"他对台球真没需求，自己要干什么、该干什么都有清楚的规划，要不是为了林迁西，根本不会去碰什么台球比赛。

林迁西在操场上训练完，又是一头的汗。

临走，吴川叫住他，说悄悄话似的："还有件事儿，针对这次比赛，这几天我找了找，咱们这小地方还真找不着个像样的台球教练。不过我认识位体育老师，以前是专业打台球的，回头你们就去他那儿蹭一蹭课，我都说好了，不收钱，就当是给你们赛前充个电，反正主要还得靠你们自己练。"

林迁西扯着外套擦了擦额头上的汗："哦。"

吴川不满："又是'哦'，有没有点儿精气神了？林迁西，你现在可是要做体育生的人，你的精神呢？"

林迁西抬高声音喊一句："好嘞！"

"这还差不多。"吴川瞧他这吊儿郎当的样，白了一眼，"去吧。"

林迁西小跑着回教室上课去了。

"你这是在干什么？"姜皓在座位上回头，看到宗城在后排低着头，手上一张张地撕着小条。

"做笔记。"宗城说。撕下来的小条每一张都是一根手指长短，他拿笔在上面迅速地写着什么，写好一张，就插进英语书的某一页，再写一张，翻了翻书，插一页。

"学霸的学习方式真是与众不同。"姜皓凑近看，拿了他右手边一本翻得比较旧的英语书，"这本才是你的书吧？"

宗城接了，塞进自己的课桌肚子里，什么都没说。

姜皓忽然反应过来了："我靠，差点儿忘了你在教谁。"

王肖上厕所回来，黝黑的脸上都是八卦味儿，眉飞色舞地回到座位上。"城爷，还好你跟西哥前头没答应人家妹子，学校里光今天检查就抓了四五对，全叫家长了，现在外面可真热闹。教导处最爱干棒打鸳鸯的事儿了。"

林迁西正好从外面回来，肩膀上搭着自己的外套，听到这话，过来照着他后脑勺就"赏"了一下："关你屁事儿，又提老子那点儿破事儿。"林迁西往前看，还好陶雪没听见。

王肖摸着后脑勺说："没有，我这不是庆幸你俩明智吗，是吧？"

林迁西看一眼宗城："哦。"

宗城也看他一眼，继续往书里插着小条："嗯。"

王肖得到该有的反应，摸着后脑勺，满意地转过头去了。

林迁西坐下来，刚看宗城一眼，宗城就伸过手来，手里拿着英语书，书里夹着一张又一张的小条，像一张一张的书签似的。"这是我的书？"

"嗯。"宗城说，"给你做好标签了，后面你要准备比赛，学习时间会变少，重点我都给你写好了，照着看就行，给你省点儿时间练球。"

林迁西接了，随便翻开一页看了看，又看宗城，话都说不出来了。这行动力也太可怕了！

宗城看一眼他的表情，声音低低的："感动吗？感动就叫声爸爸听听，给你把其他书也做好。"

林迁西低头，拿书遮掩着，瞅宗城："突然想起来占我便宜？"

"总要有点儿回报，"宗城又抽了他的数学书过去，"要不然你就拿个好名次回来报答一下。这回我没法给你打辅助了，你行不行？"

林迁西勾起唇角："什么话啊这是，我怎么能被怀疑不行？你才不行。"

宗城手上撕着小条，又看他一眼，心里想着行不行以后就知道了，嘴里淡淡地说："要上课了，就先不治你了。"

"……"林迁西抬眼瞥见外面徐进夹着教案就要进来了，才不胡扯了。

除了上课，宗城空闲时间一直在给林迁西做笔记，几本主课书上，只要是已经学完的部分，就都在他手底下插上了写好重点的小条。

到放学的时候，林迁西一本一本地收进了书包里，一会儿瞥一眼宗城。说不感动是假的，简直了，他都没见宗城在自己的书上做过笔记。

宗城把写废了的零碎的小条抓在一起捏成团，投进后面的垃圾篓里，问道："去杨老板那儿练球吗？"

姜皓已经走到门口："我今天没空，得早点儿回去，你们去吧。"

林迁西刚把那几本书都收好，脱口就要说"去"，吴川那黑竹竿儿一样的身影出现在了门口，接话道："林迁西别去了，跟我走。"

"去哪儿啊？"林迁西看过去。

"训练时不是跟你说好了吗？"吴川看了看，发现姜皓已经走了，只叫住林迁西，"走，我现在就带你过去见人家老师。"

林迁西才想起来："这就去了啊？"

"那不然呢？你现在不是要好好学习吗，占用你其他时间又得啰唆了。"吴川转身先走，"快点儿。"

林迁西看一眼宗城："那我先走了。"

"嗯。"宗城拿了书包，看他走了才出门。

吴川开着他那辆灰扑扑的大众车，把林迁西带到了地方，也是学校。

林迁西下了车，在马路边上一站，不用看学校大门，光是看了眼周围，就拧了下眉，这是五中。

"来了来了，麻烦了。"吴川跟学校门口等着的老师寒暄，指了下林迁西，"就这个，林迁西，还有个学生今天有事儿没来。"然后他回头给林迁西介绍："这是唐老师，五中的体育老师，你好好听指导。"

唐老师跟吴川一样黑黑的，好歹魁梧点儿，标准的体育老师模样，人倒是特别谦虚："我好久没打了，只能尽力帮忙。这就是拿到冠军的那个林迁西啊！跟我来吧。"

林迁西又看两眼五中校门，跟着往里走。这小破地方，真是巴掌大的地儿，到处都是熟人，想不巧都不行。

吴川叫住他，嘱咐一句："听人家老师话啊！"

"放心吧，我这么乖……"林迁西插着口袋，背着书包，低头进了五中。

已经放学了，应该碰不上那小子。他边想边跟着唐老师往教学楼后面走，忽然觉得自己也是厉害，没多远就听见了篮球砸着水泥地砰砰作响的声音，老远看了一眼，一群人正在篮球场里奔跑打球，篮板下面拍着球的就是那个板寸头邹伟，但没有看见秦一冬。

林迁西都不知道该不该轻松，一转头，就看见秦一冬走了过来，直接迎头撞上。

秦一冬停下，手里拿着刚换下来的球衣，眼神古怪地看着他，都没顾上眼前的老师，张嘴就问："你来这儿干什么？"

"认识的？"唐老师看俩人认识，脚下转了个向，"那正好，秦一冬，你给我把人带去器材室，我去拿一下自己的球杆再过来。"人说走就走了。

秦一冬："……"

林迁西："……"

第 70 章

两个人大眼瞪小眼地互相看了几秒，最后还是林迁西先迈的脚："走不走啊？不想带路你就指一下，我自己去。"

秦一冬转头，抢了两步走在他前面，闷声带路。

进了五中的体育器材室，里面也是只有一张球桌，都落灰了，上面还堆了好几样杂物，显然五中就没人打台球。

"就这儿了。"秦一冬说。

林迁西把书包放在球桌上，说："哦，谢了啊。"

秦一冬在门口站着："你跑我们学校来打台球？"

"对啊，来蹭你们老师的课。"林迁西把球桌上的杂物都给拿了，抓着球桌往外用力拖了拖，"马上就又有比赛了，我这么牛，不得再去打一次啊？"

"狂什么啊……"秦一冬盯着他咕哝一声，出门就走了。

林迁西看他走了，刚才吊儿郎当的样子就收敛了起来。没狂，那话是故意告诉他自己就要去打比赛了，这回就不用他想方设法地来提醒自己报名了。

过了五分钟，那位唐老师还不来，林迁西也不能就这么干等着，干脆打开书包，从里面拿出英语书，就着里头插的书签翻开看。

秦一冬快到球场时，碰见邹伟从那里头跑了出来，边跑边叫他："秦一冬，能不能帮忙去器材室拿个新篮球过来？那破球不好打了！"

"能，我去拿，你别去了。"秦一冬不想让他又跟林迁西杠上，转头返回器材室。

一进器材室，就见林迁西两只胳膊撑在球桌边，没什么形象地低着头在看摊开的书，嘴里还在小声念叨，好像是在念英语单词。秦一冬觉得这场面特别诡异，忍不住问："你干什么呢？"

林迁西转头看他回来了，又低头翻一页英语书："看书啊！"

秦一冬将信将疑，从筐里拿了个新篮球，抱在手里看他。

林迁西也没说什么，猜秦一冬马上就待不住要走了，手指扒拉一下插在书页里的小条，接着看。宗城的字真是没的说，做得这么快的书签，字还写得这么潇洒。

"嘭"的一下，他背上猛地挨了下砸，人往前一倾，两只手一把撑住球桌，扭过头。秦一冬手里的篮球刚扔出来，弹着从他脚边滚开。"你干吗？"他被砸得莫名其妙。

秦一冬眼神一闪，可能是觉得刚才砸的那下有点儿重了，上上下下地打量他："我看看你是不是出毛病了，你还是林迁西吗，还会在这儿看书？"

林迁西伸手摸背，没摸到被砸的那儿，给气笑了："我不是林迁西还能是你爹啊！你小子不是成年了吗，能不能成熟点儿！"

秦一冬板起脸，走过来拿起他的书看，看到了里面插着的小条："这就不是你的字。"

"不是我的字怎么了？"林迁西抓住英语书，"我就不能学好了？"

"你？学好？"秦一冬脸涨红了，是开始生气了，还拿着他书不放，"跟我绝交也是学好是吧？"

林迁西被问得沉默了一下，劈手夺了英语书："一码归一码，别瞎扯了。"

一个人忽然从门外冲进来，随手抄起一只乒乓球拍就往他身上招呼："你横什么！"

林迁西一让避开，才看清是那个板寸头邹伟。"靠，有病？"

秦一冬转身推邹伟："你动手干什么？"

球拍脱了手，掉地上，邹伟被秦一冬拉开，还瞪着林迁西："他刚才是不是想打你？八中的还跑五中来闹事儿，咱们怕他吗？"

"他没打我，你看错了。"秦一冬把邹伟往门口推。

"干什么？"唐老师终于拿着球杆进来了，瞪着邹伟，"不好好打你的篮球跑来这儿拉拉扯扯的，赶紧回去，捣什么乱哪！"

邹伟被训得闭了嘴，终于被秦一冬推了出去。

唐老师走到球桌边上，对林迁西说："别管他，那小子我知道，脾气是暴了点儿，但人挺仗义的，不是什么坏茬，要是说了什么，你别太在意。"

林迁西把自己的英语书收进书包里，没头没脑地问了句："他不浑吧？"只要不浑就没事儿，就算脾气坏点儿，以后也不会有什么坏事儿牵连到秦一冬。

"浑？"唐老师看看他，可能是想起了他的"威名"，"不浑，这点咱们五中可没你们八中厉害。"

林迁西听懂了，笑笑："老师，别误会啊，我现在也不浑了。"

"是吗？那挺好，打台球可是绅士运动，不浑最好。"唐老师说着开始摆球，"来，先试试。"

连续打了两个小时，林迁西拿巧粉擦杆，俯身打出最后一杆，把最后一颗球送进了球袋里，才停下来。

"你刚才那最后两球打得挺有意思，杆法用得很独到，从哪儿学来的？"唐老师在旁边看到现在，等他打完了才问。

"看录像学的。"林迁西说，"世界级大师的台球赛录像，我——同学找给我看的。"

"不错啊，看了就能学到也是种本事。"唐老师点点头，"你那同学也不错，快抵得上半个教练的作用了，我看你们吴老师也没必要找我。"

林迁西牵着嘴角笑，听别人夸宗城，他居然觉得挺得意。

课上完了，唐老师让他先走，自己留下锁门。

林迁西拿了书包出去，外面天都黑了，篮球场上居然还有人在"砰砰砰"地打球。他只远远瞥了一眼，也没在意几个人，就直接朝校门走了。

出了五中大门，一眼看到昏黄的路灯下面停着辆自行车，秦一冬就站在车旁边，脸朝着校门，还没走。

林迁西动一下肩："我背还疼着，你留这儿是要给我道歉？"

秦一冬绷着脸："谁理你，赶紧走吧。"

"走就走，还用你催？"林迁西从他旁边走了。

刚走出去一段，听见后面有说话声："姓林的溜了？"听声音，好像还是那个邹伟。

林迁西停一下，又听见秦一冬的声音："都说了我跟他没打架，回去吧，堵什么啊，你们这些人一起也堵不住他一个……"

"……"林迁西突然笑了一声，怪不得这么晚还不走，敢情是等在校门口给他挡这群要堵他的货。这就是秦一冬会干的事儿。

他踢开脚边的小石头，深吸口气，想起宗城的话，有一瞬间真想回头去找秦一冬，站着缓了缓，最后还是当作什么都没听到一样继续走了。再等等吧，等他和过去择得再干净点儿，脚底下的淤泥再少点儿……

天气一凉，天就黑得快，林迁西坐了个公交车，下来走了一段路，到了杨锐的店附近。真不早了，除了路灯照的地方，到处都是黑漆漆的。手机响了声，他掏出来，手上一滑，灯塔头像的对话框跳出来。

——结束了？

林迁西一边打字一边想，这也太准了，掐好了点儿发来的一样。

——结束了，刚结束。

才回过去就来了下一句。

——吃饭没有？

林迁西被这一提醒就觉得饿了。

——没。

对话框里跳出来一个"位置"。

——到这儿来，一起吃。

离这儿也不远，林迁西走过去才花了五分钟，是家卖砂锅粉丝的店。还没进门，已经看见里面坐在塑料凳子上穿深色外套的身影，屈着长腿，不是宗城是谁？

林迁西立马三步并作两步地走进店门，才发现原来不止他一个，王肖居然也在，就坐在他对面。

宗城的眼睛已经看过来，把旁边的塑料凳子拖出来，看一眼对面："刚好遇上了。"

林迁西坐下："哦。"

"巧啊西哥，不出来吃东西都不知道你跟城爷约了吃饭呢！"王肖忙着从面前的砂锅里捞菜，先送一勺到林迁西碗里来。

林迁西说："你不是喜欢吃烧烤吗？"好好的跑来吃什么砂锅啊！

"所以说巧啊，这就碰上了。"

"……"林迁西瞥一眼宗城，端了纸杯喝口水。

宗城也看他一眼，没表现出来被打扰的样子，拿了双筷子给他："今天吴川带你去哪儿练球了，怎么才回来？"

"算早了，也就练了两三个小时。"林迁西顿一下，才接着说，"去了五中。"

宗城看他："这么巧？"

"嗯。"林迁西拿了筷子去捞砂锅里的粉丝。

王肖问："秦一冬在的那个五中啊？"

"对，秦一冬在的那个五中。"林迁西一边捞，一边重重地点一下头，还能是哪个五中？

宗城看见他背后的外套上沾了点儿灰，看着对面的王肖："别的菜什么时候来？"

王肖这种时候最活络："我去催催老板，放心，我跟这儿的老板熟着呢！"说完站起来，跑去了后面。

看王肖走了，宗城拿手拍了两下林迁西的后背。

林迁西看他："怎么了？"

"有灰。"他问，"怎么搞的？"

林迁西想起来了，肯定是秦一冬那一下篮球给砸的，往嘴里塞了口粉丝，含混不清地说："没事儿，在哪儿蹭的吧。"

"没碰到秦一冬？"

"碰到了……"

"然后？"

"然后他发现我在学习，以为我换了个人。"林迁西把粉丝咽下去，"那傻子。"

宗城又问："就这样？"

"就这样。"林迁西心想，总不能说差点儿跟人打起来。

宗城没再问了，从砂锅里捞一筷子菜出来："下次别让我看见你再带着灰回来。"

"嗯？"林迁西扭头，看他脸上没有表情，也不知道是不是多想了，总感觉他有点儿不高兴，笑了声，"干吗啊？真没事儿。"

"不是被打了就没事儿。"宗城放下筷子。

"……"靠，人精。林迁西看他侧脸，看着看着又看到他搭在腿上的手。这人的手是真好看，手指长，手背精瘦，光是一只手都能看出爷们儿味儿。林迁西往他那儿坐近点儿，左手伸出去，故意在他右手上一拍，笑道："你是不是不高兴了？我可不会哄人啊，就别太为难我了。"

宗城断眉一挑，嘴角扬了扬，低声说："你哄我？别闹了。"反手就把林迁西那手给摁住了。

可能是刚靠近过砂锅，宗城的掌心很热，林迁西的手被他摁着，手背上都是热的，下意识地看他侧脸，刚好瞥见王肖过来了，若无其事地想往外抽手，没抽出来，是他有意摁紧了。

"菜来了。"王肖坐下说。

宗城人往前坐了点儿，左手拿起筷子。

王肖看到惊讶道："牛啊城爷，你还能左手吃饭？"

"能提高智商，你可以试试。"宗城说。

"真的假的？"王肖真抓着筷子试了几次，乖乖换回右手，"算了，不行。西哥，要不你试试？"

林迁西左手还被摁着呢，看一眼宗城，右手拿起筷子："试个球！傻子才试！"

第 71 章

这顿饭就这么夹着个王肖吃完了。宗城去付钱的时候，才终于松开林迁西的手。

林迁西站起来，把书包搭上肩，手收进口袋里，瞅了瞅到现在都一无所觉的王肖，先出了店，去外面等着。

宗城很快就从店里出来了，手在他肩上拨一下："走吧。"

王肖追了出来："西哥，我送你吧，我小破车就停这儿呢。"

宗城忽然看了王肖一眼。

王肖一愣，觉得他这一眼特别不爽，就跟自己出现得不是时候似的，讪笑着说："城爷，你住这么近我就不送了吧，西哥不是要打比赛了嘛，我是怕他累着，好人一回，送他早点儿回去啊！"

林迁西看看宗城，笑了笑："不用了吧，我自己回。"

"让他送你吧。"宗城觉得王肖说得也对，"快比赛了，回去早点儿休息。"

"真的？"林迁西故意往王肖那儿走两步，"那我就回去了？"

宗城说："嗯，回吧。"

林迁西低低地"喊"一声，叫王肖："走啊，送哥哥回去。"

"好嘞，哥哥！"王肖去路边上踩响摩托。

林迁西坐上去，与跟宗城一起骑车的时候不一样，坐后面离了王肖有一大截，两手抓着后座，朝宗城这儿又看一眼，才开口说："走了。"

宗城看着车在视野里开走，看不见了，才转身往回走。本来是想自己送他回去的，但今天的确是晚了点儿，当着别人的面也麻烦。

到了那几栋老楼外面，宗城没往里走，去了马路对面。斜对面有家门脸儿很小的裁缝店，晚上还亮着灯，缝纫机踩出来的声音一连串地响。

他进了店里，里面踩缝纫机的老板娘抬头，跟他打招呼："还没完事儿呢，今天估计改不好了，要不你过两天再来拿？"

宗城站那儿看了两眼，老板娘正在机子上改一件白衬衣，旁边还搭着一条西裤，是他约林迁西吃饭前拿过来改的。"那我过两天再来。"

"行。"老板娘手上忙着，接着聊一句，"这都是你自己的衣服啊？"

"是我的。"

"这几件衣服的料子真好啊，买的时候肯定特别贵吧？"老板娘说，"看着还是新的呢，改了可惜了，我看你个儿这么高，以后可别穿不了了。"

"不是我穿。"宗城看一眼那条西裤，"裤腰要收点儿，穿的人腰比我瘦一点儿。"

"放心好了，我都记着呢。"

宗城交代完就走了。回了老楼的住处，一进屋，他脱了外套扔在椅子上，坐下来就打开了小桌上的笔记本电脑，搜了一下接下来这场高中台球联赛的赛事安排。

网上已经有消息了，快了，就在下周末。吴川等于又搞了一次突然袭击，还好林迁西练球一直没有间断。他往下翻了翻，看了赛事举办场地，也不在这小地方，最近的赛场在邻市。

还没看完，手机响了。宗城以为是林迁西到家了，拿起来才看见是顾阳的名字。他按了接听，手机放到耳边："怎么了，还没睡？"

"哥……"顾阳一出声就带着重重的鼻音。

宗城听他状态不对，合上了电脑："又生病了？"

"没有，"顾阳吸着鼻子说，"我就刚睡觉的时候做了个梦。"

宗城沉默了两秒，问："梦到妈了？"

"嗯……"顾阳平时很阳光，也爱笑，每当这种时候却像个小孩子，声音低低的，"我没吵醒彩姐，悄悄给你打电话。"

宗城靠上椅背，听他说。

"梦到了好多以前的事情……"顾阳闷着声音，大概是蒙头在被子里，"家里的事情，还有以前你去找我的时候，收养我的那个郑家……"他忽然在这儿停住了，笑一声，"算了，我不该提这个，你当我没说。"

宗城站了起来，拉开门去了阳台，迎头吹了一脸的凉风，没说话。

顾阳可能是没听见声音，有点儿紧张地叫："哥，你是不是不高兴了？"

"没，"宗城说，"我在听你说。"

顾阳松了口气一样："不说了，我老劝你到了新地方就忘了以前，临到自己又不行了。唉，哥，你别受我影响，我就是没人说了才打给你的，千万别放心上啊，那些事情……都对你不好，忘了最好。"

"嗯。"宗城语气没什么起伏，听不出来在想什么。

"下周末你有空吗？"顾阳冷不丁地问，话题就跳开了。

"高三了，周六上课，周日也就放半天。"宗城迎着风淡淡地回道。本来陪林迁西吃了晚饭心情挺好的，现在接了这通电话，口气就淡下去了。

"啊？"顾阳失望地说，"我本来还想叫上彩姐来找你呢。"

"跑来干什么？"宗城靠在阳台边上，"因为上次我没去看你？"

"下周末那么重要，当然要来了。"

宗城没太在意："重要什么？"

"唉，算了，你自己去看吧。"顾阳在那头又抽了抽鼻子，"不打扰你了，我就不该打这个电话给你的，不想再让你想起以前了。我不舒服还可以跟你说，把你弄不舒服了，你找谁去说啊？跟西哥都没法说……对了，你跟西哥还好吗？"

宗城被他这突如其来的问题弄得一顿，才说："你问哪种好？"

"就是关系好不好啊？"

宗城回："当然好。"

"那就行，那我去睡了，你也早点儿睡啊哥。"

电话挂了。手机拿离了耳朵，宗城低头看了眼通话时间，也就五分钟出头。顾阳如果不是真的心里不舒服，应该不会打过来聊这五分钟，还匆匆地挂断了。这时候就觉得挺需要林迁西的，如果换作他，肯定能把顾阳哄得好好的。

宗城低着头，点开手机上的日历，特地看了一眼下周末的日期，目光在周日那天停留了一下，记起来那天是什么日子，但是手指点上去的时候，在备忘录中只写了"比赛"。下周末是林迁西比赛的日子，是挺重要的。

"啪！"台球撞击声响在器材室里。才早上七点，林迁西已经到校一个多小时，把训练跑步的时间都挤出来练球了。

姜皓从外面进来，看到他早到也不意外，这几天他都到得很早，因为要练球。刚想去拿球杆跟他一起练，看了看他才打的那一球，又不拿了："你这球打得，我接不了。吴川都告诉你了吧？这回比赛要出去比，还要去好几天。"

林迁西直起腰，撇了下嘴，"啧"一声："听说了，麻烦。"吴川往他手机上发过赛事安排，那时就知道了。

"我怎么觉得你这球打得很凶啊，不高兴？"

"没，就觉得麻烦，还耽误学习。"林迁西弯下腰，又打了一球。

"都有宗城那么一尊大神教你了，你还怕什么啊！"姜皓刚说完，看到了外面的身影，"来了。"

林迁西往门口看，宗城走了进来，手里捏着盒巧粉。他进门看了眼林迁西，拿了球杆走过来："这次比赛还是比斯诺克，就练斯诺克吧。"

"来。"林迁西握着杆站在旁边，看他摆球。

姜皓也看着他："你这次又不比赛，还用得着提前来练球？"

宗城说："陪你们练。"

林迁西看他一眼，脱了外套，重新拿杆准备。

姜皓听了，就也去拿了球杆来。结果等了大半个小时，这两个人还没打完。林迁西一杆，宗城一杆，球桌上他俩的球都是缠着的，一个刚超过去，一个又跟上来。

姜皓看看宗城，这好像不是陪自己跟林迁西练球，而是就陪林迁西练球吧！他打球是比不上林迁西，但看球还是会的，宗城每一次压杆、找角度，都是摆明了在给林迁西找难题。林迁西跟着打出去的球都是破局的。陪练，这正儿八经是陪练。

"算了，我等会儿再来，你俩还有的打呢。"他先出去了。

宗城在杆上擦着巧粉，看林迁西，嘴角牵一下："你占那么多时间干什么，赶紧打完让他上不行吗？"

"你老给我出难题，我以为你不想让我下啊！"林迁西趴在那儿挑眉道。

"也就这两天陪你练一下了。"宗城说，确实是不想让他下。

林迁西站直："你知道了啊？"

"什么？"

"我要出去比赛。"

"嗯。"宗城放下巧粉，绕着球桌找角度，"这才是开始，以后你继续打比赛，还会去不同的地方，挺好的，难道不比窝在这小地方强？"

"是吧，"林迁西扯着嘴角，吊儿郎当，"就是第一回，还不习惯呗。"

宗城盯着他："西哥还会怯场？"

"别胡扯啊！"林迁西在桌面上撑着球杆，"没你我也照样牛。"

宗城俯身，一杆送出，看着球滚出去："我看你没我怎么牛。"

"……"林迁西忽然觉得这话有歧义，看他好几秒，"我怎么觉得你有时候比我嘴还骚。"抓着球杆朝他走过去，"我是不是也得治你啊？"

宗城站直了问："你怎么治？"

"林迁西，"外面姜皓返回来了，"吴川叫我带话给你！"

林迁西站在桌边，放下球杆，看一眼宗城，小声说："走啊！"

宗城摆好球杆，拍了拍手上的巧粉，和他一起出去。

正好也该上课了，三人一起回教室，姜皓走在前面说："刚才吴川来找我了，他联系了那边的赛场，说有地方可以集训几天，后面还得打预赛晋级，本来也要提前去，干脆叫咱们今天下午放学就跟他过去。"

"啊？"林迁西脱口而出，"这么突然？"

姜皓说："我也是这么说的，但是吴川说咱们这儿地方小，就没几个人参加，能给集训就不错了，别去晚了被别人占了。"

林迁西看看宗城。宗城在旁边走着，没说什么。

直到进了教室里，在座位上坐下来，宗城才说："放学走的时候肯定会让你们回去拿换洗的衣服，你到时候就让吴川去老楼外面接你。"

他说的声音低，也突然，林迁西看他："为什么？"

"我有东西给你。"宗城说，"去了就知道了。"

林迁西没能再问，上课铃声响了。

当天下午最后两节课是数学，高三的课跟高二不同，徐进讲得特别快，恨不得一周就上完所有新课，再下节课就开始复习的架势，整个语速快得像绕口令。直到下课，他收拾教案走人，忽然说："林迁西，过来一下。"

"嗯？"林迁西听到铃声就知道该走了，还没来得及收拾书包，就被他叫住了，先看一眼旁边的宗城。

"你先去，我回去等你。"宗城低声说。

林迁西站起来，去了办公室。

徐进风风火火的，已经先到办公室里等着了，林迁西一进去，他就拿了几张试卷拍在桌上："要打比赛去是吧？进前三十了是吧？有宗城教你是吧？那也得带着我的作业去。"

林迁西无语，还以为是什么事儿，结果就是布置作业。他拿了那几张试卷："还有吗？"

徐进惊了："你居然嫌少？"

"我担心落后啊，谁知道这次要出去打比赛。"林迁西说，"没有了是吧？那我走了。"

徐进不可思议地看着他。

林迁西拿着试卷要走，发现里头办公桌后面坐着的老周正在看自己，停下笑了笑："干吗，你也有作业布置啊？"

老周托了下眼镜，翻桌上的教案。

"没有算了。"林迁西要走。

"问宗城就行了，跟人家多学着点儿。"老周忽然说。

林迁西回头看他一眼，差点儿以为自己听错了。

"林迁西呢？"吴川那黑竹竿儿一样的身影已经出现在教学楼里，开始找人了。

林迁西听见，只好马上过去。

跟吴川说好了碰头的地方，林迁西搭了辆公交车回了家，随便收拾了两身衣服往书包里一塞。出门的时候，他停下看了看他妈的房间，门还关着，一看就是还没回来。

林迁西找了笔，在门口柜子上留了张字条，就写去比赛了，虽然他妈平常也不太看得到他，但总得说一句吧。

写完下了楼，到小区外面，他把书包背好，做了一下四肢的准备活动，一个冲刺就朝老楼跑。

一直跑到老楼上面才停。林迁西缓两口气，敲响了门。

宗城开了门，看着他："跑来的？"

汤姆在门口蹦蹦跳跳地凑热闹，扑林迁西的腿。林迁西抱起它进门："是啊，不是怕你急吗！"

"没那么急。"宗城笑了下，走到房门口，"过来。"

林迁西放下汤姆，跟过去："到底什么东西要给我啊？"说话时已经看进他房间，一眼看到他床上摆着套衣服，愣了下，那是身正装，有衬衣、西裤、西式马甲，甚至还有领结。

宗城说："我以前的衣服，正好来的时候带了，其实也用不着了，就按你的尺寸改了一下，总比你上次比赛穿的那个强。"

他看宗城："这就是你要给我的东西？"

"嗯。"宗城倚着门，看着他，"试一下吧，要我回避吗？"

林迁西勾唇笑："随便你，我又不脱光。"他边进去边脱了外套，把里面穿着的白色长袖衫也脱了，拿着那件白衬衣往身上套。

宗城往他身上扫了一眼。

林迁西刚好回头，一边扣着纽扣："你怎么知道我尺码的？改得这么准啊！"

"猜的。"宗城的目光落他脸上，低声说，"腰肯定最准。"又走近，给林迁西把领口的扣子系上，拿了领结系上去，"再提醒你一回，到了赛场别说脏话。"

林迁西感觉他的手指在自己喉咙上动，喉结也跟着滚动一下："要是这回我也忘了呢？"

宗城扯一下他领结："那就正一下领结，提醒自己是个乖仔。"

林迁西顺着他扯的那点儿力道挨近他，拉一下他手，笑道："腰上，也给我整理一下。"

宗城的手伸过去，给他理了一下衬衣的衣角，按在他裤腰边，没往裤腰里塞，怕皱，然后掀起眼看着他。

林迁西的鼻尖就快碰到宗城了。"我现在怎么样？"

"还行。"

"就还行？"

宗城头往下低了点儿，其实想说也许会迷倒一大片。

外面传来了车喇叭声，紧接着手机铃声就响了，响在林迁西刚脱下的外套里。他像是被惊醒了："靠，来催了！都没试完……"

宗城松了手。

林迁西顾不上换衣服，电话也没接，搭上外套，捧上那套衣服就出了房门，没几步，又退回来，看着宗城："我走了啊，比赛完见。"

"嗯。"宗城看着他小跑出去，门关上了，才坐到床上，手指松了下领口。

第 72 章

邻市离了几十公里，其实也不算太远。林迁西当天到后就进了集训场地，跟比赛是同一个地方，就在市里指定的体育场馆，那儿专门辟出来了十几间球室给参赛选手练球。馆里还安排了宿舍，完全是封闭式集训。

"嗒！""啪嗒！"一声又一声的捣球响。下午四点，林迁西还在球室里。集训就是这样，连着几天都是单调又重复地练球，其他的球室里也全是人。

姜皓拿着球杆站在旁边，看了看墙上挂钟的时间，提醒他："可以了，吴川说你每天练三小时就够了。"

林迁西站直，放下球杆："那你来吧。"

姜皓走到球桌边，接替了他，看他一眼："你干什么，又要写作业吗？"

"对啊！"林迁西拖了张凳子到休息用的小桌边上，坐下来，拿了早就放在桌上的试卷和书，跷起二郎腿，就这么拿着笔低头在那儿写了起来。

姜皓一边摆着球一边看他，无奈地说："我服了，就因为你嫌徐进给的试卷少，连我都被布置了一堆作业带过来。至不至于？你怎么忽然就变这样了？"

林迁西头也不抬地说："那你希望我还是像以前那样啊？"

姜皓说："那还是不要了……"

桌上台球开始响的时候，林迁西已经写了几道选择题。下面一道代数题有点儿难，他伸手进裤兜里摸，摸出手机，按亮了，刚点出微信里那个灯塔头像，又看了看时间，这个点儿还没放学，宗城应该正在上课，还是算了。

忽然听见姜皓问："要找宗城啊？"

他放下手机，抬头说："没啊！"

姜皓俯身打了一球，看看他："我看你拿手机那模样，就是想找他。"

"你看什么啊，打你的球吧！"林迁西不想被姜皓盯着，从试卷底下抽出草稿纸，撕下半张，一扯两半，揉成团，左耳右耳各塞一个，低头继续写他的试卷。

姜皓看他这不爱往下说的架势，只好闭嘴打球了。

林迁西塞着两团纸当耳塞，写了两题，忍不住，又看一眼放在旁边的手机。来这儿之后还没跟宗城联系过，主要是时间都是错开的，要么他在上课，要么自己在练球，难得早晚有点儿空，又被吴川叫去场馆的操场上练跑步。

他手指夹着笔摇两下，强迫自己把注意力集中到试卷上，喉咙里低低地干咳一声，心想干什么呢，怎么还开起小差来了？

"林迁西！林迁西！"

耳朵里塞着俩纸团根本也没多大隔音效果，是姜皓在叫他，听得清清楚楚。林迁西抬头，从一只耳朵里拿出纸团："又干吗？"

姜皓朝门口使眼色："有人找你。"

林迁西扭头，门口站了个人，戴黑框眼镜，挺有气质，跟他打招呼："林迁西，我们又见面了。"

他把另一只耳朵里的纸团也拿出来，看了好几眼，才认出来："是你啊！"

"罗柯！你不会连我名字都不记得了吧？"对方笑笑，"好歹我也是上次跟你打过决赛的亚军。"

林迁西还真忘了他叫什么，就记得他那个用502胶祸害了自己手的混蛋搭档邓康，一想起那货，口气就不算好："找我有事儿吗？"

罗柯走了过来。"我昨天才到的，今天刚知道你也在这个赛场打，听说你跟你队友这几天都只待在这儿练球，就过来看看。"他手里拿着个透明的一次性餐盒，放到林迁西面前的桌上，里面是一颗一颗洗干净的葡萄，"这给你。"说着看了一眼站在那儿的姜皓，补充一句，"给你们。"

林迁西看看那盒葡萄，摸不着头脑："干吗啊这是？就不怕被你搭档知道你'通敌'？"

罗柯被他的话弄笑了："这次是个人赛，邓康和我分开的，没来这个赛区打，这回你们碰不上了。他当时做的事儿我一直都挺不好意思的，就当是赔罪吧。"

林迁西听说姓邓的那货不在，舒服多了，本来对罗柯也没什么偏见，但就是觉得吃人的嘴短，不想要："你还是自己吃吧。"

"其实我就想来交个朋友。"罗柯把那盒葡萄往他跟前推了推，"别客气，我就不打扰你了，回去练球了。"说完也没给他机会拒绝，转身离开了球室。

林迁西无言以对，又看一眼那盒葡萄。

姜皓走过来，打开盖子，拿了一颗在眼前研究："怎么回事儿，这次不会又是玩儿什么花样吧？"

林迁西说："整个馆里都是训练的人，他还敢下毒啊？"

姜皓才放进嘴里吃了："还挺甜的。难道他是被你打服了？"

"可能吧，被哥哥打服的人还少吗？你不就是？"林迁西笑着把两团纸重新塞回耳朵里，接着写试卷，"觉得甜你就吃吧。"

姜皓被他的狂言堵了一下，看他一颗没吃，只顾着写试卷去了，又拿了一颗葡萄塞进嘴里，接着回去打自己的球。

结束集训时已经是晚上。林迁西摘了耳朵里的两个纸团，拿了书和试卷出球室，刚好碰上吴川过来。

"不知道的还以为我带出来打球赛的是八中学霸呢！"一见林迁西的模样，他就忍不住要吐槽。

林迁西听到学霸，就又想起了宗城，咧嘴笑："今天还要练跑步啊？"

"不练了，明天就开始打预赛晋级了。"吴川说，"你俩现在就回宿舍吧，今天晚上早点儿休息，养好精神。"

姜皓收拾着球桌说："知道了。"

林迁西突然一个百米冲刺就朝外跑了。

吴川的眼睛追着他的背影，一眨眼的工夫，他就拐个弯跑不见了。"这小子干吗呢？"

姜皓说："学习吧，林迁西现在特别爱学习，真的怪。"

林迁西一口气跑回宿舍。宿舍是单间，但又旧又小，除了一张单人床，就是一个简易的置物柜，其他什么都没有，厕所都得去走廊尽头用公共的。

小床上放着他带来的书包，置物柜的把手上用衣架挂着宗城送他的那套正装，他从来了就一直这么好好地挂着，就等着打比赛的时候穿。

林迁西一进门就坐到床上，书和试卷一放，掏出手机，手指滑开，点出微信。没打字，嫌麻烦，他直接拨了语音通话。

灯塔头像下面是字母 Z 的微信名，在他的手机屏幕上闪着，一直显示正在等待对方接听，足足两分钟，没人接。林迁西听着"叮叮咚咚"的忙音，抿起嘴，盯着手机，总算有时间了，他怎么不接？他在干吗呢？

直到自动挂断，还是没接。林迁西拿着手机又试了几次，都一样。

门忽然被敲了几下，本来也没关上，紧接着就被推开了。他立即点了挂断，转过头，看见姜皓的脸从门外探了进来。

"你不饿吗？练几个小时球了，晚饭都不吃，吴川叫我给你从食堂带了一份来。"姜皓进来，把手里打包的饭递给他，瞅他手上的手机，"又在给宗城打电话？"

林迁西把手机放下，接了饭："我找他学习不行啊？"

"我也没说不行啊，这么大反应干吗？"姜皓手里还拿着餐盒，一起递给他，"那个罗柯送的葡萄，还剩了这些，我也给你带回来了。"

"不要，你吃吧。"林迁西都快把这茬给忘了。

"那算了，我全吃了。"姜皓带上门走了。

林迁西放下饭，又拿起手机拨一次，还是没人接："人呢……"

宗城低着头，站在杨锐的杂货店里，把手机连上柜台那儿的插座，肩上还背着书包。

"都快到家了还来我这儿充电，这么点儿时间都等不了啊？"杨锐拿着钥匙坐在藤椅上，已经快要关店锁门了。

宗城摆弄着手机："上晚自习的时候没注意，直接关机了，先充到开机就行。"

"上了自习才回来的啊，难怪这么晚见到你。林迁西呢？这几天怎么没见他人？"

"打比赛去了，"他说，"好几天了。"

杨锐刚知道这事儿："那难怪你会上自习了。"

宗城转头看杨锐一眼，没说什么。

杨锐笑了笑，酷哥就是酷哥，开不了他玩笑："你也是挺敢的。"

宗城试了一下，电还不够，开不了机，又放下了："敢什么？"

"跟林迁西啊！"杨锐说，"他不是什么好人家的孩子，又让人头疼了这么多年，没点儿决心能跟他成天混一块儿吗？"

宗城靠着柜台等手机，嘴角扯一下："他在我面前乖就行了。"

杨锐听到这话很意外，又笑了："你行，真行，现在还是高中生，要再过个几年还得了？"

手机响起开机的音乐，就这几句话的工夫，终于缓过来了。宗城在柜台上拿了，滑开屏幕，点出微信，看到"八中乖仔"的头像上一个醒目的"8"，立即手指一点，对话框弹出来，提示有八通拨过来的语音通话，已经是三个小时前的事儿了，拨了充电器就往外走:"谢了,先走了。"

杨锐靠着藤椅打趣道:"没事儿,随时再来充啊!"

宗城出了门,脚步很快。林迁西这几天都没找他,他就知道肯定是没时间,但没想到也就今天手机没电了一回,就错过了。趁还有电,他一边走,一边按着发了条语音过去:"现在还能说话吗,乖仔?"

因为要打预赛晋级,林迁西早上起得很早,换上正装,到了场馆的休息室里,路上都没看到几个人。

休息室比他那免费的单间宿舍好多了,至少还有面镜子。他对着镜子拨两下头发,又整理了一下身上的衣服,系领结的时候又想起了宗城说的话,提醒自己在赛场里别说脏话,实在想说就正一正领结。

想到这儿,他从西裤口袋里掏出手机。昨天晚上打了很多次都没打通,直到吴川一通电话打进来,提醒他要早睡,他才只好调了静音就睡了,都不知道宗城到底有没有看到他拨过去的语音通话。

林迁西心不在焉地点开微信,一下看见了进来的新语音,立即点了放到耳边——

"现在还能说话吗,乖仔?"宗城声音不高不低的,气息不平,好像是走路时发的。

他拿到眼前看看时间,昨天晚上十点多的事儿了。"我靠……"林迁西皱着眉自言自语,简直完美错过。回头看看休息室里没人,也不知道他现在有没有起床、到没到学校,不管了,按着就回了句:"你失踪了吗?"

对话框上面忽然跳出"对方正在讲话"的提示,紧跟着语音就回了过来。

宗城:"没失踪,在等你消息。"

林迁西听他声音有点儿闷,感觉他可能是刚起,那低低的声音都钻到自己耳膜里来了,接着又来了一条语音。

宗城:"昨天晚上手机没电了,回来找你没回就猜你是睡了。生气了?"

林迁西觉得他像是在解释似的,都要笑了,把手机递到嘴边:"对,我都快气死了,好不容易找你还没接,马上就要开始比赛了,又没时间了!"

新的语音跳出来。宗城低声说:"给个机会吧,下次我注意。"

林迁西嘴角勾了起来,只要想起他那么个硬茬还会说这种话就想笑,抬头看到镜子里自己的脸,余光刚好瞥到休息室的门开了,进来了几个人,拿手摸了下嘴,忍住了。

"林迁西,"有人叫他,"你来得这么早?"

林迁西还在看手机,抬头,是罗柯走了过来,身上也穿上了正装。

"啊，对。"他随口应一句。

罗柯跟他个头差不多，穿上正装后整个人都清瘦了，看着比平常更有气质。罗柯一只手从身后拿出来，又是一只餐盒，里面装的是黄澄澄的片好的杧果："这给你。"

林迁西看了一眼，又看他。

罗柯手指扶一下鼻梁上的眼镜："我住外面的宾馆，来的路上买的，场馆里没这些，比赛前吃点儿水果可以放松心情。"

那昨天那盒葡萄也是从外面买来的？林迁西突然感觉有点儿怪，笑笑："你老这么客气干什么，邓康干的事儿跟你没关系，我也没怪你的意思，用不着这样。"

罗柯说："跟他没关系，是我自己送你的。"

"为什么？"林迁西脱口问。

"就想跟你交个朋友。"罗柯笑了笑，把餐盒放在镜子下面的台子上，看着他身上的正装，"你今天这一身真不错，大家都在看你。"

林迁西被打了个岔，转头看了看周围，刚才进来的几个人都坐在沙发那儿说话，有几个女孩子在朝他这儿看，一边小声交谈一边笑。

"那几个女选手是我队里的，昨天还有人向我打听你了，都在问你有没有女朋友。"罗柯笑着说，"你有吗？"

林迁西就想赶紧回微信，手指摩挲着手机，无所谓地回道："打个比赛还要被问感情问题啊？"

罗柯愣了一下，又笑了笑："那我不问了，我看你肯定是没有。"

"罗柯。"一个女选手在叫。

罗柯朝那儿看了一眼，对林迁西说："我先过去。"

"好的。"林迁西就没心思聊天，看他走了，马上背过身，接着看手机。宗城还在等他回复，语音是回不了了，只能打字。

——要比赛了，有别人在，说不了话。

宗城也打字发了过来。

——那就是不生气了？

林迁西悄悄"啧"一声，还记着这事儿呢，心里感到有点儿好笑，低着头，手指快速地打着字。

——气着呢，要吐血的那种。待会儿要是晋级赛打得不好，我就找你。

宗城回得也快。

——好好打，你怎么可能打不好。我还等着你周末打正式赛。

林迁西刚想问你等什么啊，就听见了身后吴川的声音："你来了啊？还以为你没起呢！给你们买早饭了，来吃吧，要备赛了。还杵着干什么呢！别玩儿手机了，待会儿比赛给我把手机交上来。"

"……"他来不及打字了，手机收了起来。

姜皓跟吴川一起到的，递了份早饭过来，看到了镜子下面那台子上放的那盒杜果："这不会又是那个罗柯送的吧？"

林迁西接过早饭："对，又是他送的。"

"奇怪……"姜皓朝罗柯那队看了一眼，"就算他是被你打服了，也不用对你这么好吧？"

林迁西说："他说想跟我交朋友。"

姜皓拿起那盒杜果看了看："买这么好的水果，是要交什么朋友？铁哥们儿都没这么贴心的。"

林迁西拿着个包子在嘴里咬了一口："人才啊你，可真会看问题。"

外面有工作人员进来了，拿着手册开始报待会儿预赛的分组安排。两人这才不说话了，仔细听安排。

预赛是要让所有参赛选手先进行分组晋级，这次的参赛选手比上次地区赛的要多得多，分组多，打起来也慢。一组一组打完，成功晋级到六十四强，才能进入周末的正式赛。所以接下来几天，都是比赛。

教室里，最后一节英语课上完，铃声一响，王肖就从前面回了头："城爷，这周末那珍贵的半天假，你有空没有？西哥他们打比赛去了，我看你这几天动不动就留下来自习，要不然活动一下？"

宗城低头翻着手机："没空。"手机上，顾阳发来了微信。

——周末真不要我和彩姐过来吗？

他简短地回了一句。

——不用。

王肖说："我还没说什么安排呢，你怎么就没空了？"

"我自己有安排，没空。"宗城收起手机，简单地收拾了一下书包就离开了教室。

"干吗啊，话都没说完就走了……"王肖嘀咕道。

林迁西坐在比赛的台球厅里，活动着双手的手指，在做正式赛的赛前准备。

预赛打完了，其实没什么压力，除了时间耗得久了点儿，这几天晋级都很顺利，跟宗城说得差不多，他怎么可能打不好。可惜手机被吴川收上去了，这几天就跟外界失联了，只能独享晋级过程。

"林迁西，"罗柯走过来，正装穿得一丝不苟，手里已经拿上球杆，"我在隔壁厅比赛，祝你比赛顺利，希望能跟你在决赛遇到。"

林迁西看他一眼："哦，你也一样。"

罗柯推一下鼻梁上的眼镜："这几天下来，我们俩算是朋友了吗？"

林迁西笑一声："就冲你破费买的那些水果，你要不是邓康的搭档，做朋友也不是不行啊！"

"是吗？"罗柯也笑了笑，"其实我跟邓康会做搭档，除了他技术不错，还因为我跟他有些地方还挺像的吧。"

这话说得有点儿感慨的意味，林迁西挑一下眉："什么挺像的？"

罗柯怕他误会，赶紧解释："不是说我跟他品行一样，我是说别的。"

"哦……"

"时间到了。"吴川在前面提醒了，朝林迁西招手，裁判都已经进场了。

罗柯跟林迁西点个头，匆匆走了。

林迁西站起来，走到场上，拿了球杆。正式赛是允许观赛的，但毕竟是晋级赛，比不上决赛有吸引力，在场的观众并不多，观众席上也就稀稀拉拉地坐了几个人。

林迁西的对手是个瘦高个儿，从开赛前双方握手的时候就是一副不大搭理人的样子，球打得也很激进。

球桌上的比分相差不大，林迁西领先，但是分被对方追得很紧。

"笃"一声，一颗球闷着声落入球袋，瘦高个儿占了优势，开始反超。

林迁西坐在对手席上，看着对方分别在两个角度打入两球，到第三球的时候，没进，看起来是故意想给他做个球当绊脚石，结果自己没打进。这场面叫他没来由地想起和宗城一起比赛的那次。个人比赛，没有人给他打辅助了，他就是自己的辅助。

林迁西回到球桌边，拿着巧粉擦了擦杆，俯身，压下肩膀。

"啪！"一颗。"啪！"又是一颗。

裁判清晰地念着他增长的分。吴川在边上小步走动了几步，全程看着他这儿，可能是又开始紧张了。球桌上他的球在肉眼可见地减少。

林迁西没看任何人，打球的时候他眼里只有球。他直起身，又擦了擦杆，走到斜对面，找准角度，压下杆。静止了三秒，"啪"！最后一颗球落袋。

观众席上突然响起了掌声，林迁西站直后看了一眼，是几个还没上场的女选手，居然跑来观众席看他打球了，几个女生正在一边拍手，一边看着他，互相说说笑笑。

他漫不经心地瞧了一眼，眼睛转开，扫过台球厅的门口，目光又猛地甩回去。门口站着人高腿长的一道身影，穿着黑色外套，一头干净利落的短发，肩膀上还搭着书包，正在看他。

"我靠？"林迁西眼睛都睁大了。真的假的，幻觉吗？

忽然听见裁判的报分，他才回神，抿住嘴，手上正了一下领结，看见门口站着的人好像嘴边笑了一下，转头出去了。

"晋级了。"吴川过来说，松了口气似的，"休息一下吧。"

林迁西把球杆往他手里一塞就朝门口追了过去。

外面是几个关着门比赛的厅，门口都是工作人员，他追出没多远，经过厕所门口时，听到低低的一声："这儿。"

林迁西停住，拐进去，就被一只手抓住了胳膊，直接进了隔间。

"嘭"一下门关上，林迁西才看清楚他。宗城单肩背着书包，手还抓着林迁西的胳膊，两个人挤在一起。

"靠！"林迁西盯着他，"真是你！你怎么来的？"

"挤时间来的，我不是说过等着你周末打正式赛？"宗城嘴角微微扬着，"小点儿声，要把外面的人都叫进来吗？"

林迁西空着的那只手按一下胸口，又扯了扯紧束的领结，想缓口气："我太惊讶了，没想到你会来……"真的太惊讶了，心都跳得飞快。

宗城手伸到他颈后，帮他松领结，看着他的脸："不是说气得要吐血了吗？"

林迁西笑一声，被抓的胳膊挣一下，腿在宗城腿上撞一下："对啊，松开，我气着呢！"

外面忽然有人推了一下门，没推动，嘀咕着："有人啊……"脚步声去了隔壁。

第73章

直到厕所里其他人都走了，又安静下来，宗城嘴角提一下，搭在林迁西后颈的手摸到他喉咙下面，给他解下了领结，塞在他马甲口袋里，另一只手还按在他腰上。

林迁西想想刚才，觉得有点儿好笑，抬腿就想踹宗城。

宗城手在他膝盖上一按就给推回去了。

"林迁西？"外面的吴川叫了一声，好像还进了一下厕所，自言自语一样，"这儿也不在？跑哪儿去了？……"

隔间里的两个人一动不动，等着脚步声没了，才放松。宗城拉开门："趁现在出去，不然待会儿又有人来。"

林迁西一闪出去了，到水池边对着镜子整理一下衣服，解开衬衣领口的纽扣，缓了缓，又洗了洗手，拿湿手抹了一下嘴。

宗城跟在后面出来，在他旁边洗了把手，在镜子里看了他一眼，拨一下肩膀上快掉的书包。

林迁西朝门外递个眼色，自己先出去了。

吴川刚从比完赛的那个厅过来，在外面还没走，看到他从厕所里出来，没好气地问："你刚才火急火燎地干吗去了？到处找不着人。"一边把收上去的手机还给他。

林迁西接过来："能干吗，上厕所啊！"

后面宗城跟出来了。

吴川惊讶道："你怎么来了？"

宗城回："来买试卷，小地方买不到，只能来这儿，顺道来看他们比赛。"

"为了套试卷跑这儿来？难怪你成绩这么好。"吴川居然没怀疑，"来得也好，林迁西下午还有比赛，你帮我盯着他点儿。"

"好。"宗城一脸正经。

林迁西也贼正经，往前走，领他去休息室。推门进去的时候看吴川没跟过来，林迁西故意问："你买的试卷呢，我怎么没看到啊？"

宗城跟在后面进来，拿下肩膀上的书包，在沙发上坐下，一边拉开拉链，掏出一套厚厚的试卷集，封皮上写着"五年高考模拟汇总"。"怎么样？"他问。

"……"林迁西服了，"牛，不愧是你。"

宗城笑了一下，其实这真就是个理由，怕来了被吴川问，特地准备好的。"有水吗？"他站起来，把身上的外套脱下来，一路来得太赶，有点儿渴，现在喉咙里就更干了。

"有。"林迁西去饮水机那儿，低着头找一次性纸杯，要给他倒水。

宗城看着林迁西弯腰在那儿的身影，觉得这身正装在他身上太合适了，收着他的腰身，他的腿也被西裤衬得修长，但也只有他，连穿上正装都是一副痞样，宗城早看见他在球场上欲说脏话又正领结的样子了。宗城忽然问："穿这身是不是有人夸你帅？"

林迁西端着水，直起腰："有啊，太多了，你没看到赛场里一群妹子追着我鼓掌吗？"

"嗯，看到了。"宗城扯一下嘴角，坐回沙发。

　　林迁西把水端过来，他接了，几口就喝完了，一只手把书包挪开："这几天你没攒题？"

　　"攒了，好多道，就是没空问你。"林迁西掏出吴川刚还给自己的手机，在他旁边坐下来，"我都拍照了。"

　　"拿过来看看。"宗城放下纸杯。

　　林迁西从手机相册里翻出来，坐得更近了，腿紧紧挨着他："等一下，我看看有没有家里的消息。"刚拿到手机，怕万一有漏看的。

　　翻了短信，也翻了微信，把最近通话记录也看了一遍，只有前面跟宗城的聊天记录，还有几条是王肖发来闲扯淡的，他妈并没有来消息问过他，或许都没看到他留的字条。他例行公事一样翻看完了，无所谓地笑笑，点开相册递过去："喏，讲吧。"

　　宗城看了眼他的神情，才接过手机："最近节日挺多的。"

　　"啊？"林迁西问，"什么意思？"

　　"我的意思是便利店应该最近都很忙。"宗城解释道。

　　林迁西干笑一声："说得也是。"

　　题讲一半，休息室的门被推开，刚打完比赛的姜皓走了进来。"宗城？"一进来就看到宗城在沙发上坐着，他一脸惊奇，"刚听吴川说你来了，我还不信，你真来了！"

　　宗城是侧坐的，一手拿着手机在那儿讲题，一手搭在林迁西身后的沙发上，看到他，才坐正了点儿。"嗯，请了一上午假，加上半天假凑一天，刚好能来看你们打球。"

　　"这么好吗？"姜皓看看林迁西，走过来。

　　林迁西也坐正了，打岔道："你手里拿的什么？"

　　姜皓手里提着个方便袋，放在沙发前面的小茶几上："还能是什么，还不是给你的？刚打完比赛就去找你了，没找到，人家就叫我带来给你了。"

　　方便袋里是一只透明的塑料餐盒，装满又大又红的草莓，又是洗干净的，还带水珠。宗城看了一眼："还有人专门给你送水果？"

　　林迁西还没说话，姜皓已经回答："好几回了，每回都不同，葡萄、杧果，今天是草莓，下回就不知道是什么了。"

　　宗城问："谁送的？"

　　"你见过的，那个罗柯。"

　　"你这样说他怎么记得。"林迁西又补充一下，"就那个混蛋邓康的搭档，上回比赛的亚军。"

"我记得，"宗城说，"那个跟你要微信的。"

林迁西一愣，想了起来。"对，是有这事儿，你居然还记得。"他自己都不记得要微信这事儿了，"难怪他说想交个朋友，要微信的时候好像也是这么说的，还挺执着啊！"

宗城记得对方名字是因为邓康，要微信那事儿就记得很清楚。"他又说想跟你交朋友？"

"嗯啊，他是这么说的。"

宗城口气淡淡的："他很缺朋友？"

林迁西被这话弄笑了："这我怎么知道。"

"他还说什么了？"宗城把手机递给他，先不讲题了。

林迁西接过去，收进西裤口袋，想了一下，"啧"一声："他说他跟邓康有些地方还挺像的，但不是品行不好的意思，可能怕我误会吧。"别的反正他也没怎么听。

宗城看他一眼："是吗？"

"人来了。"姜皓忽然提醒一句，转头去倒水喝。

休息室的门已经开了，好几个人走了进来，打头的就是罗柯。"林迁西——"刚叫完这一声，他就发现了林迁西旁边的宗城，有点儿意外，停顿一下才把话说完，"你晋级还顺利吗？"

"顺利。"林迁西推了一下茶几上的草莓，"这不用了，你自己吃吧。"

"收下吧，我也晋级了，就当庆祝了。"罗柯说完，才跟宗城点了个头，算打招呼。

宗城没说什么，也就看了他两眼。

罗柯看看宗城，又看看林迁西，毕竟跟宗城不熟，当着宗城面，好像也找不到话跟林迁西说了，笑了笑，先回他的队友那儿去了。

林迁西看休息室里人多了起来，还有人在往宗城这儿看，悄悄拿腿撞两下他的腿，站起来："姜皓，我们去练球了啊！"

宗城跟着站起来，拿了书包。

姜皓在饮水机那儿喝水，刚在手机上把王肖那三个臭皮匠拉了个群，说宗城已经到这儿了，那边就炸了。听到林迁西那句话，回过头时，那俩人已经出了休息室，他往茶几上原封未动的草莓看一眼，嘀咕道："这肯定又是我解决了……"

昨天两场从预赛的六十四强里产生了十六强，刚才结束的那场是十六强进八强的比赛，紧接着在下午要打的决赛其实是八进四，只要进了四强，就有了下学期去打全国比赛的资格。练球的地方这会儿并不清静，晋级了的、没晋级的，都有在球室里跟球铆着劲儿干的。

林迁西在球室里随手抓了颗球，和宗城并肩靠在球桌边上，继续听刚才被打断没讲完的题，也就他这儿没练球。

等手机里拍下来的那些都讲完了，宗城把手机还给他，忽然问："你没吃他送的东西？"

林迁西愣一下才反应过来是说谁："你说罗柯啊？没啊，全给姜皓吃了。"

"为什么没吃？"宗城又问。

林迁西笑道："不觉得挺怪的吗？我这人感觉很准的。"

宗城心想是挺准的。

"林迁西，在吗？"说曹操，曹操到。罗柯不知道怎么又出现在了球室门口，看起来也像是来练球的。

里面的两个人同时回头。

罗柯在进门的角度刚好看到他们靠在一起的画面，就连撑在球桌上的手指都是随时会碰到的距离。罗柯不自觉地看宗城，宗城这人给人的印象特别冷，没表情，所以也想象不到他会跟林迁西这么亲近。

"有事儿吗？"林迁西问。

罗柯笑了一下，推一下眼镜："打扰你们练球了，我跟你私底下说一下可以吗？"

林迁西看了一眼宗城，放下手里玩儿的球，走出来："可以，你说吧。"

在球室外面，罗柯远离了门才说："下午比赛完你有什么安排吗？"

"安排？"林迁西说，"我的安排都满了，我特别忙。"

罗柯讪讪地笑一下："我看你这几天不是练球就是做题，好像是挺忙的。"

"对，我真忙。"林迁西顺着他的话说。

"再忙也得吃饭吧。"罗柯说，"下次见面不知道是什么时候了，如果可以的话，我想请你吃个饭。"

林迁西刚要拒绝，转头看到了吴川，正好找到理由溜："还是算了，我们老师来了，就这样吧。"

吴川还真在叫他："林迁西，来，有点儿注意事项跟你说。"

林迁西趁机跑了过去。

罗柯看林迁西直接走了，只好回自己球室。经过刚才的球室门口，朝里看，宗城靠坐在球桌边上，正看着他。他就停下了，打招呼道："这次怎么没看到你参赛？"

宗城说："我不打个人赛。"

罗柯愣了愣，会了意："你只跟林迁西打双人赛？"

"嗯。"

罗柯看林迁西还没来,走进球室,指一下球桌:"能跟你练一局吗?"

宗城站起来:"你要想来就来。"

罗柯听他口气不冷不热的,完全感觉不出他是什么情绪,拿了球杆说:"你先?"

"你先。"宗城说,"我已经抢先了。"

罗柯没明白:"什么?"

宗城看了他一眼:"打吧。"

就这么开场了。罗柯打球很稳,是练了很久的结果,连打几球进袋,然后才停。他和林迁西不同,林迁西打球随机应变能力一流,想到哪儿打到哪儿,某种程度上就是天赋型选手。

宗城看他下杆的时候就有数了,轮到自己,拿了巧粉擦了擦杆头,俯身,一球就打破了他的防线,直落中袋。

罗柯下意识地推一下眼镜,觉得这一球不太符合稳扎稳打的常规,气势不对,握着杆笑了笑:"你心情不好吗?"

"我心情挺好的。"宗城压低肩,手上又一杆推出去,心想本来还可以更好。

罗柯温和地说:"我差点儿以为你是因为邓康而对我有情绪了。"

宗城站直,拿巧粉擦两下杆头:"今天的事儿跟他无关。"

罗柯没作声,拿着杆,听见外面有人声、脚步声,不知道是不是林迁西快回来了。

宗城放下巧粉,又压下杆打了一球,"咚"的一声闷响,主球直接压迫到他没有活球可打的位置,拦了一道防线。宗城拎着杆,抬起头,忽然说:"离林迁西远点儿。"

第74章

林迁西再回到球室里的时候,看见宗城正在球桌边上收着球,也没看到其他人在,便问他:"你刚打球了?"

"嗯,随便打了一场。"宗城不想拿这些事儿来影响他比赛,说得就跟自己随手打了一场玩儿似的。

"怎么不等我啊!"林迁西走过来,帮他收了两颗球。

宗城听了就不收了，又拿起了球杆："那现在来，再陪你练两局。"

"来啊！"林迁西把球一摆，从口袋里掏出张票给他，"这个先给你。"

宗城接了，是决赛的入场券。

"吴川刚拿来的。"林迁西说，"你没参赛，下午集合去赛场的时候肯定不能跟我们参赛的一起了，拿这个进就行。"

"嗯。"宗城收进裤兜里，"比赛在几点？"

"两点。"林迁西摆着球，"吴川说比赛结束了我就算空闲了，没我什么事儿了。"

"空闲给我留着。"宗城说。

林迁西笑道："行，给你留着。"前面跟罗柯说有安排了，不就是时间都给他留着了吗？

还真是只打完了两局，姜皓就从外面走了进来，手里提着打包的饭，一进门就瞅两人："妨碍到你们了吗？"

林迁西斜靠在宗城旁边的球桌上，手上擦了擦杆头，很淡定地回："有人说你妨碍了？"

"我不是看你们一直待一起，怕妨碍到你们学习吗？连午饭我都给你们带过来了。"

"是啊，又学习又练球。"林迁西说着瞥一眼宗城。

姜皓把饭放在边角的小桌上："都要备赛了，还打什么，赶紧吃吧，吃完就去集合准备了。"

宗城在球桌边站直，把林迁西手里的球杆接过来，一起放下。

林迁西到桌边坐下，转头要叫宗城，看他拿了外套，正要往外走。

"我出去买点儿东西，你们先吃。"宗城说着话就出去了。

姜皓说："他买什么？"

林迁西也不知道，随口回："买试卷吧。"

"买试卷？"姜皓不太信。

等饭都快吃完了，宗城回来了，手里提着只红色塑料袋，在林迁西旁边坐下。

姜皓捏着筷子，在对面问："你真买试卷去了？"

宗城似乎笑了一下："对。"一边把袋子直接放在了林迁西腿上。

"莫名其妙……"姜皓嘀咕道。

林迁西抬头，看姜皓低头扒饭去了，又看他，动动口型：什么？

宗城拿了筷子："吃吧，要集合了。"

林迁西只好继续吃饭，把那塑料袋抓在另一只手里。

很快就有工作人员来催了，提醒大家去候赛厅准备，不要再在球室里面练球了，要保存精力比赛。

林迁西和姜皓不在一个时间点比赛，得先走，出球室的时候，又回头说："赛场见啊！"

宗城朝他点头："嗯。"

姜皓故意等林迁西先出去了，才慢吞吞地往外走，又看看宗城："你对林迁西也太不一样了，教他个学习，还特地赶来看球加陪练？"

宗城收拾了一下桌上："我不也来看你了？"

"拉倒吧，你连我在哪个厅比赛都不知道吧。"姜皓出去集合了。

宗城坐在球室里，自己笑了笑。

比赛前还有足够的休息时间，林迁西在候赛厅里等着的时候，把那只袋子打开了。

里面是一只餐盒，装着洗干净的大颗大颗的草莓。他看了好几秒，忽然笑起来，低声自言自语一句："靠，真会玩儿……"这人故意的吧！

周围还有其他人，他往侧面坐了坐，跷起二郎腿，把餐盒架在腿上，捏了一颗塞进嘴里。吃了好几颗，好像有人在看他，林迁西循着感觉转头，看见罗柯正在看他。

对上林迁西的视线，罗柯笑了笑，指了一下他手里的草莓："这应该不是我送的那盒。"

林迁西也笑笑，又往嘴里塞了一颗，不直说就是默认了。

罗柯有点儿讪讪地看了他两眼："比赛顺利。"

"你也是。"林迁西嚼着草莓说。

"我是说真的，"罗柯说，"真心希望你比赛顺利，你在赛场上真的特别有魅力。"

林迁西嚼着草莓停顿了一下，上下看他两眼。

罗柯没再说下去，转身去旁边自己的队友那儿坐下了。

林迁西看出他情绪有点儿低落，听他这么夸自己实在觉得有点儿古怪，往嘴里又塞了颗草莓，心想别是自己想的那样吧……

下午两点，比赛准时开始。

八强进四强，一组一组按顺序来，一共四组，林迁西分在第二组。进场的时候，他就往观众席上扫，一眼就看见坐在前排的身影。

宗城穿着黑色外套，书包放在脚边，正在看他。

林迁西拿了球杆，正一正马甲和领结，冲他勾了勾嘴角，也不知道他看见没有，然后走去球桌边。

对手是和罗柯一个队的，林迁西有点儿印象，一个圆脸男生，上场时板着脸，全程没有半点儿笑容。

林迁西占了发球权，是个好开端，他觉得今天的球对自己来说有点儿顺，可能是心情不错的缘故。

推杆，收杆，台上清脆的台球响，周围没有一点儿嘈杂声，只有裁判清晰地一遍遍报上增长的分。

轮到对手上了，林迁西坐到选手席上，瞅了瞅场边的吴川，又瞥了瞥前后左右其他人，再悄悄看宗城。他身体微微前倾，两只手臂撑在膝上，眼睛就看着自己这里。

林迁西理着领结，和他视线触碰到，又带笑不笑地回过头，一脸正经地往球桌上看。

"笃"的一声闷响，对手的球犯了规，没能给这边造成有力的阻拦，形势顿时一片明朗。这是个好机会，他马上来了劲头，拎着球杆站起来，回到球桌边。

一球，又是一球。林迁西压下肩膀，架着杆，眼睛瞄准母球，看见观众席上那道身影似乎又往前倾低了身子，两只手交握在膝前，就等着他这一杆推出去的瞬间。他深吸口气，手陡然一送，"嗒"一声清响。

裁判报分。这一局在他的杆下提前结束了。

林迁西站直，朝观众席上挑一下眉。

宗城坐正了，是放松的姿态，松松地屈着双腿，嘴角冲他扬一下。高中组的比赛不复杂，采用三局两胜制，比想象中顺利，也快很多。

观众席上响起稀稀拉拉的掌声时，吴川从场边几步走过来，拿着个红彤彤的证书，跟捧金砖似的："拿到了！你打大比赛的资格有了！我就知道你行！"

林迁西"嘿"地笑一声："那你帮我收着吧。"

"行，你干什么去？"吴川把证书夹在胳膊底下。

"学习去！"林迁西放下球杆，小跑走了。

迎面而来的是紧跟着要打的第三组，罗柯看到他从面前小跑过去，眼神追着他的背影，一直看到观众席。

宗城在那儿拎着书包站了起来，朝林迁西走过去时还朝自己这儿看了一眼，脸上没有表情，就和说那句话时一样。"离林迁西远点儿。"

林迁西在宿舍里换下正装，拎着自己的书包小跑出去。

宗城就在外面倚着墙等林迁西。"好了？"

"好了，走吧。"林迁西把书包往肩上一搭，跟他离开了场馆。

"草莓都吃了？"到了外面的马路上，宗城问。

"吃了啊！"林迁西看他，"人家买草莓，你也买草莓，学别人的？"

宗城揪着林迁西的后领往自己身边带一把："那能一样？"

林迁西摸一把后领，笑了："哪儿不一样啊？你的草莓比别人的大，比别人的甜？"

"嗯，肯定，毕竟买的人不一样。"他看了林迁西一眼，往前走了。

林迁西摸了把脸，脸上笑笑，心想他可真够闷骚的，又小跑着追上去："我们俩就这么悄悄走？"

"我跟吴川说好了，"宗城说，"你打完比赛就跟我回去学习了。"

"真有你的。"

宗城忽然拽一下林迁西的外套："听说这儿有个松鼠桥，要去吗？"

"什么桥？"林迁西看了看灰扑扑的马路，"离得远吗？"

"不远，走过去五分钟。"宗城直接抓了林迁西的胳膊，"走了。"

林迁西被拉着往前一冲，撞了一下他的肩："你也不给我选啊，还问个球！"

宗城居然笑了："跟我走就行了。"

没多远是有座桥，特别突兀地横在不足三米宽的河面上。也就是一座普通的木桥，灰旧朴实，没有什么看头。

林迁西从桥上走，低头看了一路，到了桥那头，抬头问："这就是松鼠桥啊？"

宗城说："来的时候在路上搜了一下，看到了这桥，据说能看到松鼠就会运气好，所以叫松鼠桥。"

"你还搜这个？"林迁西没想到。

宗城看他一眼，走过了脚下的桥："不搜怎么会知道。"其实是做了准备带他来的，就是现场让人失望了点儿。

到了桥那头，倒是看到了松鼠，不过是路边小店卖的松鼠毛绒玩具，店门口贴着硕大的"开运"两个字，用来揽客。

林迁西在店门口百无聊赖地翻拨了两下，忽然头发上一沉，拿手一摸，转头看到宗城的脸。宗城刚拿了软趴趴的小松鼠压在了林迁西的头发上。

"这个要了。"宗城对店里说，掏了手机出来付钱，一边看他一眼，嘴角扯了扯。

"干吗？我三岁？"林迁西捏着那毛茸茸的小玩具看宗城。

"爸爸送你的。"宗城付完钱，直接拿了塞进他外套口袋里，"不要吗，乖仔？"

林迁西咂嘴，手在口袋里摸了一下，往前走："要。"

这地方也不大，到车站才二十几分钟。有一趟大巴是可以回去的，不过班次比较晚，眼看着天就黑了。

林迁西在小客运站里避风，一边问："这儿的车都难等，你怎么来得这么准时？"

宗城在旁边的小超市里看有什么吃的，一只手在挑选，轻描淡写地说："想来还能来不了吗？"

林迁西笑道："这么想来啊？"

宗城瞥他一眼："来给你送草莓啊！"

林迁西看宗城好几眼，忽然轻轻撞宗城一下："有点儿酸啊城爷！"

宗城掀眼看着他。

"干吗，还不承认啊你？"他又开始犯痞了。

宗城拨一下他肩："车来了。"

车还真来了，刚在马路边上停下来，刹住时一阵烟尘弥漫。林迁西背着包出去。

上车时有点儿挤，宗城跟他后面，一手撑着他的腰，把他送上去。林迁西去后面靠窗的位置坐下，宗城紧跟着就在旁边坐下了。

车还要等客，一时半会儿不会开，车上有人在吃东西，吵吵闹闹的，各有各的空间。宗城把买来的吃的递给他，忽然问："要吃面吗？"

"面？"林迁西往外看，"怎么忽然想起来吃面？这儿也没面店啊！"

"那就方便面。"宗城把书包放在座上，又下了车。

林迁西隔着窗户玻璃去看，他脚步很快地走回站里去了。

才几分钟，他就端着碗冒着热气的泡面走了回来。路上有两个走在一起的女生跟他说话，大概是问路，他指了一下站里，就直直走回了车上。

林迁西一直看着他回来，在自己身边坐下，问："真吃面啊！"

"嗯，"宗城递一把叉子给他，"就这一碗，两个人吃吧。"

林迁西不挑，凑近了，拿叉子叉了一下就塞进了嘴里，抬眼时看宗城也凑近来，背朝着过道，低头叉了一下送进了嘴里。两个人低头就着一碗面吃，挨得近，面也扯在一起。

嚼着嚼着就同时抬了头，彼此的嘴巴连着一根弯弯曲曲的面。林迁西嘴角往上牵，一点儿一点儿咬着面靠近。

宗城看着他，没有动，嘴里的面也没动。

林迁西还在一点点靠近，直到鼻尖对鼻尖，近得两张脸就快要贴上，忽然一口咬断面，吸溜进了嘴里，冲着宗城笑，眼都弯了。

宗城把剩下的面吃进嘴里，眼睛还盯着他，低声说："还好这是在车上。"

林迁西笑着看看左右，一口面全吃了下去，小声说："为什么感觉我俩搞得就跟私奔一样？"

宗城也笑了，低着头，嘴角提了半边，看着他："好好学语文，这可不叫私奔。"

第75章

车已经开出去好半天了，林迁西低着头，手上剥着条口香糖，塞进嘴里，然后看了看旁边，还是有点儿想笑，低头又剥了一条，递过去："给你。"

宗城低着头，在往手机上插耳机线，转头看一眼是口香糖，又看看他脸，低头就着他手吃进了嘴里。

林迁西看前后的人几乎都昏昏欲睡，咧着嘴角小声问："好吃吗？"

"嗯，还可以。"宗城嚼着口香糖说。

"喊……"林迁西嘴里吹出个泡泡，"啪"一声响。

宗城往他耳朵里塞了只耳塞，另一只塞进自己的耳朵："睡会儿？还有半小时就到了。"

林迁西又转头看了看前后，朝宗城勾一下手指："没有枕头借我靠靠吗？"

宗城拍一下自己的肩膀，看着他。

林迁西身体往下坐低了点儿，歪头靠上来，忽然低低地"啧"一声。

"怎么？"

"你肩膀怎么这么硬？"

"能不能有点儿常识？你靠在骨头上了。"宗城把他的头往下按，按在肩窝里，低声说，"这儿。"

他枕在宗城的肩窝里，不动了，一边耳朵里是英语，一边能听见宗城胸膛里一声一声稳健的心跳，刚才说话挺利索的，现在突然不知道该说什么了。

他刚想抬头，头又被宗城一把按回去："睡。"

"……"林迁西无语了两秒，在宗城腰上拽一下，"下次，让你靠我。"

"哪个下次？"宗城拍开他那只手，声音更低了，"别乱拽。"

林迁西很低地笑了一声，老实了。大巴车里灯是暗的，耳朵里听着英语，渐渐地有了困意。

晚上九点半，车开进小城，车窗外出现了熟悉的街道。宗城摘下耳朵里的耳塞，歪头看，林迁西靠在他肩窝里，闭着眼睛，应该是打比赛累了，还是睡着了，黑漆漆的头发蹭着他的下巴。他手伸过去，摘了林迁西耳朵里的那只耳塞，手在林迁西脸上轻轻拍一下。

林迁西睁开眼睛，看了他两秒，眼珠动两下，看见车厢里睡觉的人差不多都醒了，马上坐直："到了？"

"嗯，就在这儿下吧，走回去近点儿。"宗城的手指忽然在他嘴边指一下，"流口水了你。"说完站起来，拿了书包，"师傅，停一下。"

林迁西一愣，赶紧摸一下嘴，什么都没有，拿了包站起来就追了出去。

宗城下了车，被跟上来的林迁西一把推到路灯下："骗我是吧！"

话音还没落，宗城回头，脸上的笑没了，看着林迁西身后的马路。

林迁西顺着他眼神往回看，手顿时松开。

秦一冬骑在自行车上，看起来像是刚要打旁边经过，现在停了下来，正看着他俩。

林迁西眼神晃悠一下，回头看宗城，什么事儿都没有似的说："不早了，就在这儿回去了啊！"

宗城扫了眼秦一冬，又看着林迁西，点了下头："那就回去吧。"

林迁西扭头往家的方向走，看了秦一冬一眼，那小子还在盯着他俩看。等走出去一大截，他才回头看了看下车的地方，宗城朝着老楼的方向去了，拎着书包，拐弯不见了。他眼一转，看见秦一冬骑着自行车打那儿过来，要从他旁边过。

"你俩去哪儿了？"秦一冬冷不丁地问。

林迁西一下停住，心想真是绝了，分明都装得若无其事，居然被他看了个正着，转头说："你大晚上在外面溜达，就是要看我俩去哪儿了吗？什么爱好啊？"

"我跟同学玩儿到现在不行啊，关你屁事儿。"秦一冬没好气地说。

"那我跟人去哪儿关你屁事儿啊！"林迁西扭头继续走。

秦一冬一捏刹车停住了，盯着林迁西的背影，说不出话来。林迁西的嘴皮子一直都比他溜，总能一句话掐他七寸。他憋了几秒，脸都憋红了，才说："不关我屁事儿，谁乐意管你！"

林迁西听见这话回头，那小子已经气冲冲地蹬着车掉头走了。林迁西把手里的书包往肩上一搭，心虚地摸一把脸："怎么刚好被他撞见了……"又看了看，确认马路上没人了，就真跟做贼心虚一样，直接朝着家跑了回去。

回到家，黑灯瞎火，没有人声。林迁西摸黑进了房间才开灯，掏出裤兜里的手机，响起一道进微信消息的声音，是宗城发来的。

——他有没有问你？

宗指导员真的是个人精。林迁西一边打字一边腹议。

——放心，他问不出什么。

宗城在那边像是停顿了一下，才回过来下一条。

——今天过得还满意吗？

林迁西笑起来，扔下书包，往洗手间里走，手上敲着字。

——还行吧。你呢？

宗城回得简单直接。

——我挺满意的。

林迁西看了好几眼，才把手机收起来，拧开水龙头，抄着水用力搓了搓脸。在车上睡了一觉，现在整个人都是清醒的，看了宗城这句后，脑子里都是白天的事儿，接下来可能更要睡不着了。他摸了摸口袋，摸到了那个松鼠毛绒玩具，掏出来，拿到房间的床头边放上了，整个人往床上一扑。刚才是故意胡扯的，其实他这一天高兴得很，满意着呢！

或许真是太过兴奋了，林迁西第二天也没睡懒觉，一大早就起了床。

往身上套外套的时候，他在家里晃了一圈儿。阳台上有新洗的衣服，看了看柜子上，留给他妈的字条还在，不过她应该看到了吧。反正也回来了，他把字条揪了扔了，照旧去厨房拿了两片面包当早饭，出门去学校。

刚出小区，手机响了一声，林迁西拿出来看，是顾阳发来的。

——好哥哥，这个周末是你跟我哥一起过的吗？

林迁西一口面包噎在喉咙里，心想干什么，这是来抓包的吗？

——怎么了？

顾阳发了一个微笑的表情，看着是一副阳光灿烂的样子。

——本来我跟彩姐打算来陪我哥的，他非不要。昨天那么重要的日子，他是不是跟你一起过的啊？我也想不到还有谁能跟他一起过了。

林迁西嘴里叼着面包，边走边敲字。

——什么重要的日子啊？

对话框里"嗖"地回过来一条。林迁西脚步停了，看了两遍，确定没有看错，嘴里的面包一口咽了下去，小声嘀咕一句："我……"

他站着想了想，忽然转头就往家里跑，三步并两步地上楼进屋，冲回房间，到处找，最后找到了当初用报纸包着的那支旧球杆，斜着往书包里一塞，就匆匆地又出了门。

教室里，几双眼睛齐刷刷地盯着后门。

林迁西一进去，就看见前面一排的几个人瞪得圆溜溜的眼睛，全都看着他。

"干吗呢？"他走到座位上坐下，书包往腿边一放，扫了他们两眼，"看什么啊？"

"西哥，城爷悄悄去看你比赛，都不告诉我们！"王肖张嘴就说。

薛盛挤过来："听说你俩比赛完就一起走了？"

孙凯跟着问出核心问题："你俩干吗去了？"

一人一句，跟早准备好了似的，林迁西这才知道他们为什么一大早盯着自己，踹一脚王肖的椅子："干吗？屁话这么多！他去买试卷，我要早点儿回来学习，不行啊？"

"……"王肖扭头看姜皓。

林迁西也看过去："什么意思啊，你说什么了？"

姜皓回了头。"我说什么了，说你热爱学习，练球积极。"说着递给他一个封着口的信封，"你的奖金，昨天打完比赛就溜了，钱都不要了，吴川让我带给你的，他说让你休息一天，今天不用去操场训练跑步了。"

林迁西拿过来塞进书包里："怎么可能不要，这是我的大学学费！"

姜皓看他两眼，耸了一下肩："四强我没进，下回比赛就看你了。哦对了，那个罗柯进了……"

旁边椅子一拖，一声响，打断了姜皓的话，宗城到了，坐了下来。

林迁西还没能说什么，先看他一眼。

王肖又问宗城："城爷，你自己跑去看西哥比赛，怎么不告诉我们？"

宗城淡定地反问："我想叫你们一起去，你们请得到假吗？"

王肖刚被林迁西噎了，又被他噎个正着："好吧，你成绩好，我们请不到。"

宗城看了一眼林迁西："背单词了？"

林迁西拿出英语书："嗯啊，背了。"一边朝他动动口型：牛！说完看看前面，三个臭皮匠都回过头去了。林迁西把书竖起来，拿脚踢一下宗城的脚跟："你怎么不告诉我？"

"什么？"宗城低声问。

"昨天啊，顾阳说是你的生日！"林迁西在书后面冲他拧了下眉，"你怎么不早说？"怪不得突发奇想说要吃面，要不是顾阳今天来微信，自己还不知道。

宗城半点儿也不在意："就一个生日，不是过得挺好的？"

"我至少该给你送个礼物吧。"林迁西低声说，"也不说一声，根本没准备。"低头去拿腿边的书包，从里面抽出那支又旧又小的球杆，"就把这送你吧。"

宗城看了一眼横在桌下面的球杆，只有正常球杆的一半长，问："你几岁用的？"

"不记得了，反正是我小时候的东西。"林迁西想想又觉得贼寒酸，手往回收，"算了，还是下次补你一个别的，这玩意儿太破了。"

宗城一把拿了过去："就这个了。"

林迁西说："你真要啊？"

"要。"他在手里掂一下，又看林迁西，忽然嘴角一扬，"以后哪天你不乖，还能用它来抽你。"

"……"林迁西踢他一脚，伸手就来抢球杆。

宗城一把按住他手，抬头，看了看前面："你背多少了？我要抽查了。"

林迁西也抬头，看见前面王肖又往回看，便装作底下一片太平："哦，抽啊！"

第 76 章

虽然字看上去歪七扭八的，但林迁西还是在本子上一笔一画地默写着单词，密密麻麻地写了好几页纸。宗城确实抽查了，但是这一天几乎课连着课，连课间时间都很有限，直到放学的时候才有空检查。

走在回去的路上，宗城一只手拎着书包，一只手拿着本子，看完了，递给林迁西，手指点两下："这几个词组你写错了，这句诗也写错了，要抄多少遍自己定。"

"哪有说抽英语单词又跳到语文诗词的，都不给点儿心理准备。"林迁西拿着本子说。

"我就这样查。"宗城把那支塞不进书包的球杆故意往外拽半截，"怎么样？"

"……"他还现拿现用上了，林迁西挑眉说，"禽兽……"

"你说什么？"

"背单词呢，animal，动物。"

"这时候一般用 beast，野兽。"宗城把球杆抽出来，"你想见识一下？"

林迁西指指他："这不就是吗，见识到了啊！"

宗城抓着球杆看林迁西，断眉微微一动。

林迁西笑一声，一个冲刺就跑出去了。

宗城差点儿就要去追，口袋里的手机振了，眼睛看着林迁西跑出去的背影，球杆塞回去，拿出手机，是季彩打来的。他接了："喂？"

"城儿，"季彩说，"需要我这边给顾阳办手续吗？你现在已经成年了，他就急着想过来跟你待在一起了。"

"办吧。"宗城说，"我正好也想请你办这事儿，本来就该接他过来了。"

"那好，我来办。"季彩说完顿一顿，接着问，"你跟西哥还好吗？"

宗城又往前看林迁西的背影，都快看不到了，脚步跟上去："都挺好的。"

"你自己觉得好就好吧。"

"嗯。"宗城没往下说，挂了电话，往前走，目光寻到了林迁西，他已经快到杨锐的店外头了。

"林迁西！"杨锐忽然从店里钻出来喊了一声。

林迁西刚站下来等宗城，扭头看过去："干吗？叫这么大声！"

杨锐手里拿着手机："快去便利店一趟，有个相亲的男人去找你妈了。"

林迁西看了他两眼，咧了下嘴角："相亲约会呗，我还能不让她见人家啊？"比赛那几天没见到他妈身影，回来也总不见，他就猜大概还是忙这事儿去了。

杨锐说："我不是说这意思，你快去，你妈好像被欺负了。"

林迁西一愣，肩上书包拿下来往他怀里一扔，拔脚就跑。

宗城看出不对，走过去，把书包递给杨锐，没顾上说什么，就跟了过去。

林迁西不知道宗城追了过来，飞快地爬上一辆公交车，车早启动了，也没等宗城就开走了。

他从公交车上下来，一口气冲到便利店，在门口看到一辆熟悉的自行车，什么都没顾上就跑进了店里。

"装模作样什么啊，我打你了吗？"一个男人在咋咋呼呼地喊。

林迁西一眼看到他妈侧身站在货架那儿，一只手捂着嘴角。对面是一个五大三粗的男人，看着好像喝了酒，气势汹汹地瞪着她。两人的中间居然还拦着一个人，那是秦一冬："你就打了，我看到了！"

林迁西跑过去："打谁？"

秦一冬看到他一愣："你怎么来了？"

林迁西反问："你在这儿干什么？"

"我不是打给锐哥的吗？你怎么知道的？"秦一冬瞪大眼看他，又看林慧丽。

林迁西就明白为什么杨锐会知道了。不过现在他没空管这个，看一眼那男人，问他妈："怎么回事儿，他打你了？"

林慧丽看着他："没事儿，你跑来干什么？快回去吧。"

那男人看见多出个人来居然来火了，脸红脖子粗地喊："怎么着，叫几个小伙子来帮忙啊？！"

林迁西看见他妈嘴角青了一块，再看那男人，瞬间脸就冷了："我就问你，你他妈是不是打她了？"

"她先打的我！"男人号叫一声，伸出胳膊，"你自己看，她抓的。"

"你先动手动脚怎么不说？我都看见了！"秦一冬说，"在这儿买东西的人都被你轰走了。你等着，我马上报警！"

"你报啊，我跟她处对象的事儿，局子也管不着！"

林迁西看一圈儿店里，现在没别人，就他们几个，货架这一片被弄得掉了一地的东西，那男人脚底下还踩了两袋饼干，看这架势就知道是来闹事儿的。他咬着牙，转头找了找，从货架上拿了一截捆货的塑料绳，在手里扯两下，打量那男人，他知道这种敢明目张胆闹事儿的人都没王法，这种货色怕的是什么他最懂了。

"来，这儿是人家店里，咱俩出去谈。"林迁西忽然把绳子往对方脖子上一甩，勒着就往外拽。

"林迁西！"林慧丽脸都白了，"你别胡来！"

那男人也给吓了一跳，被勒得两只手抓住绳子，不得已跟着他往门口走，还嘴硬地骂："就你他妈的也敢……我看你能把我怎么着！"

林迁西冷着脸把男人往外拖："老子给你好好醒醒酒，再跟你谈打人的事儿。"

刚出去，秦一冬跟过来："你……"

话没说完，林迁西抬头就瞪住秦一冬："你给我好好在这儿待着！没你的事儿别掺和！"

秦一冬停在门口，诧异地看着他："你有毛病？"

"少废话，你要再想瞎出头，就给老子滚！"

"……"再？秦一冬莫名其妙。

那个男人逮着机会，忽然往林迁西身上扑，抢着拳就要往他身上砸："狗日的，多大人还想跟老子狠！"

林迁西刚要让，秦一冬看见了，就想去帮忙。

也就瞬间的事儿，一个人大步过来，一把拉住林迁西，往后一拽，自己侧身挡住了他，那一拳贴着自己右肩过去，多少砸到一点儿。是宗城。

"靠！"林迁西一脚踹了出去，那男人直接被踹到裆部，疼得缩了腰。

宗城赶来得有点儿急，胸口起伏，还在喘气，拦住他，脸也冷了，扭头看地上的男人。"你别动手，不是学好了吗？"

林迁西咬牙，心里冒着火，但都压着，手里拽着塑料绳不松："对，我学好了，不然他早就趴着了。"

宗城拿了他手里的塑料绳，推了他一把，又拽住那男人的衣领往墙角拖，冷着声说："我跟他谈谈。"

林迁西看着宗城把那男人拖向便利店旁边的墙角，都不知道他哪儿来那么大力气，对方根本挣扎不了，像条死鱼一样。刚要跟过去，又听见他说："别来。"他说话时拽着那男人，直接进了墙角，是硬生生拽进去的。

林迁西停住了，回头看一眼，秦一冬正在看刚走的宗城，眼神又晃到他身上来，带着古怪，跟没想到一样。

他又看了一眼店里站着的林慧丽，甩了一下被绳子扯过的手，忍了一肚子的火，但当着秦一冬的面什么都没说。

林慧丽也没作声，嘴角青着，脸也是青的，扎的头发早就散了。她随手拢一下，转过头，从长裤口袋里掏了烟出来，给自己点了一根，吸了两口，弯腰去收拾地上的残局。

墙角里几声闷哼。很久，宗城从里面出来了，一边走一边拉下外套的袖口。他的身后，那个闹事儿的男人跌跌撞撞地出来，跟跄得不成样，都没站稳就跑了。

"谈完了，"宗城说，"以后不会来了。"

秦一冬顿时又看他好几眼，眼神在他和林迁西身上来回飘。

林迁西咬着牙，低声说："算他跑得快。"

宗城看了一眼便利店里的情形，没进去，这是林迁西的家事，也不好多待，不然像在看笑话，于是转身说："我去杨锐那儿等你。"

秦一冬被提醒了，看了一眼林迁西，想起他前面对自己放的狠话，什么都没说，推着自行车先走了。

林迁西在便利店门口站了至少两分钟，才开口："说多少遍了，找个对你好的正常人不行吗？这种货色有什么好见的！"

林慧丽收拾好了货架，站在那儿默默地抽烟，好一会儿才说："马上换班的人就来了，回去吧，这样的事儿你别冒头，我特地让冬子别叫你的，就是怕你跟人动手。"

"不叫我？除非你不是我妈，不然我能不冒头吗？"林迁西嘴一闭，转头就走。他管什么，什么都管不了，也不需要他管。

宗城坐了几站公交车，下来往杨锐的店走的时候，天刚有点儿昏暗。他活动着双手，揍那闹事儿的确实下了狠手，不然对方不知道害怕，没完没了。

秦一冬蹬着自行车从他后面骑过来："你跟着林迁西去的吗？"

宗城回头看秦一冬一眼："有什么问题吗？"

"没问题，我就好奇。你不像爱管闲事儿的人。"可是刚才护了林迁西，还替他解决了那个闹事儿的。平白无故，谁会这么费心费力地干吃力不讨好的事儿？秦一冬可还记着撞见他俩牵手的事儿呢！

"林迁西的不是闲事儿。"宗城往前继续走。

秦一冬停下来，看着他利落的短发、没表情的侧脸，一遍一遍品他那句话……

宗城走到杂货店那儿，回头看，秦一冬已经走了。

杨锐听见声音就从里面出来了："怎么样？"

宗城说："是个跑长途的司机，不是本地的，不然不会没听说过林迁西的名声，也不敢喝了点儿酒就去闹事儿，修理了一顿，保证说不会再去店里了。"

杨锐叹口气。"其实我有时候看林迁西他妈也挺无奈的。小地方的舌头很厉害的，你们现在还年轻，感受不到，等到我这岁数就知道了。这天底下最不缺对女人说三道四的嘴。儿子教得不好，都是怪当父母的，没有爸，那就是当妈的有错。人家说你家不完整，得要个男人，好吧，出去找，又都是那种货色。"杨锐转头拿了瓶矿泉水，抛给宗城，"林迁西自己明白着呢，所以不希望他妈因为什么家里不完整就去找男人，他不稀罕。"

宗城拧开盖子喝了一口，抿了一下唇，问："他自己的爸呢？"好像从来没听林迁西提起过。

"没有。"杨锐说。

"没有？"

"就是没有。"杨锐冲他笑笑，"这不明白吗？就是早死了，早年吃喝嫖赌把自己作死了。林迁西是遗腹子，没有爸的，他没那个概念，也不在乎。"

宗城又喝一口水，没说话。

马路上，林迁西终于慢吞吞地回来了，两只手插着裤兜，漫不经心地晃到杂货店这儿："我书包呢？"说话的样子跟没事人儿一样。

杨锐转头进了杂货店："在这儿呢。"

林迁西也没进去拿，而是看宗城："手疼吗你，揍那么凶？"

宗城说："我还没那么不顶用吧？"

林迁西咧咧嘴，转头去了隔壁。

宗城跟进去，看他在摆球，看着像是准备来上一局，便把手里的矿泉水放在球桌上，帮他摆。眼睛看了看他的侧脸，从这个角度看，他的头发特别服帖乖顺。

林迁西转头看宗城："你看什么呢？"

宗城低头摆着球说："以后不用叫我爸爸了。"

林迁西盯宗城好几秒，脱口就说："我靠，你不想教我了?!"

宗城抬头："……"

"教不教我了啊？"林迁西揪住宗城的领口，"我还没考上大学呢！"

宗城本来心里挺心疼他的，这会儿嘴角都提起来了，一把扣着他腰往球桌上一推："教，不教你教谁！"

林迁西被撞得"哑"一声，又笑着拍一下宗城的脸："这还差不多。"

第 77 章

人对没概念的东西是真不会想太多。打完了两局球，宗城再看林迁西，也不知道他现在是不是舒坦了点儿，至少表情看起来没低落，显然他真没意识到自己刚才那话是跟他自己的爸有关，毕竟那对他而言就是一片空白。也是好事儿吧，宗城不希望惹得林迁西心里更不舒服，今天够他不舒服的了。

林迁西在球桌边俯下身子，一球推出来，停在边角的球袋入口，没有进。他站直了，把球杆架在了桌上："看你打吧，我这一球打得不行。"

宗城刚要擦巧粉，不擦了，也放下了杆："就到这儿，你早点儿回家，你妈出了这事儿，你该早点儿回去。"

林迁西被说中了心思，抿着嘴没作声。

"回去吧。"宗城出去了。

林迁西出去时，宗城已经从隔壁的杂货店里拿了他的书包，一手抛了过来。林迁西接住抱在手里，肩膀耸了耸："行吧，那我走了。"

"我抽查的那些错的记得要抄。"宗城把自己的书包搭上肩。

林迁西背上书包从他旁边过，特地停一下，退回来，歪头凑在他耳边小声说一句："知道了，爸爸。"

宗城耳边拂过一阵热气，转过头，林迁西已经飞快地跑到马路上了。

"林迁西走了？"杨锐伸出头来，"还想留你们吃个饭呢。"

宗城看着林迁西刚跑走的路口，也往路上走："不吃了，他肯定担心他妈。"

杨锐笑笑,边回杂货店边说:"也是,你家林痞其实心软着呢!"

宗城听到他突如其来的玩笑回了下头,才又继续往前走,嘴角轻微地动了动。他家林痞……

林迁西没直接回去,转着转着,还是转回了便利店,也没再走近,就隔着条马路远远地看着。

店里现在正常营业了,他妈就在柜台后面,多了个女柜员跟她在一起,那个闹事儿的应该不会再来,他看了有几分钟,才转头走了。

进了家门,林迁西把买回来的一支药膏放在进门的柜子上,看了两眼,自嘲地笑笑:"又多管闲事儿了西哥,林女士还不一定需要呢……"自言自语着回了房间,连晚饭也没吃,就去抄写抽查错的了。

也不知道他妈有没有回来过,反正这一晚上都没见到。

早上,林迁西准备去上学的时候,走到玄关那儿,脚尖忽然踢到了什么,低头看了眼,是三只纸盒子,挨着放的,不过不是他放的,才知道他妈已经回来了。

"小心点儿。"林慧丽从厨房里出来,把几只盒子挪到旁边,"这里头是鸡蛋。"

林迁西看见她嘴角上贴了个创可贴,又看了一眼柜子上自己摆在那儿的药膏,可能真没有用那支药膏,他就当没看见,嘴里问:"买鸡蛋回来干什么?"

"店里正好打折,他们说草鸡蛋有营养,我就买了点儿。你现在不是打台球了吗,也要加点儿营养。这盒待会儿给你放在冰箱里,以后你自己做饭的时候可以加个菜。"

林迁西看了看她,感觉用这一盒鸡蛋就跟他讲和了,当时在便利店里较劲儿的那几句气话也不想再提了,"嗯"了一声,转头就想出门:"知道了。"

"那个帮忙的,"林慧丽又说,"就那帮你挡了一下拳头的那个,是不是就是教你的那个宗城?"

林迁西站在门口,回头看她一眼:"是他,怎么了?"

还以为她要说什么,结果她就指了一下玄关那儿剩下的两盒鸡蛋:"这两盒你带过去,一盒给冬子,一盒给他,当我谢谢他们俩帮忙的。"

林迁西看着那两盒鸡蛋,有点儿迟疑,送给宗城好说,送给秦一冬要怎么送?

"怎么了?"林慧丽看他不动,还以为他是嫌送不出手。

"没事儿。"林迁西一手一只盒子拎着,出去了,又想起来回头确认一遍,"那混蛋后来没再去找你了吧?"

"没有。"林慧丽说起这个脸色还是不好。

他放心了,拎着俩盒子出门走了。

想来想去，还得借杨老板的手帮忙。林迁西特地打杨锐的杂货店外面过，一头钻进里面喊了声："杨锐！"

杨锐正在厨房里忙："什么事儿？"

林迁西把一盒鸡蛋放在柜台上："这盒'大礼'放你这儿，回头你帮我送给那小子，我上学去了。"

"哪个小子？"

"还有谁，秦小媳妇儿！"林迁西说完转身要走，正好门外进来了个人。

"你叫谁小媳妇儿！"秦一冬进门就瞪着他。

"……"林迁西心想倒霉，说个坏话还被抓了个现行，流里流气地笑，"我说秦香莲、秦始皇，行不行？"

秦一冬指着柜台："那你那盒子也是送给他们的？"

"那我送不了，那就是给你的。"

"林迁西你！"秦一冬骂道，所以到头来那声"小媳妇儿"还不是叫他的？！

杨锐擦着手从里面跑出来："你俩别在我这儿打架啊！"

林迁西说："打什么啊，我就给他送个东西，不是，是我妈送的，感谢秦大侠的见义勇为。"说完拎了剩下的那盒就走。

没能走远，秦一冬追了出来，挡在了他前面，小声问："林迁西，你是不是跟那酷哥有什么秘密？"

林迁西脚一停，上上下下地看秦一冬。

"你看我干什么？"秦一冬看了一眼杂货店里，看杨锐没出来，才接着说，"你别以为我不懂，我还不知道你？没秘密他会那么帮你？"

"我靠！"林迁西抬脚就想踹秦一冬，"你跟谁学的，张嘴就这么懂？"

秦一冬往旁边躲，肩膀在杂货店门上撞了一下："跟你学的！"

杨锐跑了出来："不是说了叫你们别打架吗！"

林迁西停住，指指秦一冬："多吃饭，少说话，好好活到八十八，懂不懂？"说完朝马路上走了。

秦一冬看着他走了，皱着眉，回头进了杂货店里，在货架上拿了几支圆珠笔去柜台结账。

杨锐把那盒鸡蛋推给秦一冬："说什么了你，惹他那么大动静？"

秦一冬绷着脸，扭头就走："他就是个傻子！"走了几步，又折返回来，还是把"傻子"给自己的鸡蛋带走了。

林迁西本来是打算把给宗城的那盒鸡蛋送去他家再去学校的，结果被秦一冬一打岔，直接就带去了学校。

姜皓跟林迁西差不多同时进教室，看到他手里提着个装鸡蛋的盒子，古怪地问："你这是干吗，嫌食堂的菜不新鲜，还自带啊？"

林迁西把盒子放在桌底下："对啊，中午请你吃新鲜的，吃吗？"

姜皓觉得他就是在嘴里跑火车，到座位上说："你自己吃吧。"

林迁西不逗姜皓了，看看后门，宗城还没来。他干脆把那盒鸡蛋塞到了宗城课桌肚子里，感到好笑地想，给宗城个惊喜，回头等来了肯定得惊讶，爬起来就去跑步了。

吴川正在操场上等着，老远看到他过来，就朝他招手："林迁西，跑步之前，我先来跟你说一下规划。"

林迁西觉得他今天挺严肃，跑过去说："什么规划？"

"当然是你做体育生的规划。"吴川翻着手里的几张纸，"我看过了，明年体育生招收的政策缩紧了，不过你这速度在省内混个田径专业应该没问题，至少三本民办得混上一个吧。"

"就这样？"林迁西说，"我要能冲到班级前十五，我就能做一个好大学的体育生了。"这是宗城给他做的规划。

吴川摸一下他额头："冻发烧了你，前十五？你自己那班是什么班没数？而且好大学的体育专业都是要单招考试的，那可比省内的标准高多了。"

林迁西挥开他的手："吴老师，你要这么说，交易就掰了，下学期的大比赛我不打了，我走了。"

"回来！"吴川叫住他，"你就非得上好大学是吧？那你就冲个前十五给我看看，我从今天起就给你提高标准练，你要到时候冲不到……"

"来来来，"林迁西站到跑道边，活动着手脚，直接把他话打断了，"开始吧，我肯定冲到。"

吴川只好摆摆手，示意林迁西开始，他早发现了，这小子对认定的事儿是真的犟。

整整训练了一节早读课，标准提高了，人也累。林迁西跑回教室的时候出了一头的汗，去厕所洗了把脸，满脸湿淋淋地回了教室。

进去的时候就做好准备看宗城拿到鸡蛋的表情了，结果发现他的座位上还是空的。林迁西伸腿踢踢前面姜皓的椅子："宗城还没来？"

"没，百分之百是又请假了。"姜皓说，"高三上得这么潇洒的就他一个。"

林迁西觉得应该是有事儿，不然他不会无缘无故地请假。掏出手机刚想问他干吗去了，打开微信发现他早就给自己发了条消息过来，就在训练的时候。

——今天不去学校，有点儿事儿。

硬茬也会给自己报备动向了。林迁西不自觉地咧开嘴角，收起了手机，还是放学直接去找他吧。

那盒鸡蛋就在宗城的课桌里放了一天，到下午放学，林迁西才把它给拿出来，怎么带来的，又要怎么带回去。

"西哥你干吗呢，拎盒鸡蛋来上学？"王肖好奇地往他手上看。

林迁西也觉得自己挺傻的，随口回了句："我乐意。"一边快步出了教室。

到了老楼里，他三步并两步地爬上楼梯，刚到门口，看到门开了。宗城正好开门出来，手上带上门，盯着他。

林迁西站在宗城面前："这么巧？"

宗城笑了下："刚想去路上截你。"

林迁西马上转头："那我回路上，你快来截。"

宗城一伸手把他拽住了，推到门口的墙边上："来劲儿了你！"

林迁西手赶紧往上提一下："小心点儿，别把蛋打碎了。"

宗城看了一眼他手里的盒子："谁的？"

"你的。"林迁西勾着嘴角，把盒子放在门口，"给你的，我给你送来了。"他拿腿撞两下门，"开门啊，怎么不让我进去？"

宗城一只手在他腿上拍一下，声音不高不低："开了门就没法这么说话了。"

"嗯？"林迁西刚想问为什么，门打开了，"咔"一声响。宗城站直，拽他胳膊的手松开。

顾阳从门里面伸出头来："西哥！"

林迁西意外，拿手摸一下脸，马上也正经了："啊，原来你来了啊？"

第 78 章

"是啊，你们怎么都在外面站着？"顾阳把门拉开，"快进来啊！"

"刚准备进呢。"林迁西笑笑，又一本正经地进了门。

屋里正在收拾，显然顾阳也刚来不久，地上还放着两只不大不小的行李包，汤姆在包旁边蹦蹦跳跳。

宗城跟在后面进门，把那盒鸡蛋拎了进来。

"西哥还带鸡蛋来了？"顾阳说，"这么客气呀？"

"这不是猜到你来了吗？"林迁西故意说。

顾阳笑嘻嘻的："那你在这儿吃饭吧，我刚还跟我哥说要去叫你呢，我们买肉回来了。"

宗城拎着鸡蛋进了厨房，看了一眼林迁西。

林迁西跟他视线撞上，把书包放下来，跟去厨房："行啊，我去给你哥打下手。"

顾阳把自己的行李包拿开，抱着汤姆抻头问："要我帮忙吗？"

"不用，你跟汤姆玩儿吧。"林迁西钻进了厨房。

宗城把鸡蛋放在灶台上，转头，看他走到了旁边："这谁让你拿来的？"

"我妈。"林迁西说。

"我猜也是。"

"有你猜不到的事儿吗？"林迁西小声问，"今天就是忙顾阳来的事儿去了？"

"嗯。"宗城拧开水龙头，洗水池子里面的一块牛肉，"季彩还在给他办转过来的手续，昨天刚跟我提，今天他就提前过来了。"

"干吗来这么急？"林迁西问完就回过味儿来了，"是不是怕你爸又找麻烦啊？"

宗城没出声，就点了一下头。

林迁西明白了，不想提起他爸，这就不是什么好话题，伸了双手进水池子里帮他洗肉："这儿，血水要洗干净不知道吗？"

宗城忽然提起嘴角："林痞还挺贤惠。"

"……"林迁西觉得这话里古里古怪的，抬头看他，手上抄了把水就对着他脸上招呼过去，"占我便宜爽吧？"

宗城被泼了一脸的水珠，额前的碎发上都是，抬脸看着林迁西："给我擦干净了！"

"自己擦！"林迁西不买账。

宗城湿手撑在水池子边上，盯着林迁西："擦干净，不然不教你了。"

"……"林迁西一边眉毛往上挑，看他几秒，笑起来，两只手在裤子上蹭干了，凑过来给他擦，"别啊，我刚跟吴川下了决心要冲到前十五呢。"一边说，一边用手指在他头发上蹭两下，又拿拇指一点儿一点儿挨个抹掉他脸上的水珠，发现这张脸离近了看是真帅。

"擦干净了？"宗城眼睛定定地盯着林迁西。

"啊？还没呢……"林迁西故意擦得懒洋洋的。

"你玩儿我？"宗城声音低低的。

林迁西冲他痞坏地笑，忽然瞥见厨房外面顾阳好像过来了，立即拿开手，转身继续对着水池子。

"怎么没动静了？"顾阳探身进来，"还没开火啊，你们真不要我帮忙吗？"

宗城说："不用。"眼睛看旁边。

林迁西手上清洗着牛肉，瞥他一眼，跟着说："不用，马上就好。"

"哦。"顾阳又回去了。

最后磨磨蹭蹭了大半个小时，里面才忙好，林迁西端着顾阳最爱吃的牛肉出来，放到小桌上，要涮牛肉锅。

顾阳拿筷子往里头添片好的牛肉，嘴里嘀咕："你们也忙太久了吧，天都要黑了。"

林迁西拖着自己的坐垫坐下来，找了个理由说："谁让你哥办事儿特别精细呢！"

宗城走过来，看他一眼，挨着他旁边坐下："耽误的时间待会儿都补回来。"

他看宗城："怎么补啊？"

"吃完就学习。"宗城说，"是谁说要冲前十五的？"

顾阳弱弱地出声："那我……"

"你也要学。"

"哦……"这下没法说他们在里面忙活太久了。

宗城话说得贼冷酷，说完了就伸了筷子进锅里拨肉，一半拨到顾阳那边，一半拨到林迁西那儿，刚下锅涮的都分给他们了。

可能是顾阳赶路过来饿了，这顿饭吃得特别快，刚放下筷子，他就主动爬起来说："我来收拾。"

林迁西站起来想帮忙，被宗城按了一下肩，又坐回去。

"让他来，他已经不小了。"

"你锻炼他呢？"林迁西把自己的书包拖过来，从里面拿出书和作业。

"嗯，不是以前的小少爷了，没人宠着他了，哪能一直娇气，越早独立越好。"宗城说。

林迁西笑一声："什么叫没人宠他，以后我宠他。"

宗城看着他："你凭什么宠他？"

"他是我弟，我还不能宠啊？"

宗城故意问："你什么身份他就是你弟了？"

林迁西在桌底下踹一下宗城的小腿，挑衅似的说："他叫我'好哥哥'就是我弟，跟你没关系。"

宗城抓着他脚踝一拽，拽得他差点儿没坐稳："是吗，跟我没关系？"

"干什么你，松开，我还要写题呢……"林迁西压低声，挣不开，蹬了两下脚。

厨房里头，顾阳正在洗碗，可能不太熟练，碗筷撞得叮叮当当响。

宗城朝里面看了一眼，松开了手，不玩儿他了，拿了桌底下的笔记本电脑，放在桌上："看一场比赛录像，好好听英语，看完再写一套试卷。"

林迁西坐正，先把腿收回来，心想这是打压自己呢？不就说了句跟他没关系，说他硬茬还不承认！

没一会儿，顾阳洗完碗出来，就看见林迁西耳朵里塞着耳塞，坐在桌边看台球比赛的录像，他哥在旁边看高三的生物书，两个人各学各的，互相都没打扰，都贼认真。

顾阳挤到宗城旁边，小声说："原来这个碟你是给西哥要的啊！"

宗城头也不抬地说："你提前过来了，课不能落下，去写作业。"

"知道啦，我先跟西哥一起看会儿球赛不行吗？"顾阳说着又挤到林迁西和宗城中间，拿下林迁西一只耳塞，"西哥，带我看看。"

林迁西把另一只耳塞摘下来："你要看啊，行啊！"边说边把耳机线拔了，开了外放。

顾阳又往他身边挤了挤，凑近去看电脑屏幕，胳膊忽然被宗城抓着往后拽了一把。

"坐好了，挤什么？"宗城淡淡地说。

顾阳硬生生在俩人中间挤出了个座来："谁让你俩坐这么近的，也给我挪个地儿啊！"

宗城没作声，他跟林迁西坐得是很近，顶多一拳的距离。

不说还没察觉，林迁西瞥瞥他，清一清嗓子，贼正经地晃着肩，往旁边挪了点儿："来，坐吧。"

"还是西哥好。"顾阳挨着他胳膊坐。

宗城只好也往边上坐点儿，手上翻了页生物书。

电脑里的英伦腔就快把一场比赛解说完了，林迁西转头想问宗城要做哪张试卷，看见耳塞已经塞到他耳朵里去了，可能是坐久了，他已经换了个坐姿，一只手撑在身侧，另一只手还在翻书。

林迁西往他那儿歪了半边上身，伸出一根手指，恶作剧一样，在他撑着的那只手的手背上画了个圈儿。

宗城立即转头看过来。

"我做哪张试卷啊?"他手指还在打转,若无其事地问。

宗城看了一眼还在盯着电脑屏幕看的顾阳,手背上被画得有点儿痒,坐正了,那只手一动,反手捉到他那只作妖的手,按在身侧:"数学。"

"……"他想抽回手,用力抽也抽不动,半边身体歪着,都快挨顾阳背上了,冲宗城递眼色。不就玩儿一下,怎么这么小气!

宗城无事发生一样说:"数学新课快上完了,就做数学。"

顾阳看完了录像,动动鼠标关了窗口:"不看了,我又不会打,还看这么来劲儿干吗呀,还是让西哥慢慢看吧。"

眼看着他就要回头,宗城终于放开了林迁西。

林迁西立马坐正,从书包里拿了套试卷出来,撕了一张按在桌上,动作一气呵成。

顾阳诧异地看着林迁西:"西哥怎么了?"

"没怎么,找试卷呢。"林迁西瞥一眼宗城。

"你跟我哥一直都这么认真地学习吗?"

"对,我跟你哥就一门心思学习。"

宗城插话提醒:"球赛看完了,还不去写作业?"

顾阳识趣地从两人中间爬起来走开:"去了去了。"

宗城拿了书,又坐近了:"给你一个小时,全部写完。"

林迁西拿了笔趴在试卷上,低声说:"等我写完了再跟你'玩儿'。"

"行,等你写完。"宗城牵着嘴角,在旁边继续看书,又看了看对面,顾阳已经坐那儿去写作业了。

也没一个小时,林迁西就写完了。宗城把请假缺课的几门的书都看过了,看他抬头停了下来,就伸手拿过了试卷,捏了支笔在手里给他批改。

林迁西在旁边盯着,等宗城改完。

前后看完一遍,宗城站起来:"过来,我给你详细讲讲错题。"

林迁西瞥一眼对面趴那儿写作业的顾阳,跟着站起来:"来了。"

眼见宗城进了房间,他跟后面,一进门就被拽了一把,他连忙扶着墙站稳,挨着门,往外面瞥,低声说:"你就是故意的!"

"不是你先玩儿的?"宗城低声说,"想怎么浪?"

林迁西咧开嘴笑:"不浪了,我错了,我下次一定收敛,绝对不偷偷耍你了。"

宗城看他这痞样都不信："说的比唱的好听。"

林迁西笑着扫到宗城手里的试卷，忽然一愣："我靠！"一伸手就拿了过去。

外面顾阳都听到了，在外面喊："西哥，又怎么啦？"

林迁西没顾上回答，眼睛看着试卷上打叉的地方，拧眉问："我错得是不是比以前多啊？"

宗城断眉挑一下："怎么？"

"我是不是退步了？"林迁西看着宗城，轻声嘀咕，"完了，我一定是因为你退步了。"

"什么叫因为我？"宗城说。

"绝对的。"林迁西指着宗城鼻尖，"你让我分心了。"

"我怎么让你分心了？"

"你说呢？只要你在我旁边就会让我分心。"

宗城忽然笑了："你确定？那我挺厉害。"

"你还笑！"林迁西都急了，他要冲前十五呢，怎么能错得比以前还多？一定是脑子里装硬茬装太多了！他一转头，走出了房间，把试卷收进书包，书包搭上肩膀。

顾阳坐在小桌那儿问："要回去了吗，西哥？"

"嗯啊，回头见，今天先回去了。"回去恶补去了。

宗城走出来，抱着胳膊倚在房门那儿看他，脸上似笑非笑。

林迁西看宗城一眼，做出个口型：笑个屁！拉开门匆匆跑了。

第 79 章

怕退步的结果就是拼命学习。林迁西在这件事儿上面的判断很直观，觉得错得比以前多了，那就是退步，没跑儿了，便只能铆着劲儿追赶了。一大早，他就趴在课桌上埋头啃书，一边啃书一边做题。

王肖在前面扭着脖子观察他半天，忍不住问："西哥，你怎么又开始苦战了，这是又要考试了？"

林迁西没抬头，抓着笔说："期中考试都提前了，期末还能不提前啊？我准备期末考试呢！"

"哇，西哥你这觉悟……不像前三十，像前三还差不多。"

"滚蛋吧，别扯了，老子现在前三十都危险了。"还想着要冲到前十五呢！林迁西被这话戳得头往题册里埋得更低了。

旁边忽然伸过来两根屈着的手指，敲了下桌面。他抬头，宗城穿着黑色外套，刚在位子上坐下，手上递个东西过来，塞在他课桌肚子里："给你的。"

林迁西伸手去摸，摸到个煮熟的鸡蛋，看宗城一眼："这不就是我那天送的？"

"嗯，顾阳今天早上煮的，给你补补脑。"宗城接话说。

"什么话啊，我还需要补脑？"

宗城说："你都说自己退步了，还不需要补脑？"

"……"林迁西心想那也不是脑子的事儿，那是心思不纯的事儿，这样一想，"啪"一声在椅子上敲碎鸡蛋，开始剥壳，一边腾出只手把刚写的题推了过去，"给我讲讲。"

宗城坐近，低头看了一遍，拿着支笔给他讲解。

林迁西一颗鸡蛋吃完，宗城就讲完了，林迁西立马站起来说："我去跑步了。"

"这么急干什么？"宗城说着扫一眼前面，声音压低，"这两天怎么没去我那儿？"

林迁西蹲下来绑鞋带，趁机小声回："不急行吗？学习不搞上来，我还有脸去你那儿晃悠吗？……"说好的跟他有一样的目标呢，不能自己掉链子吧。

"去我那儿不是学习？我现在成拉你后腿的了？"宗城盯着他。

"不怪你，怪我，是我自己定力不够行不行？"林迁西爬起来跑出了教室。

刚要早读，王肖听见动静回头，黑不溜秋的一张脸对着宗城，脸上写满八卦："城爷今天给西哥带了个蛋？怎么没咱们的啊？"

宗城冷漠无情地说："转过去。"

王肖："……好的城爷。"

姜皓刚到，从教室外面进来，眼睛看着宗城："林迁西干吗呢，这么一大早就去训练了，这两天也没见他在学校里练球，他忙什么呢？"

宗城翻开英语，往耳朵里塞着耳塞："他忙着增加定力。"

"什么？"姜皓莫名其妙，看宗城这样子，还以为俩人怎么了，又看看王肖，王肖冲他摇摇头，又冲宗城挤眉弄眼，他还以为那俩人真是有什么事儿了，只好坐下不问了。

"林迁西！"

林迁西结束训练回来的时候，搭着外套要进厕所，刚好遇上从办公室那头风风火火过来的徐进，冷不丁就被叫了一声。他喊回去："干吗？"

"给你两分钟上厕所，上完马上回教室来测验。"徐进抛下这句话就往 8 班去了。

"服了，这时候测验……"林迁西自言自语地进了厕所，心想刚发现退步就来测验，这叫往伤口上扎刀吧。

走到厕所里头，隔间的门忽然"吱呀"一声开了，宗城从里面走了出来，俩人迎面撞个正着。

"训练完了？"宗城问。

"嗯啊。"林迁西去小便池那儿。

宗城走过来，抓着他胳膊一拽一推，直接把他送到了隔间里。

林迁西猝不及防，扒着门回头："干吗啊？"

"怕影响你，要跟你保持点儿距离，去最里头上。"宗城气定神闲地说完，转头去洗手池那儿洗手去了。

"……"林迁西看着他洗完了手，出去了，才回过味儿来他在说什么。玩儿自己呢？

宗城回到教室，坐下没半分钟，林迁西就回来了，坐下来时故意擦着他肩膀在他耳朵旁边说了句："真记仇啊城爷！"

"我这不是为你着想？"宗城抓着桌子往外拽了点儿，"要不然桌子也拖开点儿好了。"

林迁西立马把桌子推上去挨紧："闭嘴吧你！"这硬茬绝对是故意玩儿自己的！

"后面在干什么？"徐进正在发测验试卷，一双炯炯有神的眼睛瞪着这儿，"林迁西，人家肯教你，你要知道感恩，你老实点儿！"

班上的人顿时都有意无意地往这儿瞟着看热闹。

"……"林迁西瞥瞥旁边，宗城拿了笔准备写试卷了，淡定得很。

他看了两眼又晃开了眼，不看了，保持克制，好好做试卷，不能再退步了林迁西，你要考好大学呢！心理建设做好了，试卷也发了下来。

测验了一节课，铃声响了，徐进一边叫章晓江收卷子，一边说："下午还有我一节课，到时候我就来发卷子，考得不好的要自己检讨检讨了，这段时间都干吗去了。"

林迁西一只手摇着笔杆，一只手挠了挠鼻尖，瞥一眼宗城，赶紧又转开视线。这段时间干吗去了？明明这段时间学习、打球都挺认真的，怎么就退步了？难道身边多个人还真会影响学习？

"你们俩今天有点儿安静。"姜皓回头，眼睛来回看俩人，一开始怀疑他俩真闹不愉快了，可看着又不像。

"我这人话少你不知道啊?"林迁西说。

"要点儿脸吧,林痞!"姜皓受不了他这厚脸皮。

宗城在旁边说:"别妨碍他学习。"

"刚测验完就学习吗?"姜皓转回头去了,"那难怪这么安静。"

林迁西看宗城,老觉得他是故意拿这点在饿自己。

"看什么?"宗城扫了林迁西一眼。

"你果然是故意的。"

宗城嘴角往上牵一下,眼光从他身上扫过去,侧过身背对他,翻着书说:"你加油,我不妨碍你,要我讲题的时候再叫我。"

"你……"林迁西盯着他短发根根分明的后脑勺,心想会玩儿,玩儿死我得了!

为了尽快进入复习备考阶段,高三的课上得快,进度赶得急,两学期的书一学期就要上完。徐进是老师里赶得最急的,上午测验,中午出分,下午再到他的课,果然就抱着试卷来算账了。

林迁西利用课间又"战斗"掉一份题,看到试卷发下来,先反扣了,再看旁边,瞥到宗城的试卷,乍一看都是红色的钩,心想不用看了,绝对是只有自己退步了。

宗城看了他一眼,跟他视线对上,问了句:"怎么样,多少分?"

林迁西手上翻过试卷,轻轻咂了下嘴,瞥到分数,眉毛一扬:"嗯?"居然比上回考试还多了4分。

"对比一下自己的分,看看你们是不是倒退了!"徐进敲着讲台,气愤地说,"好好反省!你们以为时间还很多吗,啊?"

林迁西反省好几天了都,可拿着试卷翻来覆去地看,他这好像也没退步啊!

"退步了多少?"宗城看着他的试卷问,已经看到他的分了。

林迁西转头:"难道是我搞错了?"

宗城嘴角扯一下:"谁知道你。"说风就是雨。

"不行,我得确认一下。"林迁西又翻一遍试卷。

宗城随他忙。

徐进足足念叨了一节课,讲个题就要做错的反省一下,到放学的时候才算放过他们。临走,他拿了教案说:"林迁西,跟我过来。"

林迁西研究了一节课的试卷,忽然被他点名,不知道为什么,居然下意识地先看了看宗城。

"去啊,"宗城低声说,"正好问问他你有没有退步。"

林迁西"啧"一声,站起来出去了。

徐进在走廊上等他，也不去办公室，直接就说："你给我把分保持住啊，难得宗城把你教进步了，你要把握机会，经常向他请教知道吧？不要以为我今天那些话没有说到你头上！"

林迁西真诚地问："你确定我是进步的，是吧？"

"林迁西，你不要骄傲！"徐进几根手指捏在一起，递到他眼前，"你也就进步了这么一点点，夸你了是吧？"

"我果然是进步的！"林迁西嘴里"嚯"一声，转头就走。

"你回来，我让你走了吗？"徐进的"思想教育课"还没上完呢！

林迁西已经回到班上了，放学了，教室里的人瞬间呼啦啦走出去一大半。宗城不在位子上，已经走了。

姜皓刚收了书包要走，看到他回来，告诉他说："宗城说他先走了，说是要去看看他弟弟的新学校。"

"哦。"林迁西把试卷塞进书包里，心里刚放下一块大石，还准备跟宗城一起回去呢。那算了，自己回吧。

出了校门，王肖正在路边上蹬他的破摩托，满头汗地叫他："西哥，一起回去啊，城爷不是有事儿先走了吗？我送你啊！"

林迁西过去，扯开王肖："让开吧，你都踩不响，还送我？"

王肖"嘿嘿"笑着给他让开位子。

林迁西坐上摩托，几下就踩响了，书包往身前车座上一搭："走，快点儿。"

王肖赶紧坐上来："你这要往哪儿骑啊？"

"先去杨锐那儿。"林迁西把车骑出去。

还没到杨锐的店那儿，半路上忽然看到一个身影在路边走着，林迁西顿时刹住车。

王肖差点儿摔着，吓一跳："怎么了？"

"下来。"林迁西打了撑脚，先跳下车，朝路边跑过去，"好弟弟！"

路边上走着的身影低着头，林迁西一眼就认出来了，可不就是顾阳？

顾阳抬头看到了林迁西："西哥。"

林迁西眼神扫到他身上，上下打量："你怎么搞的？"

顾阳的外套脏兮兮的，沾了湿淋淋的泥巴，裤子上也有泥点儿，脚上的运动鞋也都是泥，跟泥坑里爬出来的一样。"我不小心摔的。"他往前走，"马上回去洗洗就行了。"

"你等会儿。"林迁西拽住他，又看一遍，"谁欺负你了？"

王肖跟了过来："这不是城爷弟弟吗？哟喂，这绝对是被欺负了吧！"

顾阳脸上有点儿红："你们别告诉我哥啊，我不想让他担心。"

林迁西太知道这些小把戏了，一看就知道怎么回事儿："那你告诉我是谁干的。"

顾阳说："就是去新学校报到遇到几个欺生的，说转学生要听话点儿什么的。"

林迁西明白了，朝王肖招一下手："走，叫上薛盛和孙凯。"

顾阳连忙拉住林迁西："干吗啊西哥？"

林迁西搭住他肩膀就走："我不告诉你哥，我就去给你走一趟，让那群小浑球儿知道你不是能被随便欺负的，不然有一回就有二回。跟我走。"顾阳被推着走出去，王肖已经在后面打电话了。

顾阳身上的泥巴都还没干，一看就知道那群人就在附近。果然，没多远，林迁西搭着顾阳到了地方，在一片破厂房外头。

薛盛和孙凯半路横拐过来，已经先到了，蹲门口等着呢，看到林迁西来了，先后站起来。

"西哥，好久不活动了，怎么搞？"薛盛说话时看见了顾阳，他俩最早是打游戏认识的，看到这模样就没好气，"敢欺负我游戏队友，我要动手了。"说着就开始撸袖子。

"动个屁。"林迁西说，"不打架不知道啊？你们三个进去，把那几个小子吓一顿，叫他们怎么欺负人的就怎么对自己干一遍，再好好来跟顾阳道歉，保证没下次，我就原谅他们了。"

"就这样？"王肖说，"以前没这样操作过，好不习惯。"

"少啰唆，快去！还能跟以前一样吗？"林迁西踢了块石头坐下来，拍拍身边，"来，好弟弟，坐下看戏。"

顾阳挨到林迁西身边来："西哥，他们就把我推泥坑里了，没打我。你千万别告诉我哥啊，我真不想让他担心，到时候他要是觉得这小地方对我不好，又把我送回去就完了。"

林迁西揉了一下他头发："放心吧，这事儿我给你解决了。"

厂房里头几个小子跑了出来。"谁这么踋啊，还敢叫咱们自己滚泥巴……"话音忽然顿住，为首的小子连长相都没让人看清楚，掉头就往回跑了，"是西哥！"

顶多十分钟，王肖他们出来了。

"牛啊西哥，你不在江湖，江湖还有你的传说。"孙凯笑着说，"你都不用动手，那几个初中生看到你人，就自己跳泥坑去了，各自抽自己仨嘴巴。"

王肖回头："道歉啊！"

"对不起！"里头几个小心翼翼地喊。

"哥哥镇几个初中生还镇不住吗？"林迁西站起来，拉上顾阳，"走，快回去洗洗干净，不然你哥待会儿就从你学校回来了。"

顾阳赶紧跟着站起来。"那快走。"走出去，又想起来回头跟王肖他们说，"谢谢，下回请你们吃东西。"

"行了吧，他们是我叫的，算我的。"林迁西拽着他走人。

俩人急匆匆地回了老楼里，顾阳开门的时候转头看了看："我哥没回来吧？"

"没，你快进去。"林迁西催他。

顾阳推开门，刚要往洗手间里跑，忽然不跑了，跟被定了身似的。

"走啊。"林迁西跟进来，眼神一飘，看到宗城从阳台那儿走了进来，正看着他俩，低声说，"靠……"

宗城的眼神在他俩身上转了一圈儿，走过来，抓着顾阳胳膊往洗手间里带："过来。"

顾阳被他带了进去，急急忙忙解释："哥，没事儿，真没事儿……"

"不说实话是吗？"宗城开了水龙头，"我去你学校就听说了，有事儿不跟我说，你还挺能的！"

"别啊，哥，我错了……"里头水声哗哗地冲着。

"下次还瞒我？"

"不瞒你了……西哥！西哥救命啊！"

林迁西抱着汤姆在外面强行装隐形呢，听到呼救，抛下汤姆就钻进了洗手间。

宗城正拿喷头冲顾阳身上的泥巴，从头到脚，连衣服带人。顾阳脚底下一大摊泥水，抱着头跟在水底下罚站似的。

他连忙走过去拦："干吗呀你？拿凉水折磨你弟弟呢！"

宗城拿着喷头往他身上一浇："凉水？那我折磨折磨你。"

林迁西被淋了满头满脸的水，一摸，热的，根本不是凉的，反应过来就扑上去抢了喷头，往宗城身上浇："那你在这儿吓人！"

宗城被推到墙角，喷了一身的水，抹了把脸，一把抓住他胳膊拽过来，反过来按着他肩膀抵在墙角，又抢回了喷头："我还没问你，你又干吗去了？"

"我干吗去了，我做好事儿不留名去了。"

"你也挺能啊！"

"靠……"

喷头乱洒，俩人衣服都湿了。

"哥，别怪西哥，他是帮我去的，我换个衣服就来认错行不行啊……"

林迁西听见顾阳的声音已经到了外面，转头看见洗手间的地砖上一串湿鞋印，门都带上了，顾阳已经趁机偷跑出去了。

"……"林迁西回头看宗城，眼神停在他身上，忽然没声了，只剩下刚才那一阵动作后的呼吸还急。

宗城忽然问："确认过了？退步了吗？"

"没，"林迁西喘着气笑，"是我搞错了，我还进步了。"

"那就是不用惦记你的定力了是吗？"宗城抬高胳膊，把喷头架上去。

"嗯？"林迁西抬头看见他手指轻轻地拨了一下，"咔"的一声，喷头里出来的水一下大了，在旁边哗哗往下浇，整个洗手间里充斥着水声。

热气在旁边升腾，洗手间里都是雾气，林迁西什么都看不清，脑子里胡思乱想，忽然腰那儿被抓住了，是他的手。

"哥，你们别是真打起来了吧？"顾阳在外面喊，可能是里面水声太大了，"我错了行不行？西哥真是去帮我的！"

宗城忽然抬头，拽住林迁西往外拖，直到门口，把林迁西按在门后面，一只脚抵住门，回话说："没打，我跟他讲道理。"

林迁西大口喘气，扯着他湿淋淋的领口说："讲你大爷的道理！"

"西哥，你忍忍吧，别跟我哥吵了！"顾阳都急了。

"不服是吧？还得继续讲。"

"你们快出来吧，别着凉了，我给你们拿干衣服来行吗？"顾阳在外面可能已经成了热锅上的蚂蚁，还推了一下门，没推开，连汤姆都跟着"汪汪"叫了几声。

宗城的手停住了，喘口气说："嗯，去拿吧。"

外面顾阳赶紧跑开，拿衣服去了。

宗城抵着林迁西的额头，缓两口气，低声说："出去，去换衣服。"

林迁西还在喘："靠……"

"出不出去？"宗城低声说，警告似的，伸手从旁边拽了条干毛巾搭在他身上，另一只手拧开门。

林迁西看着宗城的脸，喉结又轻又快地滚动两下，心跳得飞快，拿着毛巾就钻出门去了。

宗城合上门，回到喷头底下，伸手拨一下，热水拨到凉水，淋了一身，一手扶着墙，一手抹把脸，吐出口气，慢慢冷静了。

第 80 章

"西哥，你跟我哥刚才在里面到底怎么了？"林迁西身上刚刚换上了宗城的干衣服，坐在小桌边，正拿干毛巾擦头发，顾阳坐到了旁边，睁着双大眼睛问他，生怕他有点儿什么事儿一样。

"没怎么。"他清了清嗓子，头发擦得一本正经，从发根揉到发梢，一点点地抹，要多仔细有多仔细。

"你们是不是真动手了啊？"顾阳凑过来看了看他的脸，指了指，"你嘴怎么这么红？"

林迁西拿毛巾擦一下脸，顺带抹了嘴，胡扯道："没事儿，就是被热水淋的。"

"可是我听你俩动静不像没事儿啊……"顾阳转头往洗手间看，不作声了。

洗手间的门打开，宗城从里面走了出来，身上换了件长袖衫，腿上穿着宽松长裤，一头湿漉漉的短发抄上去，露出来的眼睛又沉又黑。

顾阳识时务地又认一遍错："哥，我真错了，以后真不瞒你了。"

宗城看了一眼顾阳的脸："你脸上没洗干净，再去洗。"

顾阳赶紧摸一下，摸到几个泥点儿，爬起来又跑进洗手间里去了。

顾阳跑走了，眼下只剩下两个人。林迁西穿着跟宗城身上差不多的长袖衫和长裤，宽宽松松的，就显得整个人都瘦了一圈儿，坐在那儿转头看他一眼，手里的毛巾朝他身上一抛，拿手指拨了拨擦得半干的头发。

他接了毛巾，在林迁西旁边的垫子上坐下来，擦了下脖子，又擦头发。

谁也没开口说话，过了一会儿，林迁西又瞅了他好几眼。

顾阳在洗手间里重新洗了脸出来，问："西哥，你不在这儿学习吗？"想着得赶紧找个事儿，好让这俩人缓和一下。

"嗯？"林迁西转头看了看窗户外面黑下来的天，又看宗城，想了一下说，"我还是回去吧，今天就不在这儿多待了，我怕你哥状态不对。"

宗城目光又落在林迁西脸上，两只手抓着毛巾，看样子要不是顾阳在，估计就要勒一把了。

林迁西站起来，其实不是怕他状态不对，而是可能自己才是不对的那个，恐怕这会儿对着他这人和这脸已经做不进去半道题了，扯了扯身上的衣服说："衣服我就先穿走了啊，我的湿衣服先放在你这儿。"

"穿着吧。"宗城站起来，去房间里拿了一件自己的干净外套过来，扔给林迁西，"这个也穿上，降温了，就这么出去冻死你。"

林迁西接住："那能怪我吗？又不是我自己要淋水的。"

"怪我怪我，还不是因为我才搞成这样？"顾阳生怕他俩再吵，连忙站到俩人中间来当和事佬。

"不怪你，好弟弟。"林迁西揉了一下顾阳还没干的头发，书包搭上肩膀，"走了啊！"说话的时候眼睛看的是宗城，去门边开了门出去了。

宗城看他走了，走去墙角，拿了他换下来的那堆湿衣服，送去洗手间里。

顾阳摸了摸被揉乱的头发，跟在后面看着，可算是放松了点儿："吓死我了，我还以为你俩真吵架动手了，还好没有闹僵。"

宗城走出来问："林迁西为了你打架了没有？"

"没有，"顾阳连忙说，"他说不打架了，真没打。"

宗城点点头，走过来，看他两眼，伸出手，在他头上按一下："以后有事儿就跟我说，就是没爸没妈也不能有人欺负你，懂吗？"

顾阳奔拉了眼，吸吸鼻子，一直忍到现在，直到听见这句话才忍不住了，脑袋靠到宗城的手臂上，轻轻"嗯"一声："懂了。"

宗城没忍心推他，但嘴里还是说："就给你靠一分钟。"

"唉，绝情……"顾阳吸着鼻子，又往他胳膊上靠了靠。

晚上的天越来越凉，起了风，林迁西身上穿着宗城的外套，还是感觉有点儿冷，头发都吹干了，身上从洗手间里带出来的燥热也全给吹没了，摸了摸脸，深吸口气，两手往兜里一插，嘴里故意哼了首歌。

走了好几站路，看见便利店，他嘴里不哼了，隔着条马路朝店里看，他妈在里面理着货，今天也是夜班。

林迁西是故意过来这儿的。上回那个喝醉的男人来闹过一回事儿，虽然他妈说没再找过她了，但他还是有点儿不放心，担心会有第二回，所以还是转悠过来看看。

就不去店里了，他不想过去，去了又要被店里的李阿姨之流讨论。他就隔着条马路，在对面找了个路边的小吃摊，拣了张空桌坐下，随便点了份面，又拿了书包里的英语书出来，打算背一会儿单词，等吃完了这碗面就走。

吃的时候，他时不时看一眼便利店。一碗面吃了半碗，摊子上又来了一拨人，坐在后面的桌子那儿。

林迁西本来没在意，看了眼马路对面的便利店，低头又看书上的单词，忽然听见有一下没一下的篮球砸地的声音，跟有预感似的，扭头看了一眼，看见了那个板寸头邹伟和他篮球队的队友们一起，五六个人在后面围了一桌。

邹伟一副早就盯着林迁西的模样，手里的球在脚边一下一下地砸着玩儿："差点儿没认出来，八中老大今天居然落单了啊！"

林迁西压根不搭理他，回头吃自己的面，继续看自己的英语书。

"上回我们没堵到你，今天真是赶巧了。"邹伟把球递给身边的人，站起来，"我来看看你忙什么这么跩，连人都不理……"

说话时他已经走了过来，站到桌前，正好看到林迁西一只手在翻英语书，顿时一脸吃了苍蝇的表情，怀疑林迁西吃错药了。什么鬼？八中老大林迁西在路边小摊上吃个饭居然还在看英语？？？

林迁西看他都站到跟前来了，就不能当没看见了。林迁西看了他一眼，刚才听见他说上回堵自己的事儿，心里就有数了："什么意思啊，上回没堵到，今天想堵我？"

邹伟这才又打量到林迁西身上，一只脚踩在旁边的塑料凳子上："怕了？老子早就想堵你了，要不是秦一冬一回回拦着，还真以为五中的怕八中的了是吧？！"

林迁西懒洋洋地笑了一下，不怪他，这是自己找上门来的，当场把书一合，面也不吃了，放下筷子，又朝对面的便利店看了一眼，店里没什么事儿，就放心了，站起来说："来啊，我跟你私下聊几句。"说着就把凳子一踢，朝路那头黑黢黢的角落里走。

走几步，发现人没跟上，林迁西回头说："干吗，不敢来？只敢跟你的队友抱团？"

邹伟被激了一下，跟着走了过来："谁不敢！"

林迁西走到暗处，插着口袋等着。

邹伟到了跟前："聊啊，我看你能说什么，一回回欺负秦一冬爽吧？"

半昏半暗的，谁也看不清谁的脸，林迁西说："别废话了，你不是想动手吗？我这人现在不打架了，你也不值得我坏规矩，让你揍三下，你要能摸到我就算我输。"

"靠，林迁西，你跩个腿，这么看不起人！"邹伟最看不惯的就是他这跩样。

"对啊，我就跩，让你三下，揍得到我算我输，揍不到，算你输，以后别再来烦老子，听清楚了？"

邹伟被他的话激得冒了火，二话不说就动了，一胳膊就抡上去。

林迁西站的位置在暗，看邹伟在明，早盯着呢，一侧身就闪开了，没挨到。他这人怕痛得很，可是打架一直都厉害，就是因为反应快，基本上别人碰不到他，他却能抽别人。除了宗城，单打独斗的，还真没有哪个让他吃过亏。

邹伟一下没得逞，反身照着他身影就抬腿踹。

林迁西撑着旁边的矮墙一跳，到了邹伟身后，那一脚刮到他身上宽松的外套衣角，还是没挨着他。

"就剩一下了啊！"

"你属猴的吧！"邹伟气得直接扑过来。

林迁西踹了旁边一个破石头墩子挡了邹伟一下，退两步，稳稳当当地避开。

"嚯，你输了。"他笑一声，"我就问你，有意思吗？当我以前的名号是白叫的？"

邹伟踉跄好几步，可能是被石头墩子绊了一下，嘴里"呸"了一声，吐了口灰似的，没说出话来，刚站直，衣领被一把扯住了，又一个趔趄："你想干吗?！"

林迁西一手扯着邹伟，口气忽然冷了："我说了不打架，放心好了，这话我就跟你说一回。你要真为秦一冬好，就把你这暴脾气给老子收敛点儿，别以为谁都是你一根筋就能解决的，今天要换了以前的我你试试！我不管你怎么样，但你最好永远都别混，要是你给秦一冬惹了麻烦，害他怎么样，老子就灭了你。"

"……"邹伟领口被他猛地一松，往后退好几步，看着他站那儿半明半暗的身影，都被这话搞蒙了。

"邹伟！"小吃摊那儿一个人在叫，"秦一冬来了！"

林迁西听到了自行车响，拍两下手，转头要回他吃饭的桌子那儿去。刚走到路灯下面，秦一冬已经匆匆地走过来了，俩人顶头撞上。林迁西拨了拨头发，没事儿一样从秦一冬旁边过去了。

秦一冬追着他背影看两眼，转头又看到拍着灰出来的邹伟："干什么啊，不是告诉过你堵不住他吗，当我骗你的？"

邹伟嘴里低低地骂了句脏话。"是有两把刷子，小看他了……"紧跟着问，"你不是说他是你仇人吗？真是你仇人吗？"那几句话说得哪像是仇人，就跟为秦一冬着想似的。

"你不懂。"秦一冬不想多说，扭头回小吃摊去了。

林迁西以前觉得这个邹伟打球挺会恶心人的，现在感觉还好，没那么阴险，刚才三下都没揍到他，也没叫队友来一起围他，多少还算有点儿品。他不待了，看了一眼对面的便利店，收拾了书包，搭到肩上就走。

后面那桌的几个人就看着，可能是觉得他把邹伟给撂翻了，都没动静。

等林迁西走上马路，后面有脚步声跟了上来。他回头看一眼，转身停下："干吗，刚来又走？"

不是秦一冬是谁？秦一冬正打量林迁西："酷哥的衣服？"

"你狗仔队的？"

秦一冬在路灯下面皱着眉，目光在他身上来回转："你不是学好了吗？这样就叫学好了啊？"

林迁西沉默，盯着秦一冬看。

他还没说什么，秦一冬自己先沉不住气了，昏黄的灯光下面，脸好像涨红了，压着声音："行，我多管闲事儿了是吧？不用你提醒，咱俩绝交了，我记着呢！"

林迁西刚才确实感觉很古怪，谁能过来说这种话？除了当兄弟的，谁还能？可他俩已经不是兄弟了。"是啊，秦一冬，"他扯一下身上的衣服，干巴巴地勾了勾嘴角，"这就是酷哥的衣服。你别管了，我的事儿你都别管了，至少现在别管。我跟你说的话你怎么老不信呢?!"

秦一冬愣一下，至少现在别管？怎么信啊？他还说在梦里把自己害死了呢，这能信？

他从秦一冬眼前背着书包走了，身影一下就融到黑暗里去了。

"滚你的……"秦一冬越想越气，低声骂，"鬼才管你，随你去浪吧！"

第81章

早上起床，林迁西正在洗手间里对着镜子刷牙，冷不丁打了个喷嚏，手里的牙刷都差点儿给扔了，放下来，漱了口，拿毛巾擦了擦脸，紧接着又打了一个，响亮得都震耳膜。

"谁骂我……"他揉了一下鼻子，走出卫生间，心想别是秦小媳妇儿在背后说他坏话吧。

床上放着昨晚穿回来的衣服。林迁西把宗城的外套叠起来，拿个袋子装了，准备带去学校还给宗城，剩下的几件等洗过再给。

出门时看了眼他妈的房间，门口放着鞋，他妈应该是已经回来补觉了，风平浪静的，应该是真没人闹事儿了。他手抓了一下门，关上的时候特地小声了点儿。

学校今天又有检查，林迁西背着书包，拎着装衣服的袋子，晃进校门里，一眼就看见走在前面的身影，又高又酷，穿着深色的夹克外套，一只手收在外套里，牛仔裤裹着又直又长的腿，右肩上搭着书包，可不就是宗城？

他跟过去，瞥瞥前后左右跟站岗一样的检查老师，也不好干吗，就在宗城背后轻轻咳了一声。

宗城头往后偏了一下，看到了他，一边往前走，一边抽出收在外套里的手，背到身后，手里拿着个油纸袋子，朝他挑两下。

林迁西腾出只手伸过去，碰到宗城的手，宗城的手指动了动，袋子放到他手里。他握了握，看一眼："早饭？"是路边摊卖的煎饼。

宗城回头说："过来一起吃。"

林迁西跟着他走到教学楼后面的小草坪那儿，左右正好没人，边剥开袋子边问："你来这么早怎么没吃早饭啊？"

宗城从口袋里掏出一只一样的袋子："送顾阳去学校了，没顾上吃。"

"怎么样，我办事儿给不给力？这下没人敢欺负我的好弟弟了吧？"林迁西咬了口煎饼说。

"你弟弟？"宗城扫他一眼，纠正道，"那是我弟弟，你只能说'我们弟弟'。"

林迁西嘀咕："较真儿……"嘴已经咧开了，一大早被宗城这个称呼弄得心里痒痒的。

"林迁西，这一学期很快就要过了，知道吗？"宗城忽然说。

"嗯？"林迁西刚一口煎饼咬下去，莫名其妙地看着他，这话题跳跃得……忽然看见他朝自己身后瞥了一眼，扭头看，老周端着茶杯从对面走了过来，要进教学楼里去，镜片后面的眼睛正看着他俩。林迁西反应过来了，嚼着咽下煎饼，顺着他话说："哦，那怎么办啊？"

"回教室，我给你再做个计划，让你好好准备期末考试。"宗城一脸正经地转身要进教学楼。

"行。"林迁西答着话，瞥瞥老周，跟上去。

两人进了教室，瞥见老周在教室外面正要回他办公室，走出去了还隔着窗户朝他们身上看了几眼。

"吃个早饭都要演。"林迁西在座位上坐下来，放下煎饼，把手里拎着的衣服递过去，先瞅一眼前面，王八卦和姜八卦都还没来，才说，"你的外套，我给你带来了。"

"先放着。"宗城已经吃完了，把纸袋子丢进后面的垃圾篓，回头坐下，拿了支笔，抽张纸，低头开始写东西。

林迁西把袋子放在桌底下，凑过去看了眼，看到纸上"计划"二字："你还真要做计划啊？"

"嗯，你以为全是演的？"宗城说，"你不打算要前十五了吗？"

林迁西笑，刚要说"要"，张嘴就打了个喷嚏。

宗城抬头看他："感冒了？"

林迁西刚开始完全没感觉，这会儿被宗城一说，突然就觉得不大对头，鼻子都塞住了，捏着喉咙清了清嗓子："不会吧，我身体这么好。"

"你昨晚回去肯定吹冷风了。"宗城伸手过来。

被说中了。他额头上一温，是宗城的手掌贴了上来，他下意识地左顾右盼。

宗城贴着他的额头说："没发烧。"

"我有那么弱吗，吹个风就发烧？多大事儿。"林迁西一把抓了宗城的手按下来，刚好看见王肖和姜皓一前一后地从后门进了教室，便马上松开。

"西哥，怎么回事儿？你脸色不好啊。"王肖看着他的脸。

连他都看出来了，林迁西心想那八成是感冒了，没跑儿，又打一个喷嚏，吸鼻子。

"你干吗了，浇冷水了吗？"姜皓离他一截，在座位上坐下来。

林迁西揉着鼻子看旁边的罪魁祸首。

宗城对上他的视线，脸上没表情，那条断眉轻轻地动了一下，是又想起洗手间里的事儿了。

"宗城。"后门外面忽然有人叫了一声。

林迁西先看过去，居然是刘心瑜，自从上次那事儿之后，她转了班，好一阵子都没见过了。

刘心瑜手里拿着英语书，看着最后一排，看到他身上时，眼睛马上就转开了，一脸不咸不淡的表情，看着宗城说："英语老师让我来找你的。"

"知道了。"宗城看了一眼林迁西，压低声音，"我先过去，今天别跑步了，感冒严重就吃药。"说完站起来就出去了。

林迁西都没找到说话的机会，看着他跟刘心瑜一起沿着走廊朝办公室那儿走了。

王肖看热闹地伸着脖子朝窗户外头看，都看不见了还在看："她怎么来了，是不是还对城爷有想法呢？"

姜皓说："肯定有想法啊，被拒绝了就不能有想法了吗？"

林迁西猛地又打了个喷嚏，干咳两声，刚好听见早读课铃声响了，站起来就往教室外面走，还是准备去找吴川训练跑步，不参与他们的讨论。爱有想法有想法，管他的。

一拐弯，快到楼梯角，刚好宗城从办公室那儿回来了，几步走过来，拦他个正着："不是让你今天别跑了吗？"

林迁西最近都提高目标训练呢，不想耽误，哪能不跑，不就一个小感冒，打岔说："叫你什么事儿啊，这就结束了？"

宗城手里拿了张纸，在他面前扬一下："我报了个英语比赛，刘心瑜也参加了，就这个事儿。"

"英语比赛？"林迁西吸一下堵着的鼻子，"怎么没听你说过啊？"

"没什么好说的，就是看它对我以后进意向学校有好处才报的，让自己的高中履历好看点儿。"宗城把纸折了折，收进外套口袋。

"你想报什么学校？"林迁西自然而然地问。

宗城看他，忽然问："你喜欢北京还是上海？"

"啊？"林迁西感到好笑，"我喜欢有什么用，我喜欢就一定能去啊？"

"不一定，但至少有个目标。"上课了，周围空空荡荡，没其他人，宗城看一眼左右，低声说，"我想考的学校都在那儿，以后跟我一起去。"

"……"林迁西一手抓着楼梯扶手，一手又揉鼻子，挡了勾起来的嘴角。好端端的，被他这一句弄得心里头乱突，干什么啊这人，一点儿心理准备都没给！他清清嗓，往楼下走："跑步去了。"

宗城跟下来，抓住他胳膊，拽回来："跑什么，我叫你今天别去跑了。"

林迁西被宗城拽到身边，干脆凑近点儿，低声说："不跑还怎么跟你去啊？"说完又往宗城身上一撞，趁机挣开他的手，几步就蹿下了楼，跑走了。

宗城想追，都看不见他人影了，背抵着扶手站在那儿，嘴角很轻地扬了一下。

林迁西还是小看这点儿症状了，跑步的时候鼻子就不通气，等跑完了出操场的时候，就更严重了，脑袋都有点儿晕晕乎乎的。

他按着脑门进了教室，看到自己的桌上摆着两瓶矿泉水，还有一板药，压着张纸，纸上写着给他做的计划，旁边座位上是空的，宗城不在。

"西哥，"王肖回头，指着桌上的东西说，"这是城爷给你留的，他去参加什么英语比赛了。"

林迁西坐下："去哪儿参加了？"前面是不是不该跑那么快啊，都没听宗城把比赛的事儿说完。

"说是什么英语辩论赛，几个学校一起的，就在东街那破筒子楼对面的老剧场里，"王肖说，"好像搞得还挺像模像样的。城爷太低调了，说参加就参加，一个字也没跟咱们说。"

林迁西听说是老剧场，又问："怎么在那儿比，难道还能去看啊？"

"能啊,你要去看吗?听说比一天呢!"王肖就爱凑热闹,"我就是听不懂几句,也想去给城爷鼓个劲儿啊,放学就去。"

姜皓回头插话:"他去什么啊,喷嚏都打成这样了。"

林迁西鼻子堵着,脑袋嗡嗡的,拿着那板药看了看,自己嘀咕:"这药有效吗?"

王肖凑过来:"有效啊!这是我的药,刚好我书包里有,给你贡献出来了,绝对有效。你现在吃一颗,等会儿再吃一颗,保证你很快就好了。"

"真的假的……"林迁西立马掰了一颗塞进嘴里,拧开一瓶水,先吃了再说。他心里已经打算去看宗城比赛了。

到下午,宗城也没回来,果然是要比一天的节奏。

林迁西吃中饭的时候吃了第二颗药,吃完了总觉得有点儿想睡。他在座位上拿本书垫着,一开始是低着头,到后来不知不觉就成趴桌上了。

"西哥?"不知道过了多久,好像是薛盛叫了他一声。

"没事儿,吃了感冒药都这样,让他睡吧。"好像是王肖的声音。

林迁西没在意,等忽然反应过来的时候,人猛地惊醒了,一下坐直,才发现前面的几个人都走了,教室里也没其他人了,就剩他一个。他居然就这么趴着睡着了,前面薛盛那一声也不知道是什么时候叫的,这都放学了。他从桌肚子里摸到那板药,拿到眼前看,上面印着两个小字:夜片。

"靠!"林迁西想把王肖拖出来打一顿,这就是他说的"绝对有效",给个夜片!还忽悠自己吃了两颗!

完了,可能都已经结束了。他把书包收了收,赶紧往外面跑,突然想起宗城的外套还在桌腿那儿放着,回来又拎上那只袋子,冲出了教室。

地方小有地方小的好处,去哪儿都不远。林迁西一路跑到了老剧场,这地方挺有时代感,红墙灰砖,都剥落了颜色,还挂个硕大的五角红星当装饰。进了大门,里面也是灰灰旧旧的,他加快跑了几步,都担心把这地方给震晃悠起来。

到了厅外面,门口竖了个牌子,写着:市高中英语辩论赛。里头有人声,还有稀稀拉拉的掌声。还没结束,林迁西松口气,立即推门进去。

台上两张长桌,一边一队人,站着的人在发言,不是宗城。

他没多看,往前找了找。下面坐着的人也不多,不是老师就是学生,他们的英语老师于颖也在,就在前两排坐着。很快找到王肖和姜皓他们,连同薛盛和孙凯,四个人一起坐在中间。

林迁西过去,在他们后面坐下,踹一脚前面王肖的椅子。

"谁啊?"王肖没好气地回头,"西哥?你来了?"

"你能不能干点儿人事儿？忽悠我吃两片夜片！"林迁西东西在旁边一放，抬一下手，"弄死你！"

王肖缩一下脖子："吃就吃吧，你感冒好了不是最重要的吗？大不了不来，也没什么啊！"

"滚蛋！"林迁西肯定要来，就是想来。一转头，看见姜皓正看着他，姜皓眼神又开始古怪了："感冒了还跑来，你俩怎么不是他看你比赛，就是你看他比赛啊？"

"我是来学英语的。"林迁西大言不惭地说，一边在书包里摸宗城之前给他留的水，拿了一瓶出来，拧开灌一口，润润干燥的喉咙，怕再打喷嚏，眼睛往台上瞅。

刘心瑜正在发言，她是一辩。林迁西看到了宗城，他坐在二辩位置，就在刘心瑜旁边，头顶上灯光黄黄的，照在他脸上，跟平常一样没什么表情。其他人都不认识，八中好像就他俩参加。等刘心瑜说完，对方那边站起来个辩手，开始发言。

林迁西勉强听懂了点儿，不是一头雾水，至少也是半头雾水，反正眼睛就只盯着宗城了。宗城一直没看下面，应该不知道他们来。林迁西勾着嘴角，又喝了口水，心想这次也给他个惊喜。

不知道对方讲了什么，林迁西忽然看见宗城的嘴角轻微地动了一下，像笑又不像笑，大概是觉得对方说错了。紧接着他就站了起来，开始陈词。

"城爷真帅。"王肖说，"这是直接脱稿吗？"

"你懂什么，这叫自由辩论环节。"姜皓说，"不过他本来也没怎么看稿，他说英语怎么跟我说普通话似的……"

"这就是学霸的高度吗？我真是服了。"王肖感慨得都要抖腿了。

林迁西在后面一口一口喝水，吸鼻子，嘴上没参与，心里也服，可不就是帅？这人一声不吭的，事先谁都没告诉，就这么来比赛了，搞得简直跟吃饭喝水一样简单。

"刘心瑜这么看还跟城爷挺搭的，可惜城爷对她没意思。"王肖"嘿嘿"地笑着编派。

"那儿还有一个呢。"姜皓朝一个方向歪了下头，"站在那儿看他半天了都。"

林迁西拎着水，眼睛瞟过去，看到了台下站着的人，浓妆艳抹的一张脸，扎着马尾。居然是季彩，就站在角落里，正全神贯注地看着台上，也不知道是什么时候来的。

"她也来了？"他问。

姜皓回头说："是啊，那个美女姐姐嘛，咱们来的时候她就在了，一直看宗城比赛呢。"

"这姐姐漂亮啊，跟城爷还挺般配的，他俩不会真是一对吧？"王肖打听。

林迁西眉头挑一下，抬腿又踹过去一脚。

"怎么了西哥？"王肖回头。

"你能少闲话两句吗？听你辩论呢？"林迁西捏捏喉咙，"我感冒了，你别吵。"

王肖只好乖乖闭嘴了。

下面忽然响起掌声，宗城坐了回去，眼睛朝下面扫了一眼。

林迁西不知道他有没有看到自己，瞅瞅刘心瑜，又瞅瞅季彩，靠着椅背，有一搭没一搭地喝水润喉，有点儿开小差。

上面又叽里呱啦说了几十分钟，掌声又响了。林迁西回神，看到台上的人都下来了，好像是结束了。有几位老师走了上去，做总结陈词。前面王肖和薛盛他们溜了，不知道干吗去了，就剩了姜皓。

他眼神晃着找人，找一圈儿，没看到季彩，好像是出去了，回头忽然发现旁边多了个人，宗城已经在他旁边坐下来了。

"你感冒好了？"宗城一坐下来就问，把夹克外套的袖口往上拉了拉，露出结实的小臂。

林迁西晃一下手里的矿泉水瓶子："多喝水多休息，没事儿。"说着看了看前面的姜皓，"你知道我们来啊？"

"早看到你了。"宗城低声说。

太吵了，姜皓没听见他们说话，插话道："王肖他们上厕所去了，这部分跟念紧箍咒似的，我要先出去了，你俩还走不走？"

"等会儿。"宗城说，"你先出去吧。"

姜皓看了看他俩，先出去了。

宗城看姜皓走了，问："那件外套呢？"

林迁西在旁边找到装外套的袋子，递给他："带着呢，你现在要？"

宗城拿出来，直接搭在他身上："穿上。"

林迁西被盖了满头满脸，拿下来，看看左右："我就一个小感冒，至于吗？"

宗城低声又说一遍："穿上，不然我给你穿。"

"……"林迁西看了一圈儿周围，又看看上面还在讲话的老师，心想有你的，只好把矿泉水放下，搭在身上穿了。

"宗城，"刘心瑜从前面轻手轻脚走了过来，手里拿着一瓶水，递给宗城，小声说，"今天辛苦了，说这么多话，喝点儿水吧。"

宗城拿了林迁西放着的水，拧开喝了一口："我有水。"

刘心瑜没说什么，扭头走了。

"我感冒了。"林迁西说。

宗城话是说多了，拿着瓶子又喝了一口，看了他一眼。

"我说我感冒了。"林迁西盯着宗城手里的瓶子，好心提醒，"这是我喝过的。"

"听到了，我还没聋。"宗城当着他的面又喝了一口，然后伸手，故意把瓶嘴在他嘴边刮了一下，"怎么样，来传染我！"

林迁西嘴唇不自觉地抿了一下。"你没聋，你傻了。"他抓着宗城的手，就着瓶子喝了一口，抬头时笑起来，"完了，互相传染，我也傻了。"

第 82 章

台上的讲话终于结束了，稀稀拉拉的一阵掌声算是回应。下面的两个人还抓着同一只瓶子，这感觉是挺傻的。宗城笑了笑，低声说："病傻了你……"

没能再往下说，灯光忽然亮了起来，整个台子连同座席一下被照得亮堂，宗城立即坐正，林迁西也一把拿了矿泉水，转头去看前面，喉咙里还轻轻干咳了两声。

好像是结果出来了，前面的英语老师于颖回头找人："宗城人呢？"

"去外面等我吧，这儿挺无聊的。"宗城很低很快地说了一句，起身过去了。

林迁西把身上的外套拉了拉，把剩下的水塞进书包里，拎了往后走，到了厅门口，又回头看一眼，宗城和刘心瑜，还有那几个刚刚一起比完最后一场的人，都走到台上去了。本来还想看他领奖呢，忽然又想打喷嚏了，林迁西一只手捂着鼻子，赶紧扭头出去。

"西哥，这儿！"刚出厅门就听见王肖在叫他。

林迁西捏了两下鼻子，忍了这个喷嚏，转头看见一群人站在大门口那儿，说说笑笑的。

季彩也在，在跟他们说话，看到他出来，挥了一下手，笑了笑，没有像以前那样过分热情洋溢地凑上来。

他走过去，也笑笑，先打招呼："不知道你今天来。"

季彩说："城儿也不知道，我来了才告诉他，听说他在这儿参加辩论赛，就来看看。没什么难度，他以前类似的比赛随便参加，就跟玩儿一样。"

林迁西笑着说："是吗？"以前宗城有多牛，林迁西只能听她说了，毕竟也没参与过他的人生。

"城爷百分之百拿奖，没跑儿的事儿。"王肖叫林迁西，"西哥……哎，你怎么突然多加了件衣服啊，哪儿变出来的这是？"

姜皓过来扯了一下那外套，破案似的说："宗城的衣服。"

他衣服太好认了，基本上都是冷色的、深色的。林迁西挥开姜皓的手，往肩膀上扒拉一下书包："我感冒了，借来穿的。"

"我说呢。"王肖信了，提议说："一起吃东西去吗？咱们先找个地方，等城爷拿了奖过来。"

林迁西往厅里看，想等宗城一起，随口说："你们先去吧，我呼吸两口新鲜空气。"

"那你快点儿跟上啊！"王肖推推姜皓，出了大门。

季彩没走，等他们都出去了，过来拉他："顾阳都等着了，我们还是一起去吧，让城儿自己来就行了。"

她力气确实大，林迁西被她拉着几步走到大门外面，她又马上松了手，眼睛弯着笑了笑，小声说："我又忘了，不该随便拉你，不会介意吧？"

林迁西是不习惯，侧身让开点儿，指指自己塞着的鼻子："我真感冒了，别传染你。"

季彩往前走两步，跟他拉开了点儿距离，指了一下他身上的外套："好啦西哥，我都知道了，难怪以前那样你都躲着我呢。"

林迁西突然就有点儿更不习惯了，慢吞吞地走过去。

好在没走多远就到了地方，王肖在店门口朝他们招手："这儿，别走过了，老薛姨妈的店，照顾照顾。城爷弟弟已经到了。"

顾阳扒拉开店门口的塑料挡条，探出头来，背后的书包都还没拿下来："西哥，彩姐，我哥还没来啊？"

"给他发个位置吧，等会儿就来了。"季彩走过去问，"来这儿还习惯吗？"

"习惯啊，西哥可照顾我了。"顾阳说着话进去，又回头冲林迁西挤眉弄眼。

"是吗？这么开心……"季彩边说话边跟顾阳一起进了店里。

林迁西咧嘴笑笑，跟在后面进去。里头没其他人，薛盛在桌子后面坐着，拿着竹签穿肉串，孙凯也在旁边帮忙，姜皓在柜台那儿拿着水壶倒热水。他钩着凳子坐下来，书包在椅背上一搭，拿两只一次性手套戴上，也要帮忙。

"干吗啊西哥，你不是感冒了吗？"薛盛拿走他手里的竹签，"你别弄了，咱们来吧。"

"嫌我带病毒啊？"林迁西把手套又摘了，拖了凳子坐远点儿，朝顾阳那儿看了一眼，顾阳正跟季彩在旁边那桌坐着说话，一边拿着手机在点，应该是在给宗城发位置。他压低声说："我不动手，我出钱吧，这顿算我的，你们那天不是帮忙了吗？"是说那天顾阳被欺负的事儿。

孙凯笑道："今天不合适吧西哥，今天是城爷的局，一码归一码，你做东干吗？人家里人都在呢！"

王肖凑过来，借着帮忙，小声八卦："真是一家人哎，我刚听他们说，城爷弟弟前面一直跟着这漂亮姐姐呢！"

林迁西扫了几人一眼，忽然把凳子又拖远了点儿，坐得离他们一大截。

姜皓刚过来，要好心地给他递杯热水，奇怪地问："你干吗？"

"不干吗，不要老子请算了。"林迁西漫不经心地说。

"你们说什么呢？"季彩看过来，"要帮忙吗？"

"不用。"王肖笑着回，"你难得来一趟，坐着等城爷就行了。"

林迁西忽然看了一眼王肖。

王肖扭头正好看到他的眼神，端了姜皓刚倒的水给他送跟前来，借机凑到他耳边说："怎么了西哥，你怎么这么看我啊？怪怪的，我心里毛了。"

林迁西接了纸杯，低声说："我觉得你今天话特别多，真的，太啰唆了！"

"肯定还是你感冒不舒服闹的，是不是头疼啊？那我少说两句。"王肖回去帮薛盛了，几人把穿好的肉串都蘸了作料，拿了烤炉来烤。

孙凯说："给西哥弄一份没辣椒面的，他感冒呢。"

香味儿刚冒出来，门口的塑料挡条被掀开，宗城进来了，进来时带了阵外面的凉风，顿时所有人的眼睛都看着他。宗城先看一眼林迁西，又看看其他人，竖了根手指："第一。"

"就知道……"林迁西勾了勾唇，半点儿都不意外。

"哟嗬，城爷就是牛，没有悬念。"王肖殷勤地给宗城拖开凳子，拍两下，"快坐。"拖的是旁边桌的凳子，就在季彩旁边，脸上还带着窃窃的笑。做完这事儿，王肖好像又反应过来了，走回林迁西身边，拍了一下自己的嘴，意思是不说了，免得又吵得他头疼。

林迁西懒得理王肖，端着纸杯喝口水，吸了一下堵着的鼻子，就当没看见。

"顾阳，起来挪一下。"宗城忽然走过来说。

林迁西看过去，就见顾阳站了起来，宗城将那张桌子往这边拽过来，和他这儿的桌子拼在了一起。

"人多拼一起就行了，没必要分桌。"宗城拿了凳子，自然而然地放在了离他近的位置，看他一眼，身侧的手轻微地招了一下。

林迁西刚才凳子拖开了一大截，又不动声色地拖回去，挨宗城旁边坐了。

孙凯在对面打趣："还以为城爷你今天不乐意跟咱们挤。"

姜皓在对面看他俩："你俩这衣服穿得，一个款似的。"

"还好是俩男的坐一起，不然就是情侣装了。"王肖接话，又马上拍嘴，"唉，我又啰唆了。"

林迁西看看自己身上，忽然觉得是挺像的，又看看宗城，他居然还笑了一下。

王肖忽然后知后觉地说："欸？西哥现在居然不嫌我啰唆了？"

我去你的。林迁西拿纸杯挡住嘴，心想该啰唆的时候不啰唆，不该多话的时候跟放炮似的。

王肖"嘿嘿"笑着回头招呼："姐姐也坐过来啊！"

季彩凳子拖近，看了看宗城，跟顾阳坐在了一起："我认识城儿这么多年，第一次见他朋友这么多。"

"你俩认识很多年了？"王肖往桌上送着肉串，挡不住八卦的心。

"是啊，他还小我就认识他了，小时候他挺活泼的，还爱惹是生非，不像现在，又酷又冷，不爱搭理人。"季彩笑着说。

"是吗？"王肖"啧啧"两声，"想象不出来。"

林迁西端着纸杯喝水，也想象不出来，只有听着的份儿。

宗城也就听着，什么都没说，过了一会儿，放了几根肉串在林迁西手边上，都是不辣的。

林迁西看他一眼，拿了根塞进嘴里，边吃边听他的童年故事。

季彩也没说几句，肉串也没吃两根，站了起来："我得走了，还有个朋友跟我一起来的，不能把人撂在那儿不管，你们吃吧。"

顾阳说："一起吃吧彩姐，不能把你的朋友叫来一起吗？"

"又不熟，人家来了你们也放不开，还是算了。"季彩笑着看林迁西，"西哥，明天带来给你见见。"

林迁西嚼着肉看她："见我干什么？"

"人家想见你。"季彩说完，拍一下宗城的肩，"我走啦。"

"嗯。"宗城说，"就不送你了，有事儿回头再说。"

"行了，送什么啊，叫你别总客气。"季彩自己走了。

她刚走，几个人就暴露了八卦本性。王肖把新烤好的肉串摞一堆，推到中间："城爷，我可算知道你为什么看不上刘心瑜了，原来早有一个了。"

"正点啊城爷，原来你喜欢姐姐型的。"孙凯笑着说，"姐姐好啊，会照顾人，还能帮你照顾弟弟，你俩这算不算是青梅竹马？"

顾阳看着他们："你们说我哥跟彩姐啊？"

"对啊，"王肖指宗城，"他俩不是一对吗？"

顾阳扭头看宗城："什么时候的事儿啊，我怎么不知道？"

宗城说："是啊，什么时候的事儿，我也不知道。"

"不是吗？"王肖诧异，"看着很像啊！"

林迁西忽然站起来，往后厨走，问薛盛："店里不做别的吗？光吃肉串太干了，我不舒服。"

薛盛追上来："没，我姨妈没在，后厨没开，应该换一家的，要不然我给你下碗面？"

林迁西只好又走回座位："那算了，我吃点儿就回去了。"

宗城看他一眼，忽然伸手抓着他腰后外套往下一拽。

林迁西一下坐回去，腚都磕痛了，下意识地看宗城。

"西哥别急着走啊，"孙凯把不辣的那些肉串都递到他面前，"咱们还没打听完城爷的事儿呢！"

"没事儿，"宗城抓着林迁西腰后的衣服，一只脚伸过来，不偏不倚地钩住他坐的塑料凳子，"就是认识很多年了，她以前还做过我的老师，私底下我当她姐，没别的，以后少开玩笑，没意思。"

对面几双眼睛都盯着宗城，可能是这话太严肃了。姜皓第一个举手："我什么都没说啊，不关我事儿。"

薛盛跟着说："我也没说。"

王肖讪笑："看走眼了，那不说了，再说是猪。"

孙凯附和："不说了，吃肉串。"

林迁西伸了一只手到背后，拽一下抓着自己的那只手，瞥着宗城。

手终于松开了，脚还钩着他的凳子没拿开，宗城口气淡淡地说："我还要写一个比赛的总结报告，马上就要回去了。"刚好缓和了一下气氛。

王肖说："这么麻烦啊？"

"嗯。"宗城掏出手机，跟薛盛说，"先把账结了。"

"不急吧。"薛盛说，"回头再算。"

"那明天给你。"宗城把面前的肉串吃了，站起来，拍一下顾阳，"回去写作业了。"

"哦。"顾阳站起来，手里拿着根没吃完的肉串，乖巧地跟着宗城。

"走了。"宗城总算拿开林迁西凳子下面的脚，若有似无地看了他一眼，离开了店。

　　林迁西跟着站起来。

　　"西哥，"王肖叫他，"你也要走啊？"

　　"走啊，回去下面吃。"林迁西拿了书包走人。

　　出了店门，天早黑了，马路边上站着两个人，宗城和顾阳都在前面等着。

　　"西哥，"顾阳晃着手里的肉串叫他，"在这儿坐两站公交车回去吧，你不是感冒了吗？"

　　他走过去："行。"

　　宗城转头搭一下顾阳的肩："你先上。"

　　顾阳小跑着去了对面，爬上公交车。

　　宗城在后面跟着，边走边掏出盒感冒药塞到林迁西手里："回去吃了。"

　　林迁西拿出来看了看，是新买的："比赛完买的？"

　　"嗯，怕你真病傻了。"宗城上了公交车，塞硬币的时候回头说，"好像是傻了。"

　　"嗯？"林迁西跟上去，"说谁呢你！"

　　车上没几个人，宗城推一下顾阳，让顾阳坐下，自己站着，搭着吊环，一只手抓在林迁西身侧的竖杆上，看了他一眼："说你。"

　　林迁西没踹宗城，因为顾阳在看他俩，一边还在吃着手里没吃完的肉串。"看什么啊，好弟弟？"他问。

　　"西哥，你今天晚上是不是不高兴啊？"顾阳坐在对面说，"没看到你笑呢。"

　　"没啊，我这不是感冒了吗？"林迁西把衣领拉高，挡住嘴，咳了两声，"离我远点儿，别传染你。"

　　宗城也拍了一下顾阳的脑袋："转过去，你身体素质不行。"

　　顾阳无奈地转过身坐了。

　　车开了两站路，停了，已经能看见老楼了。宗城下车，对顾阳说："自己回去吧，我去买点儿东西。"

　　顾阳朝林迁西挥一下手："我先走啦，西哥！"

　　"去吧。"林迁西在马路边上站着，看顾阳走远了，回头问宗城，"你真有总结报告要写？"

　　"没有，也没东西要买。"

　　"那你说得跟真的一样。"

　　宗城在昏暗的路灯下看着他："不这么说怎么早点儿走？"

　　林迁西说："哦，就为这个？"

宗城说："你感冒了，脑子可能也糊涂了。"

"我……我哪儿糊涂了？"

"问你自己。"宗城转身往前走。

林迁西几步追上去，拽一下宗城后领："少胡扯了，当我傻呢？"

宗城停下来看着他，冷不丁抓住他身上的外套，捏着拉链头猛地往上一拉，一直拉到盖住他半张脸："说你傻还不信。"

林迁西被勒得闷了口气，一把拉下衣领，宗城已经转头往前走了。

第83章

宗城在桌边冲了包板蓝根，一口气灌了，拿起桌上的手机看了一眼时间，已经晚上十点，林迁西应该早到家了。之前够大意的，喝了他的水，回来想到顾阳，还是得预防一下。

宗城翻了翻手机，回房的时候走到隔壁，轻轻推门朝里看了一眼，顾阳侧着身，抱着自己的枕头，已经睡着了。本来就是一人住的小公寓，以前顾阳偶尔来两次，他就自己打地铺，把床让出来，现在这个小房间是最近才收拾出来，摆了张床，给顾阳做了房间。

他关上门，走回自己的房间，一边低头，又翻了翻手机，点开微信。"八中乖仔"微信里的背景还是他特地放进去的那张照片——他和林迁西的合影。宗城随手发了个微笑表情过去。

——睡了？

林迁西秒回。

——睡个屁！我在按你做的计划好好学习备考！

宗城嘴边露了丝笑，从他打的字里都想象得出他现在的样子，痞里痞气，吊儿郎当。

——我走那么快就是要让你快点儿回去养病，还不睡干什么？滚去睡！

林迁西发了一串省略号过来。

——我精力好，就想学习。

宗城坐到床上，把台灯拧亮，自己也拿了本题册，手上还在打字戗他。

——你的精力不是用来发傻了吗？

"嗖"一声，林迁西直接发了句语音过来，宗城点开，怕吵到顾阳，就放到耳边听。他的声音一下钻进耳朵里来："我靠，你……"后面没说完，是他自己掐断了。

宗城按着语音回过去："靠谁？"

隔了三四秒，林迁西的语音发过来："你要这么断句，那就第二十一个英文字母。"

宗城笑了一声，一边按了语音回过去："滚去养病，不然你就是跪下叫爸爸也不教你了。"

语音消息提示音马上响起来。林迁西："睡了，晚安。"

宗城把他语音又听一遍，想起林迁西之前的模样，嘴角就又提了起来。没想到他会这样，如果不是他感冒了，当时在路上就不只是闷他一下了。

宗城翻开题册，准备放下手机，退出微信的时候留意到来了三条新的短信，一个鲜红的数字"3"飘在那里，又是出自一串没有保存名字的号码，笑容瞬间就没了，手指机械地点了几下。

——我身体不好，需要休养，你都不知道让顾阳来看看我！你还有人性吗！你有什么脸占着你妈的钱？你不就是想看我死？

——顾阳被你弄到身边了是吧？你以为你成年了就能摆脱你老子了？畜生东西，你一辈子都别想摆脱！

——宗城！你有种回我一句！你敢吗！！！回我啊你！！！

宗城靠上床头，近乎冷漠地看着那一行一行的字。顾志强总能在不经意的时候出现，扫掉他的一切兴致。他点了清空，又点开微信，把林迁西最后那句"睡了，晚安"放在耳边听了两遍，感觉心情又被拉回来了，才放下手机，重新翻开题册。

林迁西再走进体育器材室的时候，感冒已经好得差不多了。他身体还是够好，吃了宗城买的药，又被逼着好好睡了一觉，挺有用。

刚拿了球杆要摆球，一只手在他肩膀上拍了一下。一般没人敢这么拍他，他还以为是宗城，一回头，发现是姜皓，顿时没好气："干吗啊？！"

"你干吗？"姜皓打量他，"碰你一下都不行？"

"有事儿就说事儿，碰什么碰？"林迁西一颗一颗地摆球。

姜皓说："我看你平时也没少被宗城碰。"

"……"林迁西停下来看姜皓，"你到底有什么事儿？"

姜皓指指外面："那个美女姐姐来了，还带了个人，说是专程来找你的。"说完就先出去了。

林迁西看着门口，没一会儿，季彩就从外面走了进来，抹着红唇的脸看到他笑了笑："西哥，我昨天说了要带个朋友来见你的，现在来了。"

林迁西想起来了，她是说过："真有人要见我？"

"还能骗你吗？人家真是要见你，其实也不算朋友，工作时认识的，这回特地托我的关系来找你，是个台球俱乐部的老板，姓毛。"季彩说着走近两步，声音跟着低了点儿，"这个毛老板发掘过很多球星，很少主动出来找人，机会很难得，你好好把握。"

不等林迁西问她什么机会，季彩已经转头朝外面喊了一声："毛哥，进来说吧。"

外面走进来个男人，大概三十岁，穿了一身西装，其貌不扬，但看着很精明，一进来先四下看了看，打量了这里面一圈儿，才转到林迁西身上："你就是林迁西啊，听说你现在还没加入俱乐部，来我的俱乐部吧。"

林迁西抓着球杆，被他的直接弄得愣了两秒："你说什么？"

被叫"毛哥"的男人掏了支烟塞进嘴里，自顾自点了，开始吞云吐雾："你不是比赛挺厉害的吗？我给你提供教练、训练资金，只要你加入我的俱乐部，以后打比赛不就有组织了吗？"

林迁西听明白了，原来是来挖人的，他看看季彩。

季彩已经往外走了："我先出去，你们谈。"

她出了门，那个毛哥也没走近，就这么站着，抽他的烟，偶尔看两眼这小器材室，不大看得上眼的样子："你在这种环境里再怎么练也就这样了，我看你前面两次比赛打得不错，有天赋，才来找你的。你考虑一下吧，可别错过机会了。"

林迁西觉得他姿态还挺高的，好像来挖自己是给了自己天大的面子，嘴角扯了一下，挂着杆在球桌边一坐："你大老远跑过来，肯定也有条件吧，总不可能是白送的。"

毛哥抽两口烟："那肯定了，你的事情我打听过了，既然成绩一般，还打算做体育生，那就休学吧，进了我的俱乐部，以后就专职打球了。"

林迁西以为自己听错了："你意思是不上大学了？"

"上大学？"毛哥上下打量着他，烟都不抽了，"你要做体育生不就是因为考大学艰难？上了大学也是要出来赚钱，你现在就能出来打球，还上什么屁大学。"

"……"林迁西无语了一瞬，突然笑了声，"要不然你再去重新打听一下好了，我是要上大学的，而且是好大学，不是去北京，就是去上海。"

毛哥也跟着笑了："我是真诚地跟你谈的，你就别拿乔了吧，我给你一年二十万，比你想那些不切实际的强。"

林迁西最烦的就是这种自说自话不把他的事儿当回事儿的，好像他怎么都不行一样，顿时就有点儿冒火了："你怎么就知道不切实际？"

毛哥没太在意，接着说："还有个条件，以后你得离开这儿，毕竟你那些事迹也不好看，听说还往黑的混过？怎么说呢，台球是个高雅运动、贵族玩意儿，跟那些乌七八糟的扯不上关系。你进了俱乐部以后，我们肯定要把你往天才球星那个方向包装。你打球有天赋，长得又帅，天生就是做球星的料，到时候你就不要跟这小地方的人和事儿有什么瓜葛了，最好能不回来就不回来。你要真想要学历，大不了给你弄一个就行了。"

林迁西脸色有点儿沉："你的意思是我出身太烂了，要跟这儿一刀两断才行，连家都不要了，我妈也可以不认了，是吗？"

毛哥看了看他的脸，总算看出他不高兴了，笑了笑："你也别生气，我说得是直接了点儿，但是谈生意不就是得直接吗，省得拐弯抹角后续一大堆扯皮事儿。你好好想想，这对你来说真是个好机会。你不是还有场大赛要打吗？我可以现在就给你安排教练。"

"不用了。"林迁西扔了杆往外走。

毛哥看着他："什么意思，没的谈了？"

林迁西没理毛老板。

季彩在外面等着，看到他出来，想问一句，结果他头也不回地就走了。那位毛老板跟在后面出来，季彩问："你们说什么了？"

毛哥摇摇头："搞不懂这小破地方有什么值得他留恋的，还一心要考大学，真是白瞎老天爷赏他的这口饭了……"

宗城早上来就没见到林迁西，一开始以为他是去跑步训练了，但是训练时间结束也没见到他，就觉得不太对劲儿，看着英语书的时候，偶尔看一眼后门。

姜皓从外面进来说："林迁西还没回来啊？"

"你知道他去哪儿了？"宗城问。

"你那美女姐姐找他，带人来的。"姜皓在前面坐下来，"可能还在器材室吧。"

宗城"嗯"一声，又翻了两页英语书，站起来，出了后门。

"城儿。"宗城下了教学楼的楼梯，季彩就站在楼梯下面，叫了他一声。

宗城走过去："你们谈完了？"季彩来的时候就跟他提了几句，今天的事儿他知道个大概。

"谈完了。"季彩说，"那个毛老板已经走了，林迁西没答应。我第一次听说有人拒绝得这么干脆的，他说他要考大学，也不肯离开这儿，谈了没一会儿就先走人了。"

宗城拧了一下眉："你们叫他离开这儿？"

"人家的确提了这个条件。"季彩看有学生经过，就往墙边上站，轻声说，"林迁西这样，难道离开这小地方不是对他更好吗？"

宗城看她一眼："他现在不能走，要走也是以后跟我一起走。"说完转身要走。

季彩忽然追了上来，拉了一下他胳膊："等等，城儿。"

宗城停下。

季彩又马上松了手，看看左右没人经过，才说："我觉得你跟林迁西……"她又看了看四周，好一会儿，小声说，"别让你爸知道了。"

宗城没说话。

"算了，当我多嘴好了。"季彩可能是觉得自己说多了，转身走了。

宗城站了一瞬，转头朝另一方向走。到了操场外面，转一圈儿，没有看到人，又去另一个方向，课间也就十分钟，林迁西不知道跑哪儿去了。

最后走到器材室外面，听到了熟悉的台球撞击声，有点儿激烈。他在门口停了一下，推门进去。

林迁西不知道什么时候又回到了器材室里，正在一个人打球，一边打球，一边嘴里念叨着单词，念叨着停顿一下，站直了，拿了球桌上的水灌了一口，又趴下去继续。太投入了，完全没有注意到宗城已经进来了。

宗城隔了两米站着，看着他在那儿打球。他身上一件旧的套头卫衣，袖口拉到胳膊肘上，每一杆推出去时，白花花的小臂上都会拉出一道绷紧的肌肉线条。

终于停下来了，他两条胳膊搭在球桌边上，双手横握住球杆，紧紧的，在那儿喘气，嘴里不背单词了，低低地骂了一句："妈的……"头往下垂，快挨着桌面，一口一口地平复呼吸。

"去他的……"林迁西又骂一句。终于有一天有个人来发掘他了，没想到居然还补踩了他一脚。他考不上好大学，靠台球吃饭，还得跟这儿断绝关系？第一次知道打个球还看出身的，是他以前太烂了，都得藏起来？他妈、冬子、杨锐，包括宗城，他是不是都得装作跟他们没瓜葛啊？打个球还想要他六亲不认吗？……

林迁西说不上来是感到好笑还是生气，也可能是觉得荒唐，真荒唐！余光扫到了高高的身影，一下抬头，看到宗城就在眼前站着。"你怎么进来都不出声？"

宗城说："躲这儿干什么？找你半天。"

"找我？"林迁西站直，扬扬手里的球杆，若无其事地说，"我这不是在正常练球吗？你找我干什么？"

宗城看着他脸，感觉他脸都气白了，走过来，拿了他手里的球杆："别打了。"

"干吗啊，我想打球还不行了？"林迁西伸手过来抢，吊儿郎当的。没有教练又怎么样，要什么训练资金，又不是打不了台球。

宗城把球杆往桌上一按，直接拨了一把他的肩膀，一条腿伸出来，把他抵在桌边："叫你别打了，犟什么？"

林迁西后腰抵上桌边，拧眉："你怎么了，也心情不好？"

宗城沉默了一下，也许吧，大概是被季彩的话弄的，嘴里说："找你半天，心情能好吗？"

"我又不是失踪了。"林迁西靠着球桌，看他脸，忽然笑了，"要是我真没达到那个跟你一起的目标怎么办？"

宗城掀眼："你再说一遍！"

林迁西盯着他："干吗？"

"这种话别让我听到第二遍。"宗城说，"不然我就抽你。"

林迁西一把扣住他脖子，身体一转就反压了他："抽谁啊你？"

"第二十一个英文字母。"宗城没表情地说。

"……"林迁西服了，缓口气，不犟了，抬一下下巴，"到此为止，不说了。"

宗城的眼睛看着林迁西的嘴唇。

林迁西突然觉得心口又突突的了，就在和他对视的两秒，下意识地回头看了一眼器材室的门，还好是带上的，紧接着脸就被拨了回来，后颈被宗城的手摁了一下。

"靠，我感冒才刚好点儿……"林迁西低声说。

"嗯。"宗城的声音也是闷着的。

林迁西故意往他身上重重压一下："你'嗯'是什么意思啊？"

宗城往后一仰，一只手抓在他腰上，拉着他贴到面前，低声说："就是少废话，马上就放过你……"

铃声响了，宗城被打断，手松开了："放过你了。"

林迁西直起腰，在他领口上拽一下。"是我放过你的。"他急匆匆地往外走，"马上要期末考试了，我要坚定点儿。"

宗城站直，看着林迁西的身影："对，坚定点儿，你别动摇。"

林迁西在门口回头看他。

宗城说："不然我还是会抽你。"

"……"

第84章

"西哥，听说有人找你，是不是要挖你去打球啊？"上厕所的时候，王肖在小便池那儿站着，扭着脖子问林迁西。

林迁西回到教室以后就没对人提起过这茬，估计还是姜皓跟他们八卦的。他走去洗手池那儿拧了水龙头搓手，不耐烦地回："没有。"不想再提这茬，想起就不痛快。

"我们几个分析过了，都觉得肯定是来挖你的。"王肖跟过来，挤着他的水龙头洗手，"你打球那么帅，真能去打就好了，我以前都想不出你以后能干什么，或许就像三炮他们那样，现在觉得打球也不错啊！"

林迁西直接呼了一把水在他脸上："说谁跟三炮他们一样！"

王肖一个激灵。"哎不是，我那不是以前的想法嘛，现在的西哥乖得很。"他笑嘻嘻地抹着水躲到门口，忽然不说了，急急忙忙就往外跑，嘴里喊，"没躲着抽烟，咱们正常上厕所的！"

林迁西甩着手上的水出去，才知道他为什么这副德行。老周就在外头站着呢，一只手拿着自己送的杯子，一只手拿着教案，就跟拦路虎似的。

"检查吗？真没躲着抽烟啊！"林迁西两手掏掏口袋给他看，以证清白。

老周没什么反应，把杯子往胳膊里一夹，背起手，才说："高三的课差不多都结束了，马上就要期末考试，打球归打球，自己要有数，不要赢了几次比赛有人找上门来就觉得了不起，就可以不学了。你现在的成绩是提高了不少，那也得争取别掉下去。"

"你在外头听得够清楚的啊，当007去得了！"林迁西心想什么叫别掉下去，他还指望更进一步呢，刚要走，忽然反应过来，朝走廊外面探头看一眼，"老周！今天太阳打西边出来了吗？你居然跟我谈心啊！"

周学明托了一下鼻梁上的眼镜，镜片后的眼睛像是闪了两下，转身往办公室走："说了也要你听得进去才行。"

林迁西看着他走了，轻轻"啧"一声，太稀奇了，老周居然督促自己学习了，一开始真没反应过来。

放学铃已经响过了，宗城在后门口站着，右肩上搭着书包，一只手拿着手机回季彩的微信，回完消息抬头，林迁西回来了。他把手机收起来，低声问："今天我自己先走？”

林迁西被问得愣了一下："什么？"

"期末考试前最后一段时间，你要坚定点儿。"宗城说，"这不是你自己下的决心吗？"

"靠……那你走吧。"林迁西记着呢，进教室里去拿书包。就跟老周说了几句话的工夫，王肖他们都跑得一干二净了。他拿了书包，回头一看，宗城还真走了。

真就这么走了？林迁西撇了一下嘴，背上书包下楼。

到楼下时，他刚好扫到公告栏上贴着张喜报，是宗城拿了英语辩论赛冠军的喜报，还配了张学生证照片。照片放大了，有点儿模糊，但是眉眼比较深，轮廓线条明显，五官还是看得分明，一脸的酷劲儿挡不住。林迁西看得想笑，这人怎么照起照片来都是一个样子。

"笑什么你？"

林迁西扭头，宗城就在前面盯着他。他挑眉问："你不是走了吗？"

"走了，想想还得抽查你一回，又回来了，"宗城往公告栏上扫了一眼，"然后就看到你在这儿对着我照片傻笑。"

林迁西真没有过脸红的时候，被他这句话说得要脸红了，重重咳了一声，朝他那儿跑过去，差点儿要拿书包砸他一下，刚好看到有位老师经过，忍住了，书包甩回肩后。

宗城看了他一眼，转头时脸上似乎笑了一下："走啊，不备考了吗？"

林迁西摸摸有点儿害臊的脸，跟在后面，和他一起出了校门。

才到半路，宗城就开始出题："先抽英语？"

"这么急？"林迁西问，"你赶时间啊？"

宗城边走边说："季彩要走了，她照顾顾阳这么久了，我跟顾阳要去送一下，待会儿就去。"

"哦。"林迁西明白了，想了想说，"替我谢谢她吧，虽然她是好意，但是我跟那毛老板不是没谈成吗……"

"她不知道你的目标。"宗城说，"现在知道了。"

林迁西懂了，肯定还是他说了，随口问："那她听了怎么说啊？"

她怎么说？宗城回想了一下，嘴里却淡淡地回道："没说什么。"

快到杨锐的杂货店附近时，宗城把口头能抽的题都抽了一遍，停在路边上说："先这样，错的自己看，我先走了。"

"嗯，行。"林迁西消化着错题，往前走。

"等会儿。"宗城叫住他，拿出手机说，"要把我的证件照发给你吗？省得你再对着公告栏傻笑。"

"你又来！"林迁西瞪他，一秒，两秒，忽然掏了手机过来说，"来，发给我。"

宗城本来就是想逗他一下，免得他还因为那个什么毛老板不高兴，谁知道他没脸没皮的毛病又犯了，断眉耸一下："算了，你还是自己去看公告栏吧。"

"要我！"林迁西一把抓住他的手腕。

"喀喀……"杂货店里传出两声咳。林迁西转头看，杨老板正瞅着他们。

宗城踢踢他的脚："松手，我得走了。"

他松了手说："行吧，快走吧！"

宗城像没听见杨锐的声音似的，表情都没变，转身走了。

林迁西钩了一下肩上的书包，走去杂货店那儿，杨锐指了指天："林迁西，天还亮着呢，大马路上就拉拉扯扯。"

"少胡说了吧，那是自然交流。"林迁西插着兜走过店门口。

"这就走了，不进来吗？"杨锐抻头问。

"不进了，回去备考呢！"

杨锐回头看看店里的日历，觉得不可思议，这小子不知不觉都坚持这么久了，到底哪儿来的这么大一股劲儿……

八中为了留时间做考后总结，果然又把期末考给提前了。高三大大小小的考试实在太多了，平常课上还动不动就来个测验，以至于考试真正来临的时候一点儿特别的感觉都没有，就觉得天一下冷了不少。

林迁西当天一大早起床，为了给自己鼓劲儿，去厨房给自己煮了面当早饭，还特地加了两个鸡蛋。盖锅盖的时候，他想了一下，自言自语道："吃鸡蛋是不是意思不太好啊？"算了，不是说有营养吗，不要在意这些，转头又往里面加了俩。

等面熟的时候，他顺手从外套口袋里掏出手机，点开灯塔头像的微信翻了翻。聊天记录里还夹着宗城教自己的几道题目，自从那天他去送季彩后，自己就没去他那儿学习过了，老规矩，考试前不做题，就看这几道。

林迁西正在看，对话框里冷不丁就跳出了行消息。

——做好准备了？

林迁西咧嘴笑，揭开锅盖，对着锅里的面拍了张照发过去。

——吃完就来。

又一条消息跳出来。

——加这么多鸡蛋?

林迁西手指点了一串问号发过去,心想干吗啊这人,怎么哪壶不开提哪壶呢?当即把手机往口袋里一收,转头找了个打包盒出来,先捞了一碗出来,压俩鸡蛋在上面。忙完这个,他自己才盛了一碗吃了,拿了书包去学校。

宗城站在岔路口,看着顾阳去自己的学校了,转头往八中走,又拿着手机看了看,对面没回音。

林迁西可能已经去学校了。宗城把手机收起来,脚步稍微快了点儿。

进了教室,林迁西果然已经先到了。天气已经明显转冷了,他身上也就穿了件不薄不厚的牛仔外套,竖着领子,脖子只露一道线,衬着黑漆漆的头发,还是白得惹眼,就跷个二郎腿坐在椅子上,一边摇着笔,一边往后门口看。

宗城进门就看着他,跟他视线碰个正着。

林迁西勾一下手指,拍了拍身边的椅子,就像在等着宗城似的。

"城爷来了。"王肖在前面学着《动物世界》的腔调感慨,"期末到了,又到了城爷大显神威的时节……"

宗城没搭理他,在椅子上坐下,借着放书低声问:"怎么了?"

林迁西的手伸过来,在他腿上放了个塑料袋,隔着裤子都有点儿热。

宗城一手拿了,打开袋子,里头是只透明的塑料打包盒,装着面,还能看见上面压着俩鸡蛋。

"吃了。"林迁西低声说,"不能我一个人不吉利,你也给我吃!"

宗城抬头,没两秒就反应过来了,嘴角往上提了一下:"我那句话的意思是说你早上一次吃的鸡蛋太多了,没你想的这么迷信。"

"……"林迁西盯着他,想想他好像的确不像迷信的人,但不买账,"那你也给我吃了,解释没用,我现在已经有心理压力了。"

宗城看看前面,揭开盖子,低下头,拿筷子夹了个鸡蛋送到嘴里,吃完了,又夹了剩下的那个吃了,盖上盖子:"考零分算我的,可以了吗?"

林迁西咧起嘴角:"可以,你是年级第一,镇得住。"

真够迷信的,林痞。宗城心里觉得有点儿好笑,脸上忍住了,没真笑出来,怕他又急。

"什么味儿啊?"姜皓从前面回头,往他俩身上看,"你们谁一大早还带饭来了?"

宗城已经把打包盒塞到桌肚子里去了。

林迁西随手拿了数学书在姜皓眼前扇一下:"老师来了。"

徐进来了，一进门就在喊："考试了，桌子都拉开！"

正好打了个岔，姜皓顾不上问了。

林迁西跟宗城对视一眼，一本正经地拉开桌子。

第85章

第一场考数学，最后一场考语文，整整考了一天，都过了放学的点儿，才全部考完。

林迁西叼着笔杆往前看，看着老周带着卷子走了，才把桌子推回原来位置："我考的……"

宗城把桌子推回来和他的拼在一起，刚听到他开口就说："考完了就不说了。"

林迁西笑起来："我是说我考的时候一眼都没看你，这回总不会有人说我作弊了吧。"

"嗯，我知道。"

"你怎么就知道了？"

宗城没直说，他当然知道了，林迁西没看他，可他看林迁西了，以前考试他还真没看过谁，这回看了林迁西好几眼。班上的人都开始收拾东西准备走了，他打了个岔："考完了，你有安排吗？"

林迁西说："没……"

刚开个头，前面陶雪走了过来，小声叫他："林迁西，我刚出去看到吴老师来了，他叫你去操场把今天的训练补上。"

林迁西好久没跟她说过话了，不想尴尬，很快答话："知道了，马上去。"

陶雪回座位去了。

林迁西撸着袖子站起来："安排来了，吴川连这点儿工夫都不给我。跑步去了。"

宗城只好说："那你去吧，我要去给顾阳买点儿东西，回见。"

林迁西点头："行，回见。"

他刚走，王肖就回过头八卦："城爷，你说西哥再跟人家妹子说话，心里有没有那么一丝丝波动？"

宗城抬眼："你考得很不错？"

王肖顿时苦脸："怎么来这么一句，扎我心啊！"

宗城脸上倒是没有一丝波动，扎完他就拿了书包，连林迁西带给他的那个打包盒也一起收了，起身走了。

天确实冷多了。宗城出了校门，上了辆公交车，打算去给顾阳买几件厚衣服过冬。本来想叫上林迁西一起，买完了还可以一起回老楼待会儿，现在只能自己去了。

下了公交车，手机响了声，他站在路边拿出来看，是顾阳发来的，想叫他买点儿吃的回去，又想吃涮锅了。

嘴馋。但是比起以前，这点儿要求已经很低了。宗城不能给顾阳以前的生活，但吃点儿东西总得满足一下。他往前看了看，看到了去过的便利店，走了进去。

店里没几个人，站柜台的还是林慧丽。

宗城很快就买好了，去那儿结账。他个子高，一站过去就很显眼。

林慧丽抬了一下头，看他一眼，又看一眼，认出来了："你是宗城吧？"

宗城看看她："是。"

"上次你来这儿帮忙，见过的。"林慧丽说。

"嗯。"宗城其实早在这儿买过东西，但是她肯定不记得了。

一个顾客家的小孩推挤着撞到柜台这儿来，林慧丽探身出来扶了一把，也没怪他捣乱："别摔了，去别处玩儿。"

小孩跑走了，她一样一样开始扫他买的东西，看到一副手套，看了看他："这码有点儿小了，你是不是拿错了？"

"给我弟弟买的。"宗城说。

"你还有个弟弟？"

"刚上初中。"

林慧丽把手套放在一边，说："这个一般，你拿那个格子纹的吧，那个质量好，也不贵。"

宗城听了，就回头去货架那儿换了一副格子纹的过来，拿给她结账。

林慧丽拿在手里又看了看，才给他扫了。

宗城看她对别人家的孩子都挺有耐心的，甚至算得上热心，不知道为什么对林迁西那么冷淡，可能还是跟林迁西的过去有关。心里想了一下林迁西，说不上来什么滋味儿，毕竟他的过去自己也没经历过。

林慧丽一样一样扫他买的东西，嘴里说："听说你是转过来的，父母也不在，林迁西的脾气不太好，你肯教他就不容易了，多担待点儿，他要是欺负你，你可以告诉老师，我不会说什么的。"

宗城嘴角动了动，她要说林迁西欺负别人还行，林迁西怎么可能欺负得了他？

在他这儿只有被欺负的份儿。"不会的，林迁西现在乖多了。"

林慧丽有点儿诧异地看了他一眼："你说林迁西？"

"是真的。"宗城拿出手机，"多少钱？"

林慧丽给他拿袋子装好了："我给你付吧，你肯教林迁西肯定是吃了亏的。"她好像还是觉得林迁西会欺负他。

宗城看了价格，拿手机扫码付了："没吃亏，我教他不要钱。"

林慧丽看过去的时候，他已经拎上那袋东西出了店。

林迁西半点儿不知道这事儿，跑完步回家的时候已经天黑了。

天冷，却还是跑出了一身的汗，他在洗手间里冲了个热水澡出来，在床上一坐就开始对答案。语文那些背诵的好对，其他的就不知道怎么对了。要是被宗城知道了，肯定又叫他别对。

林迁西对了一半不对了，找到手机，想给宗城发微信，刚要按下讲语音，隔壁邻居家又在直播骂人，声音都炸耳朵。

"烦死了……"林迁西透过房门狠狠瞪了一眼墙，也没什么用，一把抛下手机，不发了。

他没发过去，微信里却有消息发过来了，连续振了好几下。林迁西仰头躺在床上，一只手拿着手机在眼前翻，灯塔头像给他发了好几张照片过来，看起来都是刚拍的，是涮锅的照片——

各种冒着热气的肉，顾阳夹着肉笑嘻嘻的脸，还有汤姆两只小前腿搭着桌沿想吃肉的样子。林迁西看完，直接打了两个字过去。

——禽兽！

对话框里跳出消息。

——要来吗？

嗬，这人把他当什么了，居然拿肉来诱惑他？林迁西确实想去，都坐起来了，又觉得自己这种担心成绩的状态不好，见了宗城肯定会被一眼看穿，那个人精。他总想着能早点儿考进前十五就好了，就离他们一起考上好大学的目标更近了。

——不来，明天去学校打哭你！

他还是忍住了，回了一句，又躺回去。对话框上显示"对方正在输入"好几秒，跳出简短的几个字。

——是吗？等你。

林迁西感到好笑地对着手机看了两遍，把手机塞在枕头底下，就不看他发的那些肉，明天去学校再弄他。

第二天就是考后总结。林迁西背着书包爬上教学楼的时候，老远看见办公室那儿几个老师一个不落地全来了。他特地绕过去，到办公室门口看，想看看成绩出来没有，正好徐进出来，差点儿撞上。

"干什么鬼鬼祟祟的？"

林迁西转身要走："没什么，经过。"

"等会儿。"徐进回头进了办公室，拿了张表出来，递给他，"替老周带去班上，叫章晓江贴在前面。你这次又要得意了是吧？"

林迁西被这东一句西一句弄得莫名其妙，拿了表就走，一边低头看，居然就是期末考试的排名表。难怪一群老师这么早就到了，原来是赶着出成绩。

不用看，第一肯定是宗城。林迁西停下来找自己的成绩，找了半天，终于找到了，看了一眼就拧眉。

宗城来得不算早，进教室的时候，前面一排的人都坐满了。整个教室里唉声叹气，跟刚上战场打完一仗似的，飘满凄凉。

王肖也在叹气："晚两天再出成绩不行吗？我今天回去肯定要被我老头问。"

姜皓说："还晚两天，昨天考完回去我妈就问我多少分了。"

俩人说着话，回头看到了宗城。王肖说："城爷，看成绩了吗？"

宗城问："出了？"

"出了，还是西哥拿回班上来的呢，贴黑板那儿了。"

宗城看一眼旁边的座位，林迁西的书包在桌肚子里："他人呢？"

"训练去了吧，西哥肯定高兴着呢！"

宗城放下书包，走去前面黑板那儿，贴着的排名表是班级排名，年级排名可能还没出来，第一是他自己，林迁西的排名在第二十一。他心里有数了，转身出了教室。

林迁西在操场上训练耐力，一圈儿一圈儿地练着长跑。

吴川在跑道边上小跑跟着，一边看计时器上的时间一边说："林迁西，我得提前跟你说好啊，别人放寒假那是别人，你的寒假可没别人长，要想考好学校，就得利用寒假多训练，再寒冷的天也不能挡住你奔跑的心，懂不懂？"

"写歌词呢你？"林迁西喘着气说，"我知道了。"

"怎么了，你有意见吗？我这么激奋人心的歌词你还有情绪了！"吴川追着又跑一段，跑不动了，在后面叫他，"行了，你都跑多久了！对了，你前面不是跟我放话了吗？这回期末考，进前十五了没有？"

林迁西速度慢了，一只手抓了抓头发，忽然又加速，很快就跑出老远。

"说话你听不见吗？"吴川在后面嚷嚷，"最后一圈儿啊！跑完自己回去！"黑竹竿儿说着出操场走了。

林迁西还在跑，到后面都不是跑长跑的速度了，简直是百米冲刺，一下冲过了终点。太累了，缓了缓，出了跑道，随便就往地上一摊，仰头对着天，胸膛起伏着喘气。头顶的视线里多了张酷脸，他刚看见，就被一把拽着坐了起来。

不是宗城是谁？宗城拽起他说："我还以为今天你要打哭我，结果自己先瘫了？"

林迁西坐在那儿，手臂搭在膝盖上，跑久了，脸上有点儿红，干巴巴地笑了一声。"我没心情打你了。"他抬起一只手，比画了几下，"二十一，我考了二十一名，没进前十五。"其他人还以为他比起上次的前三十又进步了，要得意了，但他这次的目标是前十五，没进，还得意个屁？沮丧得很！就觉得离他们俩的目标还远。

宗城看着他脸："我看到了，但是你的分已经上 400 了。"

林迁西抬头："啊？"

"你没看自己的分？"宗城说，"你第一回上了 400 分，离前十五还有 40 多分的差距。"

林迁西说："这是不差的意思？"

"是已经提升很多的意思，越往上，每一分都是一道坎儿，本来就会有这个过程。后面还有整个高中三年的总复习，追上来不是没希望。"

林迁西盯着他，好像在琢磨他说的是真是假。

宗城伸手在林迁西头顶重重摁了下去："蠢。"说完就走。

"靠！"林迁西被他这一下摁得脖子都疼了，爬起来追上去就扑住了他的肩，"你没骗我？"

宗城抓着他胳膊拽过来，回头时没收住，正好胸口撞上他胸口，脸差点儿撞一起，一手捏住他下巴，才没真撞上。"我什么时候骗过你？骗你跟你姓。"

林迁西嘴角上扬，想把宗城的手从下巴上拽开："这你说的啊，骗我跟我姓！"

宗城就不松手，非捏着他下巴："那我要是没骗你呢？"

"那我跟你姓！"林迁西想也不想就说，终于把他的手扯下来了。

"这是你说的。"宗城嘴角一扯，转身出操场。

林迁西心里好受多了，他心里没底，但是宗城几句话，突然就给了他底气。他跟出操场，一下反应过来了，盯着前面那人黑漆漆的后脑勺看，心里突地一跳。什么谁跟谁姓，这人跟他玩儿文字游戏呢？都是从哪儿学来的招儿！

一路追着宗城进了班里，林迁西还没说话，王肖第一个羡慕地冲他感叹："我就说西哥高兴着呢，有了城爷就是不一样，成绩就跟坐火箭似的。"

林迁西难得没戗他，坐下来，瞥了宗城一眼，被他那句"有了城爷"闹的。

宗城在旁边接收到林迁西的视线，翻开书，嘴角又扯一下。

下午最后两节是连着的语文课，老周把试卷给讲了，留了十几分钟给大家开例行班会。

"马上寒假了，这是你们高中的最后一个寒假了，意义就不用我提了……"

反正只要上了高三，什么都奔着"最后"去说，"最后一个寒假""最后一段时间"……非得弄出有今天没明天的感觉就对了。

老周洋洋洒洒说了一大堆，铃声响了，才说到关键："有些人虽然进步了，但是还有待观察，最好不要松懈；退步的，要想想原因。成绩单带回去给你们父母签字。"

林迁西顿时往前看，这"有些人"里是包括他呢？

班上已经炸了。老周根本不管，试卷、杯子一拿就出教室走了。

"还带回去给家长签字?!"王肖拿着试卷一扭头，送到林迁西跟前，"西哥，借你手用用?"

"你又来?"林迁西说，"去找孙凯，他都会模仿你爸的字了。"

王肖还真去找孙凯了。

林迁西把发下来的成绩单折了折，塞进书包，问宗城："你是不是不用签啊?"问完又觉得多嘴了，笑笑，"我随口问的。"他这样的家庭状况，还签什么啊，问了像挑他刺。

"嗯。"宗城拿出书包，"你要去找你妈签吗?"

林迁西看看前面一排交叉做彼此"父母"的人，撇了一下嘴："不了吧，要不然你给我签?"

宗城说："那我这个爸爸也太负责了。"

"去你的!"林迁西站起来说，"不用你了，我找杨锐去。"说完朝外面歪一下头，意思是先到前面等他，就跑出去了。

宗城拿了书包跟出去，林迁西跑得很快，也不知道是不是故意的。

林迁西已经先到了，晃进杂货店。

"杨老板!"一进门，林迁西就喊，"帮个忙!"

杨锐穿个长袖褂子，正在货架后面搬货，走出来问："什么忙?"

"家长签字。"林迁西把成绩单拿出来，拍柜台上。

杨锐拍两下手，走过来拿了看，很惊奇："考这么多啊! 我第一回看到你拿成绩单过来，还是三位数、4开头的。"

林迁西说："别寒碜我了吧，签吧。"

"你都考这么多了，还叫我签什么？"杨锐给他推回去，"拿去叫你妈签不就行了吗？"

林迁西咧咧嘴："我就怕她根本不看分，到时候又给我来一句对我没什么指望，反正上完高三就完了……啧，少啰唆了，你给我签吧。"他没进前十五，听了宗城一番话才又鼓起劲儿，不能泄了，就不去找林女士了。

杨锐看看他，大抵也明白，又拿回去，找了笔："成，给你签了。"

宗城从外面走进来。林迁西转头看宗城："走这么慢？"

"嗯。"宗城在外面听到了他的话，有意等了一下才进来。

杨锐把签好的成绩单递给林迁西，看看宗城，笑着问："憋好久了吧，寒假能浪了？"

"浪什么啊，学习！"林迁西没留意杨锐的眼神，还以为是在说他自己。

宗城注意到了，当没注意到。

杨锐觉得好笑，也不戳破，忽然想起什么："对了，你今年打算怎么过啊？要我给你留地方吗？跟冬子一样？"

林迁西愣了一下："什么怎么过？"

杨锐说："你自己都忘了？"

宗城问了句："有什么事儿吗？"

杨锐指指林迁西："林迁西十八岁大寿啊，要做成年人了，还傻着呢？"

林迁西才反应过来："我真忘了！"

"你学傻了！"杨锐骂他，转脸又跟宗城解释，"他生日挨着过年，快了。"

宗城看了林迁西一眼："是吗？"记住了。

林迁西确实忘了，感觉上一次过生日离自己已经很遥远，遥远得就像上辈子的事儿一样。当时怎么过的，也快记不清了，大概是跟秦一冬一起过的吧。

杨锐看他发呆，故意拿宗城打趣："我借林迁西说几句话可以吧？"

宗城转头去隔壁："你们说，我去摆球。"

杨锐是真逗不了宗城，哪像高中生啊，稳得很，转头朝林迁西招手："过来，跟你说两句悄悄话。"

林迁西回神，走过去，挨着柜台："干吗？"

"我可不是自己记得的，还不是冬子来我这儿说到了这茬我才想起来？"杨锐说，"他前几天来的时候说多管你闲事儿了，这阵子都不来我这儿了。"

林迁西想起了那茬，咧嘴说："随他吧，我不用在你这儿过生日，他想来就来呗，还提前打什么招呼啊！"

"那你要怎么过？"杨锐还挺好奇，顿了顿又问，"跟酷哥一起过？"

"还没到日子呢，偏不告诉你。"林迁西指着杨锐，"八卦！"

杨锐直笑。

"好了吗？"门外传来宗城的声音。

林迁西回头，看见他已经走回到门口来了，好像也没摆球，书包都还在右肩上搭着。

"打算给林迁西送生日礼物呢，"杨锐笑着说，"他不领情，唉，我忙去了。"说完进厨房去了。

宗城走过来，看看林迁西："说什么了？"

"没什么。"林迁西拿了书包，出店门，"不练球了吧，我今天先回去了。"刚到门外头，书包被用力扯了一下，他回过头，宗城眼睛正盯着他。

林迁西觉得宗城这人眼光有时候太沉了，看人的时候简直像是要把人给吸进去，藏着话似的，自己的耳根好像都被看热了，痞笑着小跑出去："真没什么，走了。"

宗城看他走了，才跟着走出去，很慢地呼出口气，又在心里算了一下离他生日还有多久。

第 86 章

林迁西从没想过生日要怎么过，他以前过得太恣意了，大部分记忆里的生日都是混乱的，要么在这儿混混，要么在那儿混混，那时候，秦一冬也跟着他一起晃荡着。现在不能这样了，何况现在还有宗城。

大早上的，他趴在房间床边的桌子上，对着手机上的日历捣鼓着做标记，生日、考试、打比赛，这还是跟宗城学的，什么都提前计划好，就有数了。

刚刚标记好了，手机就响了。林迁西一看来电的名字是吴川，就先"嘁"了一声，一边接了："吴老师，别催了，马上就来学校训练了。"

"来电话可不是催你训练的，我有个好消息要告诉你。"吴川语气听着挺兴奋的，"上次教过你一回球的唐老师，你还记不记得？"

林迁西想了一下，是五中的那个唐老师，他以前蹭过一回课的。"记得啊，怎么了？"

"是这样，唐老师以前有个老师，是个教台球的老教练，今年退休了，过年会来唐老师这儿待一阵子。咱们这小地方来个正儿八经的台球教练可不容易啊，你懂我的意思了吗？"

"懂了，我懂了，"林迁西心里跟明镜似的，"又到我去蹭课的时候了是吧？"

"可不是！"吴川说，"这不是寒假了吗，我也跟宗城说了，你俩有空就好好练练球，到时候去见人家老教练要像个样子。"

林迁西一下来了劲头："好嘞，我记着了！"

"干什么你，突然就来劲儿了。"吴川被他的语气弄得莫名其妙。

"没有，我马上就去练球。"林迁西把电话挂了，转头找了外套就要出门。

本来以为放假可以跟宗城多见面呢，结果完全被吴川承包了，说是要赶下学期的体育生专业考试，给他寒假集训，成天跑步，弄得他像是马上就要参加冬奥会似的，他都好一阵子没跟宗城一起练过球了。

门在眼前开了，他刚要伸手，又缩回了手，知道是他妈回来了。

果然，林慧丽开门进来，手里拎着一只方便袋，好像装的是吃的，看了他一眼："你没去学校？"

"放寒假了。"林迁西知道她没概念，她跟他时间错开的次数太多了，一直都搞不清楚一学期有多长。

林慧丽像是才想起来一样，脸色有点儿不自然，把手里的方便袋放在他旁边的柜子上，说："不知道你在家，没给你带饭。"

"没事儿，我出去了。"林迁西开了门刚要走，想想又停下来，回头问她："今年过年，你打算怎么过啊？"

"怎么问这个？"林慧丽习以为常地说，"可能加班吧，多给钱的。"

林迁西嘴张了一下，想说要不然今年就在家一起过个年吧，刚好还连着他生日，但是看她一点儿都没想起来的样子，就什么都没说，抿了嘴，开门出去了。

想不起来也正常，他生日对他妈来说也不是什么好日子，他那个什么都不成样还把自己给作死的爸就死在他出生前没几天。他妈从没跟他提过，林迁西是上初中的时候，有次听邻居议论才知道的——

"改了跟他妈姓就有用？这种东西就是遗传的，有什么样的老子就有什么样的儿子……"

不知道为什么会想起这些，林迁西走在马路上，踢开脚边一颗小石子，两只手收进外套口袋里，小声跟自己说："还想那些干吗啊西哥，你不信命的，都跟这狗日的日子杠这么久了不是吗？……"

他没爸，家里连张照片都没有，那就是个陌生人，都不知道叫什么，为什么要因为一个陌生人不痛快？没道理。林迁西吸了口气，呼出来的时候成了白雾。他出来是干吗的来着？对，要去打球的，打球打球！

他一边走一边掏出手机，正准备向宗某人发去邀约，没想到手机先一步响起了微信语音通话提示音，屏幕上亮着灯塔头像，真够巧的，他手指一点就接了。

"乖仔，"宗城在那头的声音听起来低低的，"吴川跟我说了，要不要陪你去练球？顾阳今天去学校拿成绩单了。"

"你这是什么口气？"林迁西觉得好笑，一只手拢在嘴边，"怎么说得好像要背着你弟出来偷欢似的，还特地强调一下顾阳去学校了。"

"谅解一下，我现在拖家带口。"宗城连开玩笑的口气都是淡的。

林迁西说："行吧，谅解你了。"

"去杨锐那儿等我一下，一会儿就来跟你碰头。"宗城的语气里像带了点儿笑。

林迁西跟着笑了声，挂了电话，往杨锐那儿走。

小城里忽然多了烟火气，是真的烟火气。林迁西今天拣路走的，想快点儿去碰头，走得偏，经过一片老墙下面，脚步停了一下，踮脚抬头，往墙里面看。这里头以前有个老庙，后来倒了，一直没重建，就这么没人管了，现在就剩一扇门也破开了。门里头有人在说话，好像还有人在里面烧香，难怪有烟火气，搞什么这是？

林迁西还以为是要过年了才这样，看了一眼就要走，忽然听到一阵熟悉的说话声——

"拜这有什么用？你们真够无聊的，还相信这些。"是秦一冬的声音。

"好玩儿啊，咱们学校好多人都来过了，还有人坐车去好远的地方找寺庙拜呢，搞得可神了。"这是邹伟的声音。

"高考要是拜拜神就行，那我天天拜，给我拜个北大清华。"另一个人说，一群人跟着笑。

"就是说……"秦一冬接话。

林迁西想回避都来不及，他们就从马路对面来的，说话的时候就迎面瞧见了。

秦一冬穿着件白色连帽外套，拉链拉得严严实实的，衬得脸比平常还秀气斯文，眼睛一转落到他身上，相隔不到一米，就这么站住了。

林迁西看看他们，五六个人，还是他那篮球队里的，双手插进口袋，故作轻松地跟邹伟打招呼："巧啊，来烧香啊？"

邹伟可能是想起上回半点儿都没挨到他身上的事儿了，没什么面子，耷拉着张脸，但也没理由再找他碴，爱搭不理地从他旁边过去了。其他几个人尾巴似的跟在他后面过去。

林迁西心想，可算乖巧了，早点儿这样不就好了，非得被治一回才舒坦。他有意没多看秦一冬一眼，嘴里哼起歌，挠挠头发，跟他们擦肩而过。

"林迁西！"秦一冬忽然喊。

"怎么了？"林迁西转过头，邹伟那群人先进那老墙里头去了，就秦一冬还站着。

秦一冬看那墙："咱俩以前不是在这儿插过香头吗，你去拔了？"

"啊？"林迁西一时有点儿蒙，没搞明白他说什么。

"你去年生日，咱俩在这儿插香头，你失忆了啊？"秦一冬没好气，"你不是马上又要过生日了吗？拔了，拔了就干净了。"

一说生日，林迁西就想起来了，是有这么回事儿。以前他太浑了，跟一群三教九流学了太多幼稚的江湖戏码，什么拜把子、插香头，差不多等于结拜，做派就跟个土匪似的，还觉得自己贼帅。

去年生日，感觉过了好久，好像那天喝多了，林迁西可能还跟人打了架，不知道从哪儿找了把烧的香，跟秦一冬说："走，去插香头。"

也没别的地方适合搞这种迷信活动，最后他们就来了这地方。秦一冬找个小花盆埋了土，给他当香炉，林迁西拿打火机点香，插了两根进去。

林迁西就这么点儿印象，其他都记不清楚了，冷不丁被秦一冬提起来，真有点儿摸不着头脑："这谁还找得到，你都来了，自己拔不行吗？"

秦一冬听他说找不到，好像更来气了，指一下墙头："墙上面！又不是我插上去的，你插的，你去拔！"

林迁西看了他好几秒，心想算了，他乐意拔就拔吧，别让他不舒服了，于是往后退两步，外套袖子往上拉了拉，一个快跑，冲过去撑着墙一翻，就爬了上去。

墙上头都长杂草了，林迁西找了一下，在中间凹下去的一块墙头上找到了那个小花盆，里面果然还插着两根香头，现在只剩下两根木桩尾巴了，一长一短在里头潦草地竖着。

林迁西看见这玩意儿就好像看见了自己以前傻帽儿又浪荡的人生，伸手去拔，又朝秦一冬身上看了一眼。他站在墙下面的马路边上，也不往这儿看，侧脸板着，嘴巴抿得紧紧的，脸上有点儿红。肯定还是有气，秦小媳妇儿气急了会脸红，有时候这就是快哭的前兆。

林迁西蹲在墙头上轻轻呼出口气，伸出去的手悬在小花盆上面。这小地方就是他们一起长大的地方，到处都是一起玩儿过的、晃荡过的痕迹，今天拔了这个又能怎么样，也不能把过去一下就拔掉。秦一冬还是气他，气吧，他本来就欠着的，只要秦一冬好好的，就是件好事儿。

他手伸进去，在花盆里用力抓了一把，往外一丢，一下从墙上跳下来："行了，拔了。"

秦一冬没理他，绕过去，往墙里头走，像上次那种"多管闲事儿"之类的话，这回一句都没说。

林迁西看了秦一冬一眼，对着墙站着，自顾自笑笑，心想，这下舒心点儿了吗，冬子？我就希望你舒心地活着，活着才有以后，以后都没了，还管什么插香头拔香头啊，那都没意义了。他拍了拍手上沾的土，提提神，收了心，转头继续走他的路，还得去跟宗城碰头呢，在这儿耗太久了。

墙里头，秦一冬踩着杂草刚进去，邹伟就从那扇破门里头钻出来了。"林迁西刚才蹲墙头上搞什么呢？"他刚才瞧见了，问秦一冬，"他又玩儿什么花样？"

"你管他的。"秦一冬板着脸回道。

邹伟觉得奇怪，看他脸色也奇怪，踮起脚抻头看也看不着，走了过去，搭着墙往上撑了一下，嘴里喊："哎这什么啊，这年头还有人在这儿插香头啊？"

秦一冬回头说："都没东西了，一个破花盆，扔了就完了。"

"有东西啊，"邹伟说，"里面还竖着两根香屁股，谁弄的？"

秦一冬盯着那墙看，忽然匆匆走过去，把他拽下来，自己攀着墙往上看了看，小花盆里就少了把土，但那两根香还真留着。

"傻子……"林迁西站在杨锐的杂货店和老楼中间的岔路口，轻轻念叨一句，还是在说秦一冬。

他看看头顶上有点儿淡薄的阳光，都过去好久了，居然还没见宗城人影，掏出手机，点了点，给他打电话，一边朝老楼那儿看。忙音响了好几次也没通，林迁西转身，直接去老楼找他，忽然又通了。

"今天没法去跟你练球了。"宗城一接通就说，声音很低很快，"下次吧，有点儿事儿。"

林迁西还没说话，听筒里面忽然多出一道高了几个度的声音："你跟谁打电话？叫人来帮忙对付你老子是吧！你——"

电话掐断了，宗城掐的。林迁西对着手机看一眼。顾志强？又来了?!他把手机一收，迅速往老楼跑。

进了宗城住的那栋楼，刚爬楼就听到动静了，汤姆的叫声清晰得很，又急又躁。林迁西两步一跨地上了楼，看见左右邻居家都大门紧闭，宗城站在屋外，身上连外套都没穿，就穿了个套头的灰色长袖衫，拦着门，手机还抓在手里，脚底下是狂吠的汤姆。

屋门前就是顾志强，梳着背头，穿着西裤大衣，那大衣特别沉、特别垂，一看就是好货，整个人光鲜得就跟什么成功商务人士似的，却朝着门吼："让我进去！我是你老子，凭什么不能进去！"

林迁西刚出现，宗城就看到了他，眼神在他身上停顿一下，嘴角像自嘲一样轻轻扯了一下，又立即抿成一线，脸上冷得一丝表情都没有。

忽然意识到自己出现得不是时候，林迁西往楼梯下面走几步，遮掩一样，余光扫见顾志强往这儿转了一下头，大概是看到了宗城的眼神。

"你看什么，果然找帮手了是吧？"顾志强好像没扫到什么，在那儿骂骂咧咧，"让我进去，我来看阳阳不行吗？你说话啊，装什么哑巴！"

"快两个小时了，"宗城冷冷地开口，"你还要耗多久才肯走？"

"要我走？今天你不给个说法我就不走！"顾志强中气十足，声音总是有种不符合年龄的尖厉，"这房子也是你妈留给你的是吧？还瞒着我！你妈到底给你留了多少东西，你今天不给我算清楚了，没完！"

林迁西背抵着楼梯间的墙，低声骂了句："奇人……"到底是什么运气才能摊上这么个人当爸，三句话不离钱？

林迁西手揣在口袋里，在楼梯间来回走了几步，有点儿冒火，尤其是想着宗城一个人在那儿拦着他跟个泼妇似的撒泼就更冒火，都想过去揪着这奇人直接拖走，但知道不该插手，硬生生忍住了。

手机忽然响了一声，是微信消息的提示音。林迁西掏出来，手指滑开，是宗城发来的。

——顾阳就快从学校回来了。

他回味一下，明白了，是不想叫顾阳看见这儿的情形，就马上下楼了。

后面脚步声噌噌的，林迁西到了楼下，一回头，看见顾志强居然从上面下来了，就像是追着他下来的，直奔他这儿，这角度正好一眼瞧见这奇人的皮鞋，一尘不染的。

"你！就你！"顾志强果然就是追着他下来的，上来就拽住他的衣领，"就是你手机响，你跟他通气的，躲这儿干什么！"

林迁西本来看宗城面子不想插手，被这么一拽，顿时冷脸了："你给我松开。"

"你别以为我不认识你。"顾志强一手拽他，另一只手还指他，"上回我来就是你冲上来帮忙的对吧？你老黏着我儿子想干什么？他是你们这些小地方的人配黏上来的？你少想在他身上捞好处！”

“我靠！”林迁西真冒火了，本来心情就不好，出门时在林女士那儿压了一回，半路遇到秦一冬压了一回，这会儿在这奇人跟前就快炸了。什么叫在宗城身上捞好处？什么叫不配？就连这时候想的都是他儿子身上的好处。他真是气急了，都要冷笑了：“你管老子配不配，老子就要黏着他！你松不松手！我不打架，你别逼我！”

顾志强还没开口，人就被狠狠往后一拖，拽着林迁西的手一下松开了，人差点儿往后摔倒，嘴里慌里慌张地喊：“干什么！你要干什么！”

宗城一只手拽着顾志强的大衣后领，脸沉着，没有看林迁西：“你走。”

林迁西看了他一眼，不想让他没面子，憋了一肚子火，扭头就走了。

顾志强看见人走了，顿时就想挣开宗城，他已经比宗城矮了半头，被这么拽着完全没有还手的余地，拿手去扯宗城手臂也没能扯开：“你干什么?! 好啊，终于儿子打老子了啊！我早说了你不是什么好东西！”

宗城拽着他的手指紧到发白，手背上青筋都鼓了起来。“你跟我怎么耗都可以，但是顾阳不行，他也不行，你要像上次那样再动他一下，我可能真会动手。”

“你好样的，你可真是好样的！”顾志强气得脸都青了，“你把你妈害死了，还要害死我，你这个畜生，当初怎么会生下你……”话忽然停了，他看见宗城的眼睛死死盯着他，眉眼往下压，脸完全沉了，居然给吓住了。

“我妈是得癌症死的。”宗城咬了咬牙，“她已经死了，你能让她安宁会儿吗？”

“这是我不想让她安宁？”顾志强声音是小了点儿，但还强撑着，就是要说，“你倒是让我安宁啊！要不是你，你妈还活着，我日子还好着呢！后来你弟弟被送走，那些乱七八糟的事儿，还不都是因为你……”

宗城忽然一拳砸在了他旁边的墙上，“轰”的一声，仿佛砸开了一个坑。

顾志强一下没声音了。

“你就非得这样是吗？”宗城压着双眼，眼底泛红，胸口一阵一阵起伏，只有声音还是冷的，“一回又一回，你就非得要我真对你下手了才肯滚？”

顾志强脸憋成了猪肝色，他心里不甘，又怕这个儿子，又不想让人好过，就像打了个死结，反反复复绕。不过这回像是真被吓着了，宗城比上回他来那次还吓人。

“我一次次忍你，不是看你跟我有血缘关系，而是看在我妈的分儿上，你别把最后这点儿忍耐也给弄没了。”宗城攥着那只拳头，骨节都在“咔咔”地响。

林迁西去上回顾阳被欺负的破厂房附近等了一会儿，果然等到了从学校回来的顾阳，截个正着，拉上他就走：“走啊好弟弟，等你呢，一起去玩儿会儿。”

“等我玩儿？”顾阳把书包往背后挪，“你别是来看我成绩单的吧？”

"我看什么，待会儿你哥肯定要来看。"林迁西推着他去杨锐那儿，顺嘴问，"考得怎么样？"

"唉，没有第一，反正比不上我哥。"顾阳耷拉着脑袋。

"比不上他就比不上呗，他反人类的。"林迁西嘴里说着，眼睛往老楼那儿看，不知道顾志强到底闹完了没有。

杨锐从杂货店里出来，看到林迁西就笑："哟，来了？"

"别乱开玩笑啊！"林迁西怕杨锐又来一出恶搞，朝顾阳身上递个眼色。

杨锐有数了，指隔壁："打球去吧，我正好要出去。"

林迁西推着顾阳去了隔壁。

"真打球啊？"顾阳摇摇头，"我真不行，不打了，我回去了。"

"坐会儿吧，你爱打什么打什么。"林迁西把他按到凳子上，"你哥有事儿出去了，说好了待会儿到这儿来找你的，现在也不在家。"

顾阳信了。"难怪你叫我来这儿呢，那我打一局游戏吧。"他拿了手机出来，麻溜地登上线，正好平常在宗城跟前也玩儿得少，"薛盛在线哎，我带他杀一局。"

林迁西随便他玩儿，只要他在这儿坐着就行了，自己拿了球杆，在旁边球桌上放了球，一边打一边看他。球打得也没什么心情，脑子里想的都是宗城怎么样了，一连好几杆，居然都没打进球。

"西哥，你今天状态不好啊！"顾阳眨巴着大眼睛朝球桌这儿看。

"啊？还好吧，我这是酝酿着呢，还没发挥。"林迁西放下球杆，往外面走，"我去拿个东西，等我一会儿啊！"

"哦。"顾阳乖巧地坐在那儿继续打他的游戏。

林迁西没东西要拿，是出来看情况的，走到岔路口，突然看见了坐在路边树干旁的身影。周围一个人也没有，他一个人坐着，屈着两条长腿，肩背又宽又正，低着头。

是宗城。从没见他这样过，上次顾志强来也没见他这样，林迁西忽然就在路边上停住了。

宗城好像感觉到了，抬头看到了林迁西，手在地上撑一下，站了起来，抬头时嘴角还轻微地提了一下："没事儿，我又把他弄走了。"

林迁西看了看他的脸，没看出什么："还是你行，这都能弄走。顾阳在杨锐店里，放心。"

"嗯。"宗城和上次一样，不提怎么把顾志强弄走的，对那些事儿都是能不说就不说。顾志强不甘心，他知道，临走都像是拉扯的困兽。

宗城走到林迁西跟前来，扯了一下他的衣领，朝他脖子里头看了一眼："那下抓到你身上没有？"

"没。"林迁西笑笑，扒他手，"小看我，我能让他抓到吗？"

宗城看了一眼自己被他扒下来的手，那只手砸了一拳，没收住力气，砸太狠了，关节那儿都破了，有点儿渗血，不想被他看见。"林迁西。"宗城忽然开口叫了一声。

"嗯？"林迁西看他。

宗城换了只手抓着他手，握得很紧，那条断眉往下压，看着他眼睛，声音很低："像我这样……你会嫌麻烦吗？"

林迁西愣了一下才回过味儿来他说什么，流里流气地笑："那我这样的麻烦，你嫌累赘吗？"

宗城说："不嫌，爸爸不嫌你累赘。"

林迁西脸上笑得更厉害了，多少有点儿故意，翻过手掌去抓他的手，抓到了才发现他手有多冰，不禁又看他一眼，看他到现在也没穿外套，就穿着那件灰色的长袖衫在这儿坐了半天，心里忽然不是滋味儿，也不知道他刚才坐这儿在想什么，抓着他的手一把就塞进了外套口袋："少胡扯了爸爸，我也不嫌弃你。"

不知道是不是错觉，宗城的手指一下就绞紧了他的手，用力得他都有点儿疼了。

第 87 章

顾阳坐着连续打了三局游戏，还不见林迁西回来，才觉得古怪，站起来，刚找出门，却见到宗城，叫了声："哥。"

宗城一只手收在裤兜里："回去吧。"

顾阳回头拿了书包，看看他身上："有什么事儿吗？你怎么连外套都没穿？"

"出门急。"宗城随口说，推一下顾阳的肩，"走吧。"

"西哥，那我们走了啊！"顾阳被推出去了，也顾不上多问，急急忙忙地打声招呼。

林迁西就跟在宗城后面，特别轻松地说："嗯啊，去吧。"

宗城看着顾阳走出去，在他身边停一下："今天的球先欠着，改天再打。"

"无所谓了。"林迁西心想，这时候还管什么打球啊！

宗城还没走，忽然说："生日跟我一起过。"不是询问，就是个陈述，似乎不容反驳。

林迁西看了他一眼，咧咧嘴："行，跟你一起过，快回吧！你是想冻死吗，冻死了谁还跟我一起过？"

宗城很轻地笑了一下，因为还得去处理手，转身跟上顾阳走了。

林迁西看宗城走了，转头去给杨锐锁店门，对着门深吸气，吐出一口白雾。宗城居然会问他嫌不嫌麻烦，那么骄傲的一个人！

他额头抵着门，又吐出一口雾气，低声骂："去他的……"就很心疼，有这种命也太难受了。

宗城对着灯，在洗手间里自己处理了手上的伤口。

回来的时候已经差不多不流血了，他仔细消了毒，擦了红药水，贴了几个创可贴在上面。如果顾阳回头看见，就说打球时擦伤的好了。

"哥，"顾阳在外面叫了他一声，"为什么汤姆今天这么毛躁啊？家里来过生人吗？"

宗城把东西都收进镜子旁边的柜子里，拉开门出去："没有。"

汤姆还趴在桌子腿那儿"呜呜"地哼哼，凶着呢！顾阳坐在小桌边，指着桌上他的手机："我看见你手机来微信了。"

宗城走过去，那只手又收进口袋，单手拿了手机滑开，是季彩给他发来的微信，好几条连在一起，说的就是顾志强的事情。

——城儿，我听说了点儿花边消息，听说你爸前阵子认识了一个富婆，差点儿就有机会另组家庭了，他居然没肯。

——现在顾阳到你那儿了，要过年了，他会不会趁机又去找你？

宗城没说顾志强已经来过了，手指上下滑着那几条微信，脸上一丝表情都没有。

有时候他也搞不懂，顾志强除了一张脸和哄女人的手段，什么本事也没有，到了这时候却又不肯，好像有多么放不下过去跟他妈一样，明明当初都能把顾阳随便给送走。只有一点他清楚，顾志强恨他恨得牙痒，要继续纠缠他，又怕他。

"彩姐说什么了吗？"顾阳抬着头问。

宗城随手回了一句"知道了"，坐下来，拿了笔记本电脑，一边开一边说："没什么，就问问你的情况。"

"我好着呢，让她别挂念啦。"顾阳一点儿没察觉地说，挤过来看他电脑，"开电脑干吗啊？"

宗城打开网页："搜点儿东西，马上过年了，知道是什么日子吗？"

"什么日子啊？"

"你西哥要过生日了。"

"什么？"顾阳惊喜，"西哥要过生日啦？"

宗城看见他的笑脸，也跟着扬了下嘴角："对。"总算还有件值得高兴的事儿吧。

不知道几点，林迁西被手机铃声吵醒，一下从床上弹坐起来，人还没清醒，先到处摸手机，从床头摸到床尾，总算找到了，拿在手里迅速看了一眼就按下了接听："喂？"

"是我。"宗城的声音低低沉沉的，"日子到了。"

林迁西彻底醒了，过了两三秒才反应过来是什么日子到了："我生日到了？"怎么感觉才没几天，还想着去老楼找他跟顾阳呢，这就到了？

"快起来，下午在老地方见。"宗城说，"这次一定碰头。"说完他就挂了。

林迁西对着发出忙音的手机愣了两秒，一下从床上爬起来，奔进洗手间里飞快地刷牙洗漱。

洗完了，他又匆匆去厨房，在冰箱里找了鸡蛋和面，给自己做长寿面，嘴里不自觉地哼起了《生日快乐歌》。

他妈果然还是加班去了，林迁西不知道她什么时候回来，回来了也不一定看得见，但还是给她留了一碗面，盖了个黄嫩嫩的鸡蛋在上面。即使林女士可能都想不起来，也当是一起庆祝了吧。

吃完了面，林迁西看了眼时间，跑回房间，在衣柜里特地找了件很少穿的羽绒服出来，套到了身上，又几步进了洗手间里，在洗手台那儿的小柜子里翻了半天，翻到了一瓶发蜡，仔仔细细抄了个发型出来。

最后对着镜子左右照了照，他勾起嘴角，对形象很满意："啧，西哥真是帅翻了！"

宗城翻着手机，走到路边上一家修车铺外面，看了眼招牌。

王肖从铺子里跑出来，黑脸笑嘻嘻的："别看了城爷，就是这儿，这就是我老头的修车铺。怎么想起到这儿来？"

宗城早就听说他家里是开修车铺的，今天才第一回来，打量了一下周围："你这儿有车租吗？"

"你跑来找我就是要租车？"王肖还奇怪他怎么今天突然想起来找自己，原来是为了这个，"有啊，你要摩托还是什么？"

"有没有四轮的？"宗城问。

"四轮的？"王肖贼笑，在店铺门口扒拉开一块盖着的防晒布，露出辆四个轮的小皮卡，"这是四轮的，不过你得有驾照啊，不然我给你你也开不了。"

宗城手在裤兜里掏一下，掏出个小本子在他眼前晃一下："谁说我开不了？"

"嚯！"王肖眼都直了，"你什么时候拿到的？"

"放寒假去考了就拿了。"宗城随手收起来，打量那辆车。

"你都不用学的吗，考一下就拿到了？"王肖觉得他说笑呢，学霸也不带这么玩儿的。

"不用学，以前就会。"宗城拉开车门，坐上去，"我试一下。"

王肖回过神，都没注意他说什么，赶紧去扒拉车门："哎，小心点儿，你别看这车旧了，它可是我老头铺子里最贵的了，别一脚油门给我整废了，我老头回来非扒我一层皮。"

"放心，我以前开过更好的。"宗城说。

"嗯？"王肖没听清楚。

"没什么。"宗城没再说，拧了车钥匙，坐进车里检查了一遍仪表，没什么问题，油也够，便对他说，"就租它了，我开个短途，明天还你，账按你店里的价走。"

王肖惊奇："你真要租啊，租了干吗？"

"有用。"宗城回得要多简略有多简略。

林迁西晃悠到杨锐的店外面时，刚好到下午，老远就看到门口有人在对他挥手。

是顾阳，一边挥手一边笑着叫他："好哥哥，今天做寿星啦！"

林迁西走过去，揉他头发："你在这儿干吗？"

顾阳抱头躲开，保护发型："我哥说让我今天在杨老板这儿待一下，别乱跑，他不是要跟你一起去庆祝生日嘛。"

"嗯？"林迁西意外，他居然连顾阳都不打算带？

杨锐从杂货店里幽幽探出头："寿星？"

林迁西怕他又乱开没谱的玩笑，拿眼瞪他，做了个抹脖子的动作。

"我还没说什么，你这是干什么？"杨锐嘴里叼着个牙签笑，递过来一大袋吃的，"酷哥买好的，你拎去吧。"

林迁西走过去拎了，心想干吗呢这是，郊游吗？

"他们的爸又来了是吧？"杨锐忽然在他跟前小声问。

林迁西抬头，顺着他视线看一眼，他是在说顾阳，当然是指顾志强，便点点头："来了。"

"难怪酷哥让我给他看弟弟。"杨锐拍一下他的肩，"玩儿去吧，生日不玩儿什么时候玩儿？跟酷哥说放心，他弟弟在我这儿没事儿。"

"他跟你说好的？"林迁西更意外了，这人到底安排了什么啊！

"西哥，"顾阳忽然叫他，晃晃手里的手机，"我哥刚问我你到没有，让你去前面，他要到了。"

林迁西不说了，拎着东西过去："那我去了。"

"去吧。"杨锐摆两下手。

林迁西不紧不慢地沿着马路走了一段，迎面有车开了过来，一抬头，看到一辆两排座椅、蓝灰车身、拉着花纹的小皮卡刹在了路边，宗城从驾驶座里看出来。

"我……"林迁西走过去，打量那车，又抬头看他，"真有你的啊！"

宗城看着他今天的模样，很轻地笑了一下，开门出来，接了他手里的袋子，走到副驾那边，拉开车门，朝他偏下头："不上来吗？"

林迁西不可思议地看着宗城，他今天穿了件皮衣，黑色的短款，收着腰身，竖着领子，站在那儿一双腿又长又直，再搭上这辆车，简直要酷上天了。林迁西嘴角早就止不住扬起来了，过去抓着车门，一下跳了进去："去哪儿？"

宗城给他关上车门，又绕过去，坐到驾驶座里，把袋子放到后排，倾身过来，伸手扯了安全带一把扣他身上："跟我走就行了。"绑安全带时离得近，正好闻到他头发上发蜡的味道，宗城朝他抓得贼有型的头发看了一眼。

林迁西冲他挑眉："怎么样，帅吗？"

宗城盯着他的脸看了两秒，故意什么都没说，手上一松，安全带"啪嗒"一声打在他身上。

"靠！"林迁西两手捂住胸口。

宗城眼里似笑非笑的，转头发动了车。

车往小城外面开，很快林迁西就知道要去哪儿了，这小地方也没什么可玩儿的去处，就一座山还行，离得不远，开过去一个多小时。

林迁西就没看外面，眼睛时不时瞥宗城的侧脸，看他一只手握着方向盘，忽然留意到他那只手的手背关节那儿好像有痂，问他："你手怎么了？"

"没什么，擦了一下，已经好了。"宗城开得贼稳。

林迁西又看了一会儿，忍不住问："你还有多少会的东西是我不知道的？"

"以后你不就都知道了？"宗城看了他一眼。

林迁西不禁摸一下嘴，这一出够惊喜的，真帅！

宗城开车的时候很专心，几乎不怎么说话，车里也没开音乐，只开了暖气，忽然一阵"轰轰轰"的摩托声，就听得特别清楚。

林迁西从后视镜里随便扫了一眼，一下扭头往后看："他们怎么来了？"

后面有人在喊："西哥！西哥！等等我们！"

宗城踩了刹车，降下车窗。面前冲过来辆摩托，是王肖的旧摩托。王肖自己开着，带着孙凯和薛盛，三个人一辆车，都快挤死了，跟赶大集似的，都没戴头盔，可能骑得也快，个个被冷风吹得脸上通红。

"哎，城爷，你早说是西哥生日啊，我说怎么想到租车用呢，也不告诉我们！"王肖冲着车窗说，"幸好我转悠到杨老板那儿遇到了你弟弟才知道的，这不得一起庆祝吗？我把人都叫来了，姜皓走亲戚去了，不然也得来。"

宗城那条断眉抽动一下，抿住嘴，心想我谢谢你，还特地追来。他连顾阳都没带，就是只想跟林迁西一起待着，结果还冒出三只电灯泡。

王肖哪想那么多，思想贼单纯，就觉得他们几个一直跟着林迁西，结果还把林迁西的生日给忘了，简直是犯恶，拿胳膊肘顶顶身后的孙凯："西哥，给你带了个蛋糕。"

"啊？"林迁西刚在旁边听着呢，从宗城旁边探出脸来看了一眼，他们还真带了个蛋糕来，孙凯一只手在身侧悬空着提来的。

"你生日得有蛋糕啊，我怕来不及，去店里直接买了个就来了。"王肖笑呵呵地说。

宗城看到那个蛋糕，总算没说什么，他还真没准备这个，转头把车窗升了上去："走吧。"

"就这么走了？你会开车不给我减点儿负担吗？"王肖喊，想把后面两人塞上车来着，但是宗城已经直接把车开走了。

"城爷怎么只带西哥啊？"孙凯说。

王肖没法，踩响车，急急忙忙跟上去。

林迁西看看后面突突地跟着的摩托，故意问："你开这么快干吗？"

"我还可以开更快。"宗城说，"带你感受一下。"

林迁西还没说话，他一脚油门就踩了下去。

小皮卡"轰"的一声，直接蹿了出去，在马路上扬起一阵尘烟，上了山路。林迁西一把抓住拉环，看着两边飞速倒退的树影，肾上腺素开始飙升，情不自禁笑出声来："爽！"看一眼旁边，宗城的嘴边噙着一抹很轻很淡的笑，看起来特别意气风发，是他从没见过的模样。他又笑了声，没来由地想，宗城以前什么都有的时候，可能就是这样的。

一直到山腰的平地，宗城踩了刹车，一打方向盘，停住了，眼睛看过来："爽吗？"

"爽翻了！"林迁西笑。

"换个车更爽，以后再带你坐。"宗城解了安全带，开车门下去。

林迁西也推开车门，从车上跳下去，心想还有下回，他等着。

山腰这儿地平，还覆盖了一层软软的枯草，也背风，特别适合待人，在这儿站着，就能看到远处小城的全貌。

宗城从后座拎出那袋吃的，顺手从后面拽了块布出来，随手往地上一铺："我搜了一下，就这儿还行，这个高度，晚上应该可以看见星星。"

林迁西插着两只手在口袋里看他低头在那儿，一头利落的短发："城爷可真会安排啊！"

宗城放下东西，抬头看他，眼里沉着微微的两点光："高兴吗？"

林迁西胸口猛地一撞，舌尖抵住牙齿，咧着嘴角，迎着他的视线，脚尖懒洋洋地踢了两下地："等我高兴了再告诉你。"

宗城眉峰往上扬了一下。

王肖终于骑着他那辆小破车到达的时候，就看见平地上铺着块布，布上放着袋吃的，宗城和林迁西一左一右地坐在边上，一个穿着黑色皮衣，一个穿着黑色羽绒服，都是短款的，俩帅哥挨着坐，都扎眼。

"哇，是什么让这小破山有了光芒啊？一定是城爷和西哥吧！"王肖停车的时候先狗腿子一番。

林迁西坐在那儿拆一袋小鱼干："你们来太晚了，我们把周围都逛了，你们要逛自己去啊！"

王肖接了孙凯手里的蛋糕送过来："不逛了，这小破山有什么好逛的，我们主要就是来给你过生日的。大冬天的逛山，这应该是西哥你过得最素的一个生日了吧？"

林迁西朝他丢条小鱼干："说什么呢，我八中乖仔的生日就该这么有格调。"

王肖在衣服上捞到小鱼干塞进嘴里，看看林迁西，又看看宗城："你俩逛了山就坐这儿啊，没玩儿别的？"

宗城淡淡地说："考了几首登山的古诗，你要不要加入？"

"不了不了，你们学吧。"

冬天，天黑得快，这一路赶过来，就已经是黄昏了，天越来越暗。宗城说："你们不逛就拆蛋糕吧。"

"对，拆吧。"王肖动手拆，一边拆一边问，"西哥，你生日有什么愿望啊？"

"愿望？"林迁西想了一下，看宗城，"我想想。"

拆太慢了，等蛋糕露出来，天又暗了一层，不过点蜡烛正合适。王肖插了蜡烛在上面，一根根点："想好了吗西哥，许愿呀！"

林迁西看宗城："许愿考个好大学吧，考去哪儿呢？"

宗城手撑一下地，稍微往林迁西这儿坐了点儿，一只手伸出来，在地上点了两下。

林迁西懂了，也挪着往他那儿坐近点儿，紧接着手就被他往背后拉了一下，掌心被他掀开。他拿手指在林迁西掌心很慢地写了个字，好像是"北"，然后他的手又收了回去。

林迁西感到有点儿好笑地把手拿回来，对着点好的蜡烛说："哦，那就许愿考个北京的大学吧。"

"西哥这么有理想，要去首都啊！"王肖拍两下手，"牛！"

林迁西一口气吹灭了蜡烛。眼前刚一暗，后脑勺就被一只手一按，一脑门扑在了蛋糕的奶油上："我靠！王肖！"

"不是我！"王肖举手。

林迁西抬头，抹了一把脸上的奶油，猛地转头，看着坐在旁边的宗城，他的手刚收回去，嘴角提了一下，又抿住。

"硬茬，你完了！"林迁西一下蹿起来，手上的奶油糊到了他脸上，还不够，一把箍住他脖子，往奶油上用力一压。

"靠……"宗城糊了一脸奶油，也爆了句粗口。

王肖一下来劲儿了："猛男干架，西哥搞他呀！"

宗城正好嫌他灯泡够亮，一把抓着他后领就摁在了蛋糕边上，沾了他一嘴奶油，顿时叫他一个字也说不出来了。一回头，他又被林迁西箍着狠狠抹了一脸。

孙凯和薛盛也加入了，一团乱麻。

林迁西不管别人，专搞宗城，直到被他反扣了肩膀，死死箍着动不了，才举起两只沾满奶油的手喘气说："不来了，到此为止。"

"抹够了是吧？"宗城问。

"嗯啊，够了。"

宗城把他拽起来："过来。"

那三个人已经打闹着追出去了。宗城在车上拿了几瓶矿泉水，在树边上蹲下，递两瓶给林迁西："洗干净。"

就这会儿工夫，天完全黑了。林迁西拿了，拧开一瓶，蹲在宗城旁边，倒了搓脸搓手，一点点地洗，冷得呼气，也看不清楚，用了一瓶水，再开一瓶，反正洗到干净了为止。

宗城在他旁边清洗。

"好了好了，不闹了，我得去找水洗洗，有河没有？"王肖在喊。

"山脚下有吧。"孙凯说，"来的时候看到了。"

"唉，早知道不该这么乱搞，还得跑这远，西哥他们是不是去了？"

"是吧。"三个人说着话走远了。

宗城低声说："人傻也有人傻的好处。"

林迁西没忍住，一下笑了，眼睛看着他脸，凑近了又看，拿手指在他脸侧刮了一下。

宗城抬头。

"哈哈，这块奶油居然还粘着一小片水果，没刮下来。"林迁西眼睛离他脸顶多几厘米，看清了，声音忽然放低了，笑了声，"别动啊！"

一秒，两秒，等林迁西又刮了一下，宗城低下头，倒水在手里，又搓了把脸，再抬头时，猛然一只手捞到他后颈。

矿泉水瓶子掉在了地上，林迁西拽着他的衣领站起来，很快背后"嘭"的一声，抵上了车门。

宗城伸手拉开车门，林迁西在车座上坐稳，他也进来了，坐在旁边，车门被猛地关上。

外面黑透了，只有远处小城的上空有点儿光亮。周围暗得伸手不见五指，他们就像是被完全掩藏了。车里风平浪静，心情翻江倒海。

不知道什么时候，从不远处传来了脚步声。

"要不然捡点儿木柴在这儿弄个火堆烤烤火？"是王肖的声音。

孙凯接话："别，你别弄成放火烧山，有点儿常识，我还没高考，不想蹲号子。"

"这么严重？那算了……"王肖的声音近了，"城爷和西哥不在啊，还没回来？"

"是不是在车里啊？"薛盛说。

好像在车里待了很久，又好像没多久，车窗玻璃上都蒙了一层热雾，是他俩的呼吸太重了。宗城将车门开了道缝。

"真在车里。"外面王肖听到了动静。

宗城下了车。

"城爷，干吗呢？"王肖问。

"洗把手，刚才没洗干净。"宗城回，声音略微低沉。

林迁西靠着椅背，闭着眼，之前一番闹腾，其实想出去也没什么力气，这生日过得，感觉像被宗城送上了天。

卷七

向吾王献上权杖

礼敬吾王，
献上我一切的绝望与希望、
我所有的热血和梦想。

第88章

"西哥，睡了吗？"王肖不知道什么时候晃到了车外，敲了敲车窗玻璃。

"困了！"林迁西喊了声，"我要眯一会儿！"

"困了？"王肖嘀咕着走开了，"刚才不还精神着吗？……"

林迁西又重重提口气，再呼出去，还坐在车里。

"城爷，西哥打盹儿呢。"王肖在外面转了圈儿，看到了洗完手的宗城，发现他坐在山腰边上，面朝着远处的小城，忍不住问，"干吗坐这儿，这儿有风啊？"

宗城站起来："没什么，我也去眯一会儿。"说完站起来回去了。

王肖莫名其妙，扭头去找薛盛和孙凯了。

林迁西靠车座上闭眼坐着，听见车门被拉开了，又"嘭"一下带上，带入了一阵凉风。他睁开眼，刚转头，怀里被塞了一罐啤酒。

"嗯？"林迁西喉结滚动了一下，又想起了刚才，只有语调还是痞痞的。

宗城在昏暗里，一手拿着罐啤酒跟他怀里的那罐碰了一下，说："生日快乐。"

林迁西抬脚在宗城腿上一踹，痞笑道："那可真是够快乐的！"这生日过得真是……又浪，又浪漫。

宗城无声地笑了下，长腿一伸，搭上仪表台，往后仰靠。天上还真有星星，透过车的前挡玻璃就能看到。他看了眼星星，转头又看了眼林迁西浸在暗沉里的侧脸。

小皮卡在天刚亮的时候一路开回了小城，直接开到了林迁西住的小区外面。林迁西解开安全带，先看一眼后排，王肖他们三个四仰八叉地在后排睡着呢。

仨电灯泡在后半夜直接冻成了狗，爬进后座就不肯下来了，连那辆旧摩托最后都是林迁西和宗城一起搭着手送上小皮卡后面的，给带了回来。

车门"咔"一声被推开，宗城朝他偏了下头，先出去。

林迁西跟着下了车，迎头一阵冷风，拽一下羽绒服的领子，绕过车身走过去，看着刚刚拉上皮衣拉链的宗城，似笑非笑地指指小区门，小声说："我回去了啊！"

宗城看他："吴川不是说要你去找人家教练吗？回头再跟你碰头。"

"行，我记住了。"林迁西笑，双手收进口袋里，转头进小区了。

宗城看不见他的身影，才又上了车。刚坐下，手机响了声，他从口袋里拿出来，是刚回去的"八中乖仔"发来了微信。

——忘了跟你说了。

——这生日过得我挺高兴的。

宗城那条断眉轻挑，之前问他高兴吗，他到这会儿才回答。

"嗖"一声，他又补了一条过来。

——新春大吉啊，城爷！

宗城一手搭着方向盘，提了嘴角，学他的腔调回复了一句。

——来年更上一层楼啊，西哥！

"怎么开这儿来了？"王肖在后排被微信声音吵醒了，坐起来说，"专程送西哥的吗？我家铺子都过了，城爷你直接还车多划算，到这儿绕路了。"

"我租的车，怎么开不是看我心情？"宗城问。

"哦，也是。"王肖无话可说。

宗城收起手机，把车开了出去。

林迁西回去后就是补觉，扑在床上的时候，闻到羽绒服领子上的味道，手指扯着，又嗅一下。是宗城身上的味道，说不上来像什么，就觉得很好闻。

林迁西一把扯下领口，不想了，头搁在枕头上，把手机拿到眼前，再看一眼微信里他说过的话：来年更上一层楼啊，西哥！

啧，来年当然要更上一层楼了，跟他一起考去北京的生日愿望还没实现呢！

过年的祝福都送了，不过过年的气氛半点儿没感受到，家里一直都没人。

林迁西是到了第二天要再出门的时候才留意到这茬，紧接着就想起之前给他妈留了长寿面。他用碗盛着温在锅里的，八成已经坨成块砖头了。

林迁西走进厨房，撸起袖子，做好了又要浪费粮食的准备，去灶台那儿揭开锅，里头居然是空的。

他愣了一下，林女士回来过了？不知道是吃了还是倒了，反正面没了，碗筷都洗干净收起来了。

林迁西走去老冰箱那儿，拉开看了眼，里面还是老样子，就多了盒鸡蛋，还是那种便利店里打折买回来的草鸡蛋。鸡蛋下面好像压了钱，他抽出来，两张红票子。给他的？

林迁西懂了，林女士可能是看见了那碗面才想起了他的生日，可别把他留了碗面当成要钱呀！

他把钱又原样塞了回去，关上冰箱门，往外走，感到好笑地自说自话："要什么钱哪，咱们西哥成年人了……"

杨锐的店里倒是有点儿过年的气息，杂货店的门和隔壁打台球那屋的门都贴上了对联。

宗城进去的时候，看见林迁西已经拿着球杆在等着了，连球都摆好了。跟他约好了再碰头的，他先到了。

"打一局再去见教练。"林迁西黑亮的眼睛看着宗城。

宗城今天穿了件跟他那件差不多的羽绒服，也是黑色的，拉链一拉，利落地拿了球杆："来吧。"

杨锐忽然在隔壁店里喊话："你俩生日过得开心吗？愉悦吗？"那语气，一股子不可言说的调侃味儿。

林迁西刚要压下杆，听到这话眼皮都跳了一下，杨老贼刚才半天没吭声，非等着宗城到了才来这一句，闲的！他喉咙里重重咳一声："杨老板，多做生意多发财，少说闲话少挨打。"

"臭小子。"杨锐在隔壁骂他。

宗城倒是没什么反应，低声说："你告诉他愉悦不就行了。"

"靠。"林迁西站直，挥杆抽他。

宗城一把抓了球杆，笑一下："快打，打完就走。"

林迁西抽回球杆，又压低，"啪"一声击出去。

杨锐其实在隔壁忙着炒菜做饭呢，在这屋都能听到锅铲碰撞声，也就调侃了他们这一句。这一局打得很快，林迁西状态好，连续进球，除了中间被宗城拦了一下，几乎算是一杆全清。

"走吧。"宗城放下球杆，"这状态去见教练应该没问题。"

林迁西看宗城往外走，跟上去："你跟我一起去吗？"

宗城从裤兜里掏出把钥匙，给他看一眼："去，王肖的摩托又被我借来了。"

林迁西已经看到马路边上的摩托了，又是准备好的："你就快成我司机了。"

"别太得意。"宗城跨到摩托上，拍一下后座，"上来。"

林迁西坐到后座，一把抓住他的腰："走啊！"

摩托在路上跑时，两人的头盔里都塞了一只耳塞，一边听着摩托轰鸣，还一边听着英语学习。"全听明白了？"宗城在前面问。

林迁西一只手抱着他的腰，一只手紧一下耳塞："有点儿不明白，主角到底是谁？King，国王吗？"

"To my King..."宗城的声音混在摩托的轰鸣和扑面而来的风声里，"礼敬吾王，把对方称为王，意思甘愿俯首称臣，献上一切……傻了吗？这其实是首情诗。"

林迁西终于弄明白了，盯着他的肩，没来由地痞笑，两只手都抱住了他的腰，听见耳塞里又响起标准的朗读声："To my King..."

全篇朗读完了，摩托也停了，宗城两脚撑住地："到了。"

林迁西才摘下耳塞，从车上下来。面前是一家装修还不错的台球厅，吴川给的地址是这儿。那位老教练挺讲究，不肯去学校，也不肯在唐老师家里见，自己找了个台球厅见林迁西，就是这儿。林迁西没来过这家，这算档次好点儿的，当然收费也贵，平常谁会来这儿打？

宗城已经往里面走了，提醒他："尽量多问点儿东西，多学点儿，虽然不收学费，但这里的场地费肯定要你付，别浪费时间。"

林迁西一听就抢先往里冲。

最里头一个包房，门是开着的，站着位两鬓花白的老爷子，正拿着球杆自己打球，林迁西就一阵风似的跑进去了。

"就是你啊？"老爷子开门见山，见到他打量两眼，"叫什么，林迁西？"

"是我。"林迁西也打量他一眼，老爷子挺精神，回头看，宗城的身影在门口一晃而过，没进来。

"就别东张西望了。"老爷子把球杆在桌上一放，指一下，"我不是什么人都教的，你把我这局球打完，我再考虑要不要继续。大过年的，谁有闲心浪费时间？"

林迁西听到那句"不是什么人都教的"，就觉得有点儿刺耳，敢情人家也没看得起谁，本来还端得挺正经的，也不端了，吊儿郎当地笑了笑，动手脱了外套在旁边椅子上一搭，就过去拿了球杆。

球桌上的是中式八球，已经到了结尾，没剩几颗球，局势却很乱。林迁西瞄了瞄，手里的球杆转了转，脚下走了几步，找准了角度，俯身压杆就是一击。

"嗒！"撞击声很强，直接撕开阻挡线，一球入袋。他拿巧粉擦杆，绕着球桌，放下巧粉，又送出一杆。这次很轻，但无比精准，"咚"地又入了袋。

老爷子在旁边椅子上坐下，端了个茶杯，眼睛看到球桌上来了。也就几分钟工夫，林迁西的目标已经是最后的那颗黑8。

"小心点儿，别太莽了。"老人家低头喝茶，不太信他能打进的样子。

林迁西像没听到，在斜对角压低球杆，瞄着球，毫不拖沓地一推，"嗒"一声，送球入袋。

老爷子一口茶含在嘴里，抬头看着球桌，眼睁睁看他结束了这一局。

"可以了吗？"林迁西握着球杆问，"我也不喜欢浪费时间。"他心想得付钱呢，多贵啊，不行赶紧拜拜，别废话了。

老爷子又打量他，放下茶杯，脸上有点儿不自在："现在的小年轻还挺狂的，不过打球就是要狂的那股劲儿。行了，我就教你了。"

林迁西咧一下嘴角，服软就行，他还是尊老爱幼的。

"你球打得是不错，不过也太野了，没系统学过吧？"老爷子说。

林迁西也不小瞧他了，眼睛还是挺毒的："没学过。"

"我近些年教的都是出身好、系统学过的，一般只教斯诺克，还真没教过你这样的。那就教你点儿实用的吧，听说你后面的比赛就是要打斯诺克。"老爷子撑着膝盖站起来，拿了支球杆，擦巧粉。

前面他还爱搭不理，可能是看林迁西打球不错，这会儿话都多了："说起来，你们这小地方，我很多年前也来过一回，那时候是来招人的，这儿打台球的不多，就一个打得还行，最后也没招上，挺可惜的。"

"是吗？"林迁西一边瞅门外宗城去哪儿了，一边随口接话，"谁啊？"

"好像姓杨，叫杨锐吧。"

林迁西扭过头："谁？"

宗城在包房外面听了个大概，里面差不多快教完了，他就转身先出去了。等他坐在摩托上踩响了，林迁西正好出来了，边走边穿羽绒服。

"你去哪儿了？"林迁西跑过来，一坐上车就说，"我还以为你要跟我一起进去。"

"我也不用比赛，就不进去了。"宗城递给林迁西头盔。

其实那个老爷子他认识，姓马，以前教过他两年台球，也算是他的教练。宗城走到包房门口认了出来，就没进去。进去了肯定又要被问起一堆事儿，他不想在林迁西跟前扯到这些。

"走了。"

"嗯，走啊！"林迁西回。

宗城往后看了一眼，看林迁西没动作，便扯着他一只手按到自己腰上，才打起撑脚。

林迁西顿时往前挪，跟来的时候一样，两手往前一抱，抱紧了，脸贴着他背上的羽绒服，觉得他俩就像两只过冬的熊，有点儿好笑。

"打球打兴奋了你？"宗城低声说，"我是让你别摔着。"

第 89 章

摩托轰隆隆的，跟打雷一样，一直开到了杂货店外面。林迁西挺安分，一路抓着宗城的腰。

"就送你到这儿，我还得去接一下顾阳。"宗城脚踩住地，解释说，"他跟薛盛约着打游戏去了，我说好了回来就去接他，不然他玩儿起来没完。"

"真严格，可怜的弟弟……"林迁西跨下车，摘下头盔，连耳塞一起递给他，忽然想起来，"你俩大年夜怎么过啊？"

"就这么过吧，明天晚上一顿年夜饭的事儿。"宗城接了头盔，"季彩说想来，我没让。"

林迁西说："哦。"

"你哦什么？"宗城看着他。

"哦就是哦，还能是什么啊？"林迁西笑笑，"跟她一起过呗，又没什么。"

宗城没表情地看着他，脚下踩响摩托："我还以为某位乖仔会说过来一起吃年夜饭。"早看出他过年也是一个人在家。

林迁西勾起嘴角："某位乖仔说考虑一下，回去等我通知吧。"说着转身就要去杂货店。

宗城拧着摩托往前一冲，横拦在他跟前："明天你再去见那位教练我就不送你了，等你结束了再去接你，回来正好吃年夜饭。"

林迁西还没说话，宗城就一拧油门，骑着摩托走了，在他眼前划起一道烟。硬茬，给他机会说话了吗？！

林迁西勾着嘴角走进杂货店，一眼看见杨锐在小折叠桌上摆菜，挺丰盛，前头忙活着炒菜做饭的，这会儿已经都弄好了，有过年的氛围。

"杨老板？"

杨锐抬头看他一眼："你这是什么口气，跟宗城去哪儿浪了？"

"浪个屁，打球去了。"林迁西去货架上拿了瓶水，夹胳膊底下，又去柜台那儿找账本，自己麻溜地记账，一边说，"一位姓马的老教练教了我点儿东西，顺便，我还听了个你的八卦。"

"什么八卦？"杨锐问。

林迁西把账本一推："还装，听说你以前差点儿被他招去打台球。"

杨锐在桌边杵了会儿，好像想起来了："这个啊，多少年前的事儿了，我都快不记得了。这么巧，教你的就是当年那位老教练？"

"是啊！"林迁西走近问，"当时为什么没招上，说说啊！"

杨锐嘴里笑了一声："因为最后一场打得不行，就没过。那天有点儿急事儿，我去得晚，发挥也不好。想想都是十一年前的事儿了，我那时候年龄也不小了，都二十二了，起步就比别人晚，还打什么，所以也无所谓了。"

林迁西拧开瓶盖，喝了口水，说："可惜。"

"技不如人，没什么可惜的。"杨锐说。

林迁西"啧"一声："杨老板真豁达。"

说着话的时候，路峰从身后的厨房里头走出来，穿了身灰色冲锋衣，左脸的疤还是那么显眼，手里端着盘菜放在了小桌上。

"你也在啊！"林迁西说。

"废话，过年不在什么时候在？"路峰说，"跑儿个月长途了，一回来就看到你在这儿撒欢。"

"我来给你俩拜年的，不好吗？"林迁西随口说笑，正好又看到他左脸上的疤，看了两眼，一下记了起来，"路哥，你左脸上这疤就是十一年前留的吧，我记得听你说过。"

"是又怎么样，你小子想说什么？"路峰在凳子上坐下来，看着他。

林迁西看杨锐，又看路峰："我懂了。"

"你懂什么？"杨锐说，"你要真懂，就不会觉得可惜了。现在有什么不好的，这儿不是挺舒服的？"

林迁西浪荡地笑一声，拎着矿泉水瓶往外走："反正我懂了，走了。"

"不在这儿一起吃吗？"杨锐问。

"不吃了。"林迁西的声音已经在门外了。

路峰手里点起了烟，看他走了，才看到杨锐身上："其实他说得也没错，你那天打得不好都是因为我出了事儿，是挺可惜的。"

"大过年的少说这些了，晦气。"杨锐放下两双筷子，"我忙到现在了，不吃就走，别触我霉头。"

路峰抽口烟："只是感慨一下。"

"多大人了，还感慨！"杨锐说，"林迁西还是不懂，人就不能一会儿看前一会儿看后，尤其是以前的事儿，别老想着。要想这辈子过得值，唯一能做的就是只看眼前。"

林迁西向来不是个多事儿的，杨老板的故事是他和路峰的私事儿，没必要追问。又要学习，又要打球，还要练跑步，林迁西能顾好自己跟宗城的事儿就不错了。

第二天下午两点，他又到了那家台球厅的包房里，去见马老爷子。

"这一局你打得很不错，就是太莽。"连续两天下来，老爷子对他的评价就这个，"又野又莽。"

林迁西抓着球杆说:"能赢就行了。"

"你倒是直接。"老爷子低头吹一吹茶杯里的茶叶,喝一口,站在球桌边上,就跟现场观众似的,"听说你拿到全国赛的资格了是吧?我也没多余的时间教你了,最后就跟你打一局吧。"

林迁西说:"来。"

老爷子放下茶杯,拿了球杆,摇摇头:"还是狂。"

一局球打得很慢,边打边琢磨,打完也不早了。

老爷子累了,放下球杆就打电话叫唐老师来接人。林迁西收拾了球桌,跟老爷子打声招呼,穿上羽绒服走人。

马老爷子又叫了他一声:"林迁西,到时候比赛好好打,别让我失望啊!"

林迁西在门口回过头,有点儿意外。

老爷子穿着厚夹袄,其实这两天下来林迁西是第一回看清楚他的脸,差不多是个陌生人,居然叫自己别让他失望。这种话就连林女士都没对自己说过,林迁西咧了下嘴角,笑不出来,就好像自己在亲妈心里的分量还比不上一位只见过两次的老人,随口应一声:"好嘞!"

出了台球厅,到了大马路上,林迁西拿出手机,想着要不然给林女士发个新年祝福吧。可是以前从没发过,突然发的话就显得很矫情。

唉,算了。林迁西还是把手机收了起来,想起宗城说过要来接他,就朝马路四周看了一圈儿,冷不丁扫到一群人,眼神变了。

那群人早就看着他了,就在前面马路边上站着,个个染着头发,大冬天都不好好穿衣服,流里流气的,领头的是吊梢眼、瘦猴一样的三炮。

"过年好啊,西哥。"三炮叫他,笑眯眯的,"现在真是难得见你一面啊,要不是有兄弟看见你来了这儿,我他妈都没地儿去找你呢!"

林迁西动了一下脚,看了看周围,又看他们:"都清过账了,还有什么好见的,有必要在这儿等我?"

"咱俩的账还没清吧。"三炮皮笑肉不笑,"当时那个死人脸的小子砸我一球杆,后来不是没清成吗,我琢磨着这仇不能带到明年吧,既然你今天在这儿,要不然跟老子清一下?"

林迁西一看他们这阵仗就是来堵人的,这账能清才有鬼了。三炮心眼小,可不是傻子,林迁西要还手跟他们一群人打架,那说不混了就是打脸,前头跟别人清完的账也白清了;要不还手就得挨揍,这一顿绝对轻不了。他动了一下脚,眼神往两边晃一下,忽然一个转身就跑了出去,快得像一阵风。

"你还跑！"三炮嚷嚷了一句，后面一连串脚步声追了上来。

林迁西跑起来是真快，一口气跑过这条街，直接往狭窄的小巷子里钻。遍地是人家放过的鞭炮屑子，跑过去就掀起一片乱舞。他从一条巷子里钻出来，到了另一条街上，听到后面还有人在跑着追，只能继续往前跑，没完了。

忽然有道人影从斜前方朝他跑了过来。林迁西看见的时候都跑过去了，又急忙停住，回头就问："你在这儿干吗？"

"你在干吗？"是秦一冬，路边就停着他的自行车，车龙头上还挂着只装了瓶醋的方便袋，睁大眼看着他，"你是不是又被人堵了？"

林迁西转身就要走："少废话，快走吧你！"

秦一冬追上来扯了下他的羽绒服，指自己的自行车："我车借你。"

林迁西愣了一下："谁要你的车！快走！"

"你不怕人马上就到啊！"秦一冬着急地喊，"我会走的，你快走！"

林迁西已经看见三炮人了，顾不上了，第一反应就是不能把秦一冬扯进来，一把拽住他衣领就跑。

秦一冬被他拽着往前跑，跌跌撞撞的，跟着他一头钻进一间公厕里。

林迁西动作飞快，公厕又小又脏，就俩隔间，正好没人，他想都没想就推秦一冬进了一间："在里面别出来，等老子跑了没动静了你再出去，绕路走，滚回家！"

秦一冬皱着眉，觉得他就跟吃了火药一样："你快跑吧！要你啰唆！"

"我就不想带着你一起跑！"林迁西说，"反正你别又瞎掺和进来！"根本不给秦一冬说话的机会，林迁西直接把隔间门用力一带，跑去窗户那儿，"哗"一声，拉开半扇生锈的窗户。

刚爬上去，外面一阵脚步声已经冲进来了。林迁西回头，直接对上三炮的吊梢眼。

"往哪儿……跑啊……西哥？"追了这么久，三炮说话都上气不接下气了，手里提着根钢管，阴着脸看他。后面跟的人就剩了两个，也都带着家伙，其他人可能是跟丢了，没想到他跑这么快。

林迁西心里骂了一句，死死盯着三炮，用余光扫隔间，就怕秦一冬冒出来："大过年的，犯不着吧？"

秦一冬藏得很好，没一点儿动静，毕竟以前跟他浪过的，有数。

"犯得着，老子那点儿气出不出，这个年都没法过好。"三炮阴笑，拎着钢管在公厕里头来回看，"刚才那个跟你一起跑的人呢？是平时那三个跟屁虫里头的，还是那个没表情的死人脸？"

林迁西已经绷起神经。

三炮拿钢管在周围敲敲打打，敲在水池子上"铛铛"响，一下站在了那扇隔间门前，指着门："在这里头躲着呢是吧？"

里头没声音。三炮钢管举起来就往门上砸了一下："自己出来！不然老子下一钢管就砸你脑袋上！"

"哐"的一声，隔间门被砸出道缝，林迁西耳膜都震了一下，看着那根钢管，忽然神经给刺了一下，他要干吗？要砸秦一冬脑袋上？

林迁西抓着窗户的手指一下冷了，好像那个最坏的结果又到眼前了，梦境里的场景那么真实，现在要重演了，秦一冬要因为他出事儿了……

三炮抓着钢管，骂骂咧咧的，已经没耐心了，一脚踹到门上，刚把门踹开，都没看见人，钢管就往里头砸。

旁边的人忽然被踹了一脚，一头撞到三炮身上，手里的钢管一歪，没砸进去，转手就砸向踹过来的那条腿，"哐当"一声掉在地上。

三炮被撞得不轻，想扶旁边的隔间门，结果门没带上，直接跌进了旁边的隔间里，里头又脏又臭，他张嘴就骂："你他妈的，林迁西！"

林迁西歪靠在隔间门边，半弯腰，一只手抓着自己的脚踝，咬着牙："老子挨到你这一下了，账总算清了吧？"

听到外面乱了，秦一冬才趁机跑了出来，白着脸，伸手来拉林迁西。

林迁西一把拽住他，忍痛冲出公厕。

宗城站在台球厅外面的马路上，耳边贴着手机，响了半天，最后是冰冷的女声："对方正忙，请稍后再拨……"

打第五遍了，林迁西一个也没接。他挂了电话，看看时间，已经等了快有一个小时。

台球厅里也问过了，里头那间包房的马老爷子早走了。本来就是不想碰到马老爷子，他才特地说等林迁西结束了再来，没想到今天他们结束得早，那林迁西也早走了。宗城手上转了转手机，压着眉峰，想想又拨一遍号。

还是"嘟嘟"的忙音。他干脆点开微信，发了句语音过去："林迁西，跑哪儿去了？你别让我逮到你。"发完手机一收，跨上摩托，重重一拧，开了出去。

第90章

街上已经没什么人了，这个点儿，就连商铺都关了门，各家各户都回去过年了。摩托轰轰地大街小巷转了一圈儿，一无所获。

宗城坐在摩托上，眼睛往路上看，忽然听到了手机响，立即掏出来，没仔细看就按了接听。

"哥，"是顾阳，"你们怎么还不过来啊？"

宗城一只手紧抓着车把，眼睛还在扫上："你西哥有点儿事儿，我等他一下。你要是饿了就先吃，门和燃气都关好，一个人在家注意安全。"

"我知道的，又不是小孩子了，那你们快点儿来啊！"顾阳说完挂了。

宗城拿着手机，发了个消息问王肖有没有见过林迁西，让他有消息及时告诉自己，刚发送完，余光就扫见几个拖着钢管的人从前面的岔路口里跟跄着出来，抬头去看，离老远都能听见那三个人嘴里骂着脏话，如果没看错，走在前面的就是三炮。

他看了眼他们来的方向，收起手机，迅速掉转方向，拧了油门。

天擦黑了，两个人影先后从马路边上的小巷子里跑出来，互相拉扯跌撞着，又钻进路对面的另一条巷子里。

林迁西跑在前，秦一冬跑在后，一下都停了。是林迁西忽然被巷口的垃圾箱绊了一下，往前一倾就摔了下去，秦一冬也跟着摔在他后面，手正好抓到了他的脚踝。

"靠！"林迁西忽然狠骂了一句，缩了下身体，一手抱住那条小腿。

秦一冬连忙爬起来，上气不接下气地往巷子外面看，没看到人，回头看他："没事儿吧你？"

林迁西撑着地站起来，单脚着地，一手扯着那只垃圾箱往巷口一拦，一手扶着巷子里的墙，在那儿喘气："他们都被甩掉了，你可以走了。"

"你怎么了？"秦一冬觉得他不对头，"那一下是不是挨在脚上了？"

林迁西往边上让一下："别废话了，叫你走就走。"

秦一冬眼睛忽然看到了地上，好像有几滴血，又往他身上看，赶紧伸手去拉他的羽绒服："还是去医院吧。"

林迁西一把挥开秦一冬的手："我让你走没听见吗！"

秦一冬差点儿被这下挥得摔一跤："你有毛病吗？人已经甩掉了！"

林迁西一只手用力撑着墙，觉得很不舒服，从看到三炮拿钢管差点儿砸进去那时候起就不舒服，脑仁儿都突突地疼，脚踝也疼，喘口气："你没毛病，你没毛病能不能别再管老子这些破事儿了！"

秦一冬被激怒了："要不是看你要出事儿，谁要管你！"

"就是要出事儿才不要你管！懂吗?！"林迁西吼了一句。

秦一冬愣了一下，喘着气，脸涨红了，忽然说："我就非要管！"

林迁西抬头瞪住他："你再说一遍！"

"我非要管，怎么样！"秦一冬吼了回去。

林迁西一把揪住了他的衣领，手都捏成了拳，对着他脸说："你敢再说一遍试试！"

"就说！你打啊！"秦一冬眼睛红了，鼻头也红了，"我看到你香头没拔了，装什么啊，你就是有毛病！我就要管，我跟你一起长大的，难道要我眼睁睁看着你出事儿吗？林迁西，你敢说今天换你，你不会管？"

"……"林迁西拳头捏得死紧，都咔咔作响，也没能吓住他，看他眼眶更红了，紧紧咬着牙，一下推开了他，"滚吧秦一冬，快滚，别说了……"

秦一冬往后退两步，吸一下鼻子，强忍住了，板着脸，上来抓着林迁西羽绒服的袖子往外拖："老子现在不想跟你吵架，跟我走，去医院。"

林迁西想拉开他的手，正好看到了他抓在自己袖子上的手。他手上有血迹，天虽然昏暗了，但那几点红在近处还是很刺目，一下刺到了梦境里的记忆，就担心下一秒会有更多猩红的涌出来，又刺目，又刺鼻，一瞬间脑仁儿好像疼得更厉害了，快炸了，林迁西忽然一把抓住了他胳膊。

秦一冬正觉得拖不动他，胳膊就被他抓住了，紧接着人被他拖着往外拽，吓了一跳："你怎么了？"

林迁西拽着他，连脚上那点儿痛都是麻木的，从巷尾出去，直接到另一条街上，对面就是个小诊所，里头亮了灯，门口贴着"新春大酬宾，药品买三赠一"的广告。

秦一冬发现他要进诊所的时候，人已经被拽进去了，他力气太大，拖着脚还走得很快，差点儿摔了一跤，在里头的小诊室门口一下停了，膝盖磕在进门的塑料凳子上。

林迁西松开他，转头朝外大喊："人呢？不看病吗？"

秦一冬在塑料凳子那儿站稳："你给谁叫人？"

"给你！"林迁西回头吼，"你身上有血！"

秦一冬看自己身上，终于看到自己的手，才反应过来他是说这个，又看一眼他的脚："那是我抓了你沾的血。"而且就几滴，为什么这么大反应？

林迁西不作声了，直愣愣地站着，看着他的手，出神了一样，往后退两步，一下靠在了小诊室里的墙上。真的假的，那是自己的血？

"林迁西？"秦一冬摸不着头脑地看着他。

林迁西靠着墙，头垂在胸前，胸口一下起一下伏。

秦一冬上上下下地看他："你到底怎么了？"

"没事儿，我好得很……"林迁西喘着气，声音压在喉咙里，额头上一层汗，手指死死抠着墙，才算扶稳。他已经很久没有这样了，看到秦一冬身上的血，噩梦就又给扯了出来。

外面忽然一阵摩托轰鸣的声音，秦一冬警觉地回头，外面已经有人走了进来，到这儿一脚踹开了门边的塑料凳子。

宗城胸口起伏着，是来的时候太急了，进来就只看了秦一冬一眼，脸上一丝表情都没有，直接走到林迁西跟前，声音有点儿冷："你到底跑哪儿去了？"

林迁西抬头看到他，嘴角扯了一下，又干又涩。"啊——你来了。"手在墙上撑一下，没使上力气，喘口气说，"没跑去哪儿……"

宗城闭着嘴，下颌线扯紧，根本不知道自己找了多久，就快把整个小城翻遍了，最后完全是碰运气地从巷子那儿一路找了过来。他到现在连一个消息都没有，宗城抓着他的胳膊就拽了一下。

林迁西被他一拽就站直了，脸对着他，嘴里轻轻"啷"一声。

宗城忽然看见他额头上大颗大颗的汗珠，这才察觉不对，看了一眼他的脚，抓着他的胳膊往旁边的小铁床上按着一坐，就转身出了门。

秦一冬下意识地让开了一步，他还没见过宗城这种模样，直接进直接走，比平时的样子更冷，眼里像是看不见别人，就只有林迁西。

没一会儿，就有一个穿着白大褂的中年女医生急匆匆地走了进来，进门时嘀咕道："刚才听到叫了，就去洗了个手，大过年的，干吗啊这是……"

是宗城叫来的，他几乎同时进了诊室，看着床边坐着的林迁西，对医生说："给他看一下。"

小地方的人很多都熟，这就是个社区小卫生室，秦一冬认识这儿的女医生，提醒说："方姨，是林迁西，你看一下他脚。"

"冬子啊！"被叫方姨的女医生看了林迁西一眼，又多看两眼，认出来了，咂了一下嘴，"还真是林迁西，多久没见到了，又折腾到这儿来了，大过年的怎么还打架呢？"

"没打架。"秦一冬说，"这回真没打。"

"行了，没事儿的都出去吧。"方姨又说，"你们不过年？"

秦一冬听到"过年"才想起来要给家里打电话，急急忙忙跑出去，找了借口说半路上遇到了几个同学，给耽误了，马上就回去。

刚按了挂断，宗城从里面走出来，他可能是赶得太急了，身上都热了，一手拉开羽绒服的拉链，脸上神情淡淡的。

一见到他，秦一冬就问："怎么样啊？"

宗城看了他一眼，目光特别在他泛红的眼睛上停顿了一下："在包扎。"

秦一冬嘴唇有点儿发白，脸上却被冷风吹得发红："他刚才到底怎么了？"

"你觉得他怎么了？"宗城反问。

"不知道。"秦一冬说，"我没见过他这样。"

宗城也没见过林迁西这样，淡淡地说："我送你回去。"

秦一冬愣一下："为什么你要送我？"

"还能因为什么？"宗城说，"因为要让林迁西放心。"

秦一冬下意识地问："他要放心什么啊？"

宗城沉默了一下，还是把早就想说的话说了出来："我对你们的事情知道不多，只知道林迁西不想让你出事儿，其他的都跟我没关系，你让他放心就行了。"

"……"秦一冬找不到话说。不想让自己出事儿？脑子里一下就浮现出刚才林迁西那模样，明明他挂了彩，怎么反而是因为自己才来的这儿。又冷不丁回想起绝交的时候林迁西说在梦里害死了自己，自己一直都不信，觉得就是迷信，但是好像林迁西特别信，仿佛那些都真实地发生过一样。好几次林迁西都在说让自己别插手他的事儿了。

两个人默默站了快有一分钟，秦一冬还是找不到话说，他跟林迁西从小一起长大的，但那又怎么样，已经绝交了，最后换来的就是这句不想他出事儿，谁会想出事儿？他转身走出门："不用送我，我自己走，打车回去还不行吗？"

宗城还是送出了门。

秦一冬忽然回头看他一眼："我也只想让林迁西没事儿。"

宗城"嗯"一声："谢了。"

"……"秦一冬忽然又没话说了，他跟林迁西的关系果然不一般，居然向自己道谢。秦一冬也没说什么，毕竟没立场过问，转过头就走了。

宗城回诊室，到了门口，先站了两秒，捏了下手心，居然有点儿出汗。

推门进去，那个方姨已经走了，林迁西没坐在铁床上，滑坐在地上，一只手搭着铁床边，耷拉着头。

宗城走过去，垂眼看着他："你干什么？给我起来。"

林迁西抬头，额头上还有汗，痞痞地笑了一下，伸出胳膊说："唉，没什么，我就是脚疼，刚才没站稳滑下来了，扶我一把吧。"他真的已经很久没这样过了，现在脑子里却一遍遍的都是秦一冬浑身是血的样子。

宗城伸手抓住那只胳膊，才发现林迁西身上软趴趴的，根本没有力气，跟平时的他简直就像两个人。宗城抿住嘴，忽然就觉得自己的话有点儿重了，手上一用力，拉着他就抱住了。

林迁西一头撞进他怀里，脑袋嗡嗡的。

"秦一冬还好好的。"宗城抱着他，在他后脑勺上摁了一下，声音又低又淡，沉在嗓子里，"没事儿了，乖仔。"

第 91 章

"西哥还没醒……"林迁西睁开眼睛的时候，天是亮的，房间里拉着厚厚的窗帘，挡着阳光，耳朵里听到低低的说话声，一时间有点儿蒙，没搞清楚自己在哪儿。

"还在睡呢……嗯……我没叫他。"是顾阳的声音。

林迁西转着眼珠看了一圈儿，一下坐了起来，看看躺着的床，这是宗城的房间。他掀开被子，又看看自己身上，也就脱了件羽绒服，长裤都没脱，就这么睡了。

外面顾阳还在嘀嘀咕咕的。林迁西脚踩到地，脚踝有点儿疼，拽起右腿的裤脚看一眼，那儿绑了厚厚的一圈儿纱布，里头夹着正骨的两小块木板，小心地半拖半踩着走到了门口，打开门出去。

顾阳拿着手机在讲电话："我去看看啊……"刚挂断，转头就看见了他，"西哥！你醒啦！"

"嗯啊。"林迁西声音是哑的，说完咳一声，清清嗓子。

顾阳过来扶他："你还记得昨天怎么来的吧？没吃饭就睡了。"

林迁西搭着他的肩，慢慢挪到卫生间里去洗漱："记着呢。"

昨天回来挺晚了，顾阳下楼去跟宗城一起把他架上来的，他后来晕晕乎乎就睡了，也不记得怎么睡的，反正昨晚一直都晕晕的，到现在一觉醒了才感觉清醒了。

洗手台上摆着准备好的牙膏牙刷，还搭着一条毛巾，方格子纹的，是宗城的毛巾。林迁西往外看："你哥呢？"

顾阳已经进了厨房："去给王肖的摩托加油了，他说得多借用两天。我刚给他打电话还告诉他你没醒，你就醒了。"

林迁西"哦"一声，想了想，又问："昨晚你哥怎么睡的啊？"早上起来感觉床上好像就他一个人躺过的样子。

顾阳说："打地铺。"

"冬天还打地铺？"林迁西听得皱眉。

"我哥不想跟我挤一起，他那床又不大，你脚这样，他怕压着你。"顾阳说着抻头看了他一眼，"西哥你昨晚睡得也不踏实，好像一直在做梦。"

"……"林迁西没印象了，大概梦的还是那同样的场景。他低头刷牙，又想起昨晚在小诊室里宗城那一抱，力气太大了，抱得太紧，都要喘不过气来，以至于再晕乎，这都记得清楚。

等他洗漱完，慢吞吞地走出来，顾阳刚好从厨房里端了只大碗出来，放在小桌上："吃饭吧西哥，你肯定饿了，给你一直热着呢。"

林迁西扶着墙，单脚跳两步，坐到自己专用的那个坐垫上，拿了筷子，看到碗里有肉有鱼的，问他："这是你们的年夜饭？"

汤姆闻着味儿跑过来往林迁西腿上扑，顾阳抓着它的小短腿抱起来："是啊，我跟我哥都只会做简单的，为了这顿饭买了好多熟菜呢，可惜你们错过了。"

林迁西扯扯嘴角："怪我，本来不该错过的。"

"没事儿啦，你不是骑摩托摔到脚了吗？"顾阳催他，"快吃吧。"

估计这是宗城跟顾阳说的理由。林迁西真是饿了，低头扒饭。肚子饿了，吃得也快，分分钟碗就见底了。

顾阳抱着汤姆在旁边玩儿，一直看他："还要吗西哥？"

"够了。"林迁西说。

顾阳盯着他的脸看："你昨晚来的时候脸色特别不好，吃了饭好多了。"

林迁西真担心昨晚是不是吓到顾阳了，撑着小桌站起来，没事儿一样地说："我这不是挺好的吗？"

顾阳连忙放下汤姆过来扶他："我还是架着你吧。"

"不用。"林迁西说，"帮我拿一下外套吧。"

顾阳跑进宗城房间去拿了他的羽绒服来，看见他已经挪到门口，在穿鞋了："干吗啊西哥，你是要出去吗？"

"嗯。"林迁西小心翼翼地系好右脚的鞋带，站起来，接了羽绒服穿上，拉上拉链。

顾阳说："那不行，我还是得架着你。"

林迁西刚被扶住胳膊，屋门响了一声，顾阳扭头："哥。"

宗城回来了。他身上穿着黑色的羽绒服，站门口的时候逆着光，一道高高的身影，关上门，才看出来眼睛早就看着林迁西了："干什么？"

林迁西挪一下脚："去一下杨锐那儿。"

宗城抓了他胳膊，对顾阳说："我来。"

顾阳让开："西哥刚吃完饭就要出去，快劝劝他。"

宗城说："去那儿干什么？"

"有事儿呗。"林迁西问，"你跟我一起去吗？要不然我自己去。"

宗城看他两眼，抓着他胳膊没松，拍一下自己的肩。

林迁西笑一下，伸手过去钩住了他的肩膀："走啊！"

宗城抓着他的腰，架着他的胳膊，看一眼旁边瞅着他俩的顾阳："寒假作业写完了？"

顾阳顿时哀嚎："无情学霸！一回来就是作业！"

"写完了再玩儿。"

顾阳耷拉着脑袋钻进自己的小房间了。

宗城架着林迁西出门。他个子到底要高一小截，下楼的时候，林迁西搭着他的肩，就感觉自己整个重量都在他身上了，像是被他搂下去的，彼此的衣服磨蹭得沙沙响。

林迁西瞅一眼他近在眼前的侧脸，低声问："还气着呢？"

宗城说："怎么？"故意不说是也不说不是。

"不怎么……"林迁西干笑，"等会儿我去'百度'一下怎么哄人啊，等着。"

宗城没什么好气的，就是担心出事儿，扫了眼林迁西脸上的笑："就你这样，怎么'百度'都没用。"

"唉……"林迁西抓住楼梯扶手，不走了。

宗城停下看他："脚疼？"

"嗯，啧啧，好疼……"林迁西往下弯腰，手从他肩膀上抽走。

宗城往下走两步，去拉他裤脚："我看看。"

林迁西一下扒住他肩膀。

宗城抬头，林迁西两只手都扒了上来，作势要勒住他脖子。

"这么难哄，同归于尽吧，硬茬！"

宗城盯着他："你恢复挺快啊！"

"你不生气，我好得更快。"林迁西一只手拍拍他脸，"考虑一下，不然我下狠手了。"

宗城转过脸去，背对着他，淡淡地说："既然好得这么快，那我先下狠手好了。"说完拉着脖子上他的手臂用力一拽。

林迁西顿时往前一倾，胸口一下就撞上了宗城的背。

宗城站了起来，手在他大腿根那儿一托，直接背起来就往下走。

"我靠！"林迁西一把抱住他的脖子，太突然了，好歹自己也是人群里的高个儿，居然就这么被他背上就走。

宗城就是故意的，还走得很快，像是跑一样往下冲。

林迁西感觉自己是被颠着下去的，耳边都夹带了风，一口气下了楼，还紧紧地搂着他脖子，胸腔里的心脏都被颠得跳快了。

"你玩儿我……"林迁西喘着气说。

"嗯，你自找的。"宗城也喘了口气，往上托他一把，出了楼，到了停着的摩托那儿，"我扔了。"

林迁西反应贼快，松开他的肩，单脚跳下来，看他根本没动，"啧"一声，果然是玩儿自己："禽兽……"

宗城跨上了车："有种别坐禽兽开的车。"他加满了油，跟王肖多借了几天，就是为了照顾林迁西的脚。

林迁西坐了上去，没脸没皮地说："那还是要坐的。"

宗城踩摩托前看了一眼他的脸，昨晚白花花的，现在缓过来了，才把摩托开出去。

林迁西在后面抓着他的腰笑："城爷真有力气，我不沉吗？"

"沉。"宗城实话实说。

"去你的，我好歹一个大男人……"路上有几个老人带小孩经过，往他俩身上看。林迁西不作声了，被他玩儿似的背着冲下楼，忽然就舒服多了。

一会儿工夫的事儿，摩托直接开到杨锐的杂货店门口。林迁西从后座下来，扶着门框进了杂货店，喊一声："杨锐！"

杨锐拿着手机，穿着件厚毛衣，从里头出来："来拜年？没红包。"

"……"林迁西直接问，"路峰呢？"

"今天没在，回家看他爹去了。"杨锐趴在玻璃柜台那儿说，"你懂的，我们这样的，也就过年才回家一趟，看看父母。找他干吗？"

林迁西冷着脸说："我要找三炮。"

宗城停好了摩托，跟了进来，正好听见，也猜到了，他是想去解决了这个麻烦，不然他不会这么着急过来。

"别找了。"杨锐回头拿了两瓶饮料,一人面前放一瓶,嘴里说,"你不混了所以不知道,我可听说了,三炮一直不规矩你是知道的,现在更油条,据说只有他找人,人找他,不见,那就是粪坑里的泥鳅。"

"靠!"林迁西拧眉骂了句。

杨锐又拿了瓜子花生过来放在桌上,看到他裤脚底下露出来的纱布:"你脚怎么了?三炮搞的?"

林迁西在凳子上坐下来,脸更冷:"对。"

杨锐也皱了眉,看一眼宗城:"那更没必要找了,早就有人替你找过了还这样。"

宗城摇了一下头。

杨锐没往下说,打岔道:"好好养养,他以前都没能把你怎么样,等你出息了,他就更挨不到你边了。"

林迁西不怕三炮搞自己,他是担心秦一冬。跟有感应似的,他刚想到这儿,外面就响起一阵自行车的声音。

"锐哥!"秦一冬的声音很快就传了进来。

林迁西想回避也来不及了,看向门外,五中篮球队里的五六个人一起骑着车来的,每个人都带着东西,跟拜年一样,一连串进了门。秦一冬走前面,手里提着两只袋子,不知道装的什么,一进门先看到站着的宗城,然后才看见坐着的林迁西。

三个人谁都没说话,沉默了两三秒,秦一冬才对后面的人说:"就放这儿吧。"

邹伟跟在后面拎着俩牛奶箱子,放货架那儿,瞅瞅林迁西,又瞅瞅宗城,屁话没有,转身出去了。其他人也把东西放下,去马路上等秦一冬。

"干吗啊,冬子?"杨锐看着他这阵仗,缓和气氛似的问道,"给我拜年呢?那也用不着这么大手笔。"

秦一冬把手里的两只袋子一起放到货架下面那堆东西里:"锐哥,麻烦你帮个忙,把这些交给林迁西。"

"谁?"杨锐看林迁西,人不在这儿坐着吗?

但秦一冬就跟没看见他一样,在那儿一样样整理着东西:"这几箱牛奶补钙的,袋子里是早上让我妈去买的老母鸡,现杀的,还有骨头,都是新鲜的,炖汤喝对伤好,你告诉他别放太久。"

"……"杨锐莫名其妙。

屋子里就秦一冬一个人说话,其余一点儿声音都没有:"再告诉他,我平常上学放学都跟外面那些人一起,很少落单,打架是比不上他,我好歹打篮球,体能也不差啊，我好得很。我以后都不掺和他的事儿了，谁的事儿都不掺和，他要有好事儿我可能还凑一凑热闹，坏事儿就算了吧……"秦一冬忽然不说了，蹲在那儿，已经把东西码得齐齐整整。

屋子里静默了几秒，林迁西看见他好像吸了吸鼻子。

好一会儿，秦一冬一下站起来，抬高声音说："我也嫌他烦，谁他妈想跟一个不学好的痞子当哥们儿啊，有今天没明天的！他要是哪天真学好了我还考虑考虑。现在？拉倒吧！"说完他转头就出去了，"咔嗒"一声打了自行车的撑脚，头也不回地骑着自行车去了路上等他的人那里，再没看过林迁西一眼。

杨锐看一眼那堆东西，像是懂了："林迁西，这是他送给他发小的，知足吧，人几辈子能有这样一个兄弟？"

林迁西扯开嘴角，站起来："唉，不说我都忘了，我学好了，我得去打球。"他往隔壁那屋挪，胳膊被宗城抓住了。

宗城什么都没说，抓着林迁西的胳膊，撑着他进了隔壁那屋。

林迁西到了球桌那儿，抓了球杆，才背过身，手指迅速地捏了一下眼角。

宗城在旁边看见了，当作没看见，低头摆着球："放心好了，他真没事儿，三炮根本没发现他，我昨天找你的时候看到他们了，远远听到了他们骂的话，骂他躲得严实，后来才找到你的。"

林迁西愣了一下，忽然就明白为什么宗城昨晚抱他的时候说秦一冬没事儿了，心里那块石头好像瞬间落了地。其实三炮以前也不是没在他身边见过秦一冬，但只要秦一冬没惹上对方，就是好的。

"嗯啊。"他扯着嘴角，"那我就真放心了……"

第92章

下午的时候，林迁西被送回了自己的家。那些东西一样没带，都放杨老板那儿了。

杨锐知道他拿不走，也怕他不肯要，主动给他把汤炖了，炖完了就催他喝，喝完了就赶他回家，剩下的说下次再弄给他喝，搞得像是要做他的补给站。

宗城站在那栋破旧的楼里，看一眼面前的门，一只手抓着林迁西的胳膊："这就是你家？"

"嗯。"林迁西提着右脚，打开门。屋子里没什么动静，就知道他妈肯定不在。他手又钩到宗城的肩，指一下："我房间在那儿。"

宗城抓着他的腰，架他进去。

林迁西的房间很小，窗帘拉了一半，外面淡薄的阳光只照进来一缕，不明不暗。

宗城让他坐在床上，打量了一圈儿，这还是第一次看到他住的环境。床上铺着淡蓝的床单，格子纹的，有点儿旧了，床头放着个小松鼠的毛绒玩具，还是那次一起出去宗城送的。旁边的小书桌更旧，抽屉半开，桌上摊着一张纸，那是自己给林迁西做的学习计划表。

林迁西坐在床边，脱了鞋，把脚小心挪到床上，没听见他说话，才发现他在打量周围，顺着他目光看一圈儿，这房间里不知道从什么时候起好像到处都是跟他有关的东西了，打岔似的问："看什么啊你？"本来地方就小，他在这儿一站，显得更小。

宗城看了林迁西一眼，随手抽了放在书桌上的物理书："不能看？"

"能看，就是我这屋里还没别人来过。"林迁西是不习惯。

宗城看没地方坐，就坐在了床上："就我来过？"

"废话，不然呢？"

宗城还以为至少秦一冬是来过的，但也不想提了，好不容易他情绪好起来，没必要再拿这个招他，便坐那儿低头翻书，偶尔在纸页上折一下。

林迁西看他："干吗？"

"你后面都得在家待着，正好，好好学习吧。"宗城说。

林迁西问："那你呢？"

"学习。"宗城答得特别干脆。

林迁西觉得他干脆得有点儿冷淡，就想歪了："你是不是还生气呢？"

"……"宗城看了他一眼，又低头继续给他在书上折重点，都是最后一学期会复习到的内容。他脚得养着，什么也干不了，不就只能学习？

正在折着，忽然听到手机播放视频的声音："疯狂地赞美，有助于提升彼此间的好感，保证对方怒意全消……"

林迁西拿着手机，迅速地点了两下，才把声音关掉了，一抬头，黑亮的眼看过来。宗城淡淡地开口："疯狂赞美，提升好感，挺会搜啊！"

林迁西说："别笑，你敢笑我就跟你拼了。"

宗城提了一下嘴角："呵。"

"你还真笑！"林迁西拿左脚踹他，一下踹在他大腿外侧。

宗城坐在那儿，慢条斯理地放下书，特地避开了他的右脚，一把按住他小腿，拖着一拽。

林迁西猝不及防地被压着往后一倒，人躺在了床上，想坐起来，结果右脚条件不允许，起一半，作罢。

外面好像有开门的声音，然后是放钥匙的一声响，紧跟着又是几下脚步声响。林迁西和宗城同时停顿了一下，然后宗城轻声说："这次就算了，林迁西，再有下次，你就完了。"

林迁西也压低声音，笑道："拼一下这么严重？"

"我说三炮的事儿。"宗城说，"至少给我个消息。"

林迁西不笑了，明白他在说什么。可给他消息干吗啊？三炮也不会对他客气。

"林迁西？"外面响起林慧丽不高不低的声音，"你在家？"

宗城坐起来，拉上羽绒服，看了他一眼，打开房门出去。

林迁西还躺着，手指在衣领里摸一下，拉起领口，才坐起来，听见外面林慧丽在问："你也来了？难怪有声音。"

"送林迁西回来的，"宗城说，"他脚受了伤，走路不方便，顺便学习。"

"麻烦你了。"

"没事儿，我先走了。"

林迁西听着他脚步声出去了，转头拿了扔在床上的物理书，随手翻了页他折过的地方。

房门被敲了两下，然后被推开了，林慧丽站在房门口，看进房来。

林迁西没想到她会敲自己的门，坐床上看着她，下意识地扫了一眼床上，床单皱了一大片。

"你脚真受伤了？"林慧丽口气和平时一样，不冷也不热。

"嗯。"林迁西刚说完，马上补充，"不是打架打的。"解释完又觉得说多了，可能她更不信，他干脆不说了。

林慧丽看了眼他的脚，转身离开房门口："给你准备点儿吃的，没事儿就别出门了。"

林迁西看着门被带上了，才把床单给拉扯平，拿起那本物理书。

林女士后来确实准备了吃的，她年节都在加班，能做的好像也就只有这些。林迁西习惯了一个人，也没抱什么期待，他妈能这样就已经够让他意外的了。

他正儿八经地在家养了一阵子，其间有送外卖的送过几回汤给他，一看地址，都是杨锐给他送的。林迁西还没这么滋补过，但想起那天秦一冬去送东西的样子，还是一口气喝光了。

过了年离寒假结束就不远了，养一下脚，过起来更快。

一大早，林迁西在卫生间里靠着洗手池，拆脚踝上的纱布，手机响了。他还以为是硬茬，拿了手机按下去才发现来电人是吴川。

"喂，林迁西！"黑竹竿儿的声音听起来不大高兴，"我跟你说什么来着？再寒冷的天也不能挡住你奔跑的心。你这阵子干吗去了？寒假过爽了是吧？"

"我可没闲着。"林迁西的床上还到处散着书和试卷呢。

"不管你闲没闲着，你怎么还不来找我？"

林迁西右脚踩地，站起来试了试，又小跳一下，一边对着手机说："找你训练？"

"训练归训练，你不想报学校了吗？"

"……"林迁西一听，不试脚了，马上说，"来了！在学校是吧？马上来啊，等我！"说完就挂了电话，转头找衣服，一只手在穿，一只手给宗城发微信。

微信里几乎都是跟宗城的聊天记录。这几天，宗城把复习计划都做出来了，除了教顾阳学习，每天晚上还定时间自己一句"脚怎么样"。林迁西怀疑他还在因为三炮的事儿给自己下马威呢。

发的微信没回，林迁西已经准备好出门了，在门口时又活动了一下脚，走路没什么问题了。

手机又响了。他看一眼，是串陌生号码，接起来："喂？"

"你好，你有外卖。"

林迁西心想杨锐这是自己掏钱炖了汤给他吗，怎么送了几回还有呢？他急着出门，直接说："送回去吧，就说我不在家。"

电话里传出一道很低很沉的声音："可是我已经在门口了。"

林迁西一愣，这声音……一下拉开门，一个穿工作服的外卖小哥背着箱子，拿着手机，在眼前走了。门口站着穿着厚羽绒服的宗城，一只手收在口袋里，一只手里拎着装打包盒的方便袋："刚好碰上。"

林迁西笑："你也太会玩儿了！"

宗城把东西递给他："喝了再走吧。"

林迁西接了，放门口柜子上，直接出门："不喝了，吴川等我呢，回来再说，快走！"

宗城看一眼他的脚。

"别看了，能走了。"林迁西关上门，还在宗城面前走了两步，"你看！"

"那走吧。"宗城才下楼。

王肖的摩托又被开了过来，林迁西一出小区看见，就直接坐上后座。

宗城走过去，递给他一张纸："这么激动，想报的学校有眉目了？"

林迁西拿了低头看，上面是密密麻麻的院校名字，特地打印出来的，上面用红色的笔圈了三个地方，还标了字母 A、B、C 做记号，后面是过往三年其田径专业的招生分数。

宗城跨上车，踩响了，开出去时说："我圈出来的是北京的学校，都是你能考的。"

林迁西一手抓着他的腰，一手抓着纸，还在看："你特地做的？"

"不然呢？"

他真是够细心的，林迁西咧了嘴角，低头又看了一遍，A 大、B 大、C 大分数差距很大："我选哪一个？"

"这是你的大学，"宗城说，"应该你自己选。"

"少废话，你绝对有想法！"林迁西在他腰上捶一拳，"快说！"

"别瞎打。"摩托转了个弯，往学校开，"你自己考虑。"

林迁西又看一遍，把纸揣进口袋："这样吧，我数三声，我们一起说。"

宗城开得特别快，已经到了学校门口，一下刹住车："行。"

林迁西下了车，站在车前，开始数："三，二，一！"

"B。"异口同声。

"我就知道！"林迁西笑着进学校，"我去找吴川。"

宗城从车上下来，拧下钥匙，看着他进了学校。当然选 B，B 是里面最好的一个，也是离宗城自己的目标最近的一个，如果考上了，以后就能一起去了。

林迁西走进体育办公室，吴川已经等着了，在一个人抽烟打发时间，看到他立即说："快来！你不是要考好学校吗？人家很多学校的专业考试都要开始报名了，我要不是指望你给我搞个升学率，至于火急火燎地给你操这心吗？"

林迁西把那张纸放在他面前："吴老师辛苦了！吴老师新年好！我要报这个。"

吴川凑近看了一眼，北京的，专业性体育大学，抬头看他一眼："你认真的？"

林迁西用手指对着自己的脸画了个圈儿："你看我认不认真？"

吴川皱了皱眉，掐了烟，拿了桌上的本子，那上面记的是林迁西平时训练的成绩："我看看你的成绩能不能达标。"

"要求很高？"林迁西看他这样，有点儿担心。

"这还用说吗？"吴川埋头翻着本子，把他的跑步成绩都看过了，还是皱着眉。

"……"林迁西心都冷了，如果自己连专业水平都达不到，那还谈什么高考成绩啊！

"唉。"吴川叹口气，站起来，"你可真会选。等等，我去打个电话问问。"说完站起来出了办公室。

林迁西看他出去了，走出办公室的门，看见宗城就在外面站着，倚着走廊的柱子在等，耳朵里塞着耳塞。

看到林迁西出来，他拿了耳塞："怎么了？"一边看向走远打电话的吴川。

林迁西扯一下嘴角："不知道。"总不能说自己可能不行。

宗城没说话，嘴唇慢慢抿紧了。有五六分钟，两个人都没说话。

"林迁西！"吴川忽然回来了。

林迁西立即扭头。

"还好，差点儿不行。"吴川远远地说，"报吧！"

林迁西抹了把嘴，简直了！就快吓死了！转头看宗城，他嘴角轻轻提了一下，才松开手里紧捏的耳机线。

第93章

吴川到这会儿才看到宗城也来了，走过来说："你这成绩还用得着这么积极，这就到学校来了？回去吧，马上都要开学了吗？"他还以为宗城是因为学习来的学校，转头叫林迁西，"走啊，别傻高兴了，现在高兴太早了点儿，要高兴也得等你考上了。"

"走去哪儿？"林迁西看他。

"跑步啊，你敢报人家学校，不得赶紧准备考试吗？"

林迁西刚高兴没两秒，脸就垮了，看一眼自己的脚："现在？"

"怎么着，你还想偷懒？"吴川板起脸。

宗城也跟着看了眼林迁西的脚。

林迁西活动一下脚腕，朝宗城递个眼色，意思是没事儿，然后没大没小地拍一下吴川的肩，往操场走："不偷懒，走吧吴老师，奋斗！"

吴川脸色这才好看了点儿，鼻孔里冒出一声"哼"，又问宗城："还不走吗？"

说着看一眼林迁西，"你陪练台球，难道还要陪练跑步？"

挺正常的话，听在耳朵里就好像被抓到了什么似的。林迁西做贼心虚，晃一下眼神："没啊，就刚好一起学习的，顺路蹭了个车。"

宗城看过来，脸上一如既往地没表情："对，顺路来的，我先走了。"

吴川说："去吧。"转头又推一下林迁西，"快点儿！"

林迁西跟上去操场。

一进跑道，吴川就叫他做准备活动。他站在起点做拉伸，感觉大腿侧面一麻，是手机振了，从裤兜里摸出来看一眼，灯塔头像发来了条微信。

——有事儿就找我。

林迁西勾着嘴角正在看，忽然听见吴川一声喝："你怎么回事儿？"

"……"林迁西以为说他看手机呢，便将手机收进外套口袋，然后脱了外套，"不看了，马上跑。"

"你别动。"吴川走过来，指着他右脚，"你这脚活动开了吗？"

林迁西转两下右脚脚腕，感觉那儿一阵拉扯，有点儿疼，还有点儿麻，嘴里悄悄"咝"了一下。

吴川已经看出来了，瞪着他："好啊林迁西，你又……"

"没打架，真没打架！"林迁西赶紧截断他的话，"我摔的。"

"你又是摔的！"吴川没好气，"你是平底足吗？动不动就摔！你这样还敢报这么好的学校！"

林迁西怕他气坏了，在他背上拍两下："别动气啊吴老师，考试不是还有几个月吗，我很快就会好了。"

"谁告诉你还有几个月？"吴川打开他的手，"那是省内的统一考试，你又不想上省内那些三本民办的体育学校，好学校的单招考试都是提前考的，你不知道吗？"

林迁西心里一惊："真的？"

"你这就是要气死我！"吴川扭头就走，"还跑什么，回去吧你！等开学了我再收拾你！"

林迁西看他走了，拧着眉，心里爆了句粗口，抓抓头发，只好离开了操场。

也没告诉宗城，林迁西直接回了家，进门的时候又看到宗城恶作剧给他拿来的那份炖汤。林迁西站在柜子那儿，打开方便袋，也不管汤已经放凉了，开了盖子就仰头全干了。

这下总能好得更快点儿了吧？他想，反正学校是报了，就是拼了也得考。

"你是没看到那天的情况……"

也就隔了两天，学校开学了。林迁西进教室后门的时候，正好看见王肖在跟姜皓说着这话，还想听听是哪天哪个情况，紧跟着就听见他说："西哥生日那天，城爷带着过的，咱们一起去山上了，就你不在。"

薛盛还没来，孙凯在旁边帮腔："城爷还会开车，技术贼溜，直接开个四轮的载着西哥就去小山上了。"

姜皓转头往后面看，正好看见了林迁西，打量他两眼："我有时候觉得自己想多了，有时候又觉得没想多。"

林迁西把椅子往外一拖，坐下来："过了个年，你还会绕口令了。"

王肖看到林迁西就不提了："西哥，你准备了吗？今天一来就要摸底考试的。"

林迁西在书包里拿书的手一顿："怎么没听说啊？"

"突击检查啊，当然不说了。"王肖指指黑板，"喏。"

林迁西往前看，黑板上清晰地写了四个字：摸底考试。左侧的墙壁已经贴上了倒计时的牌子，上头标着"距离高考还剩 × 天"的字样，就等着往那上头填数字了。一来就这阵仗，真是想不紧张都不行。

"林迁西……"章晓江的蚊子哼忽然飘到跟前，隔了至少两排桌子叫他，"数学老师叫你过去。"

林迁西把书包往桌肚子里一塞，站起来出去，想想又回头："哎，老子真有这么可怕吗？"这都高三的最后一个学期了，怎么还这副德行呢？

王肖在那儿拍着桌子笑："西哥别吓人家了，他够胆小的了。"

章晓江扶一下鼻梁上的"酒瓶底"，红着脸转头回座位去了，嘴里低声说了句什么。

"你别笑。"林迁西没听清楚，"他说什么？"

王肖忍不住，黑不溜秋的脸上露出两排白牙："他说他养成习惯了。"

"……"林迁西服了，转头出教室。

办公室挺热闹，老远就听见徐进的大嗓门。林迁西走到门口，居然看见两熟人，一个丁杰，一个张任，俩人一边一个，跟门神似的杵在那儿。

"林迁西，好久不见啊！"丁杰看到他就笑，"你也被叫来罚站的？"

张任倒是被他整得服帖了，讪笑道："哎哟，西哥。"

林迁西打量俩人，明白得很："想溜走不考试又被逮了？看来三不管的班也没那么舒坦啊！"

"你不也一样吗？"丁杰说，"你丫不是有那位教你了，怎么还混成这样啊？

留在 8 班也没什么用啊！"

"还嘀咕什么？进来！"徐进在里头喊。

林迁西不跟丁杰废话，晃进了门："找我？"

里头可不止徐进，老周也在，正在泡茶，站办公桌那儿拎着热水壶腾腾地往那只套着塑胶杯套的杯子里倒水，见他进门，隔着被热水雾气蒙住的眼镜看了他一眼。

"你来！"徐进嚷嚷，"你的吴老师来跟你们班主任要人了！"

"啊？"林迁西没明白。

"啊什么？他说考体育考美术的都要在专业考试前搞专业集训，跟老周说要你过去集训了！"徐进很气愤，拍两下桌子，"这种时候还占文化课，这些搞体育的就是不分轻重缓急！林迁西，你好不容易才有今天这个成绩，你要是以为去集训就能玩儿了，你就大错特错了……"

林迁西感觉文化课老师跟体育老师的战斗好像已经在眼前打响了，手收在口袋里，听着徐进发挥，他自己也没想到要集训，吴川没提前告诉他啊！

老周放下热水壶："说重点吧，徐老师。"

徐进对体育洋洋洒洒的吐槽给打断了一下，才发现说偏了，又拍一下桌子。"叫你来是警醒你，你现在已经是班上第二十一名了，要是敢把我的数学分给弄退步了，我就找你！"说完忽然听见老周一声咳，又加一句，"要是敢把语文分也弄退步了，我还找你！"

"说完了？"林迁西看老周，"老周，还有别的话吗？"

老周端着茶杯吹了吹说："我没什么要说的。"

"哦，我这不是看你咳嗽，以为你要说话吗……"

老周不搭理他，淡定地喝茶，杯子刚碰了一下嘴，太烫了，又放下来。

徐进下结论："反正你成绩不能退步，马上考试了，不考完别想着什么集训！"

"行了，记着了。"林迁西转身出去。一来学校就被叫来上一通思想教育课，以前还没有过这待遇。到了外面，他故意停一下，往门口杵着的俩人身上看："刚谁说我罚站的来着？"

丁杰眼神闪烁两下，一脸菜色，往旁边站两步："你居然能考二十一名……"

"我还要考大学呢，气不气？"林迁西爽了，插着口袋，哼着歌，回了教室。

教室里已经变样了，英语老师于颖在讲台上，在她的指挥下，桌子早就被拉开，而且就连座位也变化了。

林迁西到了座位上，看见旁边坐的是章晓江，垂了一下眼。他觉得自己身边坐了只蚊子，蚊子可能觉得旁边坐了个魔鬼。"蚊子"埋头专心拧笔帽，找涂改液，认真备考，头都不抬。"魔鬼"决定不搭理他。往前看，连王肖和姜皓他们也被打乱了，一个坐在了第三排，一个坐去了最前面。

林迁西视线转了一圈儿，忽然感觉有人在看自己，头一转，对上宗城的双眼，才发现他坐在边角，都快跟自己成一条对角线了，简直是最远的距离。两人视线碰上，他眼神动了下，就像递了个眼色。林迁西也挑了一下眉，嘴边带了笑，紧接着铃声就响了。

摸底考试都没太大题量，每门的考试时间都是一节课，考起来也就特别快。最后一门理综考完的时候，刚好到了中午休息时间。

王肖回到了自己的座位："终于考完了！西哥，你没觉得咱们班今天外面的女生有点儿多吗？"

林迁西摞了一下自己的书，往窗户外面看一眼，是有不少女生，还有一些男生，不过都是他们班上的男生。林迁西眼睛往宗城坐的位置那儿看一眼，他不在座位上。"这是在干吗啊？"

王肖说："要纽扣的吧，今天早上来我就看到有人在校门口搞这事儿了。以前就有，毕业前好多女生去要男生衬衫上的第二颗纽扣，说是以后就能在一起。"

姜皓抱着书回来了，坐下来说："那就是看日剧韩剧学的，还没到毕业就搞这些。你们不去吃饭？"

"去啊！"王肖站起来，"走啊西哥，一起。"

林迁西想等宗城一起，还没说话，又听他喊一句："欸？城爷不在！"

王肖像是发现了新大陆，喊完又说："是不是也被叫出去要纽扣了啊？"

林迁西看他一眼，站起来往外走。

王肖跟上去："去哪儿啊西哥？"

"吃饭啊，不是你说要去吃饭吗？"林迁西说。

"那去后面小街吧，吃的东西多。"

林迁西出去后往走廊那群人的身上扫了一圈儿，还是没看见宗城，下了教学楼，也没看见，手往口袋里一插，很快就走出了校门。

王肖把薛盛和孙凯也叫上了，出来才追上他，跟在后面打趣："西哥别急啊，你也会有妹子来要的。"

孙凯说："就是，西哥这么帅，我都想要纽扣。"

"无不无聊啊，"林迁西"喊"一声，找了个馄饨摊子坐下，"这就是崇洋媚外，尽学一些没用的招儿。"他扯扯自己衣领，"我也没穿衬衫，这种天谁里面就只穿个衬衫啊，骚包吗？"

话刚说完，旁边有人走了过来，他一扭头，宗城在旁边站着，敞开穿着黑色的羽绒服，里面就一件衬衫，一只手还正好在拉领口，居高临下地盯着他。

"……"林迁西摸了一下鼻子，场面有点儿尴尬，扯开嘴角，"等你呢，去哪儿了啊？"

宗城在他旁边坐下："反正不是骚包去了。"

王肖没忍住，在对面直接不给面子地笑出了声。

姜皓跟宗城差不多同时来的："我还真看见有人想叫宗城，那女生我认识，以前9班的，估计还是替刘心瑜要的。"

宗城拿了一次性筷子："你们不吃吗？"直接把他的话给打断了。

姜皓说："吃，快吃吧，考得我要饿死了。"

林迁西要了一碗馄饨，撒了一把小虾米在碗里，也不用勺子，就拿筷子夹，塞一个在嘴里，瞥一眼宗城，又瞥一眼他领口的扣子，心想真够扯的，一颗纽扣还有人要抢。

宗城要的也是馄饨，刚吃，察觉到他视线，看他一眼。

林迁西似笑非笑地移开眼。

快吃完，他的手机在口袋里振了，掏出来，是吴川给他发的消息，这会儿才通知他要去集训了，让他先去训练基础的。林迁西回复一句"待会儿去"，在桌底下活动了几下右脚，推开碗，看宗城也吃得差不多了，桌底下的腿撞了宗城一下，站起来走了。

一直快到教学楼也没看见他跟来，林迁西还以为他因为自己开的那玩笑生气了，再回头看，宗城终于来了，羽绒服还是敞着，两条腿又长又直。

"去个厕所。"林迁西往厕所方向歪下头，插着口袋先过去了。

这儿的厕所是教职工用的，里头一个人也没有，他推门进了隔间。刚站进去，门的下沿就被一只脚轻轻踢了一下。林迁西打开门，一把就将宗城拽了进来，手在门边上一撑。

"干什么？"宗城背靠着门，一脸淡定地看着他。

"要个东西。"林迁西笑，手指捏住宗城衬衣的第二颗纽扣，"这个。"

宗城说："崇洋媚外？"

"闭嘴。"林迁西攥着宗城的纽扣一扯，拿在手里晃一下，塞进口袋里，又不知道从哪儿扯了自己的纽扣下来，笑道，"来，我的你也拿好了。我去集训了。"

宗城立即朝外面看，他跑得很快，一下就没影了。

第94章

林迁西去操场的时候已经换上了跑步的运动裤，口袋里就收着宗城的那颗纽扣，一路走一路笑，这下总没人抢这玩意儿了吧。手机就在这时候响了，他掏出来看，是宗城发来的微信。

——你的脚现在能集训？

林迁西刚刚故意跑得快，没想到他还特地来问了，简单打了句话回复过去。

——没事儿，吴川说先训练基础的。

吴川已经在操场上喊了："还不过来?!"

林迁西本来还想再发两句，看他急了，只好把手机一揣，赶紧上跑道。

"我先跟你强调一下，"吴川拿着秒表和记录本，又看他脚，板着脸，"考试还有几天啊？本来这会儿正当是要加大训练强度的时候，你这样我都不知道你还能不能练！寒冬过去了，你还在寒我的心！"

"哎，老师，你怎么不是喊口号就是写歌词啊？"林迁西脱了羽绒服扔在跑道边，撸起袖子说，"能练，来吧。"

吴川拿他这样的没辙："先跟你说好，虽然是在学校里训练，但这段时间你要完全投入进来，每天要来得比别人早，走得比别人晚，不要浪费时间在别的事情上，等快考试了就跟我去考点集训，熟悉场地。"

林迁西问："远吗？"

"还能有北京远？"吴川瞪他一眼，"从你家到学校那么点儿远！"

"早说啊！"林迁西边做拉伸边笑。吴老师对他报北京意见大着呢，还是觉得太难了吧，但他一定要考。

宗城拿着手机进了教室，微信里就那一条回复，没下文了，就知道林迁西应该已经是在训练了，也不知道是不是真没事儿了。

王肖已经先回到班上，看到宗城进来，忽然惊讶道："城爷！"

宗城坐下，看他一眼。

王肖指着他领口："你扣子呢？给谁了？"

顿时前面"唰唰唰"地投来几道目光，姜皓也有点儿惊讶，凑近看："被人要走了？"

宗城什么都没说，把羽绒服的拉链一把拉到顶，挡住了领口。

王肖看他半个字都不说，转头钩住姜皓的肩膀，凑一起小声嘀咕："知道是哪个妹子吗？"

"我怎么知道，又没看见……"姜皓嘀咕着，一边又扭头往宗城身上看。

宗城拿了题册在面前一放，捏着笔低头做题，干脆地说："我嫌麻烦，自己扯了。"

"就这样？"王肖探索八卦的热情被当头浇灭了。

"嗯。"都知道他嫌麻烦，自己扯了好像也没什么不对劲儿的。

林迁西已经完全体会到了吴川话里的意思，真的是全身心投入集训，来得比谁都早，走得比谁都晚。他都快忘了上次摸书本是什么时候了，每天起早贪黑地跟操场磕上了，都快住操场里头了。

下午三点，跑完最后一圈儿，他坐在跑道边上，掀起右腿的裤脚看一眼，手指揉了揉脚踝。

"怎么了，你脚是不是不舒服？"吴川过来了，一脸紧张地盯着他，"我得提醒你，后面几天强度更高。"

"没有。"林迁西拿开手，一把扯下裤脚，"没事儿，我还能练。"

吴川打量他两眼，递给他一张方方正正的牌子："你的准考证下来了，准备跟我走。"

林迁西拿在手里看了一眼，上面压着他蓝底的两寸照片，下面是考试证号，得亏他之前打了几场台球赛，拿到了名次，才有了现在参加单招的资格，不然就这样的学校，普通学生根本连报名的资格都没有，人家只招二级运动员。拿到准考证，他就知道这是要去考点了，马上爬起来。

吴川在前头一边走一边说注意事项，林迁西跟在后面听，偶尔"嗯"一声。出操场的时候，他忽然看到出口的栏杆那儿放着包方便袋裹着的东西，袋子上面用透明胶布粘了个"林"字，他看一眼已经走远的吴川，过去拿了。

一看到那个锋芒毕露的"林"就知道是谁送的，林迁西打开袋子，里头是两本厚厚的笔记，还分门别类地插着标签。底下居然还有几袋巧克力，附带张纸，上面写着几个工整的小字：西哥体考加油——来自你的好弟弟。

林迁西看笑了，兄弟俩还挺贴心啊，什么时候送来的，居然没看见。他掏出手机，点出微信里那个灯塔头像。

"你磨蹭什么呢？"吴川在前面催他了，"快点儿啊！"

林迁西迅速打了一句话发过去，才追上去，嘴边还挂着抹笑："来了。"

宗城按亮手机就看到了微信里来的消息。

——谢谢田螺姑娘。

他坐在座位上，一只手转着笔，一只手打字。

——叫谁姑娘？

过了半天，林迁西的消息才回复过来。

——你，你就是田螺姑娘，还有田螺姑娘的弟弟，一起谢了啊！

宗城看了一眼班上，最近教导处管得严，不让在教室里明目张胆地用手机了，他拿到桌底下，低着头打字。

——还给我吧，不想送了。

林迁西秒回。

——谢谢爸爸。

这还差不多。宗城嘴角动了动，又看见他发来的下一句。

——我去考点集训了，后面就要考试了，先不说了。

宗城才知道林迁西已经去考点了。这种单招考试都会针对外地学生在相关省市设立专门的考点，他早就查过了，本省的考点今年有两个，其中一个就在这小城里，不用跑远。他手指点着，退出微信，直接去人家学校的官网上搜考试的具体事项。

"唉，天天测验，大考小考的……"摸底考试的成绩早出来了，教室里这会儿又在发试卷，王肖拿了张试卷，把剩下的往后面送，正好看到了林迁西空着的座位，忍不住说，"我都羡慕西哥了，早知道我也去做体育生啊，这会儿就能一起集训，都不用上课了。"

孙凯说："那你得有西哥那身体素质，你跑两步就废了。"

"去你的，会不会说话！"王肖骂完又说，"西哥这训练真严格，成天见不着人，我都好一阵子没看见他了。"

姜皓在旁边折试卷："我那天经过操场，还想去问一下要不要顺带练一下台球，结果老远就被吴川挥手赶走了，说是他报的学校马上就要体考了，高一高二的上体育课，他都还在那儿练呢！"

"不会吧，西哥生日的时候说要考北京的学校，是来真的啊，这么紧张吗？"

"北京的？他这步子跨得也太大了吧……"

宗城听着他们讨论，心想连他去送东西都没能进操场，也就远远看了一眼，林迁西当时背对着他在训练跑步姿势。

手机上查到了相关的内容，他低头看，除了体能还有专项，负荷挺大的，当天还会有上面的老师下来监考、录成绩。

"城爷！"王肖忽然叫他。

宗城抬头："怎么？"

"西哥体考的事儿你了解吗？"

宗城都怀疑他是不是偷看到自己的手机了："你想说什么？"

王肖顺手把剩下的试卷递给他："就想知道西哥能考成什么样啊，这种考试也看不了，不然咱们就跟去瞧瞧了。"

宗城若无其事地回："你等着消息不就行了。"

考点不在别的地方，还是林迁西以前打过比赛的那个体育馆，大概这是小城里唯一拿得出手的体育场所了，像吴川说的，真就是从他家到学校的距离。

林迁西当天一去就跟吴川吐槽："这地方我还用得着熟悉？"

吴川说："你也就对里面打过台球的几个厅熟悉，操场不得熟悉？跑道不得熟悉？"

他无言以对。

早上还不到七点，林迁西又从家里出门，出发去体育馆。

到了半路，他特地绕了个弯，去了杂货店附近的岔路上，想着或许正好能碰上某个硬茬，结果插着口袋在那儿等了快十分钟也没等到人。

林迁西看看手机上的时间，又看看老楼方向，算了，他怕吴川催，转头走了。今天要特别去早点儿，因为考试就在今天。

进体育馆的时候就看见了不少人，指示牌指示先去体检。林迁西到得早，体检也快，检查完直接去了后面的操场，一边在脖子上套上准考证。

来参加考试的学生陆续都到了，很好认，都穿着校服。林迁西没穿，穿着自己平常训练的一套旧运动服，外面加个羽绒服，这两天也不是太冷了，随时可以脱。

看那些校服，基本都是其他地方来考的学生。他看了一圈儿，在原地做拉伸，特地活动了一下右脚，想想不放心，又蹲下来按两下。

"你也是来适应的吗？"忽然一个人停在他跟前。

林迁西抬头，看见一个女生，穿着外地的高中校服，正在跟他搭话。

"什么适应？"林迁西按着脚问。

"就是适应体考的感觉啊，避免后面的省统考紧张什么的。"女生说，"我们学校的都是为了这个来的，当成一次碰运气吧，不然谁敢报这么好的学校啊，听说文化分也很高的，我有这个成绩还学体育吗？"

林迁西笑笑："哦，我不是。"他就是来考的。

他笑起来就招人的眼，女生一直看他："你哪个学校的啊？本地人吗？"说着就想看他胸前的准考证。

林迁西站了起来，避开了。

"林迁西！"吴川正好来了，直接吼了他一嗓子。

女生看没机会说话了，才走了。

"你蹲这儿干吗？"吴川几步走过来，看他的脚，"是撩女孩子呢，还是脚不舒服了？"

"都没有。"林迁西干脆地说。

"最好是真的。"吴川哼出口气，递给他一张纸，"去准备一下，就要考试了。"

林迁西拿着纸说："我还想考前再练一下呢！"

"别练了。"吴川看他的脚，"我对你这儿还是不放心，就这样吧！我还得去关注一下人家学校的安排。"

林迁西摸下鼻子，只好往场地上走，边走边转了转右脚脖子。走出去一大截，忽然听到后面有人问："要帮忙吗？"

"不要。"说完话，人都走出去了，一下停住，转过头。

宗城穿着一身黑的运动服站在他后面，乍一看还以为也是个来考试的学生。

"你怎么来的？"他眼都直了。

"上午最后两节是自习，连着中午午休，刚好是你考试的时间。"

"我问你怎么进来的。"

宗城平淡地说："混进来的。"

"……"林迁西嘴角扯了起来，"有你的。"

"骗你的。"宗城说，"拿学生证跟里面的人说是八中让我来做志愿者的，就让我进来了。"

"你这不还是混进来的？"

"是吧。"

林迁西感到好笑地看着他，忽然往左右看了看："吴川知道吗？"

"不知道，你去考吧。"宗城朝跑道上偏了下头，已经有很多人都过去了。

林迁西赶紧往那儿走，不忘回头说一句："等我啊！"

宗城特地看了眼他的脚，才走去跑道边上。考场里有很多人，也分不清谁跟谁，宗城站边上，不太有人注意得到。

先考基础体能，第一项实心球，第二项是 100 米，然后是绕杆跑，最后还有一项原地三级跳，这些都通过了，才是后面的专项考试，林迁西的专项当然就是田径。他的顺序排得靠后，差不多是最后一组。

实心球没什么难度，考完直接上跑道去跑 100 米，后面的绕杆跑也很顺利地完成了。林迁西比较担心的是三级跳，因为脚会特别用力，开跳前一遍又一遍地活动双脚。

宗城远远看着他，脱了身上的羽绒服后，他的身影在跑道上显得又高又瘦，挺拔的一道，特别显眼，活动脚的动作也很明显。果然脚还是没好彻底……

哨子吹响，林迁西助跑起来，左右脚各跳了一下，飞跃出去，身影在宗城的视线里画出了一道虚像。宗城看着他落进沙坑，停顿了几秒，才站起来。

没一会儿他就过来了，手里拎着羽绒服，咧着嘴角："过了，准备后面的专项考试了。"

宗城看着他的脚："你脚怎么样？"

"没事儿。"他不当回事儿地说，"小问题。"

"林迁西！"吴川急匆匆地走回来了，比之前叫他考试的样子还急，都没注意到宗城在，直招手，"快来！"

林迁西看他脸色不对，走过去几步："怎么了？"

"我刚打听了一下，你的专项，200 米和 400 米速跑，因为前段时间的比赛有人刷新了纪录，现在人家学校也跟着提高了要求，比往年快了近一秒。"

林迁西愣了一下："真的？"

"当然是真的！"吴川说着看了一眼他的脚，"你说实话，到底能不能跑，不能就算了。"

林迁西想都没想："能，什么算了，就不算了！"他转身回去。

"林迁西。"宗城低低地叫了他一声。

林迁西看他一眼，笑笑："干吗啊，不是说了没事儿吗？"

宗城又看了一眼他的脚，这阵子他就是这么高强度训练过来的，到底有没有说实话？"你别逞强。"

"我逞什么强啊！"林迁西朝后面努努嘴，"再说吴川就发现你了。"说完又上跑道了。

宗城看他的眼睛往下压了一下。

专项考试分类进行，考短跑的这边人不多，轮流跑，林迁西的顺序又排在后面。他站在跑道上往边上看，宗城站在人群后面看他，人高，很扎眼，脸上看不出什么神情。隔了几米就是抱着胳膊的吴川，沉着张黑脸，紧张兮兮。林迁西悄悄活动右脚，心里说没事儿，能跑。

"林迁西！准备！"点名的老师在起点喊。

林迁西走过去，深吸口气，在跑道上下蹲，手指撑地。他没说实话，脚踝是不舒服，现在要求提高了，好像就更不舒服了。

"预备——"林迁西咬了咬牙，把身体的重心往前移，都熬完整个集训了，只能拼了，就是再不舒服也要跑。

"啪！"发令枪响了，他一下冲了出去。

宗城盯着他，他速度特别快，比以前任何一次看他跑步的速度都要快。很快他就回来了，小跑回起点时的脸是绷着的。

吴川立即过去问："怎么样？"

"没事儿。"林迁西喘着气，甚至还笑了，"过了！"

吴川松口气，又问："后面还能跑？"

"能！"

下一场400米。前面的人都陆续跑完了，只剩下林迁西。

"林迁西，准备！"监考老师又喊到他名字。

这才春天，林迁西居然觉得热了，连运动服的外套都脱了，就穿了件长袖运动衫，在起点下蹲，忽然瞥了一眼边上。宗城不知道什么时候已经从人群后面往前站了站，离起点就几米远。他又深吸口气，悄悄活动一下脚腕。再坚持一下，林迁西，再坚持一下，一定能过……

"啪"一声，发令枪又响了。

林迁西又一次冲了出去。跑了无数次的400米，像是在眼前一下延长了好几倍。他的心脏在胸腔里激烈地狂跳，一定要跑快点儿，再快点儿……

右脚踝忽然像被针扎了一下，又像是被灌上了水泥。林迁西都顾不上了，只知道继续跑。

吴川到底有经验，老远就看出不对，跟着往前走了几步，忽然听见一道挺熟悉的声音："这儿有没有医药箱？"

"有的，在那儿。"

吴川回头看了一眼，看到了宗城，正在奇怪他怎么来了，就看宗城跑去了人群外面，在那儿摆着的一张桌上掀开了医药箱，拿了两只冰袋就跑了过来。

宗城边跑边脱了身上的外套，运动装的外套不薄不厚，他迅速包了那两只冰袋，抓在手里，直接沿着跑道边朝林迁西跑了过去。跑道边上看热闹的人都忍不住伸出了头。

林迁西看到终点了，但总觉得速度不够，越觉得不够越要用力奔跑，右脚踝上那点儿感觉已经要麻木。

忽然一道身影飞快地追了上来。他瞥了一眼，黑色利落的短发，是宗城，心里像被猛地捶打了一下，咬住牙关，拼命跨出双腿。

"唰"的一下，黄色的终点线终于在眼前跨过去了。几乎同时，所有感觉好像都回归了，他右脚一阵剧痛，膝盖一弯就倒了下去。林迁西抱住小腿，才发现身上都是汗。

紧跟着，宗城就冲到了跟前，右脚踝上一冰，是宗城一把按了上来，又用外套用力裹了几下，绑住。"林迁西，"宗城一把拉住他，"抱住我，快！"

林迁西昂起头，伸手钩住宗城的脖子，顾不上有多少人在看他们了。

宗城直接拦腰把他抱了起来，往场外跑。

"我跑得怎么样？"林迁西紧紧抓着宗城的后领。

宗城喘着气说："放心，特别快。"

第 95 章

林迁西后面什么都没问，因为脚实在是太疼了。

宗城抱着林迁西走了很远，林迁西整个重量都在他身上，听见他胸口里激烈的心跳，头顶上他喘着的气都变沉了，然后听见他朝路上说："停一下。"

林迁西才发现已经到了体育馆外面，紧跟着就被送进了一辆出租车。"等等，吴川那儿……"坐下来才想起这茬，嘴里"咝"的一声。

宗城带上车门，把他的右脚搭在自己腿上，手按住裹着给他冷敷的冰袋的外套，对司机说去医院，一边掏出手机，胸口还在剧烈起伏："没事儿，我给他打电话。"

林迁西靠上椅背，不说话了，牙关是咬着的，没办法再开口。

吴川其实跟在后面就出来了，不过速度没他们快，一不留神就见不到他们人影了，接到电话才知道是去了医院，又返回考场里处理了后续事项，才赶去医院。

他手里夹着林迁西的羽绒服，爬了一层楼，才找到对应的科室，就看见宗城坐在门口的椅子上，手里拿着被冰袋弄湿了几处的外套，不知道什么时候洗了一把脸，头发和脸上都带了水珠。

吴川这会儿也顾不上问他们是怎么来的了，往里面看，没看到人。"林迁西呢？"

宗城说："被带去拍片子了。"医生说宗城处理得挺好的，冰敷可以镇痛，但是具体怎么样还是要拍一下片子看看。

吴川板起脸："叫他不能跑就算了，他还挺能忍啊！"

宗城知道林迁西是个多怕痛的人，平常这种情况就没忍过，今天是例外，外套从左手换到右手抓着，抿着嘴没作声。

"我过去看看。"吴川说，"你还没吃饭吧？去吃饭吧，吃完该回去就回去，不然要是知道你在这儿，你们那老周老徐要找我事儿了。这儿我来就行了。"说完他就夹着林迁西的羽绒服匆匆沿着走廊往前走了。

宗城拿着外套站起来，甩一下，套在身上，算了一下拍片子需要的时间，出了医院。他没去吃饭，也没回去，到了外面的马路上，根本一点儿都不饿，转头进了医院旁边的一家小超市，最后只买了瓶水出来，拧开，仰着头都喝完了。

口袋里手机在振。宗城把空瓶扔进路边的垃圾桶，掏出手机，是顾阳发来的微信。

——哥，晚上把西哥叫来一起庆祝吗？

宗城跟他说过林迁西今天体考，考的是北京的学校。

——先不用。

时候不早了，顾阳可能已经放学了，才会想起这个提议。

——为什么啊？

——西哥考得怎么样，跟你说了吗？

宗城一句话敷衍过去。

——他今天有事儿。

只能这么说。发完这句，宗城收起手机，在路边上吹了会儿风。抱着林迁西跑出来的那股劲儿太急了，到现在好像才缓过来。又站了大约十分钟，他觉得时间差不多了，转头回了医院。

刚要到之前坐过的椅子那儿，宗城看见从旁边科室门里走出来两个人，脖子上都戴着方方正正的工作证，看起来像是两位老师。吴川跟在后面出来的，脚步很快，似乎想说什么。两位老师回过头，分别跟他握了握手，就转身走了。

吴川脸本来就黑，现在看起来更黑了。他拿了根烟，用指甲盖不停地弹，愣是半天没点。

宗城走过去："吴老师，刚才那两位是监考老师？"

吴川才看他："你都看到了？没错，监考老师，有一位还是人家学校特地安排过来的体检医生，来问林迁西情况的。"

"他怎么样？"宗城问。

吴川皱着眉，压着声音："让我怎么说好，林迁西成绩过了，人家就因为他成绩过了才来的，结果看到他的脚就算了。"

宗城沉默了一秒，问："为什么？"

"那种学校要的都是能去比赛的苗子，刚才那位体检医生看了刚拍出来的片子，认为林迁西这种情况以后不适合再进行高强度的田径训练，就算通过了这次考试，也不打算录取了！"

宗城没作声，有一会儿，才低声说："林迁西在里面吗？"

"在。"吴川脸都憋白了，把脖子上的工作证一把摘了，无比泄气，"不能走田径了，现在就是转其他的专项也来不及了！"

宗城什么都没说，直接走进了门。里面一张条形床，林迁西就在床边坐着，右边小腿的裤管都卷了上去，脚踝那儿包扎得很厚，明显能看出肿高了一圈儿。他套上了羽绒服，"刺啦"一声拉上了拉链，低着头，露出黑漆漆的头顶，衬得脸上白得出奇。

一个护士在旁边收拾东西，一边叮嘱："回去好好休息就行了，没那么严重，不会妨碍你生活的。你这前面都好得差不多了，也就最近用得太过又伤到了，只要以后不做专业跑跳类的剧烈运动就没什么问题。快的话几天消肿，就能正常行走了……"说着护士递来一袋药，"这个拿着，交了费就能回去了。"

宗城走过去接了。

林迁西像是一直在走神，这会儿才留意到他在，抬头看了他一眼，脸上还是白的，扯了下嘴角："听见了吧？没事儿，过几天就好了。"

"听见了。"宗城伸手拉他，"走吧。"

林迁西没搭他的肩膀，也没站起来："不用了，吴川说他送我回去，你先回去吧。"说着把宗城手里的那袋药也拿过去了。

宗城看着他："我送你回去。"

"真不用，吴川还有话跟我说。"林迁西没事儿似的说，"回去吧你。"

旁边的护士奇怪地看了他们两眼，端着东西走了。

宗城盯着他："我说了送你走。"

"我说了不用，"林迁西说，"你先走。"

宗城抿紧嘴唇。

吴川进来了，口气还丧着，眉心已经皱出一个"川"字了："行了宗城，你先走，我送林迁西回去。"

宗城看着林迁西，林迁西冲他痞笑："走啊！"

"行，我先走。"他转头出了门。

林迁西看他走了，冲吴川咧了咧嘴角："唉，吴老师，真丢人，让你失望了。"

吴川憋了一肚子的闷气，对他却根本发不出来，手指在他眼前指了半天："你……唉，早跟你说了别太拼了，为什么不听，现在这样了……"说不下去了。

林迁西嘴角还是咧着，也没说出话来，笑容渐渐变得有点儿勉强。

"算了，走吧。"吴川过来扶他，出门的时候说，"林迁西，到这一步了，你做好心理准备，可能得另外想个路子了……"

宗城离开医院，回了趟学校。下午的课全旷了，这个时间已经放学了。

回到教室，王肖和薛盛他们都早早溜了，就姜皓还在，正拿书包，看到他问："你今天干吗去了？"

"出去了。"宗城回答得很简单，坐下来收拾东西。

"我还以为你去找林迁西了。"姜皓说，"也不知道他考得怎么样。"

宗城没说话，随手从桌肚子里拿出几张试卷，都是林迁西的试卷，上次摸底考试的，一直替他收着。宗城把试卷收进书包，拎在手里。

"不一起走吗？"姜皓看他刚来就要走。

宗城说："赶时间，我先走了。"

出了校门，他没耽搁，直接往林迁西家的方向走。快到的时候，吴川那辆灰扑扑的大众车刚刚从视野里开走。

宗城走进小区，到楼道里，看见了林迁西，他胳膊底下撑了个医院里的拐，另一只手拎着那袋药，一步一步地上楼。楼上特别吵，他家邻居又开始骂孩子，不知道哪一层也在摔锅摔碗地吵架，整栋楼闹哄哄的，像个菜市场。林迁西走到拐角，站住了。

宗城跟在后面，看见他背对着自己，面朝着拐角的墙，在低声说话——

"没事儿西哥，以后你就能离开这破地方了。

"今天不算什么，你还能……"

话音断了。他忽然把手里的拐砸了出去，连药也一起砸在了墙上。"哗啦啦"一声，药瓶一直滚到楼梯边，到了宗城的脚边。林迁西一只手撑着墙，慢慢蹲了下去，垂下了头。到处都闹哄哄的，除了这条楼梯，好像全世界只剩下他一个人在这角落。

宗城捡起地上的药，装回方便袋里，"哗"一声，他顿时回了头，眼里泛着红。

"你这次摸底考试排名十九，又进步了两名。"宗城看着他说。

"是吗？"林迁西笑，嘴角又干又涩，"那又怎么样，我连专业都没考上。"

宗城忽然抓住他胳膊，把他拽了起来："你不是没考上，只不过是对方出于谨慎做了最保守的选择。"

"那我也上不了了。"林迁西推他，红着眼，牵着嘴角，"没成就是没成，非要这么安慰自己吗？你就一点儿都不失望吗？"

宗城冷着脸，松开他，一言不发地把药都装进了袋子里，又捡了地上的拐，用同一只手拿着，忽然蹲下去，另一只手抱住他腿用力一扛。

林迁西腰往他肩上一压，就被他扛了起来，下意识地抱住他的脖子，他已经在往楼上走了。

林迁西想挣扎，被他箍着腿没能挣扎下来。

宗城听着那些闹哄哄的吵闹声，把他扛到门口才放他下来，没人留意到他俩，他们都在自己的世界里张牙舞爪。"林迁西，"宗城忽然说，"好学校也不只北京有，大不了就去其他地方，没什么。"

"你别说了！"林迁西眼睛更红了，他努力了这么久，拼了这么久，就连那两位监考老师都说可惜，结果还是不行，"老子可能连体育生都做不了了！"

宗城拉着他按在门上，压着眉眼。"那就靠文化分，再不行还有别的，你别忘了你还有台球，你已经不是以前那样没的选了！"喘口气，死死按住林迁西的肩，声音忽然低下去，"去不了北京也没关系，全国那么多地方，你都可以去，我可以去找你，没关系。"

第 96 章

天已经黑透了，顾阳打开屋门，朝外看，一眼看到了刚回来的身影："哥，你怎么才回来啊？"

宗城拎着书包过来，进了屋里，没接话。

顾阳想了起来："是不是跟西哥一起的啊，他考完了吧？"

"嗯，跟他一起回来的。"宗城放下书包，"不要提这个了，考完了就别提了。"

顾阳看看他，他一向表情淡，语气也淡，但还是能感觉出来有点儿不对头，就乖巧地不问了，转移话题说："吃饭吗？我跟汤姆都饿了，就等你呢！"

"你先吃。"宗城掏出手机，"我要打个电话。"

"哦。"顾阳乖乖跑去狗盆那儿倒狗粮，忙自己的去了。

宗城去了阳台，朝顾阳蹲在那儿喂狗的身影看了一眼，拉上拉门，转头在手机上拨了季彩的号。没几秒，电话就通了。

"城儿，怎么有空找我？"季彩在电话里问。

"想问你件事儿，"宗城说，"台球这项特长，有没有可能作为一些好大学放宽录取的条件？"

季彩停顿一下，说："你不说我也知道是替西哥问的。"

宗城没说话，听她说。

"好大学……"季彩似乎想了一下，"这要看有哪些学校有意愿大力发展自己的台球俱乐部了，得查一下。为什么你要替他问这个？"

"你也知道他的情况，"宗城低着头，淡淡地说，"他没有门路，一点儿能看见希望的途径都没有。"

季彩那边又顿了顿，才回答说："好，我知道了。"

电话挂了，宗城靠上栏杆，又想起林迁西之前的样子。

"我没事儿，你回去吧。"林迁西当时就说了这么一句，然后打开门进了屋。

宗城从那栋楼里出来时仍觉得不舒服，那种模样的林迁西，让人越想越不舒服。他抿住嘴唇，又拿起手机，点出通讯录，手指在里面一个个地滑，终于翻到了一个号码，手指点了一下，拨了出去。"嘟嘟"地响了将近半分钟，才接通了。

"喂？"电话里是一道苍老的声音。

"请问是马教练吗？"宗城低低地问。

"是我，你哪位？"

"宗城，您以前教过我。"

"宗城？"对面的声音一下高了，"好久没见到你了，得有几年了吧？我听说你家里出了事儿，后来听说你自己身上也出了点儿事儿，你是不是转走了？现在人在哪儿呢？"

宗城说："我的事儿不重要，今天找您，是为了别的。"

"什么别的？"

"林迁西，您过年的时候教过他几次，还记得吗？"

"他啊！"马老爷子哼一声，"记得，当然记得，那个张狂的小子……"

林迁西往脚踝上抹着药，抹完放下裤管，看看手机上的时间，吴川给他请了三天假，休息够了，脚也没那么疼了，该回学校去上课了。

他慢慢走出房间，肩膀刚搭上书包，斜对面他妈的房门就开了，林慧丽走了出来。

"你这脚怎么还没好？"林慧丽看见他走路的模样了。

林迁西说："去考了个试，又伤到了。"

"什么考试要用脚？"林慧丽完全不知道这回事儿。

林迁西也清楚她不知道，扯了下嘴角。"体考。"顿了顿，又说，"没考过。"

林慧丽走去阳台上收衣服："没考过就没考过吧。"

林迁西已经走到门口，听到这话站住了，自嘲地笑了声："也对，反正你对我也没什么指望。"没指望，当然也不在乎。

林慧丽拿着撑衣杆停住，看他："你什么意思？"

"没什么意思。"林迁西出去，"嘭"一声带上了门。

出了小区，在马路边上扶了一下道边的树，他忽然又觉得自己挺无聊的，跟他妈说这些干什么，有必要吗？林女士本来就对他没指望，弄得跟要吵架一样。

"西哥！"后面摩托声突突的。

林迁西回头，看着王肖骑着他的旧摩托过来了。

"你来干什么？"

"听说你请了三天假，今天会去上课，我就顺道来带你一下啊！"王肖划着腿往前挪，"上来吧，西哥。"

林迁西把书包搁上去，坐到后座上："你知道我脚的事儿？"

"唉，听城爷说的呗。"王肖话到这儿就不说了，骑着摩托往学校开。

林迁西还以为他会接着往下问他考得怎么样，毕竟他一直都这么八卦，这回居然没有，不知道是不是宗城已经告诉他了。

王肖真没问，一路都没问，直到进了教室也没问。

林迁西在座位上扔下书包，姜皓从前面回过头来看了看他，也没问什么，就说了句："来了啊？"

"嗯啊。"他觉得自己没猜错，他们应该是都知道了。也好吧，省得他自己再说一遍了，那又不是什么好消息。

林迁西撇一下嘴，坐下来翻看笔记，两本厚厚的笔记，就是宗城帮他做了送去操场的那两本，一本是最近的复习重点，一本是他最近做的错题讲解，包括那次摸底考试的。

宗城自己从没做过这么详细的笔记，也就是给他做才弄了这么厚两本出来。请假的三天里都快看完了，大概是因为学习才能让他不再想别的。

旁边桌上放下了书包，林迁西转头，宗城坐了下来，看他一眼，眼神在他面前的笔记上停留了一下，没说话。

林迁西也不知道该说什么，只要想起那天的事儿，就觉得胸口很堵，愿望是他许的，但是没做到的也是他。

"西哥？城爷？"王肖眼睛看着他们，骨碌碌的，"怎么今天你俩这么高冷，谁都不说话啊？"

"你看一下高考还剩多少天。"宗城说。

王肖还真扭头朝黑板那儿看了一眼，又回头："干吗啊，搞得这么紧张？"

林迁西埋头翻着笔记。

王肖看看他的样子，冲宗城递眼色，眉毛直动，比着口型：不是你让我接西哥的吗，怎么现在不说话了？

宗城没回应。是他让王肖去接林迁西的，也早就跟他们说好了，别再提体考的事儿了。

今天就连平常直肠子的薛盛都没吱声，孙凯和他时不时扭头瞅瞅林迁西，互相打眼色，别打扰西哥，当没体考那回事儿就完了。

林迁西几乎所有课间都在看笔记，把最后一页看完的时候，一节自习刚下课。他往旁边看，宗城已经不在座上。这一天简直像哑巴了一样，他手指忍不住抓了抓头发，站起来出了教室，慢吞吞地去厕所。

陶雪从前门那儿出教室，看到他轻声细语地打了声招呼："林迁西，你参加体考还顺利吧？"

"还行。"林迁西笑笑，若无其事地走了过去。走到拐角，差点儿跟一个人顶头撞上，林迁西让一下，看清楚是丁杰，跐了下右脚，一只手插着口袋，懒得搭理，从旁边过去。

丁杰早看见他脚不太利索了："怎么了西哥，你上回在办公室外头不是张嘴就是要考大学的吗？听张任说你做体育生去了，就做成这样了？"

林迁西停住，回头看他，眼神冷了："你找死？"

丁搅屎棍嘴贱惯了，还以为林迁西现在顶多嘴上打击他两句，没想到突然这个架势，差点儿以为以前的那个西哥又回来了，死鸭子嘴硬地说："干吗，我没说错啊，不是你自己吹的牛吗？"

林迁西忍了三天，跟自己说别想了，现在却被当面挑了起来，一只手在口袋里捏得咔咔作响，要不是记着不打架了，姓丁的已经躺地上了。

"哗"一声，丁杰后脑勺上忽然挨了一下，人往前一个趔趄，差点儿摔着，捂着脑袋站起来，地上掉了一本厚厚的题册，转头就骂："谁他妈……"

宗城走了过来，弯腰捡了那本题册，扫他一眼："滚。"

丁杰不想被拽去厕所，立马跑了，一溜烟转过了拐角，嘴里还故意嘀嘀咕咕骂了两句。

没人搭理他。宗城看了林迁西一眼，把手里的题册卷了一下，塞在口袋里，往前去了厕所。

林迁西走得慢，跟在后面进去，看他在水池子那儿洗手，盯着他没表情的侧脸："干吗一直不说话？"

宗城拧上水龙头："在等你振作。"

"我哪儿不振作了？"

宗城看着他："问你自己，有种就别让我再看见你这样。"

"……"林迁西往里走，"少胡扯了。"一把推开隔间的门进去了。

过了一会儿，听见水池子那儿脚步声出去了。林迁西知道他肯定走了，靠着隔间门站了站，刚好看见自己投在墙上的淡薄的影子，肩线往下，确实很颓丧，嘴里低低地骂了句："靠！"

上完厕所出去，宗城真走了。林迁西又想起他那天的话，自己去哪儿都可以，他可以去找自己，心里说不出什么滋味儿，拧开水龙头，抄着水用力搓了把脸。提了下精神，林迁西出了厕所，没回教室，而是去了体育办公室。

吴川没课，都快下班了，还在办公室里吞云吐雾，连坐在那儿的身影都向"黑竹竿儿"的绰号靠拢了。

林迁西慢慢走进去时，他一眼就看到了，有点儿意外："刚想找你，你居然主动来了。"

"来看看还有没有我能走的路子。"林迁西说，"来吧吴老师，说说吧。"他也想振作，哪怕重新开始也行，就是不知道还行不行。

吴川打量他，烟也不抽了。"就冲你这股劲儿，林迁西，你是真该去搞体育。"说着又叹口气，摆摆手，"算了，先不说这个了，这也要从你的优势出发，你现在还有另外一个优势，别忘了马上还有个大比赛要打，我想找你也是为了这个。"

林迁西记着呢，台球比赛。"那等有下条路给我走的时候我再来。"他扭头出去了。

"等……"吴川没能叫住他，看着他身影出去了。习惯了平常他吊儿郎当的样子，根本想不到他会这样，可能这次失利，对他的打击实在太大了。

快放学了，林迁西去了器材室，摆好了球，决定打一局。还有比赛，他得振作。

他拿着巧粉，在杆头上细细地擦，压下球杆时，一下就推了出去，嘴里清亮地笑了一声："这球打得也太好了！咱们西哥就是厉害，是随便就能被压垮的吗？"

球滚落进了袋，他吹了声口哨："我说什么来着？西哥不能做体育生还不能打台球吗？这一招儿可以打十个！"

"啪！"又是一声，球轻巧地沿着设想的路径掉进该去的袋口。"来，让我们看看西哥接下来的实力，让宗指导员见识一下西哥一点儿也不颓！"林迁西移动右脚站在一个刁钻的角度，俯身压杆，"走你！"

"嗒！"又进了。"漂亮！"林迁西朝自己竖了个拇指，又竖握着杆，面朝桌上的球点头致意，"谢谢配合，我真是太棒了！我一点儿也不颓！"说完了，四下安静，这间小小的器材室里只剩下他自己的呼吸，一声，又一声。

林迁西放下球杆，一下靠在桌沿，用手撑住额头。没事儿，能振作，他在心里跟自己说。

"西哥？"忽然一声呼唤，"你在吗？"

林迁西迅速抬头，关着的门被敲了两下，然后被推开了，一张浓妆艳抹的脸探了进来，是季彩。

"你果然在这儿，我就知道来这儿找你没错。"季彩走了进来，穿了身不薄不厚的运动套装，粉色的，衬得人脸更艳了。

林迁西看着她："你怎么来了？"

"我来当然还是要给你牵线搭桥。"季彩回头往外看，"人呢？进来啊，林迁西刚好练球呢！"

一个人从外面进来，脚在门口绊了一下，嘴里骂了句："什么破地方！"是个年轻人，看着二十来岁，也穿运动装，细长眼，戴眼镜，站直后看向球桌，"林迁西是吧？"

林迁西大概知道了，肯定又是上回那什么俱乐部的毛老板那样的，手在球桌上一撑，直接坐了上去，看着他："有事儿说吧。"

"挺有个性啊！"年轻人本来手都伸出来了，又收回去了，"那就不客套了，我直说了，我叫左衡，马老爷子让我来的，他退休前是我教练。"

林迁西还是坐在球桌上："马老爷子？过年来过这儿的马老爷子？"

"对，就是他。"左衡说，"我们有个台球联盟的高校组织，这两年组织里的学校都在吸纳高中毕业的台球人才，但是台球这运动挺小众的，达到要求的不多，马老爷子推荐了你。换句话说，差不多就相当于招台球特长生吧，但是要求要更高一点儿，毕竟都是几所好大学。"

林迁西愣了一下，看看季彩，又看看他："好大学？什么意思？"

季彩接话："意思是如果你台球打得特别好，报考这些学校的门槛就能相对放低，是几所不错的综合性大学，回头可以给你看看资料。"

左衡又说："我得说清楚，毕竟都是上海、北京的好学校，马老爷子虽然推荐了你，但也不是一定能进的，这就是个机会，行不行要看你自己。"

"哪儿的？"林迁西从桌上下来了。

"上海、北京的啊！"

林迁西的胸口好像突了一下，上海、北京、好大学，光这几个词，就够让他血流加速的了。"什么要求？"

季彩看着他的脸，他脸白，现在眼睛亮了，帅得惹眼。"你不是要打全国比赛了吗？个人排名至少要进四强，全国四强。"说到这儿，她耸了一下肩，"说实话，要求挺高的。"

"可以。"林迁西已经不在乎那些了，他只知道他又有机会了，没有一点儿犹豫，"我接受了。"说完他就往外走，走出了门，才想起来要回头说一声，"我有急事儿，先走了，就这么定了！"

他直接回了教室，脚步都比之前快。已经放学了，班上最后两排的人早就走光了，宗城也走了。林迁西搜出自己的书包，在肩上一搭，出了学校。

嫌走得慢，他就搭走了辆公交车，坐到岔路口附近下来，一步不停地进了老楼，到那熟悉的门口时，拍了两下门，已经开始喘气。

门一下拉开，顾阳伸出头来，顿时惊喜地叫道："西哥，你来啦！"

林迁西往他身后看："你哥没回来？"

"回来了，刚回来，在厨房。"

林迁西走进屋，汤姆又在他脚边扑腾，他把书包放在小桌上，往厨房看。

"西哥，你来学习吗？"顾阳给他放好坐垫，"坐呀。"

林迁西只好坐下，按捺着一路都在快跳的胸口："对，学习。"

宗城从厨房里走了出来，就穿了件黑长袖，袖口拉到臂弯，露着小臂，眼睛看着他，像在打量他是不是还颓着："怎么忽然来了？"

顾阳奇怪地看着俩人："你们不是约好的？"

"不是。"宗城进了房间。

林迁西看着宗城，又看了眼坐着的顾阳，爬起来就跟进了房间。

宗城刚进去，身后的房门就被关上了，回过头，林迁西已经到了跟前，直接两只手抓住宗城领口往面前一拽，对着宗城的脸，难以遏制地喘着气。宗城看着他，他也看着宗城。看了几秒，林迁西忽然贴近。

宗城盯着他："不颓了？"

林迁西不服输似的，又狠狠吐一口气，胸膛里跳得厉害："不颓了，老子又活了！老子要去打台球！"

宗城看见他的眼睛，里面有了笑，瞳仁又黑又亮，就像之前见过的，像黑夜里的星星。

第97章

"你们要吃饭吗？"顾阳在外面问了句。房间里的空气像是陡然流通了，然后房门又被轻轻敲了两下。"哥？"

"来了。"宗城应了话，声音有点儿沉。

林迁西站直了，两人紧贴的身体迅速分开。真是热血上头了！

顾阳在外面等了会儿，就听见里面低声说了几句话，什么"打台球""好学校"，然后房门打开了，林迁西先走了出来，拉着身上的外套，轻描淡写地问："吃什么啊？"

宗城跟在后面走出来："出去吃吧，季彩不是来了吗？"

顾阳问："彩姐来了？"

"嗯。"宗城说，"应该请她吃饭的，听说还来了一个人？"

林迁西这会儿才回过味儿来："对，我直接把他们扔器材室里就走了！"

宗城看他一眼，嘴边笑了一下："刚活过来，激动成傻子了。"

顾阳不明白："啊？谁活了？"

林迁西咧开嘴笑，去小桌上拿了书包："那还不是哥哥不想一个人傻，想赶紧告诉另一个大傻子？"

"二位哥哥别带我行吗？"顾阳这下明白了个大概，笑着说，"我不想当傻子。"

"不行，必须带你，小傻子。"林迁西在顾阳头发上揉两下，"手机借我，我来给季彩打电话吧，我没加过她微信呢。"

顾阳一手护头，一手掏手机给他。林迁西拿着手机，慢走几步，先出门去打电话："在外面等你们啊，快点儿！"

宗城去拿了自己的外套，顺带找了条呢绒围巾扔给顾阳。

顾阳拿在手里没戴："都春天啦，不戴了，没那么冷。"

"戴上，你太容易生病。"宗城往身上套外套。

顾阳在他面前只有乖乖听话的份儿，随便在脖子上裹了两下，看看带上的屋门，凑到他跟前来，小声说："哥，我怎么老觉得你跟西哥有秘密，经常看见你俩当我面躲起来，是不是真有秘密啊？"

宗城拉着拉链，看他一眼，没回答，反而问了句："喜欢你西哥吗？"

"喜欢啊！"顾阳答得很干脆，"我老早认识他那会儿就觉得他特有意思，你又不是不知道。"

宗城又问："以后不管什么情况你都喜欢他？"

"会有什么情况啊？"

宗城在他肩上推了一下："走吧，以后你会知道的。"

林迁西拿顾阳的手机联系了季彩，让她和那个叫左衡的一起来，但是那个左衡已经走了，说是赶时间，就是顺路过来做个实地考察的，根本没久留。季彩倒是很爽快，甚至还久违地跟他开了句玩笑："哇哦，西哥居然要请我吃饭啊，那我是肯定要来的。"

地点就约在了最早他们见面那次，林迁西被强行拖着去吃饭的地方，主要是怕季彩去其他地方不认识路。林迁西定好了，在老楼下面等了会儿，宗城就跟顾阳一起下来了。

"坐公交车吧，你脚走太慢。"宗城说。

林迁西说："没事儿，又不远，走过去就行了。"

顾阳挤俩人中间来，扶住林迁西胳膊："脚又伤了啊，好哥哥，唉，我不扶墙，就扶你。"

林迁西搭住他的肩膀："你是不是又长个儿了，再过两年要赶上我跟你哥了。"

"差一截呢！"顾阳另一只胳膊去搭宗城，一手连一个，一边走一边朝地上的影子努嘴，"看。"

宗城无情地说："一个'凹'。"

林迁西被逗笑了。

宗城忽然隔着顾阳朝他身上看一眼。

林迁西看见了，顺着宗城的目光朝地上的影子看了一眼。路上亮着昏黄的路灯，三个人连一起往前走，旁边两个都迁就他的速度，不紧不慢。他们的影子被拉得老长，突然感觉特别亲密，就像一家人似的。他被自己的这个想法臊到了，城墙厚的脸皮都快挂不住了，行啊西哥，这就把自己当人一家人了……

很快到了吃饭的地方。季彩已经等着了，还在之前坐过的位置，就在靠窗的那一桌。

顾阳先跑过去叫人："彩姐。"

季彩笑着拍拍旁边凳子："快坐。"说话时看了看宗城，又看了眼林迁西，他俩坐在了对面。宗城坐在靠外那边，但是很自然地就朝着林迁西坐的里面侧着身体，这种不经意的细节不仔细看几乎注意不到。

"西哥，要打四强你还这么高兴，那可是全国的名次啊！"她找了个话说，笑得眼睛弯起来。

"不是高兴，我是特别高兴。"林迁西拿菜单递给她，"点菜吧，这顿我请。"

"你有钱？"宗城问。

林迁西被问得愣了一下，扯扯衣领，晃一下眼："一顿饭钱我还能出。"

"你不是要攒大学学费吗？"

林迁西不禁瞅瞅他："没事儿，这儿我熟，可以赊账。"

宗城对季彩说："点吧，我请。"

季彩看了看他："别太隆重了，我也赶时间，吃一半就得走，叫点儿小吃吧，尝个特色就走了。"

"这么赶啊？"顾阳说。

"工作忙，没办法。"季彩真就点了几样小吃。

最后还是宗城拿了菜单，加了几个像样的菜。

"喀……"菜都上来的时候，林迁西在旁边低声干咳，提醒他，"真我请。"

宗城拿了筷子，低声回："别废话了，好大学不是免费的。"

林迁西在桌子下面踢了他一脚。宗城不为所动。

季彩吃得不多，跟顾阳一直聊天，偶尔看看对面，看时间也差不多了，就放下了筷子："城儿，帮我叫个车吧。"

宗城站起来："我送你。"

"不用送，就打个车，我怕这个点儿拦不到车。"季彩说着站起来，跟林迁西挥一下手，"加油啊西哥，比赛快到了，好好练球。"

"行。"林迁西本来也想客气一下送个行，但看出季彩是有话要跟宗城说，就没开口，坐位子上看他俩出去了。

出了店，宗城才低声说了句："谢了。"

季彩笑了笑："你明明都找马教练了，还谢我干吗呀？"

宗城说："我猜靠台球进大学一般都需要专业教练的推荐，才会想到去找马老爷子。"

季彩点点头："知道我为什么这么积极地帮西哥吗？"

"为什么？"

"你那天说话的口气，"季彩叹口气，"城儿，说实话，除了当初要回顾阳，我没见你为了谁低过头。"

宗城没作声，表情也没变，仿佛稀松平常，朝路上伸手拦下了一辆车。

季彩笑一下，没再说什么，坐进车里走了。

宗城回头，里面两个人也出来了。"吃完了？"他问。

"吃完了。"林迁西背着自己的书包，"你们吃饱了没啊？换个地儿我再请你们。"

"省省吧，穷鬼。"宗城说。

林迁西瞪他："不要算了，那我也走了。"

"走吧，"宗城嘴角提一下，"回去写一张试卷，不然你会失去一个台球陪练。"

林迁西立即挥手："再见。"

顾阳看着林迁西慢慢往公交车那儿走了，回头问宗城："你逗西哥呀？"

"让他回去好好养脚。"宗城看着林迁西坐上车了，才叫他，"走吧。"

"林迁西！"电话里，吴川的声音都炸耳朵，"这是天上掉馅儿饼了吗？你老林家的祖坟冒青烟了吗？你可真是赶上了好时候！你说说，得亏我当初让你去蹭马老爷子的课是不是？"

"是是是。"林迁西对着手机说，一边往嘴里塞口包子，背着书包，爬着教学楼。

吴川是今早打电话来提醒他练球才知道这事儿的，整个人音量倍增，精神说来就："你快过来，我正好有东西要给你！"

电话挂了。林迁西吃完最后一口包子，活动一下脚脖子，可能是人振奋了，感觉好起来的速度都变快了，往办公室那儿走。

吴川居然不在体育办公室，跑老周办公室这儿来了，黑竹竿儿的身影正朝他招手："快！"

林迁西走过去："给我什么啊？"

吴川这会儿心情也好，伸手进口袋里掏了掏，口气都比平时温和："大赛组委会寄来的，直接寄到了学校，你拿去吧。"

林迁西拿过来，是一只信封，抽出来一看，里面是门票，抬头是"全国高中台球联赛"，一共有三张。

"打进全国赛的赛区四强都有三张免费票，是给家属去观赛的，这是你的，带回去给家里人吧。"吴川说完可能是想起了他家里的情况，又改口说，"反正就随你怎么安排吧。"说完转身就走，想想又回头叮嘱一句，"好好练球，保护手脚，再寒我心，我就让你见识一下体育老师的愤怒！"

"淡定点儿吴老师，"林迁西说，"我现在都恨不得把我自己给供起来，你放心吧。"

吴川哼了一声："我去找一下老周，商量一下看能不能再给你弄点儿集训时间。"

林迁西看着他进了眼前的办公室。还没一分钟，里面就响起徐进的咆哮："过分了啊！太过分了啊！三月单招体考，四月台球比赛，每一个都要集训，一前一后就给你扒拉走快俩月。五月一过，六月就高考了！吴老师，你这是上天啊，你怎么不带林迁西上天呢？上天要集训吗？"

"不是，老徐——"吴川突感莫名其妙，"班主任不是老周吗？你这么激动干吗？"

老周咳了一声，里头安静了几秒，徐进又叫："我这是正义的抗议！"

"干吗呢，西哥？"王肖不知道从什么地方冒出来，背着书包，身上还一股烟味儿，撞撞林迁西，小声问，"里头吵架？"

林迁西听不下去了，里头何止吵架，都要打起来了！他出息了，没想到有生之年还能有老师们为他争吵的时候。"没事儿，走了。"林迁西一把拽着王肖就走。

王肖跟着他回教室，看到了他手里的几张票："这是什么，西哥？你比赛的票啊？"

林迁西刚忘记塞回去了，低头收进信封。

"哎，这你不分享一下？"王肖很激动。

"我打比赛又不在本地，你还准备去看啊？"林迁西把信封揣进口袋，心想就三张，金贵得很。

进了教室，宗城已经在座位上坐着了，拿了支笔，在手指上转，眼睛盯着放在桌上的手机。

林迁西看了一眼，他点开的是一张照片，自己拍给他的试卷照片，他布置让写的，当然全写完了。

感觉到林迁西进来，宗城抬了一下头，笔不转了，手指勾一下，这是要讲题的意思。

林迁西过去坐下来，还没开讲，就听见王肖在前面跟姜皓八卦："西哥有票！唉，没要着。"

薛盛和孙凯也凑过去问："什么票？"

姜皓回头："是不是给家属的票啊？"

林迁西只好说："对。"

姜皓说："那你要什么啊，给家属的。"

王肖举手："我想去看西哥一展风采。西哥，成全我，我想做你家属。"

宗城伸了一下腿。

王肖立即往下看："城爷，你踹我？"

"我活动腿。"宗城淡淡地说。

刚好铃声响了，吵吵闹闹的声音一停，王肖才放弃，转过脑袋去了。

林迁西瞅瞅宗城："指导员？"

宗城看他："怎么？"

林迁西手指都在口袋里摸到装票的信封了，看宗城不提，故意说："哦，没什么。"

今天是周日，只上一上午课，这一上午竟都是考试。也不知道是不是跟吴川嚷嚷了的关系，考数学的时候林迁西被徐进盯，考语文的时候被老周盯。不过他被盯习惯了，麻木了。

"丁零零"的下课铃响了。最后一门考完，盯自己到现在的老周拿着试卷走了过来。

林迁西还以为他要叫自己，结果他在宗城的座位上点了点手指："你跟我来一下。"

宗城站起来，跟出去了。

林迁西看宗城被叫走了，只好自己先回去，直接去杨锐那儿等他打球。

"西哥就他妈一个家属，他妈还成天待在店里，剩下的票给谁嘛……"都出了门，居然还听见王肖在小声跟姜皓八卦。

林迁西已经想好了，手插着外套口袋，背着单词，晃悠了一路，到了杂货店里。

"杨——老——板——"

杨锐在货架后面拖了个大垃圾袋出来，拍了拍手："干什么？叫得这么荡漾！"

林迁西从口袋里掏出信封，抽了一张票放在他柜台上："给你这个。"

杨锐拿起来看了眼，眼神都亮了："哦哟，给我的？"

"对，一共就三张，连王肖他们我都没给，所以也给不了路哥，你要带他去就自己再买一张吧。"林迁西说着去了隔壁。他最早就是小时候看杨锐打球来的兴趣，听马老爷子说了以前的事儿，就想给杨锐一张，没为什么，就觉得应该给。有一张得给他妈，不管她来不来。

杨锐抻头看他去了隔壁，看着票笑了笑，正好上衣有个口袋，收进口袋，拖着垃圾袋去了路上。刚丢进垃圾桶，路上有一群人蹬着自行车从岔路口经过，隔了十几米远，杨锐看了眼，叫一声："冬子。"

队伍末尾的秦一冬停了下来，扭头看他："锐哥。"

杨锐问："最近忙什么呢，一回也没来了。"从那天给林迁西送了东西，他就再也没出现过。

邹伟和其他人都停在前面等他。秦一冬说话算数，脚撑着地，随时要走的样子，远远朝杨锐的店看了一眼："不来了，忙复习，准备高考，我也得考大学啊！"

林迁西在球桌上摆球，过一会儿听见杨锐的脚步声"嗒嗒"地过来了，才知道他出去过。林迁西往外看，别说一张试卷，好几张试卷都写了，陪练呢，怎么还不到？

刚想到这儿，宗城就走了进来。

"终于来了。"林迁西说。

宗城放下书包，脱了外面的呢外套，搭在一旁："老周让我后面在文化课上多帮助你，因为你赛前又要去集训。"

林迁西才知道老周为什么叫宗城过去，看来老徐正义的抗议无效，吴川又胜利了。他拿了杆，笑起来："太感动了，为了感谢宗城同学对林迁西同学无私的帮助，我决定派林迁西同学跟他打一局。"

宗城也拿了球杆，看他一眼："宗城同学应战了。"

"好的，发球权交给宗城同学。"

宗城不客气，拿巧粉擦了杆，就俯身打出第一击。球非常顺，在眼前滑出去，精准落袋。

紧接着就是接二连三的斩杀式入球，在陪练这方面，宗城从来不会让林迁西。直到一杆结束，球桌上已经十分漂亮，还给林迁西设了障碍。

林迁西吹声口哨："下面由林迁西同学出场。"他放下巧粉，压杆推出，一球破开防线，一球又破开防线，众球"笃笃"地落袋。

到最后比分要拉平的时刻，他忽然放下球杆："林迁西同学这局认输了，并且决定给宗城同学送上一份奖励。"

宗城看着他："你玩儿什么？"

林迁西从口袋里拿出张票，一下按在宗城胸口："奖励，拿去！"

宗城看了一眼，接住了，脸上似笑非笑："林迁西同学还有别的话说吗？"

林迁西痞痞地笑，在他胸口上点两下："有，林迁西同学说，别人可以不来，你，必须来。"

林选手

逢考必过

My King

万事顺利

最佳死党

三好弟弟

宗医生

因为你值得

第 98 章

"你们俩练起来没完了？"不知道过了多久，杨锐抻头朝屋里看时问了一句。

"啪嗒"的台球撞击声在球桌上不断响起，林迁西额头上居然都出汗了，手抓着杆，看着对面："对，还打着呢！"

宗城在对面压着杆，额头上也有了汗，收到那张票后，就跟他练球到现在没停过，忽然掀了眼皮看他一眼，脸上还是那种似笑非笑的表情。林迁西心想，他这是高兴冒出来的干劲儿？

整整练了一下午，终于结束时，已经是晚上。林迁西的手机响了，不得不停。他接电话的时候，手里都还拿着杆："喂？"

"别喂了，准备行李，懂我意思吗？"吴川的声音在那头响起，"林迁西，新的征程在招手，赶紧准备跟我走。"

林迁西说："我懂了吴老师，别写歌词了，都押韵了。"

"你懂就行了，自己准备吧。"吴川可算挂了。

宗城放下球杆，抄了一把额前汗湿的头发，看着他："暂时就练到这儿了，后面就看你自己了。"

林迁西笑着收起手机："没问题。"

"集训有多久？"宗城拿了外套往身上穿。

林迁西拎了自己的书包："我猜是半个月。"

"所以至少要半个月后再见了。"

"嗯啊。"林迁西说到这儿声音低了点儿，往外走，忽然问，"还有什么要叮嘱的吗，指导员？"

宗城的目光落在他脸上："没有。"

"没有？"林迁西挑眉，"那我走了啊。"

宗城眉峰轻轻一动。

杨锐冷不丁在杂货店里喊了一句："好好打啊林迁西！"

"……"林迁西吓一跳，还以为他听见自己跟宗城在这儿嘀咕了，"知道了，杨老板！"说完又看看宗城，书包往肩上一搭，转头，"真没有啊？那我真走了。"

走出去，脚刚踩到路灯底下，身后多出一道人影，紧跟着肩膀就被搂了一把。宗城头稍低，在林迁西耳边说："加油，乖仔。"很快的一句，说完他就松了手，"好了，现在走吧。"

林迁西感觉耳边还留着他温热的呼吸，不然都要怀疑是错觉了。看着他黑沉沉的眼睛，里面像是敛了路灯昏黄的光，林迁西勾起嘴角，满意了，指一下自己鼻尖："收到了，你就看着吧。"

他肯定会看着。宗城心想，就算不送票给他，他也会看着。

林迁西挥下手，带着笑在他面前走了。

宗城看着他身影拐了弯，看不见了，才转身回老楼。以前没觉得，这回忽然觉得半个月也挺久的。

据说比赛是各省轮流承办的，台球比赛比较小众，全国性的高中级别比赛才办了几年，今年刚好轮到本省，比赛地点就在省城。比赛在那儿，集训当然也是在那儿。

"嘀嘀嘀"，闹钟忽然疯叫起来。林迁西一下坐起来，对着周围雪白的墙壁看了两秒，才意识到自己已经在训练的地方。

吴川太拼了，凌晨四点半就打电话把他叫起床，开着自己的那辆大众车带着他上了路。

赶到这儿的时候也才上午九点，林迁西一路都在被他提醒注意事项，困得要死，进了赛事方安排的这家酒店，直接一头倒下补觉。现在醒了，还有点儿混乱，以为自己还在小城里。

林迁西抓了抓头发，爬起来去洗手间里洗了把脸，人清醒了，随便往身上套了件外套，就出去训练。

集训场地就在附近的一家台球厅里，走过去两分钟。林迁西到了门口，吴川已经在厅门口那儿等着了，手里提着只方便袋，装着买给他的面包、水，居然还有一罐旺仔牛奶。

"来，林迁西，拿着，好好练，需要什么再跟我说。"

林迁西接了，很蒙："吴老师，还没比赛呢，你很紧张啊！"

"我能不紧张吗？"吴川叹气，"你们那徐老师对我意见大着呢，上次要了集训，结果体考的结果不好，你田径的路都断了。这回要是你台球再打得不好，那我就完了，你说紧不紧张？不紧张我四点半叫你出门啊？这可是你最后的机会了，林迁西，如果还是不行，你再不愿意，也要跟你梦想的好学校拜拜了。"最后儿句，吴川的口气都变严肃了。

林迁西扯扯嘴角，确实，这是他最后的机会了，当场拿了袋子里的面包，撕开就咬了一口："别说不行，必须行。"说完叼着面包，往里面的球室去了。

已经到了一些人，里面的几间小球室里都开着灯，台球声"啪嗒啪嗒"地响。林迁西走到最后一间才发现是空的，要进去时看见隔壁球室的门口居然站着个家长，不知道是里面哪个选手的妈妈，一边关切地往里面看，还一边捧着手机在拍，隔一会儿问一句："累不累？歇一会儿？"

他咬着面包去了球桌边，看着人家的妈，忽然就想起临走时放在门口柜子上的那张票。当时走得太早了，他妈还有几个小时才会下夜班回来，没有道别，其实也没抱希望她会看到票，就更别说来观赛了。

林迁西吃完了面包，拍了拍手，掏出手机，对着球桌拍了一张，转头，又对着球室里拍一张，然后打开微信，全都发给了灯塔头像。

——我到了，给你看看。

照片里是三角框里摆好的球，背景是碧绿的球桌；还有一张是小球室里半明半暗的墙，墙上映了一半林迁西模糊的身影。

就这两张照片，宗城这几天里已经看了好几遍，一边看，一只手还拿着笔压在面前厚厚的题册上。

"西哥说走就走了啊！"前排的王肖在感慨，"羡慕他又成功闪避两回测验。"

"要是我争气点儿，现在也跟林迁西一起去集训了。"姜皓说。

"别吹牛啊小老弟，"王肖说，"台球这玩意儿你就别跟西哥比了，我长到今天，最佩服西哥的就是打架和打台球，他现在专心打台球了，更不得了，忘了他把你打蒙了？"

"你能说点儿人话吗？"

"行行行，不说了。"王肖回头找宗城说，"城爷，我看过了，西哥的比赛在周末，咱们一起买票去看怎么样？"

宗城听到一起买票，抬头看了他一眼，也没说自己有票："你要去？"

"一起去啊！"王肖说，"那辆小皮卡免费给你开，带上咱们，怎么样？"

前面几个人都回头了。姜皓说："林痞干别的我没什么兴趣，他打台球我是真想看，买票也行。"

宗城扫了他们一眼："考虑一下。"

"我还以为你一定会去呢！"姜皓对他这反应有点儿不相信，当初是谁主动跑去看林迁西比赛的？

宗城低头写题，仿佛没听见。外面的大喇叭响了，教导处在播通报批评。

"城爷，听见没有！"王肖喊。

宗城抬头，刚刚听见丁杰的名字。

"丁傻子造谣被抓了！好像造的你跟西哥的谣。"王肖忍不住骂，"他是智障吧，谁不知道你教西哥呢，这话都说得出来！"

宗城放下笔，起来出去："不用管，我去上个厕所。"

教导主任的声音在广播里循环播了三遍，出了教室，听起来就清楚多了："……丁杰这种散布不实谣言、诋毁其他同学清誉的行为十分恶劣，是在抹黑宗城同学帮助其他同学进步提高的事实，现予以全校通报批评！"

宗城听到这儿正好走到拐角，迎头遇上风风火火的徐进。

"宗城，你来得正好。"徐进夹着教案，一手拍拍他肩，十分气愤，"我们所有老师都知道了，丁杰胡诌你跟林迁西的事儿，这种学生脑子里装的都是什么乱七八糟的玩意儿！你不用放在心上，他被处分了，不敢乱说了，我们都相信你。"

"……"宗城保持沉默。

"千万别当回事儿，别影响你的成绩。"徐进看他面无表情，还以为他是不高兴，耐心宽慰他，"也别因为这个就不教林迁西，好不容易有点儿成果，千万别把丁杰当回事儿。"

宗城只好说："知道了。"

徐进找了个话题打岔："对了，你大学的意向学校和专业有了没有？要不要咱们几个老师给你点儿参考意见？学校对你非常重视，这是教导处要求的，都找老周谈过了。"

"不用，"宗城说，"我有计划，学校和专业都是早就定好的。"

"那就好，还是你让人放心。"徐进很满意，摆摆手，"去吧，我去骂丁杰一顿，让他长长记性！"

宗城看他走了，停在走廊上，掏出手机，点开微信，按了语音键，对着震耳欲聋的广播声录了几秒，发了过去。干脆让林迁西也听听。

"嗒！"台球撞到了桌沿，又弹出，滚向洞口。

林迁西站直了，擦了擦杆头，桌角放着一张纸，上面是他狗爬的字。中间休息的时候他会看一眼，顺着纸翻译几个单词。连着集训这些天都这么干的，宗城管这叫碎片化时间。

想到宗城，他停了一下，摸出手机。手机调了静音，想起来才会看一眼消息。宗城一般很少打扰他练球，上一次说话是他发照片过去，宗城回话说：你有空找我，没空就忙自己的。

林迁西以为今天也不会有消息，结果就看见灯塔头像上飘着一个鲜红的"1"。

他立即点开，是一段嘈杂的语音——大广播的声音，要不是对教导主任那嗓音太熟悉了，他差点儿听不出来说了什么。

"靠，丁傻子……"林迁西听出来了，往下翻，还有一句。

——没人信。

林迁西笑了，是想到了宗城说这话的口气，学习好真是了不起。

门外忽然有人走了进来。林迁西一抬头，挂在嘴边的笑就没了。来的人有点儿魁梧，斜眼看人，一脸欠抽的表情，居然是邓康。

"好久不见啊！"邓康手里拿着球杆，显然是从别的球室找过来的，"来了好几天才听说你也在，我得来打个招呼啊！"

林迁西把手机收进口袋，握着杆说："来回忆自己以前怎么恶心人也没能赢？听说这回比赛到处都是摄像头，怎么办，你的502胶被没收了没啊？"他说话是真能掐人七寸，字字打脸。

邓康脸上顿时不好看了，看他的眼睛更斜："那就怪你自己，跟谁混一起不好，跟姓宗的。老子跟他有仇，听说上回比赛他也出现了，你俩关系很好啊！"那"很好"两个字在邓康嘴里咬得很重，口气很古怪。

林迁西早就怀疑他跟宗城有仇，果然是，看他的眼神就变冷了："你来是想跟我比一局？"

邓康握一下球杆："我怕你？"看样子他还真有这个打算。

林迁西冷飕飕地笑一声："老子偏不跟你打。"

邓康脸色更不好看了。

林迁西还嫌不够，手里的球杆在球桌上点了两下，"笃笃"两声响："跟他有仇是吗？行啊，那你现在跟我也有仇了，有种赛场上碰，老子让你有来无回。"

第99章

这话说得绝，就是在下战书，林迁西根本也没打算给邓康留后路，在林迁西看来，这人出现完全就是来恶心自己的，那能让他好受？不给他一球杆就算是他八中乖仔有素质了。

邓康果然看起来不是很好受，脸本来就生得一副戾气相，现在看起来更凶："你连我跟他有什么仇都不管？"

林迁西看一眼桌角放着的纸，居然趁机背了个单词，当他是空气，然后才抬眼说了句："不重要，只要你跟他有仇，就是跟我有仇，懂？"

邓康斜眼冷笑："懂了，你们俩我算是懂了。"说完这话，拎着球杆，铁青着脸走了。

林迁西心想你能懂个屁，俯身压杆，直接推杆打出一球，直撞开一道豁口，把球当成邓康了，舒服。

还好恶心也就这一回，后面再没遇上。到了四月中，谁也没空搭理谁，都是埋头集训过来的，毕竟比赛的日子眼看着就到了。

预赛那天，就要开始前，吴川拎着热气腾腾的豆浆油条走进赛场的休息室，看见林迁西在那儿整理着装，脚步才放慢了点儿："赛前把早饭吃了。你现在状态怎么样？"

林迁西又穿上了宗城给他准备的那身正装，手指系着领结："又来了吴老师，别紧张。"人家都是老师教练安抚学生，到他这儿还反过来了。

吴川指他眼睛："你又熬夜看书是不是？都有黑眼圈儿了！"这话说得，吴川都不敢相信自己有一天居然会批评林迁西看书。

"没有，我昨晚睡得早着呢！"林迁西不想跟吴川说自己昨晚还写试卷了，可惜没写完就倒头睡了，确实练球累了。他拨了拨头发，把早饭拿过去，在沙发上坐下来埋头吃。

门被推开，一群选手说着话进来，三五成群的，都是其他赛区的，随行戴工作证的都是他们的专业台球教练。

吴川看着人家这阵仗，再看看自己跟林迁西，瞬间觉得寒酸，坐在林迁西旁边，指指那群人说："我看了各个赛区选手的情况，大部分实力都很平均，有拔尖儿的你也别太有压力，只要你这两天能顺利从预赛里面打出来，周末就直接杀八进四了。"说到这儿他停一下，确认一遍，"人家的要求就是进全国四强是不是？"

"嗯。"林迁西嚼着包子，忽然想起学校也就周日才有半天假，如果比赛顺利，他关键的那场八进四正好在周六，居然还放话让宗城必须来，这恐怕根本来不了……

"大家准备抽取上场顺序。"有工作人员从外面走进来通知。

林迁西回过神，一口把剩下的包子塞进嘴里，灌了两口豆浆，掏出手机，想点微信。

"快去啊，你怎么老抱着手机，谈恋爱了？"吴川催他。

林迁西只好又收起来，往外跑："没有！"

"丁零零"的下课铃声响了。

8班的教室里，四月的月考结束了，座位上趴倒了一片，王肖他们就跟一堆霜打的茄子似的。"英语也太难了，跟天书一样。"

孙凯："我想吃顿烧烤安慰一下自己。"

薛盛："去啊，放学去。"

"城爷去不去？"王肖回头问。

宗城垂着眼在看手机，淡淡地说："不去，刷题。"

"我发现西哥不在你成天刷题。"王肖说。

宗城头也不抬地说："自己看高考还有多久。"

"别说了，不敢看了，怎么过起来这么快啊，这又要周末了……"王肖说着突然一顿，"欸，周末！"

姜皓回头："宗城，去不去啊？这周不是刚好住校生放月假吗，周日一天都不用上课，好机会。"还是问上次说的一起看林迁西打球的事儿。

"对啊，不说我都忘了，这么巧必须去啊！"王肖很来劲儿。

宗城还在看手机，上面是刚刚查到的赛事进程，虽然周日一天都有空，但八进四那场在周六。刚考完试，周六必然是讲月考试卷，而且这里离省城三百多公里，去一趟得四五个小时，课后赶过去的可能性几乎为零。

"如果顺利，你西哥最重要的比赛是在周六。"他终于说，"你们请不到假，别想了。"

"啊？"王肖蒙了，"这么扎心？"

姜皓无奈："真不巧。"

宗城站起来，离开了教室。他沿着走廊去了厕所，刚进去，丁杰从里面骂骂咧咧地出来，走到水池那儿跟他遇个正着。

宗城扫了一圈儿，没其他人，不冷不热地看他一眼："巧啊！"

丁杰跟哑巴了似的，肯定是想起来这是在厕所，拔脚就跑了，头都没敢回。

宗城没管他，进了最里面的隔间，关上门，一只手又掏出手机。正好手机振了，进来了微信，是"八中乖仔"的。一张照片，里面是一只手，林迁西的手，拿着张"八强"的号牌，在赛场明亮的灯光里像是镀了层金。

——预赛打完了，八强已拿，下场就进四！

——快恭喜我！

宗城低着头，仔仔细细看了一遍，嘴角缓缓提起，手指点了点。

——恭喜。

对话框里紧跟着跳出下一句话。

——这次比赛在周六。

宗城自然而然地回了个字。

——嗯。

对话框上显示"对方正在输入"好几秒，那边才打出来两句话。

——票白送了。

——算了，不来就不来吧，没关系。

宗城又点开那张照片，林迁西拿着号牌的手指上沾着巧粉，露出来的虎口处泛着点儿晶莹，大概是手心里出了汗。整个预赛要从各个赛区的四强里冲杀出来，才能拿到这个八强，这肯定是连续几天打下来的结果。他不看了，手机一收，拉开隔间门出去，直接去了办公室。

老周正在办公室里批改试卷，忽然看见他进来，和颜悦色地问："有什么事儿吗？"

宗城说："想提前看一下我的月考结果。"

教室里几个人还在等着，直到快上课了，王肖才见宗城从外面回来了，立马问："真去不了啊，城爷？"

宗城忽然问："那小皮卡还能不能开？"

"能啊，当然能。"王肖回。

"借我一下。"

"都不去了还借什么啊！"

宗城说："我没说不去。"

省城的周六是个阴天，这种天气就适合台球这种室内运动。

下午两点，林迁西走到赛场里，头顶都是灯光。八进四的比赛会在四个厅里分两组进行，明天才是决赛场。今天的观众席上人并不多，要么是工作人员，要么是其他选手的家属。他随便看了一眼，走去选手席里坐下，手上整理着西装马甲。

吴川走了过来，往观众席上看了看："你家里人没来啊？"

林迁西说："没吧，无所谓。"

吴川看他吊儿郎当的，也没多问，伸手说："手机给我，我去看看什么时候开始抽签。"

抽签是要决定对战者是谁，其他晋级的七个人中任何一个都有可能成为自己的对手。林迁西从西装马甲的口袋里掏出手机，迅速按亮扫了一眼，没有新消息进来，关了机才递给吴川。宗城现在应该正在上课吧，最后一学期又经常考试，为什么偏偏在周六……

吴川走了。

林迁西坐着等，一边整理了一下袖扣，一边往头顶上看。对面顶上有个电子屏，在滚动播放晋级八强的选手姓名和照片。预赛打得太紧密，他现在才开始关注新产生的八强都是哪些人，吴川为了不给他压力，也没刻意提过。

正在看，旁边忽然坐下来一个人。林迁西转头，一张戴着眼镜、很有气质的脸正对着他。

"林迁西。"是罗柯。

林迁西刚好刚才看见了他的照片："是你啊！"

"早知道你在集训了，一直没来打招呼。刚好我今天也在这个厅比赛，左半场，看你在就来了。"罗柯冲他笑了笑，手指往那电子屏指了一下，"你看这两个。"

林迁西下意识地顺着罗柯指的方向看过去，电子屏上列着两个选手的名字，一个男生，一个女生，照片看起来都一脸的严肃。

"怎么了？"他问。

罗柯说："那个女生叫苏思静，男生叫余国轩，是我们这批选手里参赛经验最丰富的两个，今年没有往届冠军参加，很多人都说他们俩杀到最后的可能性最大。"

林迁西才知道他是在提供情报，这回不送吃的改送消息了？"特地跟我说这个干吗？"

罗柯笑一下："其实我觉得你才是最大的黑马，他们很多人都还没见识过你打球，你是半路杀出来的。"

林迁西被夸了也就笑笑："谢了啊！"

罗柯忽然找不到什么话说了，本来也就是找了个理由才坐过来的。他手指扶了一下眼镜，才说："这次他没来看你比赛？"

林迁西一下就反应过来他说的是宗城，挑眉说："有什么问题吗？"

罗柯被这反问弄得愣了一下："没有。"

"请选手准备。"场上的话筒里传出安排流程的声音。

林迁西站起来的时候，又听罗柯小声询问了句："邓康有没有找过你？"

林迁西勾起嘴角："你还挺了解你这搭档的。"说话时正好一眼看到了电子屏上滚出邓康的名字和照片，他都没给个正眼。

"他……"罗柯说一半，又打住了，"以后再说吧，先祝你比赛顺利。"

"你也一样。"林迁西朝右半场去了，站到球桌边。

场上很快响起报时声，比赛要开始了。林迁西又往观众席上看了眼，没看到任何一道熟悉的身影。他妈没可能来，杨锐也没来，这下宗城也没可能了。

灯光一节一节提亮，比赛开始了。

林迁西站在球桌旁，看到自己的对手刚刚走过来，就是在电子屏上看到的那个女生苏思静，对方扎着马尾，人如其名地沉静。

斯诺克比赛不分性别，但女生和男生在体力和臂力上还是存在一些差距，苏思静是唯一杀进了八强的女选手，光是这点，林迁西就不会小瞧她。

"林迁西，"吴川在边上低低地叫他一声，提醒一句，"小心点儿。"

林迁西觉得吴川已经紧张了，毕竟一上来就遇到了个棘手的，偏偏八进四对他而言无比重要。

裁判上场，双方互相握手。林迁西拿了球杆，鬼使神差地又扫了眼观众席。

宗城单肩搭着书包，站在花店里，对面就是比赛的场馆。他看了眼墙上的挂钟，又看了眼在忙的姑娘："还没好吗？"

"马上。"姑娘手上加快速度包着一捧花，一边看他，"帅哥，买花送女朋友的吗？"

"我赶时间。"宗城口气很淡，没有谈天的意思。

姑娘只好讪笑着闭了嘴，速度更快了。

宗城拉开身上皮衣的拉链，是赶太急了，都有点儿热。突然有点儿后悔来买花了，他提前把月考卷子解决了，开着那辆小皮卡花了五个小时才到，或许不该再浪费这个时间。但也不想空着手进去，今天对林迁西而言太重要了。最后走到这家花店外面，他就进来了。

"好了，帅哥。"姑娘终于包好了。

宗城立即拿了出门。

进了场馆，里面安安静静的，显然比赛已经开始了。宗城按指示走到赛厅外面，看见门口站着一个人，正在询问工作人员："请问林迁西是在这个厅里比赛吗？"

工作人员低头核对了一下："是，就是这里。"

"谢谢。"那个人把厅门推开道缝，进去了。

宗城看他进去了，才走过去，跟在后面进了门，看着他身上蓝白间色的校服，没认错，那居然是秦一冬。

秦一冬在右半场的后排坐了下来，眼睛看着下方，没人知道他是怎么来的。

宗城不动声色，离他几十米，坐下来，看向场中，一眼看见林迁西。

林迁西也确实太惹眼了，雪白的衬衫，黑色的西装马甲，腰身收束，瘦高挺拔，只不过脸色有点儿沉。

宗城看见了他的人，才意识到的确有半个月没见了，甚至觉得他的脸看着都瘦了点儿。他很少有这种表情，宗城就察觉出场中局势有点儿胶着。顺着他的目光，宗城看见球桌上的球，发现战局已经到了关键时刻。宗城把那束花放在腿上，牢牢地看着林迁西。

林迁西听着比分。再一次上场走到球桌边的苏思静一边瞥他，一边拿着球杆斟酌角度。他回到对手席上就座，拿了瓶水，仰脖喝了好几口。

左半场罗柯的赛事已经将近结束，只有他这里，居然生生拉长了赛时。

已经是最后一场。第一场是林迁西赢了，领先了一个球。之后苏思静像是刚发现有他这个人一样，铆足了劲儿不断给他设置障碍，拿下了中间一场。现在到了决胜局，比分还在不断拉锯。

"嗒……"拖滞的一球，苏思静领先了，球进去后，留给他一个混乱的局面。

林迁西下意识地嘀咕了句："我靠……"想起不能说脏话，便用手指扶了扶领结。

宗城在上方看得清清楚楚，眼睛就没离开过他身上。

"林迁西！"裁判宣布换人上场。苏思静离开球桌。

林迁西站起身，走向球桌，从马甲口袋里掏出巧粉，擦了擦杆头，盯着桌上的球，判断角度。

现场鸦雀无声，灯光在那里照下一个圈儿。圈儿里的人沿着桌沿慢走，脸上越来越认真。

宗城静静地看着林迁西，忽然余光瞥见秦一冬的身影往前倾了点儿，一只手抓着前面的椅背，大概是紧张了。宗城的目光又转回林迁西身上，嘴唇慢慢抿紧。

林迁西站住了，俯身，压下杆。他以前从没有过现在这样的感觉，因为以前从没有像现在这样在乎过输赢。这次不一样，必须赢，必须进四强。这是他最后的机会。如果输了，就再没有下一条路让他走了。

林迁西轻轻吐出口气，一杆推出去。"啪"的一声轻响，球冲出去，冲开了像铁桶一样的包围，直落进袋。

裁判报出分数。林迁西擦巧粉，俯身，又是一击。

"啪！"这一杆极其用力，搅散了桌上的局面。分数增加，刚被超过去的分数又被拉了回来。

左边赛场的比赛结束了，他听见很多声音，然后感觉很多目光都落在了自己身上。余光瞥见对手席上的苏思静在捋头发，眼睛仍旧盯着他。周围的空气好像都有了焦灼的味道。

林迁西抓着杆，再次站定，思考到底是打左边的红球还是右边的红球，这是关键的一球，是为了校正下一球的位置，关乎其他球的进袋路径。如果成功，就能一鼓作气清台。

思考完，他压下杆，肩背力量开始聚集。"啪！"中杆加塞，左边一球打出去，成功落袋，校位完美。

路径通了，他很干脆地打出下一球。落袋，又得分。

终于到了最后一球。林迁西闭一下眼，又睁开，没来由地往观众席上扫了一眼，目光刚收回来，又甩回去。

利落短发、宽肩窄腰的身影坐在那儿，但是看不太清楚，那儿灯光太暗了。他转回头，自顾自笑笑，没事儿的西哥，别看了，你自己也可以，打就完了。

手一送，一杆推了出去。"啪！"

瞬间有了掌声。裁判再次报出他的分数。

林迁西顿时收杆，忍到现在才开始剧烈喘气。

场中的掌声响了点儿，他好像听见了罗柯的声音："恭喜你，林迁西。"

林迁西还在走神，直到苏思静也过来跟他握手，裁判宣布他胜出，他才确信他进入四强了，真的进了！

宗城站了起来，刚站起来，就看见秦一冬转身往外走。

秦一冬走到厅门口，停住了："你也在？"

宗城已经走了过来："你不也在？"

秦一冬沉默了一下，才说："锐哥给我的票。"

那天秦一冬经过杂货店外面，杨锐碰到他，临走的时候忽然说："冬子，要看台球赛吗？我请你看吧。"说完就给了他这张票。秦一冬都不清楚自己为什么会接，大概是因为杨锐说这是全国比赛，林迁西要打全国比赛了，这是他以前根本没有想过的情景。

宗城问："那来了怎么又走？"

秦一冬没作声。因为绝交了，他只打算悄悄来看看而已。

宗城看了眼场中的林迁西，把手里的花递了过去："送过去吧。"

秦一冬诧异地看着宗城，那是一捧玫瑰："给我？"

"不要就算了。"宗城淡淡地说，"本来是我自己要送的。"

林迁西被人群围在场中，吴川都快冲过来抱他了，黑竹竿儿兴奋起来是真兴奋。他好不容易才在球桌旁站稳，又去看观众席，高高的身影一闪出去了，怀疑自己眼花了。到底是不是他啊?!

紧跟着就有人走了过来。林迁西回头,一愣,走过来的是秦一冬。

秦一冬手里拿着捧花,递过来,说不出来是什么表情:"祝贺你。"

林迁西接了,盯着秦一冬。

秦一冬跟他对视一眼:"锐哥让我来的。就祝贺你,没别的。花也不是我买的。"

一连几句,没话找话似的,其他似乎没什么可说的了,秦一冬低头,转过身就要走。

"你等等。"林迁西忽然叫住他。

秦一冬站住了。

林迁西拿着那束花,看着他背影,想起了那天他去送东西时说的话,叫完了,又有点儿犹豫,不确定能不能跨出这一步。林迁西看了眼自己脚下,已经进四强了,不知道自己现在脚底下的淤泥是不是少点儿了,不知道算不算是真学好了。

离大学很近了,应该可以了吗? 应该可以了吧……

林迁西喉咙里发干,嘴唇动了又动,大概是那梦境留给他的反应,一个声音在脑海里劝他不能冒险,另一个声音又在心里鼓励他走出去,跟他说:"现在不是还有我?"

可以吧? 可以试一试吧? 他终于开口:"要跟我认识一下吗?"

秦一冬回头看他。

林迁西一只手在西裤上擦了擦,又擦了擦,终于下了决心,伸出去,嘴边努力扯出丝笑:"你好,我八中的,林迁西。"

秦一冬看了他快半分钟,伸出手:"我秦一冬。"

"很高兴认识你。"

很高兴再认识你。

第 100 章

宗城在厅门外远远看见了那一幕,转过身,手收在口袋里,觉得林迁西似乎看起来很挣扎,不知道他迈出这一步到底是下了多大的决心。站了一会儿,再回头往厅里看过去时,秦一冬从里面出来了。

秦一冬低着头,吸了吸鼻子,眼睛有点儿红,抬头看到宗城在,才笑了下:"刚才谢谢你啊！"

"不用谢我，"宗城口气平淡，"只是因为林迁西当你是兄弟，我在这方面没这么大方。"

秦一冬愣了一下，感觉他一句话就把林迁西给占据得明明白白，做这些也完全是为了林迁西，看了他好儿眼才往下说："我得走了，有什么话回去再说好了。"

"要走了？"宗城问。

"我不是一个人来的，跟队友约好了来这儿看篮球赛才来的，他们还在等我，明天还得上课。"秦一冬本来真的是只打算悄悄来看看，连理由都找得很好，邹伟他们还在市区那边的篮球馆里，他是趁着空隙来的这儿。最后林迁西会叫住他，是他一点儿都没想到的。被林迁西握住手，他心里起起伏伏，还没平静，又看看宗城："林迁西被叫走了，很多人找他，就刚才有点儿空，现在也没了……不好意思了。"本来这点儿空是属于宗城的，宗城让给了自己，当然没了。

宗城没说话，转身进了厅门。场中的球桌那儿果然已经空了，只剩下几个工作人员在收拾现场。他抿住唇，有点儿烦闷地扯了一下皮衣上的拉链，赶过来这么久，居然连句话都没说上。

林迁西已经被叫进了休息室，吴川非要叫他来的。他坐在沙发上，深吸口气，又吐出来，胸口里徘徊的情绪才算过去。一半是因为进了四强，一半是因为忽然出现的秦一冬。

"你是太激动了吗？"

林迁西抬头，对面坐着见过一面的左衡，还是穿着运动装，细长的眼睛上架着眼镜。他扯了扯嘴角："你也在啊！"

"当然在，这种赛事肯定要关注，我在观众席上看你打完了全程，刚把结果告诉马老爷子。"左衡从外套口袋里掏出张折叠着的纸，往他跟前递，"我不知道你文化分怎么样啊，但是我强烈推荐你报考我们学校，来，你看看，地处繁华大都市上海，什么985、211，当然不在话下，关键是台球俱乐部绝对一流，对你以后的发展前途……"

"我打算去北京。"林迁西说。

左衡都洋洋洒洒说一大段了，结果被他一句话截断了："你早就有主意了？"

"嗯啊，我打算去北京的学校。"林迁西笑了笑，"不好意思啊，做不了你学弟了。"

左衡失望地把纸又收回了口袋。"算了，白费我口舌。"说着站起来，"那走吧。"

林迁西看着他："干吗去？"

"去见其他高校里来的人啊，你不是想报北京的学校吗？"

吴川在旁边听着呢，立马说："去啊林迁西，我跟你一起去看看。"

林迁西站了起来，看一眼放在身边沙发上的那束花，拿在手里，忍不住问："有没有见到其他人来啊？"

"没啊，你说谁？"吴川问。

林迁西"啧"一声，抱着花，伸出手："我手机呢？"

"急什么你，去见了人回来再给你。"吴川催他，"快走！哎，你就非抱着这束花吗！"

"我怕这儿的人给我扔了。"林迁西这么抱着就要往外走。

吴川没辙，一把接了过去："算了，我给你拿着，回头连手机一起给你。"

"拿好啊！"林迁西说。

"我还能给你揪了啊？"吴川没好气地说。

林迁西这才咧着嘴出去。

左衡跟了上来，小声问："女朋友送的？"

林迁西拉开门，出休息室："没女朋友。"

"那谁送的？神秘人？"

林迁西诡异地看他一眼，然后才说："不知道。"早知道该多问秦一冬几句，宗城到底来没来啊，都不确定是不是他送的。

左衡说："你绝对不是单身，长这么帅不可能单身，难怪要去北京，肯定是为了对象，我还不知道你们这些小年轻？"

"……"林迁西才发现这人还挺自来熟，"干吗啊，你们招生还需要问这些吗？"

"那不需要。"左衡在走廊上指路，"这儿。"

高校里来的几乎都是各个学校台球俱乐部的人，大部分跟左衡年纪差不多，也有个别是老师，在场馆的餐厅里办了个小餐会。正好到了晚饭的点儿，大家可以边吃边聊。

林迁西去的时候没见到其他四强选手，就他一个，被左衡带着挨个介绍。走马观花地见了一下，随便吃了点儿东西，有人给他学校的介绍表，他就收下来。最后临走的时候，他把北京的都挑了出来，折起来揣口袋里，打算带回去慢慢选。

等他出了比赛的场馆，天早黑了。

吴川跟在后面出来，终于把那束花和手机还给他了："要没吃饱就再去买点儿吃的，吃完好好休息，明天还有比赛，总得打到最后吧。我这下总算可以扬眉吐气地回去见老徐和老周了。"

林迁西没空听他感慨了，拿着东西就走："知道了。"

"你又急什么……"吴川嘀咕。

还在半路，林迁西就开了手机，一边就着路灯看了看那束花。大朵大朵的红玫瑰，太张扬了，不太像是硬茬会买的东西。林迁西点了点手机，微信里也没消息进来。难道是看错了，他根本没来？

宗城坐在小皮卡里，跟顾阳通了个很长的电话，让他自己在家过这个周末，注意安全。挂了电话，手机上的时间已经是晚九点，不早不晚，但对打了一天比赛的林迁西来说，可能是有点儿晚了。不知道他忙完没有，也许有很多学校今天都找过他了。

宗城拿着手机在手里转一下，不打算等了，已经等够了，点开微信，手指按着，发了条语音过去："乖仔？"

"嘀嘀嘀"，闹钟又响起来，林迁西一下就醒了。

醒了才发现他手里还拿着手机，连那束花都还在床头边放着，立马按亮手机，屏幕就停在微信的对话框，下面输入框里打着一行字：你在哪儿呢？

昨天想着不如直接打电话过去，这句话就没急着发，没想到就思考的那么十几秒的工夫，居然就睡着了。还是昨天的球打得太紧张了。

刚要按着发出去，他看到了对话框里的新语音，马上点开。

"乖仔？"

林迁西想都没想就按着语音回复过去："你到底在不在？在哪儿？"

"嗖"的一声进来了语音。宗城回道："一直在，在等一个四强选手入场。"

林迁西听到"一直在"三个字，立即爬起来，飞快地去洗漱，都来不及换上正装，直接装包里带着，套上外套，人就往外跑了。

宗城昨晚没等到他回复，在附近找了个宾馆休息了一晚，现在正坐在那辆小皮卡里，就停在比赛场馆对面的街边上。

宗城没睡多久，整天刷题也习惯这个作息了，眼睛往车窗外面看，没一会儿，就看到林迁西朝这儿小跑了过来，黑漆漆的头发在春风里张扬。

还好比赛的场馆也不远，林迁西跑到外面，看见馆里已经有不少工作人员在准备决赛场，又朝对面看，看到了街边那辆蓝灰车身、拉着花纹的小皮卡，嘴角一咧，插着口袋走了过去，直接走到驾驶室那边，屈着手指，"笃笃"敲了两下车窗玻璃。

玻璃降下一条缝，宗城利落的短发露出来，耳廓处推得干净，根根分明："找谁？"

林迁西扬着嘴角："找给林迁西选手送花的人，你知道是谁吗？"

宗城说："家属送的吧。"

"谁啊？"林迁西笑出了痞样，"真是我家属啊？"

里面淡淡地回道："是家属，爸爸怎么不是家属？"

"占我便宜！"

"恭喜你，乖仔。"宗城的眼睛看着他，嘴边轻轻提起个弧度。就是有点儿迟了，到现在才当面说。

林迁西昨天的感觉又回来了，胸口里激烈地跳动两下，咧着嘴角："再说一遍我听听呢？"

宗城看一眼车外："不说了，等你决赛后说。"

林迁西顺着他目光看了一眼，外面来往的人多了，吴川已经在场馆外面伸着脖子等自己，还拿出了手机，看样子就要催自己了。

"我要走了。赛场等你啊，家属！"说完小跑过去了。

宗城坐正，一直看着他跑向了赛场，跟下车，搭着书包过去。不用等，这次跟他一起进去。

第 101 章

"林迁西，准备了！"

林迁西进了场馆就听见吴川在叫，特地又往回看一眼，看见宗城肩搭书包跟过来了，才赶紧去后面的休息室。

休息室是特地给四强选手准备的，毕竟决赛场就是他们的了。林迁西推门进去，看见里面站着两个人，邓康顶着张跋扈的脸又在斜眼看他，眼神很嘲讽。他都懒得搭理，直接往里走。

罗柯走过来："林迁西，运气挺好的，又和你一起走到决赛了，希望第一场亚军战不是我对你。"

林迁西懒洋洋地笑笑，放下肩上装着正装的包。"我也不想跟你打。"说着扫一眼邓康，"我就想送某些人回去。"

邓康马上斜看过来："就你？"

林迁西指一下自己鼻尖："没错，就我。"

罗柯怕他们杠上，立即回头拉一下邓康："既然都准备好了，就先出去吧。"

邓康被罗柯拉出门，临走还不爽地看了林迁西一眼。

林迁西根本看都没看他一眼，嘴里哼起了歌，换衣服去，该吃饭吃饭，该准备准备。

今天的观众席上几乎座无虚席。

宗城坐在最前排，正对着球桌，抬头往上看一眼，电子屏上滚动着决赛四强选手的资料。

先是罗柯，然后是邓康，还有个叫余国轩的男生。林迁西的照片最后出来，简介也最简单："指导教练：无。出身俱乐部：无。参赛经验：地区赛和本次大赛。"所以约等于无。

忽然有人拍了一下宗城的肩，他转头，抹着红唇的季彩在他旁边坐了下来："城儿，你果然在。"

宗城问："你怎么会来？"

"上次带去见林迁西的那个左衡通知我的，听说他顺利进了四强，我就来看看，猜到你会来。"季彩往上方的电子屏看一眼，"虽然就是一个高中比赛，但今天来了很多体育媒体，他们肯定都是第一次见一个'三无'选手杀到全国赛里来。"

赛场里的确有很多人扛着长枪短炮的设备在前面拍。宗城扬一下嘴角，林迁西确实是"三无"选手，但他就是一路杀到了现在。

场上的灯光亮了一层，话筒里宣布选手进场。季彩小声说："来了。"

宗城看过去，一眼就看见林迁西走向了场中。

林迁西整理着领结。

吴川在场边冲他往下压着手掌，是在提醒他放平心态，不要有压力。

他敷衍地点点头，心想你自己放平心态就行了，一边转头往观众席上看，顶多两秒，就发现了坐在前排的身影。还是宗城太显眼了，穿着黑色皮衣，立着领子，坐在那儿，一个肩宽腰窄的利落身形，旁边是季彩。林迁西只盯着他，知道他肯定看到自己了，笑了笑，走向球桌。

四进二的亚军对决安排已经出来，在电子屏上亮着——

林迁西 vs 邓康。

余国轩 vs 罗柯。

裁判请双方握手。林迁西看着走过来的邓康，伸手跟他握了一下，几乎没碰上，嘴里先"啧"一声："怎么这么黏啊，有胶水吗？"

邓康听出他是在嘲讽自己，但在裁判跟前也不能怎么样，阴沉着脸走回原位。

"这个邓康……"场中开始打出球的时候，季彩低声说，"是不是地区赛的时候双打输给你们的那个？我当时查过，还有点儿印象，他以前跟你一个学校的吧？总感觉在哪儿听过他名字。"

宗城一言不发，眼里是林迁西伏在球桌边一杆推出的身影。

进了，裁判紧跟着报出他的分数。林迁西从占据第一球开始就很顺利，每一球都在得分。

裁判一声接一声报出分数，球的色号不同，分值也不同，一点点增加，直到这一杆终止。后面发力稍薄造成了没进，他悄悄"啧"一声，拿着杆回到选手席。

邓康上场。他打个人赛比双人赛更有技巧，整个人也更有戾气，每一球都带着极强的目的，一是进洞，一是设障。

林迁西坐在那儿看得明明白白，难怪他能打入四强。

"嗒……"这一球蹭了边，没进。邓康青着脸站直，回到对手席。

林迁西上场后清了台，直接获胜，这一场很快就结束了。

裁判报出分数时，林迁西刚回选手席，就听见邓康小声说了句："你还真以为自己能打下去了。"他看过去，邓康坐在对手席上，鄙夷地看着他，又接一句："连个正经教练都没有的人，还想打到最后，少做梦了。"

林迁西握了握杆，笑了："站起来说话，别跪着，只听说过爷爷教训孙子，赢的教训输的。"

邓康一脸横相地盯着他，偏偏在赛场上不能发作："三局两胜制，还有两场。"

"没有了，"林迁西说，"就下面这一场，你就可以走了。"他不笑了，眼神也冷了。踩他是吧？很好，走着瞧。说过让这货有来无回，当他开玩笑的？

下一场开始。林迁西重回球桌，手里的杆从左手换到右手，掏出口袋里的巧粉擦了擦杆，绷着脸，神情出奇地认真。

"啪！"一球撞出去，气势都不对。这一球只是开始，后面每一球都是冲杀的架势，滚向袋口的速度都是迅猛的。

裁判在每一球后报出林迁西增长的分数。

邓康的脸色越来越僵，甚至连站在边上的他的教练都皱了眉。

吴川在场边大气不喘地看着林迁西。

"那个邓康就快坐不住了。"季彩在观众席上说，"林迁西这是在打仇人吗？"

林迁西打球仿佛有一种魔力，就是能吸引人的眼球，大概是他出招儿太没有章法了，没人知道下一步他会怎么打。

宗城往对手席上看一眼，直觉邓康又招惹林迁西了，但他太不了解林迁西了，没人打压得了林迁西，尤其是在球桌上。

"啪！"又是一球。林迁西收杆，直腰。

邓康终于能上场了。球桌上一球一球地打，比分在艰难的拉扯中追平。然而也只能追平，没能反超，因为林迁西在球桌上拦了好几道防围。

"林迁西！"裁判宣布换人上场。

林迁西握着杆，拉了一下身上的西装马甲，站起来时冲邓康低低地说："这下你可以走得更快了。"

邓康拉长着脸，看他擦肩过去，走向球桌。

"啪嗒"轻响，球在他杆下推出去。裁判报分。

林迁西全程脸色认真，擦杆，俯身，压杆，西装马甲收着紧窄的腰身，双腿修长，肩背在球桌边收放着力量。

"啪！"又一球。他仔细看着母球行走的线路，计算着余球的路径。得分在持续增加。四周逐渐安静，进入了关键阶段。

下一球开始前，林迁西擦着杆头，忽然看向观众席，冲宗城勾了下唇角。来吧，他要报仇了！

宗城双手握住搭在膝上，看见了他的眼神，就知道他想结束战局了。下一秒，球杆推了出去。

"得分！"裁判报出他的总分。

"天……"季彩嘀咕一句，"赢了！"

林迁西在球桌边站直。赢了，他已经进入二强。

宗城搭着的手放松了，嘴边轻扯一下，感觉后方一阵闪光。

"对不起，忘关闪光灯了……"是有女孩子对着场中拍照，还在轻轻地说笑，"真帅……"

当然帅，宗城盯着站在那儿快被吴川摇晕了的林迁西，灯光照着他，他像是在发光。

场中忽然一阵骚动，邓康冲动地往球桌那儿冲了几步，又被教练及时拉了回去。

"他干什么？"季彩诧异，"跟林迁西有仇？"

宗城抿住唇，是跟他有仇。

吴川知道这小子不是好货，挡在林迁西前面，防止再有什么事儿。但这是大赛现场，台球是最注重风度礼仪的运动，裁判直接罚他下场，成绩待定。

林迁西觉得他真是脑袋烧坏了，这种时候还发作，活该。眼睛正盯着他，忽然见他转头看向了观众席，斜着眼，拉着横脸，仇恨地朝着宗城的方向，直到他被教练拽了出去。

林迁西下意识地去看观众席，又被吴川兴奋的声音拉回注意力："林迁西！亚军到手了！"

他这会儿才有了胜利感，咧嘴笑了，又去看观众席，发现宗城站了起来，看了他这儿一眼就转头出去了。

"快，去休息，准备决赛。"吴川推推他。

林迁西立即离开赛场。从后门出厅，遇见了罗柯，他从另一个半场的门里出来，见面就问："林迁西，我刚听说了，你没事儿吧？"

"没事儿，你该去问你搭档。"林迁西停下说。

罗柯看了林迁西两眼，似乎想说什么，最后只是遗憾地笑笑："可惜我没法跟你对战到最后了，没进二强。"

林迁西也不好说什么："跟我对战也没什么意思，不算遗憾。"

罗柯说："我其实很希望能跟你对战。"

林迁西看他一眼，觉得他这口气不太对。

刚好有工作人员经过，罗柯冲他笑笑，先走了。

林迁西往前走，刚到拐角的楼梯间那儿，一只手伸出来，把他拽了过去。

"我靠……"林迁西被拽的时候就知道怎么回事儿，一转头，果然是宗城的脸。

"二强。"宗城的手在他西装马甲的腰上扯一下，拉正了，"又打趴他一回，爽了？"

"爽。"林迁西笑，眼里晶亮，低了一下头，又忽然抬起，"我现在想打冠军了。"

宗城看着他："有信心？"

林迁西说："不知道，我就想试试。"想让那些瞧不起他的人看看，连个正经教练都没有的人，打球又野又莽，也照样可以打到最后。

宗城说："那你没信心。"

"嗯？"林迁西伸手就扯了一把皮衣，想叫宗城好好说话。

宗城又说："可我对你有信心。"

林迁西愣了一下，笑了，两只手一起抓着他皮衣用力一扯，脸贴近，几乎蹭到他下巴："我要拿到了就把冠军送你，等着！"说完一下松了手，跑出去了。正好有几个工作人员经过，时机卡得很准。

宗城把拉链拉上，在心里说："我等着。"

"城儿，"季彩从厅那边找了过来，低声说，"我刚记起来了，那个邓康，好像特别敌视你，还那么冲动，是不是因为以前的事儿？"

宗城还没说话就听到一声喊："城爷！"

王肖风风火火走了过来，身后是薛盛和孙凯，姜皓跟在最后面，四个人手里都捧着爆米花和可乐，不知道的还以为是来看电影的。

宗城问："你们怎么来的？"

"你还说，你自己提前开着小皮卡就来了，咱们还得等到今天有假才能来，天不亮就出门，坐了五个小时大巴！"王肖说，不忘强调，"还自己买了票！"

薛盛说："买票也值，第一回见这么好的场地，西哥牛啊！"

孙凯拦他话："别那么大声啊你，叫别人一听就知道咱们是打小地方来的了，西哥的后援团不能给西哥掉面子！"

只有姜皓问了句有用的："结果怎么样？"

"马上打决赛了。"宗城说，"有林迁西。"

王肖马上掉头就往决赛厅里冲。

决赛在一小时后进行。

宗城回到前排坐下时，王肖他们全都坐到了他的斜后面，那儿刚好空出几个位子。

季彩跟着回来了，跟他们几个打了招呼，顺势坐在了后排，之前的话没有再提。

电子屏上亮出冠军的争夺者——林迁西、余国轩。

场边有个挂着记者证的年轻女记者回头，就近问宗城借笔："同学，你带着书包，能借支笔吗？打个速稿。"

宗城低头拿了自己的书包放在腿上，准备掏笔给她。

女记者一边等笔一边跟同行低语："应该是余国轩夺冠的可能性大，林迁西虽然是黑马，但是目前为止还没见过像他这样的选手能夺冠的……"

宗城掏笔的手拿了出来。

女记者没等到，问："怎么了同学？"

"没笔。"宗城冷淡地说。

女记者只好换人去借了。

场中很快响起选手入场的提示，一左一右，两个选手走向球桌。

林迁西重新整理了身上的西装马甲，走到球桌边上，目光下意识地往观众席上移，就一眼，又看到那坐着的利落身影，嘴角咧一下，就像定了心，转眼看向走过来的对手。

余国轩本人比照片更严肃，过来和他握手。

林迁西伸出手时，发现他连手指都没伸开，就是象征性地握一下，心里就有数了。他可能是觉得自己已经赢定了，没必要客气了吧。

裁判宣布开始。开场不利，发球权落在了余国轩手里。

林迁西在选手席上就座，看着他一球一球地打进袋。观众席上不断响起掌声。

吴川在边上来回踱了几步。

林迁西手指摩挲着球杆，还是紧张，因为这个余国轩比之前任何一个对手都不好对付。

终于，对方一球没进，停住了。林迁西上场。

球桌上局面混乱，他要打的每条路径上几乎都有障碍。林迁西拿巧粉，擦杆，俯身，仔细判断，一球打出。

"嗒！"这一击低杆左塞，发力不重，先把目标球推开。落袋，打出了一条路径。

局面有了突破口，他就靠这一条路径，慢慢杀出下一条新路，然后再一条，直到把周围障碍一点点清空。

"啪！"中低杆推下，很稳，又是一球进袋。裁判报出分数："47！"

林迁西看一眼对方分数，47，平了。只要这一球打成功，就能顺利反超。他看了看局面，压低球杆，瞄准角度，选了一个稳妥的绿球。

"嗒……"出杆的瞬间他觉得不对，但已经来不及了，这一球遇上了角落的防守，防不胜防的一招儿，球打着旋没进。

"靠……"林迁西手指扶住领结，喘口气，提醒自己不要在赛场上说脏话。

余国轩上场，毫不意外，拿下了这一局。

"西哥输了？"王肖端着杯可乐，眼都睁圆了。

姜皓说："这人好会留坑。"

宗城看见林迁西回到了选手席，握杆坐着，侧脸白花花的，又认真了。看他这样，自己也跟着抿紧了唇。

中场开始。这回林迁西拿到了发球权。吴川在边上急得挠了两下脖子。

林迁西顾不上吴川，自己在心里一遍遍回忆唐老师教的东西、马教练教的东西、视频里看过的东西，最后全是跟宗城一起练过的球。他深吸口气，站起来，走向球桌，找好角度，擦杆，压杆，手一送，球击出去。

突然的一击，对于目标黑球太直线了，但搅动了整个局面。"啪！"落袋。

换个角度，再打一球，又是一声，落袋。这一场，他的眼里只剩下这张球桌，直到停下，分数已经领先一大截。

林迁西俯身，瞄准母球，头脑里飞快思索着进球路径。目标球得用薄力，但如果推球不满的话，就可能犯规。思索时，他手里的杆已经推出，球随力而出，没进。

轮到余国轩上场。

林迁西坐回选手席上，看他打出每一球都在追赶比分，忽然咧了下嘴角。分将要被追平，余国轩这一杆十分激进，充满自信。然后一声闷响，球停在了袋口。

没进，被拦截了。林迁西用了跟他一样的招儿，给他下了套，不仅这样，甚至还诱使他犯了规，直接加分在自己名下。这一局，林迁西赢了。

"赢了？是不是，是不是？"王肖很激动。

姜皓很紧张："是是是，别啰唆了，要决战了！"

宗城动了一下腿，眼睛没离开过林迁西。他考过很多试，参加过很多比赛，得了无数个第一，但在林迁西比赛的现场，居然第一次感到了紧张。

几乎所有人的目光都落在中间的球桌上。前两场他们各自拿下一局，现在，到了决胜局。

"啪！"球滚出去，余国轩连续几球完美落袋，这一球虽然没进，但是看局面，已经志在必得。

"林迁西有点儿危险。"季彩在后排说。

"这也太难了，"姜皓小声说，"林迁西的比赛一次比一次难。"

"不难能是全国比赛吗？"孙凯说。

"嘘！"旁边有个女生直接嫌他们吵。

场中，林迁西握着杆，再一次走向球桌。桌面上像是有两只互相拉扯的手，比分咬得很紧，能不能赢，就看这一杆能不能完整打出。

他盯着桌面，寻找着下杆目标，手指在杆头擦着巧粉，然后俯身，压下杆，腰背在灯光下拉出一道流畅的线。

"啪！"迅疾的一击，球直落进袋。裁判又清晰地报出他的分数。

林迁西这时候反而不去听比分了，眼睛盯着桌面，像盯着个谜局，他要破了这个局。

"啪！"又是迅速的一击。接连几下，都是在别人以为他不会出杆的时候，他陡然出了手。

之前看起来稳如泰山的余国轩在对手席上动了一下，手扯了一下袖扣。

整个观众席上鸦雀无声，因为比分居然被追平了。而林迁西的球，即将清台。

林迁西站直，伸缩一下左手的手指，又伸缩一下右手的手指，右手提着杆，眼睛扫向观众席。

宗城坐在那里，眼睛看着他，忽然抬了一下左手，又放在了膝盖上。

林迁西冷不丁反应过来，看了一眼自己拿杆的右手，笑了，是想起了以前他们一起练球时他说过的那句，把他当成自己的左右手。球杆在手里又握一下，林迁西俯身，肩背舒展，瞄准母球。

场中安静了四五秒，所有人都看着他蓄势待发，画面仿佛已经静止。

"啪！"出杆的速度极快，一击即收，母球推出目标球，在狭窄过直的路径中冲向袋口。"笃！"一声闷响。

现场倏然爆发出雷鸣般的掌声。

林迁西一下直起身，几乎是下意识地一把抓住了领结，否则就会忍不住脱口而出一句"我靠"！

"我靠！"王肖旱地拔葱一样蹿起来，"赢了！"

姜皓跟着蹿起来："林迁西牛啊！"

整个现场忽然活了，裁判用又高又激昂的声调宣布："本届全国高中台球联赛冠军，林迁西！"

太多声音了。林迁西几乎快被包围，转头去看观众席，看到坐在那儿一直看着自己的人，心在猛烈激撞，飞快到就要冲出胸口。他说过的，要把冠军送给宗城。

下一刻，所有人都看见新晋冠军跑向了场边，一直到了观众席那儿，面朝着前排坐着的人，手里的球杆拿起来，低头亲了一下，然后抬头，双手把球杆递了过去。

林迁西面朝着宗城，递去球杆，勾着嘴角，胸口起伏，玩世不恭一样地低声说："向吾王献上权杖。"耳边仿佛响起了他们一起学习时听的那首英文情诗。

礼敬吾王，献上我一切的绝望与希望、我所有的热血和梦想。

宗城盯着他，知道周围有无数双眼睛在看他们，人往前，一只手抓上那支球杆，拉了一下，把他拉到跟前，低下头，声音只有彼此能听见："现在你是王了。"

卷八

一起去考

恭喜你，西哥……

游过来了，

就要上岸了。

第102章

热烈的气氛还不知道什么时候才会结束，别的厅里还有一些其他名次的争夺赛在进行，好像也没人去关注了。宗城拎着书包，走到场馆外面。

他是趁乱出来的，连坐在后面的季彩和王肖他们，他都没打声招呼，当时全场都沸腾了，也刻意没去看他们是什么表情。直到林迁西被吴川拉回场中，四周都是闪光灯和掌声，他找到空隙就这么悄无声息地出来了，出来就在等。

等他又一次回头往里看的时候，有人走了过来。林迁西连衣服都没来得及换下来，肩上搭着包，脚步很快，眼睛早就看着他，一直走到他跟前，嘴角还扬着，看着也像是趁乱溜了出来："跟吴川找了个借口，溜出来了。"

后面吴川跟出来喊："林迁西，顶多俩小时空闲，你别瞎跑远，早点儿回酒店，晚上有表彰会的！"

"知道了！"林迁西回一句，马上对宗城说，"快走。"

宗城嘴角提了一下，拉他一把："走。"

两个人迅速离开场馆，从路上穿过去。到底是省城，不是小地方能比的。周日的街上很热闹，来来往往的都是行人。他们一前一后，从人群里穿行过去，林迁西跟着宗城，也没问目的地，就这么随意地跟着他走。

过了两条街，路边上有家很小的门脸儿，门额上用塑料杆挑着个印着台球图案的小旗子，随风直荡，像在朝他们招手。

宗城走进去，回头说："进来，给你庆祝。"

林迁西跟了进去，里面摆了一张球桌，前面是个吧台，看着像个台球厅，其实是个小酒吧。他觉得宗城来这儿的目的很明确，问："你早计划好了啊？"

"没计划，看你，你要是没拿到冠军就不来了。"宗城说。

林迁西咧着嘴笑，觉得他就是故意这么说的。

吧台后面站着个中年大叔，擦着杯子打量他们："两位帅哥，成年了吗？"

"成年了。"宗城朝林迁西偏一下头，"给他来一杯庆功酒。"

其实是计划好的，来的路上就计划了，只不过本来是要庆祝拿到四强，昨天就该来的。不知道为什么，他这次就是对林迁西有绝对的信心，知道他一定能进四强，可没想到现在还能庆祝拿冠军。

大叔往林迁西身上看了两眼："来打比赛的吧？行，我明白了。"

林迁西低头看了一眼身上，才反应过来："忘了，该把衣服换了的。"

宗城脱了自己的皮衣，往他身上一搭："给你遮一下。"

林迁西拿了，一边往身上套一边说："这下不伦不类了啊！"

"那还给我。"

"也不是不还，主要我这人穿什么都帅。"林迁西穿上了他的皮衣，还把拉链拉上了，看见大叔在调酒，特有范儿，提醒说，"两杯，也给他一杯。"说完冲宗城捻了捻手指，"哥有奖金了，没事儿，喝得起。"

宗城看了看他，上面是皮衣，下面是西装裤，确实不伦不类，但帅也是真帅，嘴角动了一下，有点儿想笑，没表露出来，随手在旁边的高脚椅上放下书包："那你请我，我请你。"

"怎么每回都要请我，你这人以前有钱的时候肯定特别大手大脚。"林迁西笑着说，"行吧，听从组织安排。"

宗城用他的口吻："也不是大手大脚，主要看某人真的是个穷鬼。"

"……"林迁西这次的奖金有两万呢，真的是笔巨款，但是仔细一想，除了大学的学杂费，还有去北京的路费和生活费，忽然就觉得什么也不是了。没错，他的确是个穷鬼，无言以对。"北京的开销肯定特别大。"他"啧"一声。

"后悔已经来不及了。"宗城不高不低地说，"你必须去。"

林迁西看他一眼，咧了嘴角："你别太霸道啊！"

宗城掀眼："怎么？"

刚好大叔把调好的酒端过来，话题打住。林迁西装作什么都没说过似的，随手端了一杯酒，把另一杯递给他。

两只玻璃杯装的酒，像模像样的，蓝幽幽的，不知道是什么调的，不过不重要，第一杯庆功酒的意义超过酒本身。宗城刚接了，林迁西就举杯碰了上来，"叮"一声响。

"干了。"林迁西喝了一口，吊儿郎当的，像喝水。

宗城端着酒杯，看着他喝了下去，忽然问："你知道自己今天有多张扬吗？"

林迁西抬头，跟他眼神撞一下。宗城身上现在只穿了件长袖衫，袖口拉了上去，露出来的小臂结实匀称，头顶在发黄的灯光下看，就像是镀了层小麦色。林迁西眼神晃一下："嗯啊，知道啊！"

是说决赛场上送宗城冠军那一出。明知道球场里有无数双眼睛，还是送了，张扬又张狂。但林迁西根本没有犹豫，那一刻像是本能驱使，他的胸口里热血沸腾，情绪汹涌高涨，火一样在烧，到现在都还在跃动，这种感觉没法形容。

他眼神落到宗城脸上，勾起唇："觉得张扬，那你怎么还敢接啊？"

宗城靠着吧台，鼻梁下到眼窝都被灯光投出一小片阴影，嘴角忽然扯了一下："你敢送我就敢接。"说完把酒一口闷了，酒杯反过来扣着给他看。

林迁西笑："牛啊城爷，不尿。"

宗城眼睛看着他："你也不赖啊西哥，你跟我谁也别尿。"

林迁西被他盯着心口都紧了一下，觉得他这话就跟刚才那句必须去北京一样，干脆也一口闷了，杯子反过来扣着跟他的放一起，脸上全是痞笑。

墙上挂着钟，指针走得很快，在店里喝了一杯酒，吃了顿简餐，俩小时的空闲很快就要没了。

宗城拿了书包，问："你住的酒店远不远？"

"不远，就在场馆附近，走回去吧。"林迁西说，"你跟我走就行了。"他一边说一边出店门，顺手从带着的包里拿出了手机。

比赛的时候是关着机的，现在他才按着开了机，翻了翻，没有什么新消息，顺带点开通讯录，翻到他妈的电话，琢磨了一下要不要告诉她这个好消息。

林迁西站在门外的马路边上，手指悬了半天，还是没拨出去，是觉得林女士还是不在乎，都不知道忽然说了她会不会相信，他有一天居然会拿到全国冠军。最后干脆点开微信，给杨锐发了个消息，就把手机收起来了。

宗城跟在后面出来，看到了，故意问："喝多了你？"

"开玩笑吧，我是那么容易醉的吗？"林迁西往前走，"要不是有表彰会，我还能干。"

宗城过去拽他一把："这儿。"

林迁西被他拽着进了一条小路，往前面看了看方向，发现是条近道，低声说："学霸就是不一样……"路都认得比别人快。

宗城一只手拎书包，一只手拽着林迁西的胳膊，林迁西看他一眼，跟紧了点儿。

穿过去很快就看到酒店了。刚到大门口，林迁西就听见吴川的声音："林迁西呢？还没回来啊？"

林迁西往里面快走两步，又想起来，把身上的皮衣脱下来，塞到宗城手里："等我一会儿啊！"

宗城拿了："在里面等你。"

"行。"林迁西跑进去了。

宗城拎着皮衣走进大堂，手机就振了。他从裤兜里掏出来，点开翻了翻，好几条微信。

季彩发来的，说她已经走了。下面还有姜皓发来的，问他怎么安排，他们也打算走了，到现在没见到他跟林迁西的人，还问他要不要一起走。

宗城拿着手机去休息区坐下，回了句"晚点儿回去"，别的什么都没说。他抬头看看四周，是赛方安排选手入住的酒店，周围都有横幅拉着"预祝大赛圆满成功"之类的标语，偶尔有人进出，也都是穿着正装打台球的选手。

表彰会大概是在某个会议厅里办，不知道要多久，他其实应该走了，给林迁西庆了功就该走的，结果一直没走。宗城手里转着手机，过一会儿就看看时间。

个把小时过去了，面前又有几个选手经过，接着忽然多了个人。邓康斜着眼站在他跟前，身上换掉了比赛的正装，穿着平常的运动装，一副仇人相见分外眼红的面孔。

宗城只扫了他一眼，手上依然转着手机，脸上没有表情，仿佛他根本不存在。

"林迁西跟你可真够要好的啊，难怪这么护着他呢！"邓康嘲讽地说，"他现在夺冠了，你挺高兴啊！"

"嗯。"宗城说，"我是挺高兴的。"

邓康一脸的戾气，像是被他这句话一下激出了怒火："你有什么脸在这儿高兴，你配吗?！"

会议厅的门被推开，林迁西走了出来。

他可能是以前的惩处拿太多了，都不习惯这么正式的表彰，刚才在里面，连去赛方手里接证书都是让吴川去的，看来还得再习惯习惯。

肩搭着包，刚要走，听见有人跟出来叫他："林迁西！"他又回过头。

"还没有恭喜你。"是罗柯，刚才的表彰会上也有他，除了成绩被撤销待定的邓康，前四都受邀参加了表彰会。他走过来，笑了笑说："我早说了你才是最大的黑马，你真是天生打台球的。"

林迁西也笑笑："你搭档都这样了，你还能这么说，我可真感动。"

"邓康……"罗柯托一下眼镜，"也挺遗憾的，他这人就是冲动了点儿。"

林迁西没心情跟他说姓邓的，转头说："我还有事儿，先走了。"

"这么急吗?"罗柯说，"本来想找你说些事情的。"

林迁西回头问："什么事儿啊?"

罗柯还没说话，忽然听到一道熟悉的声音："你配吗！"

林迁西已经顺着声音看过去了，忽然拔脚就往那儿跑。

跑到大堂的休息区，看见宗城站在那儿，对面就是邓康，被一个选手拉住了，随时都想要冲上去的样子。林迁西立马跑了过去，盯着他，压着声音："你又想干什么！"

罗柯也跑了过来，拦住邓康。"他今天因为成绩的事儿有点儿激动，没事儿。"说完回头推一下邓康，"别闹事儿，忘了教练的话吗？这什么地方？"

宗城伸手拉了一下林迁西，把他拉到了身后，一言不发地看着邓康，脸上很冷。

"激动什么？老子不激动，就想问问姓宗的，"邓康眼睛从林迁西身上扫到宗城身上，指着他，"你配吗，你有什么脸在这儿高高兴兴的？"

"别说了邓康。"罗柯劝他。

宗城冷冷地说："我配，怎么样？"

邓康斜着眼看他，脸都泛青了，差点儿甩开罗柯拦自己的手。

"吵什么？"吴川的声音传了过来，"出什么事儿了？"

林迁西一把抓住宗城的胳膊，说："走了。"

宗城跟着他往里面的电梯间走。罗柯总算把邓康给推远了。

后面没动静，吴川应该是没找来，估计姓邓的是不发疯了。林迁西拽着宗城直接去了自己住的房间，拧开门进去的时候还回头看了一眼，才放心地把他拽进去："他成绩闹到待定自找的，还有脸了？"

"不用理他，他无所谓，你还要冠军。"宗城把房门关上。

"所以才拉你赶紧走啊！"林迁西把手里的包随手扔地上，看到了还摆在床头柜上的那束鲜红的玫瑰花，回头冲他咧嘴笑了下。

宗城也看到了，扫一圈儿房里，房间不大不小，一张双人床占了大半个房间，那束玫瑰摆在床头那儿就特别显眼。房间里没人说话，一下就显出这儿只剩下他们两个了。宗城把皮衣搭在床尾，书包放旁边，看了一眼林迁西，往洗手间里走。

林迁西跟过去，一只手撑着门口，痞笑着问："要给你换洗衣服吗？本冠军的衣服要不要？"

宗城在水池边转头："有冠军的签名吗？"

"你要我签名吗？"林迁西故意往他身上看，"签哪儿啊？"

宗城知道他又开始嘴骚了，手一伸，把他拽了进来，按水池边上。

"靠……"林迁西腰在池边磕了一下，拧眉说，"断了！"

"是吗？"宗城一把从他裤腰里扯出了他西装马甲下的衬衣，"我检查一下。"

林迁西腰上一凉，紧接着就被他的手掌按住了，冷冰冰的大理石挨着干燥温热的身体，瞬间起了一层鸡皮疙瘩，一抬头，正对上他脸。

这硬茬永远这么有力气，林迁西两只手抓着他的腰就往瓷砖墙上推，自己的牙关里好像还留着喝过的庆功酒味道，有种果味儿混着酒精的刺激。等他终于把宗城推到墙上，听见了热水"哗哗"淌出来的声音，他人才被放开。

宗城拧开了水，把他往喷头下面推，身上长袖衫被打湿，胸膛起伏，声音也低了："你先洗。"

林迁西抹一下脸上的水，一把就把他拽了过来："你怎么不先啊？"

宗城挤着他站稳，抓着他的腰就推到了喷头下面。

林迁西眼前一半是水雾，一半是宗城，别的什么都快要看不清，嘴里低低地爆了句粗口。

第 103 章

不知道几点，好像有了熹微的光亮。床上轻轻动了一下，又动一下，床单和被套摩擦得沙沙作响。林迁西睁开眼睛，半张脸朝下埋在枕头里，呼吸又粗又闷，大脑里面先是一片空白，然后才想起自己在哪儿。

该收拾的都收拾了，宗城套上皮衣，先出去等他，坐到那辆小皮卡里时，天也不过刚亮起来。

林迁西晚了十分钟过来，穿了件套头卫衣，背着包。

宗城回头拿了自己的书包，找出件干净衬衫，顺手又拿出支笔，连自己的衬衫一起抛给他说："还要给我签名吗？现在签。"

林迁西想起来了，昨晚他们说过签名，觉得他就是故意的，一把拿了笔，随手顶开笔帽，在他衬衫上直接画了个"L"，就抛下了笔："行了，签了。"

宗城拿起来看了一眼，签在了胸口那儿，画得够随意的，嘴角微动，把衬衫又塞回了书包。

出发得够早，回到小城里也不算晚。林迁西给吴川发了消息，在车上又睡了一觉，等到被摇醒，睁开眼，已经在住的小区外面了。

"你还能去学校吗？"宗城忽然问。

林迁西看了他一眼，说："能，我还没废呢！"说着推开车门下去，进了小区，走了几步，又回头看了一眼。

宗城跟着下来，就在后面，眼神正盯着他，跟他视线对上，点了一下头："嗯，没废。"

"……"林迁西心想这什么眼神，下次让你废，还没说话，听见楼道里有说话声，好像是他妈的声音，不想被撞见，马上向宗城摆摆手，"走了。"

宗城往楼道看了一眼："学校见。"说完转身走了。

林迁西背着包爬上楼，又听见他妈的声音，主要这小破楼也没什么隔音效果。隔壁总骂人的那个女主人在大嗓门地问："穿这么好，这是要去哪儿啊？"

林慧丽说："有点儿事儿。"

"见对象啊？"

"不是。"

林迁西到了门口，往邻居家门口看一眼，那个穿着睡衣的聒噪的女主人端着碗在吃饭，正好看见他，马上见了鬼似的钻回家里去了。

林慧丽正在锁门，看到他回来，钥匙没拔，停住了："你回来了？"

"嗯。"林迁西看着她，她身上穿了件长外套，里面穿的是他当初打球拿到奖金给买的那件裙子，臂弯里挽着个旧了的提包，包没拉严实，一张竖着插里面的票露了半截出来。他看了好几眼，才问："你是要去看我比赛？"

林慧丽又把门打开了。"我以为你进不了的，一开始没当真，昨天遇到冬子才知道你打到决赛了，假请晚了。"说着进了门，把包和东西都放下了，往房间走，"你都回来了，那我就回去上班了。"

林迁西又往她身上看了好几眼，才确信她真的是要去，就是不相信他的能力，扯了下嘴角，想笑也笑不出来："我拿到冠军了。"

林慧丽站在房间门口看着他。

林迁西走到自己房门口，进去前又回头说了一句："真的，全国冠军，我拿到了，不信你就再去问问，要不然看看体育新闻，可能也会有。"说完进了房间。

林女士没有说别的，也没其他声音，大概是还在消化这个消息。

宗城晚了两个小时到学校，身上换了件外套，立着衣领，拉链一直拉到顶。刚进教室，就看见几双眼睛齐刷刷地盯着自己。

"城爷，才回来啊？"王肖问。

宗城放下书包，在他们身上扫了一眼："嗯。"

"西哥呢？"

宗城又看他一眼："应该快来了。"

王肖说："你们……"话说一半，又不说了，黑不溜秋的脸上，表情有点儿丰富。

姜皓忽然问："去收拾一下器材室吗？林迁西肯定暂时用不着练球了，得冲文化课了，咱们也用不着再当陪练了。"

宗城站起来："那走吧。"

姜皓跟出去，一直到进了器材室，也没作声。

那天决赛场上那一出太震撼了，林迁西亲了一下球杆，送给了宗城，那眼中就没别人，只看得到宗城一样，姜皓手里的可乐都翻了，洒了王肖一裤腿。

王肖也呆了，傻乎乎地问了句："西哥都高兴成这样了吗？"

想到这儿，姜皓看看宗城，还是找不到话说，转头收拾了一下球杆。

林迁西到学校的时候刚好是课间，上了教学楼，一拐弯，正好看见宗城跟在后面上来，一眼看到他身上的外套，跟自己身上的一样严实。

宗城走过来，眼神已经看着他。

林迁西跟宗城视线接触一下，晃开眼，才看见姜皓在后面跟着。姜皓看看他们俩，没说话。

林迁西看看姜皓，又看看宗城。

"走吧。"宗城说。

大广播里忽然响起教导主任的声音："通报，高三（8）班林迁西……"

干吗？林迁西停住了，紧接着听见后面的话："在全国高中台球联赛里夺得冠军，特此表扬……"

"……"林迁西还以为自己刚回来又干吗了，差点儿以为又是批评的。

"林迁西！"吴川脚步很快地从走廊那儿过来，看见他就指着说，"你怎么跑那么快，我现在才追回来。"说着看看宗城，"你俩一起回来的？"

林迁西还没回答，吴川又说："你们俩关系也太好了，那天决赛后还有人问我你送球杆给他是什么意思呢。"

姜皓忽然抢话说："老师，那是咱们约好的。"

"什么约好的？"吴川问。

姜皓看看两人："咱们不是一起练球的吗？说好林迁西赢了就要送球杆的，打了赌的。"

吴川信了："我就说，毕竟是陪练。"

林迁西和宗城对视一眼，就当默认了。

第 104 章

"下次别再这样了啊！"吴川虽然信了，但还是数落了林迁西一通，"昨天表彰会后的聚餐都没见你，我才听说那个姓邓的小子又闹事儿呢，紧赶慢赶地过去，就不见你人了！"

林迁西瞥了瞥宗城，避重就轻地打岔："我昨天吃了饭回去的，还聚什么餐啊，再说也没下次了，我不得专心冲高考了吗？"

吴川回过味儿来了。"也对，你是得冲高考了。"说着又想起什么，"对了，今早回来的时候，其他四强选手都互留了联系方式，除了那个邓康，我也留了你的，回头要是有人联系你，可能就是想要切磋球技的，别太惊讶了。"他往办公室走，"行了，我见一下老周和老徐去，台球赛结束了，我算是交了份满意的答卷。"

"好的，吴老师辛苦了，吴老师慢走。"林迁西好歹把吴川给送走了。

回过头，姜皓眼神还在他身上转悠，看完了他，又看了看宗城，好像还带点儿不可思议的意味，来回看好几遍，才往前动脚："走啊，你俩都迟到了还不赶紧回教室？"

林迁西有点儿察觉了，转头看宗城："他刚才怎么回事儿？"

"应该没事儿。"宗城看姜皓还能在吴川跟前替自己和林迁西圆话，就知道他还是有眼力见儿的。

林迁西瞅瞅姜皓的背影，进教室的时候有点儿不大自在，脸上倒是没表现出来，若无其事地到了座位上。

书包才放下，班上一群人的目光瞬间投过来。林迁西眼睛扫视一圈儿，感觉整个班都在看他，尤其注意到陶雪还多看了他好几眼，连章晓江也在前面瞥他。

宗城在旁边坐下，像是猜到了他的想法，低声说："你不是刚被通报过拿了冠军吗？"

林迁西一下反应过来了，紧跟着就看见陶雪冲他笑着小声地说了句："恭喜啊，林迁西。"

他低低地说："我说呢……"一边冲陶雪笑了一下，就当回应了。

王肖刚跟姜皓交流过眼色，回头看他好一会儿，脸上堆出笑。"西哥，你……城爷，你们……"像是不知道要怎么说一样，话断成了八截，最后看林迁西还站着，拽他坐下来，才说了句完整的，"坐啊，西哥，坐下说，你站着我都得仰头看你。"

林迁西被他拽着一屁股坐在椅子上："坐下说个屁啊，你没话要说。"

"……"王肖讪笑，闭上嘴，一本正经地点点头。

孙凯跟薛盛半天没吭声，现在也就听话地不多嘴了。

林迁西旁边的椅子被拖了一下，转头就见宗城坐近了。他一手拿了自己的书出来，翻开说："看吗？你去比赛的时候我做了新笔记，要考的。"

林迁西对上他的眼神，"啧"一声，也不多说了。

刚好上课铃响了，大家安静了。老周端着茶杯走了进来，茶杯上依然套着塑胶杯套，在讲台上一放，又从胳膊底下拿出一摞试卷，往下看。

林迁西一抬头就看见老周瞅着自己，至少是瞅着自己这个方向，心想难道是要夸一下自己拿了冠军？

结果老周咳了一声，清清嗓子，开口说："人都到齐了，桌子拉开，联考了。"

"妈呀，忘了今天有联考！"王肖在前面低吼。

林迁西下意识地看宗城，猜这可能是自己集训比赛期间的安排。

宗城低声说："只要我给你做的笔记都看了，就能考。"一边把桌子拉出去一截。

林迁西伸手去拖桌子，一用力，拖出去一大截。都不知道这是不是对他的惩罚，一回来就考试，看着老周监考的架势，就知道这次联考还挺重要的。

林迁西心想集训期间也好好学了，就是不知道效果，硬着头皮考吧，就当检测一下水平了。

到这时候，高三的主要内容仿佛只剩下考试了，不断地考试，直到全科考完，才准放学。

铃声刚响，林迁西的手机就跟着振了，在课桌肚子里"嗡嗡"地响。他拿出来看，是个陌生号码发来了条短信。

——老地方见。

宗城刚把桌子拼回来，就看他迅速收拾了书包。

"走，"林迁西说，"去杨锐那儿。"

宗城收拾了书包，站起来："有事儿吗？"

"嗯。"林迁西脸上挂着笑，卖了个关子，"快走吧。"

可能是因为被通报了拿奖的事情，出校门这一路，林迁西被很多双眼睛围观，宗城跟在后面看着，有的还是高一、高二的女生，林迁西却不以为意。

很快到了杨锐的店那儿，林迁西一头扎进了打球那屋。"嘭！"扎气球一声响。秦一冬在屋里喊："冠军来了！"

杨锐从杂货店那屋走过来："哪儿呢？林迁西，冠军！你可以啊！"

宗城跟进去时，就看见屋里像模像样地拉了几根彩带，球桌上飘着几个气球，吃的喝的一大堆。

林迁西已经被杨锐和秦一冬一左一右拉去了中间，站在那儿打量周围："你们无不无聊啊，小学生吗？这什么玩意儿，弄得花里胡哨的。"

杨锐说："给你弄就不错了，别挑三拣四了。"

秦一冬还是穿着蓝白间色的校服，从校服口袋里掏出手机："我的号码你保存了吗？"

"啊？"林迁西也拿出手机，"保存了，你发消息说老地方见的时候我就保存了。"

"我的微信你也给加上！"秦一冬把手机按他面前，"加上，先让我拉黑一次，再加，我再通过你。"

"这么记仇啊？"

"那肯定，你拉黑我几次了？"

林迁西叹气："唉，行吧，随你，谁让你是秦小媳妇儿。"

"滚，你又胡扯什么呢！"

宗城在旁边看了一会儿，他们还凑在一起加微信。林迁西倚着球桌，手指在点手机，秦一冬指挥着他，基本上要靠在他身上了。宗城没走近，就在旁边的桌子上放下了书包，又看一眼那两人旁若无人的亲密样，看他们黑漆漆的脑袋几乎挨在一起，抿了嘴。

杨锐叫他："酷哥，站着干吗？"

秦一冬才发现他也来了，扭头看了过来，又看看林迁西："是不是耽误你们时间了，你们有什么安排吗？"

"学习。"宗城说，"带林迁西学习，没别的事儿。"

林迁西加好了微信，抬头说："不耽误时间，庆祝半小时，我就跟你去学习。"

宗城还没说话，手机响了，就一声，他从外套口袋里掏了出来，看到屏幕上浮动着一串再熟悉不过的陌生号码发来的一条短信，连内容都还没看完，紧接着就进来了电话，还是这个号码。他手指立即按了静音，看向林迁西："没事儿，你就在这儿好好庆祝吧，我临时有点儿事儿，先回去了。"说完转身出了门。

"哎！"林迁西目光追出去，他人已经走了。

秦一冬明白了："原来是他带着你学的啊！"

"那肯定啊！"林迁西拿了袋零食，"哗啦"一下撕开，嘴角勾起来，有点儿不自觉地得意，"他是我指导员啊！"

宗城走到外面很远，一直快到老楼，附近都没人了，那通电话依然在屏幕上闪，他才终于按了接听。

"宗城！"刚放到耳边，顾志强的声音就炸了起来，"我发的那条短信是真的吗？你怎么这种德行，你对得起你死去的妈吗？！"

宗城没说话，一只手拎着书包，站在没人的路上，冷冷地问："这跟你有什么关系？"

"跟我有什么关系？你说跟我有什么关系？我是你爸！你怎么跟那种人搅和在

一起？就是那个叫林迁西的小子是吧？我认得他！难怪每次去都碰见你们俩混在一块儿！"

"我再说一遍，我的事情，跟你没关系。"宗城直接掐了电话，紧闭着嘴，被他的声音吵得头疼，整张脸都绷着，呼出口气。

第 105 章

林迁西把几张招生学校的介绍表摊开，放在球桌上，嘴里叼着片海苔，抬抬下巴："喏，看吧！"都是他进了四强之后从比赛的地方带回来的。

秦一冬从旁边凑过来看，随便看了两眼就发现全是北京的学校，吃惊地问："你认真的啊？"

"当然了，不然给你看干吗？"林迁西一张张收起来，他还没给宗城看过呢。

秦一冬打量他："你是要跟着他去北京吧？"

林迁西笑得没个正形："什么叫跟着他去北京，我是要和他'一起'去北京。"特地强调一下是一起，那是要一起努力的，不存在谁跟着谁。

秦一冬张了一下嘴，似乎想说什么，又没出声。

"别说了冬子，"林迁西看到他的表情了，嚼着吃完了海苔，拍拍手站直，"我知道你要说什么，别劝了，真的。"

秦一冬随手拨了一下球桌上的球，好一会儿才说："我还能说什么啊，嘁！"

林迁西咧开嘴笑，忽然想起来："你想考哪儿啊？"

其实秦一冬的成绩还说得过去，不至于没大学上。"省内吧，"秦一冬说，"我反正是去不了北京，还以为你也顶多混个省内的学校。"

"你这口气有点儿怨念啊！"

"滚吧！"秦一冬白他一眼，"我看你能不能考上！"

"说浑话呢你？九十九步都走完了，拼了命我也要考上！"林迁西拿脚作势踹他。

秦一冬让一下，忽然说："你俩真这么计划的啊？"说完停一下，看着他，"我就问这一次。"之前还不觉得，但现在，尤其是这次比赛之后，觉得林迁西好像确实是来真的。

林迁西拿了自己的书包，朝肩上一搭，指指自己的脸，脸上没有笑，很认真："你看我，真的。"他一直都是吊儿郎当的痞样，现在却没有，一双眼睛又黑又亮。

秦一冬看了看他的脸，没想到他会有这样的一天，就没再说什么了，随手拿了包零食，点点头。

林迁西往外走，大声喊："杨老板，我回去了啊！"

杨锐已经去了隔壁的杂货店，高声问一句："你俩终于和好了，不留下来吃个和好饭吗？"

"不吃了，庆祝完就行了，搞那么肉麻干吗，以后机会不还多着么！我要回去学习了！"林迁西回着话出了门。

本来他是想去老楼找宗城的，但是走了一半，想起宗城走的时候说的是临时有事儿，还以为是顾阳的事儿，最后就没去。林迁西走在路上给宗城发了个微信。

——我庆祝完了，你有什么想法吗？

边走边等，一直到家门口了，也没等到回复。林迁西停下来，对着手机看，心想这么忙吗，这么久居然都不回他？想着想着笑起来，一只手拧钥匙开门，一只手噼里啪啦地打了句话过去。

——不理我，行啊，你这人转脸无情！

发完进了房间，从书包里拿了笔记和试卷出来，笔记还是宗城给做的，好多页都插着小标签。林迁西翻的时候还是没有收到回复，往床上一躺，心里直犯嘀咕。

宗城早上五点就起床了，六点半走在去学校的路上的时候，已经在家刷完了一个小时的英语题。

其实昨晚他半夜两点才睡，从最后一个学期开始，几乎每晚刷题，一直保持这个作息。

他一边走，一边低头打开手机，昨晚关了机，是不想被顾志强骚扰，现在打开，里面果然还留着几个未接来电，都是那个号码打来的。

宗城手指机械地点了删除，脸上什么神情也没有，毕竟是预料之中的。顾志强并不关心体育，也从来不看什么比赛，没可能是因为这次台球比赛知道的这事儿，也许是从其他地方知道的。这种时候没必要跟顾志强纠缠这些，他和林迁西都要准备高考，耗费精力不值得。

宗城删光了短信和来电记录，手指紧跟着点开微信，就看到了林迁西发来的那句话。

他停了脚步，盯着那话反复看了两遍，往回看，路上没见林迁西的身影，应该还没去学校。不过他怎么就无情了？

"酷哥。"杨锐在前面叫他。

宗城看过去。

杨锐在杂货店门口的小板凳上坐着吃早饭，带着笑说："昨晚走那么快干吗啊，见不得林迁西跟冬子'卿卿我我'？"

宗城发现他还挺会用词的，手上转了下手机："说了我有事儿。"

"他俩以前就那样。"杨锐用一种特别八卦的语气说，"真的，关系特别好，勾肩搭背、出双入对的，现在和好了还得了？冬子在乎林迁西，林迁西也在乎冬子，你得管管，不然小心林迁西飞了。"

宗城往前走，口气淡淡的："飞了也会被我拉回来。行了杨老板，你玩儿不了我。"

杨锐端着碗，摇摇头："算了，真玩儿不了你，一次都玩儿不了，失败！"

林迁西七点到了学校，一进教室就看见座位上摆着包子和油条，用油纸袋子装着，还在冒热气，旁边还有一罐牛奶。他看看旁边，宗城的座位是空的。

"别看了，就他给你买的。"姜皓在前面回过头说，"你俩这么……"

"什么啊？"林迁西问。

"没什么！"姜皓压着喉咙说，"居然连早饭都给你买好了！"他还是头一回知道宗城连这种小事儿也会做。

"……"林迁西转头打岔，"他人呢？"

"我怎么知道，王肖他们抽烟去了，谁知道他干吗去了。"姜皓转回头去了。

林迁西坐下来，正好没吃早饭，拿了油条先咬一口。

宗城回来了，脚把椅子一钩，坐了下来。

林迁西扭头："你去哪儿了？"

宗城看了眼他手里的油条："吃了？"

"嗯啊，不是买给我的吗？"林迁西拿那油条在他眼前晃一下，又张嘴咬一口，故意吃给他看。

"是给你的，不给你给谁？"宗城嘴角提一下，"证明我不是你说的那种人。"

"哪种人？"

"你微信说的那种人。"

林迁西一口油条含在嘴里，想起来了——转脸无情。难怪给他买早饭呢，原来是因为这个。他把油条一放，就往宗城腿上抓了一把。

宗城断眉一抽，盯着他，手伸过来一拽，还了他一把。

"嗞……"林迁西怕疼，反应比宗城大多了。

姜皓听到动静回头："干吗啊你们？"一边朝窗户外面递个眼色。

宗城往窗户外面看，看到老周带着卷子过来了，松开手。

"喀……"林迁西被油条呛了一下，赶紧坐好。

宗城看他一眼，手上已经在翻书了。

老周进了教室就叫章晓江发卷子——昨天联考的卷子，除了卷子还有排名表，每个人一份。王肖他们这才紧赶慢慢地回来了。

林迁西把没吃完的包子、油条、牛奶都塞进课桌肚子里，接了试卷，又拿了张排名表，按在桌子上一个名字一个名字地看。第一当然是宗城，没有悬念，分也依然是"7"打头，简直了！

他刚要往宗城身上看，宗城的手已经指了过来，在排名表上点了一下："你的在这儿。"

他先看的宗城的，宗城先看的他的。

林迁西往下看，看到了自己的名字，排在第十八名。"前进了一名。"他皱着眉，"还没达标。"

"哇，西哥，你已经十八了，十八啊！"王肖回头小声惊呼，"你太牛了，还要怎么样啊？"

"说了没达标。"林迁西把他脑袋推回去。

"集训那么久，能不掉队就不错了。"宗城低低地说。

老周在上面发话了："离高考没多久了，这次联考是五中八中的联考，咱们这儿就这两所高中，所以考得怎么样自己得有数了。后面还有一次模拟考，模拟高考的，那个考完就正式上战场了。"老周一只手敲敲黑板旁边的倒计时牌子，"最后阶段了，好好把握。"

林迁西掏出手机，低着头打字。

宗城看他一眼："干什么？"

"不是联考吗？不知道冬子考得怎么样，我问他一下。"他回。

宗城没说什么，抽了张草稿纸，拧开笔，在上面一项项地写。

林迁西字打一半，看到了，凑近去看："你写什么？"

"给你做新的计划表。"宗城一边写一边说，"放学你去我那儿。"

"然后呢？"

"在我跟前学习。"宗城说。

林迁西把试卷竖起来挡了一下，笑着说："不说你无情了，城爷特有情。"

宗城笔停一下，看他。

"安静点儿！"老周在上面敲了敲讲台。

林迁西放下试卷，不说了。

傍晚，顾阳放学先到家，正忙着喂汤姆，听见门被拧开，转头就见林迁西跟宗城一前一后走了进来。

"西哥！"顾阳朝他招手，"你怎么才来啊，我还没恭喜你拿到冠军呢！"

林迁西拎着书包过来，蹲下撸汤姆的狗毛："别那么客气了，好弟弟，我来学习的。"

顾阳说："我懂，最后阶段要冲刺了是吗？我看我哥成天刷题。"

林迁西点头："对，没错，向你哥看齐。"

宗城把书包放小桌那儿，手里拎着份打包的饭，过来扯了一下他后领："向我看齐还玩儿什么狗？"

"不玩儿了，来了来了，马上向你看齐。"林迁西松开汤姆，坐到小桌边上，开始从书包里拿书拿试卷。

宗城把饭递给顾阳："给你带的，我们吃完饭回来的，直接做题了。"

"这么拼啊！"顾阳看看他俩，端着那份饭去自己的房间，"那我不打扰你们了。"

宗城走去小桌边，挨着林迁西坐下，问他："你今天打算完成多少？"

"你要做多少？"林迁西抬头看他。

"给你的那张表，我要全部过一遍，每科的题都要做。"宗城说。

"那我跟你一样。"

"你确定？"

"看不起我？"林迁西手又要往他大腿那儿伸。

宗城抓着他手，塞了支笔进去："那你做吧。"

顾阳吃完饭，从房间里钻出来，时间已经不早了。

小桌那儿两个人低着头在刷题，耳朵里还各塞了一只耳塞，不知道是不是在做英语听力。他放轻脚步，又返回了房间，没打扰他们。

等到再一次出来，已经是洗漱睡觉的点儿了。顾阳半天没听到动静，还以为林迁西走了，出来才发现他还在，只好继续轻手轻脚地走开。

宗城听到顾阳房门关上的声音时还没注意，等把耳塞摘了，才知道时候不早了。他做起题来经常忘了时间，把手机按亮看了眼，都过晚上十二点了。

林迁西抬头看他："几点了？"

"很晚了，你还要做？"

"做啊，没做完呢！"林迁西低头说，"继续。"

宗城站起来，去厨房倒了两杯水，端出来，刚坐下，就看见他拿着笔，头一点一点的。点了两下，又马上惊醒，林迁西拍拍脸："居然犯困了。"

"这个点儿犯困很正常。"宗城又回头看一眼顾阳的房门，腿伸过去，拍一下，"给你躺会儿。"

林迁西看过来，有点儿心动，但还是摇了摇头："不行，不能睡。"

宗城直接揽着他肩膀一按，按到了腿上："十分钟，到了我叫你。"

林迁西躺下来就不挣扎了，身体一侧，声音闷闷的："真叫我啊！"

宗城看了眼他沉沉的脑袋，头发黑漆漆的，第一回见他学得累成这样，牵了下嘴角，低低地"嗯"了一声。

第 106 章

林迁西真睡着了，脸搁在宗城的腿上，就没再动过。

时间快到了，宗城本来是想让他多睡两分钟的，但低头看了眼，笔在手指上转了两圈儿，还是伸手在他头发上用力揉了一下。

林迁西被揉得睁开了眼，翻过来，仰躺在宗城腿上，醒了。

宗城在上方看着他："起来了。"

他一下坐起来："过点儿没有？"

宗城拿手机给他看一眼："正好十分钟。"

"啧，城爷办事儿我放心。"林迁西拍一下脸，又活动两下肩，给自己提神。

宗城看了都有点儿想笑，把桌上一杯水推给他："谢你自己那睡姿吧。"

"嗯？"

"没什么。"宗城又看了眼手机上的时间，"再做一个小时差不多了。"

林迁西端水灌一口，抓了笔，低头继续写："行。"

回答的时候还没在意，等一个小时真到了，他一张卷子还有俩题没写完，看见宗城在旁边合上题册，拧上笔帽了，才反应过来："你写完了？"

"嗯，你也别写了，明天还得上课。"宗城直接拿走了他手里的笔，"回头再写。"

林迁西想拿卷子，卷子也被抽走了。

"放我这儿，明天起来给你检查一下，你该睡了，别想接着写完。"

"……"连心思都被他摸透了，林迁西只好爬起来，心想下次得写快点儿。

宗城站起来，忽然问："现在回去？"

"回去啊！"林迁西拿了书包，一下反应过来了，冲着他笑，"干吗，你要收留我在这儿住一晚啊？"

宗城低低地说："你要在这儿住吗？"

冷不丁听见顾阳房门一声响，林迁西马上不闹了，搭上书包就朝门口走。

宗城看着他一阵风似的带上门走了，回过头，正好顾阳打开房门。

"哥，还没睡啊？"顾阳一边说，一边睡眼惺忪地往洗手间走。

宗城嘴边笑一下，把林迁西的试卷收了起来："睡了。"

林迁西回去得晚，但还是特地定了个早起的闹钟。时间不多了，他得认真拼了。

结果也没用上，早上叫醒他的是一通微信电话，响声"叮叮咚咚"地往耳膜里钻。林迁西凭感觉点了点，接了，闭着眼拿到耳边听。

"乖仔，起床了，杨锐这儿等你。"宗城的声音有些哑，像是刚醒不久。

林迁西闭着眼笑了，一个鲤鱼打挺坐起来："来了，指导员！"

最多十分钟，林迁西就背着书包跑上了马路，一边跑，一边嘀嘀咕咕地背语文古诗词。

刚到杂货店外面那条街上，一辆货车刚好开到路边停下，喇叭按得嘟嘟响。林迁西嘴里小声背着句子，眼睛往前面看，找宗城，完全没听到，就直接从车旁边过去了。

车里的人探出头来："你小子聋了？"

他才站住了，回头一看，路峰从驾驶室里走了下来，带疤的脸朝着他。

"拿了个全国冠军，怎么人傻了？"

"全国冠军也要高考啊！"林迁西倒退几步，回到车边，"干吗啊，有话说？"

路峰掏烟，习惯性地抽一根给他，想起他现在不是以前了，又收了回来，塞到自己嘴里："杨锐跟我说过你脚的事儿，三炮那儿我去找过一回，没找到人。你就别管了，该干什么干什么，还是能避就避吧。"

林迁西听到这名字脸色就不好。"都这么久了你还惦记着，我也太感动了。"他嫌烦一样，手指钩着书包带子，"我现在跟冬子和好了，没别的想法，只想考个好学校，离开这地方，就离开这种苍蝇远了。"

"你能这么想最好，好好学吧。"路峰话停一下，往前看，"他等你呢？"

林迁西顺着路峰的目光看过去，宗城就站在前面，拎着书包，穿着件短短的黑色外套，整个人又高又挺拔。他脸上笑了，朝那儿走："那肯定是等我，不然还等你吗？"

"你嘚瑟个屁！"路峰骂他一句，进了杂货店。

林迁西走过去，伸手："我卷子呢？"

宗城抓着他那只手拽一下："先吃早饭。"

林迁西被他拽过去，跟着他往前走，过了这条街，在路边一家早饭铺子那儿停了。

宗城进去点了粥和包子，回头问："刚才说什么了？"

"几句废话。"林迁西随意回一句，拖了凳子在墙角的桌子边坐下来，又伸手，"卷子呢？"

"吃饭就好好吃饭，吃完了再给你。"宗城坐下来，一只手从脖子上拿下一只耳塞，递过来，"允许你听英语。"

林迁西乖乖凑过去，指指自己右耳。宗城动手给他塞上了，顺手把凳子挪近，挨着他坐。

在早饭铺子里坐了快一个小时，吃完了早饭，听了几节英语听力，铺子里来吃早饭的人多了起来，才到了去学校的点儿。

刚好是进校高峰期，他们到的时候，人还被耳机线连在一起。宗城拉住林迁西，刚把他耳朵里的耳塞摘掉，就一眼看到校门口站着老周，老周已经看到他们了。

林迁西也看到了，没事儿一样，先晃进校门。

"林迁西，"老周忽然叫，"跟我来一下。"

林迁西停住，下意识地问："干吗？"

"去办公室里，你前面集训缺考的卷子都去补考一下。"老周往前走了。

"……"林迁西心想就这事儿啊，吓什么人啊，看一眼淡定收耳机线的宗城，书包拿下来，抛过去。

宗城接了说："去吧。"自己先上了教学楼。

林迁西跟在老周后面进了办公室，没其他人在，办公桌上还真摊着试卷。

老周拿支笔放那儿，捧着茶杯去倒茶，就跟没自己什么事儿似的，嘴里说："补不完就带回去补，不会的多请教宗城。"

林迁西拖了椅子在办公桌后面坐下来，抓着笔开写，写了一会儿，忽然回过味儿来，抬头问："老周，你说实话，你这是不是开始对我严格要求了？"

老周在旁边吹着杯子里的茶叶说："这是你们徐老师的提议。"

"哦，行，你没要求，都是徐进的要求。"林迁西低头继续写。

老周推推眼镜，没接茬，继续保持淡定，但是过了一会儿，还是有意无意地抻头朝他写的卷子上看了两眼。

林迁西猛一扭头，老周眼神收回去，又吹茶叶："写你的。"

林迁西对着他镜片后的眼睛看了两眼，行啊，还是淡定得很啊！低头说："写着呢。"

宗城在座位上把林迁西做的题都给检查过了，错的标记一下，拎出来让他回头重做。还没弄完，林迁西回来了，胳膊底下还夹着一摞试卷。

王肖一身烟味儿地从外面进来，刚好跟他同时进门，往他跟前看一眼："西哥又开始了？"

林迁西没理睬王肖。

"西哥？"王肖以为他没听见，又喊一声。

"啧……"林迁西看王肖一眼，"吵什么，想题目呢！"

"妈呀，果然又开始了……"王肖蹿回座位，"怪了，每次看你这么拼我都要打鸡血了，我也要看书去了。"

孙凯附和："看书了看书了，向西哥学习。"

林迁西拿着试卷在座位上坐下来，看旁边。

宗城把给他标好的题都推了过来："这么多题，需不需要怜惜你一下，给你减少点儿？"

林迁西把题拿过去，挡一下前面："千万别怜惜我，你就尽情蹂躏。"

宗城低声说："蹂躏到你没法嘴骚。"

林迁西扯开嘴角，拿了笔就埋头继续写。

宗城在旁边打开题册，又看了一下他面前的题，实在太多了，想了一下说："放学去买点儿东西带着。"

林迁西头也不抬地问："买什么？"

"买点儿吃的用的，方便你去我那儿学习。"宗城说，"我觉得你需要。"

林迁西全听他安排，点点头："行。"

真到了放学的时候，铃声还没响，书包里的手机先振起来了。林迁西一整天都没摸过手机，除了中午吃饭被宗城拽去食堂、课间上过两回厕所，其余时间都在座位上刷题。

姜皓在前面站起来，拿了书包准备走了，看他一眼："林迁西长椅子上了？"

林迁西压根没听见，眼睛看着题，一只手去摸手机。

"真牛……"姜皓说完又看宗城，"你俩都牛。"边说边出了门。

宗城刚刷完一页题，在旁边看见，伸手从他书包里拿了手机，塞他手里。

林迁西接住了，碰到他手，才抬了头，咧着嘴，又低头去看，是秦一冬发来的微信。

——我联考一般般，不好不坏，你怎么样？

林迁西简略地打字。

——没达到目标，还得做题。

秦一冬忽然发来一长串的省略号。

——这么多年我第一次跟你讨论学习……

"秦一冬？"宗城问。

"嗯。"林迁西刚回复完，看他已经站起来了。

"走了，要拼回去拼。"

林迁西把试卷都收进书包，背肩上，做一半的那份折了两道，拿在手里，顺带拿了支笔，跟上他。

宗城为节省时间，顺路找了家便民超市就进去买东西。林迁西全程跟在他后面。

他买了几样顾阳爱吃的菜，又买了些方便吃的零食和面包，防止跟林迁西刷题到半夜会饿，正从货架上拿方便面，忽然听见"哐"一声响，扭头就看见林迁西捂着额头弯腰在那儿骂了一声。

宗城走过去，抓住他胳膊，才发现他手里拿着卷子，有点儿无语，又有点儿想笑，手在他脑门上一推："活该！"

"你还推！我就做了几道选择题！"林迁西刚才想题太入神，没注意就撞货架上了，掀开额前的碎发给他看，"红了没？"

宗城看了看，面无表情地说："红了，流血了，血流成河。"

林迁西想踹他。

宗城把他抬起来的腿摁回去，抓住他胳膊："跟着我走，我就当你现在是个盲人。"

"那你是导盲犬？"

"找汤姆去吧。"宗城甩开他胳膊。

林迁西赶紧改口："不，说错了，汤姆没你帅。"

宗城往外走："逛完这个货架就走，再给你做一题，就一题，剩下的回去再做。"

"行吧。"林迁西一边低头看试卷，一边乖乖跟着他脚步。

逛完这个货架，该买的差不多都买好了。宗城拎着东西去结账，回头又看林迁西。他低着头，嘴里念叨着的不知道是单词还是公式，不知不觉又往货架那儿偏。

一只手在他眼前的货架上搭了一下，林迁西磕上去才发现，额头碰到的是手背，一转头，宗城正盯着他。他咧嘴笑，把试卷收了起来："真不做了，回去再做。"

宗城把他的卷子抽出来，收进自己口袋里才放心："走了，'盲人'，不然我就把你丢在这儿了。"

第 107 章

一摞试卷、好几本题册，还有一沓草稿纸，全都摊开在小桌上。来了之后，林迁西就坐在桌子后面的坐垫上，拿着笔，开始埋头刷题，已经快两个小时了，除了吃了一碗宗城煮的速冻饺子，就没离开过这张小桌。

宗城收拾了碗筷，放进厨房的水池里，在里面叫他："林迁西。"

"啊？"林迁西趴在桌子上看数学题。

宗城问："你额头不疼了？"

"什么头？"

宗城朝外面看了一眼，怀疑他根本就没仔细听。

顾阳也刚吃完饭，在小桌对面写自己的作业，看见汤姆在林迁西那边蹦蹦跳跳的，嘴里"汪汪"直叫，赶紧起来，抱着它挪到狗盆那儿，又看了看林迁西，走去厨房里面，悄悄问宗城："哥，西哥怎么了，做题做得入迷了？"

"差不多，他现在就这样。"宗城拧开水龙头，"别打扰他。"

"打扰他也没用啊，他从来了到现在，眼睛里就只有题了。"顾阳看了眼水池，撸起袖子，"我来洗吧，我看你也没什么空。"

宗城让开："那你来，我也去做题了。"

顾阳嘀咕："你俩都入迷了……"

林迁西还在低着头写，写完了半张数学试卷，遇到了难题，刚要抬头找指导员，额头上一热。

宗城手里拿着一块冒着热气的毛巾，一下按在了他脑门上。

林迁西用手按住："干吗？"

"撞傻了？"

林迁西想起来了，是说他在超市货架上撞的那一下。他左手扶着毛巾贴住脑门，右手还抓着笔没放，笑起来："我都忘了。"

宗城就知道他忘了，拿了他面前的卷子："休息五分钟，我先给你检查。"

林迁西捂着那块毛巾，不笑了："不休息了，我急！"

"急什么？"

"还能急什么？"林迁西伸手指了一下卷子，"这儿，还有这儿，我都没做出来。"

宗城低头去看："这么担心干什么？五分钟还没过。"

林迁西皱了眉，当然担心，刷题越多，反而越担心有不会的遗漏，担心会考砸。模拟考的后面就是高考，如果这次模拟考还是考不进前十五，那他对高考就更加没底了。不能想了，林迁西拿开额头上的毛巾，真等不及了："五分钟到了，讲一下吧。"

宗城看他一眼，这顶多才过去了两分钟。

林迁西拽一下他的衣领："快讲，真的，不然也耽误你刷题。"

宗城看出他是真急了，抓了毛巾按回他额头上："听着。"

林迁西重新接着压住，凑过去听。

没多久，顾阳从厨房出来，就看见他哥低着头正在讲题，声音放得很低。林迁西也低着头，挨在他旁边，笔叼在嘴里，虽然看着吊儿郎当，但是神情很认真，拧着眉，看着桌子上的试卷。

顾阳还是不打扰他们，去桌子那儿拿自己的作业，打算回自己的小房间去。

忽然眼前飞过一个小纸团，轻响一声落在狗盆边上，汤姆蹿起来扑了一下，叼着直摇尾巴。

那是林迁西丢出来的，他丢得特别准，手扯着半张草稿纸在搓，随时要丢下一个的样子，眼睛却没看，始终盯着试卷。

顾阳不明所以地看宗城，头上快冒出一个问号：西哥这是干吗呀，不只入迷了吧？都邪乎了！

宗城停下讲题，朝顾阳偏一下头，示意他回房间。

顾阳就没问，抱着自己的作业，轻手轻脚进了房间。

林迁西下一个纸团正好抛出来，又砸到狗盆边上，汤姆扑住了在玩儿。他又低头抓笔写题了，仿佛刚才不是他抛的，听完了讲解就埋头继续。

宗城知道他在干什么，肯定又是在给自己加油打气，但是这回没和以前一样自言自语，可能是藏在心里了。

直到过了夜里一点半，林迁西再抬起头，长长地吐了口气，脖子已经酸了。

脖子酸了，题还是空了好几道，旧的解决了，又有新的冒出来，他抓了抓头发，有点儿难言地烦闷。

屋里安静得很，顾阳睡了，汤姆也睡了。

宗城在旁边，又先他一步合上了题册，拧上了笔帽，忽然说："考完了就放一晚上假吧！"

"啊?"林迁西乍一下没反应过来。

"你上次说的,考进了前十五再浪。"宗城说,"到时候就给自己放一晚上假,放松浪。"

林迁西手臂搭小桌上,扯着嘴角:"还没考呢。"

"先这么定好了。"宗城站了起来。

林迁西跟着爬起来,收拾书包,心里想那前提也是考进了目标,嘴上没说出来,是因为不想泄气,一边回忆今天的计划有哪些还没完成,一边把书包甩上肩,朝门口走:"再说吧,我走了。"

拉开门出去,刚要下楼,听见了身后带上门的声响,他回头,才发现宗城跟了出来,往身上穿着外套。

"送你,"宗城说,"我怕你这回撞到路灯。"

林迁西摸一下嘴,抢先下楼:"胡扯。"

宗城拉上外套拉链,还是跟下了楼。

外面还挂着月亮,混着路灯,昏白的一片,拖着他们的身影在路上。

宗城冷不丁开口:"林痞?"

林迁西回头:"干吗又这么叫我?"

宗城说了句不着边际的话:"好像很久没有听你唱过歌了。"

林迁西左右看了看,笑了:"没事儿吧你?突然想起这个,你总不会要我大半夜的在马路上唱歌吧?"

"怎么了,"宗城问,"不敢?"语气淡淡的,偏偏说得跟挑衅一样。

"玩儿我是吗?"林迁西换只肩膀背书包,"你看我敢不敢!"说着他往前小跑几步,回过头,在大马路中间一站,对着宗城,两只手拢在嘴边做成喇叭状,突如其来地大声唱了句,"起来!不愿做奴隶的人们!!!"

路边一只野猫被惊得一下蹿了过去,紧跟着附近不知道哪栋楼里传出了喝骂:"神经病啊!几点了还在鬼吼?!"

林迁西笑着跑过来,拽住宗城就跑:"还不快走?扰民了!"

宗城没忍住,嘴角扬起来,任由他拽着跑了出去。

跑跑停停,直到林迁西家的小区外面,两人才停下了。林迁西还在笑:"刚才怎么样,满意了吗?"

宗城反手抓到他的手腕,往跟前拉一下:"你呢,这下舒服了?"

林迁西愣一下,才回过味儿来:"你故意的啊?"

"怕你压力太大憋出病。"宗城声音不高不低,似乎带了点儿刚刷完题的疲惫。

不知道为什么，听他吼出那一句，自己好像也轻松了，就觉得很畅快。

林迁西又笑了，忽然把宗城抓在自己手腕上的那只手拉下来，按到自己胸口上，小声说："你感受一下。"

宗城手压着他胸口："感受什么？"

"看看我心定了没有。"他痞痞地说。

宗城的掌心压着他怦怦直跳的心口，用力按了一下，低声说："没定，还很浮躁。"

"靠！"林迁西被按疼了，咧着嘴角，抬手揉了揉胸口，的确觉得胸腔里躁，不过是被他这出弄的，"说定了，考完了跟你浪。"

宗城看着他被路灯照得晶亮的眼，不自觉笑一下："嗯。"知道他又有精神了。

必须打起精神，毕竟时间过起来飞快。五月份，小城里能感觉到一丝入夏的气息时，模拟考试就来了。

据说其他地方的学校都会有好几次模拟考试，分一模、二模、三模等。八中没有，就一次，所以这一次显得特别重要。

林迁西单肩背着书包走到杨锐的杂货店外面，嘴里还在习惯性地背单词，眼睛往路上看。林迁西没看见宗城，猜他可能先走了，刚要去学校，忽然想到什么，转身进了杂货店。

杨锐不在柜台那儿。他在货架上找了找，抽了两根红绳在手里，记了账，就揣兜里走人了。

到了学校里，刚进教室门，迎头遇上姜皓和王肖拿着东西朝外走。

"去哪儿？"林迁西停下问。

"换班考。"姜皓说，"老周说了，模拟考就是按高考标准来，不是拉拉桌子就能考的了。"

林迁西"哦"一声，到了座位上，看了眼宗城的座位，拿出红绳，又伸手在书包里摸，摸半天，摸到了一颗纽扣。再转头，宗城进来了，手里拎着个笔袋，其余什么都没有。

"你今天早来了？"林迁西问。

"嗯。"宗城坐下来，"特地等你怕你又有压力，干脆先来了。"

"谁说的，就一个模拟考。"林迁西说得很随意。

宗城站起来："那我去考了，我考场在隔壁。"

林迁西忽然说："我们要不要一起弄个护身符？"

宗城站住了："什么护身符？"

"就是让考试顺利的。"林迁西挑眉笑，手里拿了根红绳出来，那上面悬了颗纽扣，"你的纽扣。"说着把另一根红绳递给他，"这给你，系我的那颗。"

宗城拿了："怎么用？"

林迁西把那颗纽扣系到了脖子上，给他看："怎么样？"

宗城看着他，有点儿想笑："你不是没压力吗？这么迷信，还有点儿傻。"

"那算了，随你。"林迁西也不知道自己怎么想出来的，反正就想弄个事情转移转移注意力，看他不乐意，干脆转头继续背单词去了。

宗城出去了。林迁西朝后门看一眼，他真走了。

但很快他又回来了，拿了桌上的笔袋，刚才走的时候没拿，又把桌肚子里的书都拿了出来，捧在手里，站在桌边，没急着走。

林迁西察觉他没走，抬头看过去。

他捧着书，朝自己腰那儿递个眼神。林迁西反应过来，伸手掀开他腰边外套，一下咧嘴笑了。他裤腰口袋那儿的襻上系着红绳，就挂着林迁西那颗纽扣。

宗城嘴角提一下，才捧着书去考试了。

第 108 章

林迁西后来把纽扣掖进了衣领，就贴在喉咙下面，在考试的过程中时不时伸手摸一下。

他还从没干过这种事情，想想也挺傻气的，但宗城居然愿意跟他一起傻，感觉就很不一样，心里像是被什么挠了一下，几乎是嘴角提着考完了试。

早就过了放学的点儿，铃声才响起来，一群人呼啦啦地拥回了班上。

王肖一头栽在课桌上抱怨："赶紧高考吧，我快受不了这天天考试的日子了！"

"快了，看看倒计时，你没几天好煎熬的了。"姜皓一边整理课桌，一边回他的话。

林迁西晃着笔，在座位上翻着题册找跟试卷相似的题型，又忍不住想悄悄估个分，一眼瞥到宗城从后门外面进来了，就盖上不看了。

宗城放下书就问他："护身符有用吗？"

林迁西笑道："有用啊，至少没紧张。"

"那还好，没白戴。"宗城坐下来。

林迁西瞅瞅前面几个人，悄悄从衣领里把纽扣解了下来，绕着绳子收进口袋里，小声说："护身符不能一直戴，下次有需要的时候再戴。"

宗城从腰上扯了一下，把自己系在裤腰上的那颗也拿了下来，揣进裤兜："什么时候需要？"

"重要的时候。"林迁西自然而然地说。

宗城看了他一眼，扯了下嘴角，一颗纽扣，弄得这么特别，像是成了他们俩的秘密。

章晓江正在讲台那儿说话，声音还是跟蚊子哼似的："班主任让通知大家，明天放一天月假，成绩会尽快通知大家，比联考退步的都要写检讨……"

"要命啊！"王肖在嚷。班上已经炸了。

林迁西估分的心思又蠢蠢欲动了，皱着眉，在座位上晃一下身体，寻思着自己到底能不能达成目标。

薛盛从前面回头，叫宗城："城爷，考完想轻松一下，今天约你弟杀几局没事儿吧？"

宗城说："别太晚就行。"

"那肯定，你弟那么乖，到点儿就回家了。"薛盛收拾东西准备跑了。

宗城把书包拖出来，脚在桌子下面踢一下林迁西。

林迁西回神，转头看宗城，一脸莫名。

"说好的事儿你忘了？"宗城低低地说。

林迁西想起来了，说好了考完他们要一起去浪的。说话要算话，他拎拎神，动手收拾书包："没忘，走。"

王肖回头喊："西哥，好久没聚了，今晚一起聚餐啊！"

"不聚。"林迁西书包往肩上一甩，跟在宗城后面就出教室了。

"他俩现在是瞧不见其他人了吗？……"王肖嘀咕道。

"啪嗒"一声响，街边一家小小的台球厅里亮着半昏半明的灯光。林迁西在球桌边站直了，看旁边："哎。"

宗城握着杆，朝他看过来："嗯？"

"接下来怎么浪啊？"他问。他们忽然想杀一局，就顺路来了这儿，没去杨锐那儿，已经在这儿打了快两个小时的球。打到现在，舒服了，只要林迁西不去想那个前十五的目标。

"你自己想。"宗城绕着球桌走两步，"想怎么样都可以，就是别再想考试分了。"

林迁西有时候觉得自己随便一点儿想法都能被他摸得透透的，感到好笑地说："你怎么说得我就像个要为所欲为的禽兽呢。"

宗城手上擦着球杆，看林迁西："你想怎么为所欲为？"

"……"林迁西盯住他眼睛，灯光本来就不够亮，照得他眼窝很深。

林迁西手指扯一下衣领，觉得周围有了明显能感受到的热度，大概是夏天到了的缘故，放下球杆，伸手去拿放在一边的书包，勾起嘴角，一股流里流气的劲头："不想打了，打不下去了。"

宗城跟着放下球杆，拿了书包，低低地说："那去我那儿。"

随便去哪儿，林迁西心不在焉，出了门都盯着他的身影，完全跟着他走。

"哎！"老远传来突突的摩托声，混着王肖不太清楚的说话声，"是这儿吧？可惜西哥和城爷不来！"

宗城回头一把抓了林迁西的手腕："快点儿。"

林迁西说了不聚，就不想被碰上，被他拽了一下就反应过来，立即跟着小跑出去，拐进条巷子就往老楼方向冲。

很快回到了老楼。天黑透了，屋门打开，摁亮灯，汤姆正蹦蹦跳跳地往他们跟前扑。

林迁西进了门，扔下书包，随便往小桌那儿一摊："唉，这是命运不给我浪啊，还是学习得了。"他说着就爬起来，伸手去够书包。

宗城抢先一步拿开了他的书包："说好了今天不刷题。"是不想让他弦绷得太紧，压力已经够大的了。

林迁西没够到书包，往小桌上一靠，手指有一搭没一搭地掀着宗城做过的题册，点点头："行吧。"

宗城把那本题册也拿开了，坐下来，放了笔记本电脑在他面前，按了开机："给你找个电影看。"

"什么电影啊？"林迁西故意说，"要健康向上的那种啊！"

宗城盯着他，眼神就像随时都能开始治他。

林迁西说完就挑了下眉，被宗城这么一看，心里突一下，忽然看了看周围，才想起来，薛盛说过叫顾阳去打游戏了，难怪屋子里就一个汤姆在蹦跶。他看着宗城："就我们俩？"

"嗯。"宗城也看着他，声音莫名地低了，"你才发现？"

手机冷不丁响起来，就一声，紧跟着又是一声。林迁西猝不及防地被声音惊了下，回过神来，嘴里低低地骂一句，赶紧去摸手机。第二声响是宗城的手机，两声几乎是同时发出来的。

林迁西打开的时候看到抬头是"高三（8）班群发"，脸色马上就认真起来，手指点着打开，还真是章晓江群发的班级消息。老师们太赶了，考完一门就批改一门，到现在，成绩已经全出来了。

"这可不是我想要成绩的啊，他们发过来了，我总得看吧？"他晃一下手机说。

话说得很轻松，低头去看的时候却已经开始紧张了。林迁西闭紧嘴，手指点开图片格式的成绩表，加载了几秒，一点点地滑。一门一门的分数后面是排名，一眼看到数字"26"，他心里就"咯噔"了一下。

他"啪"一声把手机抛在桌上，屈起两条腿，胳膊架在膝上，胸口开始慢慢用力地起伏。

宗城拿着自己的手机，抬头看过来："怎么？"

林迁西咬了咬牙，扯一下嘴角，没笑出来："我要写检讨了，比起联考还退步了。"

也不知道为什么，明明做好了心理准备，真看到这个成绩还是很难受，怎么拼过了田径的坎儿、台球的坎儿，到了最关键的时候又拦了一道呢？

刷了这么多题，还是不行吗？现在不行，万一高考更不行，要怎么办？不能想"不行"，这两个字冒出来，就觉得胸口堵得很，林迁西捏住手心。

宗城拿了他的手机，趁着还没熄屏，滑开看了看，忽然问："你知道这次单科也有排名吗？"

"是吗？"林迁西目光飘在一边。

"你语文单科排名二十六。"宗城说，"我看你分数明明达标了，其他都看清楚了吗？"

林迁西一愣，一把夺过手机，重新滑着看，电子版的表格肯定没有纸质的清楚，一不小心就会看偏，他一直滑到最右边，看到了总分排名的数字"14"。

"十四？"他抬起头，有点儿蒙，"我靠！我十四！"

宗城笑着说："傻子十四。"

林迁西一下蹿了起来，直接冲向阳台，惊得旁边的汤姆都"汪"地叫了一声。

宗城跟过去，就看他两手抓着栏杆，往外探出脸大吼："太牛了西哥！十四名了！你就是最牛的！！！"

整栋老楼上下都回荡着他的吼声，不知哪家还"呼啦"一声拉开了窗户，好像在找声音来源。

宗城由着他喊，嘴角扬了一下："再激动也别跳楼。"

林迁西回过头，胸口还在剧烈起伏，这次是高兴的，就连熬夜泛青的眼圈儿都带了光彩，走到门边，勾着嘴角唤道："指导员，来庆祝一下！"

宗城问："怎么庆祝？"

林迁西对着宗城的脸说："我以前就有个想法。"

"什么想法？"

他笑得更深了："我拿了全国冠军，又进了前十五，是不是很牛？"

"嗯，"宗城问，"到底什么想法？"

林迁西指指自己的鼻子："我这么牛，你不得叫我一声爸爸？"

宗城剑眉一扬："你说什么？"

"我想让你叫我爸爸！"林迁西拽一下宗城的衣领，"你不是说我想怎么浪就怎么浪吗？连声爸爸都不肯叫？"

宗城盯着他："你再说一遍！"

"嘁，小气。"林迁西故意推了宗城一把，往屋里走。

身后两声脚步响，紧跟着他胳膊被抓住了，一回头，宗城把他拽了回去："哪儿来的这些想法？"

"不行吗？"林迁西伸出闲着的那条胳膊去钩他脖子，拿腿顶他小腹，"叫不叫？"

宗城让开了，又忽然贴过来，一把抓住他的胳膊，踢开房间门就把他推了进去。

林迁西一句粗口都没能说出来，只听见房门一下合上的声响，紧接着外面有点儿响动，是屋门开了，轻轻几声脚步响，汤姆叫了两声，然后是顾阳自言自语的声音："怎么电脑开着没关啊……"

林迁西在房里没出声。

"哥？"顾阳试着叫了一声，又自言自语一句，走开了，"出去了吗？书包不是在……"然后是一声屋门被关上的轻响。

林迁西一动，又被宗城手臂紧紧制住，还是没出声。

第 109 章

外面一点儿声音都没了，顾阳应该是回了自己房间，连汤姆都没了动静。房间里的两个人没有说话，躺在小床上休息。

宗城以前一直觉得自己这张床小，他个子高，一个人睡还行，加上林迁西，就明显嫌挤了。林迁西在他旁边仰躺着，仿佛都不想动。

"我靠……"林迁西忽然小声骂一句，一只手到处摸，摸到了不知道什么时候掉在床上的手机，按亮了，在手里翻。

"干什么？"宗城偏头看，声音低得有点儿哑。

薄薄的一层蓝光打在林迁西脸上，他漆黑的头发抄上去，额头上出了一层细细的汗，小声却没好气地说："学习！"

"说了今天不刷题。"

林迁西瞪他一眼，猛地拿腿撞他一下："不肯叫我爸爸！"

宗城问："真气了？"

"气了，"林迁西说，"我巨生气，我心凉了！"

灯亮了，宗城眼睛还看着他："是吗？"仿佛有点儿想笑，说完转头，轻轻开了房门出去。

林迁西侧过身，一把拉过毯子盖住头，脑仁儿里都在喧嚣。

有一会儿，宗城回来了，动作很轻，打开房门时几乎没有声响。"出来吃点儿东西。"他说，"我在外面等你。"

林迁西拉下毯子，跟他对视一眼。

宗城拇指抹了下嘴，刚洗过脸，一脸的水珠。

林迁西看见他洗过的脸，又看他薄薄的两片唇，吸口气，一下坐了起来。到现在没吃东西，只顾着浪了。

半小时后，林迁西坐在小桌边，吃完了一碗煮的方便面。

宗城在旁边，差不多和他同时吃完，端了他们的碗送进厨房，再出来，把笔记本电脑往他跟前推一下，低声说："还要看电影吗？看吧，戴耳塞。我去收拾房间。"

"……"林迁西忽然觉得他跟宗城就是俩做贼的，说要浪、要解压的，结果在他家到现在都不能大声说话。他看了看顾阳的房间门，站起来，轻手轻脚地进了洗手间。

客厅里只开了一盏很暗的黄光灯，进了洗手间里，林迁西也没再开灯，是怕灯太亮把汤姆吵醒了，随便叫一通，然后就会把顾阳吵醒。简单清洗了一下，他又抹了一把脸，刚拉开门，还没出洗手间，迎头就有人进来了。

是顾阳，就站在门口，睡眼蒙眬地先喊了声："哥，你在里面啊？"

林迁西站住了，扶着洗手池，没作声。

顾阳好像一觉刚醒，吸了吸鼻子："哥，我又做梦了，先梦到妈，又梦到你那些糟心事儿，唉……"

"……"什么糟心事儿？又是顾志强那些破事儿？林迁西已经犹豫着要开口了，毕竟看他下一秒就要进来。

客厅的灯忽然全亮了，紧跟着洗手间的灯也亮了。

顾阳眨了眨眼，适应了灯光，转头看了眼站在自己身后的宗城，再回头，才看清了面前的是谁。"西哥？"他惊讶地问，"原来你在啊？你们去哪儿了？"

"啊……"林迁西眼神晃一下，往宗城身上飘，"对，出去了一下就回来学习了，刚好我要走了，你上厕所啊？上吧。"说完越过他出去了。

宗城在那儿低声问他："又做梦了？"

"嗯……唉，没事儿，我就习惯找你说说……"

林迁西在小桌那儿拎了书包，一手拉上外套拉链，是真要走了。浪够了，浪上天了，得走了。

宗城走了过来，看着他，朝刚关上的洗手间门偏了下头，竖着食指在嘴上，朝他做了个"嘘"的动作。

林迁西看宗城一眼，手插着口袋就要走。

宗城跟在后面，一直送到门口。

林迁西已经出了门，又退回来，朝门里看一眼，趁顾阳没出来，勾起嘴角，小声说："下次要解压还是去外面。"

宗城嘴角扬了一下："那你就是气消了。"

林迁西痞痞地一抬手，拇指在他嘴角抹了一下，逗他似的："看城爷表现。"说完转身下楼了，嘴里还哼着歌，很快就转弯不见了。

宗城看着他走了，才回头关门。他高兴就行了。

林迁西当晚到家的时候刚刚过零点，就像是掐着点儿过完了这一晚。

直到手机铃声把他吵醒，他睁开眼睛，才发现天已经亮了，习惯性地就要爬起来去上学，紧跟着就想起今天刚好放月假，又一头躺了回去。

手机还在响，是来电话的铃声。林迁西摸到了，以为是宗城，没顾上看号码，就按了放到耳边："今天不浪了吧？"

"浪？浪什么？"电话里一道温淡的声音问。

林迁西彻底清醒了，这声音听着有点儿耳熟，可又想不起来是谁，坐起来，拿开手机看一眼号码，是串没保存过的陌生号码，又放回耳边："你哪位？"

"听不出来吗，林迁西？"电话里的人笑着说，"是我，罗柯。"

第 110 章

上次比赛完，除了邓康，四强选手都互留了联系方式，吴川也留了林迁西的，说是方便他们以后联系切磋球技。回来后吴川还特地说过这事儿，但林迁西完全给忘了，直到今天罗柯这通电话打过来。

他揣着手机在裤兜里，沿着马路走了一段，看见路边上一家照相馆，门口竖着个"照相、打印、冲洗"的灯箱，都掉了色，走了进去。

进门的地方摆着几只塑料凳子，罗柯就在一只凳子上坐着，看到他就站了起来："林迁西。"

林迁西看看他："你怎么还特地跑过来了？"要不是他在电话里说人已经到了这小城里，林迁西也不会到这儿来，特地大老远地跑这一趟，也真是太不嫌麻烦了。

天气已经开始热了，但罗柯身上还穿着件连帽的运动服，配着雪白的球鞋，鼻梁上架着黑框眼镜，整个人就跟打比赛的时候一样周正。

"当然是有事儿了。对了，这给你。"他递过来一杯奶茶，早就在手里拎到现在，"就在这条街上买的，我也不熟悉，不知道好不好喝。"

林迁西没接："谢了，你自己喝吧，我不吃甜的。"

"不甜，我猜你也不爱吃甜，叫人家放的三分糖。"罗柯手还伸着，"拿着吧，我买了两杯。"伸出另一只手给他看，还有一杯，喝一半了。

林迁西只好接了，不想浪费时间在这些小事情上，转头看看里面："到底什么事儿要约在这儿见？"

罗柯指一下凳子："坐下说吧，是有个体育杂志找你。"

林迁西坐下来，奶茶放旁边凳子上："找我？干吗啊？"

"他们要做一个高中台球主题的专刊，想找你这个冠军拍照当封面，没联系上你，顺带找了我，就让我找你了，刚好我那天从你老师那儿记了你的号码。"

"拍照当封面？"林迁西一听就没太大兴趣，第一感觉就挺麻烦的，手指捏着吸管，"啪"一声戳开了奶茶盖，"算了吧，都要高考了，谁有那时间啊，我还得早点儿回去刷题。"

罗柯说："我就知道你会这么说，看你比赛集训都一直在看书做题，你肯定不可能跑老远去人家城市里拍杂志，我就跟杂志那边说了，没想到他们愿意过来找你，所以我才一起跟过来的。"

林迁西都意外了："这么坚持啊？"

"是啊！"罗柯喝一口奶茶，扶着眼镜笑，"是觉得你帅吧。"

林迁西又朝照相馆看了一眼，里面还有间屋子，能听见说话声，就有数了。"他们已经在这儿了？"

"对，"罗柯点头，"不然怎么会约你在这里见。他们来了两个人——摄影师和摄影助理，租了这儿做场地。"他说着站起来，"我去跟他们说一声，不耽误你学习，赶紧拍完最好。"

林迁西看着他过去了，没好再拒绝，毕竟人家为了拍张照都大老远地上门来了。

很快罗柯就出来了，带着个短头发的年轻姑娘一起。姑娘过来，眼神上上下下地在林迁西身上流连："林迁西吗？你好，我是这次拍摄工作的摄影助理，跟我来吧，我先跟你说一下报酬。"

林迁西站起来，看一眼罗柯，小声问："有钱？"

"有啊！"罗柯也小声回，"怎么了，你缺钱吗？"

"缺。"林迁西心想缺得很，去北京上学那么大开销，指望他妈那点儿工资就不现实了。

罗柯跟着他一起往里走，又笑："那还好，还算来对了。"

林迁西跟着摄影助理姑娘进了里面那屋，就是拍照的地方，灯光什么的都准备好了，一个留着文艺长发的男摄影师在调镜头。

姑娘开口就说："报酬一千，可以吗？"

林迁西想了想："行吧。"挺不错了，既然有钱，就还是拍吧！

"那你自己还有什么要求吗？"姑娘又问。

林迁西掏出手机看一眼，才上午九点，猜宗城可能都刷好几小时的题了，便对她说："两个小时拍完，我还要回去刷题。"

"那也太赶了。"姑娘说，又看了看他，"算了，你帅，你说了算。"

整个过程差不多也就两个小时。

林迁西就穿了简单的长袖衫、牛仔裤，在姑娘的要求下换了他们带来的正装，拿了球杆，摆了几个再简单不过的造型。

最后一组是跟罗柯拍合照。罗柯也换了正装，过来跟他站一起。

摄影师让他们背对着拍了几个大众造型，但是始终不太满意，最后从镜头后面抬头说："你俩要不然表现亲密点儿，勾个肩搭个背什么的，杆跟杆碰一起那样。"

罗柯看着林迁西，手指推一下鼻梁上的眼镜，好像在等他决定。

林迁西没动："别了吧，不太好，我的杆可不能随便跟别人碰啊！"

"有什么忌讳吗？"摄影助理姑娘问。

"谈不上忌讳吧。"林迁西说，"我就是不想随便碰。"

姑娘笑了："不会是有对象了吧？又不是让你跟女选手勾肩搭背地碰杆，你女朋友还能因为这个吃醋啊？"

林迁西转了一下手里的球杆，还是不配合："嗯啊，反正不好。"

罗柯在旁边又推了推眼镜，看他一眼，最后笑了一下说："他不愿意就算了吧，换个造型好了。"

又扯皮了四十多分钟，总算是拍完了。

林迁西在照相馆的厕所里换下正装，穿回自己的牛仔裤，套上长袖衫，顺手从裤兜里摸出手机，滑开就看到微信的灯塔头像上飘着个鲜红的数字"2"，点进去，一通未接的语音电话，下面一条消息。

——在哪儿？还没起来？

他从厕所出去，一边低头打字回复。

——在赚钱。

宗城秒回。

——我问你人在哪儿。

林迁西"啧"一声，也不知道为什么，光是想象宗城那巨冷淡的口气就笑了。

——东街那个老照相馆。

"林迁西，"罗柯也换好衣服过来了，正好看到他在看手机，问了句，"忙吗？"

林迁西看他一眼："就忙刷题啊！拍完我准备走了。"

"我也准备走了。"罗柯笑得温和，"快高考了，确实不是时候，不然好几个小时车程来的，至少也得玩儿一下再走。"

"这儿就没什么好玩儿的。"林迁西往外走，"小地方，无聊得很。"

罗柯跟在他后面，走到门口："走之前跟你说件事儿行吗？"

林迁西回头："什么事儿？"

罗柯仿佛犹豫了一下，才说："找个地方说吧。"

林迁西想起了他买的那杯奶茶，说："那去你买奶茶的店，我再回请你一杯。"

奶茶店就在照相馆斜对面，几步路。林迁西自己不爱喝，进去了就让罗柯点。

罗柯好像也没什么心思喝奶茶了，随便点了杯红豆的。

店里没别的客人，林迁西随便拿脚钩来个凳子坐了："说吧，到底什么事儿？"

罗柯搅着那杯红豆奶茶，顺手从桌上抽了张面巾纸擦了擦面前的桌子："我先想一下怎么说。"

林迁西看着他擦桌子，心想，金蛋，这么讲究！

擦完了桌子，罗柯问："你还记得表彰会那晚在酒店，我就想跟你说点儿事儿吗？"

林迁西想了一下："嗯，记得。是一件事儿？"

"对，一件事儿，跟宗城有关。"

林迁西顿时看过去："怎么？"

"你应该知道了，邓康跟宗城有仇，我就是想告诉你他们俩到底为什么结仇。"

林迁西脸上认真了，是觉得他口气不太对劲儿："为什么？"

罗柯透过镜片看着他："宗城祸害了邓康的朋友。"

林迁西皱眉，还以为自己听错了："你说什么？"

"邓康以前跟宗城在一个学校，有过一个关系很亲近的朋友，后来那个朋友被宗城祸害了。"罗柯看着他表情，到现在奶茶一口没喝，"我就知道这些。"

林迁西心里瞬间就不舒服了，感觉自己等了半天，就听了个莫名其妙的事情，站起来，凳子一踢："还以为什么大事儿，这种废话你也告诉我，没劲。"

罗柯连忙站起来："邓康亲口告诉我的，我才知道他为什么这么针对宗城，犹豫了很久，才决定告诉你。"

"他亲口说的又怎么样？"林迁西脸上已经冷了，"什么叫祸害？他说清楚了吗？"

罗柯愣了一下，大概是没想到他会是这个反应。"没有，我也问过，但邓康不肯说，还很生气。据说宗城就是因为这个转学的。"

"没有说个屁！"林迁西冷冷地笑一声，"少扯淡了，姓邓的也配说别人祸害，真够有脸的！"他转身就往外走。

罗柯追出门，想解释两句的，但他走太快了，一下就没了人影。

林迁西直接转进一条小巷走了。出了巷子，到了来时的马路上，他一脚踢开了脚下的小石子，对着路边的树干就骂了一句："去他大爷的！"

真够有意思的，突然扯个什么姓邓的朋友出来。怎么祸害的？有种说清楚啊！不明不白地就说宗城祸害了那人，就是想让人乱猜吧！他也不知道为什么这么生气，就觉得很不舒服，像好端端的就冒出来根刺，在没轻没重地戳他。

"那树惹你了吗？"忽然听见宗城的声音。

林迁西一转头，他就站在前面，身上一件黑色的长袖衫，袖口拎到小臂上，短发在夏风的吹拂下干净利落得过分，脚边还跟着汤姆。

"来找我的？"林迁西问。

宗城说："刷了几小时的题，出来遛一下狗。"

"遛这么远？"

"顺便看看你在赚什么钱，就遛远了。"宗城看他一眼，转头往回走，口气淡淡的，"去了照相馆，听说你跟别人拍了照，就赚这钱？"

林迁西跟上去："嗯，就赚这钱。"

宗城一只手收进裤兜，脚步没停："拍得这么开心，连题都不想刷了？"

"谁说的……"林迁西盯着他后脑勺，心里陡然回过味儿来，"干吗啊？"

宗城依然往前走："不干吗。"

林迁西扯了下嘴角："我跟罗柯一起拍的，就那个以前给我送草莓、要微信的，知道吧？"

宗城回头看他一眼："嗯，知道，他又不敢怎么样。"

"嗯？"林迁西说，"你这么肯定？"

宗城知道他是故意这么问的，罗柯敢怎么样，除非是当自己以前的话白说了："肯定，有我在他还能怎么样？"

林迁西被他的话弄得怔一下，咧了嘴，心里很受用，但最后又没笑出来。罗柯是没怎么样，只是说了他的事儿。

宗城又走出去一段，在一个卖炒面的小吃摊那儿停了："买面带回去吃吧，我跟顾阳也都没吃饭，吃完就做题。"

林迁西看着他，心不在焉地点一下头："都行。"

买好了面，走到回老楼的那条僻静的马路上，林迁西依然跟在后面，看着宗城拎着面不徐不疾地在前面走，汤姆嘴馋地在俩人腿边来回蹦跶。

他心里压了一路的烦躁，有点儿忍无可忍，又觉得实在荒唐，两只手都揣在裤兜里，攥得很紧，忽然叫一声："哎！"

宗城回过头看他："哎什么？"

"叫你。"林迁西抿了一下嘴，看着宗城，"你以前真没跟别人谈过是吧？"

宗城说："我记得跟你说过，你不是知道？"

林迁西点两下头，很用力："对，你是说过，你没谈过。"

"怎么了？"宗城早觉得他今天不太对劲儿了，见到他的时候就有感觉。

林迁西低下头，往前走，越过了宗城："没事儿，我就确认一下。"

进了老楼，上了楼梯，宗城跟了上来，抓着他手腕拉了一下。林迁西回过头，刚好多踩了两级台阶，比宗城高出一截。

"还要确认什么？"宗城仰头看着他脸，"没谈过，怎么样，林迁西？"

林迁西看着他脸，没看出什么表情，就觉得他眼神定定的，出奇地认真，心里就像被用力扯了一把似的，过了好几秒，两只手都抓着宗城的衣领，往上一拽，拉着他一脚踏上来，狠狠喘了口气："我信你，不信你信谁？不信自己人，还信别人吗？"

"我是你什么？"宗城顺着他的话低声问。

林迁西一字一顿低低地说："自己人。"

宗城轻轻笑了一下："你一样，也是自己人。"

第 111 章

林迁西心里不爽，这话说得是有点儿刻意，但就是没想到硬茬现在说话也能这么动听了，那三个字一下撞进胸口，痞劲儿就又犯了，抓着他领口的手都紧了，想在这楼梯上扣着他肩搋一下。但是汤姆已经蹦跶到楼上开始"汪汪汪"地叫唤了，林迁西只好赶紧松开手，转身上楼。

宗城不徐不疾地跟着他，一起上了楼。

"哥？是你回来了？"顾阳听见狗叫声就开了门，只看见汤姆在门口蹦跶，对着楼梯口喊了一句，才看见林迁西跟他哥一前一后地过来了，"就知道是跟西哥一起来。哎，今天怎么这么帅呀好哥哥，是打扮了一下吗？"

"嗯？"林迁西看顾阳盯着自己的脸，摸了一下，想起来了，"哦，是打扮了一下，我去拍了个杂志的照片。"

是那个摄影助理姑娘给他弄的，梳了个发型，至少抹了半斤发胶，就差往他脸上抹粉了，后来是觉得他皮肤白才算了。

"这么厉害啊！"顾阳问，"什么杂志，我要买来看看你拍的什么样。"

"我都没留意问。"林迁西揉了一下顾阳的头发，往洗手间走，"洗个脸去。"是没留意问，因为被罗柯说的事儿占了全部的注意力。

他进了洗手间，拧开水龙头，重重搓洗着脸，又对着镜子抹了两下头发上发硬的发胶，甩一下手，不想了，去他的，那都是没影的事儿，想那些干吗？口袋里的手机响了，林迁西伸手摸出来，是罗柯发来的告别短信。

——我走了，今天的事儿，不好意思。

他也没说别的，就道了个歉。其实这也不关罗柯的事儿，他前面犹豫了好几次，最后说不定还是觉得应该提个醒才告诉自己的，说到底，自己来火还是因为姓邓的，没必要牵连他，可还是不想回了，说一个字都嫌多余。

"吃饭了，西哥。"顾阳在外面叫他。

"来了。"林迁西手机一收，抹了把脸，对着镜子看了看，觉得表情算轻松了，才走出去，到小桌边坐下。

宗城把面放在小桌上，看他一眼，心里多少有数，估计他忽然那么问跟罗柯有关，或许是罗柯跟他说了什么，但他没表现出来，也没问其他的，好像突然间就都不在意了似的。

顾阳忽然在旁边吸了两下鼻子。

林迁西刚掰开一次性筷子，看他一眼："干吗，你又感冒啦？"

顾阳点点头："好像是。"

林迁西皱眉："都夏天了，怎么还感冒啊？"

宗城推一下顾阳："回房间，给你量一下体温，别又发烧。"

顾阳手指揉两下鼻子："好吧。"

林迁西生怕顾阳饿肚子："你让我好弟弟先吃饭不行吗？"

"你先吃，弟弟还是得听我的。"宗城在顾阳这儿一向严格，没的说。

顾阳捧着自己的那份炒面说："我还是去房间吃吧，别传染你们。"

"……"林迁西看着兄弟俩一起进了小房间。

宗城进了房间，就从顾阳床边的柜子里拿了体温计出来，顾阳实在是生病太多次了，宗城做这些已经很熟练。

顾阳坐在床边，从口袋里掏出了自己的手机，小声叫他："哥，爸最近找过你吗？"

宗城停下看着他，听到顾志强，眼神就有点儿沉："怎么了？"

顾阳点开手机给他看："彩姐怕打扰你学习，问过我一回，她说担心爸找过来，会妨碍你什么的。"

宗城淡淡地说："没有。"

顾阳乖巧地"哦"一声："彩姐为什么忽然这么问啊，爸又是来要钱的？"

"你不用管，好好养病。"宗城想了一下，"等一下我自己联系她。"

"好吧。"顾阳往床头上一靠，可怜巴巴的，又吸了吸鼻子，"要不是怕打扰西哥刷题，我就再找他聊会儿天了。"他生病的时候就是这样，小孩子脾气。

"忍忍吧，今天不行。"宗城觉得林迁西现在可能根本没心情聊天。

林迁西面都吃得差不多了，宗城才从房间里出来。

"怎么样？"林迁西问。

"有点儿发烧，刚吃了药，让他休息吧。"宗城刚说完，裤兜里的手机忽然响了，他掏出来看了眼，"我接个电话。"

"嗯啊。"林迁西没多问，看了看顾阳的房间，好像没什么要紧的，才没过去。

没等宗城主动联系，季彩就打过来了。宗城去了阳台，刻意拉上了拉门，才按了接听。

"城儿，"季彩在那边开门见山地说，"本来不想打扰你的，但是你爸是不是已经在你跟前提过林迁西了？"

宗城靠着阳台，眼睛往屋里看："嗯。"

季彩那边无声了几秒："他找上门了吗？"

"还没有，我刚想找你说这个。"宗城压着声，声音很冷，"想请你帮个忙，至少高考前，我不想跟他碰面，我无所谓……"后面的话没说完，他无所谓，只是怕林迁西受影响。

"不用说了，我懂你意思。"季彩说，"我想想办法吧，就是找人拦也会把他拦住，你放心，好好高考。"

"嗯，谢了。"

"别谢了，等你考上北大清华了，请我吃饭就行。"

宗城笑了一下："一定。"

电话挂了，他往屋里看，林迁西低着头，来的时候没带自己的书包，正在翻他的题册做题，头发漆黑乖顺，侧脸很认真，不知道刚才那点儿事儿是不是真的没再想了。宗城就这么看了林迁西几秒，拉开门，走了回去。

"才打完啊？"林迁西抬头看他，"你那份面再不吃该坨了。"

宗城在旁边坐下来，没管面，随手拿了张试卷放在面前："林迁西，我觉得你今天该多做一套试卷。"

林迁西听得一愣："啊？我做少了？"

"没做少。"宗城说，"就是希望你今天多做点儿，时间再过快点儿，你能尽早跟我去北京，越快越好。"

林迁西才回过味儿来，缓缓勾起嘴角，太突然了，冷不丁来这么一句，猝不及防就被击中了一下。"那我要做题了啊！"他低头写题，没一会儿又抬头，桌下的脚踢踢宗城，小声说，"盯着我啊自己人，别让我偷懒。"

宗城"嗯"一声："别想开小差，自己人。"

还开什么小差啊，林迁西笑，现在什么破事儿也不想了，满脑子都是跟他一起去北京的目标了。早点儿走吧，越早越好，离这些破事儿都远远的。

果然刺激一下有用，到凌晨的时候，林迁西还真的多做了一套卷子。他抬了头，按着发酸的脖子，才发现宗城不在。没一会儿，顾阳的房门开了，宗城走了出来，他才知道是去看情况了。

"他好点儿了没？"林迁西低声问，"我去看看他？"

"没事儿，让他睡一觉，明天就好了。"宗城早就习以为常了。

"那我走了。"林迁西扶着桌子站起来，腿都坐麻了。

宗城看着他眼睛下面明显的黑眼圈儿："回去就睡，别再另外刷题。"明明前面还故意让他多做了一套卷子，现在看他这样又觉得太过了。

林迁西指他眼睛："你也没好到哪儿去。"说完痞笑着出了门。

宗城盯着他直到门关上，这次没刚他，林痞又能开玩笑了，至少说明已经不再胡思乱想了。

林迁西真不想那些破事儿了，连拍照的事儿也抛到了脑后。早上起来，正常去学校，又是一大早，还不到六点。

他急着去背单词，往肩上搭上书包，随便拨两下头发就要出门，脚上还在穿鞋，一只手已经去开门，另一只手里还拿着厚厚的一沓单词表。

门外面有掏钥匙的声音，他一拉开，刚好看见他妈拿着钥匙，正准备开门的样子。

林迁西好一阵子没看见她了，从比赛完他就天天早出晚归地学习，没碰面的机会，没想到今天林女士会回来这么早。

他还没开口说话，林慧丽看着他先说了句："你怎么成这样了？"

林迁西莫名其妙："我怎么了？"

林慧丽这句话像是脱口而出的，说完上上下下地看他，又问："你最近都干什么了？"

"干什么？"林迁西说，"学习啊，要高考了！我到底怎么了？"

林慧丽站门口好一会儿没动，眼神从他脸上转到他手里拿着的单词表上，才说："没什么，就是觉得你瘦了一大圈儿。"

"有吗？"林迁西摸一下脸，可能是天天看自己，没这感觉。看她眼神还在自己身上转悠，也不知道是不是还是不相信自己，他自嘲地笑笑，背着书包出门。"真是学习，没干别的。"

林慧丽从他旁边进了门，忽然说："你有空去一下便利店。"

林迁西回头："有事儿？"

"去了再说吧。"林慧丽说。

林迁西没回话，想了一下，挺奇怪的，还从没被她主动叫去店里过，扭过头走了。

本来是要等宗城一起走的，但是想想顾阳可能还没好彻底，还是别催他了，半路点开微信里的灯塔头像，说自己先去学校了，让他慢点儿再来。结果一进教室，居然看见宗城的座位上已经放着他的书包了。

林迁西转头看了看，来太早了，班上都没几个人。宗城不在座位上，就书包在。

他坐下来看书，手往桌肚子里一伸，摸到一只热乎乎的油纸袋子，往外一拖，是买好的早饭，瞅一眼旁边的书包，咧着嘴，拿了出来。除了他，还能有谁买给自己？

边吃边看书，半天也没吃完。都快要上课了，王肖跟孙凯才晃荡着从后门进来。

"西哥，看到公告栏里的通知了吗？"王肖一看见他就说，"今天有考前动员大会，所有人都要参加，去洗个脑呢！"

林迁西从书里抬头："是吗？"

"是啊！"

话还没说完，就听见大广播"刺刺"的电流声，教导主任的声音响起来："请以下被点到名字的同学，到办公室来准备动员大会……"

广播里在报名字，王肖边听边说："城爷肯定已经去了，他成绩那么好，绝对会被叫过去。"

林迁西灌了一口豆浆，心想怪不得不在。

"高三（8）班，林迁西……"广播里忽然喊。

林迁西一口噎到了："怎么有我？"

第112章

又一次去教导处的办公室，没想到是因为这个。

林迁西到门口的时候，里面正好出来一群人，刘心瑜在最前面，看到他眼光闪了闪，没作声，直接走了；后面跟着章晓江，还是不敢多看他，跑得贼快。其他的都差不多，反正是排名表上前面的那一批，一群尖子生。

林迁西没管他们，晃悠进了办公室，一眼看到宗城，穿着件宽松的黑 T 恤，又高又挺拔地站在办公桌前面，正在听教导主任说话，眼睛却已经往他身上看了过来。

"……你是年级第一，是必须上的，全年级都指望着你做领头羊。"教导主任洋洋洒洒的，话一停，看见了他，"林迁西，你过来。"

林迁西走过去，跟宗城并排站。"来了，找我干吗？"

教导主任还是那样，头发花白，一张国字脸，挺着啤酒肚，挺严肃："马上开动员大会，你也上去发个言，代表那些有问题的、落后的学生表个态，让他们也受一受激励。叫你来，就是叫你赶紧去准备一下发言稿，快去，其他人都去准备了。"

林迁西拧眉："什么意思，我是问题学生代表？"

教导主任可能意识到了自己这话说得不妥，清一清喉咙，解释："我意思是你以前确实有问题、落后，但是你现在进步明显，还拿到了台球比赛的冠军，可以作为进步分子，上去激励督促那些和你一样的学生努力，这不是挺好的嘛！"

林迁西手在裤兜里一插，说："我不行，上不了。"

教导主任问："为什么？"

林迁西挑一下眉："我的成绩教导处都不相信，非说我是抄的，怎么能上？上去了别人也不信啊！"

教导主任反应过来了。"这都多久前的事儿了？"他指指宗城，"宗城都给你做过证明了，教导处不是相信你了吗？"

本来没这么记仇，但是今天看教导处这态度，想让他上去发言竟还扯问题学生的事儿，林迁西就不想揭过去，故意说："他是给我做证了，可教导处从来也没给过我一个说法，说不定外面的人还是不相信我呢！上不了，找别人吧。"

宗城在旁边盯着他，静静看他演。

教导主任脸上有点儿挂不住："你这是在拿乔！好多人都不知道那事儿呢，过去就算了，你还想让教导处当众给你道歉啊？"

"啊？"林迁西吊儿郎当的，一脸痞样，"不道歉没事儿啊，正好我也不想代表问题学生上去发言。"他转身，冲宗城眨一下眼，直接出了办公室。

教导主任被他噎得说不出话来，脸都涨红了："宗城，你教他的，快去劝劝他，动员大会都要开始了，干什么这是！"

宗城淡淡地说："是我教的他，我当初还上去做了检讨，现在回头想想，没有个说法，确实挺不舒服的。"

教导主任："……"

林迁西离开办公室就去了操场，大广播里正在喊，让全体高三学生带着凳子去那儿集合。高三（8）班的位置正对着升旗台，台上都准备得差不多了，老周杵在台子下面做标杆。

他一走过去，就看见王肖在摆凳子。王肖叫他："西哥，你不是被叫去准备大会了吗？这就回来了啊？"

姜皓在旁边坐着，问他："不会也叫你上去发言吧？"

"不去。"林迁西在他们旁边坐下来，"我还不如在下面多背几个单词。"说着还真从口袋里摸出了单词表。

"牛啊西哥！"王肖觉得不可思议，"还真是叫你去发言的啊！你以前到那上面去都是被处分的，竟然有今天！"

"闭嘴吧你，有今天我也不去。"林迁西往上看，眼睛在找那道身影，"等着看宗城发挥就行了。"

等了差不多二十分钟，背了十几个单词，升旗台上面有老师上去了。教导主任挺着啤酒肚在椅子后面坐下来，旁边还有一年见不着几回的校长，看这阵仗真是隆重。

章晓江拿着张稿纸，在升旗台下面准备，一副随时要上台的架势。

王肖说："西哥，你看看人家多积极。"

"谁爱积极就积极去呗！"林迁西盯着单词说。

他也不是第一次跟教导处不对付了，王肖就明白了，扭头跟姜皓嘀咕："指定是不爽，就不想上去。"

升旗台那儿，刘心瑜站在章晓江旁边，拿着笔和纸，好像还在备稿，忽然眼睛往旁边看，小声说了句什么。

林迁西正好看过去，就见宗城没跟她说话，从那儿直直过来了，到了8班的队伍里，眼睛扫了一圈儿，看到了他，走了过来。

王肖立马站起来，给宗城让位子："城爷，你不该去那儿准备吗？"

"我就在这儿准备。"宗城坐了下来。

王肖看看他俩，"啧啧"两声，坐远了点儿，跟姜皓挤一张板凳上去了。

林迁西的腿挨着宗城，看宗城一眼："去了那么久，准备很充分？"

宗城看他："是很充分，还以为难得有个机会能跟你一起上台了。"

"嗯？"林迁西压低声，"你很想跟我一起上台啊？"

宗城低声说："还行，主要想展示一下'爸爸'的教育成果。"

"滚你的……"林迁西拿腿猛撞宗城一下。

宗城一只手抓在他大腿上，按住了。王肖跟姜皓四只八卦的眼睛在往这儿看。

林迁西身体往前倾，借着外套挡住了他的手，不让他们看，然后装模作样地看单词，宗城的手才悄悄抽走了。

升旗台上早就开始讲话了，校长走过场地说了几句，林迁西再抬头，看见章晓江已经在上面念稿子了，刘心瑜排在他后面。

没注意到也不奇怪，毕竟章晓江的声音对着话筒也不高，都快被操场上的窃窃私语盖过去了。老周还在前面维持了一下秩序，发言才得以继续。

宗城也觉得这种活动纯粹是浪费时间，手一伸，抽了林迁西手里的单词表，翻了一下说："检查你一下吧。"

林迁西挨近了："来。"

太阳在头顶上晒，台上在说他们的，他俩窝下面学自己的。

直到一阵刺耳的电流声响起来，教导主任的声音像洪钟一样响起来："有个事儿要说一下，高三（8）班林迁西……"

林迁西跟宗城同时抬了头。

台上发完言的优等生们都下来了，回了各班的队伍。

教导主任抓着话筒说："以前是教导处，喀，不是，主要是我本人，错误地相信了某些同学的片面之词，在没有查清楚的情况下就认定林迁西的成绩有作假行为……后来证明林迁西的成绩都是在宗城同学的帮助下真实提高的，现在郑重予以澄清，并诚恳地向林迁西同学道歉……"

"妈吔！"王肖立马伸过头来，"西哥！你干什么了！臭石头一样的教导主任都向你低头认错了啊！"

姜皓也看过来："你可太有面子了！看到了没，那儿，刘心瑜脸都绿了！"

薛盛和孙凯从前面扭头："学习好了就是有用，牛！有钱能使鬼推磨，成绩上来了能让教导主任推磨！"

几乎所有人都朝他这儿看过来。

林迁西也没想到，盯着升旗台，都怀疑教导主任是不是被人调包了，居然真向他道歉了！

"舒坦了？"宗城在旁边问。

林迁西扫他一眼，勾了嘴角："舒坦，爽！"简直是出了一口陈年恶气！

教导主任干咳好几声，又端起杯子喝口水，板着脸，有点儿拉不下面子似的，很快就说："林迁西作为高三年级进步最显著的代表，可以上来发言了。"

林迁西一愣，笑没了。

宗城看着他："怎么？"

他身体往下躲，低声说："我没准备稿子！"

"那你回来后都干吗了？"

"我以为他绝对不会道歉的啊！"林迁西低吼。

"林迁西！"教导主任在上面找，"林迁西呢？快上来！"

老周已经找过来了："林迁西，快上去！"

"……"林迁西只好又慢吞吞地坐直了，低头一看，手心里忽然被宗城塞了张纸。

"给你用了。"

林迁西问："你的稿子？"

"嗯。"

"那你怎么办？"

"我有两版，这个是做作版，给你了，还有个正常版。"

"……"林迁西盯着他，"那你为什么不给我正常版？"

宗城说："正常版在我脑子里。"

"……"

"林迁西，快上来！"教导主任又催了。

林迁西把稿子一揣，站起来。

"好好念。"宗城低声说。

"知道了。"他小声回，从人堆里穿过去，上去了。

教导主任用一种"服了你了"的眼神，把话筒递了过来。

林迁西接了，展开纸，看到里面笔锋张扬的字，跟着念："感谢校长、教导处、各位同学给我这个机会站在这里……"这也太官腔了，他一边念一边腹议，"……奋斗三年，终于到了收获的时候，现在，是我们准备好上战场的时刻了……"这人到底有没有走心地写，是不是只花了五分钟啊？！"临近高考，我们对成绩的要求依然不能放松，我习惯以满分为目标……喀！"

旁边投来一大片莫名其妙的眼神。

林迁西赶紧打断一下，朝下面看，宗城坐在那儿，好像扯了一下嘴角。怪不得叫他好好念！这可真是做作版，太装了！是想气死别人吗！

林迁西干咳两声，强行扭转过来："虽然想把满分作为目标，但我也知道，那是不可能的……"

"噗！"王肖在笑。

去你的，再笑弄死你！林迁西硬着头皮往下编了几句，实在编不下去了，决定直接收尾："我说完了，谢谢大家。"

王肖带领薛盛和孙凯齐齐狗腿子般地鼓掌："好！西哥说得好！"

教导主任过来拿了话筒，小声说："这是你自己的稿子吗？怎么好像跟你没半点儿关系啊？我是要让你激励落后的同学！"

林迁西攥着纸团，塞进口袋里，厚颜无耻地说："是啊，我写了半小时呢，不激励人吗？"

教导主任头疼地摆摆手，跟着了他的道似的，拿着话筒朝下面喊："下面请年级第一——宗城，上台来发言。"

林迁西往台下走，宗城上来，俩人擦肩而过，对视一眼。等他坐回凳子上，宗城已经拿着话筒站在旗杆下面了。

沉默了几秒，宗城才开口："我不觉得我说几句话就能激励大家，只要是作为年级第一站上来，大部分人的感受都是站着说话不腰疼，所以我的话你们没必要听，每个人都有自己的目标，达成自己的目标就行了。"

"……"台上的老师们都蒙了，偏偏宗城脸上一点儿表情都没有。

"这么多年终于有学霸说实话了！"王肖快笑死了，抱着肚子说，"我服了城爷了！"

姜皓憋着笑鼓掌，扭头看林迁西："牛，真牛！你俩不是上去动员的，是去砸场子的吧！"

林迁西："……"

结果操场上其他人也跟着鼓掌了，居然还有人吹口哨。

宗城从上面下来了。林迁西一把拽着他坐下来："这就是正常版？"

"嗯，"宗城说，"做作版是场面话，正常版是实话。"

林迁西摸着嘴笑，看了看前面，拿单词表挡住脸："快溜吧，我怕被教导处追杀。"

宗城提了嘴角，拉他一下就走。

俩人直接溜回了教室，都没关注大会是怎么结束的，反正被议论了好几天。尤其是王肖，从大会结束之后，连续三天，动不动就从前面座位上回头提一句："不愧是西哥和城爷，每次一想都觉得你俩太'激励'人了！"

有时候姜皓还在旁边附和一句："感动八中，我被'激励'了！"

林迁西这时候一般是埋头做题，懒得搭理他俩。

宗城更不搭理，题册堆得比林迁西的高一截。

还好教导处没真把他俩怎么样，毕竟动员大会一结束，就意味着高考马上到了。

能感觉到教学楼外面的太阳开始刺眼的时候，班里倒计时的牌子上，数字成了个位数。而现在，成了"1"。一个明晃晃的鲜红的"1"，就在眼前悬着，谁还有心情关注别的。

下午，林迁西又跟平常一样坐在教室里刷题，抬头看了眼前面的牌子，心情有点儿七上八下。

"西哥！"王肖又叫他。

"再说大会的事儿就揍你！"林迁西抢先说道，这阵子真是被王肖说够了。

"不是，"王肖盯着他脸看，"你下巴都瘦尖了啊，太拼了吧！"

林迁西摸了摸脸，扭头看旁边："我真瘦了？"

宗城早就转脸看了过来，转一下手里的笔："嗯，是瘦了，眼眶也深了。"

林迁西没顾上话的真假，但总觉得这话很熟悉，忽然想了起来："我靠，我给忘了！"

他妈说过一样的话，不是还说让他去一趟便利店吗？结果天天埋头学习，完全忘了。"还有多久放学？"他找手机，想看时间。

宗城已经拿自己的手机看了："还有十几分钟，干什么？"

林迁西说："我等会儿先去一趟便利店，然后再去找你。"

"有事儿？"

"不知道，我妈就让我有空的时候去一下，我去看看。"林迁西已经先把书包收拾好了。

"行，在家等你。"

宗城又看了一眼他的脸，低头在手机上打字，给顾阳发消息。

王肖瞅着俩人："这话说得……"在家等你？

宗城掀眼看他。

"啊，没事儿……"王肖赶紧转回头去了。

没一会儿就放学了，最后一天了，整个学校都有种不一样的气氛，黑板上贴了考试的注意事项，老周还特地过来一趟，在班级门口晃了一下才走。到处都安安静静的，高一高二已经提前清空了教室做考场。

林迁西背着书包出了校门，坐了辆公交车，很快到了便利店外面。还没进门，他就看到他妈在柜台那儿，刚好是她来替换上夜班的点儿。

林迁西走进去，还没说话，她正好转头，看见他了。

"怎么才来？"林慧丽说，"都要考试了吧？"

"嗯，我给忘了。"林迁西站柜台外面，"什么事儿啊？"

林慧丽走了出来，去中间的货架旁边扒拉了一下，扒出了一只纸箱子，里面装了些东西，乍一看，牛奶、鸡蛋、袋装的保健品，大都是吃的。

"本来是要给你考前补一补的，都这时候了你才来拿，早知道还不如我给你带回去。"她口气还是不冷不热的，把整个纸箱子往林迁西脚边推了推。

林迁西看着那纸箱子，有点儿错愕："特地给我准备的？"

"嗯。"林慧丽在货架上抽了块抹布擦了擦手，又捋一下耳边的头发，似乎有些不太自然，"带回去吧，考完了也不是不能吃。"

林迁西弯腰抱起了那只纸箱子，还有点儿回不了神，真没想到特地把他叫来是为了这个，都没说出话来。

林慧丽也没说别的，去后面理货去了。

林迁西押头说："那我走了啊？"

"回去吧。"林慧丽没说别的。

林迁西抱着纸箱子，跨出门，忽然听见货架后面李阿姨小声问："怎么忽然对你儿子这么好了？"

林慧丽在那儿说："他应该是学好了，最近学习都挺认真的。"

"真的假的哟？"

"他还拿了台球冠军，我查了，是真的，全国的。"

"是吗，全国的冠军这么好拿啊？那还能给你考个大学回来哦？"话音里带着笑。

林迁西本来是真的要走了，听了那笑又回了头，一直走到里面，故意踹了货架一脚，"哐"一声响。

林慧丽从后面转出来，愣了一下："怎么还没走？"

李阿姨在她身后露了个头，又一下缩回去了。

林迁西瞅着他妈身后："来谢谢李阿姨啊，一直这么关心我们家的事儿，不是操心你相亲，就是操心我考大学，等我考上了，一定来给她报喜啊！"说完他就扭头走了。

便利店里一点儿响动都没有，估计是被他的话震蒙了。

林迁西抱着纸箱子爬上公交车，脸色才缓过来，对着车门玻璃重重吐了口气，又看了一眼手里的纸箱子。他妈居然信他了，有点儿难以置信。要不是箱子的分量还在，都要怀疑自己是不是幻听了。

这是不是代表林女士终于对他有点儿指望了？他对着玻璃咧了咧嘴角，说不上来什么滋味儿，心紧跟着又慢慢扯紧了，就这一天了，明天就考了，好像又有点儿悬着了。

等抱着纸箱子站到老楼的屋门前，林迁西又吐出一口气，拿脚踢了踢门。里面汤姆在"汪汪"地叫，跟知道他来了似的。

门打开了，宗城穿了件短袖，不知道干吗了，胸前一小片汗迹，盯着他手里的纸箱子："干什么，今天上门还带东西？"

林迁西扯开嘴角，心情又轻松了点儿，把纸箱子一下塞他怀里："对，拿着！"

宗城抱着放在地上，把门开到底："进来，就等你了。"

林迁西刚走进门，就闻到一阵诱人的香味儿。

顾阳已经在小桌那儿拍桌沿了："快来西哥，肉都煮好了，就等你来开动了。"

小桌上摆着正在翻腾的涮锅。

"干吗？这么丰盛？"林迁西走过去，"考前狂欢啊？"

"我哥说你太瘦了，得吃点儿肉才能去高考。"顾阳笑着说，"是真的，西哥，你得补补，我俩忙半天了。"

林迁西回头，难怪宗城一身汗。

宗城正在看他："别看了，吃吧。"

林迁西笑了笑，冲进洗手间洗了手，过来在桌边一坐："来，开吃！"

锅里涮的是羊肉，不知道加了什么料，居然没什么膻味儿。林迁西捞了一筷子，才想起来忘了弄蘸料。

宗城把自己的那碗放他跟前："这么激动？"

"没啊，只顾着吃肉了呗。"林迁西蘸着，一口塞进嘴里，烫得直咧嘴。

宗城看了看他，确实瘦了很多，表情好像也有点儿心不在焉，还好熬到头了。

顾阳用筷子夹着肉伸过来："西哥，来，祝你旗开得胜！"

"嗯？"林迁西看见，也夹了块肉，跟他碰杯似的碰一下筷子，一口塞进嘴里，"没问题，放心吧！"都不知道这话是不是说给自己听的。

"哥？"顾阳吃了那块肉，又夹一筷子，盯着宗城，兴冲冲地也想跟他碰一下。

"幼稚。"宗城不留情面地说。

"喊……"顾阳说，"不碰拉倒！还是西哥好。"

林迁西嚼着肉笑："等我考上了大学，还会更好。"

宗城看他一眼，有点儿想笑，抿了一下嘴角。

吃完了，天也黑了，夏风从阳台上往屋里吹。顾阳爬起来主动收拾，把碗筷送进了厨房，声音传出来："你们今天还学习吗？不是都说考前的最后一天就不要学了吗？"

宗城把涮锅送进去，出来后看了林迁西一眼："不学了。"

林迁西起来拿自己的书包："那就不学了，我回去了。"

宗城跟过来，忽然说："紧张吗？"

他回头："啊？没啊！"

"我看你很紧张，吃饭的时候就看出来了。"宗城低声说，"怕什么，都准备这么久了。"

林迁西抓一下头发："还好吧。"那都是不经意间的，他自己都没察觉。

宗城几步去了门口，手一拨，直接把屋门落锁了，走回来说："就在这儿睡吧。"

林迁西看着他："你认真的？"

"嗯，就在这儿睡。"宗城说，"明天跟我一起去考。"

第113章

林迁西留下了。小桌又摆上了书和笔记。他在那个绣了"乖"字的坐垫上坐下，转头问："你不是说不学了吗？"

宗城在旁边坐着："我说不学你就肯了？你今天要是回去了，肯定还是会偷偷看书。"

林迁西摸摸鼻子笑道："被你发现了。"

宗城把两本厚厚的笔记递给他："就看书和笔记，加强记忆，不做题了。"

"好嘞，听爸爸的。"

宗城忽然看一眼旁边。林迁西顺着他视线看过去，立即闭上嘴，动手翻笔记。

顾阳过来抱了汤姆，准备往阳台上送，轻手轻脚的，就怕打扰他们，过一会儿，伸过头来问："西哥要留下来住，那要不要我打地铺，把床腾出来啊？"

"不用。"宗城说，"我们俩挤挤就行了。"

林迁西看看他，心想好一副坦坦荡荡的口气啊！

"我怕你俩挤着会睡不好。"顾阳又问，"真不用吗，西哥？"

"……嗯？"林迁西眼珠动一下，"真不用。"

"好吧。"顾阳把闹腾的汤姆先放在阳台，又跑去房间，"那我给你找一套我哥的衣服准备着，你们待会儿看完了书就能早点儿洗澡睡觉了。"

林迁西看着他进了房间，"啧"一声："有这样的弟弟可真好。"

"他不就是你弟弟吗？"宗城翻着书，低声回道。

林迁西勾起嘴角，止都止不住，又提醒自己忍住，不能开小差，还要看笔记呢！他赶紧低头复习。

明天上午考语文，下午考数学，两本笔记上是这两门平时记下来的考试重点，现在随便一翻语文笔记，对上那些密密麻麻的字，即将考试的感觉顿时就冒出来了。

林迁西一页一页地翻，生怕自己记不住，一遍遍地回忆要背诵的古诗词，手指捏着纸边一直捻都没察觉。

不知道几点，周围很安静，一点儿响动都没了，旁边的身影忽然一动。林迁西抬头，看见宗城站了起来，下意识地动了一下酸胀的脖子，才发现已经过去了很久，顾阳的房门都关上了。

宗城走开了一下，回来的时候手里拿着瓶滴眼液，坐下来，背靠小桌，仰头对着眼睛滴了两滴。

林迁西在旁边看着，他一言不发地闭着眼，紧绷的侧脸下颌线清晰，喉结忽然轻轻一滚，浑身都是一股吸引人的酷劲儿。

"你是不是累了？"林迁西低声问，"你也会累啊？"

宗城睁眼，看了过来："就算体力再好也是人，我为什么不会累？"

林迁西一愣，好像还真以为他不会累似的，完全把他的好成绩当成理所当然了，明明每天也是跟自己一样熬夜拼命的。林迁西转头看了眼顾阳的房间，回过头，笑起来，拍了拍腿："来，今天也给你躺会儿。"

宗城盯着他，嘴角一牵，过来就躺在了他的腿上。

林迁西低头看着宗城仰着的脸，离得近了，才发现宗城也没好到哪儿去，不也是瘦了不少吗？拍一下宗城的脸，问："说实话，你是不是也会紧张啊？"

宗城懒洋洋地闭着眼："嗯，会。"

"那我就好受多了。"林迁西捏着宗城的下巴，笑着说。

等他头抬起来，宗城已经睁开眼，看着他。

"怎么了？"他挑眉问。

宗城没回答，手伸上去，在小桌边摸一下，摸到手机，拿到眼前看一眼，又放回去。

"干吗？"林迁西问。

"看看还能休息几分钟。"宗城手指敲一下桌沿，"把笔记放这儿挡着。"

"嗯？"林迁西把笔记一竖，放在桌边。

没几秒，宗城低声说："现在不累了。"

"靠……"林迁西笑了声，怕顾阳听见，扫一眼房门。

宗城一下坐了起来，把挡着的笔记放下来，又翻开了书："继续。"

大概早上六点，闹钟响了，声音一下炸响在耳边，感觉脑仁儿都在振。林迁西睁开眼睛，侧脸压在枕头上，眨了眨眼，一下清醒了，立马坐起来。

昨晚具体几点睡的没太大印象了，就记得他们稍微缓解了一下疲劳，又看了一两个小时的书。可能是紧张，也可能是累了，他都不太清楚自己怎么睡着的。

房门被推开，宗城走了进来："刚想叫你。"

林迁西把闹钟按了，下了床就往洗手间跑："等我十分钟。"

宗城说："来得及，还早。"

林迁西进洗手间的脚步才放慢了，想起来今天第一场考试在九点，确实还早。

宗城在小桌那儿把一件件东西都收拾好了，考试要用的黑水笔、2B铅笔全都收在笔袋里，还有准考证，分别塞进他跟林迁西的书包。

林迁西洗漱完出来，身上穿着他的黑色短袖，宽宽松松的，一看就跟他身上的黑T恤是一个款，他衣服反正都差不多。

宗城已经在喂汤姆狗粮了："好了？"

"好了，走吧。"林迁西拎了自己的书包往肩上一搭。

宗城去厨房拿了两只冒着热气的方便袋出来，递给他一只："顾阳出去买的早饭，买完又去睡了。"

"这也太贴心了。"林迁西拿了，叼了个包子在嘴里就出了门。

宗城跟出去，关上门，手上拿着自己的校服，抛给了他："穿上，你身上的衣服一看就是我的。"

"无所谓。"林迁西拿着校服往肩上一甩，"最后两天了，管他的，让他们看呗。'

宗城想想也对，眼里带了点儿笑，把校服拿回来，搭在了自己肩上："那就别穿了。"

八中和五中都是考点。林迁西的考点就在八中，宗城的不是，在五中。他们在杨锐的杂货店外面停下，准备分头走。太早了，杨老板的店都还是关着的。

林迁西最后一口包子吃完了才说："我去考了啊！"

"林迁西，"宗城伸手抓着他，扫了眼他裤腰，突然说，"你拉链没拉。"说完松手，都不给他反应的机会，就往前先走了。

"……"林迁西冲到路边上，趁左右没人，掀起短袖衫，低头一看，拉链明明好好的。

"骗我！"他抬起头，看宗城身影已经拐弯不见了，忽然反应过来，又笑了。是故意的吧，八成是不想他紧张。

今天的八中庄严肃穆，就连传达室的大爷都在门口瞪着双眼，如临大敌。

林迁西进了校门，看这阵仗就轻松不了。刚要按准考证去考场，兜里手机振了，摸出来看，是灯塔头像发来的。

——找到考场了？

他手指噼里啪啦地打字。

——八中乖仔还能在八中迷路？

宗城没两秒就回过来。

——嗯，加油，西哥。

林迁西咧着嘴角，自己都没察觉。

——加油啊，城爷！

其他人陆陆续续经过，没几个熟面孔，大家都被打散了。林迁西想关机，还没按，又有微信消息进来了。

——怎么样？怎么样？怎么样？

是秦一冬发来的。这一串问句都能让林迁西想象出他的表情，秦小媳妇儿可能脸都要白了。林迁西想起好一阵子没见到他了。

——你失踪了？

秦一冬接连回过来好几条。

——你丫才失踪了，我还不是怕打扰你跟酷哥复习？

——酷哥在我学校考啊，我好像看到他了。

——考完出来吃饭！

果然秦小媳妇儿在紧张，话都说得前言不搭后语的，林迁西怕他更紧张，回得很干脆。

——行，考完约。

手机关了上交，书也不看了。林迁西进了考场，是高三的班，习惯性地扭头看一眼墙上的倒计时牌子，连"1"也撕掉了，空了一块在那儿。他深吸口气，坐下来，心想来吧，反正都得来……

考试铃在九点准时敲响，试卷在监考老师严肃的注视下发下来。

林迁西明明做了心理准备，拿到试卷的时候也很平静，填名字的时候却停顿了一下。笔尖居然有点儿发颤，他才发现自己还是紧张。

支撑到了现在，高考就是最后一步，说不紧张都是骗人的！他左手压着右手，狠狠摁了一下，在心里打气：没事儿的西哥，你行的，你是全国冠军，是前十四名，一定行！

笔尖不颤了。林迁西活动一下手指，缓了口气，低头答卷。

语文考试时间是一百五十分钟，铃声再响的时候，好像跟平常任何时候的一百五十分钟也没什么不同，就这么过去了。林迁西看着试卷交了上去，捏一下手心，写到现在都有汗了，把笔袋一收，走出教室。

老周的背影就在前面，可能是来巡视考场的，背着手，手里拿着他送的杯子。

林迁西叫一声："老周。"

老周回头看。

他从旁边走过去，指了一下自己："开心了吧，语文考完了，这下你终于摆脱我这个'钉子户'了！"说完笑着去厕所了，也没听见老周开口说什么，就感觉老周盯着自己瞧了半天。

一直到下午，林迁西没想过联系宗城，就想铆着股劲儿把今天的两门考完。

再开考前，他忽然想起什么，去放书包的地方摸了摸，最后在包底摸到了那颗纽扣，拿出来，戴在了脖子上。差点儿把护身符给忘了！

下午五点，数学考试结束。

铃声一响，林迁西在座位上抬头，交了卷才回神，感觉绷了一天的神经总算放松了点儿。

没一会儿，王肖找来了，在考场外面喊他："西哥，一起吃东西去吗？一天没见你人了。"

林迁西走出去："明天还有一天呢，吃什么吃啊！"

姜皓跟王肖一起来的，看了一眼他身上的衣服就说："算了，咱们眼神不好，没看他穿着谁的衣服吗，还叫他吃东西，这是打扰人家。"

林迁西故意扯扯自己身上短袖的领口："那等会儿要是看到我们也当没看到啊，不然我就找你们算账。"

"服了，林痞，厚颜无耻！"姜皓说。

厚颜无耻的林痞先走了。校门口出奇地热闹，林迁西出去时看了一眼。

刘心瑜一边往外走一边抹眼泪，低声说："考得不好，没想到今年数学这么难……"

几个女生在旁边安慰她："是你要求太高了。"

林迁西皱一下眉，本来考完不想回想的，结果听到好学生这么说，就不自觉地有点儿忐忑。

忽然听到熟悉的喊声："宗城！"

林迁西出了校门，看见徐进在往马路上走。

"你数学考得怎么样？"徐进问道。

宗城刚走过来，一只手随意地拎着书包。

林迁西小跑过去，挡在两人中间，抢话说："老徐，你怎么不问我考得怎么样啊？"

徐进转头看他："问你？"

"对啊，你倒是也问问我啊！"

徐进没辙似的，只好说："行，问你，那你考得怎么样啊？"

林迁西一脸真诚地说："我——不——知——道！"说完一把拽住宗城就跑。

"林迁西！"徐进气得追出去两步，"臭小子！要毕业了还气我！"

老楼的屋门一下被推开，林迁西进了门，先抹了把额头上的汗，回头才松开宗城："你怎么样啊？"

宗城脸上也出了汗，看他一眼："你不让徐进问我，自己还问？"

林迁西一想也是，不问了，手在脖子上一扯，扯出那颗纽扣："那你这个戴了没？"

宗城脸上没什么表情，手掀了一下腰侧的黑T恤，露出红绳挂着的纽扣。林迁西笑了。

顾阳听见动静，匆匆从房间里跑出来："你们回来啦！"

"嗯。"林迁西在小桌边坐下，"该准备明天的考试了。"

"先吃饭吧。"顾阳说，"西哥你这么着急干吗？"

宗城几步过来，把他手里的书拿了："行了，你就是太紧张了。"

林迁西一只手抓了抓头发："行，吃饭吧。"

晚饭吃了饺子，吃完还是顾阳主动去洗的碗，他是真体贴，就快把这两天的后勤给包了。

林迁西带了一身的汗回来，去洗手间里冲了个澡，很快就出来，身上又套了件宗城的T恤，坐到小桌边，才又拿书："现在能看了吧？"

宗城拿了衣服，正准备去洗手间，看了一眼："今天就看两个小时，昨天看得有点儿晚了。"

"两个小时就两个小时。"林迁西低头翻书。

等宗城洗完出来，他还低着头在那儿，一动不动的，都入神了。宗城过去，和以前的每一次一样，在旁边坐下，拿书跟他一起看。

顾阳带上房门的声音不高不低，等宗城再看手机时，发现两个小时过了。他把书一合，拉一下林迁西："别看了。"

林迁西被他拉起来，书才放下，人直接被拽进了房间。

宗城关上房门，把他往床上推一下："睡吧。"

"再看十分钟？"

"睡。"宗城按着他肩在床上一坐，一手把他腿一掀，又顺势躺了上去，一条腿压着他。

"我还没见过逼着人睡觉的。"林迁西的腿被他压得死死的，想起来昨晚差不多也是这么挤着睡的。

"你要真紧张就想想别的吧。"宗城拧开台灯，忽然说道。

林迁西看他被昏黄灯光描摹的侧脸："想什么？"

宗城淡淡地说："想一下大学生活好了，就想上了大学你跟我一起去干点儿什么。"

林迁西来兴趣了："给点儿提示啊你。"

"比如一些特别的，有含义的，不会跟别人干的事儿。"宗城说，"这样提示可以吗？"

林迁西勾着嘴角，靠在床头："一起去打个耳洞？哎不行，我以前耳朵上好几个洞，好不容易才学乖的，不打了。"

宗城说："那换别的。"

"去文个东西？"林迁西又说。

"打耳洞都不乖，还文东西？"

"那不一样。"林迁西伸出左手，张着虎口给他看，"你不是我左右手吗？到时候我就在左手这儿，文一个特别小的'Z'，别人都看不见，就我自己看得见，打球的时候不就跟带着你一起打一样了吗？"

宗城看着他虎口，嘴角扬了起来，偏偏嘴上说："没听说过吗，'文身在虎口，社会路难走'？"

"什么鬼话，我都不混社会了，谁还在意那个。"林迁西吊儿郎当地回。

宗城想了想："那我去文个'L'？文哪儿？"

"随你，自己想。"林迁西忽然想起来，"我不是给你签过名吗？那天在你衬衫上签了个'L'，你必须文我签的。"

宗城还挺佩服他，脑子这么活，这都能想到一起，忽然问："你不怕疼了？"

林迁西嘴硬："胡扯，我有那么怕疼吗？"

"那行，说好了，上了大学第一件事儿就去干这个。"

林迁西低低地笑了声："好的城爷，我要给你打个标记。"

宗城嘴角一直提着："再想想别的。"

"行啊，我想想……"话没往下说几句，林迁西的声音越来越轻，很快就呼吸均匀了。

宗城看他一眼，拉了毯子盖在他身上，嘴角依然扬着。睡吧，醒了就能去北京了。

第114章

这一觉睡得特别充足，林迁西第二天是自己醒的，完全没依靠闹钟。

宗城又先起了，不在床上，但是床上还留着他的气息，就他身上那种清淡的沐浴露的味道。

林迁西爬起来，走到房间外面，听见兄弟俩的说话声，他俩都在厨房里。

顾阳在问："西哥吃粥还是吃面啊？"

"面吧，"宗城回，"别给他加太多蛋，他这人迷信。"

林迁西站在厨房门口："谁啊，一大早就在背后说我坏话？"

宗城回过头，手里端着只碗："不是我，我这人只说实话。"

"……"

顾阳笑着说："西哥醒啦，快点儿洗脸来吃早饭。"

林迁西走进去，往灶台上看，他俩刚盛满三只碗，一碗白粥，还有两碗面："你们还有闲心自己做早饭？"

"我做的，"顾阳抢话说，"最后一天考试，不放心你们出去吃，还是自己做吧。你看，我现在会做很多东西了，又能煮米又能煮面，以后等我哥上大学去了，我也能照顾自己了。"

"突然更不放心了。"宗城淡淡地说。

"哥！"顾阳很不服气，"你可真是我亲哥！"

林迁西笑了笑，往洗手间跑，赶紧去洗脸刷牙。最后一天了，光这么一想就慢不了。

等他洗漱好出来，面已经端到了小桌上。林迁西在小桌边一坐就开始吃，快得很，都没吃出什么味道。

宗城已经先吃完了，和昨天一样在旁边喂狗，收拾书包，四平八稳的，完全感觉不出马上就要去参加最后一天的考试。

林迁西怕他等得太急，几口吸溜掉了最后一点儿面，喝一口汤，把碗送进厨房，出来一把拿了书包就说："走！"

顾阳追到门口，手里拿了两盒牛奶，往两人手里各塞了一盒："西哥，这是你那天带来的纸箱子里的，你们带着喝吧。"

林迁西想起来了，毕竟是林女士给的，便揣到了书包里。看他这样，林迁西都觉得有点儿好笑："好弟弟，你就快赶上学校门口送考生的家长了。"

"那我就是家长，等你们的好消息啊！"顾阳笑嘻嘻地朝他们挥挥手。

宗城也把牛奶揣进了书包，看一眼顾阳："补觉去吧。"说完带上门走了。

下了楼，很快又到了杂货店外面，照旧从这儿分头走，各去各的考点。走之前，林迁西把身上他那件宽大的短袖一掀："来，看看，今天拉链拉上了吧？"

宗城嘴角动一下，没笑，一只手在裤兜里掏了掏，捏着什么塞进了他裤兜里，按一下："给你的，舒缓情绪。"

"安眠药？"林迁西问。

"毒药。"宗城脸上表情很淡，只有嘴角扯了一下，转头走了，"考完在学校等我。"

林迁西脸上带着笑，看着宗城走远了才准备要走，一扭头，看见杨锐倚着杂货店的门瞅着他这儿，嘴里叼着牙签，就跟看戏似的。

"不得了，总算看到我了。"杨老板说，"我以为你眼睛里就看不见旁人了。"

林迁西指指自己："我都高考了，你就不能说句好话？"

杨锐说："祝你门门满分。"

"让你说好话，不是谎话。"林迁西摆摆手，"算了吧，我走了。"

都走出去好远了，忽然听见杨锐带着笑在后面喊了句："加油啊林迁西，你就是这条街最骚的！"

"靠！"林迁西回头看了一眼，没看见他人，又好气又好笑，不过还急着去学校，转头就跑走了。

整个八中比昨天还安静，还没考试就已经鸦雀无声了。

上午要考的是理综。林迁西再坐在考场里面时，已经做了好几次心理建设：没关系，昨天都经历过一回了，今天没理由再紧张了，好好考，放轻松……他握了握手指，听见开考的铃声响了起来。

考试时间一样是一百五十分钟，理综是三科大综合，题量多，还要无缝切换。

林迁西填名字的时候没紧张，做的过程中也没紧张，直到预感到时间有点儿紧的时候，心一下提了起来，还有最后两道大题没做。

他低着头，笔写得飞快。慢点儿，再慢点儿，别响铃，等等他。林迁西咬着牙关，拼了命地写最后一题。

"丁零零"，铃声响了。

"交卷了。"监考老师在上面喊，"别写了，都停笔！听见没有！"人直接从讲台上下来收卷子了。

林迁西猛地抬起头，放下笔，赶在铃声响起那一秒写完了。

卷子被收走了，他摸一下额头，才发现自己都出汗了，椅子一拉，出了考场。

到了厕所里面，拧开水龙头洗了把脸，刚才那股劲头才算过去。林迁西摸了摸汗津津的脖子，摸到了那颗纽扣，重重吐出口气，还好写完了，不知道宗城那边怎么样，不过他肯定没问题。

下午还有英语要考，那真的就是最后一场了，行不行也到头了。可能真是要舒缓一下情绪，林迁西伸手进裤兜，摸了一下，摸到了宗城给他的东西，拿出来，是根烟。

"真牛……"他自言自语，其实早就没烟瘾了，也就这种时候，还真想抽根烟缓缓，指导员真是够了解他的。他看了看厕所里头，这会儿正好没别人在，偷偷抽一根应该没事儿吧？低头嘴一张，叼了烟，紧跟着就想起来，没火。

外面有人进来了。林迁西转头看过去，一时大眼瞪小眼，是老周。

他把嘴里的烟拿出来，咧咧嘴："误会啊，老周，没抽，其实我连火都没有，不信你搜。"

老周看了眼他湿漉漉的脸，脸色好像比平时还白，扶了扶眼镜，干咳两声，什么也没说，去了里面的小便池那儿。

很快老周又过来，在水池这儿洗了把手，掏了什么在水池边一放，两手一背，就这么走了，瞧着贼淡定。

林迁西看一眼水池边上，是个打火机。

"我靠！"他往外看，确实是老周，没错，没认错人。

几分钟后，林迁西从厕所出来，情绪似乎的确舒缓了一点儿。他一路回忆着单词、词组、语法，脑袋里挤了一堆英语句子，胳膊底下夹着英语书，在走廊的拐角一站，准备死磕最后一门。就这一门了，拼到最后算完。

"西哥？"王肖在走廊对面叫他，走近说，"怎么还在啃书啊，中午不吃饭？"

"等会儿去吃。"林迁西头也不抬地说。

王肖在他旁边看了看："要不然我给你带？你要吃什么，快餐行不行啊？加两块卤肉？"

林迁西点头："行。"

王肖转头走了，孙凯、薛盛和姜皓都在前面等他，一起约了去吃饭的，现在全都盯着林迁西。姜皓说："我服了，我要是有林迁西这毅力，我也进前十五了。"

"做梦，你还得有个城爷。"王肖回。

英语考试依然在下午三点。

林迁西提前回到考场，看一眼外面烈得晃眼的阳光，手指摸着脖子上的纽扣，可能是天热，系纽扣的红绳都被脖子上的汗浸湿了。

铃声响了，准点儿开考。林迁西握着笔，对着卷子，认认真真地做着听力。

做听力居然没有想象中紧张，他和宗城一起听过太多英语了，英文的词汇、短文，甚至是情诗和情歌。唯一不同的是，这回不能暂停，也没有宗城用那种巨冷静的声音给他讲解和分析了。

考场里一直静悄悄的，只有笔尖画在试卷上的沙沙轻响。林迁西的手按在英语作文上，终于到了最后一项。他吸口气，又慢慢吐出来，抓笔的手握一下，又放松，耐心审题，思考后才下了笔，就像之前宗城一直教他的那样。

"丁零零——"刺耳的铃声一下炸起来。

"交卷！"

结束了。林迁西抬头，坐了几秒，一把抓了笔袋，东西一收，往外走。

刚到外面，就感觉学校里像开水一样沸腾了。无数试卷和书被从楼上扔了下来，遮天蔽日的，像下了一场雪似的，也没老师管，每一层都有人在欢呼奔跑，有的吼得像起哄。

林迁西从走廊上穿过去，脑袋都被吵得嗡嗡响，心跳得一下紧一下慢，仿佛在做梦，下了楼，在楼梯下面的墙角一靠，喘着气。好像到这会儿才真感觉到结束了，他都不想动弹，觉得比打比赛都累，就听着那些人的脚步在周围来来去去。

"西哥呢？"好一会儿，听见王肖在问，"都考完了怎么又不见人了啊？"

"你们谁见到林迁西了？"是吴川的声音，"他考得怎么样，大学没问题吧？"

"……"林迁西抹一下脖子上的汗，心想就别再问了，好不容易才结束，有根弦在他脑子里绷太久了，得缓缓。他自己也想知道到底有没有问题啊！

"城爷！"冷不丁听到这声喊，林迁西才发现自己站很久了，那些炸锅一样的欢呼声和疯子般的吼声都小了。

王肖的声音远了："没见着西哥，他一定是太担心成绩了，别中暑了吧？"

去你的中暑！林迁西动了一下，站直了，看见宗城走过来的身影，黑色的T恤刚好到腰部，两条腿又直又长，脚步很大。他钩一下肩上的书包，耐心等着，直到那身影近了，一下出去，往跟前一拉。

宗城被拽过去，手往墙上一撑，站稳了，看一眼周围，低声说："原来躲在这儿。"

林迁西小声说："在这儿逮你。"

"怎么？"

林迁西盯着他，快有三四秒，往上一扬眉："想叫你去解个压。"

宗城眼神动两下，表情如常，只有嘴角轻轻提起个弧度。

林迁西笑了起来，推他一下："走。"

小城里都跟平时不太一样，路上都是家长和学生，随便一个路边摊都有人。他们绕了几圈儿，一个熟人都没碰到，天擦黑的时候，进了一家小旅店。

林迁西以前正好没来过这儿，两手插着裤兜，背着书包走到柜台，掏出身份证一按："开间钟点房。"

柜台里正在忙着涂指甲油的女生抬头扫了他俩一眼："干吗的啊？"

"打游戏。"林迁西说。

女生一脸"难怪呢"的表情，一看就是刚高考完背着家长出来野的，一边腹议着肯定不是什么好学生，一边麻溜地递了把钥匙过去。

"我先上去登录账号啊！"林迁西拿了钥匙转身，似笑非笑的，先朝楼梯上跑了。

宗城背着书包，慢条斯理地跟在后面上去，很快找到了房间。

房门虚掩着，没锁，他伸手一推，走进去，"嘭"一声，门被甩上了。

林迁西就在门后，一下蹿过来，撞到了他身上。

宗城两手按着林迁西的肩，往墙上一抵。

"我靠……"林迁西背撞到墙，手指趁势在他后脑勺的短发上抓了一把，激烈得心就快跳飞了。

"恭喜你，西哥，"他的脸对着林迁西，声音低低沉沉的，"游过来了，就要上岸了。"

林迁西喘着气，一愣，笑了声，终于轻松了："岸上得有城爷才行啊！"

卷九

北京 & 上海

因为你值得，

林迁西，

你值得更好地活着……

第115章

出旅店的时候，外面天早就黑透了，路灯昏暗。

宗城停在路边，嘴角又提了下："反正考完了，回去补个觉，睡到自然醒的那种，放松休息。"

林迁西站了下来："那我回家了，回去睡，两天没回去了。"

宗城本来还想叫他去自己那儿，想想还是让他回去好好睡吧："那就回去，下回带学校资料过来，给你研究一下志愿表怎么填。"

林迁西笑，光听这话就觉得又来了动力："行，等着我。"

"嗯。"宗城看着他把书包往肩上一甩走了出去，直到他走远了，才很轻地笑了一下。到了现在，自己绷着的那根弦终于也松了。

林迁西回去后真的是倒头补觉。家里就他一个，连一向杀猪一样乱嚷乱叫的邻居都安分了那么一回。他闷头死睡，睡得昏天黑地。

再也不用没日没夜地刷高考题了！他拖着北上的行李，钩着宗城的肩，在北京的阳光和人潮里穿梭，去文说好的字母，去学校报到，一起逛学校、逛北京……

"叮！"林迁西突然被吵醒，费力地眨了眨眼，又听到一声"叮"。他好不容易睁开了眼，挠了挠头发，才发现是手机进了微信消息的声音。

"啧……"美滋滋的一个梦，居然被打断了。林迁西坐起来，伸着手到处摸，最后在床尾摸到手机，滑开。

——还有活气儿吗你？

——说好的考完约呢？？？

是秦一冬发来的。林迁西想起来了，是说好的，咧开嘴，发过去条语音："刚睡醒，小媳妇儿快给哥哥报个地址，马上来！"

秦一冬发来一个地址，附带一句"亲切"问候。

——你少跟我嘴骚。

林迁西才不管他抗议，秦小媳妇儿的抗议从来都是无效的。他匆匆爬起来，去洗手间里洗漱。

半小时后，林迁西出了门，到了约好的地方。他这一觉睡太久了，一夜加一整个白天，太阳就快下去了，马路边上的知了都收工不叫了。

秦一冬在一家烟熏火燎的烤肉店里坐着，穿着白汗衫，一头的汗，一眼看见他进门就喊："这儿！你那是补觉吗？是昏迷吧！"

"来了不就行了吗？"林迁西走过去，往对面一坐，拿了筷子，"快吃，刚醒要饿死了，我能吃头猪下去。"

秦一冬夹了肉片上炉子烤，一边瞅他："穿这样来吃烤肉，你不热啊？"

林迁西穿了件长袖，领口拉得很高："不热，快烤，饿！"

"饿死你算了。"秦一冬嘀咕着，忽然又说，"我还以为你会叫酷哥一起来呢！"

"啊，能叫吗？"林迁西从裤兜里掏出手机，"能我现在就叫啊！"

"我……你也太不要脸了！"秦一冬说，"别叫！"

"滚蛋，就知道你是假客气。"林迁西笑着把手机放了下来，夹了块肉塞进嘴里。就是要秦一冬的，说不定宗城也在补觉呢，还是不叫了。他跟秦一冬很久没这样一起吃过东西了，像这样随心所欲地边吃边聊，感觉已经是上辈子的事儿，甚至都有点儿恍惚。

"发什么呆啊，你考得怎么样？"秦一冬翻着烤肉，又说，"我考场离宗城的挺近的，进进出出好几回，看他相当稳。上次联考，他那成绩在咱们两个高中里面都是第一，估计对他来说小意思。"

"他肯定没问题。"林迁西嚼着肉，心想他那成绩何止两个小破高中里第一啊，又仰头灌一大口冰水，"我自己不知道考得怎么样，禁止谈论这个话题，不然我就追着问你考得怎么样！"

秦一冬翻个白眼，说："我不就想知道你能不能去北京吗？"

"干吗，要给我送临别大礼啊？"

"送你个头！"

"那就闭嘴吧！"林迁西咽下口肉。

秦一冬把他面前的烤肉全捋走了："不给你吃了。"

林迁西笑道："傻吗你，老子自己烤。"他夹了肉上去烤，一块接一块地吃得正欢，手机响了。

"你的。"秦一冬说，"宗城吗？"

林迁西掏出来，看了一眼号码："杨锐。"一边接了，"喂，杨老板？"

"林迁西，快去一下便利店。"杨锐说，"我刚听几个来买东西的人说你妈店里又出事儿了，快去！"

林迁西一愣，挂了电话就站了起来。

"怎么了？"秦一冬莫名其妙地看着他。

"我妈店里出事儿了，我要去看一下。"林迁西话还没说完就往外跑。

秦一冬听了也顾不上吃饭了，连忙跟着站起来。

林迁西已经跑出去了，穿了几条巷子，抄了条近道，赶上了公交车，一跳下来就奔向便利店。

店门口有几个人探头探脑地看热闹，一看到他跑过去，就全都散了。

林迁西脚步没停，直接跑进了店里，喘着气，没看见人，就看到地上掉满了东西，几排货架都歪了，东西好像是被人从上面整个横扫下来的。他往里走，很快就看到了他妈。

林女士拿着笤帚正在后面打扫，地上是玻璃碎片，里面装的罐头洒了一地。可能是听到了脚步声，她抬了头，看着林迁西。

"谁弄的？"林迁西冷着脸问，"又是上次那个来打过你的混蛋？他是不是又打你了?!"

林慧丽眼神在他身上上上下下看了一遍，才说："不是。"脸色有点儿泛白，神情也不太好看。

"那是谁干的？"林迁西看了店里一圈儿，"这次是砸店？"

"几个人，被一个人带来的。"林慧丽继续扫着地上的玻璃。

林迁西一听"几个人"就觉得不对劲儿，那几个人八成是街头混混儿："谁带来的？"

林慧丽有一会儿没说话，把地上的东西打扫了，笤帚放在一边，又去一样一样捡被扔在地上的东西。

"说啊，"林迁西说，"是不是冲你来的？"

林慧丽站了起来，把手里的东西放上货架，转头看着他，脸上不只泛白，甚至有点儿泛青，脸色越发难看。

秦一冬终于追来了，一脚跨进来，吃惊地看了看林迁西。

林慧丽在货架后面盯着林迁西，脸色难看，或许还有点儿难堪："刚才其他人都走了，就带人来的那个留下对我放了话，说让你离他儿子远点儿，说他是宗城的爸爸，不然还有下次。"

"……"林迁西一下握住拳，顾志强！

林慧丽看着他，不知道是不是气的，他眼眶都有点儿发红。

秦一冬跑了过来："林姨，这儿不要紧吧？我来给你帮忙的。"他说着又回头推林迁西，挤了挤眼，小声说，"没事儿吧？"

林迁西看着他妈，拳捏得死紧。"他还放话有下次是吧？"他冷笑一声，"行，我去找他！"说完转头就走。

秦一冬看他一下就没了人影，只好回头安慰林慧丽："林姨，你千万别怪林迁西，他听到你这儿出事儿就赶紧来了，这回肯定不是他的事儿……"

林慧丽抹了一下头发，脸色还是不好，弯腰去捡地上的东西："别说了，冬子……"

秦一冬看她这样，估计也是闹得太难看了，她突然间难以接受，有点儿语塞，只好不说了，默默帮她收拾地上的东西。

天擦黑时，林迁西蹲在一片墙根下面，脸到现在还是冷着的。他知道顾志强那种人爱待在什么地方，肯定又是跟以前一样，在找那些混混儿的地方。他站起来，拍了拍手，一个助跑，攀上去，一翻而过。

洗头房门口的灯箱亮着黄光，林迁西早看过了，没看到三炮的人，也没看到三炮，才放心过来。

刚要进去，门里走出来个人，穿着笔挺的衬衫西裤，弄得像个成功商务人士。林迁西挡住了那人："巧啊！"

对方抬头，看到了他，立马变脸："好啊，是你！我刚要去找你呢，你还有脸来？"不是顾志强是谁？

"我怎么没脸来？"林迁西反问，"你还有脸找我？"

顾志强伸手就来拽他："你给我过来。"

林迁西一侧就避开了，一把抓了他的衣领往外扯："行，过来，找个僻静的地儿慢慢谈！"

"放手！"顾志强死要面子，只敢小声喊，"你不怕我叫人吗?!"人已经被扯出去了。

林迁西扯着他到了墙根底下，手一推："来，说，有什么屁话冲我说！"

顾志强指着他："你跟宗城就是一路货，难怪呢！你这种人我还不知道？一定是为了他身上的钱，他的钱都是他妈的！他不配拿，你也不配！你还要不要脸了？"

顾志强越说越气，声音都尖了，愣是碍着面子没喊："宗城成绩那么好，以后肯定上名校，你是什么东西，非挂着他！你这种人，只会拖累他！"

"说完了？"林迁西冷眼看着他，伸手，"钱呢？"

顾志强一愣："什么钱？"

"你不是说我是为了宗城的钱吗？那要我离他远点儿，给钱啊，电视剧不都这么演的？"

"你……神经病！"顾志强气得不轻。

林迁西是故意戗他的，这么在乎钱的人，怎么可能给别人钱。

"给不了钱就闭嘴，老子跟他怎么样你管得着吗！"林迁西握了一下拳，骨节"咔咔"两声响，忍着告诫自己不打架了，"你要再敢去找我妈麻烦，我绝对饶不了你！"说完狠狠看了他一眼，扭头走了。

顾志强气得更厉害了，脸都要扭曲了，被他那一眼看得居然浑身一激灵。这小子一看就不是什么好东西，真是跟宗城一路货色，都是狠玩意儿！

宗城在阳台上翻着手机。

夏天好像更热了，一丝风也没有，闷得很，天黑了，也照样蒸得人一身的汗。

"哥，"顾阳在屋里的小桌上趴着写作业，一边问，"西哥怎么还没来啊？考完了不是就没事儿了吗？"

"可能觉得还没睡够吧。"宗城淡淡地说，手指已经点开"八中乖仔"的微信。早就想发个消息过去问问，却担心影响他休息。不过应该不至于睡那么久，就是睡一天一夜也该起来了。

"叫他呀！"顾阳说，"他来了我们就能一起吃涮锅了。"

"你不就是嘴馋？"宗城嘴上不留情面，手指已经在打字了，还要叫他来看学校资料。

还没发出去，屏幕上弹出了来电的提示，铃声响了起来，是季彩拨来的，他只好先按接听。

"城儿，"季彩的声音有点儿急，"还好你已经考完了。"

"怎么了？"宗城听出不对。

"还不是你爸的事儿？我请两个朋友留心他的动向，他应该是去你那儿了，可能昨天就去了，没找过你？"

"没有。"宗城忽然站直了，顾志强一向是跑来就会找他，这次没找他，那可能是去找林迁西了。"我知道了，先出去看看。"他挂了电话，进了屋，看一眼顾阳，"你在家待着，我出去一下。"

顾阳抬头："去叫西哥吗？"

宗城走到门口停一下，点了点头："嗯。"

"哦，那你快去吧。"

宗城出了门，走到杂货店，一路上都没有碰到顾志强。顾志强这次确实没有第一时间找过来。

"酷哥，"杨锐从店里钻出来，"你知道林迁西他妈的便利店出事儿了吗？"

宗城问："出了什么事儿？"

"好像被人砸了。"

宗城嘴一抿，转头就走。

——我早就从便利店回来了，你妈不让我帮忙。

——你那儿怎么样？

——现在到底怎么说啊？

——林迁西？？？

手机上飘着秦一冬发来的几条微信。

林迁西一个人闷在房间里，坐在床边，拿着手机看了一遍，心里烦躁，不想让他跟着烦躁，打了句话回过去。

——没事儿，我找过那混蛋了。

秦一冬又回过来一句。

——你告诉宗城了吗？

林迁西知道顾志强这人有多烦，每次来都搞得宗城不安生，怎么会告诉他？不过要是只冲着自己还真无所谓，偏偏去找他妈。

——还没有。

外面忽然有点儿响动。客厅里没有开灯，黑乎乎的。林迁西看一眼房门，站起来，开了门出去。

客厅里坐着个人影，一点烟火的红星在一明一灭。林迁西开了灯，发现是他妈。

林慧丽不知道什么时候回来的，就坐在沙发上抽烟，工作的长衣长裤没换，工牌都没摘，扎着的头发有点儿散了，也没管，茶几上的烟灰缸里已经有好几个烟头。

如果不是听到刚才那点儿响动，林迁西根本不知道她在家。上一次她抽这么凶，是很久以前的事儿了。林迁西看了不大舒服："你是为我的事儿这样的吗？"

林慧丽一口接一口地抽烟，低着头，吐着烟说："我没想到你看着终于学好了，又惹出这种事儿。"

"哪种事儿？"林迁西的耳膜像是被这一句刺痛了，他是干了什么十恶不赦的事儿吗！

林慧丽烟抽得更凶了，根本一眼都不看他。

林迁西拿到那只她给的纸箱子时，觉得她对自己终于有指望了，母子之间不冷不热地僵了这么多年，终于可以缓和了，现在却感觉一下又回到了冰点。她还是她，自己还是自己。

顿时心里就像挨了一记狠击，胸口又沉又闷地堵着，他咬了咬牙，居然笑了一声，也听不出什么意味："有这么难接受吗？"

林慧丽夹着烟的手指顿了一下，没有作声，烟又送进嘴里，用力地吸了一口。

林迁西等不到她回话，转头走到门口，一把拉开门，走了出去。

天闷热得不行，就像被一口倒扣的锅盖着，楼里还是像菜市场一样闹哄哄的，让人脑袋疼。他一口气冲下了楼，跑到马路边上，在路灯杆上一靠，低头看着地上自己被拉长的影子："靠……"想说什么，却什么也说不出来。

裤兜里手机响了一声。林迁西拿了出来，滑开，是灯塔头像发来的微信。

——出来，我在你楼下等你。

他转过头，看见对面走过来的身影，穿着黑 T 恤和长裤，一头推得利落的短发，肩宽腰窄。

宗城走过来就看到了他，脚步大了，几步走过来："顾志强去过便利店了？"

林迁西扯了扯嘴角："你知道了。"

宗城的脸瞬间就冷了。"我会把他弄走，你放心。"特地过来就是想说这个，刚要走，又回过头，"在这儿干什么？"

林迁西盯着他，笑笑："等你呗。"

宗城在他手上抓了一下，抓到一手心的汗："不高兴了？"

林迁西喉结滚动，一把抓住他胳膊，把他拉进路灯杆后面黑黢黢的暗影里，但最后什么也没说。

宗城抬手在他后脑勺上按了一下："别管他，乖仔，我会解决的。"

第 116 章

十分钟后，林迁西又回到了家门口。对着门站了一会儿，隔壁邻居家又开始骂骂咧咧的，惹人心烦，他才开了门进去。

林女士不在客厅里坐着抽烟了，或许是回了自己房间，或许是又回了店里，反正没有动静了。他闻着满屋子留下的烟味儿，进了房间，门一关，背靠上房门，伸手摸一下脖子，觉得宗城心里也不好受。

当然不好受，顾志强来了他怎么会好受？刚才他说完那句话就走了，也不知道是不是去找顾志强了。林迁西抓了抓头发，靠着门用力吐出一口气，感觉快把整个胸腔都吐空了，才回缓了点儿。

"没事儿的西哥，没事儿……"他自言自语一句，仿佛真的好受了，忽然想起来，走到书桌抽屉那儿，一把拉开，找自己比赛时带回来的学校介绍。

要是可以，他恨不得现在就跟宗城一起走，远走高飞才好，去他的顾志强！

夜深了，宗城从黑黢黢的巷子里转出来，看到前面脏兮兮的路边竖着几只灯箱，店门早关了，没有人影。

顾志强以前找混混儿待过的几个地方，他都找了一遍，比较好的几家宾馆也去过了，居然没找到人，像是故意躲着他的。但他猜顾志强这样的人，根本就按捺不住。

他往回走，一直快到老楼附近时，手机响了，掏出来，一串熟悉又陌生的号码，是顾志强的。果然，电话终于还是打过来了。宗城按了接听，停在路边上，手机放到耳边："你想怎么样？"

顾志强的声音永远高几度："你怎么说话的？我想怎么样？你还有脸像以前那样凶是吧？"

"我懒得跟你废话，"宗城没表情地看着空无一人的马路，"去把便利店赔了，然后就走。"

顾志强的声音一下更尖厉了："那个姓林的小子去你那儿诉苦了是吧？就他这种人，还说不是为了钱？"

宗城声音没有一丝起伏："我的事儿，跟你没有关系。"

顾志强那边"啪"一声，大概是拍了一下桌子，声音压在喉咙里："就是因为你这样，我才更不想让你好过！你就是这样，从小到大都这样，自己的主意最大，不听话，叛逆！偏偏你妈那么宠你、信你，结果你害得她没了。现在还是这样，跟这种下三烂混在一起，你就是这么报答她的？"

"说够了？"宗城打断他，脸上更冷了，"要我说多少遍，我妈是得癌症死的，你是要自己走，还是要我送你走？"

顾志强在电话里喘粗气，一声急过一声，不知道是不是想起了上次那差点儿砸下来的一拳，好一会儿才又开口："要我走，没这么容易，要么赶走姓林的小子，要么我把阳阳带走！"

宗城声音瞬间沉了："你想都别想。"

"你这样凭什么带着阳阳？你要把他也带歪吗？"顾志强压着嗓音吼，"你非要留着姓林的小子骗你妈的钱是吧？那我一定要带走阳阳！你不要以为你成年了就有用了，说破天我也是你们的爸，我肯定能带走他！"

宗城一只手收在裤兜里，已经握紧了："带走他，再把他送人吗？"

"那跟你有什么关系！"顾志强说，"我送他去的人家不好吗？我亏待他了吗？"

宗城像是被这句话刺中了，终于知道他为什么这回连面都不敢露了，冷冷地问："你到底在哪儿？"

"你想干什么？"顾志强语气有点儿慌张，"你想找我动手是吧？你想逼死你爸是吧？"

宗城死死捏着手指，关节都在响："可能你更想逼死我！来啊，你看看我会不会让顾阳跟你走，你没尽过的责任我来，还要我怎么样！我连做一个什么样的人都不能自己选吗？"

顾志强可能被他的声音吓到了，半天没作声，忽然"啪"一下掐断了电话。

宗城握着手机，屈起拇指，按了按太阳穴，才发现自己的胸口在一阵阵起伏。他慢慢往老楼方向走了两步，在花坛边又停住，闭了下眼，又睁开。

命运或许可以通过学习改变，只有血缘，一辈子都改不了，也摆脱不了，就是再怎么憎恨、厌恶也无济于事。顾志强就这么恨他，非要让他不顺心如意才满意。

手机又响了，是微信的声音。宗城低头滑开，是"八中乖仔"的。

——怎么样？要帮忙吗？

宗城居然扯了下嘴角，是觉得他这两句话明显带着不放心，一边上楼一边打字。

——怎么帮我？你又不能打架。

屏幕上立即跳出来一条语音，宗城点了，放到耳边。

八中乖仔："你动手了！在哪儿？"

宗城按着语音回："没有，他躲起来了。"

乖仔发来了直截了当的一个字。

——靠！

宗城站在屋门口时，他下一条消息就来了。

——明天我去找你。

宗城回了个"好"，一边打开屋门进去。汤姆被惊醒了，划着小短腿朝他跑过来。他稍微挡了一下，走到顾阳的房门口，轻轻拧开关着的房门，里面灯也关了，顾阳的呼吸很均匀，已经睡着了。

宗城关上门，回到自己房间，仰躺着，想起当初刚把顾阳找回来的时候，顾阳几乎每晚每晚地做梦，觉都睡不好，后来生病了也总要找人说话安慰才能安稳，这都是当初被强行送走留下的毛病。

顾志强说不想让他好过，那就不让他好过，但想带走顾阳，除非他真死了。林迁西和顾阳，他一个都不想松手。

早上，顾阳自己起床、洗漱，都弄好了，刚准备去上学，才发现宗城已经起来了，就在阳台上站着，正在低着头看手机。

"哥，"顾阳抻头问，"你昨天什么时候回来的啊？不是说叫西哥去了吗？我等到睡觉都没等来你俩。"

宗城看他一眼："他昨天有点儿事儿，没能过来。"

"好吧。"顾阳背上书包，拉开门，又回头把想跟出来的汤姆送回屋里。

宗城忽然跟了过来："送你吧。"

"送我？今天这么好啊？"顾阳笑嘻嘻的，"你不是一直都在锻炼我独立的嘛，我都初二了，忽然这样我要不习惯了。"

"别废话了，走吧。"宗城带头下了楼。

林迁西刚好过来，走到岔路口那儿，就看见穿着黑 T 恤、又高又酷的熟悉的身影，带着顾阳，从前面一闪就过去了。

他没来得及开口叫兄弟俩，掏出手机，要给宗城发微信，点开才发现他的微信早发过来了。

——我送顾阳去学校，来找我要是没人就等一下。

林迁西就是想看看他昨晚找顾志强是不是真没事儿，看样子是没事儿，就放心了。

——杨锐那儿等你。

林迁西回了一句，去了杂货店。杨锐的店外面停着熟悉的自行车。

林迁西刚到门口，秦一冬就从店里走了出来："你来了？"

"嗯，你也在啊！"林迁西走进去，拉开冰柜，拿了瓶冰矿泉水，又熟门熟路地去柜台那儿记账。

秦一冬跟在他后面："你妈后来跟你说什么了吗？"

"她要说什么就好了。"林迁西放下笔，拧开瓶盖，灌了一大口水，不想再回想林女士昨天的反应。

杨锐从后面出来了："林迁西，还好吧？"

"好，好着呢！"林迁西随口说。

一看就不好。杨锐拿了鸡毛掸子去掸柜台，又回头看他两眼，指了下他，故意说："瞧着是挺好的，别的再不好，感情还是好的。"

林迁西拉一下衣领，吊儿郎当的，拎着水晃去隔壁："算了，我打会儿球去。"

秦一冬想跟过去，他头也不回地说："别来，我自己打会儿就行。"

杨锐在后面小声说："让他去吧冬子，他现在心里不好受。"

秦一冬就没过去。

球桌上的球"啪嗒"一声，又"啪嗒"一声，接连地响。林迁西几乎没思考太多，只是看着球，机械地送杆、收杆，就是不想让自己闲着。

一局完了，又打一局。打到后来，自己都有点儿沉进去了。

"林迁西同学这一球必进。"他压着杆，自言自语。

"啪"的一声响。"进了！再进一球，林迁西同学的高考分数也一定能达标！"

"啪！"又是一声。"棒极了林迁西同学！再进一球，这道坎儿也肯定能过……"林迁西俯身，压着杆，胸口喘息两下，瞄着球，想起他妈，一直没送出杆。

"林迁西？"秦一冬在隔壁喊他，"你打好久了，不累吗？再打下去就要中午了。"

林迁西才察觉已经打了好几个小时。

门外有人走了进来。他站直，看过去："怎么才来啊？"

宗城看着他："你一个人在打球？"

林迁西咧咧嘴："不打了。怎么今天特地去送弟弟上学了，还一直送到现在？"

"不太放心。"宗城站在他旁边，随手捞了颗球，又在球桌上滚出去，"去找了一圈儿顾志强，才回来的。"

林迁西一下反应过来："因为顾志强所以不放心顾阳？"

"嗯。"

"他又想干什么！"林迁西球杆一放，"走，我跟你一起去找他！"

"能找的地方都找遍了，他躲得很严实。"宗城拦他一下，"等会儿换其他地方再找。"

林迁西站住了，靠住球桌，烦躁地骂一句："烦！"

宗城手指在他脖子那儿按了一下，下手有点儿重，使得他"嗞"了一声，问："很疼？"

林迁西捂一下脖子："疼。"

宗城盯着他："疼就疼点儿吧，记得清楚。"

林迁西又想起宗城当时的话，看着他，心想太清楚了，他说他不会松手。

"你们吃饭吗？"秦一冬走了过来，"锐哥叫你们在这儿吃午饭。"

宗城手拿开，往外走："我不吃了，让他吃。"

林迁西抹了把额头上的汗，跟出去："一起去，我也不吃。"

秦一冬问："怎么了，有什么事儿吗？"

没人回答。手机响了，是宗城的，在他裤兜里连响带振。他站在门口，掏出来，看了眼号码，立即接了："喂？"

林迁西看着他脸一下冷了下来，就预感不对。

"确定吗？"宗城问。对方在电话里好像很迅速地说了几句话，他就挂了。

林迁西立即问："怎么了？"

杨锐也从杂货店里走了出来："有事儿吗，宗城？"

"顾阳老师来的电话。"宗城沉着声，人已经往路上走，"顾阳课间出去买了下东西，一直没回去。"

林迁西愣了一下，肯定是顾志强，立刻追上去，手上迅速掏出手机："我叫人来一起找。"

第117章

宗城直接去了顾阳的学校。一所小初中，周围都是些卖东西的小店，连着几条小巷子，和这小城里的任何一所学校都没什么不同。他从一家卖文具的小店里出来，林迁西紧跟着就从隔壁那家出来了。

"没问到，"林迁西皱了下眉，"都说没见过顾志强那样的人。"

"我问的也差不多。"宗城冷着脸，拿出手机，又拨一次顾阳的电话。

人才几节课没回去，要不是顾阳的老师看顾阳成绩不错，比较关心他，也不会这么快就通知过来。才这么几个小时，还不能定性为失踪，现在也没确切证据说一定是顾志强把人带走了，心急火燎地去报警也是等，但宗城知道就是他干的。

林迁西在旁边看宗城拨号，抹一把额头，天热，他们找到现在都是一身的汗，宗城的黑T恤背后都洇出了一块汗渍。

忽然听见"轰隆隆"的摩托响，王肖骑着他的旧摩托，带着薛盛和孙凯赶过来了。

"城爷，怎么回事儿啊？"还没下车，王肖就问，"咱们一收到西哥的微信就来了，我也叫姜皓了。人真丢了啊？"

宗城拿手机的手垂下，很冷静地想了想："还是打不通，我估计还是找混混儿下的手。"

林迁西不耽搁："那分头找吧。"

秦一冬从另一头的一家小店里跑了过来："怎么样？我也没问到，你们是要去混子那儿找人吗？"

林迁西才想起他从杂货店一直跟了过来，想也不想就说："你别去，别跟着。"

秦一冬站着没动。

林迁西回头："你……"

"好吧。"秦一冬打断他，这回很听话，是想起了上回遇上三炮他那不寻常的模样，转身往回走，"我不跟着，我回锐哥那儿看看，可能路哥在。"

"对，你看看路峰在不在。"杨锐还在店里帮着看老街那儿的情况，秦一冬回去正好。

林迁西放心了，回头叫王肖："走啊！"

宗城已经先朝前走去，回头看林迁西："我从北边找过去，看看人是不是躲在那儿。"他说顾志强。

"行。"林迁西说，"那我去南边找。"

"小心点儿，有事儿随时联系我。"宗城特地叮嘱一句，转头就跑了出去。

王肖又把车"轰轰"拧响了："懂了，我骑车快，东西两边归咱们了。"

"去吧，赶紧的。"林迁西小跑着去南边。

远远地听见姜皓跑来的说话声："怎么了啊这是，人还没找到？"

王肖回他话："没呢，快帮忙吧，城爷和西哥都急着呢……"

混混儿们一般就集中在那几条街，林迁西从南边一路找过去，找到灰扑扑的老城区那儿，以前去找宗城麻烦的那群混混儿一个也没见到，越是这样就越觉得是他们干的。

太阳早没了，聒噪的知了也都没了声音，周围的墙很矮，光很暗，林迁西忍着心烦，抹一把脖子上的汗，又走完了一条街。

"西哥，"王肖有车，到底是快，已经从另一头赶了过来，这会儿后面只带了薛盛，到了跟前，车一打，就不走了，抹把汗，小声问，"找到现在也没找到，里头那几条老街还要去找吗？"他踮脚往里头看，有点儿不敢过去的样子。

薛盛也问："找不找啊西哥？别的没什么，就怕又遇上那个狗三炮。"

林迁西往里面看一眼，三炮那人现在就是条泥鳅，鬼他妈的知道他在哪儿出没。但人总不能不找，不过林迁西也知道他们害怕，毕竟被三炮那混蛋威胁过，于是自己往里走："我去看看，你车别走远就行，回头有事儿好有个接应。"

"要不然还是一起去吧？"王肖说。

"等着吧，我看完就出来，说不定宗城那儿会先有消息呢。"林迁西已经等不及先进去了。

里头几条街更脏更乱，以前林迁西也经常在这儿转悠，现在已经有了陌生感，真的太久没来了。

走了一阵子，老远听见噼里啪啦的掼麻将牌的声音，还有吆喝着玩儿牌九的粗言粗语。他贴着墙根过去，一眼看见两三个穿着背心、胳膊上雕龙画凤的愣头青骂骂咧咧地从一条小巷子里钻出来，打头的就是当初那个上门找宗城事儿的光头小青年。可算让他找到这群王八蛋了！

林迁西看他们走远了，心想试试看吧，就朝着他们刚出来的那条小巷子冲了过去。

刚进去，就看见一个人影在那一头的巷口外面朝这儿伸了一下头，立马就跑了，他追上去，压着声音喊了句："顾阳！是我！"

前面急匆匆跑远的人影又折返回来，瞪大了眼睛："西哥？"

林迁西过去一把拽住他的胳膊："你怎么到这儿来的？"

"我被他们硬带过来的……"顾阳喘着气，脸煞白，半边脸上还有灰，穿的白短袖上也都是蹭的灰，还有蜘蛛网，说话声音都有点儿打战，"他们把我带到那个麻将馆，说要带我去见我爸，我不想被送走，就从后面那个厕所窗户里翻出来了，就是不认识路……"

"还好你机灵，跟我走就行了。"林迁西也顾不上看他摔没摔着了，看他这样一定是吓着了，不知道是因为没遇到过这种事儿害怕，还是怕被送走，手在他肩膀上一搭，带着他往巷子外头走。

出巷口前，又特地安慰他："没事儿了，待会儿什么都别管，有人追就拼命往外面跑。外面那条路上有王肖他们等着，出去了就好了，那些人就是拿钱办事儿，不敢闹太大。"

顾阳点点头："知道了。"

林迁西拽他一把："走。"

顾阳跟着出去，脚步匆匆。

刚到对面的墙根底下，就听到后面有人喊："妈的，那边！"

林迁西推一下顾阳："跑！"

顾阳立即埋头往前面跑。

刚好天也昏暗了，林迁西故意落在后面，在巷子口那儿晃了一下，让他们看见了才往另一头跑。

那个光头小青年咋咋呼呼的，喊得最凶，往他这儿追，估计还以为他跟顾阳在一起。

林迁西又钻到一条黑洞洞的巷子里，掏了手机，迅速拨了王肖的电话。

电话通了。"喂，王肖，人出来了，你在外面接一下。"他一边跑一边喘着气说。

"接到人了，刚跑出来的，叫他都差点儿没听见！我现在骑车带他走，也告诉城爷了，你放心吧。"王肖一口气说完，问，"要不要回头来接你啊？"

"接个屁啊！快带他走远点儿，我甩开这群傻帽儿就完了。"林迁西松口气，挂了电话，就从另一头跑出了巷子，到了一条马路上。

老街的马路都又脏又窄，他跑到这条路上，已经把后面光头小青年那拨人都甩了，刚要往外面跑，路边上钻出来一群人，刚好把他的路挡了。

林迁西脚步一停，低低地骂了句："靠！"是跟光头一伙的，难怪今天在别的地方看不见这群混混儿，原来都聚在这儿了。

带头的一个胖子嘴里叼着烟："西哥，你他妈不是不混了吗，干吗还老挡咱们发财啊？就算前头路峰打过招呼，那咱们也不能次次都不开张啊是吧？"

"你们绑了老子的弟弟，老子不得出面？"林迁西直接要从旁边走。

胖子横着走两步，又把路挡住了："先不说那是不是你弟弟，不好意思，你跟咱们不是一路了，咱也不用给你面子。正好出钱的老板放话了，碰到你不能客气，你把人弄走了，今天可能得挂个彩才能走。"

林迁西凉飕飕地笑一下："是吗？"顾志强还挺精的，两手准备着呢，还记得把他给捎上。

话刚说完，后面紧追慢赶的光头也带着人追上来了。林迁西被夹在中间，晃着肩，朝两头看了看，这么一大群人，一个人硬刚肯定吃亏，他也不想打架，忽然往前就是一冲。

胖子反应快地就去拦，他一下闪了回来，往反方向跑了。

"妈的，这小子！追啊！"胖子赶紧叫人转头去追。

林迁西一下就蹿出去一大截。被一大群人追着的动静太大了，后面呼喝乱叫的，简直要把整条街都给掀了。眼看着就要跑到一个死胡同，林迁西转头改向，见到条巷子就往里面冲，又冲到一条马路上，忽然有人跑了过来。

熟悉的黑T恤身影到了跟前，一把抓住他胳膊，抬腿就端了跟上来的胖子一脚。光头紧跟着冲上来，又被下一脚端在小腹上，窝在地上都没能起来。

"走！"宗城端完就拽着林迁西继续跑。

后面脚步声噌噌不断，胖子爬了起来，领人继续追他们，像蝗虫一样难缠。前面冷不丁飘来道尖锐的声音："他妈的，林迁西人呢？在哪儿呢？还敢送上门来！"是三炮的声音。

林迁西刚才被追的时候就担心动静太大惹麻烦，没想到应验了，反手抓住宗城，往右走："走这儿！"

已经来不及了，眼看着一群十几个人就从前面过来了。天黑了下来，这破街道上也没路灯，但还是看得出来，那领头的瘦巴巴的身影就是三炮。

"你他妈果然在这儿！还一来来俩！"一群人顿时朝这儿跑。

后面是胖子领着的人，前面三炮这一声怪叫，顿时前后夹击一样，都往他这儿来了。前面的几个人冲过来时，甚至还拿着钢管，没头没脑地就往林迁西身上砸。

他一下推开宗城，自己一让，拽着胖子就往前面一推，挡了上去，"哐"一声，胖子挨了三炮的人一下砸，杀猪似的嚎。

这一下连带到了想过来的三炮身上，他跟着厉叫："林迁西！老子今天不弄死你不算完！"

林迁西只觉得到处都是人，刚让开一拳，回头三炮就冲到了跟前。忽然他被一把抱住一拖，是宗城挡了过来，反身就一脚踹在了三炮裆上。

"狗日的！"三炮抱着腰嘶吼，被人拽了起来，什么东西落在了地上，一声响。

胖子忽然看一眼宗城，爬起来就跑了，跟着他的人也一下都散了，像受了什么惊吓一样。三炮竟然也在往边上退。

宗城趁机抓住林迁西的手，拽着他就跑。

林迁西跟着宗城一步不停地跑过了好几条巷子，终于听不到后面的声音了，到了空荡荡的马路上。"甩开了，快回去看顾阳。"林迁西喘着气说。

"林迁西，"宗城紧紧抓着他的手，"先跟我去一趟医院。"

"我没事儿，"林迁西上气不接下气，转过头，"你有事儿吗……"话音戛然而止，昏暗里，他好像看见宗城身上的黑 T 恤湿了一大片，一只手捂在右边小腹上。

有什么顺着他手指淌出来，一滴一滴淋到了地上，在他脚边淋了一小摊。鼻尖能闻到的不只是汗味儿，还混着别的，有点儿腥。

"没事儿，就挨了一下。"宗城忽然一手扶了一下旁边的垃圾桶，没扶住，跌坐了下去。

林迁西脑子空了一秒，陡然反应过来，为什么刚才他们一下都跑了，之前那一声响掉在地上的是什么。是刀。

林迁西根本来不及思考，本能一样冲过去，一把拉起宗城，蹲下去就用力把他背了起来，拔腿就往医院跑。

"别慌，"宗城一手圈着他脖子，喘着气说，"我一直按着伤口，没那么严重……"

林迁西整个人都蒙了，脑子里什么都没了，只知道赶紧出去，去医院。"你为什么不说！你为什么不早说！"他边跑边喘气，又连忙放缓语气，"你按好啊，一定按好啊！我带你去叫车，很快，很快就到医院了！"

还没出老城区，路上根本看不到有车经过，连路灯都是暗的。林迁西一瞬间仿佛回到了久违的梦境，和梦里那条永远也跑不到尽头的街道一样，这条路好像也是无止境地在眼前延伸。

林迁西托着宗城，感觉他趴在自己背上重多了，抓在他大腿上的手都开始发凉。那一刀本来是三炮捅自己的，本来是该在自己身上的。

"别这样……"林迁西飞快地跑着，"你别这样，千万不要跟冬子一样……"

黏腻的血从他手腕上滑下去，温热。为什么忽然会这样，为什么……挨了一刀还跑了这么远出来，一定流了很多血。

"秦一冬也替你挡过刀？"宗城又开口了，声音很低，像是刻意证明自己还好好的。

"别说话，你别说话……"

"别怕，林迁西，我不会死的，我还要照顾顾阳，还要跟你去上大学……"

"你别说了……"

一辆车从前面路口一晃而过。林迁西听见声音就拼了命地往那儿跑，却还是没追上。

"靠！"他重重喘着粗气，托一下宗城，手在抖，又用力抓着他大腿，忍住了，"再撑一下，我不会让你跟冬子一样的，一定不会的……"

"没事儿，我还醒着……"宗城的声音很低，"你想知道秦一冬为什么愿意替你挡刀吗？"

"你别说了。"

宗城慢慢地在他颈边一呼一吸："因为你值得，林迁西，你值得更好地活着……"

"我让你别说了！"

宗城没有声音了。

林迁西心里像是挨了一记猛击，心脏都收缩得剧痛，只有双脚机械地奔跑着。

"宗城？"

"放心，乖仔，爸爸还在……"宗城低声回应，"跑慢点儿，我还没那么不顶用……"

"不能慢！"林迁西咬着牙，奋力狂奔，"别急，前面路口就有车了！"

宗城圈在他脖子上的手臂动了一下，手指按着他剧烈跳动的心口："爸爸还在，爸爸爱你……"

"你他妈还有心情开玩笑!"

"不是玩笑,林迁西,这不是玩笑……"声音越来越低了。

车呢?为什么还没有车来!他浪费多久了?十分钟,还是半小时?明明才听宗城说了几句话,为什么感觉像是过了一辈子。妈的,车呢?!

林迁西拼命跑,始终嫌不够快,脚踝忽然一阵抽痛。别,别在这时候……他咬着牙,豁出去一样往前跑。

"别睡,宗城,你千万别睡啊!我没有下一次机会了。

"求求你,千万别睡……

"宗城?城爷?"

林迁西的声音开始止不住地发颤,脚上痛得受不了了,他还是没命地往前跑。

终于有了车灯,直直的一束,刺眼地打过来。林迁西管不了了,只知道朝着有亮光的地方跑,要去拦车:"停车!!!"

"林迁西!"好像是秦一冬的声音。

有人跑了过来,在他以为看不见尽头的那边,一阵急速的脚步声,来了好几个人。

"怎么了?"是路峰的声音。

林迁西跟跄了一步,摔在了地上,一只手撑地,一只手还紧紧抓着宗城。"快点儿……"他喉咙像被堵住了,就快要说不出话来,"快!快点儿!"

身上轻了,宗城被他们抬走了。林迁西看见宗城被送进了那束灯光里,才一头栽在地上。汗水糊成了光晕,蒙住了他的眼,闭上眼之前,他只看得见躺着的宗城。

第118章

"林迁西?林迁西?醒醒,到医院了!"

眼皮上有灯光照着,鼻子里闻到一股刺鼻的消毒水气味儿,好像是秦一冬的声音。林迁西睁开眼睛,发现自己侧躺着,看见一片白花花的墙壁。

"你终于睁眼了!"秦一冬蹲在旁边看他,松了口气似的,在他肩膀上推一下,"你想吓死人吗,一头栽下去就没声了!"

林迁西被这一下推清醒了,终于反应过来,自己是躺在医院诊室里的小平床上面，一下坐起来："宗城呢？"喉咙里像被火燎过一样，已经哑了。

秦一冬看看他，指一下上面："楼上，三楼，路哥送他去治了……"

林迁西话都没听完，拔脚就往外跑。直接走楼梯，飞快地往上爬的时候，踩着楼梯的右脚脚踝像是被刺了一下，还疼，但根本管不了了。

一直冲到三楼，一眼看到急诊室的灯亮着。顾阳已经到了，就在门外面的凳子上坐着，抬头看了他一眼，眼眶红通通的："西哥……"

林迁西喘着气，接不上来话，往那扇关着的门里看。

"别看了，现在什么都看不到。"路峰站在他后面，来得太急，身上只穿了件黑背心，满头的汗，在这医院里露着胳膊上的青龙，乍一看有点儿凶神恶煞。

林迁西背靠上墙，脑子里轰隆隆地杂响："多久了？"

"很久了。"路峰回答得很笼统，看着他，"你小子怎么样？医生说你受了点儿刺激，要不要通知你妈过来？"

"没事儿，"林迁西木着脸说，"别通知了。"他能有什么事儿？有事儿的正在里面躺着。

路峰又看他两眼："算了，事情已经闹大了，杨锐说局子里都去人了，估计不用通知你妈也会听说。我先把冬子送回去，还得去看看情况，这边就你们俩可以吧？听他说还叫了人来，可能也快到了。""他"指顾阳。

"可以。"林迁西点头。

路峰掏出烟盒，抽了一根递给他。

林迁西没接："不用，我说了没事儿。"

路峰没说他现在脸白得像纸，把烟盒收起来，转头下楼走了。

夜很深了，医院的灯好像不够亮，整个过道里都很暗，只剩下顾阳在旁边轻轻吸鼻子的声音。

"西哥，"他忽然叫了一声，转头看过来，"我不会……连我哥也没了吧……"

林迁西对上他通红的眼睛，顿时喉咙就像被什么扯了一把，更疼了，干巴巴地扯了扯嘴角说："不会的。"

"我搞不懂，我哥身手很好的，从来没见他打架吃过亏，为什么会这样啊？我爸到底找了多少人啊?!都是因为我……"顾阳忍到现在终于忍不住了，肩膀一下一下地打战，垂着头，裤子被一滴一滴的泪水打湿了。

"不是因为你……"林迁西喉咙滚一下，忽然说不下去了，转过头就走。

拐进厕所，他一下冲到水龙头那儿，拧开水，狠狠灌了一大口，又吐出来，喉咙才像被疏通了，胸口起伏，用力吸了两口气。全是因为他，因为他才有这种事儿的。

林迁西抬头去看花了一半的镜子，脸上、脖子上都是汗，身上的短袖早就汗湿了，后腰那儿一片黏腻。他扶着水龙头，伸手抓了一把后腰，递到眼前，手抖了一下，手上都是血。是宗城趴在他背上留下的血，粘在他皮肤上。

得洗了，不能让顾阳看见，会吓到他的。林迁西对着水龙头搓手，一遍遍地搓，手指都要搓红了，又把短袖后腰的那块扯过来，继续狠狠地搓。水"哗哗"地响，洗手池里很快汪了一半的血水，刺着他的眼睛。

"靠！"林迁西一把拔了塞子，让水都淌下去，撑着池边，垂着头，一口一口地喘气。怎么会这么多，他到底流了多少血……

林迁西胃一抽一抽的，摸一下额头，强迫自己站直了，他不能在这儿一直待着，得出去，还要看着顾阳。对，得出去。他缓了缓，扶了一下墙，终于好好地走出去了。

有人匆匆地跑了过来，响着高跟鞋的声音，这个时间整个过道都没声音，就她跑过来的脚步声特别响。刚到跟前，她就叫："顾阳，怎么样了？"是季彩。

顾阳红着眼睛看她，摇摇头："不知道……"

那扇门忽然开了，走出来两个护士，顾阳从凳子上一下站起来，跑了过去，季彩马上也跟着跑了过去。

林迁西心一下提了起来，朝那儿走了几步，离得不远不近，忽然又不敢接近了，脑子里的杂音轰隆隆的，好像更响了，都不知道他们在说什么。

直到听见一句："等人醒了就行了。"他扶了一下墙，慢慢蹲了下去，才发现自己心跳得有多急。

脚步声来，脚步声又走。好一会儿，季彩走了过来，在旁边叫他："西哥，你没事儿吧？"

林迁西干脆坐在了地上，胳膊搭着膝盖："没事儿。"

"我把顾阳哄去护士站休息了，医生说城儿挺幸运的，也可能是回避得好，腹腔器官没受损，就是失血过多，等人醒来就行了。"

林迁西点点头。

季彩在他旁边坐了下来，沉默了一会儿，似乎缓了缓才又开口："城儿跟你说过他以前那些事儿吗？"

林迁西脑子很乱，喉咙里疼得有点儿麻木，没回答。

"肯定没有，他不是那种会把自己的事情拿出来到处说的人。"季彩声音放轻了，"你知道他当初为什么要转学吗？"

"为什么？"林迁西终于接了一句，只是下意识的一句。

"他妈去世后，顾阳被顾志强送了好几个地方，都是他自己想当然地认为条件好的能养顾阳的地方，有些还是他们家以前的朋友，但是顾阳不是小孩子了，根本不想被送人。城儿当时一家一家地找弟弟，最后在一家姓郑的人家里找到了顾阳。本来他们家挺喜欢顾阳，不是很放心把顾阳交给城儿，还好他们家儿子跟城儿一个学校，主动帮忙，才让城儿带走了顾阳。一开始我们都很感激他，后来才发现他那人很古怪，仗着这个人情就一直缠着城儿，甚至支使城儿。"

季彩笑了一下，像是觉得可笑："城儿念在他帮过自己，刚开始还很客气，但那男孩子没完没了，时间久了，谁也受不了，没想到他居然还拿顾阳来威胁城儿……你知道城儿多在乎弟弟，直接翻了脸，跟他断绝了来往，住的地方也搬了，结果当天姓郑的就自杀了。"

林迁西一愣，抬头："死了？"

"没有，被救回来了。"季彩停顿一下，"那就是个被宠坏的孩子，干什么都很任性。后来他就退学了，被家里人送去了国外，再也没见过。当时有很多谣言，说城儿害得他差点儿自杀，说什么的都有。城儿得为顾阳着想，当然没办法再待，只好转学。"

林迁西默默听着，说不上来心里什么滋味儿，盯着地上斑驳的地砖，脸上的汗顺着脖子一滴滴地滴在地上。

季彩按了一下眼角："其实我也是最近才搞清楚，那个姓郑的当时还有个朋友，就是邓康。可不可笑，邓康根本不知道内情，还真以为是城儿害他朋友差点儿没了，一直恨城儿，连带着你也一起恨。你们的事儿就是他告诉顾志强的，刚比完赛顾志强就知道了，是城儿一直没告诉你。"

"难怪……"林迁西搭着膝盖，垂着头，想笑，又半点儿笑不出来。这就是邓康说的"祸害"？这到底是谁祸害谁？"还有什么，一起说了吧。"他像在找话说。

"顾志强也恨他。"季彩清清嗓子，提了提声音，"当初城儿的妈妈检查出癌症后，是城儿坚持劝她接受手术，没想到他妈在手术台上没能下来……顾志强就觉得是他害了他妈，总说他妈太信任他，要是换成保守治疗，说不定还能活久一点儿，最后就连家败了也成了他的责任，总觉得城儿不配拿他妈留下的钱，就算那钱是他妈留给他跟顾阳念书的也不行。"

季彩真笑了，是被气笑了："是不是挺没道理的？但顾志强就是这种人，吃软饭就算了，还自私自利，从来不顾儿子。城儿性格太强，从小就不招他喜欢，自从他妈没了，这种厌恶就更甚。顾志强唯一说得上嘴的，大概是对老婆倒是真的，除了城儿的妈妈和他自己，他什么都不在乎。认定城儿害了他妈，怎么可能让他好过？"

林迁西一手扶住额头，快听不下去了，怎么会有这样的人和事儿，没有一件是好的，他到底怎么熬过来的？

"其实我一直都挺佩服他的，"季彩叹口气，有点儿哽咽，"本来是该做大少爷的人，偏偏成了这样，命运就像故意提弄他一样，可他从来没被打垮，还是那个站得最高的……怎么现在还要弄到躺进病房这一步呢……"

林迁西想说"因为我"，但说不出口，心里自责到发疼，两只手都扶住了额头，心想那一刀为什么不捅在自己身上！

"西哥，"季彩看着他，"你出了很多汗，真没事儿吗？"

"没。"林迁西声音沙哑，轻飘飘的，"真没事儿，挨刀的又不是我。"

季彩没再说话，过道上一下无比寂静。

不知道过了多久，他们俩就这么一直在这儿坐着。坐得太久，好像双腿都麻木了。林迁西两只手一直扶着额头，手也要麻木了。

怎么还不醒？多久了？他想看一下时间，却连找找手机在哪儿的力气都没有。

渐渐地，多出了人声、脚步声，医院里来了其他人。有护士推着推车经过，还奇怪地看了看他们。

过道里的灯早关了，外面有阳光过来了，一直拖到他们脚边。

季彩忽然叫了一声："你还有脸来！"

林迁西瞬间抬头，顾志强好像刚上楼来，看见他们后就一脸煞白地往后退。他手在地上一撑，爬起来就追了上去。

顾志强想跑，在楼梯间里被他一把抓住了后领。

"你满意了？"林迁西死死拽着顾志强，"他现在这样你满意了？"

顾志强一脸狼狈，再没有以往那么光鲜了，忽然抖了一下，像吓到了一样："他死了？我没想这样，我就是不想让他好过而已……关我什么事儿？！我是要对付你，都是你小子！都是你害的他！"他前言不搭后语，用力推了一下林迁西，自己却没站稳，跌跌撞撞下了好几级楼梯，摔了一跤，爬起来往下跑了。

林迁西想追，刚下去几步，脚踝抽痛，被那句"你害的"弄得胃又一抽一抽的，紧紧抓着扶手，一身的冷汗。

"西哥！"季彩在喊他，"快来，城儿醒了！"

林迁西心里一撞，转头就往回跑。

到了病房门口，顾阳和季彩已经在里面了，都在床边低着头。"哥，现在怎么样啊？"顾阳小心翼翼地问。

隔壁病床是空的，房里就宗城一个人躺着。

林迁西站在门口，没听见他回答，看着他黑漆漆的短发、还没恢复血色的侧脸、突出的眉骨和鼻梁，终于看见他眼皮掀了一下，心里陡然松了，才确定他是真醒了。

没一会儿，季彩站直了，搭着顾阳的肩先出来。

顾阳在门口吸吸鼻子，说："西哥，进去啊，医生不让看太久，你快去看看我哥。"

等他们都走了，林迁西才进去，一直走到床边，捏着手心，低下头，嘴边挤出笑，痞痞的："回来了啊，城爷？"

"嗯。"宗城看着他，忽然伸出一只手，捞在他脖子上，按到自己胸口上，低声说，"听听。"

林迁西听到他胸口里一阵一阵的心跳，笑就再也挤不出来了，脸埋进去，一把抱住了他，总算回来了……

第 119 章

快到中午的时候，杨锐从杂货店里出来，打算去医院探望一下伤患，刚往路上扫了一眼，就看见林迁西回来了，走得慢吞吞的。

"林迁西！"他叫了一声，"快过来！宗城现在怎么样了？"

路峰跟着从杂货店里出来："林迁西回来了？"

林迁西走了过来，扯着嘴笑笑："醒了，医院说刚醒得多休息，不让多待，我就先回来了。"

"人醒了就好。"杨锐松一口气，"酷哥也真是倒霉，有这么个爹……"说到这儿，顺嘴问一句，"那你不是也没怎么跟他说上话？"

"嗯啊。"林迁西随口回答着，进了隔壁打球那屋，到了那张给他一直准备着的小折叠床那儿，一头躺了下去。

是没怎么说上话。林迁西当时抱着宗城，脸埋在他胸口那儿，只顾着听他的心跳了，到后来，鼻子里全是他身上刺鼻的药水味儿，隔着一层医院的薄被子都挡不住，脑袋被刺激得发疼，还能说出什么话来？就觉得难受得不行。

直到听见有护士要进来了，他才松开抱宗城的手，感觉宗城的手从他脖子后面抽走，手心里都沾上了一层他脖子上的汗。没来得及再说什么，护士就要求他先出去。

"回去吧。"宗城当时靠在床头，手心在床单上蹭掉了汗，刚醒也没什么力气，话说得很简略，"回去休息。"

"行。"林迁西笑了笑，就出病房走了，是因为再待下去会更难受，胃又抽了，他得赶紧走。

一直走到这儿，快挺不住了，只能停下先缓缓。他躺在折叠床上，摸了一下额头，还是一手的汗。

路峰走了进来："杨锐给你拿水去了，你这是要中暑了。"

"用不着，"林迁西躺着说，"我就躺会儿。"

"昨晚上跑成那样，累了吧。"路峰看他脸，脸色还是像纸一样白，到现在也没缓过来。

林迁西盯着头顶黑乎乎的屋顶："路哥，事儿到底怎么处理的？"

路峰回："那个顾志强去过医院吧？也就刚才，在医院外头被局子里的带走问话去了。三炮没逮到，跑了。"

林迁西眼珠一凝："跑了？"

"嗯，跑了。"路峰拿了根烟在手上，塞进嘴里，摁着打火机点上了，才接着说，"听说跑之前还放了话，以为是你报警来抓他的，还想回来报复你。"

"靠！"林迁西忽然身体侧过来，听到"报复"两个字的瞬间就仿佛又看见了昨晚的情形，宗城身上的血沾了他一身……他爬起来就往外冲，到了门口，手扶着墙，弯着腰，一张嘴就吐了。

杨锐拿了瓶矿泉水匆匆过来："怎么了这是？"

路峰已经跟出来，接了那瓶水，拧开，递给林迁西："多久没吃东西了你？"

林迁西吐出来的都是酸水，一手撑着墙，一手拿了水，胃还在抽，一下一下的，哑着声音说："我被三炮恶心的。"

杨锐看他这样，也不问了："别说那些了，先把他弄进去到床上躺着。"

路峰过来，在他背上顺了两下，拖他站直，跟杨锐一左一右扶着他，又进了屋子。

林迁西躺回小折叠床上，闭着眼，至少有十分钟，胃里慢慢安静了，才缓过来，又睁开眼："真跑了？"

路峰烟也不抽了，丢地上踩灭，回过味儿来，他还是在问三炮："不舒服就去医院看看，这事儿就先别管了。这风口上，局子里都在逮他，他身上脏事儿那么多，肯定藏得没影，你还能找他出来？"

林迁西一手搭在额头上，嘴里又低低地骂了一句。

杨锐在旁边说："路峰帮你看着呢，别太担心。"

林迁西没说话，胸口一下一下起伏。他不担心自己，也没觉得害怕，他怕的是别的。

外面来了一阵摩托声，轰轰直响，然后停了。

"西哥？"王肖走进来，后面跟着姜皓，"果然在这儿，去你家找你没人，咱们刚听说城爷进医院的事儿，怎么搞成这样啊！一起去看他啊？"

"急什么，"杨锐说，"林迁西刚回来，你们晚点儿再去，人刚醒过来，一下这么多人过去，多大动静。"

"醒了？"姜皓说，"吓死了，醒了就好了。"说着朝折叠床上看，"林迁西，你怎么躺着啊？"

王肖也问："西哥，你也受伤了？听说那狗日的三炮冲你去的，你真受伤了？"

林迁西拿开额头上的手，撑着床边坐了起来，站起来就往外走："我没事儿，你们晚点儿去，我不一起了，得先回去一趟，不能就这么过去。"

王肖看他身上穿着的短袖到现在都没换，一身汗，就知道是一夜没睡，便跟着出门："那我骑车送你回去？"

"我自己走。"

路峰说："我送你。"

"不用。"林迁西已经出门走了。

王肖回头："西哥怎么了？"

"怎么了？"杨锐看着林迁西走了，皱眉说，"也不像是吓的，跟病了一样。"

林迁西没直接回去，在外面漫无目的地转了两圈儿，是故意的，一路走一路看，别说三炮了，连路人都没遇到几个，直到转回到自己家小区外面，汗已经里里外外把身上湿透了，才终于走进去。

进家门的时候，听见隔壁邻居家又在骂孩子："看看你像什么样，作业不好好做，以后只能出去瞎混，外面差点儿捅死人了不知道？"

他用力甩上门，声音大得像是能把门框震裂，一只手按了按突突直跳的太阳穴，进了洗手间。

水"哗哗"地往身上冲时，什么也听不见了。林迁西淋着水，脑子里乱糟糟的，想的都是刚醒的宗城。

顾志强被警察带走了，三炮跑了……为什么让三炮跑了！林迁西一只手抹掉脸上的水，头靠在瓷砖上，恨不得冲回去，抱着宗城再听一遍他的心跳。

洗完出来，一夜的疲惫彻底涌了上来，身体和精神都到了极限，他一头躺到自己床上，脸埋进枕头里。

眼前又是那条漆黑的没有尽头的长街。林迁西在吃力地奔跑。

"冬子，撑一下，我马上就送你到医院了……"他一边跑一边喘着气说。

"冬子？"他飞快的脚步忽然停了一下，感觉不对，一把抓到搭在他身上的那条胳膊，转头看了一眼，浑身冰凉。

是宗城。他现在背的是宗城，温热的黏腻的血在他背后湿了一大片……

林迁西猛地睁开了眼睛。

那个真实得如同发生过的梦真的发生了，但是他害的人成了宗城。

有两三秒，他才坐起来，长长吐出口气，身上居然又汗湿了。不行，得重新洗个澡。

林迁西赤着脚下床，去了洗手间，花儿分钟重新冲了个凉，换上衣服后，对着镜子里的自己看了看，拍了拍脸："振作点儿西哥，别摆着这样的脸，城爷醒了……"似乎好受了一点儿。

他出了洗手间，进了厨房，自己做饭吃。真的从昨天就没吃东西了，居然也不觉得饿，下了一碗面，也没尝出什么味道，就这么机械地吃完了。等他走出厨房，屋门响了，钥匙"哗"一声响。

林慧丽回来了，身上还是穿着工作的长衣长裤，进门就一身的烟味儿，眼睛看着林迁西："去医院没见到你，原来已经回来了。"

林迁西看着她："去干什么了？"

林慧丽低头换鞋，皱着眉："我都听说了，那一下本来是要扎你的，至少该去把宗城的医药费付了，可那个姑娘死活不肯要，也没见到宗城。"

林迁西明白了，姑娘应该是季彩。他扯了扯嘴角，干涩地笑了笑："赔偿啊？"

林慧丽皱了皱眉。"不该吗？谁知道事情会闹成这样，我没想到他居然会给你挡刀，万一出什么事儿……"她说不下去了，后怕一样，换了个说法，"还好没出事儿。"

林迁西胸口有点儿发堵，往门口走，什么都没说，开门出去了。

他很快地下了楼，脚踝还有点儿痛。反正不能再说下去了，再说下去自己也后怕，万一出什么事儿，怎么办？那种在医院里等着宣判的感觉，再不想来一遍了。

他往医院走，走得很快，想赶紧去看宗城，走到岔路口，又一下停了，想起了三炮。林迁西忽然转头，往老城区走。

和回来的时候一样，四处走了一遍，一无所获。他插着兜，冷着脸，从街头走到街尾，最后站在路边，紧紧捏着手心，掏出手机，给路峰打电话："喂，路哥，知道他往哪儿跑的吗？"

路峰在电话里愣一下："林迁西，你干什么，真在找三炮？"

"让他来报复我啊！有种来啊！"林迁西吼了一声，肺快气炸了。

"不是说了我帮你盯着吗？"路峰问，"林迁西，你老实说，你是不是有什么事儿？"

林迁西按一下眉心，缓了一下："没事儿，我先挂了。"他挂了电话，强打起精神，低头往前走。心里像绷了根绳，走在路上都时刻观察着可能会朝自己走过来的人，没有，那个畜生还是没出现。

等他停下来，已经又进了医院。

林迁西停在楼梯上，迟迟没有去病房。脑子里有个古怪的画面，仿佛在他去病房的那一瞬，三炮就会拿着刀冲过来，虽然现实告诉自己不会那么巧的，但就是遏制不住这么想，手心都开始发凉……

手机忽然响了，一下把他乱七八糟的思绪都给打断了。林迁西从左边裤兜摸到右边裤兜，掏出来接了。

"西哥？"王肖在电话里叫他，"咱们这会儿来看城爷了。你怎么样？休息好了吗？什么时候来啊？"

林迁西开口问："他怎么样啊？"

"城爷吗？挺好的啊，人城爷什么身体素质啊！刚来了两个局子里的，问了话走了，城爷还醒着呢，没睡。"

林迁西下意识地说："你再说一遍！"

"啊？"王肖只好重复，"挺好的啊，醒着呢，没睡。怎么了？"

林迁西抹了把脸，仿佛非要再听别人这么说一遍才能确认，轻松了似的笑了一声。"知道了，我有点儿事儿，回头就来了。"

"哦，那就好，还担心你呢。"王肖把电话挂了。

林迁西把手机一收，还是走了上去，一分钟的路，走得比任何时候都久，直到站在病房门口，看见里面的一群人——王肖和姜皓在左边，孙凯和薛盛在右边，跟四大护法似的。宗城靠在床头，换了件宽松的黑T恤，低着头，听他们有一搭没一搭地说着话，手里拿着手机，偶尔按亮一下。

林迁西慢慢回了头，走远几步，站在过道拐角，掏出手机，先调了静音，然后点开微信里那个灯塔头像，打字过去，还加了个微笑表情。

——怎么样啊城爷，好点儿没有？

病房里说话的声音没断，但微信秒回。

——你怎么样，有什么事儿？

林迁西背靠着墙，手指很快地打着字，语气故作轻松。

——唉，我脚疼，背你跑太急了，不好意思说呗。

宗城依然秒回。

——那干脆多休息几天，没事儿别来了。

林迁西对着手机，扯了下嘴角，说不出来什么心情。

——你伤口疼不疼啊？

"嗖"的一声，字弹出来。

——疼。

林迁西问完就后悔了，当然疼，谁被捅一刀能不疼？看到这个字，就捏了一下眼角，满心的不舒服，想抽自己一下，嘴边挤着笑，安慰他。

——没事儿，下次我揉揉。

第 120 章

周五那天的下午，宗城站在医院的厕所里，对着镜子，整理伤口上的纱布。

已经过了两周，伤口愈合得比预期要好，基本上没什么妨碍了，他也差不多该出院了。

他把 T 恤拉下来，盖住腰，掏出裤兜里的手机，手指一滑，点开微信。和乖仔的对话框里，对话密密麻麻，最近的一次就停留在昨晚。

——城爷，今天伤口好得怎么样了？

——我脚没那么疼了，过两天就去看你啊！

林迁西这些天几乎每晚都是固定时间发消息给他，每次都问他伤怎么样了，还疼不疼，聊得特别多，就是人一直没来。

宗城的回复跟在后面。

——我好得差不多了，你怎么到现在还没好？

——拍张照给我看看。

林迁西发过来的两句像玩笑，痞里痞气的。

——你居然要我拍照，这是查岗啊！

——不拍！真快好了！

宗城翻完了，嘴角牵了一下，打了句话发过去。

——等不到你来了，爸爸今天就提前出院了。

"城儿？"刚发完，季彩在外面叫他，"手续都办好了，你真没事儿了吗？"

"嗯。"宗城走出去，"能走了。"

季彩在走廊上站着，已经把他的东西都收拾好了，就几件衣服，收在小旅行包里拎着："我叫顾阳在家准备吃的给你接风，得给他找点儿事儿做，这两周他吓得觉都没睡好，人都瘦了。"

宗城点头。"别来的好，来了肯定要念叨不让我出院。"他伸出手，"我来拎吧。"

季彩没让："客气什么啊，就算快好了也是挨了刀的，我拎就行了，走吧，车都叫好了。"

宗城跟在她后面下楼，手机还拿在手里，看了一眼，林迁西还没回。

季彩边下楼边说："顾志强还在局子里没出来，告诉你一声，你知道就行了。他好像真以为把你给捅死了，吓得半死，估计以后掀不起什么风浪了。"

宗城一脸冷淡，表情一点儿变化也没有："随便他，只要顾阳没事儿就行了。"已经弄成这样，没什么好说的，除了顾阳，他对那个家没什么好在意的了。只是偶尔想起他妈的时候，还会有一点儿不舒服。

季彩说："放心吧，顾阳被你照顾得够好了。"说着话下了楼，出了医院，马路边上停着在等的出租车。

宗城站在车门边，看了看马路上，怕林迁西刚好过来会错过，又低头看一眼手机，还是没回音，才坐进车里。

季彩坐在前排，关上车门，回头看："等西哥啊？他这一阵子都不见人，还没姜皓他们几个来得勤，有什么事儿吗？"

"脚还疼吧。"宗城说。这次好像比上次严重，那晚背着他跑就已经拼尽全力了，肯定是又扯到了旧伤。

"是吗？我还以为是他妈妈的缘故，那天他妈妈过来要付医药费，看她说话的样子，我总觉得她挺愁的。"季彩叫司机开车上路，碍着司机在，也不好说得太明显，是说知道他跟林迁西的事儿了。

宗城听明白了，淡淡地说："应该吧。"顾志强去砸了便利店，他就猜林女士不会好受。

"也可能真是脚疼。"季彩打岔一样笑笑，"怪不得他那天跟掉了魂儿一样，浑身都出汗，像从水里捞上来的，我真没见过他那模样，有点儿吓人。"

宗城看过去："哪天？"

"就你出事儿那天，太担心你了吧，原来脚还疼着。"季彩回道。

宗城手上不自觉地转一下手机，低下头，又点开微信，给林迁西发过去一句。

——你在哪儿？

还是得见到了才放心。

直到回到老楼里，手机还是没有收到回信。

顾阳早开着门在等了，听见汤姆的叫声就跑了出来："哥。"

宗城进了门。顾阳张了张胳膊，又垂下："唉，还是算了，本来想抱你一下的，又怕碰到你伤口。"

他是真怕，刚开始都不敢看那伤口，每次宗城上药他都要回避，多看一眼都觉得疼，眼睛就要跟着红，最近才好受了点儿。

"少肉麻。"宗城话说得冷，手还是在他头上摁了一下，看了眼屋子，"你西哥来了吗？"

"没啊，"顾阳摸摸头发，"我最近都没见到他，还想问你呢。"

宗城又低头看手机。

季彩跟进来："这么香，顾阳是不是做好吃的了？"

"做了，"顾阳说，"我百度了好多补血的，就是不会一样一样地做，太复杂了，还是只能涮着吃。"

"你现在一个涮锅就能走天下了。"季彩拿他打趣。

顾阳看看宗城："哥，叫西哥一起来吃吧。"

宗城已经在拨林迁西的号了，响了几声，没人听，他不想等了，开门出去："你们先吃，我出去买一下东西。"

"买什么这么急啊？"顾阳追出去，"你伤才好，我替你去吧。"

宗城脚步很快，已经下了楼。

老街上的一家洗头房里，门忽然被一把拉开，林迁西从里面走了出来。

后面的老板娘跟到门口："你找什么呀，那天在这街上闹事儿的全被带去局子里了，你还能找到谁？差点儿被捅个窟窿还不知道怕啊？赶紧回去吧。"

林迁西冷着脸，走出巷子，到了马路上，才停下摸了下额头："靠……"

"林迁西！"秦一冬骑着自行车从前面过来，两脚在地上一撑，看着他，"你在这儿呢，我说怎么到处找不到你。这阵子干吗去了？"

林迁西抬头看他："你来这儿干吗？"

"找你啊！"秦一冬打了撑脚，下车到他跟前，推一下他肩，"你怎么回事儿，又跟以前闹绝交一样见不着人了，我还想找你一起去看一下酷哥，结果愣是到现在都没找到机会。"

林迁西蹲下来，看着地："我有事儿。"

"什么事儿？"秦一冬跟他并肩蹲在一起，"还说找你一起查分数呢，高考分数出来了，知道吗？"

林迁西愣了一下，居然把这么重要的事儿都给忘了："出来了？"

"是啊，走吧，回去查啊！"秦一冬站起来催他。

林迁西蹲着没动："你先去查吧，查到了告诉我一声。"

秦一冬看了他两眼，又看看他身后的老街，有点儿明白了："你来这儿不会是因为跑了的三炮吧……你最近都在找他？"

林迁西站起来就走："我要是能早点儿把他揪出来就好了。"

秦一冬追上去，拉他一下："干吗啊，路哥不是帮你盯着了吗？那王八这会儿肯定跑出本地了，局子都在火车站贴他照片了，你不用这么担心。"

林迁西咬了咬牙，拉下他手："那我也得找过了才知道……"

秦一冬又跟上几步："你又要去哪儿啊？"

"别跟着我。"林迁西脚步走快了，头都没回，直接拐进条巷子就不见人了。

"叮"一声手机响。宗城刚走到杂货店门口，立即伸手掏出来，手指滑开，不是林迁西的回复，是班级群发的消息，通知大家可以查分数了。林迁西这么在乎分的人，这种时候居然没了消息。

"宗城？"杨锐从店里出来，刚好看见他，手里提着个空保温壶给他看，"刚打算再弄碗汤给你送去呢，没想到你提前回来了，恢复得可以啊！"

杨老板挺热心的，住院期间去医院看过他一回，后来还叫王肖他们往医院带过一回自己炖的汤，今天正好有空，本来打算再做一碗送去的。

"别忙了。"宗城直接问，"林迁西来过吗？"

杨锐打量他："怎么问我要人，他不该在医院跟你一块儿待着吗？"

"没有，他说脚疼。"宗城抿住嘴，越来越觉得不对。

杨锐说："你等会儿，我打个电话问问路峰。"说着进了店里。

宗城跟着进了店，杨锐匆匆地几句话说完了，挂了电话。

"路峰也没见到他。"杨锐回头，在柜台上摸了根牙签塞嘴里，皱着眉，"林迁西挺不对劲儿的，那天从医院回来就不对劲儿，知道三炮逃了后就更不对劲儿了，说害怕吧，又不像，我总觉得他跟藏着什么心事似的。"

宗城转身出去："我去找他。"

“锐哥。”外面自行车铃响了一声，秦一冬蹬着自行车来了，一把捏住刹车，看着刚出来的宗城，“你出院了？”

宗城“嗯”一声：“看到林迁西了吗？”

宗城以为他肯定是没看到，问的时候就走过去了，都没停，听见秦一冬说：“看到了，他不让我跟着。”

宗城停下，回头：“他在哪儿？”

秦一冬伸手朝右边指了一下。“从老街往那边一直走的，跑得比兔子快。”说完又看了看他，轻声说，“明明中刀的是你，我怎么觉得林迁西比你伤得还重，他现在的样子特别像上回跟我一起遇上三炮那次。”

宗城没说话就走了。

傍晚的时候，林迁西已经在外面转了一天，仍然一无所获，不知不觉地，又爬上了医院的楼。

其实他每天都来，只不过都是悄悄地来，来了在病房门外面看一眼宗城就走，到了晚上再发微信跟宗城说话。

快到病房那一层，他在楼梯上坐了下来，缓了缓，揉了一下脚踝。脚早就没那么疼了，脚疼的理由也不能一直用，总得去见宗城的。他抹了把脖子上的汗，吸气，吐气，手臂搭着膝盖，垂下头。

在外面走了太久，连长裤的裤腰都汗湿了。裤兜隔着一层布，好像透出了亮光。林迁西瞅见，才回神，摸出手机。因为怕来看宗城的时候被发现，手机早就调了静音，要不是亮了都不知道来了新消息。

他翻看一下，是班级群发通知，说可以查分数了，又翻到微信，看见灯塔头像上有未读消息，好几条，赶紧点开看。

——等不到你来了，爸爸今天就提前出院了。

——你在哪儿？

下面还有一条未接通话。林迁西才知道他已经出院了，站起来就往楼下跑。

跑出医院，又下意识地往路上前前后后看一遍，脑子里有根神经绷紧了，仿佛他一直在找的畜生怎么找也不会出现，但就能在他去见宗城的时候突然冒出来……

脚步顿时又慢了，他抹一把脸，两只手收进裤兜里，稳着情绪往前走。去他的，他就是要去见宗城。

天昏暗了，马路边树影婆娑的破墙被路灯照得昏沉沉的，拖在眼前。离老楼越来越近，林迁西停下了，在黑乎乎的墙根下面耷下肩膀，心里居然开始挣扎。一个声音在警告：“不该这样跑去见宗城，万一又害他出事儿，万一……”另一个声音又

292

说：“去啊，管他的，去见他！"心脏开始越跳越快。

"你在这儿。"冷不丁的一句，巨冷淡又熟悉的声音。

林迁西猛地抬起头，看见面前站着的人，上面一件宽松的黑 T 恤，薄薄的长裤裹着笔直的双腿，背对路灯，看不清脸也知道是谁，心里刚一紧，又放松。"我在做梦？"他自言自语。

宗城说："嗯，你在做梦，是美梦吗？"

林迁西确信是他了，咧了下嘴角："嗯啊，美梦。"

宗城走过来，站他旁边，背贴上墙，声音低低地问："你喜欢躲这儿？"

"胡扯，"林迁西手心在裤腿上蹭了一下，悄悄蹭掉了汗，"谁说我躲了。"

"无所谓，我跟你一起躲。"宗城说。

林迁西转头，看到他雕刻似的侧脸剪影，现在他们一起藏在这片墙根的黑暗里了，心里就像被什么挠了一下，喉结滑动："你在哄我。"

宗城抬手钩住他肩，往面前带一把："过来。"

林迁西闻到他身上一股药水味儿，被刺激得太阳穴都跳了一下，又不自觉地往路上看，什么都没看见，掐了下手心，回过头，忽然很轻松似的对他说："哎，你掐我一把。"

"什么？"

林迁西抬手指指脖子，笑道："给我来点儿痛的，这么久没见到你真人，我怀疑你是假的行不行？"

宗城看了他一瞬，低下头，手指落在他脖子上。

林迁西顿时头往一边歪，"咝"一声，其实宗城根本就没用掐的，这一下不疼，反而又酥又麻。

宗城抬头，把他转过来，正对着自己，低声问："好点儿了吗，乖仔？"

第 121 章

好点了吗？林迁西说不上来，也不明白宗城为什么要这么问，不过至少这一刻是舒服的，又痛又爽，就觉得宗城特别鲜活，除了总能闻到那种刺人神经的药水味儿，一切好像都很好。

他拉住宗城的手，喘着气说："我挺好的，走吧，别总在这儿待着。"总在这路上待着，就算是藏在黑暗里，他也觉得不安全。

宗城看一眼他低垂着的脸，昏暗里也看不清神情，抓了他的胳膊："那换个地方。"

二十分钟后，林迁西被带到了河边。

下了河堤，宗城才松开他，在斜坡上躺下来，拍一下身边："躺这儿。"

林迁西看了看他，仰头躺下去，和他躺在一起。

天上出了星星，河面上吹着夏风，这里比之前的墙根更黑更暗。

"说会儿话吧，乖仔。"宗城说，"你有什么话就跟我说。"

林迁西问："说什么？"

"随便你，"宗城的声音没有起伏，很安稳，"我听着。"

林迁西沉默了一下，才问："你现在伤真没事儿了？"

"嗯，开始很疼，特别是换药的时候，用的药很刺激，但是恢复得比我想的快多了，可能杨老板送的汤也不错，最近有点儿痒，开始愈合了。"宗城很少说这么多话，说得这么详细，是想让他安心。

林迁西干笑了声："唉，我这'自己人'当得不行啊，一碗汤都没送过。"

"我不要求自己人送汤。"宗城说。

林迁西又笑了声，脑子里乱糟糟的，也不知道在想些什么："啊，那你要求什么啊？"

宗城看着天上的星星，淡淡地说："打台球好，够痞，还要能努力学乖。"

林迁西瞬间被直击心脏，一只手搭在额上，低声说："靠……你又哄我。"

宗城摸到他的手，拖过去："要摸一下吗？"

"什么？"林迁西的手指碰到他的黑 T 恤。

"我的伤，你自己摸摸看是不是好多了。"

林迁西手指一缩，没来由地想回避，一翻身，趁势抽出了那只手。

几天没见，宗城觉得他好像又瘦了，低声问："你多久没好好睡觉了？"

林迁西轻轻"嗯"一声，像无意识地回应一样，可能根本没听他问什么，胸口一下一下起伏，声音也很飘忽："宗城？"

"在这儿。"

"你真不要紧了？"

"嗯。"

林迁西不说话了。

宗城一直耐心地等着他开口，但他没再作声。过了一会儿，宗城摸到他脸时，才发现他睡着了。宗城托着他脖子，小心坐起来，让他躺在自己腿上，掏出手机，给王肖发了个微信。

手机的光把林迁西的脸照亮了，宗城低头看他，他眉心挤着，眼睛下面明显的两片青灰，没猜错，确实是很久都没好好睡过觉了。他托着林迁西，吹着河面上的风，很久都没动："林迁西，我真没事儿了。"

声音很低，宗城觉得他应该听见了，但他也只是动了一下，眉心还是皱着没松。

十分钟不到，王肖骑着他轰轰响的摩托来了。"城爷？"他停了车，走下来小声喊，"哪儿呢？不是说西哥睡着了，叫我来接一下吗？"

"这儿。"宗城低声叫王肖，"怕扯到伤口，就叫了你。"

"没事儿，我正好闲着呢。"王肖过来帮忙，架起林迁西，看他耷拉着头，惊讶地说，"西哥这是睡了还是晕了啊？"

宗城说："走吧，别问了。"

王肖只好不问了，上了车，拼命往前面坐，好给他俩腾位置，一边贼笑："你俩干吗呢，选这儿待着啊？"

宗城让林迁西坐在中间，自己在后面搂着他："别废话了，去我那儿。"

"搞这么神秘。"王肖又把车踩响。

一直开到老楼，林迁西也没醒，但也一直不安稳。宗城按着他的手直到摩托停下的时候才松开。

王肖停好车，从前头跨下来，来帮忙扶林迁西："还没醒啊，这真是晕了。哎，你别动，我来背西哥上去吧，你小心伤口崩开。"

宗城已经抓着林迁西的胳膊搭到肩上："不至于，别太吃力就行了，帮我扶好他。"

王肖嘀咕："你这是不让别人碰西哥啊……"

好歹上了楼，还好王肖一直搭着手，没太费力。宗城一只手扶着林迁西，一只手掏钥匙："到了，回头再谢你。"

"别谢了，我都不知道你出院呢。"王肖帮他扶着林迁西胳膊，"明天毕业典礼，今天群发消息查分的时候说的，好像还有指导填志愿的，你跟西哥别忘了啊！"

"嗯，知道了。"宗城开了门。

"哎，城爷，你考多少啊？我估计全校都在等着你的分呢！西哥呢，他考多少？"王肖压着声音，八卦地问。

宗城说："你看我们俩这样，像查分了吗？"

"那你俩快查吧，我先走了，明天再说。"王肖怕吵醒林迁西，说完就走了。

宗城揽着林迁西的腰，刚要推门，门就被从里面拉开了。

"哥，才回来？我说谁在门口说话呢。"顾阳说着看到了林迁西，连忙伸手，"西哥怎么了？"

"睡着了。"宗城说，"扶他去我房间。"

兄弟俩搭着手，把林迁西送进房间，放床上躺好。顾阳想开灯，被宗城拦住了："先出去吧。"他乖乖"哦"一声，出去了。

宗城在床边坐下，借着门外的光看着林迁西。他依然没醒，皱着眉，不知道沉在什么里面，可能真像王肖说的，不是睡了，是晕了。

宗城坐了一会儿，拉了毯子盖在他身上，带上房门出去了。

季彩还没走，刚跟顾阳一起在厨房里洗锅，听见动静，从厨房出来，看见宗城拿了手机，一只手打着字，也不知道在跟谁说话。

"西哥怎么了？"她看一眼房门。

"睡着了。"宗城压着眉，抿住唇。

季彩看他神情不对，估计是不想说，没往下问。"你还不查分吗？我还想知道你考得怎么样呢！"

宗城说："待会儿吧，给伤口换完药再查。"

"那也好，省得太激动。"季彩体谅他，不追问，"你肯定没问题的，查好了告诉我一声，我先回酒店了，记得吃饭啊！"

"嗯。"

季彩往门口走，小声说："顾阳，我走了。"

顾阳追出来送她。季彩边出门边轻声安慰他："别再想你爸的事儿了，都过去了。"

"我知道了……"顾阳说。

宗城拿着手机去了阳台，屏幕上是给杨锐发的短信，刚问到了秦一冬的号码，拨了过去。

响了一声，那边就接了："喂？"

"是我。"宗城开口。

"宗城？"秦一冬说，"刚想找你呢，找到林迁西没，他怎么样？"

"找到了，"宗城说，"他现在就睡着了。"

"那就是没事儿了，是吧？"

宗城沉默一下，说："林迁西现在就跟你上次见到的一样，可能比那时候更严重。"

秦一冬大概是在电话那头愣了愣："那怎么办，他到底怎么样啊？"

宗城实话实说："不太好，关键是他很回避，好像只想自己解决。"不然他就不会这么执着地找三炮了。

电话打完，依然没什么结果。他回到屋里，顾阳在小桌边坐着，刚打开他的笔记本电脑，桌上还摆着他的药，小声叫他："哥，来啊！"

他走过去，坐下，电脑往跟前一拨："行了，查吧，把我书包拿来。"

顾阳马上在窗台下面把他的书包拿了过来。

宗城从书包里面摸出两张准考证，一张自己的，一张林迁西的，自从那天考完最后一场，就被他收在一起了。

顾阳紧张地瞪大了眼睛："怎么样，多少啊？"

宗城很平静地登录查询口，输入了自己的信息，很快就看到了自己的分。跟他预料的差不多，比他平时的分少，但符合高考难度，照样过了 700，是 711。他把电脑拨到顾阳那边："看吧！"

"7……"顾阳差点儿要高声喊，看一眼他房间，又赶紧捂了捂嘴，"看到还是 7 开头，我就放心了。"

宗城又把电脑拨回来："去睡吧，别把他吵醒。"

顾阳指指桌上的药："那你记得换药啊！"

宗城点一下头。等顾阳回了房间，他才拿着林迁西的准考证，刷新了查询口。

查自己的分都没有紧张，林迁西的分跳出来时，他的眼睛却跟着动了一下。看了两三秒，他转头找了纸和笔，抄了下来。有点儿超出他的预期。

很快，他换好了药，洗漱一下，进了房间。林迁西还在睡，侧躺着，一动不动。

宗城躺上去，贴他耳边低声说："你考得很好，乖仔，别在意别的了。"

林迁西又动了一下，没醒，还是不安稳。

宗城无声地吐了口气，看到林迁西这样，有股难言的烦闷。

林迁西睡得始终不好，似乎听到很多声音，有王肖的、顾阳的，还有季彩的。后来听见宗城说他考得很好，但他一转头，看到的是冲上来的三炮，在骂骂咧咧地喊："你他妈不是学好了吗？有个屁用，还不是有人给你挡刀！"

林迁西捂了下额头，又一次，一身是汗地被惊醒。他缓了缓，摸到自己身上的毯子，悄悄坐起来，看到躺在旁边的身影，就知道是宗城。

周围蒙蒙亮，可能后半夜就要过去了。林迁西认出是在宗城的房间里，慢慢从床尾下了床，又走到床边，蹲下来，看着宗城。他还好好的，呼吸很平静、很舒缓，在这夜里听得也很清晰。

林迁西抱住膝盖，脸埋下去，忽然觉得不能再待了，得赶紧走，三炮还没找到，安心不了。他抬头，又看一眼宗城，站起来，悄悄开门出去。

林迁西出了老楼，一路往家走，被风吹着，走得很慢，边走边看。

路上没有人冲他来，那个畜生还是没出现。

直到爬上老旧的楼道，回到家里，一头躺在自己的那张床上，他才觉得好受了。现在就他一个人了，那狗日的要报复就来吧，只要是冲他，怎么样都行。

他一个人的时候，可以无所畏惧……

再一次睁开眼睛，已是几个小时后，天早就亮了，太阳都晒到了床上。林迁西起床，身上的汗干了，最近都这样，似乎也麻木地习惯了。

他掏了裤兜里的手机放在床上，进洗手间去冲澡。

换完衣服，他对着镜子照了照，拍拍脸，强行打起了精神，走回房间去拿手机，打算看看宗城起没起，待会儿就说是昨天夜里临时有事儿回来了吧。

拿着手机刚滑开，语音通话就进来了，宗城的灯塔头像在闪，还是开着静音的缘故，一直没听见。林迁西把静音给关了，清清嗓子，装作很轻松，按了接听："你起了？"

宗城开口就问："你在哪儿？"

"在家呢。"

"你一个人待着会比较安心吗？"

林迁西被他问得愣一下，笑笑："啊，对，脚也不疼了……"

电话那边安静了一瞬，宗城说："那我就不去接你了，让你安心，在学校等你，今天有毕业典礼，再不来都要结束了。"

林迁西听完，居然下意识地先考虑了一下是不是安全，才说："好。"

电话挂了。林迁西默默站了一会儿，还是收了手机，转身出门，去学校。

外面太阳特别大，什么都被照得无所遁形一样。他手里拿了两块面包，从家里到学校这一路，又是一路走一路看，直到进校门，才吃完最后一口。

"西哥！"教学楼下面站了一大群人，全是高三（8）班的，王肖在人群前面朝他招手，"就等你了，快点儿！"

林迁西走过去，一眼就看见站在后面的宗城，他个子高，在人群里永远最显眼，现在又站在了台阶上，更显眼。

宗城的眼睛早就落在他身上，往旁边站一步，等着他过来。

林迁西走过去，在他旁边站定："干吗啊这是？"

"拍毕业照。"宗城说，"再来晚点儿，照片上就没你了。"

林迁西扯扯嘴角，往前看，老师们都就座了。老周回头看了一圈儿，目光在他们俩身上停留了一下。过一会儿，徐进也回头看了他们两眼，就连班上的其他人也在往他们身上看。

前面的摄影师在喊："大家看镜头，拿出笑容，就要告别高中三年的生活了，积极点儿！"

林迁西心想，老周和徐进肯定知道捅人的事儿了，全校应该都知道他差点儿把宗城给害了的事儿了。

手忽然被抓住了。他回神，往旁边看一眼，宗城的眼睛看着前面，下面的手悄悄抓着他的，用力捏了一下，低声提醒他："看镜头。"

林迁西又看向镜头，摆出笑。

快门按下来，连续几次，拍照结束，两只手才悄悄分开。

"林迁西，"人刚散开，姜皓从前面过来，手里拿着几张刚领来的志愿填报表，"你考得怎么样？吴川追着我问好几回了。"

他一说，王肖和薛盛他们也凑了过来。

"对啊，西哥，你考多少啊？"王肖问。

林迁西说："我还没查。"

"你还没查？"王肖不可思议地看着他，"你平时这么在乎分，居然还没查？怎么了，因为三炮啊？"

话刚说完，他就看见宗城在旁边沉了一下眼，冲他摇了下头。

王肖反应过来，马上打岔："没事儿，反正成绩条也出来了，要不然给你看看我的分？我过三本线了，我老头说让我去上个民办呢！"

林迁西心不在焉地"哦"一声："挺好的。"

姜皓看看他，又看看宗城，把领到的志愿表递一张过去："走吧，还待这儿干吗？毕业典礼结束了，报考指导会你也没赶上，你还不如回去想想报什么学校。你脸色不好。"

林迁西拿了表："没有的事儿，你们先走吧，我拿成绩条去。"

宗城也从姜皓手里拿了一张表，说："我跟你一起去。"

林迁西点点头，往老周的办公室走。

爬了几层楼梯，人都差不多走光了，宗城在楼梯拐角把他拉住了，从口袋里掏出张小条，塞在他裤兜里："别去了，分给你查好了，比我预期的还好，你自己看。"

林迁西伸手进兜，摸到那个小条，本来应该兴奋惊喜的，现在居然很平静，并不急着打开看。"真的？"

"真的。"

"你自己呢？"

宗城说："正常发挥，应该没问题。"

林迁西嘴角勾起来，终于有点儿放松了："那就好。"

宗城看着他脸，希望他是真的觉得好了，看他这样，自己也难受，手臂箍着他的肩，压着声音："林迁西，振作点儿，已经能交志愿了，别想了，只要你跟我离开这儿就好了。"

林迁西眼珠动了动："是吗？"

"是。"宗城紧紧抓着他的肩，压着眉，"带着资料去我那儿，我帮你填志愿。"

林迁西喉咙里滚了滚，像被说服了："好。"

宗城看他点头才松开他："去拿吧，我在家等你。"

"行，我回去拿资料。"林迁西提提精神，下了楼，先回去。

宗城一直跟在他后面，出了校门，直到半路，一个回老楼，一个回家里。宗城特地停下来看了看林迁西，确定他是真没事儿了才走。

林迁西走在路上，依然习惯性地扫视两边，手机忽然响了。他掏出来，看了一眼就马上接了："喂？"

"是我。"是路峰。

林迁西光听见他声音就觉得神经被拉紧了："你在哪儿呢？"

路峰说："老街这儿。"

林迁西拔腿就朝那儿跑。

还没到那儿，老远就看见老街尽头停着辆警车。林迁西直接冲到街上，拐进一家麻将馆，被站在门口的路峰拦住了："别跑了。"

林迁西喘着气，冷着眼，从里扫到外，馆子里就剩了几张空的麻将桌，打牌的人都被轰出去了。他问："人呢？"

"没有。"路峰点了根烟，正在抽，"是别人看错了，局子里的人也来了，不是三炮。"

林迁西眼睛瞬间暗了，狠狠喘了几口气，转头就朝外跑。

路峰知道他干什么去了，跟出去，脸上的疤都抽了一下，就在原地等他。

差不多有半个小时，林迁西回来了，已经一头的汗。

"怎么样，非要自己找了才相信？"路峰说，"他肯定是溜到外地去了。"

林迁西脸上铁青："他能跑去北京吗？"

"什么？"路峰夹着烟看他。

林迁西喉咙吞咽一下，眼神冷冷的，又说："他会在我下次回来的时候守着吗？"

"林迁西，"路峰皱眉，"你说胡话还是梦话？"

"有这可能吗，路哥？"林迁西问完又自言自语，"没可能，去北京没可能，他不可能追去那么远，北京那么大，他也找不到我们……"

"还好你脑子没烧糊涂。"路峰抽着烟，过来拍一下他肩，"好了，没发生的事儿别多想。"

林迁西转头就走。

"去哪儿？"路峰问。

他没回答，出了老街。在马路上停下来，林迁西从口袋里掏出折叠着的志愿表，又摸到那张小条，展开。宗城一笔一画给他抄下来的分数，笔锋还是那么凌厉张扬。总分居然过了500，比他想的还高，他第一次考这么多分。

宗城还在等他去填志愿，他心里却像被什么揪紧了，忽然把小条一握，朝前跑了出去。

市中心那儿，便利店和平常一样敞着大门。林迁西在门外面停下，看着里面仅有的两个客人出来，才走了进去。

柜台那儿没人，他往里走，才在货架后面的储藏室门口看见他妈。

林慧丽正坐在板凳上抽烟，眉心皱得死紧。

林迁西忽然发现她最近好像一下就老了好几岁，走到她面前，喊她："妈。"

林慧丽抬头才看到是他来了，感觉很久没听见他这么叫自己了，居然怔了怔。

林迁西握着手心："你跟我一起去北京吧。"

林慧丽一愣："为什么？"

"我要报北京的学校，我分肯定够了，你跟我一起走，我们提前走，以后就在北京生活，不回来了。"林迁西一口气说。

林慧丽皱了下眉，这回居然没不相信他考到了，反而问："去北京要怎么生活？那儿总不会也有家便利店等着我去上班，大城市的开销那么高，找到的工作应该支撑不了两个人生活。"

林迁西说："没关系，我也可以打工，我还可以打比赛。"

"你还得上学，如果还要打工，还怎么练球，不练球又怎么打比赛？"林慧丽不咸不淡地说。

林迁西顿一下，干笑："总会有办法，时间不就是挤出来的？"

林慧丽看了看他："你要去北京，而且要跟他一起去是吗？"

林迁西两只手都握紧了："是。"

林慧丽有一会儿没作声，低着头抽了几口烟："出了这样的事儿还是要跟他一起去？"

林迁西咬牙，声音低了："对，算我求你行不行？"

林慧丽错愕地看了他一眼，终于知道他为什么忽然过来了，这么多年没低过头，现在居然在求自己。

她又默默抽了两口烟，在地上捻了烟头，手指特别用力，都发白了："算了，我以前管不了你，后来就没管过你了，现在要再管你，也没资格，你有今天都是宗城带出来的，你想怎么样就怎么样吧，我不过问了。"

林迁西心里像被什么扎了一下："那你还去北京吗？"

林慧丽没看他，看着地："你要是因为那个三炮才要带着我去北京，那就没必要，顾好你自己吧林迁西，大不了我今天就跟你做个了断，咱们以后谁也别管谁了。"她站了起来，忽然拿了旁边喝水的杯子，一下摔在地上。

"啪"的一声脆响，后面员工室里的李阿姨和另一个年轻的收银女生一起跑了出来："怎么了？"

林迁西还没说话，就被林慧丽拉着衣领拽了出去，刚到门外，"啪"一声，脸上挨了一记响亮的耳光。

"滚吧，你爱去哪儿去哪儿，我早受够你了！"林慧丽瞪着他，眼眶不知道是因为气的还是因为别的，已经泛红。

林迁西发蒙地看着她。

李阿姨跑过来拉住林慧丽，小声劝她："就算他闹出那种捅人的事儿来，你也别打啊，要断关系不会好好说吗，你不怕激到他？"

旁边店里的、街上经过的，都看了过来。林慧丽眼眶更红了："就当我没生过你这个儿子，快滚吧！"

林迁西往后面退了一步，脑子里还是蒙的，胸口一下起一下伏，退了好几步，才转过头，茫然地往回走。

后面李阿姨还在劝："行了行了，别生气了，人走了，以后跟你没关系了……"

一直走到小区外面，林迁西站在树影里，才捂住了脸，一把扶住树干，慢慢蹲了下去。他想起来，在那漫长的梦境记忆里，他妈也打过他一巴掌，也说过一样的话："滚吧，我早受够你了。"久远到仿佛已经是上辈子的事情了。

林迁西捂着脸，浑身抖了一下，原来一切都应验了，换个原因、换个方式，都和梦里最坏的结果一样……

宗城看着手机，快下午五点了。小桌上放着他已经填好了的志愿表，林迁西却还没有来。

他刚想拨号，手机里进了电话，是老周打来的，只好接了："周老师。"

"宗城，你志愿填得怎么样？"老周说，"连校长都很关心你的志愿，我特地来问问。"

"已经填好了。"宗城说，"随时可以交。"

"那你现在交过来吧，我给你看一下，我们几个老师正好都还在。"

宗城拿开手机看了眼时间，拿起志愿表："那我现在过去。"

顾阳从房间里抻头看出来："哥？"

"我再去一下学校，你在家注意安全。"

"没事儿，彩姐会来的。"顾阳说。

"嗯。"宗城出了门，一边给林迁西发微信。

——我先去交志愿了，就等你了，赶紧过来。

八中没出过他这样的高分，当然也没出过年级第一被捅进医院的凶险事儿，学校现在对他的事儿特别重视。宗城进办公室时，老周跟徐进都在，都还没下班，专门等他的。

"好了？拿来我看看。"老周伸手。

宗城过去，把志愿表递给他。

老周看的时候，徐进也凑了过来，边看边点头："可以，一流，超一流。"

"我看你应该是稳的。"老周把表放下来，"听说是你早就有的规划是吧？"

"是。"宗城说，"没问我就走了。"

老周点点头，忽然说："林迁西那儿你帮帮他，出的那事儿叫他就别放心上了，都要上大学了。"

原来连老周都看出林迁西不对劲儿了。"嗯。"宗城出了办公室。

再回到老楼的时候，也没过去多久，前后一个小时都没过。夕阳下去了，拖着最后一抹余晖滑了过去。

宗城又看一眼手机，看到了林迁西的回复。

——我过来了。

他停下，忽然朝侧面的花坛看了一眼，像有预感一样走了过去。花坛边坐着林迁西，低着头，露着漆黑的头发，修长的双腿屈起，在那儿一动不动。

"怎么才来？"宗城问。

林迁西抬起头："你去交志愿表了？"

"交了。"宗城伸手，"现在就专心忙你的了，走吧，跟我上去。"

林迁西没动，也没搭他手："不用了。"

宗城看着他："怎么？"

林迁西说："我要去上海。"

宗城明显愣了一下："你说什么？"

"我不去北京了，"林迁西重复一遍，"我要去上海。"

周围死寂了几秒，宗城伸手拉他胳膊，一眼看见他肿起的左脸、通红的眼眶，眼神一压："你怎么了？"

林迁西按住他的手，挣开胳膊："没什么。"

"没什么你食言？"宗城拽着他衣领，一把拉起他来，"去什么上海，不是说好跟我去北京的吗？"

林迁西脸上挂着丝笑，很勉强："对，我食言了，我他妈出尔反尔了，我的目标说变就变了！"

宗城死死拽着他："林迁西，你到底怎么了？还是因为三炮？他现在就一个人，不是那天那样一群了，就算再出现也不可能把我们怎么样，你用不着怕他！"

林迁西脸上的笑再也挂不住了，喉咙哽了一下："松手吧，城爷。"

宗城咬着后槽牙，下颌都绷紧了，声音从喉咙里一个字一个字地挤出来："你再说一遍？"

林迁西一把挣开他的手，自己往后退了两步，跌坐在花坛边，垂着头："不只是三炮，这他妈……什么都没变！我以为我努力这么久，终于改了命，结果还是一样……"

还是一样……他身上沾的泥怎么也甩不干净，那个梦会应验，他妈还是会跟他决裂，还是会有人替他挡刀，说不定他还是会害死身边最亲近的人。就算没有三炮，也还会有别的。

"走吧城爷，带着顾阳走吧，离我远点儿……"林迁西哽着声，梦呓一样压在喉咙里，"我赌不起了，我真没有下一次机会了。"

宗城死死盯着他："林迁西，你站起来，已经要上岸了，你这是心结，跟我去北京，会好的。"

"别！"林迁西抬起头，看着他，"别，求求你们，都别救我了，你跟冬子，这次谁都别救了，我想自己救自己，行不行？"

宗城看着他的眼睛，手攥得紧，骨节都作响："你是说暂时的，还是彻底的？"

林迁西的眼眶红得扎眼："有什么区别？没有区别。"

"有区别。"宗城声音忽然停顿,喉结一滚,"你打算走个一干二净吗?"

林迁西紧紧抿住嘴。

宗城咬了咬牙,声音沉在喉咙里:"你说实话,林迁西,你真想这样吗?"

林迁西一把托住额。"靠!不想又怎么样!我要是一直这样,你还要被我一直吊着吗!"他肩膀轻轻地颤,怎么也止不住,深吸一口气,"松手啊城爷,谢谢你带我走了这一程,除非事情解决了,我身上彻底干净了,不然你还是松手吧……"

第 122 章

"你想都别想。"宗城胸口里像被重重堵住了,透不过气,眼睛在刺痛,眉峰狠狠压着,只盯着跌坐在那儿的人,想去拉他,想让他重新站起来,有很多话挤在喉咙里,但最后脱口而出的只有这一句,"你想都别想,林迁西,我说不会松手就不会松手。"

"靠……"林迁西喘着气,看着他,额头上滴着汗,仿佛就快缺氧,忽然撑着地爬起来,"你……"似乎想骂他,却又什么都没说出口。林迁西眼皮在跳,胃里抽得难受,往旁边退了两步,一下就跑了出去。

宗城刚追出去,手捂了一下腰边的伤口,被捅的时候、养伤的时候,都没有现在这么疼。

"哥!"顾阳急急忙忙从楼道那儿跑了过来,两只手扶住他,"没事儿吧?西哥让我下来等着你,说有话跟你说,你们说什么了?"

他连顾阳都安排好了,多细致。宗城抬头只看见他的背影,跑太快了,像风一样,眼睁睁地就没了,根本抓不住。宗城捂着伤口,压低声音:"没事儿……"

没事儿,只不过努力了那么久,拼了那么久,现在林迁西居然要他松手……

"咔"一声,林迁西拧开了门锁,家里没人。

又吐了一回,身体有点儿沉。他拖着脚步进了门,在门口站着,对着黑洞洞的屋子看了几秒,进了房间,在床头的桌子上拿自己的旧书包,又从柜子里找了个能用的旅行包出来,都放在床上,开始一样一样收拾东西。

能带的衣服都收好了,剩下的收了一堆莫名其妙的玩意儿:一张一张的计划表、插着标签的书,都是当初宗城给他做的,每一样他都保存得好好的;还有当初第一次到外地比赛的时候买的那个毛绒松鼠。林迁西全都带了,又全都没多看,塞进包里就拉上了拉链，坐在床边，脑子里反反复复都是宗城的那句话。

"你是个傻子吗？……"他低下头，自言自语，忽然又想起宗城身上的伤，"没事儿吗？会不会又疼了？……"应该没事儿吧，顾阳会看好他的。林迁西摸一下脸上的汗，不能再想了，站起来，一手拎了旅行包，肩膀上搭着书包，走出房门。

林女士的意思他懂了，应该是故意把家空了出来，给他回来收拾东西的。他站在客厅里停了一下，在想还有什么遗漏，或者有什么能给林女士留下的。算了一下，自己攒的钱好像也就勉强够第一年的学费和生活费，并不能给他妈留下一些。

林迁西要走，经过沙发那儿，随便一瞅，在掉漆的茶几上看见一张银行卡，下面压着字条，写着串数字，应该是密码。林女士原来已经回来过了，和以前一样，钱的责任该负的还在负。他看了一眼，没拿，都没法给她留钱，还拿她的钱干什么，还是给她留着自己生活吧。

"林女士也是为你好啊西哥，正好，也离她远点儿，让她一个人自在点儿，去北京又不是享福的，还不如去相亲。"他跟自己说话，笑一声，"现在没你这个累赘了，说不定能找个好人呢……"

出门的时候已经到了夜里，楼道里黑乎乎的，偶尔几声野猫叫，伴随着隔壁邻居家摔锅摔碗骂骂咧咧的声音，渐渐被甩在背后。

很快，整栋破败的楼和小区也被甩在背后了。林迁西一个人走在路灯昏暗的马路上，这回居然没有再往左右看。

他轻松了，现在只有他自己，亲近的、在乎的，一个都不在，所有的后果都可以自己承担。来吧，无所谓，怎么样都无所谓了。

手机在一下又一下地振动，天亮的时候，林迁西睁开眼睛，已经躺在一家又小又旧的便宜旅店里。

又是在梦里奔跑了一夜，浑身都是汗，他几乎没怎么睡，只不过是闭着眼睛让自己心安一点儿。一听到手机在振，他就伸手在床单上摸到了，从又小又窄的单人床上爬起来接了。

旁边电风扇在吹，吹出来的都是热风，床边上就挨着卫生间，里头随便牵了根绳子，挂着他昨天晚上洗完晾上去的衣服。

"林迁西！"手机里是秦一冬的声音，"你在哪儿呢？"

林迁西直勾勾地盯着斑驳起壳的墙皮，坐到床边，两只脚踩到地，哑着声音说："干吗？我溜了。"

"你没可能溜，你要溜也不会现在溜！"秦一冬戗他。

林迁西抓了抓头发，干笑一声："秦小媳妇儿怎么变聪明了？"

是没溜，现在还不是离开的时候，他得等录取通知书，得看着宗城带着顾阳平平安安地从这小城里走了才能放心地走。这家小旅店差是差，但一天才几十块，就算多住一阵子也负担得起。

"我知道你妈跟你的事儿了，想见你一面。"秦一冬小声说，"都这样了，你不会连见我一面都不肯吧？在锐哥这儿，肯定没事儿吧？林迁西，你别又躲我，就一面行不行？"

林迁西听着他一连串倒豆子似的话，都没办法打断，咧了咧嘴："你让我说话了吗？"

"那你就是答应了？"秦一冬不由分说，"我就在这儿等你啊，等到你来算完！"电话"啪"一下被掐断了。

林迁西默默坐了一会儿，抹了下脖子上的汗，甩甩手，关了屁用没有的电风扇，终于还是伸脚去够鞋，穿上了。

秦一冬在杂货店里拿了瓶冰水，走到门口，喝了一口，朝外面路上看一眼，再喝一口，又朝外看一眼。

"去隔壁等。"杨锐在柜台后面说，"林迁西爱钻打球那屋。"

秦一冬刚要过去，又停下问他："锐哥，你说林迁西这样……怎么办啊？"

杨锐嘴里叼着牙签，皱眉："让他心安吧冬子，他是痞，又不傻，不到心里真承受不住了能这样吗？路走多远、走多久，还得靠他自己。"

秦一冬接不上来话，在冰柜里多拿了一瓶水，去了隔壁。

那瓶水刚在球桌上放下来，顶多半分钟，就有人进来了，一只手拿起了那瓶水，拧开，灌了一口。

秦一冬看过去："你可算来了。"

林迁西又灌一口，靠在旁边的麻将桌上："我来了，你见到了。"

秦一冬看着他，他脸比平时白，下巴也比平时尖了，整个人比高考那会儿还瘦一大圈儿："我听说了。"

"我跟我妈的事儿是吗？"林迁西扯扯嘴角，点头，"嗯啊，就那样，应该到处都知道了，你肯定听说了。"

"不只是这个。"秦一冬说，"你跟宗城的事儿我也听说了。"

林迁西没作声，手指捏着矿泉水瓶子，"咔咔"地响了两声。

秦一冬指指球桌："上回不就是在这儿你跟我放话，说跟他的计划是认真的吗？现在变了？"

"没变。"林迁西手里的瓶子已经被捏扁了，"但这不是一码事儿。"

秦一冬走过来，跟他肩并肩靠在桌边上："我现在明白了，你当初非要跟我绝交，也是因为这个？"

林迁西点两下头。

秦一冬似乎不大好受，拨着手里的瓶盖："那你现在是觉得离我们都远远的才会放心吗？"

"对。"林迁西低着头，吐出口气，忽然冲他笑了一下，指指自己鼻子，"随你怎么骂吧，但就这一回，别再为我好了，让我自己扛吧……"他忽然说不下去了，抿住嘴唇。

秦一冬眨了眨眼，跟进了沙子似的，又揉一下。"我没想骂你，你他妈够不容易的了，我还骂你干吗啊？"他站起来，往外面走，"好了，我走了，还有人要见你。"

林迁西抬头看过去："谁？"

秦一冬已经出门了，一脚打起了自行车的撑脚，回过头，红着眼睛说："放心吧傻子，别人我不知道，反正我肯定好好的，我长命百岁！"

林迁西站直，快步走到门口，已经有人进来了，一件黑 T 恤，宽肩长腿，堵在门口，正好挡住了他的路。

宗城站在门口，看了他两秒，手上把门一推，关上了。

林迁西盯着他，并不意外，早就猜到了，手指收在裤兜里，转开眼，涩涩地笑一声："干吗啊这是，要用强的？"

宗城说："用强的有用吗？"

"没用。"林迁西故意不看他眼睛，转头说，"什么都没用，别在我身上浪费时间了。"

刚走到球桌那儿，他的身影已经走近，林迁西一转头，看到他没有表情的脸，心里腾一下就烧起了火，一把揪住他衣领："靠，你能别这么犟吗！"

宗城抓着他的腰狠狠往球桌上一压："犟的是谁？是我吗？"

林迁西被他压得没法动，又怕碰到他伤口，也不敢动，眼皮跳了一下，垂下眼，看着他剧烈起伏的胸口："不是说了吗，别拖着我了，我志愿都交了。你还有顾阳，任性不起，就这样吧，你已经带我够久了……"

宗城抓着林迁西的腰，手指用力到手背都起了青筋，不过志愿交了，林迁西已经决定了。

"行。"他缓一下，"如果你觉得离我远点儿更安全，那就去上海，我说过，我可以去找你。"

"别……"林迁西忽然抖了一下，一下抬起头。

宗城盯着他："那就你来找我。"

林迁西咬着牙关，眉头狠狠抽了一下，不作声。他什么时候能去找宗城，要开一张空头支票吗？那还不是吊着宗城？也太无耻了……

宗城忽然托住了他后颈，强迫他看着自己，声音又低又沉："是你先叫我爸爸把我拽到你面前的，现在凭什么叫我松手？你想像当初对秦一冬那样对我，你觉得我那么好说话吗？"

林迁西腰上真疼了，看着宗城压着的双眼都泛了红，心里也疼，牙关终于松开："靠……"宗城当然不好说话，他是个硬茬。

宗城低头，看进林迁西双眼，喉头滑一下："乖仔，像以前一样，说你行就可以了，你已经跨过那么多坎儿了，没道理这回不行。"

林迁西的眼睛慢慢抬起来，看着他，喉咙里堵着，很久才轻轻出声："你他妈……一个能考700分的学霸，怎么这么傻啊，我可能这辈子也就这样了……"

宗城托在他后颈的手一用力，堵断了他的话。

林迁西顿时一个字也说不出来，有种才回了神的感觉，死死盯着宗城。

"你去哪儿都可以。"宗城声音哑了，喉结又一滚，"我等你来找我，如果你不来……那就告诉我，我不会求着你，也不会缠着你。行，还是不行？"

林迁西一口一口呼气、吸气，看着宗城的眼睛，终于还是点了一下头："行。"行，他记住了……

等杨锐发现隔壁的门终于开了时，走进去，就看见宗城一个人在球桌那儿站着，低着头，什么也没干，只是在静静地看着地面。

"林迁西走了？"

宗城点头："刚走。"

杨锐走过去，想拍一下他肩，看他这样子，又没下手："跟他说好了吗？"

"嗯，"宗城说，"说好了。"跟秦一冬说好来之前，他明明还是想带他一起去北京的，但听了他跟秦一冬的话，又听他说连志愿都交了，发现还是不能逼他了。

他想一个人扛就扛吧，但必须拉着他，至少要让他知道，还有个人在等着他迈过去，如果彻底撒了手，他可能就真陷进去了。宗城不能松手，不能就这样放任他滑回泥沼。

半个小时后，老楼的屋门被一把推开，宗城回了家。

汤姆在"汪汪汪"地叫唤，厨房里响着季彩的说话声，可能是听见了动静，她在里面抬高声音问："城儿，是你回来了吗，一声不吭地跑去哪儿了？"

宗城眼睛都没抬，进了洗手间，关上门，一手撑住洗手台。

"哥，"顾阳紧跟着喊他，"你该换药了！哎，你出去这么久，是不是见到西哥了？"

宗城没回答，拿了洗手池边放着的药，打开了，倒在纱布上，掀开衣服，揭开纱布，伤口愈合，已经长出了新肉。他把药按上去，脸颊绷着，每一块肌肉都在用力：林迁西，就这么一个伤，都死不了人，还能把你打垮吗？

好一会儿，他抬起头，看一眼镜子里自己的脸，腾出手，掏了手机，打开微信，点出来乖仔的头像。宗城的手指悬着，看着背景里他们一起拍的那张照片，好几秒过后，点了通话。

林迁西刚回到小旅店里，靠着门，低着头，在平复着呼吸，心跳快得不正常。手机响了，他摸出来，看到熟悉的灯塔头像，接了，放到耳边。

"林迁西，"宗城的声音传过来，"去打球，去拿名次，去拼命往高处爬，把你身上的淤泥都甩干净了……"

声音忽然停顿了一下，林迁西耳朵里听到一声压抑的呜咽，愣了一下，从门背后滑坐到地上。这么骄傲的人，以前顶多见他红下眼，从来没有过这样的时候。

林迁西撑住额头，听见他低低地说："去把我那'自己人'带回来……"

第123章

下午两点，阳光从阳台一直照进老楼的屋子里时，顾阳正蹲在客厅收拾行李箱。箱子合上了，他抬头问："哥，真要走了？"

宗城坐在小桌边的椅子上，整理着书："嗯，你也走。"

顾阳看着他："我还以为我会在这儿上完初中。"

宗城没回话。本来是要让顾阳在这里念完初中的，现在出了顾志强的事情，不可能再让他留下来了。

季彩拖着另一只空行李箱过来，放在宗城旁边，看他两眼："怎么忽然决定提前走，你跟西哥是不是出什么事儿了？"

顾阳一听，顿时看了过来，眼睛都睁大了一圈儿。

宗城脸上没什么变化，淡淡地说："没什么，他决定去上海上大学了，就这样。"

"去上海？"季彩诧异道，"他前面拼死拼活的，不就是要跟你一起去北京吗？"

"总会有变化的时候。"宗城说,"以前拼死拼活的时候,也没人想到我会挨一刀。"

季彩听得愣了一下,大概明白了点儿,看顾阳还在场,忍住了,没往下说,笑了笑:"那就先去我那儿落个脚,当毕业旅行了,正好给顾阳找个好学校,你不是早就看中了一个吗?那个寄宿的,挺不错的,顾阳现在也很独立了。"

"我打算先回去祭拜一下我妈。"宗城站起来,伸手拖过自己的行李箱,正好看到小桌边摆着的那只坐垫,上面绣着个"乖"字。

一瞬间,过去那个趴在这张小桌边埋头做卷子的身影仿佛还在,脑子里浮现出他吊儿郎当地哼着歌或者晃着笔的样子。宗城抿住嘴,又看了一眼在旁边转圈儿的汤姆,转过头,专心收拾东西。

东西差不多都收完的时候,顾阳抱住汤姆,打开了门,回头问:"哥,西哥知道我们今天走吗?"

宗城一只手伸进裤兜里,摸着手机,点一下头:"告诉他了。"

"那他会不会来送我们啊?"顾阳又问。

宗城没回答,拎着行李箱走出门:"我先把东西送下去,你跟着下来。"

楼下的马路上,停着路峰的货车。宗城把行李箱放上车,隔着驾驶座那边降下的车窗看进去:"麻烦了,路哥。"

路峰坐在车里抽烟:"没事儿,刚好我有空,你还要带着狗,开车方便点儿。"

宗城往路上看了一眼,拿出手机,按亮了,低头翻看了一下。

"还要等他吗?"路峰问,"要等就等会儿,反正也不急。"

宗城用手指摸了下屏幕,上面是和乖仔的对话框,摇一下头:"没事儿,走吧。"

微信的对话框里飘着一句话。

——我走了。

林迁西盯着这句话,人蹲在马路边破败的墙头上,脚边摆着自己的书包和旅行包。

远远地听见路峰那辆货车熟悉的轰响声过来了,他立即抬了头,看着车从面前的马路上开过。副驾驶座上坐着一道又冷又酷的身影,低着头,可能在看手机,干净的短发、轮廓分明的侧脸,隔着车窗玻璃在他眼前晃了过去。

林迁西紧紧咬住牙关,手在墙上一撑,下意识地往前动了一下,差点儿就要跳下去追,又及时忍住了,缓缓蹲回去。直到这时候,他才低下头,用手指打字。

——一路平安啊,城爷!

发完了,他从墙头上跃下,一手拎一只包,转过身,朝着反方向走。今天看到宗城这条消息的时候,他就也决定要走了。

到了傍晚六点，林迁西已经在火车站，从售票的地方一直到候车室，来回走了好几圈儿，不知不觉已经过去两三个小时。

候车室里吵吵闹闹的，两个小孩子在乱跑，收破烂儿的老头在边上等着一个男人喝了一半的矿泉水瓶。

票买在晚上，还没到出发的时候。林迁西捏着车票收进裤兜里，转到现在才想起来，从收到宗城的那条微信起，到现在，他还没吃过东西。他拎着包，去站里的小店里买了碗面。

他端着泡好的面在椅子上坐下，吃了几口，忽然想起曾经跟宗城一起在车上吃的那碗泡面，那时候还不知道是他的长寿面。林迁西一口一口地咽下了面，到后来实在吃不下去了，吸口气，站起来，把面碗丢进垃圾桶，又去了厕所。

花了两分钟，洗把脸出来，又坐回椅子上，外面天已经黑下来了。他想看一眼手机，看看宗城都说了什么，又迟迟不去伸手摸裤兜，要缓一缓才行。

"林迁西。"路峰的声音响起来。

他扭过头，看见路峰从外面一路走过来，风尘仆仆的，应该是才下车。"你怎么来了？"

"回来的时候顺道来送你。"路峰说，"人我好好送走了，得来给你交个差，不是你叫我去送的吗？"

"嗯，谢了路哥，好人一生平安。"林迁西扯扯嘴角。

路峰在他旁边坐下来："怎么光叫我送，自己不露面？虽然他没说，我也看得出来他想见你。"

林迁西靠上椅背，垂着眼："换成杨锐走，你能去好好地送吗？"

路峰居然噎了一下，拿了支烟出来塞进嘴里，没再多说。

林迁西安静了一会儿，问："他上飞机了？"

"上了，带着那狗费了点儿事儿，耽误了点儿时间。"路峰按打火机，"早点儿把狗留给杨锐养不就行了，非得带着干什么？看他那酷劲儿，也不像是喜欢那种可爱玩意儿的人。"

林迁西没接话。

"夜里的火车？"路峰点了烟，忽然想起来。

"嗯。"林迁西转过头，眼睛盯着墙上。那儿贴着张照片，这几个小时在火车站里四处转悠的时候，他一直在看这张照片。

路峰发现他眼神冷冷的，顺着他目光看了一眼，照片上那吊梢眼的猥琐样，除了三炮还能是谁？路峰顺带看了眼他身上，看到一身汗，就知道他肯定在车站里找过人了。"别看了，好好去上大学吧，我会一直给你盯着的。"路峰说。

林迁西说："其他的你也帮我盯着点儿。"

"冬子和你妈是吗？"路峰点头，"我知道。"

两个人没再说什么，直到墙上的挂钟"当当"敲了几声，路峰弹弹烟灰，看他："到了那儿有人接你吗？"

"有，都联系好了。"林迁西拍一下书包，"我走特长招的，提前批，今天刚好拿到通知书，是不是还挺巧的？"

"那比宗城还早，他说他的可能还得晚两天到，叫杨锐替他收一下，再转寄给他。"路峰抽口烟，提到这名字，又看他一眼。

林迁西勾着嘴角说："他肯定能上个特别好的名校。"

"那当然。"

又是一阵沉默。

直到旁边的人走了一批，路峰抬头看看墙上的钟，又看他："时候不早了，去检票吧，别在站里转了。以后在外面自己好好的，干脆把这小地方忘了，能不回来就别回来了，我还是习惯你以前的痞劲儿。"

林迁西笑笑，拎了书包往肩上一搭，又拿了旅行包，站起来："走了，路哥。"

"嗯。"路峰摆了摆手，眼睛看着他。

林迁西一手插兜，直到检票口，转头朝四周又看了一遍，才伸手递了车票，检票进去。

火车还没进站，月台上空荡荡的，他站着等时抬头看了一眼，天早就黑透了，还挂了月亮。宗城应该还在飞机上。林迁西掏出手机，点开微信。

——别太勉强，乖仔，不用强颜欢笑地联系我，反正我会让你看到我。

就这么一句话，在对话界面，两个小时前发来的，大概就是上飞机之前，不知道宗城考虑了多长时间，中间间隔这么久，最后就发了这么一句。

林迁西忍到刚才都没事儿，现在看到这句，心口还是揪了一下，抬起手，别过脸，挤了一下眼睛。什么都给他想好了，连心情都顾及得好好的，生怕他有负担。他对着手机，手指打了字，又删掉，打了，再删掉，最后只发过去一句。

——你可一定要好好的啊！

火车终于轰隆作响地驶入站台，旁边的乘务员在疯狂吹哨子。林迁西忍住了，收起手机，低头掐了一下自己的手心，提了提精神，上了车。

火车开往上海。夜里开了几个小时，中间停靠的大大小小的站台太多，彻底停下来的时候，已经是早上。

车厢里弥漫着各种各样的味道，一路带过来的人来自天南海北，口音杂得叫人分不清地方。林迁西被摇醒，睁开眼睛，皱着眉看旁边。

一个中年男人坐在旁边，操着不知道哪儿的口音提醒他："到地方了。你是不是要中暑了哦？睡个觉这么多的汗。"

林迁西摸一下额头，没搭理，拎了东西站起来，从座位上出去，先去站里的卫生间洗漱。

等他从出站口出去，老远就看见有人在挥手："林迁西！看这儿！"

一大堆人里站着个穿白汗衫的年轻人，细长眼，戴眼镜，踮着脚朝他招手，是当初去积极给他传话招生的左衡。"这儿！"

他走过去。

"我以为要在大上海接到你得费老大的劲儿呢，没想到你太扎眼了，一眼就让人看到了。"左衡接了他手里的书包，又打量他两眼，"你减肥呢，瘦成这样？"

林迁西说："嗯，效果挺好的吧？"

"好，回头给我传授一下，我也想瘦两斤。"左衡真是自来熟，完全不像刚见过一两回。

左衡在前面带路，林迁西拎着旅行包跟在后面："行。"

左衡回头看他一眼："你不是当初口口声声说要去北京的学校吗？怎么样，还是觉得我的话有道理，想通了，最后报了咱们学校吧？"

林迁西是对比了其他学校选的，但嘴上顺着他的话说："还是决定做你学弟了。"

"别学弟了，你以后就是我师弟了。"左衡一本正经地说，"你可千万别觉得委屈，别以为放弃了北京的学校有多亏，我实话跟你说，你现在提前来上海，一个电话我就来接，就说明咱们足够重视你了。你以后在这儿得到的，绝对比你现在以为失去的要多得多。"

林迁西看他一眼："你认识我体育老师吗？"

"什么？"

"我觉得你俩一样会写歌词。"

"……"左衡无所谓地耸耸肩，伸手拦了辆车，"算了，我先带你去学校转转。"

林迁西是昨天收到宗城要走的消息后才打电话给左衡的，其实很匆忙，现在坐上车又说："要是学校不能待，我就在外面找份暑期工。"

"没地方可去啊？"左衡坐他旁边，看看他，"这么帅都没地方可去？不是说了学校重视你吗？也不是，主要是台球俱乐部重视你，把冠军扔着不管是不可能的，你安心待着就完了。"

林迁西有点儿热，也有点儿不舒服，靠在车上不再说话，听他一个人说。

上海实在是大，车开了两个小时才到学校。左衡在路上给他介绍了一下学校概况，重点是俱乐部的情况。林迁西是俱乐部主任找校长第一个同意录取的，通知书也是发得最快的，听说他提前过来，球室也开了，就是为了给他练球。

"刚好后面有比赛，反正你是准新生了，先训练着，到时候要不要去打看你自己的状态。"左衡一直把他送到宿舍底下，才把书包交给他，出了一身汗，又递给他一把钥匙，"你先上去，上面304，先住着。"

林迁西接了钥匙，才真有了受重视的感觉，低低地说："这么好的待遇？"

"美吧，师弟？"左衡笑着扶一下眼镜，"后面还有你美的。"说着看看他脸，"不过我觉得你现在状态不对啊，怎么比起比赛那会儿跟变了个样子似的？"

林迁西拎着东西上去："天太热了。"

左衡看着他上去了，才打算走，刚好手机响了，边走边接："喂，找谁？"

"是我，季彩。"电话里的声音说，"方便说话吗？"

"刚接到林冠军，方便，说吧。"

"那你等等。"手机里响了两声，似乎换了个人拿了手机。

"你好，林迁西已经到了吗？"

左衡听这声音很冷很淡，在树荫底下站了一下："是啊，你怎么知道？"

"整个上海最适合他的就是你们学校，他肯定会报你们那儿。"

左衡问："你哪位？"

电话里安静了一瞬才继续道："宗城。麻烦你，如果林迁西有什么事情，就通知我一声，等我到了北京，再给你个号码。"

"宗城？"左衡脑子转得挺快，"等等，马老爷子是不是教过你？"

"对。"

左衡一下反应过来了："你要去北京？哦，林迁西身边那神秘人物就是你啊！"

第124章

林迁西站在球室里。晚上七点了，他还没走，抓着球杆，俯身瞄准母球，专注地看了两秒，"啪"一声，迅速地送出杆。

额头的碎发上有汗滴了下来，落在了球桌上，他站直了，拿手抹一下，甩了甩手，身上穿的 T 恤衫早就已经汗湿，也没在意。

门被敲了两下，左衡从外面走进来，一脸惊讶："刚经过这儿才看到你在，这才来几天啊，这么拼命，你连学校都还没怎么逛，光一个劲儿地练球了？要是觉得学校不好玩儿，就去南京路上逛逛啊！"

"不逛了，"林迁西盯着球桌，"打球才能专心不想别的。"

"想什么别的？"左衡想开玩笑说"想心上人啊"，不过看他累成这样了，还是不打趣了，打量他脸，"你真没事儿吧，这状态，后面的比赛能不能参加？"

林迁西拿了巧粉擦杆头，灯光下面的侧脸瘦削白净："等我再好好练一练球吧。"

"那也行。"左衡往外走，"我回宿舍了，等你觉得练好了就告诉我，俱乐部里现在很多学生事务是我在管，以后有事儿就找我。"说着话声音就远了。

林迁西没听完，已经又俯下身，再一次瞄准母球。

直到晚上十点，这球才算练完。

林迁西回到宿舍，拿了个塑料盆去卫生间里冲凉，实在累了，出来随便擦了擦头发，也没管干没干透，爬到床上就一头躺了下去。

闭上眼睛，却怎么都睡不着，脑子里想的都是以前的事儿，想那个又高又酷的身影，想着他坐在车里从眼前离开的那个画面。林迁西翻个身，侧躺着，抱一下头，后悔了，应该再多练会儿球的，还是练少了。

手机响了。宿舍里就他一个，声音来得太突兀，他惊了一下才伸手去摸，一把摸到手机，看见屏幕上闪着王肖的名字，深吸口气，提了提精神，按下接听："干吗？"

"西哥！"王肖的声音像炸雷一样，"城爷要去北京了！"

林迁西愣一下："啊？"

"城爷的通知书下来了，杨老板给他转寄走的！妈呀，绝对是个牛校！听说他的分在全省不是第一就是第二，太可怕了，老周还因为他被省里表彰了！还听说因为他出了事儿，前阵子八中才没宣传，最近又准备给他拉横幅呢！"王肖在那边喊。

电话里夹着孙凯的声音："别提出事儿了！"

薛盛紧跟着说："就是，还不如去学校问问到底是什么牛校。"

"哎，知道了，别吵！"王肖打断他们，又接着说，"西哥，杨老板说你去上海了，你跟城爷都走了怎么也不说一声，你们……"

林迁西后面都没留意听，注意力全放在了前面那几句上："知道了。"

王肖像是反应过来了："哦对，不能一直跟你说了，得让你跟城爷说话，我先挂了啊！"

林迁西听着手机里挂断的忙音，盯着头顶的床板，忽然回神，把手机拿到眼前，翻开微信，刚点开对话框，已经有消息弹出来。

——乖仔，我要去北京了。

林迁西盯着这简单的一句话，嘴抿了抿，还是提了起来。

——我们城爷真是太牛了。

对话框里接连跳出两句话。

——先不说学校了，你百度一下就知道什么样了，没有新鲜感。

——以后等你来了自己看吧。

林迁西看着这两句话一句一句冒出来，对着手机，心里又酸又胀，知道他是故意这么说的，是在提醒自己要记得去找他。本来他们可以一起去的，都是他自己不争气，再怎么拼命也改不了命……

林迁西翻过来仰躺着，一只手搭住额，闭了闭眼，想起他还在等自己回复，不能让他担心，又赶紧把手机拿到眼前打字。

——恭喜城爷，来碰个杆吧。

宗城的回复一瞬间弹出来。

——碰杆。

就像他们当初一起在赛场上那样，肩并着肩，球杆也挨在一起。林迁西看着那两个字，好一会儿，脑子里都是以前的画面，一下坐起来，下了床，穿上鞋出了宿舍。

没一会儿，左衡在自己的宿舍里接到了他的电话，被叫下了楼。

一出楼，他就看见林迁西站在宿舍大门外头等着，手里拎着只方便袋。"怎么啦，有事儿吗？"

林迁西从方便袋里拿了罐啤酒，抛给他："请你喝酒。"

左衡两手兜住："为什么？"

林迁西手里拿着罐已经开了口的，咧嘴笑："庆祝，我今天高兴，特别高兴。"说完就转头走了。

左衡莫名其妙，来这儿好几天也没见他一个笑脸，到这会儿才终于看他露出了笑容，什么事儿这么高兴啊？还以为拿了酒来是要一起喝的呢，也没有。他怎么觉得林迁西打来了之后，干什么都是自己一个人呢？

九月，新生报到的时节，北京城里还有暑气的后劲儿在逞威。

宗城一只手拎着行李箱，进了宿舍，对着床位上贴着的名条找到了自己的床，打开箱子，往床下面的桌柜上放东西。

他来得算早的，安顿好了顾阳就把来北京的行程计划都做妥当了。今天一早到学校，报到，熟悉环境，一切按部就班。

四人间的宿舍，过了一会儿才有别人进来，是一个高高壮壮的男生，拖着个箱子呼啦啦进了门，另一只胳膊下面还夹着统一发的床上用品，看见他就主动打招呼，一口的京片子："你也刚来啊？"

宗城看他一眼："嗯。"

男生看了眼他床位上的名条，又看他一眼："你就是宗城啊，我刚在报到处还听见俩妹子说你名字呢，敢情就睡我隔壁铺，咳，这运气。"

宗城顺带看了眼旁边床位贴的名条：刘大松。

刘大松到旁边整理自己的东西去了，一边忙一边闲聊："咱俩同系吧？医学生？"

"是。"宗城说。

刘大松点头："那敢情好，以后能一起上课了。唉，我后悔了，听说学医忒苦，苦就算了，分数还那么高，高就算了，还要学那么多年。你说早知道报个其他专业多好啊！哎，你为什么报这个啊？"

宗城拿着几本书往书桌上摆："早就计划好的。"从他妈在手术台上没能下来的那一刻起，他就决定了。

刘大松"哦"一声，忽然看到他书桌上放了根又破又旧的小木杆，看着像是小孩子玩儿的台球杆，顺手拿起来："什么破烂玩意儿这是……"

宗城一把夺了过去："别动。"

刘大松愣了愣："这你的啊？我还以为是以前谁留下的垃圾呢。"

宗城脸上没表情："我的。"

"对不住啊，"刘大松一看就是个实在人，尴尬地冲他笑，"我刚才真不知道，下回不碰了，你别介意啊！"

宗城淡淡地说："没事儿。"

刘大松有心缓和一下气氛，看他这么宝贝这东西，露着白牙问："不会是你女朋友送的吧，定情信物啊？"

宗城拿着那支小球杆，用纸包了一下，塞回行李箱里，什么也没说。

刘大松就当他是默认了，摇头说："得，原来有主了，刚报到就死了一拨漂亮姐姐的心。"

宗城的手机正好响了，没接他话，转头掏出手机，去窗户那儿接电话。

刘大松见状自己铺床去了。

"宗城,"电话里是姜皓的声音,"你现在怎么样啊?好久没你消息了,你走的时候也没通知咱们一声,就光听说你考了个巨牛的学校。"

宗城说:"挺好的,今天刚报到。"

"到北京了?"姜皓叹口气,"以后还能不能再见到你啊?林迁西也是,我现在打台球都没劲儿了。"

宗城想了一下:"能,以后有机会再见吧。"

"这你说的,那就这么说定了,以后要有机会去北京就去找你玩儿啊!"

"嗯。"

姜皓算是满意了,挂了电话。

宗城拿着手机,点开微信,里面有顾阳发来的消息,有季彩发来的消息,都在问他现在安顿好了没有。他一条条回复了,又滑到乖仔的微信,停顿一下,举着手机,对着宿舍的桌子拍了张照,又低下头。

刘大松费力地扯着床单,听见窗户那儿没声了,转头看了一眼,就看到宗城背靠着窗台,垂眼看着手机。明明瞧着特别冷的一个人,就连说话的语气都没什么起伏,这会儿眼神却专注得很,都称得上温柔,跟抢下那支小球杆时相比简直判若两人。

他有点儿诧异:"联系你对象呢?"

宗城手指一点,手机收了起来,又看了眼刘大松这个新室友。

不知道林迁西在上海有没有交到新朋友,这些日子以来有没有好一点儿,也不知道什么时候才能等到他出现。

林迁西又待在球室里。

外面新生报到,整个学校都热热闹闹的,特别喧嚣,只有他,提前报了名,现在依然在埋头练球。

每天早上到晚上,少的时候六个小时,多的时候十个小时。只有流汗和疲惫能让他有放松的时候,脑子里可以不用想别的,如果运气好,真的累狠了,回到宿舍还能睡个没有梦的觉。

"啪!"用力地一击,球精准地落了袋。林迁西站直,拿了桌边的水,仰头灌一口,又倒一把在手上,抹了抹脸。直到这时候,他才停了下来,允许自己休息一会儿。

外面还是吵,偶尔有几个人经过,会往球室里看。他避开那些目光,拎着水,随便挨着球桌腿在地上一坐，一只手掏出了手机。刚点出微信，看到一条未读消息，是秦一冬发来的。

——我报到去了，省内学校，离家不远。怎么样，比你跑那么远舒服多了吧？

林迁西笑了一下，挺好的。秦一冬现在总算平安无事地进了大学校门，这就是好的。还好，这回没有害了他。

林迁西笑着自言自语："恭喜了傻子，跟你的队友们庆祝去吧。"手指点着退出对话框，忽然看到朋友圈那儿有醒目的红点提示，随手点了过去，一眼看见灯塔头像。

一张配图，拍了宿舍里的床和桌子，状态里写了三个字：两个月。

林迁西愣了一下，宗城居然发了朋友圈，忽然就明白了他走的那天发的那句"反正我会让你看到我"。以前他从来不发朋友圈，这是第一条。真贴心，就为了给自己看他的生活状态。

林迁西心往下坠，沉沉的，手臂搭在膝盖上，垂着头，看着那三个字，好几秒，反应过来了，两个月是他们分开的时间。从小城分开到现在，已经两个月了。

林迁西抬起头，缓口气，才意识到这两个月是怎么过来的，除了练球，还是练球。他沉默了几秒，手指在手机上迅速滑了一下，翻到了左衡的电话，拨了过去。

"师弟，"左衡跟等着他电话似的，"怎么说，球练好了？"

林迁西说："试试吧。"

"试什么？"

"没什么，我说我要打比赛。"

"行，那我就给你报名了。"

"报。"林迁西又摸到球杆，"以后的比赛我都要打。"

不能再这样了，如果命运不能更改，他至少也要让宗城看见自己好好的。北京城和那个人都还在那儿，他得试一试，不管多久，都得试一试。

林迁西紧紧抓着球杆，低头，又看着手机。宗城已经带他走了很长一段路，后面这一程，得他自己走了。

卷十

往前走

直到穿入人海，
他们脚下依然踩着阳光。
往前走，
不必再看来时路。

第 125 章

"哎，听说了吗，那个'本校丁俊晖'？"

"什么东西？"

"喏，就那个大一的林迁西啊，进校才一年，一天到晚地打比赛，连过年过节都在打，全校都知道他了。"

"你说他啊，哪儿，我看看！我女朋友天天在我跟前说他多帅多帅，烦都烦死了……"

球室里，林迁西拿着张纸，坐在球桌上，听见说话声，抬头朝窗户外面看了一眼，两个拎着水壶打水的男生经过，瞥了一眼他这儿就过去了。

他又低下头，看着手里的纸，不自觉地晃一下腿，上面是他一个个战绩的累计，整整一个学年的战绩。

快一年了，上海又到了夏季，又湿又热，球室里的空调没开，就上方悬着个吊扇在吹。

他看着这上面一场一场的比赛记录，都有点儿恍惚，打的时候不觉得，现在才发现时间居然就这么过去了。

"林迁西!!!"突然一声中气十足的怒吼。

林迁西立马抬头，看到进门的是谁，赶紧从桌上跳下来。

"你又坐球桌！"马老爷子穿着一件短袖衬衫，怒气冲冲地进了门，"说你多少次了？球桌不能坐不能坐！你这痞子习惯什么时候能改改！"

林迁西立马接话："改改改，不坐了。"

"你快道歉！"

"对不起，老爷子。"

"我让你给球桌道歉！"

"……"林迁西只好无奈地转过头，对着球桌说，"对不起，老桌子。"

"你还皮！"马老爷子哼一声，背着手过来，指指他，"早知道就不该回来教你！"

林迁西冲他笑："别生气了老爷子。"

马老爷子是被学校返聘回来的，回来就做了他的专责教练，从第一学期教到现在，平时对他打球都还算满意，就是不满意他这些从小地方带出来的小毛病，动不动就要说他两嘴。

"谁跟你嬉皮笑脸，"老爷子骂他，"小赤佬！早跟你说了，后面这场比赛至关重要，你这像什么样子！"

林迁西拿了球杆："好了老爷子，别念紧箍咒了，练球吧。"

"我没说你，你还教训起我来了。"马老爷子问他，"昨天练了几个小时？"

"十个。"

"疯了你！"马老爷子又瞪眼，"跟你说多少回了，练球勤奋也要适度，我看你现在是跟球谈恋爱了！"

林迁西勾着嘴角笑笑："嗯啊，只能跟球谈恋爱啊，还能怎么着？"现在也就球能让他充实了。

"林迁西。"门口多出来一个人，刚过来，看着里面，又跟马老爷子打招呼，"马教练，我来了。"

马老爷子点头，收敛了脾气："进来吧。"

来的是罗柯，穿着雪白的衬衫，背着台球杆包，一身气质，一进来就冲林迁西递了个眼色，瞅瞅马老爷子，意思是：又被骂了？

林迁西点一下头。

罗柯笑着放下球杆包，推一下鼻梁上的眼镜："我来跟你商量后面这场比赛。"

林迁西摆着球说："行。"

罗柯也在这所大学，同样是凭借当初的四强之一特招进来的，不过不在这个校区。

林迁西填报志愿的时候填的是服从调剂，结果来了居然进了英语系。罗柯在经贸管理系，上课在分校区，跟他隔了至少三个城区，每次坐地铁来都得两小时。当初报到一个月后，罗柯来俱乐部里训练，一进门看到一个又瘦又高的身影站在球桌旁，才发现林迁西也在。

俱乐部里目前就招了他们两个新人，老将们很多走职业了，回来练球的机会不多，他俩自然而然地成了同校队友，一有比赛就会碰在一起。

林迁西平常练球从不穿正装，今天也是，身上穿了件宽松的纯黑短袖，衬得脸和脖子都白花花的，随便塞了一角在裤腰里，整个人修长挺拔，抓着球杆的手臂绷着线条，瘦削但有力。

"你俩好好商量，赛事的安排等左衡来通知。"马老爷子一般只指导技术，平常很多时候都让他们自己交流，正背着手出门，临走又瞪林迁西一眼，"适度！"

林迁西小声"啧"一声。

等老爷子走了，罗柯的视线才从林迁西身上转开一下，开口说："我是想问你对这次比赛的想法，你也知道，这回大奖赛很重要，所以我想问你，里面的二对二你想冲一下吗？"

林迁西看他一眼："你想打？"

罗柯点头："除了个人积分，能多一个保障也好。"

林迁西摇头："你可以找你以前的老搭档，找我还是算了。"

"你说邓康？"罗柯叹气，"你还不知道吗？他早就不打球了，他太冲动了，当初高中那场比赛被罚后就很少打球了，现在已经看不到人了。"

当初如果不是邓康跑去告诉顾志强，可能也就没后面这些事情。但是林迁西再听到这个名字，已经没什么感觉了："哦。"

罗柯看看他："真不打吗？"

"不打，我觉得你靠个人积分也没问题，没必要跟我一起打。"林迁西摆好了球，没打，先放下球杆，去旁边拿了瓶水，从裤兜里掏出只小塑料瓶，拧开倒了一粒塞嘴里，嚼着咽了下去。

罗柯问："你吃什么药？"

"维生素 C。"林迁西给他看一下瓶子，确实是维生素 C。

"我说呢，你体能消耗太大，是要注意补充营养。"

林迁西随意笑笑，又喝两口水，重新抓了球杆，就准备继续练球。

罗柯挡一下："歇会儿吧，你每天练得太久了。不过说真的，你对这次比赛有信心吗？我听马教练的意思，如果进不了，走职业道路会有影响，所以又号称职业门槛赛，跨过去了，以后能走上更高、更专业的台球赛场，肯定跟现在是没法比的，但是跨不过去，估计后面就很难了。"

林迁西把球杆放了下来："不知道。"

罗柯愣一下："你居然会说不知道？我还以为你会说肯定呢！你以前每一次劲头都那么足，而且这两个学期你一直打比赛，不是应该很有信心吗？"

林迁西站了一会儿，干脆不打了，说："你练吧，我回一下宿舍。"

罗柯看着他走了，推了下眼镜，拧了下眉，他要不是已经走了，罗柯差点儿要再追问一句别的。自从大学再见，林迁西就总是一个人，不知道他身上出了什么事儿，反正再也没看到那个人出现在他身边了。

林迁西在宿舍楼底下的树荫里坐着，拿着手机在刷朋友圈。

宗城最新的一条朋友圈是昨天发的，就一句话——

准备考试，暑假快到了。

他这个人，就连朋友圈都发得非常简单，但有条理，一条一条的，看着就像也跟着一起经历了他这一个学年的生活。

上课、下课、考试、做实验、做课题……

林迁西到现在也只跟他通过两次话。一次是在他生日那天，林迁西主动拨了电话过去，跟他说了一声："生日快乐啊，城爷！"

宗城在那头声音很低很沉地回道："嗯，快乐。"

林迁西顿时什么都说不出来了，隔着电流只剩彼此的呼吸，谁都不平静。

后来宗城先说："挂了吧，听到你的祝福就行了，很快乐。"

那晚林迁西做了一晚的梦，一直背着他奔跑，生怕他就这么没了，醒了后不停地翻看他的朋友圈才缓过来。

还有一次是寒假，林迁西的生日，不仅连着过年，还恰好连着情人节。宗城给他打电话，祝他生日快乐。

林迁西当时刚比完一场赛，拿了奖，突然非常想看宗城一眼，跑进赛场的洗手间，已经要按视频，又看到镜子里自己瘦削的脸，犹豫了一下，没按下去，不想让宗城看到自己的样子，最后语气放得特别轻松地说一句："节日快乐。"

宗城很久没说话，一呼一吸在听筒里听着特别清晰，就像以前在自己耳边呼吸那样，很沉。

林迁西喉咙发紧，抓手机的手都紧了，直到他回："节日快乐。"

以前从来不知道，分隔两地了，会连简单地说一句问候的话都很艰难，说少了心有不甘，说多了又怕按捺不住。也许他早就料到了，所以才会用朋友圈来记录，文字比起声音和视频，至少会让人平静很多。林迁西从那之后就开始吃维生素 C，是不想让自己看起来太消沉。

他刷完了宗城的朋友圈，习惯性地点开杨锐的微信，没有消息，又翻到通话那儿，路峰也没给他来电。这么久了，还没有抓到三炮的消息。

林迁西皱一下眉，点开宗城的微信，想跟他说说话，又不知道该怎么说，手指打了"城爷"两个字，在对话框里迟迟没有发出去。

刚才罗柯问他比赛有信心吗，以前他肯定有，现在一场场比赛打下来，打了快一年，终于到了决定未来的关键一场，他居然不确定了。

他还能爬得更高吗？爬得更高了就能有改变吗？

面前经过两个一起回宿舍的男生，一胖一瘦，手里都拿着英语资料，走前面的胖哥跟他打招呼："林迁西，期末考试都结束了，这个暑假你又不回家啊，还要打比赛？"

林迁西一下回过神，手指不自觉地动了一下："嗯。"也想不起来这俩人叫什么名字，反正是同班的，上课总是见到。

胖哥瘦子两个随便跟他打了声招呼就回了宿舍。

林迁西低头，一愣，刚才打的"城爷"居然已经发出去了，赶紧点了撤回。

"靠……"他吐出口气，看对话框里没反应才放心。不就是为了让他不担心才要拼命打比赛的吗，干吗还要惹他担心？林迁西摸一下脸，悄悄跟自己说话："没事儿的西哥，再撑一撑……"

宗城翻着书。

图书馆里的人都走得差不多了，他还坐在一层的自习室里没走，手边是准备考试的书，还夹杂了几张打印出来的纸。他的课一直很多，马上又要考试，就更没什么空余时间，但即使这样，他也还是随时听着手机的动静。

裤兜里的手机似乎振了一下，宗城刚要伸手去摸，旁边经过一个人，停下来看他。

"你都学到这儿了？"

他看了一眼："吕老师。"

吕老师大名吕归帆，戴黑框眼镜，国字脸，人看着特别刚正，平时都在医院忙，很少出现在这儿，今天也巧了。他坐下翻了翻宗城的书，有好几本从图书馆里借来的专业书，很诧异："两年半的医学预科还没念完，你才一年，都开始看这些了？"

宗城说："能学快点儿就快点儿。"

吕归帆看看他，又翻到他那几张打印出来的纸："这是干什么，暑假不回去，要在北京找工作？"那几张纸上是暑期打工信息的汇总。

"嗯，不打算回去。"宗城寒假也就过年回去了几天，是为了陪顾阳。他总觉得也许在假日里的某一天，就会出现那个人的身影。

吕归帆又看他两眼："这样吧，我科室里有点儿活儿，你暑假要是没事儿就去我那儿帮帮忙，做点儿能做的，算勤工俭学了。"

宗城想了一下就点了头："行。"以前没有过这样的先例，他知道吕归帆已经在给他机会提前学习了，没理由不答应。

"说定了，那考完试你去医院找我。"吕归帆站起来走了。

宗城看他走了，掏出手机，打开微信看了一眼，乖仔的对话框里有一条撤回信息。不知道他发了什么，又为什么撤回了。宗城想都没想就打字发过去。

——怎么了？

没有回复，宗城又退出来看来电，左衡至今也没有给过他一通电话或消息。也好，至少证明林迁西没出什么事儿。宗城又点开微信看了一眼，还是没回复，又打一句。

——林迁西，你到底怎么了？

"嘟"的一声振了，他立即低头，不是林迁西的，是刘大松发来的，问他要不要回宿舍。

宗城合上书，回了句"不回"，拿着手机起身去了外面，在僻静的走廊拐角站下来，一直看着手机。

等了好几分钟，他忍不住，还是按了语音："林迁西，怎么了，说话！"

林迁西在宿舍里的卫生间洗了把脸，擦干净出来，刚准备回球室去继续练球，就看到床上的手机亮着，拿了过来。

他住的这间宿舍一直没别人搬进来，就他一个，所以没人提醒，手机开着振动，刚才也没听见。他点进去，翻了翻，全是宗城发来的信息。

——怎么了？

——林迁西，你到底怎么了？

点开语音："林迁西，怎么了，说话！"

林迁西又听到他的声音，最后两个字简直是低吼出来的，心口感觉被撞了一下，马上从裤兜里找出那张自己打比赛的战绩表，几下展开，拍了一张照片，给他发了过去。

——没什么，给你报喜。

对话框上显示"对方正在输入"，过一会儿没了，然后又显示"对方正在输入"，他的话终于弹出来。

——你想吓死我吗？

林迁西像被这一句质问击到了心尖，一把按住心口，在床边一靠："靠……"想抽自己，没事儿找事儿，干吗惹他这样？

"师弟！"外面左衡在叫他。

林迁西回神，站直，清一下嗓子，走过去拉开门："干吗？"

左衡站在宿舍门口，正准备敲门，收回手说："来通知你比赛安排的，准备一下，大奖赛的赛场在北京。"

林迁西一愣："哪儿？"

左衡眼神很微妙："北京。"

林迁西半天没作声，已经蒙了。北京，毫无预兆，将近一年的拼搏，最后指的方向，依然是北京。

第 126 章

北京这两天刚好赶上大暴雨。

宗城从医院老楼的过道里出来，经过导医台，把学生证递给那儿的值班护士："麻烦跟吕老师说一声，我考完试了，来报到的，他今天不在，我明天再过来。"

护士看了下学生证，还给他，笑着说："行，我帮你说。你们不是还没到见习的时候吗，怎么你才大一就来医院了？"

"不是见习，"宗城说，"是吕老师照顾我而已。"

吕归帆大概是不希望他出去做暑期工妨碍到学习，给他提供一个地方待着罢了，医院的见习都有相关规定，不可能为他一个人逾制。

"那难怪，吕医生是这样的，他人可好了，经常照顾学生的。"

宗城点一下头，出了医院大门。

护士在身后跟同事嘀咕："这帅哥可真冷……"

暴雨还在下，宗城在老式的廊檐下站了一下，打算等这阵雨过去，一边掏出手机，拨了顾阳的号码。才响一声，电话就通了："哥！"

宗城问："考试怎么样？"

顾阳今年参加中考，语气倒是给人感觉特别轻快："我觉得挺好的。哥，你暑假是不是又不回来啊？"

"嗯，"宗城给了他个理由，"要在医院学习几天。"

"那好吧。"顾阳说，"也没事儿，彩姐刚好要去北京出差一周，我到时候跟着去找你玩儿两天吧。"

宗城还没说话，他就抢话说："就这么说定啦，挂了，你忙去吧！"

拿他没办法。宗城确实也很久没见他了，说不想见是假的，嘴角牵了一下。

宗城拿着手机，点开微信，把林迁西发给他的那张照片又看了一遍。一场一场的赛事记录，拿的奖项和名次，林迁西的名字都在前面，不知道他的下一场比赛是什么，大概规格会更高。

那天真的是被吓到了，还以为他有什么事儿，但看到这个又好受了，至少证明林迁西真的还在努力往上爬。

宗城退出图片，又看着微信背景里那张两个人的合照，用手指摸一下。这么久以来，他已经不知道看过多少回。

这阵雨刚好停了，宗城收起手机，离开院区。

快到地铁口的时候，刘大松从马路对面踩着斑马线一路小跑过来，人高马大的，一直冲到他跟前："就等你呢，宿舍聚餐，三缺一了！你可真成，暑假不自己去爽一爽，还被拎去医院看书，这都什么命哪！"

宗城问："去哪儿聚？"

刘大松掏手机："高泽定的地儿，他跟温涛聚完就得回家了。我瞅瞅远不远，要不远咱俩就搭个蹦蹦儿去。"

宗城往地铁口里走："坐地铁吧，路上到处都堵。"

"嘻，也是。"刘大松跟着他钻进地铁口。

出租车开在路上，远处是标志性的"大裤衩"。

林迁西看着车窗外被暴雨刚刚洗刷过一遍的京城，到现在都觉得不可思议，他居然真到北京了。

"林迁西。"坐在旁边的罗柯小声提醒他，手指指前面。

林迁西转头，副驾驶座上的左衡正兴味盎然地盯着他。左衡的眼睛本来就生得细长，这会儿眯得更细了。

他挑眉问："干吗？"

"等你听我说话啊！"左衡拿着张纸摆两下手，"马老爷子没来，我带着你俩，我担着责任呢，你专心听我说行吗？"

"行。"林迁西点头，"你说。"

左衡回头，接着之前的话往下说："为什么说这次比赛是职业门槛呢？我们说的职业，可不只是靠打球吃饭，而是要走上水平更高的赛场，一直走到世界职业锦标赛，代表国家赢得荣誉。明白为什么学校愿意花大力气栽培你们了吧？这次的大奖赛是个开端，一旦你们打开了局面，就是完全不一样的人生了……"

林迁西两条腿往前伸了伸，靠在椅背上默默地听。完全不一样的人生……

"还有个事儿，这次比赛之后，如果成绩优异的话，学校考虑到后续大赛的需要，估计会让你俩常驻北京训练，可能到时候你们也就考试修学分要回一下本校，所以肯定会很忙。"

"这么重视？"罗柯嘀咕一句，扶了扶眼镜，转头看林迁西。

他忽然一下坐直了："啊？"

"激动什么啊？"左衡说，"首都是精英汇聚的地方，有训练场地很正常，以前我好几个师兄师姐也在这儿训练过，后来还出国打比赛了。"

"……"林迁西摸了下嘴，眼睛晃了晃，又看向窗外。居然会有这样的机会！

"快到地方了，晚上聚餐，我请客，你们自己有安排没有？"左衡回头，又饶有趣味地看林迁西，"师弟，有安排吗，要自己出去转转吗？"

罗柯说："林迁西在北京应该没亲戚朋友吧，一个人上哪儿转？"

林迁西盯着车窗外面，好一会儿，嘴角往上一扯："没安排。"现在这样怎么能去见他？要是知道他是哪个学校的就好了，还能悄悄去看一眼。他那样的牛人，到底是北大，还是清华？

"真没有？"左衡说，"那行，放了东西就去聚餐了啊。"

后面一直没再下雨了。天黑了，吃饭的地儿灯火通明。

宗城从柜台那儿拿了一扎啤酒，一手拎着，矮着头进了里面的小包间，在桌上一放，拆开了，拿一罐放在刘大松跟前，又拿两罐，递给对面坐着的另外两个室友——高泽和温涛。

刘大松滑着手机，给他看："哎，给我瞅瞅，我想选个新耳机。"

宗城看了一眼："预算多少？"

"不到两千。"

宗城指了一个："这个吧，性价比最高。"

刘大松举高手机："上面那个三千的怎么样？要不然我咬咬牙买一个？"

"没必要，华而不实。"宗城坐下来。

高泽的圆脸从对面探过来："我帮你选啊！"

"得了吧，你可没那水准。"刘大松朝宗城努努嘴，"我早看出来了，咱城哥绝对贵族出身，以前肯定用过很多好东西，找他准没错。"

宗城说："别吹我了，我是去医院做暑期工的人。"

高泽在对面摆弄一盆明火炖着的羊蝎子，问宗城："你又不回去啊？我就知道大松说你有对象是胡扯的。可就算没对象也该有亲朋好友吧，都不赶紧趁着暑假回去见见？你怎么弄得比孤家寡人还惨啊！"

温涛接话："就是，整整一年都看你又孤又寡。"

刘大松刚喝一口啤酒，咽下去就说："嗯？被你们这么一说，我也觉着了。"

宗城顺着他们的话问："觉着什么？"

"别的不提，就大松说的，你以前联系过的那个人，到底存不存在啊？"温涛笑着说，"人呢？西伯利亚，马里亚纳海沟？"

"上海。"

刘大松一口酒差点儿喷出来："上海？这不就在国内吗，怎么这么久都不见一面啊？"

宗城用手指转着啤酒罐，垂着眼："他现在有道坎儿，要自己迈过去，不想让我帮他扛。"

三个人顿时跟听见了奇闻似的，同时挨过来。

温涛："有故事？"

高泽："讲讲。"

刘大松很来劲儿："我以为能待在你这种爷身边的一定是个软萌的呢，合着还是个硬气的？"

宗城看他一眼："跟你们想的不一样。"

"怎么不一样，长得不好看？"

宗城淡淡地说："巨好看。"

林迁西一脚踩了个空，差点儿向前面冲着摔一跤，一把扶住路上的路灯杆："我靠，这儿怎么不平啊！"

左衡在前面的店门口叫他："到了，我先进去点菜。"

罗柯伸手来扶他："没事儿吧？"

"没事儿。"林迁西没让扶，活动一下右脚踝，也不知道是水土不服还是暴雨的原因，旧伤有点儿疼，不过不严重，提都没提，跟着进了店里。

左衡坐在靠窗位置，已经点了俩冷盘在桌上了，拿着菜单在看："听说是特色店，本来还怕来晚了，结果这个点儿也不错，没什么人。"

林迁西在他对面坐下来，朝店里面看了一眼，就两个包间亮着灯，外面包括他们也就坐了三四桌，很清静。

罗柯坐在左衡旁边，和林迁西面对面，拿着餐巾纸擦了一下桌子，看他："好像这么久了还是第一回跟你一起吃饭，你有什么忌口的吗？"

林迁西笑道："我是那么娇贵的人吗？"

左衡不禁瞥一眼罗柯："你还挺细心啊！"

罗柯说："怕有过敏什么的，妨碍比赛。"

"也对。"左衡把菜单递给经过的服务员。

林迁西一手一根筷子抓着玩儿，眼睛往外面看，隔着窗户玻璃，忽然看到斜对面的一家小店，黑黢黢的门廊，挑出来的灯牌上写着"文身、刺青"，思绪晃了一下，想起了以前跟宗城的那个约定。

高考前说好了一起来北京上大学就一起去文字母的，最后就这么食言了。现在已经跟他呼吸着同一座城市的空气了，虽然晚了一年，也不知道他在城市的哪个角落。

菜一样样上了桌，林迁西眼睛转回来，对面罗柯正在看他，对上他的目光，笑着说："我怎么觉得来了北京后，你就老是心不在焉的？"

"没有。"林迁西说，"想比赛呢。"

"你肯定没问题的。"罗柯把刚上的菜往他跟前推了推，"不过得多吃点儿。"

"干吗？"林迁西抓着筷子指指自己鼻子，"我现在状态不好？"

罗柯说："挺好的，依然帅。"

左衡叼着根吸管在喝可乐，上下看看他："还是瘦，不过比刚进校那会儿好多了，那会儿瘦得都要脱相了。"

"那就行。"林迁西夹了块肉塞嘴里，心想状态好就行。

店里一直放着歌，饭吃得差不多的时候，已经放了十几首。

赛前不打算饮酒，林迁西喝完最后一口可乐，忽然听见一阵熟悉的旋律，可乐罐挨着嘴唇，停顿了一下。

是那首老歌，《暗里着迷》。一瞬间，高中的记忆仿佛回来了，在那家 KTV 昏暗的包房里，他被宗城按住的那个瞬间也扑到了眼前。他喉结滚动一下，放下可乐，站起来说："我去一下厕所。"

左衡给他指了一下方向，在柜台后面，上面有指示牌："那儿，快点儿啊，准备走了。"

林迁西走过去，转过柜台，也没去厕所，在那儿站了一下，回头在柜台上拿了个纸杯，递给守柜台的服务员："有白开水吗？"

"有。"服务员麻利地拎着电水壶给他倒了一纸杯。

林迁西又问："歌能不能切了？"

"不好听吗？"服务员笑笑，"那我给您换了。"

歌切掉了，林迁西端着白开水喝了一口。旁边早就站着一个圆脸男生，在催服务员："快点儿啊，再来一扎啤酒，我舍友们都等着呢！"

"来了。"服务员刚要转头给他拿，店门外头两三个人拉拉扯扯地经过，一个栽进门，一身酒气，连着另外两个，扒拉住柜台。

"哎，别在这儿吐啊，做生意呢！"服务员立马赶人。

"怎么说话的！"对方站起来就骂骂咧咧的，舌头都硬了。

"哎，酒！"圆脸男生被夹在中间，刚开口，就被那酒鬼推了一下，往旁边一冲，不小心撞到林迁西身上，顿时他手上纸杯一抖，白开水泼了大半杯，得亏他让得快，不然就得泼他身上。

"靠！"林迁西抬头，也没看那男生，就盯着那几个酒鬼，纸杯一放，顺手抓了柜台上一只酒瓶，冷下脸，"滚！"

三个穿得挺体面的男人，可能是没见过这种唬人的架势，一个拽一个，二话不说就跌撞着出了门。

林迁西放下酒瓶，甩一下手，回到饭桌。

罗柯意外地看着他："你怎么了，忽然这么大反应？"

林迁西坐下来："我这人最讨厌打架闹事儿的。"

左衡感到好笑："不就几个喝醉的，你当这是哪儿啊，哪来那么多打架闹事儿的？"

林迁西反应过来了，咧起嘴角："对，我给忘了，这是北京，太平着呢！"再不是那个混乱的小城了。

宗城坐在包间里，抓着啤酒，忽然听到一阵熟悉的旋律，立即转头朝外面看了一眼。

"怎么了？"刘大松问。

但是没几句，歌就被切了。他收回目光："没什么。"

包间门被推开，高泽走进来，抱着一扎啤酒："哎，我刚见一哥们儿，好帅啊，就拿了一下酒瓶，唬走仨酒鬼，拯救我于魔爪之中。"

刘大松说："谁啊，那你不得谢人家？"

高泽一听，放下酒："说得对，我连人样子都没看清，去看看人走了没。"说着又转头出去了。

林迁西已经站在门口准备走了。

左衡在柜台那儿结了账出来，对他说："让你乱发飙，你看，还有人要来谢你了。"

林迁西朝里面看一眼，刚才那个圆脸男生正要过来，在朝他这儿看，不过那男生站的地方灯光暗，看不清长相。

"我问了，是几个医学生。"左衡说。

林迁西说："当医生好啊，救死扶伤，保护医生，人人有责。"

罗柯笑笑："没错，咱们做选手的，动不动就有伤有病的，就离不开医生。那你要去认识一下吗？"

"认识什么啊。"林迁西朝那男生摆一下手就要走，一边玩笑似的喊了句，"不谢！上海的选手向北京的医学生问好，感谢你们将来对我们的付出！"

"我真好奇，你那对象到底什么样啊？"刘大松在包间里推推宗城，"说说吧。"

宗城一直没开口，忽然听见外面传来一句喊话："上海的选手向北京的医学生问好，感谢你们将来对我们的付出！"他猛然掀眼，站起来就跑了出去。

高泽回头时差点儿跟他撞上："宗城？"

一直跑到店门外面，出去好一段，宗城才停住，明明没跑多远，胸口已经一阵阵起伏。路上空无一人，没有那道身影。

刚才那声音明明是他，难道听错了？

第 127 章

聚餐之后的第四天，就是比赛开始的日子。

上午九点，林迁西身着正装，背着自己的球杆包走进赛场。今天是第一场比赛，只有个人积分排名打上去了，才能成功晋级到下一轮，他来得不早不晚。

灯光照着赛场，周围闪光灯闪个不停。林迁西转头看了一眼，发现场边有很多媒体，个个扛着长枪短炮，还有几个对着赛场的黑乎乎的摄像机，想了一下，这阵仗是什么意思，难道比赛会在电视上播吗？也没听左衡说啊！

北京的暴雨彻底停了，但是脚踝还是不太舒服，好像比刚来的时候还严重了点儿。他回过头，放下球杆包，先转了两下右脚脖子，才在选手席上坐下。

罗柯走了过来，拉一下身上的西装马甲，在他旁边坐下来，问："紧张吗？"

林迁西扯起嘴角，右手搭在左手上，有一搭没一搭地按着手指和手背："说不紧张你信吗？"

"我也紧张。"罗柯看了看他的手，"怎么了，你手疼吗？对了，我记得那天聚餐回来你就这样了。"

那天聚完餐，从那家店里出去，林迁西走得特别快，说是有事儿，让罗柯跟左衡先走，后来回去后就老盖着这只手，当时还没注意。

林迁西笑笑："没什么，就去弄了个小玩意儿。"

"什么小玩意儿啊？"

"真没什么。"

罗柯看他不想说就不问了，看了眼周围，所有人都在忙着，似乎没人注意到提早入场的他们，指了下上面的电子屏："对了，看到那个了吗？赛事宣传说这次大奖赛的最终排名还决定了有没有资格进下一届英锦赛，难怪左师兄说得那么郑重。"

林迁西在旁边按着手指，抬头看了一眼，就一眼，眼神顿住。

电子屏上关于英锦赛的宣传切换着画面，刚好定格在一幅灯塔的照片上，字幕打着英国泽西岛。

这个灯塔他见过无数次，虽然角度不一样，却直到今天才知道它来自哪儿。或许宗城以前家里条件好的时候曾经去过那儿，所以他的微信一直用这个灯塔做头像。

"林迁西？"罗柯一只手在他眼前挥了挥。

林迁西回了神："干吗？"

罗柯轻轻笑了笑："比赛之前，想给你看个东西。"

林迁西看着电子屏问："看什么？"

罗柯伸手在西装马甲的口袋里掏出张纸，展开："还记得这个吗？"

林迁西眼睛看了过来，那是张从杂志上剪下来的内页照片，拍的不是别人，就是他跟罗柯，拿着球杆，穿着正装，背对背站在一起的一个合影。他想起来了："这是我们以前一起拍的那个杂志？"

"对，你还记得。"罗柯摸着那杂志照片，看着他，镜片后的眼神微微闪了闪，"其实这个我早就想送给你了，不过以前没有机会，现在一场场比赛打下来，才终于觉得可以拿到你面前来了。"

林迁西看看他："忽然送这个干什么？"

罗柯说："我看你来北京后老是走神，很担心，就怕你没法好好比赛，你大学这一年也老是独来独往。林迁西，你不是一个人，如果可以，我希望能给你点儿支撑。"

林迁西耳朵听着，眼睛已经又去看电子屏了，循环播放的赛事宣传，隔了几十秒又闪现出那个灯塔。他忽然说："你以为我身边没人支撑了吗？"

罗柯一愣："难道不是吗？"

林迁西右手一直在左手上轻轻地按："不是，有人，那人还在，你也知道是谁。"

"宗……"罗柯顿一下，"那他人去哪儿了？"

"在这儿，就在北京。"

罗柯彻底蒙了："他在北京？你们……"

林迁西笑一下："怎么说呢，高考完发生了点儿事儿……我以前拼命努力，总觉得自己已经挺牛的了，又是高中台球的全国冠军，又是班级前十五，结果那会儿才发现什么也没改变，还可能会拖累他，拖累身边人，所以我先跑了。"

罗柯错愕地看着他，下意识地问："然后呢？"

"然后你不是看到了吗？我这一年都在拼命打比赛。"他又看见上面那个灯塔画面，忽然喉咙哽了一下，"靠，你知道我这人的，我他妈果然还是不死心，我还是想爬高点儿，再高点儿，可能哪天就能放心地去见他了……"

没有宗城本人，只有这个灯塔头像陪伴了他一年，真的就像茫茫大海里的灯塔，一直提醒着他，在给他指着方向，不然他可能真的就迷航了。他没死心，还在想着靠岸，希望岸上有城爷。

"所以我怎么会不好好比赛啊？你知道我那天听到以后有机会能常驻北京训练的时候在想什么吗？我在想，我这回一定要更用力地往上爬。"

罗柯捏着那张纸，已经说不出话来。

林迁西别过脸，手指迅速挤了下眼角，转过头，又笑，指了指自己鼻尖："跟你说句实话吧，其实我身边没几个人待得住，也就他是个例外。"

罗柯用手指推了推眼镜，才轻声说："那我明白你的意思了。"

左衡从场外过来了。林迁西站起来，像是什么都没说过一样："准备比赛吧，好好打。"

赛场里转换了音乐，开始催促选手准备，比赛就要开始了。

傍晚五点，宗城脱下护工服，放进柜子，一手摘下戴着的口罩，离开医院，经过导医台时，跟值班护士点了一下头。

"今天忙什么了？"才这么几天，护士小姐姐已经认识他了，笑着问他话。

宗城说："现在什么都不能干，自己看书。"

"那不挺好的嘛，就当提前熟悉环境吧。"

"嗯。"宗城走出院区，一手拿出手机，打开微信，顾阳已经到北京了，刚刚发来了定位。

他看看路上，这个点儿正当晚高峰，堵得水泄不通，打车行不通，还是搭地铁快。

还好不远，地铁过去一个小时，在北京算近的。宗城下了地铁，按着定位进了一个小区，找到楼，爬了两层，敲响了门。

门一下拉开，顾阳的脸探出来："哥！才来，饭都做好了！"

宗城进门，脚边蹿过来一只雪白的狗，前爪搭着他小腿"汪"了两声，他问："你怎么把汤姆也带来了？"

季彩穿着运动短袖、长裤，嘴唇抹得鲜红，拿着几双筷子从厨房里出来，笑着说："你不知道啊？我今年加薪，刚买了新车，带顾阳一路自驾来的，带只狗算什么？"

宗城说："是吗？恭喜。"

"喊，冷漠！"季彩说，"这屋子是我北京的工作处安排的，刚好不是酒店，不然我还不一定能带你的狗来。"

顾阳抱着汤姆挪开，冲宗城挤挤眼："彩姐现在交男朋友了。"

宗城看一眼季彩，又说："恭喜。"

"你俩怎么还说我闲话呢！"季彩过来，拍一下宗城的肩，"恭喜你自己吧，终于逃出我魔掌了？"

宗城提了下嘴角，知道她是开玩笑，其实她早就放下了。

菜都放上桌了，碗筷也都放好了。

"这西红柿鸡蛋我做的。"顾阳坐下来就展示，"我现在做饭可厉害了。"

宗城说："那你们吃吧，我光听着就不放心。"

"哥，你又打击我！"顾阳抱怨，"还是西……"话顿住了。

宗城看他一眼，知道他是想跟以前一样说"还是西哥好"，这个口头禅说习惯了，过了一年也没改掉。

季彩插了句话："城儿，医院怎么样，到底哪个医生对你这么好啊？"

"一位叫吕归帆的医生，我们学校的老师。"宗城说完进了厨房，自己洗了个玻璃杯，倒了杯水，端着喝了两口，一只手伸进裤兜，摸了下手机。

那天听到那句喊话后，宗城甚至当场就想发消息问林迁西他是不是来北京了。始终觉得自己没有听错，那个声音就是他，连带那语调里的一丝痞气都是他专属的。

"哥，"顾阳跟了进来，"我想跟你说个事儿。"

宗城放下杯子："什么？"

顾阳小声说："我上次去给妈扫墓，看到了爸。"

宗城问："他怎么？"

"他现在就像变了个样子，穿得也很普通，我离开墓园的时候碰到他的，他没看到我。后来听别人说，他现在就在那附近找了个事儿做，经常去看妈，每次去都会跟妈一个劲儿地道歉，说半天才走。"顾阳看看他，"可能你被捅那次，真的吓到他了吧。"

宗城口气很淡："如果我挨一刀能让他做个正常人，也算值吧。"

"别提了。"顾阳伸手抱了一下他胳膊，"哥，我就希望你以后再也别经历以前那些糟心事儿，真的，以后一直都好好的。"

宗城按了一下他的头，没说什么。

顾阳又看了看他，似乎还想说些别的，最后却没开口。

"出来吃饭啊！"季彩在外面叫他们。

宗城手在顾阳肩上搭着拨一下，推他出去。

季彩坐在饭桌上，拿着手机在翻："城儿，你们这老师我搜到了，真厉害，著名外科专家啊！"

顾阳凑过去看："我看看。"

"喏。"季彩给他看。

"这么厉害！"顾阳也感叹。

"也不看看那是什么学校里的老师，能不厉害吗？以后你哥也会履历一大堆，让人喊厉害。"季彩笑着说。

宗城坐下来："顾阳打算待几天？"

顾阳听到问话才不看手机了，拿起筷子："你忙吧哥，不用管我，我就来看看你，活动自己安排。"

"那你就自己安排，"宗城说，"也不小了。"

"唉，还是无情……"顾阳嘀咕道。

一顿饭吃完已经晚上九点多。宗城帮着季彩收拾了一下碗筷，送进厨房，没打算待太久，已经准备要走了。

还没开口，季彩在水池边轻声问："还在等他？"

宗城点一下头。

"他要是一直不来，你就一直等下去？"

"总会来的。"

季彩笑笑："我们城儿这么冷的人，怎么这种事儿上这么痴呢？"

宗城没说话。

"哥！"顾阳忽然叫他，"快来！"

宗城转头，走回客厅："怎么了？"

顾阳开了电视，站在那儿指着屏幕："那不是西哥吗？有他的比赛啊！"

宗城几步走过去，一眼看到电视画面里的人。林迁西穿着西装马甲、修身的西装长裤，又瘦又高，站在球桌边，手里握着球杆，留给镜头一个白净瘦削的侧脸。

季彩也跟了出来，吃惊道："真的是西哥，他居然打上电视了！"

宗城眼睛盯着屏幕，朝顾阳伸手："遥控器给我。"

顾阳连忙把遥控器递给他。

宗城把声音调高，在沙发上坐下来，眼睛始终没离开过屏幕。林迁西在他视线里俯身，压住了球杆，一击而出。

解说的声音清晰地传出来："注意这一球，下低杆右旋转，母球控制平稳，进了！"裁判用英文报出分数。

林迁西站直，在杆头上擦巧粉，然后又俯身。

"这一杆的不确定性很强，球在对手夹击中，稍有不慎就可能会中招儿，我们可以注意到他的犹豫，猜一下他大概什么时候会出手……出手了！漂亮，又进了！"裁判再次报出分数。

宗城看着电视里的画面，突然觉得好不真实，但那真的是林迁西，他就这样出现在眼前。

林迁西去旁边拿了块布，擦了两下球杆上的手汗。

宗城看到灯光下他低头看杆的眉眼，额头上有一层晶莹的汗，轻轻抿住唇。他怎么这么瘦了？

"他出杆太精彩了，可以预料到，如果这一场晋级成功，我们的台球赛场上将会出现一颗新星。"

林迁西回到了球桌旁，俯身，压杆，瞄准母球。

"注意看母球，这颗黑球有难度，如果他要继续攻击的话，最好是用高架杆，因为对手排名第七，实力不容小觑，早就给他做好了包围。"

林迁西迟迟没有出手。

"他没有用高架杆，还在看角度，可能是在思索进球路径，会思考的选手是很可怕的，因为你能看到他的技术，却看不到他的想法……"

"啪！"林迁西忽然送杆。

"正中袋心！"解说的语调不可遏制地激昂起来，"他好像除了进球就没有其他目标了，实在太拼了！"

林迁西拿着巧粉擦了杆，走到左边底袋边，停顿一下，又换了个角度，走开两步。

"西哥的脚不舒服吗？"顾阳忽然低低地说，"他活动两回右脚了。"

宗城没接话，紧紧盯着林迁西。他始终没有看过镜头方向，眼里只有球桌，很快又俯身，"啪"一声送杆。

"中袋！"解说的声音再度响起，"又是成功的一击，他找准了空隙！我们看完了刚才几局，很明显，他现在已经到了这场比赛的赛点，虽然对手排名第七，但是到了这个节点，已经没法阻止他了！"

镜头切到对手席，一个年轻的男选手，表情已然凝重。

"尽管过程非常艰难，但他仍然一点点化解，打开了局面，终于到了这个节点……等等，他的目标是要挑战一杆满分吗？"

宗城不自觉地看向球桌，心一点点悬起。

林迁西再一次瞄准母球。

"我们看到过去一年，在上海的大小赛事上都有他的战绩，他的成长速度惊人，但这还是他第一次挑战一杆满分，可是通过他的选球，又能看出他对于球台的掌控。观众朋友们，如果一杆满分，毫无疑问，这就是一颗横空出世的新星！"

画面里，球杆在林迁西手中被轻轻推出。

"很稳！他的母球很听话，完全被他掌握！但是还有下一球要解决，这可能会是一杆满分的关键球！"

林迁西站着，手上轻轻擦着杆，眼睛在观察着球台战局，侧脸认真，眼神肃杀。

"这颗球的角度并不完美，全看他能否打进远端的角袋。对手已经坐不住了，现场也没有一丝声音，都在静静等待着那个时刻的到来！"

宗城抓着遥控器的手握紧了，嘴紧抿着，眼神压低，所有注意力都在画面里那一个人身上。

林迁西忽然低头，抬起自己的左手，在虎口上亲了一下，然后俯身，手架上去，压杆，瞄准。"啪！"

"漂亮！掌声响起来了！关键球突破了！"画面里掌声雷动。

宗城朝他的左手虎口看过去，看见一个十分细小的黑色纹样。

"最后一颗球，成败在此一举！"

林迁西俯身在那儿，眼神专注，猛一送杆。

"精彩！一杆 147 分！满分！没有说错，我们多了一位新星！"解说振奋大喊。

"这位来自上海高校的年轻选手，今年刚满十九岁，成长于一个名不见经传的小城，在过去的十几年里，他从未受过正统的台球训练，甚至据说他的过去混沌不堪，但是他现在成了一颗耀眼的新星！这一杆将会让他直接晋级！这是一个天才！一个前途无量的天才选手！"

"现在，让我们再一次认识他的名字，林——迁——西！"

宗城一动不动地看着，手到这一刻才放松，心里跟着默念了一遍那个名字：林迁西。

仿佛有感应，画面切近，林迁西终于在这一刻抬起脸，左手扶了一下领结，脖子里露出一小截红绳，被他按了回去。

宗城忽然发现他穿的依然是当初自己给他的那一身正装，脖子上还戴着他们曾经的"护身符"，也终于看清楚他左手虎口那儿的纹样，那是个字母Z，他们以前约定好去文的字母。

他似乎刚文不久，还带着些微的红肿。刚才那关键的一球前，他低头亲吻的，原来是这个。

旁边一点儿声音也没有，季彩从刚才就一直默默地站着看，顾阳也在旁边静静地坐着。只有汤姆过来，对着电视机"呜呜"叫了两声。

宗城看着画面里在和对手握手的林迁西，伸手摸了一下汤姆的头。过了一年，它长大了，但依然认识林迁西。他最后看了一眼电视里的画面，站了起来。

"哥，去哪儿？"顾阳连忙问。

"回去了，"宗城往门口走，"明天还要去医院。"

他直接出了门，下楼的时候就已经掏出了烟，低头叼了一支，摁着打火机点了，默默走出楼，站在昏暗的墙角里，一遍遍回想刚才看到的那些画面。林迁西爬高了，现在已经能让人用这种方式看见他了。

脑海里的画面停留在他低头亲吻手上的字母那一瞬，宗城叼着烟，吹着燥热的夜风，喉头滚动。先是那一道声音，然后是这一幕画面。从没有哪一刻，会比现在这一刻更想见他……

楼上，电视里赛事已经播完，在播最后的字幕。

顾阳看着宗城走后空空荡荡的门口，搂了一下汤姆，又看一眼电视，才发现这是重播，忽然又凑近："这个比赛是在北京办的吗？"

"你说什么？"季彩刚走开，又走回来。

顾阳指着电视上往上滚动的字幕条说："这儿写着什么斯诺克北京大奖赛啊！"

季彩看了一眼，回头找手机："你等等，我问一下具体地址在哪儿。"

"啪嗒"的台球响声回荡在承办大奖赛的体育场馆里。

林迁西刚刚结束上午场的训练，在场馆的浴室里冲了个澡，一手拿着毛巾擦着湿漉漉的头发，一边背着球杆包往外走，脚不舒服，走得也慢。

左衡等在场馆一楼的大厅里，看到他出来，说："脚不舒服就别练了，刚打出一杆满分，排名也非常稳，干脆休息一下。"

林迁西擦着头发，看他一眼："你怎么不提前告诉我会上电视啊？"

左衡说："第一次打这种规格的比赛，怕你紧张啊，这也算是个惊喜吧？"

林迁西把毛巾塞给他："你自己惊喜吧。"

左衡接了，感到好笑："我又没说是给你的惊喜。"

林迁西往场馆外面走，边走边想，不知道宗城会不会看到他这场比赛。

"林迁西。"忽然有人叫他。

林迁西站下来，往前看。

罗柯背着球杆包从门外面进来，可能是比赛前那一番话的缘故，眼神还有点儿不自然，笑了一下说："外面有人找你。"

"谁啊？"

罗柯说："不认识，看着不是初中生就是高中生，我刚出去，他拦住我说要找你。"

林迁西走出去，刚到门外面，面前飞奔过来一道身影："西哥！"

他愣一下："顾阳？"

顾阳笑起来："是我啊，终于又见到你了！"

林迁西感到不可思议："你怎么来的？"

顾阳弯着眼睛："坐地铁来的。"

"……"林迁西看一眼周围，"你一个人？"

"对啊，好久不见啊，西哥。"

林迁西笑了笑，和以前一样揉揉他头发："好久不见啊，好弟弟。"

场馆门口就开着家冷饮店，现在大中午的，正好没客人，林迁西便搭着顾阳进去，给他点了一份冰激凌球，自己要了杯冰水，找了个位子坐下来，放下球具。

顾阳坐下就说："西哥，我今年中考了，应该能考上一个不错的高中，那高中是寄宿的，特别严格，以后我也争取考到北京来。"

林迁西说："这么厉害！"

"是啊，我现在能独立了，身体也好多了，不像以前那样老感冒了，就是病了，也不要人哄了。"

林迁西勾着嘴角："那你长大了啊。"

冰激凌球送了上来，顾阳也没吃两口，一直在说自己的事情："汤姆也长大啦，长大一大圈儿，有时候都要抱不动它了。它现在养在彩姐那儿，对了，彩姐交男朋友了，她这回刚好来北京出差，我跟着来玩儿的，不然还不知道你在这儿比赛呢。"

林迁西心想原来是季彩的原因，那宗城应该还不知道他在北京。刚才顾阳说了这么多，没有一句提到宗城，也不知道是不是有意的。

顾阳忽然歪头看了眼他的脚："西哥，你是不是脚又疼了？"

林迁西晃一下小腿："还不就那点儿旧伤，还好我是打台球的，手还好就行。"

顾阳皱着眉："不行吧，我看你走路都很慢，肯定疼起来难受，你还是去看一下吧。"

林迁西笑："没那么严重。"

顾阳从口袋里掏出张字条，递给他："我给你找了个好医生，听说很厉害的，你去看看吧，万一影响比赛，不就麻烦了吗？"

林迁西听他这么说就拿了，展开看了一眼，上面写着医院地址和医生姓名："好弟弟，真心疼哥哥。"

顾阳站了起来："你现在就去吧，这可是我千辛万苦给你找的医生，你一定要去啊！"

林迁西跟着站起来："你要走了？"

顾阳点点头："彩姐还在等我，不能出来太久。我走了啊，西哥。"

"嗯。"林迁西看着他出门。

顾阳刚走几步又回头，伸手抱了他一下，眼睛红了："西哥，这一年挺挂念你的，真的。"

林迁西一只手搭住他肩，低了下头，抬头时咧嘴笑笑，另一只手在他头顶比画一下："你又长高了一截，真快赶上我了。"

顾阳又抱他一下，小声说："其实我知道你跟我哥是怎么回事儿了，没事儿的。"

林迁西心里坠了一下，嘴角扯了扯。

顾阳松开手，出门走了。

林迁西看了眼正往这儿看的老板娘，深吸口气，背上球杆包出去了。

罗柯等在外面："怎么样，是你认识的人吗？"

林迁西说："认识，我弟弟怎么能不认识。"

"你有弟弟？"罗柯意外。

"嗯。"林迁西往前走，"就是我弟弟。"

"你去哪儿？"罗柯问。

林迁西停在路边，掏出顾阳给他的那张字条，又看一遍："去看一下脚吧。"

罗柯说："我刚想提醒你呢，你确实该去看看，我送你去吧，你脚这样不方便。"

林迁西没说什么，慢慢往前走，去路上拦车。

出租车开到东单北大街，在医院复古的老楼外面停下来。

林迁西下车，背着球杆包，慢慢走进医院大门。

罗柯跟在后面说："这是一流医院，你弟弟找的医生肯定不错，单子给我，我帮你去挂号吧，你找个地方坐着。"

林迁西把字条递给他："没事儿，我就在旁边站会儿。"

罗柯拿着字条去了导医台，忙忙碌碌好一会儿，回到林迁西站的地方："走吧。"

林迁西跟他往里走。

罗柯压低声音，回头说："这专家号很贵的，所以你才不排队，你医药费够吗？"

林迁西愣了一下，笑笑："没事儿吧，我好歹一年比赛打下来，也拿了不少奖金，就算不多，也还不至于看不起个脚吧。"

"那就行。"

到科室门口，林迁西从他手里抽了挂号单说："我自己进去吧。"

"那我在外面等你。"罗柯先走了。

林迁西进去，发现没人，看了一圈儿，只好先在椅子上坐下来。

一个护士进来说："稍等一下，吕医生马上就来。你坐那边的椅子，把脚搭起来，保持几分钟，看看具体哪儿疼，先确定一下是哪里的问题。"

林迁西站起来，挪到她说的椅子那儿。那是一张钢制的医用椅，有点儿高，他坐下来，又低头挪脚。正在挪，忽然瞥到旁边的医用柜上放着几本书，摆得整整齐齐。最上面是一本笔记，笔锋凌厉地写着个"宗"字，下面是学校名称：北京协和医学院清华大学医学部。他莫名一愣。

外面护士忽然小声说："里面有个病人，你去帮个忙，给他脚摆正一下。"

"嗯。"低低的一声回话后，有人走了进来。

林迁西抬起头，看见进来的人又高又酷的身形，穿着蓝色的护工服，戴着口罩，视线碰上的一瞬，他忽然停了一下。

好几秒，他才走近，弯腰，抓住林迁西的小腿，放到了椅子上。

林迁西已经呆了，目光一寸一寸地在他身上游移，看见他又短又利落的头发、口罩以上的半张脸、那双压得很低的眼睛，最后盯着他右边那条标志性的断眉。鬼使神差一样，林迁西伸出手，一把拉下了他的口罩。

宗城的脸正对着自己。隔了一年，三百多天，八千多个小时，跨过一千多公里，这张脸现在就在眼前。

第128章

有十几秒，他们就这么近在咫尺地对视，甚至能听见彼此渐渐变化的呼吸。

"不好意思啊，久等了。"有个穿白大褂、戴口罩的医生说着话走了进来。

宗城的脸在眼前转开，站去了旁边，一只手拿了医用柜上自己的书和笔记。

林迁西还呆坐着，小腿上都是刚刚被那只手抓过的感觉，修长有力的手指，还跟以前一样。

"有什么样的疼痛感？"医生已经到了面前，鼻梁上架着一副黑框眼镜，正在问他话，"持续多久了？"

林迁西走着神，余光里都是站在旁边的身影，嘴里说："一点儿旧伤。"

"我看看。"医生弯腰给他检查，手在他脚踝上按，"疼就说一声。"

林迁西眼睛往旁边看，宗城那只拿书的手垂着，手背鼓起两根青筋，似乎格外用力，一直站着没走，也没动。忽然脚踝痛了一下，他"嗞"一声，眼睛才转开。

"这儿是吧？"吕归帆检查完了，站直了说，"旧伤是这样的，这样看，情况还好，估计疼两天就好了，有诱因会再反复。最好是做个全面的检查，有必要的话就去看个骨科……"

林迁西就听了开头这几句，后面都没认真听，随口"嗯"了一声。

直到面前递过来一张单子，他眼睛才动了一下，发现医生已经把一长串事项交代完了。

"你自己来的？"吕归帆把单子递给他，问，"有没有人陪同？"

"有。"林迁西接了单子，扶着椅子站了起来，慢慢往外面走，旁边还站着那道高高的穿着蓝色护工服的身影。

走到门外面，他才反应过来，怎么直接就出来了，医生说他能走了吗？

里面忽然传出低低的说话声："吕老师，我请个假可以吗？"

听到这低沉的一句，才敢确定那真的是宗城，不是在做梦。林迁西抓单子的手扶了一下墙，心跳陡然变快了。

"林迁西？"罗柯背着球杆包，从远处很快地走过来，"好了吗？"

"啊？"他心不在焉地说，"应该好了吧。"

"应该？"罗柯拿了他手里的单子看，"哦，让你做个检查，那去拍片子的地方吧，估计要排队，大医院真的人超多。"

林迁西往前面走，心跳得剧烈，脑子里一直蒙蒙的，走到导医台那儿，站住说："不拍了。"

"嫌人多吗？"罗柯问。

"嗯，我觉得没那么疼了，下次吧。"

"那要回去吗？"

林迁西也没说要走。

"对了,你球杆呢?"罗柯以为他在缓脚,想伸手扶他一下,忽然看到后面走出来的人,手伸一半,不动了。

宗城脱掉了护工服,穿着黑 T 恤,大步走了过来,一只手里拎着林迁西的球杆包。

林迁西看着宗城,喉结上下一滚,没作声。

罗柯吃惊地看着宗城,又看看林迁西,似乎明白了什么,手指推了推眼镜,也不知道该说什么。他夹在两人中间,觉得他们眼里没别人,站了一下,把手里的单子递给了宗城:"忽然想起来我还有点儿事儿,林迁西打算下回再来拍片子,要先回去了,麻烦你送一下吧,酒店在大学生体育馆那儿。"

宗城接了,几步走近,一手抓住林迁西的胳膊:"走。"

林迁西根本是被他带出门的。到了外面的路上,刚好有辆刚空出来的出租车,宗城拉开车门把他送进去,紧跟着低头坐了进去。

林迁西胳膊上被他抓得发烫,坐下来,心跳得像擂鼓,表面硬是压着,像没事儿一样。

"去大学生体育馆。"宗城对司机说。

车开出去,两个人却很久没说话。林迁西的心快跳麻木了,死死握着手,眼睛落在他的腿上,他又直又长的腿似乎绷得很紧,大腿线条明显。

"这次比赛在北京吗?"宗城忽然问。

"啊?"林迁西一下被拉回神,点了点头,"对……"

"来几天了?"他的声音压在喉咙里。

林迁西稳着心跳说:"快一周了吧。"

宗城看了眼他瘦削的侧脸,嘴唇抿了抿,手指紧紧抓着他的球杆包,想问"那怎么不来找我",却又没开口。

车开了四十分钟,停在酒店外面,两个人说的话就这几句。宗城拎着那只球杆包,一直把他送到房间门口。

林迁西掏卡开了门,回过头,伸手。宗城把包递给他。

他拿了球杆包,走进去,放在门口的柜子里,又回过头。

宗城站在门口,没进来:"记得去拍片子。"

林迁西扯了下嘴角:"嗯,突然就好多了,我缓两天。"

宗城眼睛看着林迁西,林迁西觉得他那条断眉在往下压,眼神已经沉得不能再沉,随时都可能要开口说什么。林迁西下意识地盯着他,看到他胸口在起伏,自己也不自觉地跟着呼吸急促。

然而宗城没开口，忽然转身走了。

林迁西愣一下，抓住门，对着没人的门口看了几秒，才慢慢推着虚掩上，转头看着雪白的墙，自言自语："你在干什么啊，林迁西……"在干什么啊，为什么就说了这么几句话？林迁西手撑住墙，深深低下头："靠！"

宗城并没有走，他站在楼层尽头的吸烟角，背贴着墙站着，嘴里叼着刚点燃的一支烟，是想忍一下，不想让林迁西难受。他抽着烟，想着林迁西的样子，在科室里看到林迁西坐在那儿的一刻，差点儿以为是幻觉。

宗城断眉一抽，咬了下烟嘴，重重吸了两口，在垃圾桶上捻灭，忽然往回走，去林迁西的房间。

房门虚掩着，他一把推开。林迁西正撑着墙，低着头，猛地转头看过来。

"林迁西，"宗城死死盯着他，低声问，"这么长时间，想见我吗？"

他喉咙堵了，宗城的语气明明还跟平时一样淡，他却总觉得已经有火烧起来了。他嘴角勾起来，痞笑，又抿住，成了苦笑，按捺着飞快的心跳说："废话吗不是，你觉得呢？"怎么不想，每一天都在想，真见到的那一秒，心口都要炸了。

"那你要我走吗？"宗城声音更低，脸上没有表情，喉结却在滚动，"你如果还是不放心，我现在就走。"

林迁西看着他，一时没作声。

宗城眼神动了动，抿紧嘴，转身就走。

林迁西紧紧攥着手，手心里都是汗，咬着牙关，忽然低声骂了句，冲了出去，一把抓住他胳膊。

宗城脚步停了，回过头，反手推着他直接撞进房间，一脚踢上门。

林迁西心还是跳得飞快，闻到他身上带着医院的消毒水气味儿，混着自己身上洗发露的味道。林迁西伸手摸了把宗城脑后的短发，扎得手心都痒，含混不清地问："你剪头发了？"

"嗯。"宗城喘口气，盯着他，"为什么瘦成这样？"

"没有，我还有力气着呢！"林迁西抓着他肩，重重一撞，听到他一声低沉的闷哼。

宗城退了两步，一下坐在椅子里。

林迁西跟着跌坐过去，右边小腿忽然被他一只手扶了一把，耳边听见他低低的喘气的声音："看这儿。"

宗城忽然抓住他左手，在他虎口上摸了一下，然后按在了自己右侧小腹上。

林迁西手上摸到一块突起，垂眼，掀开他衣服，看到他紧绷的腹肌，手指碰到的地方很红很肿。一个刚文上去的字母"L"，特别随意，如果不是多了点儿文身的修饰，简直就像是人随便写的。那的确就是随便写的，是自己当初随手签在他衬衫上的那个。

"你去文了？"他上气不接下气地问。

"对。"宗城低声说。在电视上看到他文的那个字母时，宗城就决定也去文了。

那里猛地动了一下，林迁西手指一缩，没再看，也没再碰，因为那文身的地方，是宗城当初挨刀的疤。

第129章

房间里开始昏暗，不是下午五点就是六点了，反正也没人关注时间。

林迁西不小心又看见他右边小腹上那个红肿的"L"文身，还带着点儿结痂的血迹，原本狰狞的刀疤算是已经被遮盖得很完美了，不注意几乎看不出来，但林迁西的眼皮还是不自觉地抽动了一下，像是觉得刺眼一样，又移开了目光。

还是没法看下去，只要看着就会想起那个背着他奔跑的晚上，他的血沾满了自己的后腰……

"这儿都硌手。"宗城一只手按在他肋骨上，沉着声音说，"用点儿力气都怕把你人给按断了。"

林迁西抓到他手，膝盖在他腿上轻轻撞一下："是你没看清，其实我都是肌肉。"

"看不清。"宗城说，"你也没让我看见。"

林迁西不说话了。

"这是北京，林迁西，"宗城手在他头发上摸一下，"你又爬高了，应该放心了。"

林迁西的眼神又不自觉地去瞥他那个文身，脑子里却在勾勒那个被遮掩起来的伤疤，脑仁儿涨得疼，表面上却只是扯了扯嘴角："可能吧。"

宗城低头看他，像在琢磨这三个字的意味。

林迁西在他脑袋上碰一下，打岔似的说："去洗个澡吧城爷，你浑身都是汗了。"

宗城看他两秒："等我。"

"嗯。"

宗城进了卫生间。

林迁西缓缓地在椅子上坐正，脑子里依然盘桓着他腰上的那个文身、那道疤，一只手撑在膝盖上，扶住额头。现在好像真的爬得比以前高了，能放心了吗？爬到这个高度够了吗？

没有人能回答他，谁也不知道命运这次会不会又开他玩笑。脑子里仿佛有两个声音在对抗。一个说："没事儿了，你现在可以放心地跟他一起待着了。"另一个说："你以为爬得够高了？说不定马上就会后悔。"

林迁西转过头，隔着卫生间的毛玻璃门，看宗城模糊又挺拔的身影，像是怎么都看不够一样，刚缓过来的呼吸又不平静了，重重吐出口气。他坐着想了一会儿，站了起来。

"城爷？"

宗城衣服还没完全脱掉，刚拧开水，忽然听见林迁西的声音，往门上看："怎么？"

林迁西的身影在外面动一下，像是随时要进来，又没进来："我还有一周才打下一场比赛，左衡叫我休息两天，刚好可以匀两天出来。"

宗城觉得他语气不对劲儿，干脆把水关了："你想干什么？"

外面沉默了一下，林迁西说："我想回去一趟，现在就回。"他要回小城。

宗城看见他身影动了，立即穿好衣服，刚拉开卫生间的门，房门已经在眼前带上，他已经出去了，只隔着门留下一句："没事儿，我自己回去……"

林迁西单肩背了一只双肩包，里面就随手收了一套换洗衣服，除了必要的，什么都没带，毕竟是临时决定回去的，也不会久待。

决定做得特别干脆，他出了酒店就抢着坐进了一辆等客的出租车，一边掏出手机买了最早的机票，一边跟司机说："去机场。"

这么久都没想过要回去，见到宗城后，还是按捺不住了，他想知道自己到底完全放下了没有，能不能放心地待在北京。一年了，他再也不想这样下去了，就想实实在在地回到以前的生活，谁想一直对着个虚影？

林迁西胸口里憋着股劲儿，什么都顾不上了，抓着手机，一头靠在椅背上。

手机"叮"一声，进了微信。他拿到眼前，滑开，是灯塔头像发来的语音，点了，放到耳边，听见宗城压着的声音："林迁西，你干什么！"

林迁西听完，低头打字。

——真没事儿，不是说好的，这道坎儿得我自己过？

小城里，杂货店和平常一样开着。

杨锐端个碗，坐在店门口的小折叠桌边上吃饭，吃到一半，抬头看见秦一冬穿着打篮球的宽大汗衫，蹬着自行车直直冲到了门口。

"锐哥，看电视了吗？"刚停下他就说。

杨锐嚼着咸菜说："林迁西一杆满分是吧？当然看了，臭小子现在厉害了，这下都要成球星了。"

秦一冬跨下自行车，往他店里走："不知道他妈看到了没有。"

"这小地方一个人的嘴能顶十个，就是没看到，肯定也听人说了。"杨锐说。

秦一冬在冰柜里拿了一罐冰可乐，扯开拉环："我本来想发微信给他的，又怕影响他比赛，也不知道他现在怎么样了。"

杨锐看他一眼："他都拼命成那样了，以后在电视上看到他的机会肯定会越来越多，你就别烦了，他不回来才是最好的。"

秦一冬拿着可乐走到门口，随便往马路上看了一眼，忽然一愣，看看天。"我大白天出幻觉了吧，怎么好像看到林迁西了？你看那个……"他指着马路上走过来的人，对方越来越近，穿着运动款的短袖衫、薄薄的宽松长裤，一边肩膀上搭着个双肩包，瘦瘦高高的，头发漆黑，越看越清楚。他忽然反应过来，张嘴就叫："我靠！真是林迁西！"

杨锐转头看过去，惊讶地放下碗："你怎么回来了？"

林迁西走到杂货店门口。"对啊，回来了。"说着看秦一冬，"你放暑假了？"

秦一冬愣一下才回神，过去一下捶在他肩上："你可算回来了！"

林迁西没让，结结实实挨了他一下，扯开嘴角："我就想亲自回来看你一眼，看看你上了一年大学，小媳妇儿脾气变了没有，结果你还捶上了，果然还是小媳妇儿。"

"少嘴骚了你！"秦一冬打量他，"你能主动回来看我？"

林迁西没回答，因为说不上来，其实有一半是强迫自己回来的。他故作轻松地笑笑，在小折叠桌边坐下。"杨老板，我昨天夜里的飞机，坐车还好几个小时，到现在快饿死了，你招待一下啊！"

杨锐看看他，踩着人字拖往里走："马上来，哪能不让球星吃饭呢？"

秦一冬已经拿了罐冰好的可乐过来，连着一双干净筷子一起放在他跟前："吃吧。"

林迁西拿了筷子，先夹一口菜塞嘴里，头也不抬地说："你这一年怎么样？"

"我好着呢，"秦一冬说，"上大学又轻松又爽，不像某些人，拼命打球累死累活。我身边还有一大堆朋友，每天都有意思得很，我活得可好了。"

林迁西咽下菜，喉咙里滚一下，没抬头。"那就行。"好就行，他心里好受多了。

秦一冬看着他黑漆漆的头顶，不见他抬头，皱了皱眉，气冲冲地推了一下他肩膀："你想想你自己行不行。"

林迁西晃一下肩，笑笑："嗯啊，我不是挺好的？我还在往上爬。"

秦一冬说不出话来，是想说他心里那道坎儿、那个疙瘩。

杨锐端了饭过来，叼着牙签在旁边坐下。"为什么要回来，在大城市待着不好吗？"

林迁西说："当然好，但是这里的事儿还没解决。"

杨锐皱一下眉："林迁西，你是听说了什么事儿才回来的吗？"

林迁西看他："什么事儿？"

杨锐被他问得笑一下："没什么事儿。"

"秦一冬！"路上有人小跑过来，肩膀上用网兜兜着个篮球，高声喊，"走啊，打球去吗？"

林迁西看了一眼，是邹伟，还是跟以前一样剃着板寸头。

邹伟也看到他了，一惊："林迁西？"

林迁西没搭理他。

邹伟眼睛来来回回地看他，忽然一只手满口袋地掏，没掏到什么，进了杂货店里，过一会儿出来，手上拿了支笔递给他："既然碰上了，给我签个名行吧？"

林迁西莫名其妙："给你什么？"

"你不是打台球都上电视了吗？万一以后红了呢？"邹伟拽着自己身上的球衣，"以前的事儿都过去了，不会这么小气吧？就签这儿。"他指指衣角。

林迁西看看秦一冬："你们也看到了？"

秦一冬说："看到了，现在都在说你厉害了，有出息了。"

"……"林迁西反反复复回味着那句"有出息了"，低头扒了口饭，默默咽了下去。

秦一冬跟邹伟说："别要了，你去打球吧，他现在不签，下次再说。"

"是不是记仇啊你，签个名都不肯。"邹伟笔一放，白了林迁西一眼，抱着球扭头走了。

林迁西吃着自己的饭，很快放下筷子，站起来。

"你要去哪儿？"秦一冬问。

杨锐也看过来。

林迁西看一眼周围，好像也没可去的地方，想了想："随便走走。"

秦一冬跟了几步："我跟你一起？"

林迁西抓一下肩膀上的包，往前走："我自己转转。"

秦一冬看他说走就走，回头看杨锐："他没事儿吧？"

杨锐掏手机："我得跟路峰说一声，林迁西回来了。"

林迁西真没什么地方可去，家没了，便利店也没立场去，晃荡了几条街，眼睛来回看，过了一年，这小地方似乎什么都没改变，最后晃到了学校外面。

暑假里又一届高三学生在补课，校门是开着的，他在门口站了一下，走了进去。

又走到那熟悉的教学楼下面，在一楼的公告栏那儿，他停了一下，看到墙上挂着好几张照片。都是表彰的照片，抬头写着"优秀毕业生"，第一个就是宗城，干净的短发，没有表情的脸。

林迁西正在对着照片看，旁边有人背着手经过，他扭头看了一眼，对方停了下来。"林迁西？"是老周。

"啊，巧啊老周，"林迁西笑笑，"没想到我会突然回来看你吧？"

老周看看他，又看看墙："你在看什么，不认识墙上的人了？"

"怎么会呢？"林迁西看着宗城那张照片，咧着嘴，"这可是八中奇迹啊，谁能不认识？"

老周又朝墙上看了一眼："旁边还有你自己的，你没看到？"

林迁西一愣，往宗城的照片旁边看，居然真是他自己的照片，用的是他高考准考证上的照片，人拍得白而瘦。他完全没想到，也就根本没注意到："还有我？"

"有你，"老周说，"你是高中台球联赛的冠军，又靠台球特长进了上海的好学校，挂上去不是很正常？有什么稀奇？"

林迁西低声说："我靠……"他居然和宗城一起被挂在学校的公告栏里，以同样的名号：优秀毕业生。

老周看着他，扶一下眼镜，忽然说："林迁西，你才是八中奇迹。"

"……"林迁西转过头看他。

老周背着的手放下来，手里端着杯子，拧开盖子喝了一口水，露出的杯身上没有再套以前的塑胶杯套，上面清楚地显着自己当初特地刻上去的那行字：钉子户赠。

喝完了，老周干咳一声，端着杯子走了，就像刚才说那话的人不是他似的。

林迁西转身往外走，忽然抬手摸了一下鼻梁，不知道为什么，差点儿想流泪，又莫名地很想笑。"钉子户"不再是个需要遮掩的笑话，他居然会被称为"奇迹"。

"西哥！"刚出校门，林迁西听见熟悉的摩托响，抬头，王肖带着孙凯骑了过来。

"真的是你回来了！"王肖一脸兴奋，"我听杨老板说了还不信呢！你一个人回来的？城爷呢？"

林迁西悄悄吸一下鼻子，说："我自己回来的。"

"我靠，别这么拼啊西哥！"王肖说，"是有人看见三炮露头了，但你也犯不着特地为了他回来吧！"

林迁西冷了脸："你说什么，三炮露头了？"

王肖一愣："你不知道？"

林迁西反应了几秒，掉头就往杂货店跑了。

王肖急忙拧着摩托转向，跟孙凯说："完了完了，闯祸了。"

秦一冬还待在杂货店里没有走，是担心林迁西。

外面货车的声音传了过来，紧接着路峰走进了店里："林迁西呢？"

杨锐从货架后面出来："说是出去转转，不知道是不是又去找三炮了。"

路峰还没说话，外面有人跟着进了门，他一回头，看见林迁西。

林迁西背着那只双肩包，脚步特别快，一进来，包往店里货架上一扔，盯着他："路哥，三炮露头了？"

路峰脸上的疤抽动一下："谁告诉你的？"

"靠！"林迁西瞬间变脸，"整整一年了，我都在等你消息，你怎么不告诉我？！"

路峰皱眉："林迁西，还记得我送你走的时候怎么说的？这小地方走了，能不回来就别回来，你好不容易才有今天，别像我跟杨锐，被困在这儿一辈子。一个三炮，迟早会被抓到。他现在就是废物，确实有人看见过他，局子也会去抓，你别管了。"

难怪这么久都没有消息，难怪杨锐问他是不是听说有事儿才回来的，原来是故意没告诉他。

"那不一样。"林迁西说，"他捅了老子的人，还要报复老子！他就像把刀在我喉咙上悬了这么久，能这么算了？早知道我就早点儿回来了！"他转头出去了。

"林迁西！"路峰跟出去，就这一会儿工夫，已经不见他人。

杨锐走出来，拧着眉说："我就知道会这样！"

秦一冬急匆匆跟出去："快去追啊！"

刚跑出门，看到路上又走过来个人，简直跟之前林迁西突然出现是一样的画面，他脚步停一下："你怎么也回来了？"

找了多久，林迁西已经记不清，反正从大白天一直找到现在，天都暗下去了。他在老街那儿转了一圈儿又一圈儿，停下来的时候直喘气，满头都是汗。

似乎看起来又跟以前一样了，还是一无所获，但既然露过头，就不可能找不到。林迁西耐着性子，一个地方一个地方地想，他相当清楚这种渣滓爱藏哪儿，咬了下牙，继续往前走，脑子里现在什么想法都没有，只有找人。他就不信今天找不到那畜生！

林迁西回想以前三炮堵他的地方，一个一个去找；三炮以前带着那群狗腿子最常待的地方，也一个一个去找。

天又黑了一层，林迁西已经快把整个小城给翻遍了。他抹了把脸，又想一遍，城里面没有，那就往外面找。

他重新转了方向，眼看着要穿过一个僻静的巷子口，忽然一阵垃圾桶倒地的声音，眼睛顿时扫过去。

那儿紧跟着钻出一道人影，精瘦如柴的身形，在昏暗路灯下转过头，对着他露出一双吊梢眼。

林迁西和他对视两秒，霍然追了过去。

"哐"一声，垃圾桶被撞开，前面的人撒腿就跑。

林迁西在后面一刻不停地追，一直追出街道，上了河堤，一个人都没有，连灯都没有。他顾不上右脚的疼痛，铆足劲儿冲了过去，一把抓住那人的后领，用力一拽。

"你妈的，林迁西！"不是三炮是谁？三炮摔在地上，嘶吼道："你还敢追老子！信不信老子弄死你！"

林迁西一把拽着他拖起来，闻到他身上破败的混着垃圾的肮脏气味儿。他现在就是只丧家犬，居然还能嚣张，就是这么一只丧家犬，让自己悬了这么久。林迁西手指关节都在响："来啊，我等一年了，你来弄死我啊！"

三炮奋力挣扎，一边死命往后退一边发狠："你还放屁说学好了，还不是个混混儿?!疯子！妈的！以为老子不敢！再不撒手老子现在就弄死你！撒手！"

林迁西浑身血液都沸腾了，他是学好了，而某些人为什么一而再再而三地要把他往那泥潭里面拽？脑子里闪现的都是背着秦一冬的画面、背着宗城的画面，牙关都咬得生疼！看到三炮手掏出来，根本不管有没有真刀，他一下就冲上去，胳膊死死箍住了三炮的脖子，用力一摔。

不知道是磕在了什么上面，"轰"一声，仿佛都要把地面砸穿了，三炮顿时真的成了只丧家犬，似乎被摔废了，抽搐了一下，只能挣扎着往后爬："你他妈的……"

林迁西不可能放走他，一把抓住他衣领，狠狠拖住。

什么都看不清了，天黑了，没有光，周围一团黑，好像就连他们站着的地方也是一团黑。林迁西脑子里在轰隆隆地响，忽然就明白了，他在乎的根本不是一个三炮，而是一心把他往绝境里拽的手，在他刚看见希望的时候把他逼到绝望。

他怕下次还有这样的手来拉他，甚至把他推回到原来的老路上，什么八中奇迹，什么有出息了，最后不还是那个在这儿跟人揪在一起的街头混混儿？

"来啊！"林迁西死死抓着三炮的衣领，看三炮还挣扎着想跑，血液冲到了头顶，"拉我下去啊！我现在谁也不会拖累了，谁怕谁！"他忽然扯着三炮，朝着下面那一团黑，直接摁了下去。

人一滚而下，"哗"的一声，是水，浑身像石块一样沉进了水里。

林迁西一下清醒了，才意识到刚才看到的下方一团黑是什么，是河。对，他们刚才就是在河堤上。

已经在往下沉，他眼睛盯着水面，突然反应过来了，拼命往上游。他在干什么？跳河吗？不行，三炮逮到了，他还要去找宗城。去他的，再黑也不过一条河。

游上去！他憋着气，奋力往上。他得往上，得靠岸！

忽然，一束光透过河面扫了过来，在茫茫的黑暗里像一个指引。有人在喊："西哥！你在哪儿？"沉在水里分不清那是谁的声音。

林迁西立即往那儿游，朝着那个亮处。终于浮出水面的时候，不知道是谁，一把抓住了他。

眼前还是黑，一路没有尽头。

林迁西又在往前跑，抓着搭在自己肩上的手："宗城，别睡，求求你千万别睡啊……"

"林迁西，我没事儿。"是宗城的声音。

林迁西停了下来，往回看，摸一下肩上，没有人，他没背着人。再转头，忽然看见三炮拿着刀冲了过来，在骂他："你他妈还放屁说学好了，还不是个混混儿？！还不是有人给你挡刀？！"

林迁西咬牙，干脆先冲了上去，一把抓住三炮，往下摁。

"哗"一声，落到了河里……

"什么，西哥跳河了？"

"听说他找了一天硬是把三炮给揪出来了，服了，怎么做到的？谁有那耐心去磨那牲口啊！西哥回来了一下，就立功抓住了逃犯……"

林迁西突然醒了，一眼看见面前的人。

宗城似乎都没来得及换件衣服就追来了，还穿着那件黑 T 恤。

林迁西看他好几秒，才分清这不是在梦里，这是在杂货店里，自己靠在杨锐最爱的那张藤椅上，都没问他怎么来的，坐起来就一把抱住了他。

宗城没动，忽然说："能不能麻烦你们走远点儿。"

林迁西一愣，转头才发现门外面还站着几个人，王肖、孙凯和秦一冬都在，全都被定了身似的看着他们，然后又尴尬地一个接一个扭头去了隔壁。

"……"他立马要松开。

背上忽然被用力一按，宗城的声音在他耳边压低："这回你再想松手试试！"

林迁西没有松，手臂收紧了："早知道我该早点儿回来……"

第130章

路峰抽着烟："我也算是服你了，先是在墩子上摔断他两根骨头，又把他按着扔到了河里。林迁西，你真是牛！"

林迁西叼着吸管，半吸半咬地喝着一罐冰可乐，坐在杨锐的藤椅上，身上的衣服半干，也没换，肩膀上搭着毛巾，头发倒是先干了。醒过来才知道自己睡了一夜，现在外面太阳都老高了。

"他这种货色，就是跑外面又怎么可能待得下去，久了还不是得回这小地方来？"路峰站在货架那儿，还在说三炮，"局子里立了案，就剩他一个也狠不起来，东躲西藏的，像只过街老鼠，有些老地方还能混混，被人看到后差点儿被逮到，就又偷摸躲起来。我早说了，他被抓是迟早的，就是没想到这回硬是被你揪了出来。"

林迁西咬着吸管，只是听。

"这是等着你来抓他的。"路峰说，"我找好几回都没找到他，可能真是他的命，要还你这一刀。"

可乐终于喝完了，林迁西一头躺到椅背上，才说："真累……"不知道昨天走了多少路、跑了多少地方，脚疼反倒还好，身上却像是要散架了。

"谁让你不要命一样。"路峰夹着烟，看他一眼，"要不是昨晚上找到你了，可能今天就要去河里捞你了，你真是豁出去了。"

林迁西现在回想，当时意识有点儿混乱，以前的和眼前的都模糊在一起了，自己也没想到会那样，心底的一切都在那一刻爆发了。但最后，所有的念头依然是往上游，要靠岸。他转过头，找那道身影。

宗城刚才离开了一下，现在从外面回来了："路哥，麻烦一下。"

路峰掐了烟，往外走："行，我先去隔壁，你们忙吧。"

林迁西躺那儿不动，眼睛看着他："上哪儿去了？"

宗城走过来，坐下，手里拿着支药膏："找药。"

林迁西看了看自己身上："我有伤？"

宗城坐过来，抓住他右手，转一下，给他看，右胳膊肘那儿撞青了一块，他自己根本没察觉。

林迁西乖乖地托着胳膊送到他跟前："医学生，给我治一下。"

宗城挤了药膏，抹上去，手掌按在那儿给他一下一下揉开。

那一块被揉得又痛又麻，林迁西盯着他没有表情的脸、那条冷酷的断眉，想了一下，问："昨天晚上拉我的人是你吗？"

宗城掀眼看他："不是我是谁？"

他说跑就跑了，宗城想都没想就追了过来，路上跟吕归帆又多请了两天假，结果来了就听秦一冬说他找三炮去了，心都是绷着的。

直到那一刻，电筒的光照过去，看到他从水里伸出手来，一下冒出了头，宗城冲过去一把拉住了他。

"我就知道是你……"林迁西低声说，"在岸上等我的肯定是你。"

宗城听着他这又低又缓的语气，眼睛看着他，手又抹了一下药膏，抓着他胳膊说："林迁西，这种事儿带出来的伤是最后一回了，别让我再为你这种伤上药了。"

林迁西伸出手去，钩住他肩，在他后颈上用力抓了一把，深吸口气，扯了扯嘴角："放心吧城爷，这是最后一回了。"他游上岸了，再没有手能拽他回那黑渊泥潭了。

隔壁打球那屋很热闹，一群人都来了。

杨锐在麻将桌上摆弄着铜火锅，这玩意儿以前弄来给宗城和林迁西吃过，今天又搬了出来。

路峰在旁边说："宗城又过去了，让他们俩单独待会儿。"

姜皓是刚到的，在旁边帮杨锐择青菜，一边听王肖绘声绘色地描述昨晚的惊险。

"西哥真是拼了，要是那畜生真有刀得多吓人啊！你是没看到，城爷找西哥的时候脸色都变了。"

孙凯说："还不是你多嘴惹出来的祸？"

薛盛也来了，附和道："你嘴也太快了。"

王肖赶紧打住："别说了！我都给自己吓出一身汗！"

秦一冬往外面看，刚好看到林迁西过来了，马上问："没事儿了吧？"

一屋子的人都看了过来。

林迁西走进来，把肩膀上搭着的毛巾随手搭桌上："没事儿。"

宗城跟在他后面，两个人一前一后进的门。

姜皓看看他们："你们俩当初一声不吭就一个去了上海，一个去了北京，不厚道。这顿杨老板请客，就算高中团圆饭吧，别溜。"

王肖跟着说："就是，咱们都一年没聚了。"

林迁西笑了笑："行，谁再溜谁孙子。"

宗城在旁边看了一眼他的侧脸。

开吃的时候，林迁西一直坐在宗城旁边，另一边是秦一冬。

杨锐在对面跟路峰坐一起，不摆弄锅了，开始摆弄手机，过一会儿，忽然听见"咔嚓"一声。

林迁西抬头，杨锐冲他晃一下手机。"对，我偷拍了。"指一下他左右两边的宗城和秦一冬，"你们仨都拍进去了，要洗出来吗？"

林迁西说："随你，想洗就洗，给我一张就行。"

杨锐笑着点头："那这回就再给你一张。"

秦一冬拿了罐啤酒，从林迁西背后绕过去，递给宗城，朝林迁西的后脑勺努努嘴："以后就交给你了啊！"

宗城接了，没说话，但点了一下头。

林迁西回头："你俩说什么？"

秦一冬说："说你就是个傻子，不要命了，差点儿'投河自尽'！"

林迁西咧嘴："你不懂，我现在舒服多了，一点儿都不后悔。"

秦一冬没好气，是真被吓到了，皱着眉说："下回回来别这样了啊！"

"嗯啊，下回。"

吃完饭，随便聊了几句就不早了，三炮这一茬仿佛也没人再乐意提起了。

趁王肖和姜皓他们吹着牛，林迁西站了起来，又进了隔壁杂货店里，拿了自己的包，搭在肩上。

宗城跟在后面就过来了："去哪儿？"

"还得去个地方，你等我一下吧，很快就好。"他回。

"那走吧，"宗城说，"知道你要去哪儿。"

离开杂货店，和以前一样，坐几站公交车，在下来的地方就能看见便利店。

林迁西搭着双肩包，在门口站了一下，走了进去。

"你也听说了？说是昨天回来的，硬是找了一天，估计把他自己以往当混混儿时的老窝都给翻遍了，还真让他把人给揪出来了，后来那个路峰把人扭去局子里了。"柜台那儿，李阿姨跟那个年轻的收银女生在闲扯，压着嗓子，也照旧听得清清楚楚。

"真回来了啊？那慧丽姐知道吗？"

"小点儿声，人在后头呢！知道也没用了啊，当初一巴掌都打下去了，现在人出息了，都上电视了，还能认她啊？"

"别说，他还真变样了，打台球都能打上电视。"

"谁说不是呢，那会儿林慧丽跟我说他拿了什么高中台球冠军我还不信呢……"察觉到有人进来了，李阿姨自然而然地抬头打招呼，"欢迎……"

林迁西谁也没搭理，进了门直接往后面走，一直走过几排货架，到了最里面，看见了站在角落里一个人摆货的林慧丽。

林女士依然穿着工作的长衣长裤，木着张脸，不知道在想什么，可能是感觉到有人，很自然地朝他这儿看了一眼，顿时就停住不动了。

林迁西看了她好一会儿，伸手从口袋里掏出张纸，是刚才在来的公交车上，宗城帮他拿笔写的地址和时间。

"妈，"他叫了一声，"我最近在北京有比赛，上回叫你跟我一起去，最后没去成，这回你要是有空的话，就来看一下。"停顿一下，他又说，"没空就算了，看你自己。"说完把纸放在货架上，他转头走了。

便利店里鸦雀无声，林女士从头到尾也没说什么。

林迁西出了便利店，穿过马路，去了斜对面的大树底下。

一截老墙竖在那儿，宗城在墙边站着，左手收在裤兜里，半边身体都被树荫笼罩，嘴里叼着烟，脸淡在缭绕的烟雾里，看到他出现，才抬起头。

林迁西看着他，扯了下嘴角："怎么了，我回来这趟不是没事儿了吗？"

宗城把烟拿了，在墙砖上捻灭："我现在知道你当时背着我跑是什么心情了，昨天晚上把你从河里带回来的时候，应该是一样的。"

林迁西的心像被扯了一下，没作声。

宗城看着他："林迁西，跟我回北京。"

林迁西又挤出笑："嗯啊，还有呢？"

"别认命，继续往更高处爬，往你前途最光明的地方跑，永远别停，就算摔下来也没关系，你自己能好起来。"宗城的喉结动了动，"实在好不了也没关系，还有我，我能治。"

林迁西刚才见他妈的时候都忍着没有一丝波动，现在却被一下击中了心口，手捂了一下嘴，蹲了下去："靠……"心里仅剩的一点儿担心似乎也烟消云散了，他低着头，肩膀颤一下，头又抬起来，看着宗城。

宗城低头，看见他眼里又有了神采，像以前一样，仿佛又装进了星光。

他嘴角勾着，和以前一样痞笑："走，去告诉他们，你的'自己人'回来了。"

第 131 章

"什么！人来了？就我说的巨神秘的那位?！"

回到北京的时候，已经是晚上八点多，宗城站在车水马龙的大街上，拿着手机在接电话，一边看向旁边："嗯。"

林迁西肩上搭着包，跟他一起站着，对着北京的夜晚做了个深呼吸，然后转头看过去，又黑又亮的眼睛跟他对视，在等他说完。

电话里是刘大松，打过来的时候他们刚下机场回城的地铁，他张口就问宗城人去哪儿了，之前电话怎么也打不通。宗城告诉他刚下飞机，也没遮掩，几句话，就暴露了自己现在不是一个人待着。

刘大松整个人情绪高涨："那不得让我看一眼？咳，这不巧了吗，正好我找你有急事儿。我来找个地儿，咱们一起吃个晚饭，赶明儿高泽和温涛回来，我就是第一个见证奇迹的人了！"

宗城本来嫌晚了，但是想起林迁西那句意气风发的"去告诉他们，你的'自己人'回来了"，就改了主意，眼睛又看向林迁西："行，那你来吧。"

林迁西看着他挂了电话，问："谁要来？"

"我舍友，"宗城抓住他胳膊，拉一下，"反正迟早都要见。"

林迁西跟着他走出去，笑着说："行啊！"见人不重要，其实是想知道他这一年来生活的圈子，那不是朋友圈几行字就可以看清楚的，本来这一天也早就该来了。

他们去了大学生体育馆附近的一个商场。

刘大松是本地人，来得很麻溜，搭着扶梯上了约定的楼层，就看见宗城坐在商场休息的椅子上，手里有一下没一下地转着手机，眼睛盯着前面。前面站着一个瘦瘦高高的帅哥，正在那儿点着商场里立着的位置导引屏玩儿，一边跟着商场里放的歌在哼唱。

"来了来了。"刘大松在宗城旁边坐下来，急不可耐地掏出个本子，"那位人呢?"

"在这儿。"宗城说话的时候眼睛依然看着前面。

刘大松左右看了一圈儿，除了那哼歌的帅哥就没别人在，还以为是上厕所去了，就翻开本子给他看："那咱先说正事儿吧，我急着找你合作课题呢，学校假期新出一课题竞赛，我头一个就想到你了，跟你一起肯定能拿奖。"

宗城直接问："奖金多少？"

"头等奖五千，咱俩均分不就各有两千五了？我买耳机的钱就回来了。"刘大松生怕他不肯，"答应吧爷，我知道你还在医院里忙活，抽时间咱合作一把？"

"可以。"宗城很干脆地答应了。

刘大松一愣："这回怎么这么好说话了？"

宗城笑了一下："他在打比赛，想给他准备个礼物庆功。"

"哟，"刘大松笑着说，"合着还得感谢人家啊！快把人叫来，我一定要瞅瞅这到底是哪路神仙，把你吃得这么死。"他一边说一边转着头找，看宗城一直盯着前面那哼歌的帅哥，又朝那儿看两眼，"嘿，这帅哥唱歌挺好听啊！"

"嗯，他唱歌是好听。"

林迁西等人等得无聊，才去旁边站了一会儿，听着商场里的歌就随口跟着哼了几句，过了一会儿，回头看宗城，才发现他旁边已经多了个人，于是拨了一下肩头的包，走了回去。

刘大松正追问："人呢，到底在哪儿呢？"

宗城看着走近的林迁西："来了。"

刘大松扭头。林迁西在宗城旁边坐了下来。

宗城指一下刘大松："这是大松。"然后又对刘大松说："他叫林迁西。"

林迁西痞痞地抬一下手，跟他打招呼："你好啊，感谢你们这一年照顾这硬茬了啊！"

刘大松还没反应过来，以为宗城是临时多带了一个来呢，下意识地回道："没，他照顾咱们还差不多。"

林迁西笑："哦，那感谢你们被他照顾啊！"

"……"刘大松再看周围一圈儿，真就没别人来了，又看林迁西，再看宗城，来回好几遍，终于有点儿转过弯来了，"嗯？难道……啊？"

宗城说："嗯。"

"嗯？？？"刘大松瞪大了眼，语调九曲十八弯。

宗城点头："嗯。"

林迁西后来几乎是被全程盯着吃完了这顿饭，一起去地铁站的时候，还被刘大松频频回头打量。他无所谓，看就看，甚至还冲刘大松笑了好几回。

直到在地铁口分别，刘大松才忍不住跟宗城小声说："怪不得你说跟咱们想的不一样呢，深藏不露啊你。"

宗城没接话，嘴角一直微微扬着。

"咳，一年了，也就今天见你笑得最多。"刘大松感到好笑，"得，我今儿果真是见证奇迹了。"说着朝林迁西挥一下手，"下回再见啊！"

林迁西说："回见。"以后机会还有很多。

当天晚上，宗城没回宿舍，就住在了林迁西落脚的酒店。早上六七点钟的时候，他忽然先醒了。

醒了之后他就转头看了一眼，林迁西还在旁边睡着，一动不动。

像昨晚那样鲜活有朝气的林迁西，实在太久没有见到了，他想起来嘴角就又有了弧度。

宗城伸手，拨了一下林迁西的肩膀，看他的脸，发现他皱着眉，似乎睡得不好，提着的嘴角又抿住了。

林迁西忽然惊醒，发现自己挨着宗城的肩膀。

"你又做梦了？"宗城盯着他问。

林迁西哑着声："嗯。"

宗城皱了下眉。

"靠！"林迁西忽然骂一句，一把扣住他脖子，"我梦到你非按着我，让我叫你爸爸！"

"……"宗城扯着毯子在他身上一盖，压上去，用那种巨冷淡的声音说，"那应该不是梦，是事实。"

林迁西不服气地踹了他一脚。

宗城嘴角扬了一下，低声说："欢迎回来，乖仔。"

第 132 章

林迁西又一次走进赛场时，又是上午九点。

在这周的最后一天，冲击排名的下一场比赛到了。

赛场里已经准备就绪，他刚到，在选手席旁放下球杆包，坐下，翻着手机，看灯塔头像的微信，是在等宗城的消息。

那天早上，他们在酒店里花了两个小时才暂别，一个去医院继续做暑期工，一个去场馆里继续练球。

后面这几天都没见面，但感觉并没有什么。这跟之前不同，在同一个地方，想见面随时可以见面，就算不在一个地方，也再没有什么不放心的，林迁西已经没了以前那种隔了一千多公里的分离感。

"林迁西。"罗柯叫他。

林迁西抬头前，眼睛又黏了一眼手机："啊？"

罗柯打量他："看你今天状态好像不错，一直在笑。"

"是吗？"林迁西自己都没注意。

"别笑了师弟，再笑就要招一群球粉过来了。"左衡从场边走过来，看着他揶揄道，"这几天练球的时候都咧着嘴，当我没发现？"

林迁西看他一眼："你怎么借着管理工作搞偷窥呢？"

"我那是正大光明地看的。"左衡推了下眼镜，摆出师兄姿态，"代表马老爷子提醒你，今天比赛的排名冲上去了，以后才能在北京常驻训练，才有希望走上下一个规格更高的赛场，到时候你再慢慢笑吧。"

林迁西不笑了，认真地点一下头，抓着手机说："知道了。"

他目前排名第六，今天这一场如果能成功打进前五，那就算迈过去了。但这次可不是针对高中的台球比赛，参赛的都是经验丰富的职业选手，有的还是在国外磨砺过的老将。

这几天练球，没有一刻放松，为的就是这一刻。他想留下，常驻北京。想在这儿训练，然后爬得更高、走得更远。

头顶的电子屏上又在播赛事宣传，那个熟悉的英国泽西岛灯塔画面刚好又闪出来，林迁西抬头看了一眼。

罗柯一直看他到现在，小声问："这次他会来吗？"

林迁西收回目光，点点头："当然。"然后低头，手指在微信上打字。

——我可马上就要比赛了啊！

对话框里很快弹出回复消息。

——左手边第一排。

他一愣，立即转头往那儿看。宗城穿着件纯黑 T 恤，衬着宽正的肩和一头酷短的头发，一只手拿着手机，刚坐下来，眼睛早就看着他，嘴角还冲他扬了一下。

林迁西摸一下嘴，嘴已经忍不住咧开，就知道他一定会来。他又坐在第一排，这个位置离球桌和自己都特别近。

场中音乐一转，该准备比赛了。十点没到，林迁西的这场比赛就要开始。

他站起来，拿了球杆包，拉开。赛场跟上次一样，布满体育媒体，电视台的摄像机竖着，对准赛场中央的球桌。

林迁西抬手理一下西装衬衣的袖口，又扶一下领结，拿着球杆，听着场中播报的声音，说比赛开始了。他走到球桌边，跟一位差不多年长他十岁的对手握手。

"啪"一声，球开了。对手拿到发球权，先下杆，林迁西回选手席上等候。

连续一杆漂亮的进球，对方比分迅速领先。"48！"裁判用英文报出分数。

直到后面一球没进，对方才停下。轮到林迁西了。

林迁西握着球杆站起来，转头，又看向观众席，目光很快地扫视一圈儿，什么也没看到，又看向宗城，冲他笑一下，就要上场。

宗城忽然朝后面偏了下头，像在示意他看。

林迁西停顿一下，顺着他的指引看过去，就在他的斜后方，两个人似乎刚刚进来，正在对号入座。左边的是秦一冬，右边的是他妈。

林女士头发梳得一丝不苟，身上穿着条裙子，那条当初他用人生第一笔奖金买来送她的裙子。坐下来后，她将了一下耳边的头发，朝球场中间看了过来。

林迁西觉得她好像有点儿局促，大概是头一回来北京，才把秦一冬也拉上了。他默默握着杆，看着这早该出现的画面，喉头动一下，忽然想到，该给她买条新裙子了，下次有机会再看他比赛，她能换着穿。

想完没再多看，他转过头，自顾自笑笑，抓着球杆走向球桌。

"48！"很快，裁判再度用英文报出他的分数。

上场后这一杆没停，林迁西一口气打到了即将超越对手的关键球。他熟练地拿巧粉擦杆，寻找角度，判断路径，然后俯身，架杆，瞄准母球。"啪！"

掌声响了起来，球已进袋。分数反超了，林迁西站直，又转过头。

秦一冬在向林女士说着什么，可能是在讲解，然后又拢着手做喇叭状朝他喊："好好打啊你！"夹杂在四周的掌声里，都快听不清了。

林女士看着他这儿，接着才像是反应过来了一样，跟着旁边的人鼓了两下掌。

林迁西的眼神转向宗城，嘴角扬起来。现在，他离北京又近一步了。

比赛渐渐胶着。宗城一直看着他，眼睛没离开过他身上，手全程握着，看他一球一球地打进去，一次一次地擦去球杆上的手汗。

宗城离他最近，感受也最明显，林迁西的每一球都像已经亲身参与，宗城是他的左手，也是他的右手。

上方的电子屏在跳动，九局五胜制，对方老将来势汹汹，率先拿下了四局，林迁西也紧追不放，拿下了四局。终于到达决胜局，比分还在拉锯。

林迁西穿白衬衣、黑西装马甲的身影格外夺目，每一次轮到他，他都会在球桌边停留许久，因为他要用一杆尽量打出最多的分数。

如果对手不是个经验丰富的老将，各种对他围追堵截，宗城猜他可能会再一次一杆满分。

"啪！"又是精准一击。连续几次拉扯后，这一球终于让战况进入赛点，给下一球留下了反角度，后续变简单了。球权还在林迁西手里。

宗城刚松开的手又握起，人稍微往前坐，紧盯着赛场。这样的时刻，他已经陪林迁西经历过好几次，现在又到了。

林迁西握着杆，看着球桌，是胜是负，是去是留，就看现在了。拿下这一局，才能算赢。

他俯身，压住杆，平稳着呼吸，看了眼观众席上看着他的秦一冬和他妈，又扫过宗城，目光盯着母球，在心里自言自语：再爬高点儿，西哥，让他们看看，你还能站得更高一点儿……

"啪！"球滚出去，直落袋中。瞬间掌声雷动，分反超了。

林迁西乘胜追击，站直，在杆头擦巧粉，然后俯身，再瞄准母球。就是现在了。

"嗒！"很轻的一击，杆推出去，在灯光下迅疾又轻巧的一下，球"笃"地滚落进袋时，却是闷实的一声。

顿时，掌声更激烈了，还夹杂着口哨声。

林迁西一下站直，情不自禁地用力握了一下球杆，然后立即回头，快步走向左边第一排。

宗城紧握的手已经松开，眼睛盯着他，嘴角带着弧度。这样的时刻已经陪他经历了好几次，这一次，他依然没让人失望。

林迁西站在他眼前，抬起左手，吻了一下虎口的字母，勾着嘴角，笑得张扬："向吾王献上一位乖仔。"

宗城嘴角弧度明显深了，又忍住了，抓住他那只手，拖过去，在自己右边小腹上按一下，就像是彼此记号相碰："嗯，我收下了。"

林迁西看他的眼都在发亮，喘着气，低声说："城爷，你真的就是我的王。"

礼敬吾王，我的梦想还在，我的热血未凉。

宗城低声说："你也是。"

现在他真正成了王，彼此俯首称臣。

掌声还在，没人听见他们说了什么，只看见他们一站一坐，好长时间都待在一起，看起来无比亲密。直到电子屏上滚动出林迁西的积分排名，他成功晋位。

左衡走了过来，拍拍他的肩，声音穿过周围的掌声："恭喜啊师弟，你可以留在北京训练了。"

罗柯也拿着球杆走了过来："恭喜，林迁西。"

秦一冬和他妈已经在观众席上站了起来，朝这儿看。

林迁西胸口起伏着，管他周围怎么喧嚣，眼睛只盯着宗城，嘴边挂着笑。他可以常驻北京了，又往上爬了一步。

原来命运并不吝啬，终究没有让他空手而回。觉得被命运捉弄的时候，再咬牙撑一撑，也许回头就会看见，自己到底有什么样的命运。

他的命运在这里，永远和眼前人有关。

一个月后——

暑假就快要结束了。林迁西提着自己的行李，背着球杆包，爬上一栋楼，走到一间屋子外面，对着门看了两眼，掏出钥匙开门。

这是他训练住的宿舍，离训练场馆不远，早就拿到了钥匙，但他回了一趟上海，现在是第一回来。

他插了钥匙，开门进去，忽然"汪"一声，蹿出只狗来，一下扑住他小腿。

"汤姆！"林迁西按了一下狗头，惊喜地抬头。

宗城就站在屋子里，手里拿着几本书，正在往桌上放，像是早就等着了一样，眼睛看着他："顾阳特地送来的，我问了左衡，他说低调点儿，可以养。"

林迁西问："左衡给你的钥匙？"

宗城说："嗯，我做人这么低调，当然也可以给。"

林迁西笑了："等多久了？"

"两个小时。"

"这么久？"

宗城笑一下："来给你送个东西庆功。"

林迁西问："什么？"

宗城过来，伸出手臂，在他腰上搂了一下，估了下腰围，又放开："正好，最近没那么瘦了，去房里试试，放你床上了。"

林迁西立马转头走了进去。两分钟都没有，他就在里面喊了一句："我靠！"

宗城走过去，推开房门。林迁西穿了一身崭新的正装，一只手拉扯着来不及系上的衬衣领口，看过来："这你新买的？"

"嗯。"宗城打量他，"我课题竞赛得了奖，奖金刚好够，喜欢吗？"

服帖的料子，剪裁没有一丝多余，一看就知道价格不菲，衬得他腰是腰、腿是腿。他笑着拽一下衣领："喜欢啊，就这么穿着去结婚都行了！"

宗城嘴角不自觉地提了起来。

房子是一人间，房间特别小，他们俩在里面都有点儿挤。二十分钟后，等他们从房间出来，汤姆已经窝在角落睡了。

宗城拿了自己带来的双肩包，把里面剩下的几本医学预科书都拿出来，放在这儿的窗台上，方便下次再来的时候看，然后把包搭上肩，走到门口，回头等着。

林迁西已经换回了短袖，把行李里的东西都拿出来放好，那只当初一起出去时买的毛绒松鼠就放在宗城的书本上。林迁西肩上背了球杆包，走过来，跟他一起出门。

"我这周还要做个课题，等周末再过来。"下了楼，到路上的时候，宗城说。

林迁西点头："那就周末，我也得练球。"

无所谓，他们以后多的是时间。

林迁西的手忽然搭上宗城的肩，边走边笑："爸爸，回头再给我补个课吧，期末还要回上海考试呢。"

宗城不徐不疾地往前迈着脚步："这时候又知道叫爸爸了？"

"我其他时候不也叫了吗？"

"嗯，你等着被治吧……"

路上人来人往，北京的阳光照着，出奇地耀眼。背着球杆包的身影和搭着双肩包的身影高而挺拔，亲密地并肩同行。

有无数人回头看他们，但没人知道他们从哪儿来，往哪儿去，这也并不重要。直到穿入人海，他们脚下依然踩着阳光。

往前走，不必再看来时路。

番外

后来

余晖在身后落尽，身影拖叠在一起，
在光里，在暗里，
好像不论往路的哪个方向，在世上哪个角落，
都永远是一起的。

番外 1

八月一个燥热的下午，宗城脱下护工服，摘了口罩，放在医院的柜子里，一边抬头看了眼墙上挂着的钟，立马往外走。

刚好有个护士进门，跟他打招呼："听说暑假快完了，你是要提前回校了？"

"不是，有点儿事儿。"宗城嘴里说着话，人已经出去了。到了过道上，他也没出医院，而是转向，过了门诊楼，去后面的住院部。

楼里很安静，宗城脚步很快地拐进一间病房里，进门就问："今天怎么样？"

林迁西盘着左腿坐在靠门的病床上，嘴里叼着个苹果，手上刚拿起手机，看到他进来，又放下手机，拿开苹果，说："还行，就是这儿还有点儿痛。"他说着指指右腿，那条右腿正直直地伸着，脚踝处严严实实地包扎着一层又一层的纱布，动都没法动一下似的。

宗城又问："什么时候能走？"

"换完药就能走。"

宗城垂眼看着他脚踝上的纱布："嗯，这就是个小手术，你很快就会好的，别担心。"

从他们在医院里重逢那次之后，林迁西就一直忙着练球，没再来看过脚，直到最近，暑假都快结束了，宗城一直催促，他才停下练球，回医院好好看了。

最后转到骨科，被认定是脚踝处韧带有明显撕裂，还有软骨损伤，需要动个手术修复一下。手术做完好几天了，今天才能出院。

"没担心，就是有点儿肉疼。"林迁西叹气，苹果也不吃了，放旁边柜子上，"我打比赛挣的奖金都搭进去了，还好早把下一年的学费给扣下来了，不然我怎么办，我可太惨了。"

宗城在病床边坐下来："还能怎么办，养你吧，爸爸还有奖学金。"

林迁西伸手，想钩他肩，瞥到旁边病床上还躺着个老太太，没太出格，手指在他后脑勺的头发根那儿摸了一把，凑到他耳朵旁边小声说："行啊，养我，我一定以身相许、父债子偿……"

宗城听着他在耳朵旁边吹着气，乱用成语，耳廓都痒了，刚抓了他手，病房外头就有人进来了。"1 床病人，换药了。"

宗城松开手，瞥他一眼。

林迁西不嘴骚了，好好坐正，高声回："啊，换吧！"

正换药的时候，左衡忽然过来了，脚步轻快地一路进了病房，先看了一眼旁边等着的宗城，才笑着说："师弟，听说你今天出院，来看望你一下，车我都给你叫好了，回去好好休息，早点儿回来练球啊！"

"听出来了，最后一句才是重点。"林迁西说。

"怎么会呢，当然还是更关心你身体。"左衡和颜悦色，又忽然问宗城，"这会儿你放心了吧？"

宗城看他一眼："什么放心？"

"装？"左衡看林迁西，"你知道那天你做手术的时候，他在外面什么样吗？"

林迁西问："什么样啊？"

左衡说："还能什么样，你问他啊！"

那天左衡过来的时候，林迁西已经在手术室里了，只见宗城坐在外面的椅子上等着，时不时地看一眼手机，就过去打了声招呼，问："进去多久了？"

宗城说："三十七分钟。"说着又按亮手机，看时间，再按灭，手机在手里转一下。

左衡当时看看手术室，又看看他，都震惊了，别人可能会说"半个多小时吧"，他开口就一个准确的时间，简直跟在数着分钟似的，就觉得好笑地说："不知道的还以为林迁西是在里面生孩子呢，你紧张啊？"

宗城没回答，也没笑，抓着手机，又在手里转一下。

后面的几十分钟一直这样，中间左衡看他一言不发的，好几次找话说："林迁西不让告诉他妈跟他那什么哥们儿，就咱俩在，说明这就是个小手术吧。"

"嗯。"宗城回应一句。

"我想象不出你这样的是怎么跟林迁西待在一起的，你平常就这样？"

"跟他在一起的时候不这样。"宗城淡淡地说。

"……"左衡无言以对，彻底服了，被他的酷劲儿打败了。

还以为他一直这样冷淡，结果手术室的灯一灭，他马上就站起来，去了门口，一把抓住了林迁西睡着的病床，哪儿还有之前的半点儿冷淡？

左衡这人自来熟，好开玩笑，故意当着俩人面提起这一茬，就跟看好戏似的。还能什么样，就浑身上下都担心林迁西的样呗！

宗城忽然开口，问在给林迁西换药的那位医生："好了吗？"

"好了。"对方一边麻利地收拾东西，一边交代注意事项，"回去之后注意静养，少折腾，多休息，平时患肢下面可以垫个枕头，每天最好活动脚趾一百次，按时回来拆线、复查……"

林迁西换药换得术口有点儿疼，本来还想顺着左衡的话说下去，可看他都准备走了，就先忍了。

左衡还真叫了辆车，就停在路边上等着。林迁西坐着医院的轮椅出去，被宗城抱上了车。

从病房到这路上，左衡看着这俩人，觉得自己就是个锃亮的电灯泡，瓦数都超标了，本来想跟去林迁西宿舍的，还好心帮忙拎了药，车门都拉开了，临时又变了卦，把药送进车里："算了，我就不多待了，师弟，好好休息吧，我把你交给他看护了。"说完转头去拦别的车了。

宗城坐上车，拿自己的腿在下面垫着林迁西动完手术的那条小腿。

车开出去的时候，林迁西才终于有机会问："你那天到底怎么着啊？"

宗城想起左衡之前的玩笑，故意说："差不多就像是在等你生孩子吧。"

林迁西拿胳膊肘撞他一下："我可去你的吧！"

宗城嘴角提起来，按住林迁西的腿："别乱动。"

其实只是因为手术勾起了他以前的回忆。别人不理解那种在手术室外等候的心情，他已经经历过一回。当初在外面等到最后，医生出来宣告他妈没能熬过去，那种心情，难以形容。哪怕这次只是个小手术，在外面等着，也不可能做到完全安心，担心中间会有什么意外，甚至担心医生出来说修复得不够完美，会有后遗症。

除非他自己在里面，亲眼看着林迁西做完整个手术，但要等到他能主刀，还得好几年。那种感觉微妙、复杂，已经没必要多说。他按着林迁西的腿，小心托住他半边身体，反正现在没事儿就好了。

当天晚上，回到那间单人宿舍里，宗城进了厨房，悄悄给杨锐打电话："杨老板，汤怎么煮？"

厨房特别小，简直就跟个格子间似的，平常林迁西练球，没时间做饭，几乎不用，现在灶台上摆着宗城刚买回来的新鲜肉骨头，汤姆已经在门口徘徊好久了。

"你问什么？"杨锐在电话里说，"在北京学医还要学煮汤？"

宗城说："你教我一下就行了，就你以前炖给林迁西养脚喝的汤。"

"哦……"杨锐一副恍然大悟的口气，"那我就这么说你能煮出来吗？"

"能。"

杨锐笑了："脑子聪明就是好使，那我说了啊！"

"嗯。"

林迁西百无聊赖地躺在床上，供着自己的脚，下面垫着个枕头，不能乱动，只能刷手机或者看书，仿佛回到了高中备考的时候。

宗城进来的时候，一份英语资料已经被他翻完一小半了。

"起来。"宗城走到床边，俯身，伸手给他，"架着我。"

林迁西搭着他的肩，刚想拿左脚去踩地，宗城的手忽然在他膝弯底下一伸，直接拦腰把他抱了起来。他一把钩住宗城的脖子，惊讶地问："去哪儿啊？"

"给你洗澡。"

"……"林迁西被抱去洗手间，放在一只塑料凳子上，感觉自己像个幼儿园小朋友，可能还更小，路都不会走的那种。

宗城蹲下来，拿塑料膜包住了他右脚，连纱布一起裹得严严实实，忽然抬头："你自己脱还是我给你脱？"

林迁西指指自己的鼻子："我现在行动不便，你别这样吧，像个禽兽……"

"那你自己脱。"宗城打断了他。

"……"林迁西动手脱了上面的短袖，随手一扔，扯扯裤腰，"这不还得你来？"

宗城伸手去解他裤腰，一边搂住他腰往上抱："麻烦这位乖仔高抬贵臀。"

"唉，行吧，我麻烦一下。"林迁西架着他的肩小心站了一下，故意歪着半边身体，把重量都往他身上压。

宗城站起来，伸手拿了喷头，开始调水温："没事儿，这段时间我都让着你，等你养好了再说。"

林迁西刚想说话，就被当头淋了热水，"噗"一口吐出来，抹把脸："记仇。"

宗城又蹲下，看他一眼。

"行了行了，洗澡洗澡！"林迁西怕再弄下去吃亏的是自己，赶紧打住。

好不容易洗完这个澡，林迁西又做了一回不会走路的小朋友，被宗城抱回床上。

宗城自己的衣服都湿了，拿块浴巾搭在身上，才没把他刚换过的衣服弄湿，转头出去，很快端了只碗过来。

林迁西都给这一顿澡弄得筋疲力尽了，靠在床头，闻到一股骨头汤的香味儿，问："你做的啊？"

宗城递给他："嗯，喝了。"

林迁西端了，又看看他："真是你做的？"

宗城点头，忽然断眉一动："你什么意思？"

"不是，我对你厨艺的印象还停留在和顾阳一起吃的涮锅啊，"林迁西很真诚地捧着碗问，"你确定能喝吗？"

"我炖了三个小时，"宗城伸手，"不喝给我吧。"

林迁西往旁边让一下，就送到嘴边喝了一大口，紧跟着碗在旁边柜子上一放，一把捂住嘴，低下头："嗯嗯……"

宗城已经皱眉了，坐到床上，拉他："有这么难喝？"

林迁西笑笑，说实话还不错，也是牛，第一回煮汤竟然没翻车，转头端了碗，一口气全喝完了，回过头来，又朝他招招手："来，城爷。"

宗城对着他的脸："干什么？"

林迁西勾着嘴角，话还没说，宗城已经摁住他的脑袋，把他直接按倒在床上休息。

过了一会儿，响起林迁西被闷在床单里含混不清的话："其实我也不要求'自己人'送汤。"

"那你要求什么？"宗城配合地顺着他的话问。

"能打，够酷，还要学习好的……"

外面有点儿喧嚣，夜晚的北京依然车水马龙，一天又翻篇了。

番外 2

又到一年毕业季。这一年，该大学毕业了。

秦一冬穿着学士服，站在学校的林荫道上，一会儿看一下手机，一会儿又抻头往校门口望，已经在这儿等了快有十分钟。

旁边有两个同样穿着学士服的男同学经过，叫他："秦一冬，干吗还站着？走啊，去拍毕业照了。"

秦一冬说："等会儿，我今天有朋友要来。"

对方问："什么朋友啊？"

"我哥们儿。"

"你哥们儿？就是那个打台球的林迁西啊？"对方笑起来，"吹吧，老听你对着网上的比赛视频说他是你哥们儿，你俩也就单纯的老乡吧。"

秦一冬没好气道："他真是我哥们儿，爱信不信！"

"拉倒吧你。"两个人打趣着走了。

秦一冬没心思跟他们争辩，转过头，就看到前面有人来了。

林迁西脚步很快，肩膀上面搭着个双肩包，穿着宽松的白T恤和黑长裤，一直到他跟前才停："来了，赶上了吧？"

秦一冬看他："你刚结束训练来的？"

"是啊，"林迁西抄一下头发，给他看，额头上还带着一层汗呢，"训练完水都没喝一口就赶飞机过来了，你就说够不够意思吧！"

"算你还有点儿良心！"秦一冬小媳妇儿脾气不改，刚要来搭他肩膀，忽然看到了他后面跟着的人，立马嚷嚷，"你俩一起来的？"

宗城跟在林迁西后面，一样穿着T恤、长裤，只不过T恤是黑的，乍一看跟林迁西穿得挺像，还跟以前那样酷，走过来说："嗯。"

秦一冬在他俩身上瞅来瞅去："你们俩这是随时随地都要黏在一起啊？"

林迁西没脸没皮地笑，回头钩住宗城的肩膀："有机会回来肯定一起回啊，一起来看你毕业还不好啊？"

宗城说："时间也不多，硬挤出来的。"

秦一冬看着他俩挨在一起的模样，点头说："我懂了，你们俩就是找机会在一起，顺便来看我毕个业的。"

林迁西笑着推他一下："别这样，小媳妇儿，我对你还是真心实意的。"

"滚吧你。"秦一冬说，"我本来还指望今年也去看一下你毕业呢，顺便再去上海玩儿一下，没想到咱们三个里面，就我一个先毕业了。"

林迁西今年保研了，因为这几年连续比赛排名都在提升，每一学年的学分也都达标了，学校直接给了他一个保研名额，其实就相当于跟学校的台球俱乐部续签了。本来他也想继续为学校俱乐部打球，这样再好不过，将来还能有个漂亮学历。

"羡慕我是吧？"林迁西指一下自己的脸，"以前我刚去学校的时候，我师兄说什么我以后在那儿得到的绝对会比我以为失去的要多得多，我还不信呢！现在想想好像还挺有道理的，我那学校对我是真不错。"

"你就嘚瑟吧！"

"嘚瑟什么啊，反正都是打球。"林迁西指宗城，"他比较惨，学医要八年，还有四年呢！"

秦一冬看一眼宗城："这么惨，佩服！"

宗城没觉得惨，表情都没半点儿变化，听他们说完了，才问："你们不去拍几张合照吗？"

林迁西手一挥："对，走啊，去拍，拍完了把照片洗出来，我都给你签上名，让你以后拿出去尽情炫耀。"

"哎，你现在是越来越不要脸了……"秦一冬掏出手机，随便拉了个路人，让她帮忙拍几张。

女生特别热情，对着他俩"咔嚓咔嚓"拍了好几张，看宗城站旁边，还叫他一起："帅哥，一起啊，你们三个一起拍。"

林迁西冲宗城招了招手，很快宗城就站到了他旁边，身体挨着，入了画面。

秦一冬朝两人身上看了两眼。

拍照的时候，刚好之前经过秦一冬身边的那两个男同学又回来了，看到林荫道上几个人站在一起，都往他们身上看，先看了看宗城，等看到林迁西就停下了，多看了好几眼，诧异得不行。

秦一冬指林迁西："别看了，这下信他是我哥们儿了吧。"

林迁西特别配合地揽住秦一冬的肩膀。

两个同学有点儿尴尬地笑笑，一边看一边走了。其他同学听说了，又有好几个人跑过来围观。

到后来，来的人又多一拨，邹伟带着秦一冬以前篮球队里的队友都过来了，大家刚好是一个学校的，呼啦啦一大群，热闹得很。

秦一冬不好意思再麻烦人家女生了，照也不拍了，摘了学士帽，悄悄催林迁西："快走吧，早知道还不如去锐哥那儿碰头呢。"

林迁西把包一搭，回头抓着宗城的胳膊一扯就走。

邹伟还叫他："哎，别走啊，签个名啊！你怎么每回都这么小气啊……"

林迁西已经出了学校。秦一冬很快就钻出包围圈，跟了出来，一直送他们到马路上："哎，回头再聚啊，别又好长时间见不着。"

林迁西说："放心吧，你毕业了也可以经常去看我啊！"

"那也行。"

刚好手机响了，林迁西看了宗城一眼，才发现是自己的，便从裤兜里掏出来："等会儿啊，我师兄电话，我接一下。"

秦一冬站旁边等，顺带看了一眼。

左衡早就毕业了，现在留校专门做台球俱乐部的赛事组织和安排工作，平常就总找林迁西，多半是为了比赛，这回直接拨了个视频通话过来，一接通就跳出他戴着眼镜的脸来，张口就问："你去哪儿了啊，一结束训练人就没了？"

"不是留话了吗，今天我哥们儿毕业啊！"林迁西说。

"又跟宗城一起？"左衡问。

林迁西把手机往宗城那儿一照："那还用说吗？"

"我就知道……"左衡忽然问，"那是谁啊？"

林迁西看一眼秦一冬："我哥们儿啊！"

"这就是你哥们儿啊？"

俩人确实还没正式见过，秦一冬打了声招呼："你好。"说完向林迁西指指校门，示意自己要先回去了。

林迁西点点头，回头听见左衡问："师弟，你哥们儿挺不错啊！"

"干吗？"林迁西问，"说这干吗？"

"我就夸他一句不错都不行吗？"左衡说。

"那是我哥们儿，当然不行！"林迁西一下按了挂断。

宗城在旁边忽然提了下嘴角。

林迁西看他："你笑什么？"

"没什么。"

林迁西忽然一把钩住他脖子，狠狠摁了一下："你其实老跟冬子较劲儿是吧？"

"没有。"宗城淡淡地说，"他又威胁不了我的地位。"

林迁西笑了，在他脸上拍一下："谁能对你有威胁啊，你在我这儿一枝独秀，撼动不了啊！"

宗城把他的胳膊拉下来，拽着就走："回去再嘴骚。"

两人拦了辆车，要走的时候，林迁西坐在车后排，忽然又透过车窗看秦一冬的学校大门。宗城坐在旁边，顺着他的视线看了一眼："你看什么？"

林迁西摸摸鼻子，笑道："其实我以前有一阵子老是会想，有一天要是能看到冬子大学毕业，有个好工作，安安稳稳长命百岁就好了，现在总感觉差不多已经看到了。"

宗城说："当然能看到了，你能看到他的将来，他也能看到你的将来。"

那天他们离开了学校，并没有急着回去，反正已经到了省城，干脆就又回了趟小城。

刚走到那条熟悉的路上，就看到路峰的货车已经发动起来，随时要开的样子，杨锐拎着只旅行包出来，正准备上车。

"杨老板！"林迁西逮他个正着，"要偷溜去哪儿？"

杨锐看到他回来还惊讶了一下，停在车边上，又看看他旁边的宗城："你们俩真会挑时候回来啊，刚好我们要出门。"

路峰从车窗里伸出头来："回来看你妈？"

"嗯啊。"林迁西点头，看着他俩，"好啊，叫你们去看我比赛都不去，现在是要悄悄出去潇洒啊！"

杨锐往身上套了件大花短袖衬衫，塞根牙签在嘴里："那是我不想去吗？我去了一回，结果碰上了马老爷子，要命了，哪敢再去啊！"

去年林迁西打比赛，有一场是在上海，给他们寄来了票，他跟路峰一时心血来潮一起去看了，结果刚好马老爷子也在。就在观众席上，双方对视十秒，马老爷子当场指着他："你，是你，你是以前那个……"

好在宗城当时也在场，及时过去，跟马老爷子聊了几句，把老人家的注意力给吸引过去了，杨锐才及时脱了身，后来就不想再去现场看比赛了，电视有转播就在电视上看。

林迁西想起这事儿了，不过本来也就是跟他开玩笑的，走过去问："你们到底要去哪儿啊？"

宗城跟过来看了两眼："出去旅游？"

"算是吧，反正出去溜达一下。"杨锐叹气，"一晃就这么过了十五年，一直窝着也闷，好不容易攒点儿钱，那不得出去转转吗？"

林迁西咧嘴："啧，忽然知道享受了。"

"你懂个屁。"路峰说。

"你看我懂不懂？"林迁西笑着说。

宗城在他后腰上一推："走了。"

林迁西被推了出去，小声说："行吧，不打扰他们了。"

杨锐坐上车，想起来了："哦对，今天冬子毕业，他俩肯定是为这事儿回来的。"

路峰从后视镜里看了他们一眼，那两个人就算走路的时候不挨着，也亲近得很："咱们年轻的时候都没像他们这样。"

"那能一样吗？"杨锐吐出牙签，感到好笑，"咱们当年都那么傻，我说我要开个杂货店，你就问我缺个送货的吗。真是回想了十五年都还觉得傻。"

路峰左脸上的疤都被他的话刺激得抖了一下，把车开了出去："别说了，走吧。"

这小地方最近这两年变化很大，一些老旧的小区被强行拆除了，林迁西以前住的那个破破旧旧的小区也已经改建。宗城住的老楼倒还好好的，至今还留着。

下午六点的时候，他们已经坐在一间屋子的客厅沙发上，打量了一圈儿，其实这还是他妈搬家之后他第一次回来。

林女士是个节俭惯了的人，屋子里还留着好多以前的老家具，甚至他们现在坐的沙发就是以前家里的。林迁西偷偷瞥一眼旁边，宗城基本上没说什么话。

之前都是他自己回来，回来也待不了多久，一般也就几个小时，有时候在便利店里见一面就走了。像这回两个人一起上门，是临时决定的，又有点儿不太适应。

林慧丽端了一盘切好的苹果过来，放下来，往他们跟前推了推："不吃了饭再走吗?"

她今天上晚班,白天刚好在,快出门的时候碰上他们回来,就留下了,到现在也没说几句话,本身她也不是个话多的人。

"不吃了,还得回去训练呢。"林迁西是不想让她忙活,一忙又得好半天,"后面好几场大比赛,今年训练一直紧。"

林慧丽说:"行,那我到时候再看有没有空过去看吧。"

林迁西笑了一下:"没事儿,你要是赶不及就在电视上看吧,搞不好还有出国的比赛。"

"还要出国?"林慧丽皱一下眉,"那好吧,你现在脚没再痛过了吧?"

林迁西说:"没有,手术都那么久了,早就养好了,没事儿了。"

林慧丽点点头。

林迁西忽然想起什么,问了句:"现在相处的那个还好吗,就那个沈叔叔?"

林慧丽捋一下耳朵边的头发,点头说:"还行。"

"那就好,"林迁西想了一下说,"下回我再有空回来,你叫上他,我们一起吃顿饭吧。"

林慧丽看看他:"行,我回头跟他说。"

"嗯啊。"林迁西也是觉得挺有意思的,以前他妈相亲,就没遇上过什么好人,没想到这回这个居然是在看他比赛的时候认识的。

对方姓沈,比他妈还小一岁,早年丧偶,也没孩子,刚好喜欢台球,去看球赛的时候坐在他妈座位旁边,就这么认识了,恰好还是本省人,也算有缘。

林迁西刚开始知道的时候不放心,还悄悄叫路峰找人打听了一下,都说这个沈叔叔挺不错的,现在差不多也算认可了。林女士一个人孤孤单单的又不是什么好事儿,以后能有个人陪不是挺好的吗?

离开的时候天已经黑了。

林迁西跟宗城一前一后下了楼。宗城的手机刚好响了,他拿出来,是顾阳打来的,按了接听。

"喂,哥,你们什么时候回来啊?"顾阳人在北京,就在林迁西的宿舍里待着,电话里还能听见汤姆在叫唤,"我还等着你们回来给我估分呢。"他今年刚参加完高考。

"马上回来了。"宗城说,"你先自己看看学校资料,我们准备去机场了。"

"那好吧,等你们啊!"顾阳挂了。

林慧丽又跟了下来,手里拿着个袋子,叫他们:"等会儿,有东西给你们。"

两个人同时回头。

　　林慧丽把袋子递给林迁西："冬天又有比赛，你可能没办法回来过年，这个提前给你吧，就一条围巾，自己织的，肯定比外面买的保暖。"

　　林迁西愣了一下，才伸手拿了："哦，行，我带着。"

　　他已经不记得多少年没戴过他妈亲手织的围巾了，大概小时候戴过吧，手伸进袋子里摸一下，就觉得毛线特别好、特别软，不禁又看他妈一眼。

　　林慧丽又从口袋里掏出来个东西，看着像个信封，递给宗城："这个你收着。"

　　宗城在旁边沉默了一下，伸手接了。

　　林慧丽说："去吧，真要出国比赛的话，要注意安全。"说完就转头上去了。

　　"林迁西。"宗城忽然叫一声。

　　"啊？"林迁西扭头，"干吗？"

　　"你看看你妈给了我什么。"宗城把手里的东西递过来。

　　林迁西伸手一摸："红包？"

　　宗城说："对。"

　　"我——靠！"林迁西一把按在他手里，压两下，"拿着！收好了！你知道这是什么意思吗？"

　　宗城把红包揣进裤兜里，语气里似乎夹带了一丝笑，问得有点儿故意："什么意思？"

　　"我们这儿只有当家里人了才给红包好吗！"林迁西撞他一下，"在里面半天不吭一声，亏我妈还给你红包！"

　　宗城一伸手，抓住他肩，忽然吐出口气："不是不吭声，只是有点儿不习惯。"

　　林迁西发现他胸口在起伏，借着昏暗，故意在他耳边小声说："你这是得了便宜还卖乖啊！"

　　宗城笑了一下，拽着他往外走："走了，还要赶飞机。"

　　夜色笼罩，他们穿过昏暗，走入灯影，彼此拉着，很快地朝远处跑了出去，一下就不见了踪影。

番外 3

　　正当初冬的下午，摩托轰隆隆地开到小城市中心附近的一家台球厅门口，停下来时，屁股后面还拽着一大截黑烟。

王肖刚从摩托上下来，姜皓已经从台球厅的门里走了出来，穿着个西装马甲在身上，一副打台球的架势，一看到他那辆旧摩托就吐槽："你就不能换辆新的吗？明明自己家的车铺子开得挺大了，还非得骑着这老玩意儿，跟开拖拉机一样，一公里外我都听到了。"

"哎，我这人就是节俭啊！"王肖黑不溜秋的脸上挂着笑，走到台球厅里头，左右看。

这台球厅是姜皓大学毕业后开的，除了让人打球，门口还挂了个"青少年台球培训"的牌子，他自己又当老板又做教练，生意居然还不错。

王肖没两眼就看见墙上新挂了好几张照片，当中一张大合照是他们高中时的毕业照，照片里最后一排的中间位置就站着宗城和林迁西，俩人又帅又高，站在一起特别显眼。主要是姜皓特地把照片给放大了两倍，框在相框里，搞得跟个小牌匾似的。

旁边还有两张更大、更显眼的照片，那是林迁西比赛时的照片，竖挂在那儿像海报。一张里面，他穿着正装，压着杆，正全神贯注地准备一击；另一张是他拿着球杆，朝着镜头痞笑的获奖时刻。

王肖看了两眼就忍不住嚷嚷："你也太不要脸了，净侵犯西哥肖像权，居然从他比赛的视频里抠俩截图出来洗了挂墙上，给你这儿招揽生意呢？无耻，太无耻了！难怪生意不错呢！我可干不出来这种事儿。"

姜皓说："我又没搞虚假宣传，我以前难道不是跟他一起练过球的？说起来我也是他高中队友，怎么就不能拿他打打广告了？我都跟他说好了，下回他跟宗城一起回来，还要来我这儿打几局。"

"那你就更不要脸了，西哥那会儿练球主要靠城爷，我只记得你被他打蒙过，对你种行为我是十分、非常看不惯！"王肖对林迁西的狗腿子习性还没改过来，就是要恓姜皓。

刚巧，外头薛盛和孙凯一起到了，孙凯一来，看到王肖那摩托就扒拉了一下，笑出声："哎，你给车身上拉花了啊，还写了西哥！"

姜皓一听，走出去，转到孙凯那儿往车上看，发现车身上真喷了几个莫名其妙的装饰，也不知道是草还是花，旁边居然还用红漆喷了一行七扭八歪的字：林迁西曾用车。

"姓王的你还好意思说我？"姜皓往里头看，"你自己更不要脸吧，还'林迁西曾用车'？怪不得死活都不换这老玩意儿呢，骑着出去特别有面子是吧？"

王肖"嘿嘿嘿"地笑了："被你发现了……我这又没说错，这就是西哥以前常骑的啊！没看我都舍不得给这摩托整一身新漆吗？这叫保留西哥的情怀。"

孙凯说："行了吧，你俩大哥别说二弟，反正都比不上老周，他那'钉子户赠'的杯子都用好几年了，还舍不得换呢，听说徐进有次拿错杯子，被他满学校追，那家伙，吴川都追不上他！"

"哟，老周那种人看不出来啊，还有这么不淡定的时候？"王肖听得来劲儿。

薛盛一个大块头跟在后面，手里还拎了扎啤酒，推一下孙凯："别扯皮了，不是说要看台球赛的吗，还是你们起头要约着一起看西哥的。"

"哎对。"孙凯赶紧进门，拿了球桌上的遥控器，对着墙上挂着的电视机按了一下。

姜皓在台球厅的墙上挂了个四十几英寸的平板电视机，平时也会放一些台球赛给来打球的人看，电视台就一直定在体育频道，一打开就跳出了台球比赛的画面。

"都开始了！"王肖急急忙忙拖个板凳坐下来，"快点儿快点儿，都打好几局了。"

电视里，球桌旁站的就是林迁西。大家都不废话了，各自拖个凳子坐下来，围着电视机看。

镜头扫过观众席，一群外国面孔，这是在英国举办的英锦赛。

电视上是国内转播的，解说用十分激情的语气在说："林迁西是本次参加英锦赛的中国选手里最年轻，也是最让人出乎意料的一位。这是他第三次参加英锦赛，也是他完成学业后正式投入职业赛的开始。前两次他的最好成绩是冲入八强，今年当然有望冲击更高。可以说他每一次都是以势不可当的黑马姿态出现的，并且一直在进步，这在瞬息万变的体育赛场上是不可思议的。今天这场比赛更重要的意义是为后来的大师赛埋下种子，他的每一步都在为他往更高的方向冲锋奠定基础！"

王肖盯着电视，狗腿子般地感慨："西哥又帅了！"

画面里，林迁西穿着剪裁合身的西装马甲，覆在雪白的衬衫外面，在灯光下面甚至能看出面料上细细的竖条纹路。他抿着唇，很认真地看着球桌，一只手在擦巧粉，准备冲击下一球。

"好的，我们现在可以看到，林迁西已经瞄准母球，大概是在观察角度……"解说继续，"在前面的几局里，他的状态非常好，我们由此可以明显判断出来，这几年在赛场外的时间里，他应该没有一刻停止过训练。

"他出手了！进了！非常干脆利落的一球，母球撞击的这一声简直太清脆了！带着林迁西一贯的风格！"画面里响起掌声。

孙凯也跟着鼓掌："不只是帅了，技术也更厉害了。"

薛盛跟着说："那是，城爷有时候还陪他练球呢！"

姜皓问："你怎么知道？"问的时候眼睛还牢牢盯着电视机。

"从游戏队友那儿知道的啊！"薛盛说，"城爷弟弟不是也在北京念大学了吗，听说都要准备读研了，去年有一回我跟他组队上段，老打不过去，我就发了个视频过去跟他对线，结果刚好看到了城爷，在旁边擦汗呢，一问才知道是陪西哥练球去了。"

孙凯一迭声地"啧啧啧"："城爷真是惯着西哥，自己读个医学博士都累成狗了，还陪着练球。"

王肖说："人乐意，美着呢！"

姜皓忽然问："哎，你们听说三炮的事儿了吗？"

其余三个突然集体沉默，然后王肖一下叫起来："你没事儿忽然说起那牲口干吗啊！"

姜皓回道："我昨天听一个来打球的说他被加刑了，本来除了当初宗城那事儿他就一堆乱七八糟的前科，结果进了牢里头还不安分，好像是又在里头干了什么。法盲就是法盲，这下还不知道什么时候才能出来呢。"

王肖松口气："哎哟，吓我一跳，我还以为又怎么了。"

姜皓说："你们瞎担心什么啊，我就顺嘴一提，林迁西现在都什么档次了，就算三炮四炮的出来十几个还能把他怎么样？宗城很快也博士毕业了，那些乱七八糟的事儿，以后够都够不着他们了。"

王肖一听，点点头："对啊，你说得有道理，难怪西哥这么拼呢……"

薛盛嫌他们吵，打断道："别说那些晦气的了，西哥要打下一球了。"

几个人赶紧闭嘴，都盯紧电视机。

"注意林迁西的神情，现在他的眼里只有母球，非常专注。这一杆的黑球如果是中低杆，就不好控制白球，这需要极强的杆法，他在寻找突破口……进袋了！又是突然发动的一击！我们已经听见现场英国观众们兴奋的口哨声了！"解说的声音从手机里清晰地传出来。

医院骨科的科室里，灯一直亮着。宗城穿着白大褂，刚刚有空坐下来，手里拿着在播放视频的手机。

林迁西站在球桌边的身形修长出挑，头发最近剪短了点儿，整张脸张扬夺目，和注视球局的凌厉眼神一起呈现在镜头里，手上一直掌控着球权。

"现在进入赛点了，我们可以看到林迁西观察球桌的时间变长了，猜一猜接下来他会不会又有经典的林氏小动作。据说他有很多有意思的小动作，比如偶尔会扶正一下领结，再比如，每次打关键球之前都会亲吻自己的左手。他的左手虎口位置有一个很小的字母 Z，亲吻这个字母看起来已经成为他的习惯，没人知道是为什么，但想必对他来说有着十分特殊的意义。"

画面里，林迁西擦完巧粉，在球桌边走了两步，站住，果然又抬起了左手，在虎口上亲了一下，然后俯身压杆。

"来了，亲了！"解说居然有种押中了宝的激动，"我们注意他这一球，好的，往右，打低搓杆，中！"掌声又响起。

宗城对着手机提了嘴角。

比赛将要到达尾声，解说的情绪持续性地振奋激昂："从刚才关键的一球，可以看出林迁西尝试了新的打法，这一球将决定他能否拿下本场赛事。"

林迁西俯身，压杆时肩背延展，在球桌边随时会出击。

科室的门被推开，刘大松从外面进来，手里提着刚脱下的白大褂，进门就说："哎哟我的爷，我刚看到，下次为期三个月的出国访学有你的名字！牛啊，百里挑一的事儿，好多人挤破头都没申请上，轮上你了，你已经是这儿的准医生了。"

宗城盯着手机回道："我已经听说了。"

"看什么呢？"刘大松把查房的记录放下来，问，"你怎么没眯一会儿啊？在医院里实习事儿也太多了，我都要累死了，随便在外头找个休息椅都能睡他个三天三夜，这会儿终于可以休息了，你居然还在看手机？"

宗城"嗯"一声，眼睛就没离开过手机。

刘大松到他身边一看，刚好看到林迁西一杆推出，球直奔袋口，瞬间就明白了。"得，原来是看林帅哥呢。"说到这儿，他忽然灵光附体，拍一下腿，"嚯，我知道了，你出国访学要是又赶上你家这位出国比赛，说不准还能去一个地儿呢！"

宗城嘴角又提一下，算是默认了。

视频里掌声、口哨声一起响了起来。赛事是转播的，他其实已经知道结果，但就是想看到林迁西这一刻意气风发的模样。林迁西这种充满劲头的时刻，对他来说百看不厌。

手机忽然振了，是设好的闹钟，定的晚上八点。宗城按掉了，最后看了眼手机里朝着镜头举起球杆笑的林迁西，站了起来。

刘大松一愣，问："干吗啊，终于要去睡觉了？"

宗城一手解着白大褂："时间差不多了，要去机场接人。"

"咳，我说呢，合着半天不休息，就是要到点儿去机场接人呢！"刘大松往外走，"得，您忙着吧，我可得找个地儿睡觉去了。"说着"嘭"一声又带上科室门走了。

宗城白大褂还没脱下，手机响了。他一手按了接听，放到耳边，里面传出顾阳的声音："哥，西哥是不是要回来了，你还在医院吗，要不要我去接他？"

"不用。"宗城说。让他去了，自己还干什么？

顾阳笑了一声："明白啦，我懂，那你自己去吧。"

宗城挂了电话，忽然听见门被敲响了。刘大松去而复返，在外头说："爷，有你的病人。"

"开什么玩笑。"宗城回了一句，头都没抬，实习医生能有什么病人。

"嘿，你爱信不信。"刘大松的声音远了。

宗城没管他，低着头又去看手机，点开微信，手指翻了一下，和乖仔的对话框里没有新的消息，不知道飞机是不是准点儿。

门又被敲了两下，一道声音传来："开门，我找人。"

宗城急着走，没太在意，随口接了句："找谁？"刚说完，他霍然抬头，大步走过去，一把拉开门。

门口站着的人右肩上搭着球杆包，左手搭在门框上，虎口上黑色的字母Z就在他眼前，手指朝他脸上一指："找你，宗医生。"不是林迁西是谁？眼睛晶亮，正痞痞地对着他笑。

宗城看着他，他身上连正装都没换下来，就穿着刚在手机视频里看到的那件雪白的衬衫，外面罩着西装马甲，西裤笔挺地裹着修长的双腿。宗城断眉动一下："林选手？"

林迁西看着他的眼睛，两步走进来，门一关，抓着他白大褂就往面前一拽："可不就是我！"

宗城一把挡住他："提前回来了？"

"对，怕你太想我，下了赛场就回来了。"林迁西看看他脸，小声说，"啧，想不到你穿白大褂这么性感。"

"林选手穿正装也不赖。"宗城声音淡淡的，带着丝笑。

两个人对视几秒，还是宗城先松开的他，动手脱了白大褂，挂在一边，然后拿了自己的外套走过来，抓着他一拽："走了。"

林迁西的行李箱就在外面过道上，也被宗城拿了。

打车回去半小时，两个人什么都没说。

到了住的地方，门口的感应灯没亮。黑暗里，林迁西掏出钥匙开门的时候，钥匙半天对不准孔，开口道："真够闷骚的，就憋着不出声是吧？"

宗城抓着他的手去插钥匙，拧下去的时候才说："确实是我的病人，嘴骚的毛病只有我能治。"

门一下开了，行李箱被林迁西用脚踢了进去，球杆包靠在了门边，门又一下被甩上，黑暗里睡着的汤姆都"呜"了一声。

"来来来，宗医生，来治我。"林迁西故意说。

"嗯，来了。"宗城手一伸，抓着他胳膊，精准又用力。

"靠！你这是偷袭……"林迁西闷哼一声，背在门上重重蹭了一下，后面的话没说出来，灯被点亮了。

宗城现在的头发比以前更短了，衬得侧脸和下颌的线条都更加明显，眼睛盯着他，那条断眉在往下压。二十几岁的男人，果然更酷、更爷们儿了。

"我也给你个惊喜。"宗城忽然说。

林迁西问："什么啊？"

"下次可能会跟你一起出国。"

"嗯？"

宗城低声说："恭喜你，排名又提升了。"

林迁西伸手按了下他小腹上的文身："留着慢慢恭喜，还有决赛，以后还有更多比赛，你有的是机会……"

当天晚上，林迁西做了个悠长的梦，梦里好像回顾了之前的一切。

小城里的天很灰暗，他在杨锐的杂货店里打台球，穿着自己洗得发白的旧汗衫。又带着秦一冬到处瞎晃，惹是生非。然后一转头，自己已经站在异国他乡的赛场上，穿着宗城给他买的昂贵的正装，周围充满鲜花和掌声。

秦一冬捧着花过来，跟他握手，重新认识。他又往周围看，看见不远处，他跟宗城站在一起，肩并肩，球杆轻轻相碰的画面……

林迁西睁开眼睛，发现天早就亮了，一扭头，看了看房间里，收拾得干干净净。

他爬起来，穿上衣服，心想好混乱的梦，混乱到那个梦境里的一切仿佛都模糊了，更分不清自己到底有没有重来过一回了。

外面汤姆几声叫唤，把他拉回了现实。林迁西往身上套了件卫衣，走出房间。

毕业后就换地方住了，现在的屋子是他跟宗城一起租的，还有个房间留给顾阳放假过来住。

宗城就坐在窗户边上，穿着衬衣，加了件黑色外套，随时准备去医院套上那件白大褂。宗城手里拿着手机在翻，朝林迁西看了一眼，像在等他睡醒一样。

"你看什么呢？"林迁西问。

宗城滑着手机："看的东西多着呢！"看北京什么地方适合安家落户，看要不要给他弄个什么仪式表示一下，宗城没说，要留着作为惊喜。

林迁西看了眼宗城的侧脸，又看了眼外面暖洋洋的太阳，想起那个梦，忽然就觉得有没有重来过都不重要了，然后笑了起来。

至少这辈子他没有辜负，拼尽全力了。命运给他送来了宗城，就是他这一生努力学乖最好的回报。

"哎，城爷，马上正式工作了，有什么想要的没有？"过了一会儿，林迁西忽然问，"我有奖金，你随便挑。"

"有，"宗城说，"已经收到了。"

"什么啊？"

"一个乖仔。"

"靠！"林迁西一把抓住他，"过来，让我治你一回！"

番外 4

就在那个月底，伦敦时间周六下午，这届英锦赛的最后一轮比赛落下帷幕。

赛场里的掌声和口哨声刚停，休息室的门忽然被推开，林迁西背着球杆包一下冲出来，风一样往场馆大门那儿飞奔。

带队的左衡从他后面追出来："又来？每次打完比赛都跟逃命似的，就知道往回跑！我迟早要去马老爷子那儿告你无组织无纪律！"

林迁西像没听见一样，早没人影了。

他一口气跑出了大门，不跑了，抹了把嘴，顺手把来不及换掉的西装马甲脱了挂在臂弯里，领结也扯了，一边往裤兜里塞，一边朝路上张望。

街道像常年蒙着层雾，灰沉沉的，没几个行人，车也不多，要不是四周有英伦建筑和满街的英文标牌，光这气氛都能跟当年的小城比一比。

林迁西看了两眼，喘着粗气"啧"一声，左衡没说错，出国比赛好几回了，这还是他头一次停在外国的大街上。以前每次都是来了就训练，结束了就立马往北京跑，根本不会耽误一分半秒。

那会儿左衡还吐槽他是小城里待太久了，对国外的什么东西都不感冒，后来又意味深长地说，肯定是北京有一块"吸铁石"在吸他吧，这吸引力可真是大啊，赛刚比完就把他的魂儿给吸回去了。

林迁西想起这个，咧开嘴角，把白衬衫的袖口解开卷上去，拨一下肩上的球杆包，目光又往路上扫，心想怎么还没来。

刚想伸手去摸手机，身后的竞技场馆里有几个人跟了出来，不知道是谁用中文喊了句："林迁西！"

林迁西回过头，是四五个年轻姑娘，看起来像是当地的留学生，个个手里拿着看比赛用的赛程表。

"真的是林迁西！"最前面的姑娘跟他视线刚对上，就像踩了电门似的，捂着嘴一通激动，"啊啊啊！终于近距离看到本人了！！！"

街边，宗城从出租车里出来，一只手拎着简单的行李包，一只手摘下脖子上出国访学的证件，眼睛刚寻到对面的竞技场馆，就看见了这一幕。

林迁西肩上搭着球杆包，臂弯里挂着西装马甲，身边围着一群姑娘。

这画面不陌生，大概从前两年开始，宗城就陆陆续续地见识过了，他的女球迷。

只不过今天这几个好像特别热情，以前见过的顶多在赛场里面喊几声他的名字，而像这样围到他跟前来还是头一回见，眼看着在说话，贴得是越来越近了。

宗城看着林迁西回应对方时偶尔点头带笑的侧脸，抿住嘴，心想挺行的啊，都能说是游刃有余了。

本来他来得很急，开完最后一场交流会就马不停蹄地赶了过来，现在却不急着过去了，一只手收进裤兜，干脆就这么看着。

林迁西没留意到宗城，在想怎么"突围"，早知道他就跑得更快点儿了。

"你会考虑接受粉丝做女朋友吗？"刚才最激动的那个姑娘忽然问了个大胆的问题，旁边几个女生全笑了，有一个还打了她一下。

林迁西跟着笑笑，有点儿吊儿郎当："考虑不了，我有爱人了。"说完正好扭头。

街上偶尔几个路人都是欧洲面孔，对面一个个儿高腿长的亚洲酷哥站在那儿，想不显眼都难。

林迁西顿时理由也不找了，朝几个姑娘挥了下手，直接往外一挤，挎着球杆包就奔了过去。

林迁西刚到跟前，宗城就说："你迟到了。"

林迁西一愣，立马反驳："我先等你的！"

"光看你聊天就有十分钟了。"宗城转头走出去，淡淡地说，"等会儿要是赶不到地方就是你的责任。"

"……"林迁西快走几步跟上去，忽然笑了，明白了什么似的，"请问指导员，是不是对我亲切会见球迷朋友们有什么意见？"

"爸爸没意见。"

"靠，你绝对有意见！"林迁西似笑非笑地歪过来撞一下他的肩，"其实我特地避开了观众通道，也不知道她们怎么找到的这个门。"

宗城看他一眼，走慢了点儿："你们最后说什么了，笑成那样？"

林迁西一下逮到了机会："啊？你不是说我迟到了吗？还有时间说这个？到了地方再告诉你。"

"……"宗城低声说，"还是欠治。"

"嗯？你刚才说什么？"

"我也到了地方再告诉你。"

"……"

其实要去的地方林迁西熟悉又陌生，就是当初他在赛场上看到的那座灯塔的所在地——泽西岛。

那天从北京出发前，宗城问他："既然要一起出国了，有没有想去的地方？趁这次我们一起去。"

他想了半天，最后说："回来前我们去你微信头像上的那个地方看一眼。"

大概晚上九点，他们已经身在岛上，在西南角，看到了那座叫"科比埃尔"的灯塔。

白色的灯塔孤零零地矗立在墨蓝的海水中，夕阳直到这时候才开始没入海平线，海浪一阵一阵地拍打着礁石。照片里的灯塔忽然到了眼前，叫人有点儿不适应。

"好像也没什么特别的。"林迁西咬了口手里刚买来的热狗，又自然而然地递给旁边。

宗城就着他的手咬了一口，抬头说："那你还要来这儿。"

"就想来看一眼，这玩意儿在我眼里很长一段时间就代表了你。"林迁西说。

宗城扫了眼灯塔，又看他两眼："现在呢？"

林迁西笑了："代表不了，塔还是比不上人。"

闪光灯忽然亮了一下，他扭过头，宗城一手拿着手机，刚刚垂下镜头。

"干吗？"

"换头像。"宗城低头点着手机，嘴角牵了下，"塔不是比不上人吗？"

林迁西凑近，宗城及时把手机拿开了，他就来得及看见自己在昏暗里的一个侧脸，背景是前面的海水和灯塔。

宗城收起手机，拨一下他脸，没让他多看："到地方了，前面我问你的话还没交代。"

林迁西一口塞下最后一截热狗，咽下去，伸出胳膊，钩住他肩，拍一下："来，我告诉你，你那句也给我交代一下。"

宗城由他钩着自己的肩，揽他一把，往回走："嗯，等你说完我告诉你。"

余晖在身后落尽，身影拖叠在一起，在光里，在暗里，好像不论往路的哪个方向，在世上哪个角落，都永远是一起的。

图书在版编目（CIP）数据

学乖 . 完结篇 / 幸闻著 . -- 长沙：湖南文艺出版社，2021.9

ISBN 978-7-5726-0315-0

Ⅰ.①学… Ⅱ.①幸… Ⅲ.①长篇小说—中国—当代

Ⅳ.① I247.5

中国版本图书馆 CIP 数据核字（2021）第 153302 号

上架建议：畅销·青春文学

XUE GUAI.WANJIE PIAN

学乖 . 完结篇

作　　者：幸　闻
出 版 人：曾赛丰
责任编辑：吕苗莉
监　　制：邢越超
策划编辑：郭妙霞
特约编辑：汪　璐
营销支持：文刀刀　周　茜
封面设计：商块三
版式设计：梁秋晨
封面插图：凌家阿空
内文插图：绘　弦
内文排版：百朗文化
出　　版：湖南文艺出版社
　　　　　（长沙市雨花区东二环一段 508 号　邮编：410014）
网　　址：www.hnwy.net
印　　刷：三河市兴博印务有限公司
经　　销：新华书店
开　　本：680mm×955mm　1/16
字　　数：466 千字
印　　张：25
版　　次：2021 年 9 月第 1 版
印　　次：2021 年 9 月第 1 次印刷
书　　号：ISBN 978-7-5726-0315-0
定　　价：52.80 元

若有质量问题，请致电质量监督电话：010-59096394
团购电话：010-59320018